I0642472

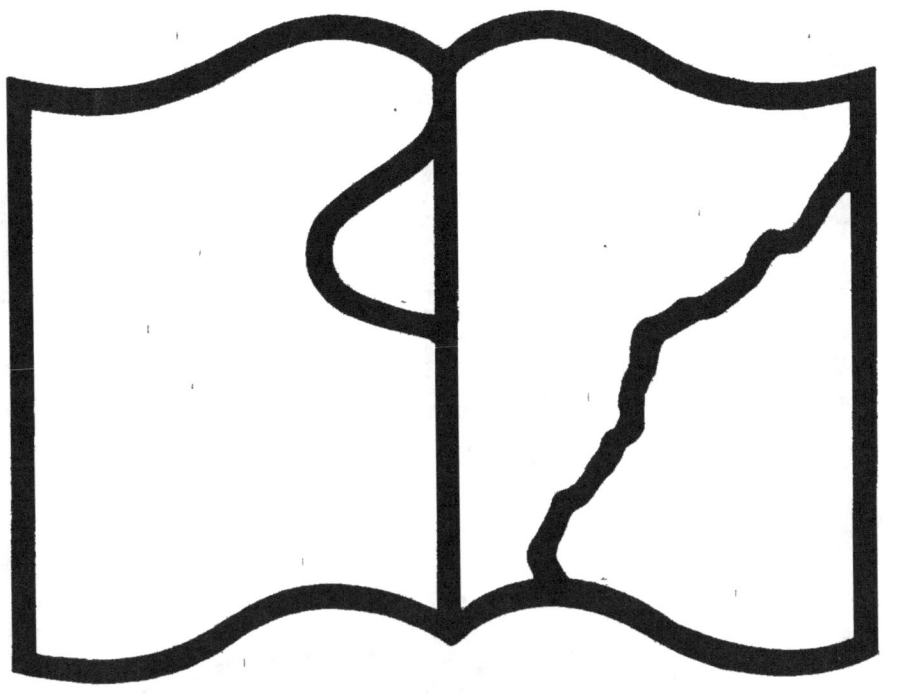

Texte détérioré — reliure défectueuse

NF Z 43-120-11

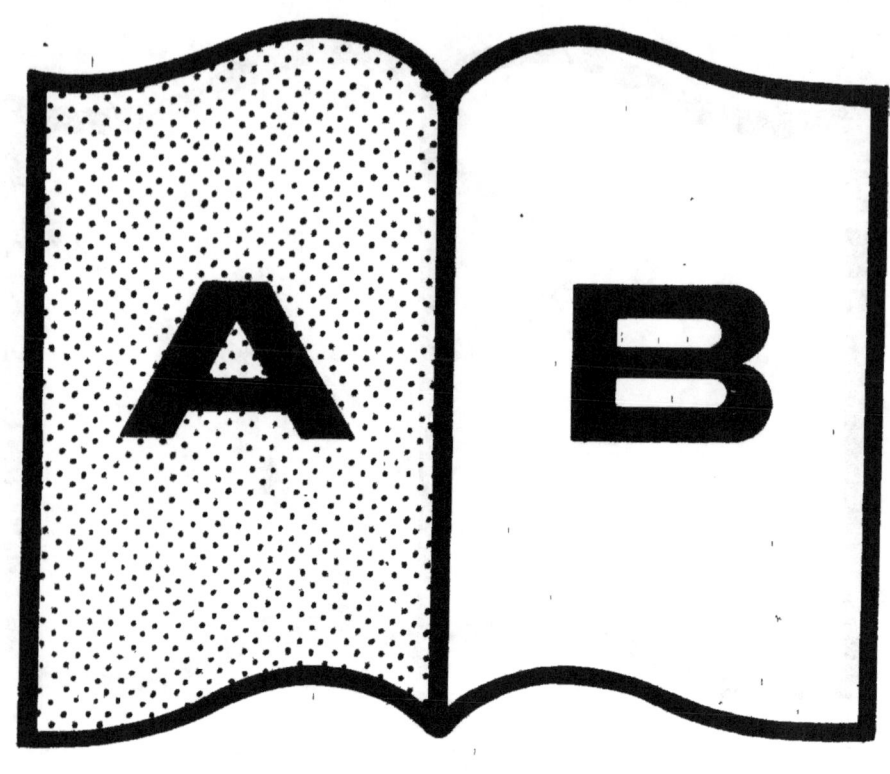

Contraste insuffisant

NF Z 43-120-14

Reliure serrée

Voyages excentriques

Paul d'Ivoi

)*

L'Aéroplane

Fantôme

)*

Illustrations de Louis Bombled

ANCIENNE LIBRAIRIE FURNE

L'AÉROPLANE FANTÔME

COLLECTION DES VOYAGES EXCENTRIQUES

(Du même auteur)

Volumes déjà parus :

En préparation :

Le Parchemin du Temple d'Or.

PAUL D'IVOI (Paul Érie)

COLLECTION DES ROMANS DE L'HISTOIRE

Superbes volumes format grand in-4° cavalier, illustrés de gravures en deux couleurs.
Reliés toile, tranches dorées, plaques couleurs. . . . . **12 fr.**

Volumes déjà parus :

Typographie Firmin-Didot et Cⁱᵉ. — Mesnil (Eure).

PAUL D'IVOI

VOYAGES EXCENTRIQUES

L'AÉROPLANE FANTÔME

OUVRAGE ILLUSTRÉ
DE QUATRE-VINGT-DEUX GRAVURES DANS LE TEXTE
ET DE HUIT COMPOSITIONS HORS TEXTE
ET DE HUIT COMPOSITIONS TIRÉES EN COULEURS

d'après les dessins

DE

LOUIS BOMBLED

PARIS
ANCIENNE LIBRAIRIE FURNE
BOIVIN & CIE, ÉDITEURS
5, RUE PALATINE (VIe)

PREMIÈRE PARTIE

LE VOLEUR DE PENSÉE

CHAPITRE PREMIER

DEUX COUPS DE TÉLÉPHONE

La Wilhelmstrasse, — rue Guillaume — partant de l'avenue des Tilleuls, à côté de la place de Paris, pour aboutir à la place Belle-Alliance, est la voie la plus aristocratique de Berlin, capitale allemande, que la Sprée aux eaux grises divise en deux parties inégales.

Or, la maison portant le numéro 73 s'adosse aux bâtiments annexes du ministère des Affaires étrangères, dont la façade principale et la plupart

1

des services sont situés de l'autre côté de la rue au numéro 76. Ces détails...
topographiques étaient indispensables parce que...

Parce que, dans un salon-bureau du rez-de-chaussée du numéro 73, deux
personnes conversaient avec cette familiarité confiante qu'expliquent seuls
les liens de parenté.

— Alors, Marga, la liberté que vous a rendue le veuvage, vous pèse?

— La liberté, non, mon père,... ce n'est pas la liberté qui me déplaît,
c'est la solitude...

Le père de Marga se renversa dans son fauteuil en riant de grand cœur.

A première vue, il apparaissait comique, Herr Léopold Von Karch...
Assez grand, bedonnant, carré, les cheveux rares et la barbe fournie de ce
ton blond paille particulier aux races buveuses de bière...

Pourtant si l'on regardait mieux, les yeux gris du personnage, presque
toujours abrités par des lunettes d'or, modifiaient la première impression...
Un regard de Von Karch prenait une allure de perquisition morale, et
quand on l'avait senti peser sur soi, aigu, curieux, inquisiteur, le bonhomme
semblait inquiétant.

Sa fille, Margarèthe, Marga par diminutif affectueux, possédait, elle aussi,
des yeux gris à reflets d'acier. Heureusement pour elle, là s'arrêtait la
ressemblance.

Ses cheveux, devant évidemment à la teinture une délicieuse nuance
acajou clair, auréolaient un gentil visage, un peu poupin, mais doté d'un
teint éblouissant, blanc et rose, qui rendait plus sombres les prunelles
grises.

D'une taille au-dessus de la moyenne, bien proportionnée, Marga obte-
nait partout et d'emblée la flatteuse appellation de belle femme.

— Vous riez, vous riez, père, reprit-elle un peu sèchement, il est naturel
qu'une veuve de mon âge songe à se remarier...

Léopold Von Karch avait croisé ses mains grasses sur son abdomen et il
considérait sa fille avec une admiration sincère.

— Eh bien! fit-il tendrement... Nous chercherons un époux digne de toi
et de notre situation.

Il allait sans doute célébrer les mérites de sa fille, mais un timbre électrique résonna violemment.

— Le téléphone, fit-il en bondissant sur ses pieds... C'est du ministère...

Courant avec une agilité surprenante vu son embonpoint, il atteignit
l'appareil téléphonique fixé au mur dans un angle de la pièce, décrocha
l'oreillon-parleur, et d'un ton obséquieux :

— Allô, allô, qui appelle?

— Déclanchez la plaque à vue, lui fut-il répondu. Les noms ne signifient rien.

— C'est juste ! C'est juste ! Excusez-moi.

Auprès de l'appareil, un bouton poussoir de cuivre se distinguait.

Le gros homme y appuya son index. Alors un petit panneau d'apparence métallique s'abattit sur le mur avec un claquement sec.

C'était une plaque sensible de téléphote, appareil usité dans certaines grandes administrations allemandes et qui transmet les images comme le téléphone transmet les sons.

Une silhouette se dessina aussitôt sur la plaque. Mais à peine l'eût-il vue que Von Karch la cacha de ses deux mains étendues en clamant :

— Cela ne doit être vu de personne, de personne... Marga, sortez, ma chérie, je vous en prie... laissez-moi seul.

La jeune femme se mit à rire.

— Bon, je sors... Mais je sais qui vous parle... Trop facile à deviner.

La porte retombant sur elle, empêcha le père de relever l'ironie de ces paroles.

Il était seul... Et démasquant la plaque, courbé en deux, dans une attitude de respect servile, il reprit le parleur, murmurant :

— J'écoute... j'écoute... bouleversé par l'honneur.

— Je sais votre dévouement... venons au fait... On vous a parlé de ce jeune Français ?

— François de l'Étoile... cet enfant trouvé, ce sans-nom, qui s'en est fait un de la place de Paris où l'Assistance publique le recueillit.

— L'Assistance publique a recueilli un aigle. Il faut que cet homme soit à nous... Carte blanche pour agir et, en cas de succès, je vous autorise à vous montrer aussi exigeant que possible...

— Oh !...

Von Karch se prosterna presque. Mais une sonnerie tinta. Toute image s'effaça de la plaque du téléphote, et cependant le gros Allemand demeurait, courbé et rayonnant, devant l'appareil à présent muet.

. . . .

Tout près de Wimbleton, dans cette ravissante banlieue de Londres, sise entre les parcs de Richmond et de Wimbleton, se trouve une délicieuse villa moderne, *cottage* par la disposition, l'architecture, *château* par les dimensions de l'habitation et du domaine qui l'entoure.

La propriété est désignée sous le nom de *Fairtime Castle* — Château Fairtime, — le maître de céans étant lord Fairtime, l'un des plus puissants industriels du Royaume-Uni.

Il est des patronymiques prédestinés. Fairtime est évidemment du nombre (1), car la gaîté règne dans le domaine.

Depuis lord Gédéon Fairtime, grand, mince, distingué et souple malgré ses cinquante ans sonnés, avec son visage énergique et bon complètement rasé, jusqu'à sa fille Édith, ravissante blondinette de dix-huit printemps, en passant par Péterpaul et Jim, frères d'icelle, robustes et élégants sportsmen, qui venaient d'accomplir respectivement leur 25e et 23e années, tout le monde était joyeux dans la famille.

A cette heure même, de bruyants éclats de rire retentissaient dans le cours du tennis... où se déroulait un Gimkana.

Tout le monde connaît le Gimkana, cette sorte de cotillon de plein air, imaginé en Amérique par les *Smartset*, les quatre cents multimillionnaires de la 5e Avenue.

Ici, miss Édith, ses frères, et quelques amis de leur âge, avaient organisé, sous les regards amusés de parents plus graves, une course *egg in spoon* — œuf en cuiller. Chacun des coureurs tenait à la main une petite cuiller à café, dans laquelle il devait maintenir un œuf en équilibre.

Lord Gédéon Fairtime, oubliant la Chambre Haute et le souci des affaires, encourageait les coureurs, s'amusant, avec ce laisser-aller enfantin qui caractérise la bonne humeur britannique.

Soudain, un laquais dont le visage et l'attitude indiquaient un âge assez avancé, se montra, et s'approchant du lord, murmura respectueusement :

— On désire téléphoner à milord, à milord en personne.

— Qui ? interrogea l'industriel, évidemment fâché d'être dérangé.

— Je l'ignore... On m'a seulement dit que l'on voulait vous consulter sur deux points importants.

— Deux points !

M. Fairtime répéta ces mots avec un tressaillement.

(1) Pour les lecteurs qui ne parlent pas l'anglais ; calembour sur le sens littéral du nom propre *Fairtime*, que l'on peut traduire par *joli temps*.

Redevenant maître de lui-même, il se leva, sans précipitation, et suivit le domestique.

Mais quand il eut dépassé la ligne de troènes bordant le tennis, sa démarche changea tout à coup. Il se prit à courir vers la maison que l'on apercevait à environ deux cents mètres.

Courir! Gédéon Fairtime! Quel était donc le correspondant téléphonique à l'égard duquel il manifestait un tel empressement?

Sans ralentir sa course, il escalada les dix marches du perron accédant à la terrasse aux balustres de marbre, sur laquelle s'ouvraient les portes-fenêtres des appartements du rez-de-chaussée. Il traversa un salon luxueux, un couloir, et se précipita dans un vaste cabinet de travail-fumoir, où la sonnerie d'appel du téléphone tintait rageusement.

Et cependant, M. Fairtime prit le temps de fermer la porte d'un tour de clef. Après quoi seulement, il gagna l'appareil téléphonique et murmura :

— Allô! Allô ! votre très obéissant est à vos ordres.

La formule prononcée eût, elle aussi, stupéfié ceux qui eussent pu l'entendre.

Lord Gédéon s'intitulant très obéissant, lui, l'homme le plus indépendant de la création!

..... Consulter sur deux points, apportait le courant à l'oreille du gentleman, qui répondit aussitôt :

— Deux, trois ou quatre... un nombre quelconque plaira toujours à mon dévouement.

— Vous avez le verbe clair?

— Clair comme le chant du coq.

— Un coq de combat, j'espère.

— Oui, car il a ses lettres de noblesse.

Quel singulier dialogue !

Evidemment, les phrases échangées constituaient un signal convenu à l'avance. En effet, le dialogue devint moins nébuleux :

— Cher lord, il s'agit de François de l'Étoile.

— Ah!

Eh mais! à Londres comme à Berlin, on s'occupait donc de cet enfant, trouvé vingt-six ans auparavant sous le porche géant de l'Arc de l'Étoile, de cet être infime, enveloppé de langes sans aucune marque, et qu'un agent de police avait porté paternellement au poste le plus voisin, où l'Assistance publique en avait pris possession.

— J'ai fait examiner, sans en dévoiler l'usage, continuait l'interlocuteur de M. Fairtime, j'ai fait examiner par la Scientifical Academy l'hélice nouvelle dont ce jeune homme vous a confié les plans... Vous l'avez expérimentée, n'est-ce pas?

— Avec plein succès. Elle développe une puissance décuple de toutes les hélices connues.

— Alors je compte sur vous. Il y a là un cerveau qui peut être un facteur capital des... succès futurs. Il faut qu'il soit à nous à tout prix... Associez-le à votre entreprise au besoin... l'Angleterre est assez riche pour rembourser quiconque travaille à sa gloire. Vous m'entendez?

— Oui, mais je refuse tout remboursement.

— Pourquoi?

— Parce que je considérerais comme une fortune l'acquisition d'un collaborateur de telle valeur. Mes fils Peterpaul et Jim qui, vous le savez, me secondent dans la direction de mes usines, pensent absolument de même.

— Vous en êtes assuré?

— Totalement.

— Alors, la chose est faite?

— Sauf acceptation de l'intéressé.

— Oh! vous n'en doutez pas. Un génie, oui; mais un génie sans fortune. L'association avec vous lui apparaîtra ainsi qu'une réalisation de conte féerique.

— Je l'espère, non à cause de l'argent qui lui en reviendra, mais à cause surtout de l'affection, de la confiance, que je pense avoir méritées de lui.

— Oh! oh!... un caractère, alors?

— Oui, un souverain au pays des honnêtes gens... Vous l'avez deviné sans doute, puisque vous vous intéressez à lui.

— Chut! Chut! pas de mots à double entente, apporta le téléphone à l'oreillon appliqué sur le pavillon auriculaire du lord.

Il s'excusa respectueusement.

— Pardonnez un involontaire rapprochement.

— Entendu... et merci de votre loyalisme.

Plus rien. La communication était terminée.

Gédéon Fairtime raccrocha le parleur. Il restait pensif en face de l'appareil.

Soudain, on heurta à la porte.

Avec un haussement d'épaules il s'en fut ouvrir. Ses sourcils froncés indiquaient qu'il se préparait à morigéner l'importun.

Mais son mécontentement ne tint pas contre la gracieuse apparition démasquée par la porte tournant sur ses gonds.

C'était miss Édith, toute rose, tout essoufflée, tenant encore à la main la petite cuiller de l'*egg in spoon*.

— Père, fit-elle bien vite, excusez votre petite Édith... J'étais inquiète... Jack, votre vieux serviteur, m'a dit que vous aviez couru comme un affolé... J'ai même cassé mon œuf sur les genoux de mistress Glock qui a poussé des cris d'orfraie... et je ne m'en suis pas préoccupée... Vous sentez l'inquiétude.

Il eut un sourire plein de tendresse.

— Je vais partir pour Paris, petite Édith.

— Avec moi?

— Si vous le voulez... On m'a téléphoné... On ignore que, depuis la mort de votre sainte mère, mes trois enfants et moi formons un quatuor d'âmes, entre lesquelles il ne saurait exister un secret, mais qui sait garder le silence vis-à-vis des autres.

— Alors il y a un secret?

— Oui, François de l'Étoile.

— Ah!

Une rougeur plus vive envahit les joues de la jeune fille, Gédéon Fairtime ne parut pas s'en apercevoir.

— *On veut,* il accentua fortement ces deux mots. On veut que j'associe ce jeune homme à notre entreprise, car on pense qu'il existe un intérêt capital pour l'Angleterre *à ce qu'il soit tout à nous.* Qu'en pensez-vous?

Brusquement Édith se jeta au cou de son père.

— Oh! père... ce serait si facile, si vous le vouliez.

— Que prétendez-vous exprimer ainsi, chère petite?

Elle enfouit son visage dans l'épaule de son père, s'incrusta en quelque sorte entre ses bras, et d'une voix hésitante :

— Je crois... je crois que je l'aime, père... Si vous le permettez.

CHAPITRE II

L'AÉRODROME

— Eh bien, François... Vous voilà tout rêveur:.. Est-ce l'approche du Championnat mondial d'Aviation qui vous absorbe ainsi?

— Non, non, cher monsieur Tiral.

Les deux causeurs déjeunaient dans la salle à manger de l'hôtel du Camp, l'un des meilleurs parmi ceux qui bordent la rue principale de Mourmelon-le-Grand, cette bourgade qui doit son unique importance à sa situation sur le territoire du camp de Châlons.

La rue regorgeait de monde. Bicyclettes, automobiles, voitures, se croisaient dans un brouhaha de grelots, de trompes, de claquements de fouets, de cris, d'imprécations et de rires.

Les deux hommes attablés, regardaient de temps à autre dans la rue, l'un apparaissait grand et mince, son costume de chasse, sévère, accusait l'élégance de sa personne... Mais l'attention s'accrochait toute à sa figure régulière, soigneusement rasée. On y lisait la bonté, la droiture, le courage et aussi la volonté opiniâtre, trahie par l'arcade sourcilière nettement tracée, par les yeux d'un bleu profond dont le regard se fixait net, précis sur son interlocuteur, un vieillard, aux cheveux grisonnants, à l'air résigné d'un vaincu de la vie.

Au dehors, dans la foule, on ne parlait que de ces deux hommes.

Des groupes enthousiastes retraçaient la carrière de François, pupille de l'Assistance publique, boursier au collège, bachelier philosophie et mathématiques élémentaires à seize ans, entré à Polytechnique à dix-huit, avec le numéro trois, sorti le premier enlevant la mention « Sujet exceptionnel ».

Puis son entrée comme ingénieur chez les frères Loisin, les constructeurs d'aéroplanes de Billancourt; la maîtrise du jeune ingénieur s'affirmant de suite dans la construction et dans le pilotage des appareils planeurs.

On accordait des paroles sympathiques à son compagnon, le vieux M. Tiral, comptable chez les frères Loisin, uniquement parce que l'on connaissait l'affection paternelle, admirative, que le bonhomme, solitaire ou épave de la société, avait vouée au jeune ingénieur.

A quels transports se fût porté le public s'il avait pu entendre ce que Tiral disait à ce moment même à l'idole du jour!

— Ce Championnat mondial, c'est le triomphe, mon cher François!... Si, si, ne secouez pas la tête; à quoi bon la modestie avec moi. Ne m'avez-vous pas permis de comprendre que vous savez, à cette heure, ce que l'aviation sera dans vingt ans.

— Je puis me tromper, mon vieil ami.

— Allons donc, impossible!.. Oh! mon avis, à moi, pauvre diable de comptable, ne signifie rien. Mais songez donc aux Loisin et surtout aux Fairtime, ces puissants industriels anglais, quinze usines, quarante-neuf mille ouvriers! Quand ces gens-là s'inclinent devant un savant sans fortune, cela signifie un sentiment voisin de l'admiration.

— Oh! le mot est fort, protesta François sur les joues de qui une rougeur avait monté au nom de Fairtime.

— Fort? Trouvez-en un autre. Peterpaul Fairtime et sa sœur Édith viennent essayer un aéroplane à Billancourt. Ils ne veulent être pilotés que par vous. Après la réception de l'engin, M. Peterpaul vous déclare, approuvé par miss Édith, qu'il est archimillionnaire; qu'il est convaincu qu'un ingénieur de votre valeur doit avoir en réserve quelque invention étonnante

2

et que, s'il ne se trompe pas dans ses suppositions, il se met financièrement
à votre entière disposition.

— Ah! l'excellent Anglais! Quelle journée! J'étais fou de joie quand je
rentrai à notre pension de famille de la rue d'Auteuil.

— Je l'adore, moi, ce brave jeune homme qui accepta toutes vos conditions. Les diverses pièces fabriquées dans des usines différentes, rassem-
blées dans une propriété isolée qu'il possède en Écosse ; les secrets de mon-
tage restant votre propriété ; cela me donne des fourmis dans les jambes de
penser que dans quelques semaines, vous partirez là-bas. Vous monterez
votre appareil, ce qu'un autre ne saurait faire, grâce aux précautions prises.
Et les Loisin s'arracheront les cheveux. S'ils pouvaient disposer des sommes
nécessaires aux expériences, parbleu, ils n'hésiteraient pas. Mais leur conseil
d'administration se refuse à ouvrir la caisse. Il n'a pas la confiance de
M. Fairtime. Et il s'en mordra les doigts.

Durant cette conversation, la grande rue de Mourmelon était devenue
déserte.

Les curieux avaient pris le chemin de l'aérodrome du Camp de Châlons
où devait se disputer la Coupe Mondiale d'aviation.

Une automobile emporta l'ingénieur et le comptable Tiral dans la même
direction.

La foule impatiente se pressait autour des vastes bâtiments du *Quartier
général*, créés naguère par l'empereur Napoléon III à deux kilomètres au
sud de Mourmelon.

Autour des pavillons, chalets, autrefois affectés à la résidence du souverain et de sa suite, autour de la chapelle où la cour défunte assistait à la
messe impériale, autour des diverses autres installations, c'était une cohue
de toilettes claires, de cyclistes, de paysans, de soldats.

Dans les tribunes ornées de drapeaux, les invités de choix se pressaient,
s'étouffaient presque, Lord Fairtime et sa famille, arrivés la veille d'Angleterre, avaient réussi à se caser au premier rang, non sans une légère al-
tercation avec deux personnes inconnues, qui avaient trouvé place un peu
plus loin, sur le même gradin.

Dans ces deux personnes on eût pu reconnaître les causeurs entrevus dans
la maison de la Wilhemstrasse à Berlin. Herr Léopold von Karch et sa fille
Marga : lui, en costume de voyage ; elle, dans une toilette tapageuse, jolie
peut-être, mais à coup sûr de goût douteux.

Alors que chacun se tassait, acceptait que le voisin lui enfonçât les coudes
aux flancs, l'Allemand avait émis la prétention d'être à l'aise. Mais une

phrase énergique de Peterpaul, appuyée par l'apparence vigoureuse du jeune Anglais, avait déterminé von Karch à la conciliation. Il s'était même éloigné du gentlemen sportif, manifestant ainsi, sinon le courage du lion, du moins la prudence du serpent.

Et maintenant, il fulminait à voix basse contre l'instinct de domination de ces « maudits Anglais », qui se croient les maîtres du monde et qui méritent la leçon terrible qu'ils recevront un jour ou l'autre.

Marga s'impatientait... Elle regardait le vaste ovale (deux kilomètres de long sur un de large) dans lequel les aéroplanes allaient évoluer. Ses regards erraient, impatients, des barrières blanches limitant le champ, aux mâts indiquant les points de virage, l'un situé en face des tribunes, l'autre à l'extrémité opposée de la piste. Entre le premier de ces mâts et la tribune, une large raie blanche, tracée sur le sol, marquait le départ et l'arrivée.

Les chronométreurs se trouvaient à leur poste. Et, à droite, en dehors du champ, près des casernes, s'alignaient les hangars démontables où les concurrents passaient la dernière inspection de leurs montures ailées.

— Ah! murmura Édith comme malgré elle, pourvu qu'il soit vainqueur! Mais un grand silence s'épandit soudain sur la foule.

L'un des hangars-garages s'était ouvert, et un aéroplane s'avançait roulant sur son châssis de lancement; puis un bourdonnement, composé de mille chuchotements.

— Le n° 15 Blériot.

— Oui, les monoplans commencent. Puis les biplans viendront à leur tour.

— Les biplans, genre Farman, Delagrange, Ferber, Wright.

— Et enfin le polyplan Loisin et de l'Étoile.

L'appareil qui provoquait l'attention passionnée du public, atteignait la ligne de départ.

Avec son envergure d'une quinzaine de mètres, il donnait l'impression d'un gigantesque cerf-volant posé sur le sol.

Le pilote s'installa dans la logette ménagée à son usage, au milieu de l'engin; une détonation sèche retentit.

Le signal venait d'être donné.

Le Championnat du Monde commençait.

Dire ce que furent les épreuves, de quelle habileté firent montre les concurrents est inutile. Tout le monde sait le courage, la science des pilotes de l'air.

Quelques pannes, un ou deux atterrissages brutaux, heureusement sans accident de personnes, avaient porté à son paroxysme l'exaltation de l'assistance.

Dans les tribunes mêmes, le public choisi des invités oubliait la réserve dont se revêtent, ainsi que d'une cuirasse, les représentants de la société.

On se levait, encourageant les aviateurs de la voix, du geste. C'étaient maintenant des cris, des hurrahs, des applaudissements frénétiques.

Il semblait que l'âme de la multitude fût emportée sur les ailes blanches des appareils planeurs.

Et toujours, dans le tumulte, les yeux d'Édith se fixaient sur le hangar le plus éloigné des tribunes.

C'était là, on le lui avait indiqué, que François de l'Étoile attendait le moment d'entrer en lice. Soudain, elle frissonna toute.

— Père, les portes du hangar glissent sur leurs galets.

Lord Fairtime inclina la tête. Lui aussi avait vu.

— Voici le polyplan.

C'était vrai. L'aéroplane apparaissait, tiré hors de son hangar par une équipe d'employés de la maison Loisin et Cⁱᵉ.

MM. Tiral, Loisin, se démenaient. A leurs gestes, à leur attitude, on comprenait qu'ils veillaient sur l'aéroplane avec la sollicitude de « papas » dirigeant les pas d'un enfant chéri.

Sur l'assemblée un grand silence s'était épandu d'un coup, après cette annonce chuchotée :

— Le polyplan Loisin, piloté par François de l'Étoile.

François de l'Étoile, nom prestigieux dont le public sportif avait appris la valeur depuis deux années.

La compétence de l'ingénieur restait ignorée des masses, enclines comme toujours à dédaigner le labeur intellectuel qu'elles ne comprennent pas.

Mais la gloire du pilote enthousiasmait les foules.

Ses expériences de Meudon, de Bagatelle, d'Auvours, son raid aérien de Paris à Fontainebleau, revivaient dans toutes les imaginations, surexcitaient les esprits, évoquaient dans les cerveaux ignorants, des expériences confuses d'atmosphère dompté.

Et lui sortait du hangar, se hâtant de rejoindre son appareil qui s'arrêtait à cet instant, auprès de la ligne blanche marquant le départ.

— Oh! fit une voix de femme. C'est là ce fameux ingénieur!

Edith tressaillait. Elle eut l'impression lancinante d'un défi. Ses yeux se portèrent du côté d'où était partie l'exclamation, et elle aperçut Margarèthe von Karch debout.

Une colère monta en elle : une inexplicable intuition lui révéla que cette jeune femme lui serait ennemie.

L'AÉROPLANE SORTAIT DE SON HANGAR.

Cependant, François s'installait au léger volant directeur de l'aéroplane. Les employés de l'usine Loisin s'écartaient, allant se grouper auprès des chronométreurs. M. Loisin et le vieux Tiral prononçaient les dernières paroles d'encouragement, auxquelles l'aviateur riposta par un sourire, puis, sur la piste, l'engin apparut seul, avec, à sa direction, le jeune ingénieur, immobile, attendant le signal d'envol.

Une émotion subite avait étreint tous les cœurs, suspendu toutes les conversations. Deux cent mille spectateurs vibraient à l'unisson.

Seuls, le murmure du vent, le claquement des oriflammes se percevaient.

Et tout à coup, un déclic secoua l'assistance d'une commotion; un ronflement léger bourdonna dans l'atmosphère, l'aéroplane se mit en mouvement, roula pendant un instant sur ses roues porteuses et s'éleva dans l'air, au milieu d'une acclamation furieuse, impulsive, irraisonnée, jaillie de toutes les poitrines.

De nouveau, la foule se fit muette.

Une sorte de stupeur admirative annihilait les individualités.

Jusque-là on avait vu des aviateurs audacieux et habiles, mais si l'on peut s'exprimer ainsi, on avait senti l'effort, la préoccupation incessante d'assurer la stabilité et la direction des appareils planeurs.

A présent, l'inquiétude imprécise accompagnant les diverses expériences avait disparu.

Il semblait que le pilote fût le maître de l'air.

Ce n'était plus un aéroplane, construit de main d'homme, dont la silhouette blanche se mouvait dans l'espace; c'était un oiseau serti par la nature.

Chacun pensait, et nul n'eût su expliquer le pourquoi de cette conviction, que le polyplan de François de l'Étoile ne pouvait pas tomber.

De fait, il évoluait avec une aisance, une sûreté inimaginables, tournant dans un cercle restreint, décrivant des arabesques fantaisistes, s'élevant en spirale dans l'azur, puis fonçant vers le sol avec la rapidité du milan fondant sur sa proie, et tout à coup, à cinquante centimètres du terrain qu'il semblait devoir heurter, se redressant pour reprendre la direction des nuages.

On eût cru que le pilote se riait de la difficulté. Le rêve d'Icare était réalisé. Un homme apparaissait, citoyen de l'air, maître du vent, dominateur de l'impalpable!

Et quelle rapidité! Toutes les machines volantes présentées en ce jour semblaient à présent n'être que de lentes pataches auprès d'un rapide de grande ligne.

Si l'on tenait compte que ces appareils se déplaçaient cependant, à raison de cinquante à quatre-vingts kilomètres à l'heure, on en arrivait à cette stupéfiante conclusion que l'aéroplane Loisin devait couvrir environ cent cinquante kilomètres dans le même laps.

Dix minutes étaient accordées à chacun des concurrents à la Coupe mondiale.

A l'instant même où l'on chronométrait la soixantième seconde de la dixième minute, le polyplan se posait doucement à terre, son gouvernail stabilisateur affleurant la ligne d'arrivée.

La précision de la manœuvre avait été inouïe.

Alors, une clameur frénétique monta vers le ciel. Tout le monde était debout, criant, gesticulant.

Mais il suffit à François, debout à présent devant le moteur de la machine immobilisée, il lui suffit d'étendre les mains pour obtenir le silence.

Et sa voix sonore résonna aux oreilles des spectateurs, les troublant ainsi qu'une annonce prophétique. Il dit :

— Pour mes confrères et pour moi, merci de vos encouragements. Vous voulez honorer ceux qui consacrent leur existence à la conquête de l'air; mais, vous n'ignorez pas plus que nous que notre œuvre sera complète et pratique seulement le jour où un aéroplane remplira ces trois conditions :

1° Pouvoir demeurer immobile dans l'espace, en un point déterminé, au lieu de n'obtenir, comme aujourd'hui, son équilibre qu'en se déplaçant rapidement;

2° Progresser en avant et en arrière sans virage;

3° Présenter une surface réduite, telle que l'appareil soit susceptible de s'abriter dans une remise d'automobile; ses dimensions actuelles le rendant encombrant et inutilisable en tout endroit habité.

Ce simple exposé démontre que, nous, les pionniers de l'espace, nous avons à peine indiqué la voie. Aussi vos acclamations ne signifient pas pour nous : « C'est parfait! » mais bien : « Faites mieux! » Et tous, constructeurs, ingénieurs, pilotes, nous nous efforcerons de faire mieux, je m'en porte garant.

Il s'était tu. Personne ne bougeait. Tous s'entreregardaient, pétrifiés par la modestie hautaine de ce vainqueur qui, aux applaudissements répondait par ces mots :

— Je n'accepte votre approbation que comme ordre de réaliser tout ce qui reste à faire pour que l'homme soit véritablement le conquérant de l'air.

A cette époque de vantardise où le plus mince mérite et même l'absence de tout mérite, réclament impérieusement fortune et honneurs, le héros de la réunion ahurissait un peu l'assistance en rentrant dans le rang, en déclarant que pour lui, autant que pour ses concurrents, tout ou presque tout restait à trouver dans la science de l'aviation.

A ce moment, Margarèthe, qui venait de parler bas à son père, se leva toute droite et d'un ton très net :

— Les aéroplanes engagés aujourd'hui peuvent tous prendre un passager.

— Oui, oui, c'est une condition de l'épreuve, répondirent cent voix.

— Eh bien, j'offre une contribution de cinquante mille marcks (62.500 francs), au Comité d'Études pour l'amélioration des machines volantes, si M. François de l'Étoile, le vainqueur de la journée, en dépit de son humilité, consent à me recevoir comme passagère et me ramène à Mourmelon.

Un tonnerre d'applaudissements accueillit la proposition.

Le public des tribunes ne voyait là qu'un élan généreux arraché à l'enthousiasme d'une femme charmante, car Marga apparaissait telle, toute droite, les mains finement gantées posées sur l'accoudoir de velours rouge de la tribune.

Mais Edith, elle, était devenue atrocement pâle.

Et, sans qu'elle en eût conscience, ses yeux se fixèrent suppliants, sur le jeune ingénieur.

— J'avais déjà promis cela à Mademoiselle, dit-il lentement.

François continua :

— D'autre part, je n'ai pas le droit de refuser l'offre gracieuse faite au Comité d'Études... Je prendrai donc à mon bord deux passagères, si elles y consentent. Je réponds de leur sûreté.

— J'accepte, prononcèrent en même temps Edith et Margarèthe.

Cette fois, les applaudissements éclatèrent. L'incident imprévu ravissait le public.

Mais déjà Edith descendait sur la piste, aussitôt suivie par l'Allemande.

Loisin, Tiral, enchantés et de la victoire du champion des usines de Billancourt et de l'incident inattendu qui, relaté par la Presse, amènerait à la marque Loisin une magnifique réclame, s'étaient portés auprès de l'aéroplane.

3

Ils aidaient les deux passagères à s'embarquer, à prendre place, en arrière du pilote, afin d'assurer la stabilité de la machine.

— Attention, commanda François.

Et le constructeur, le comptable s'étant écartés pour laisser le champ libre à l'appareil :

— Êtes-vous prêtes? demanda-t-il à ses deux compagnes.

— Oui, murmura Edith.

— Oui, répéta Margarèthe.

— Alors, en route!

Le moteur ronfle, l'aéroplane quitte la terre, décrit une courbe allongée, gagne une hauteur de trente mètres environ, et filant par dessus les toits des tribunes d'où monte une tempête de clameurs joyeuses, il file à toute vitesse vers Mourmelon.

Les passagères sont prises par la griserie de l'espace. Il leur semble qu'elles ne pèsent plus, qu'elles ont des ailes... Les champs. les routes blanches, les arbres dont l'appareil rase la cime, défilent sous leurs yeux éblouis comme des images cinématographiques.

Il y a une sorte d'immatérialisation de leurs personnes. Elles ne sont plus des représentantes de la beauté. de la jeunesse. de la grâce. Elles sont des âmes.

L'altitude opère son miracle habituel. L'esprit s'élève à mesure que le corps s'éloigne du terrestre limon.

Mais un choc léger, imperceptible, se produit. Les voyageuses aériennes regardent. L'aéroplane vient d'atterrir sur la route à cent mètres de l'église de Mourmelon-le-Grand.

Et François parle :

— Je vous demande pardon. Impossible d'entrer dans Mourmelon. L'un des inconvénients que je signalais tout à l'heure, la trop grande surface de l'appareil. Permettez que je vous aide à débarquer.

Il s'empresse, et Edith, qui maintenant n'a plus de tristesse, sent la main sur laquelle elle s'appuie, trembler au contact de ses doigts.

Les voici toutes deux sur la route. Lui a repris sa place à son poste de direction. C'est à Edith qu'il adresse l'adieu.

— Je retourne au camp pour garer l'appareil.

Et de nouveau l'aéroplane reprend son essor.

Les deux voyageuses sont demeurées immobiles. Elles suivent des yeux le grand oiseau blanc, qui disparaît enfin, masqué par un rideau de peupliers.

Alors elles reprennent conscience du lieu où elles se trouvent.

Elles échangent un regard où perce une sorte d'étonnement; on croirait qu'elles vont parler, prononcer les mots d'où peut-être eût pu sortir la confiance.

Mais elles s'arrêtent, se saluent froidement, et chacune, ayant choisi un côté de la route, elles s'engagent dans la grande rue de Mourmelon.

Au moment où elles parviennent à hauteur de l'hôtel du Camp, cet hôtel où François a déjeuné le matin, une automobile lancée à toute vitesse les rejoint. L'homme qui l'occupe est Von Karch.

La voiture stoppe brusquement. Le personnage saute à terre, parle un instant à Margarèthe, puis l'entraîne à l'intérieur de l'hôtel, tandis que le véhicule s'engouffre sous la voûte accédant aux écuries.

Edith a vu tout cela. Elle prononce à haute voix sans avoir conscience qu'elle parle :

— Que lui veulent-ils donc?

Et elle continue sa route.

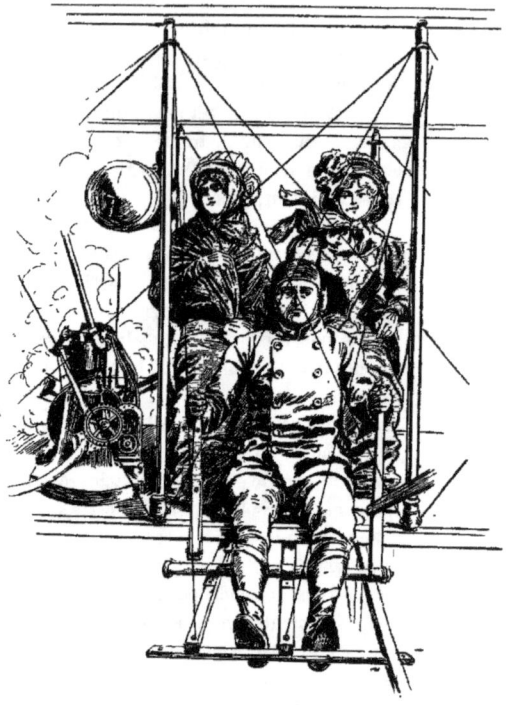

Alors, en route!

. . . .

Comme une fourmilière qui essaime, les spectateurs de l'aérodrome se sont répandus sur toutes les routes.

La séance est terminée. Chacun regagne son logis en devisant sur ce qu'il a vu.

Ceux qui se dirigent vers Mourmelon aperçoivent une dernière fois l'aéroplane Loisin filant à *tire-d'aile*, c'est le cas de le dire, dans la direction de son garage du camp de Châlons.

Ils le saluent de leurs acclamations, heureux de l'entrevoir une fois encore.

Mais l'appareil passe vite, s'éloigne. Son pilote a-t-il seulement entendu?

Il est probable que non. Il rêve, si rompu à la manœuvre du planeur, qu'il l'assure d'instinct, tandis que son esprit flotte encore au-dessus de Mourmelon suivant une silhouette gracieuse et blonde.

Tout là-bas, en avant, il discerne le hangar Loisin. Alentour se tient un groupe de personnes. François reconnaît le constructeur, les aides, le comptable Tiral.

Mais voici aussi M. Fairtime et ses fils : Péterpaul, Jim.

Que font-ils en cet endroit?

L'aéroplane est trop rapide pour lui laisser le temps de répondre à la question.

Il se pose avec une douceur remarquable à quelques mètres du hangar...

Et c'est une ruée vers l'appareil. François est presque tiré à terre. On le félicite de son succès, on lui serre les mains. Loisin exulte, Tiral délire, les employés rugissent leur joie de la victoire de la marque Loisin et Cⁱᵉ.

Et le père d'Edith, ses frères font chorus avec le personnel des usines de Billancourt.

Seulement, en Anglais pratiques, ceux-ci profitent de l'instant où l'attention de tous est accaparée par l'aéroplane, qui réintégre son hangar, pour entraîner le vainqueur vers une automobile stationnant à peu de distance. Ils le poussent avec une violence amicale dans le véhicule, y sautent à leur tour, et la machine part en vitesse, tandis que Péterpaul, de sa voix de stentor, crie aux Français ahuris par ce brusque enlèvement :

— Ce soir, le *champain* (champagne) à l'hôtel de l'Aigle. Nous toasterons ensemble de cœur ami.

Ils peuvent tout juste répondre d'un signe de tête. L'automobile est déjà loin.

Alors, le père d'Edith frappe légèrement le bras de François, et d'un ton grave :

— A nous deux, voulez-vous? Je tiens à dire, à présent que nous sommes seuls, que vous avez terriblement compromis ma fille, miss Edith, devant deux cent mille inconnus.

Le jeune homme tressaille. Voilà ce qu'il craignait confusément. Il veut s'excuser, son interlocuteur ne le permet pas.

— Attendez. Vous parlerez quand le tour sera venu. Je suis sûr que vous regrettez...

— Oh! croyez-le, balbutie le jeune homme éperdu.

Mais l'Anglais l'interrompt :

— J'ai prié d'attendre que j'aie terminé.

Et d'un air tout drôle, la voix sévère, les yeux rieurs, il continue :

— La fabrication de vos inventions est assurée. Dans un mois, vous viendrez en Angleterre; dans deux, vous aurez monté votre appareil. Vous serez glorieux de par notre entente cordiale, à nous, née de l'entente de nos deux patries. Et vous répondez à cela par une légèreté incroyable. Vous enlevez ma fille en présence d'une foule.

— J'ai obéi au désir de...

— De lui être agréable. Sans doute, sans doute. Mais le résultat n'en existe pas moins.

Une moiteur perlait au front de l'ingénieur.

— Eh bien, continua lord Fairtime, je vous crois un très droit gentleman. Aussi le problème posé, je pense que vous n'hésiterez pas à le résoudre correctement.

— Je ne comprends pas, balbutia François complètement désarçonné.

— Comment? Vous ne comprenez pas que votre devoir strict est de réparer.

— De réparer?

— Certainement. En dehors d'une parente ou d'une fiancée, le tête-à-tête avec vous et dans les airs encore, est tout à fait « inconvenable ». Or, Edith n'est point votre parente, n'est-ce-pas? Il faut donc qu'elle soit votre fiancée.

Et sur cette conclusion, Gédéon Fairtime se prit à rire de tout son cœur, Péterpaul et Jim lui faisant écho en fils respectueux.

François, lui, s'était à demi renversé sur le capiton. Il lui semblait qu'il venait de recevoir un grand coup au cœur. Ses regards se troublaient. Tout tournait autour de lui. Haletant, suffoqué, il murmura péniblement.

— Vous oubliez ce que je suis...

Mais Fairtime lui saisit les mains, les secoua cordialement.

— Vous êtes surtout complètement brave garçon, voilà ce que vous êtes. Alors que la fortune attire les autres, à vous, elle fait peur. Et cependant Edith prétend que vous avez pour elle un tendre sentiment; s'est-elle trompée?

Le jeune homme réunit toutes ses forces pour balbutier :

— Non.

— A la bonne heure. J'eusse été surpris qu'elle eût commis une méprise semblable. En ce cas, rien ne s'oppose à ce que nous échangions parole.

— Mais...

— Vous allez répéter des choses sans intérêt. Ce que vous êtes, je veux vous le dire : Un ingénieur de haute, haute valeur. Vous le prouverez d'ici peu.

— Grâce à votre appui.

— Si cela vous plaît, et il ne m'est pas désagréable que vous le pensiez. Ainsi vous me serez reconnaissant, attaché, et je gagnerai un fils de plus.

C'en était trop. Deux grosses larmes roulèrent lentement sur les joues de François et il joignit les mains, incapable de prononcer un mot.

Mais son geste, l'expression de son visage, parlaient mieux que n'eussent pu le faire ses lèvres.

Le rêve qui le bouleversait un peu plus tôt devenait une réalité.

— Est-ce entendu? reprit l'Anglais.

— Oh! comment reconnaître...

— Pas de phrases, je vous en prie. Nous sommes des gens pratiques, je pense, et une convention doit s'exprimer clairement. Est-ce oui? Est-ce non?

— C'est oui, et ma vie est à vous.

— *All right!*

Et, en aparté, Gédéon Fairtime se confia :

— Je crois que j'ai agi en sujet loyal et en bon père... Tout le monde sera content, et moi aussi, ce qui ne gâte rien.

Le fait est que la solution satisfaisait également Péterpaul et Jim.

Tous deux s'unirent pour dire leur joie à leur beau-frère français, et, on s'accoutume au bonheur plus aisément qu'à la tristesse, en arrivant à l'Hôtel du Camp, François de l'Étoile commençait à considérer comme réel le songe qu'il venait de vivre.

Là, il prit congé. Il lui fallait revêtir un costume de ville pour se rendre au dîner offert par l'Anglais.

Mais, si pressé qu'il fût de revoir Edith, maintenant qu'elle n'était plus pour lui l'Étrangère, il demeura sur le trottoir jusqu'à ce que l'automobile et ses passagers eussent disparu, cent pas plus loin, à l'intérieur de l'Hôtel de l'Aigle.

CHAPITRE III

L'ENNEMI

— Herr ingénieur, je vous salue.

Ces mots frappèrent l'oreille de François, au moment où il traversait le vestibule de l'Hôtel du Camp.

D'instinct, il s'inclina et voulut passer outre.

Mais celui qui venait de parler ne le permit pas. Il s'était planté en face du jeune homme, opposant sa masse lourde et trapue à tout mouvement dans la direction de l'escalier, accédant aux chambres des voyageurs.

L'ingénieur eut un geste d'impatience aussitôt réprimé d'ailleurs, car un peu en arrière de Von Karch, — c'était l'Allemand qui l'arrêtait ainsi — il avait aperçu une silhouette féminine. Si peu qu'il l'eût considérée, il ne pouvait pas méconnaître la seconde passagère ramenée par lui-même à Mourmelon.

Le père de Mademoiselle, sans doute? fit-il gracieusement.

— De Madame, rectifia son interlocuteur, Margarèthe, veuve d'un petit professeur polonais, qui la rendait malheureuse... un coquin, un drôle.

Et comme le jeune homme indiquait du geste qu'il s'étonnait de ces confidences, von Karch s'apaisa soudain.

— Oui, je vous dis cela... J'ai l'air de mettre la charrue devant les bœufs... La conversation demande de la méthode tout comme autre chose... Je voulais d'abord vous remercier de vous être prêté si gracieusement à la fantaisie aviatrice de ma chère Marga.

— Oh! Madame offrait un tribut princier à l'aviation.

— Dont vous ne bénéficierez pas, herr ingénieur. Vous conservez donc l'auréole de votre courtoisie; et j'en suis aise, car je puis, sans qu'il y ait d'argent entre nous, vous exprimer mon admiration.

— Un grand mot...

— Nous les aimons en Allemagne, et si parfois c'est une faute, je pense qu'il y a vertu à employer un grand mot pour qualifier une grande chose.

Puis brusquement :

— Vous me semblez pressé...

— Oui, en effet... obligé de m'habiller... un dîner...

— Il n'importe. Accordez-moi cinq minutes... je serai bref... Je crois que vous ne regretterez pas de m'entendre; non, en vérité, vous ne le regretterez pas.

L'accent du gros homme sonnait si net que François ne put repousser sa requête. Prenant son parti, il poussa la porte du cabinet de lecture-fumoir mis à la disposition des clients de l'hôtel.

— Ici, nous pourrons causer sans être dérangés.

Il fit passer devant lui ses deux interlocuteurs et, la porte retombée, il donna un tour de clef. Von Karch avait suivi tous ses mouvements avec une évidente satisfaction.

— A la bonne heure, grommela-t-il, à la bonne heure; ceci nous assure quelques instants de solitude. Cela suffira. Entre honnêtes gens, agissant ouvertement dans un but loyal, les discussions ne sont jamais longues.

Lui-même avança une chaise au jeune homme; puis s'étant laissé tomber, ainsi que Marga, sur un canapé, il commença :

— Puisque vous avez peu de temps, herr ingénieur, je ne m'embarquerai pas dans des circonlocutions. Après tout, nous sommes, vous et moi, des hommes de chiffres. Il vaut peut-être mieux que nous nous expliquions ainsi.

François surpris par le début, demeura immobile.

— D'abord, continua Von Karch, établissons ce que nous sommes.

Vous, à tout seigneur, tout honneur, vous êtes un « sujet » remarquable. Être le premier à Polytechnique, certes, c'est fort joli, mais cela prouve seulement que l'on est doué de la faculté d'apprendre. Une vaste intelligence peut n'être pas créatrice. Or, vous êtes créateur. Depuis une année que vous dirigez la fabrication Loisin, vous avez orienté les appareils de cette marque de telle sorte qu'ils ont une supériorité incontestée sur toutes les productions similaires.

Sans s'arrêter à un geste vague du jeune homme, se demandant toujours où son interlocuteur voulait en venir, l'Allemand poursuivit :

— Donc, vous êtes inventif. De plus, vous possédez un esprit pondéré. Les quelques paroles prononcées par vous tout à l'heure sur le champ de courses m'ont frappé. Vous savez ce qui manque à l'aéroplane, vous le voyez nettement, et vous réaliserez l'appareil ayant les qualités que vous avez désignées.

Il y eut un fugitif sourire sur les lèvres de François.

Ni Von Karch, ni Margarèthe ne parurent l'avoir remarqué, et cependant tous deux échangèrent un regard rapide, tandis que le gros Allemand reprenait :

— Que vous manque-t-il en somme? De l'argent, beaucoup d'argent, afin de pouvoir expérimenter sans compter.

L'ingénieur voulut répondre, Léopold lui imposa silence du geste.

— Eh bien, cet argent, je l'ai, moi. Je suis follement riche et je le mets à votre disposition.

— Vous?

— Moi.

Un instant, François demeura sans voix. Véritablement la chance le poursuivait jusqu'à la persécution. Fairtime, d'une part, lui créait une situation privilégiée entre tous les hommes. Et cela ne suffisait pas. Voilà maintenant que la fortune venait à lui pour la seconde fois, sous la figure de ce personnage inconnu une heure plus tôt.

En vérité, c'était trop. Un bonheur aussi insolent devait aboutir à une catastrophe. Chacun a une somme d'heur et de malheur à supporter dans sa vie. Et le jeune homme subissait l'impression douloureuse qu'il épuisait en quelques jours tout ce qui lui était attribué de félicité.

Von Karch se méprit à son silence.

— Vous vous interrogez, fit-il. Vous ne concevez pas que je sois entraîné à une proposition aussi inattendue.

Et François demeurant muet.

— Deux sentiments me guident. Le désir d'un homme riche de rendre utile son argent ; et puis, comprenez que ce n'est pas là une condition *sine qua non;* mais mon rêve serait que mon..... associé devînt mon fils.

D'un coup, le jeune homme s'était dressé.

— N'ajoutez rien, je vous en prie.

— Pourquoi? firent les deux Allemands d'une seule voix.

Dans les yeux de Von Karch, un éclair avait passé. L'ingénieur ne le vit pas. Il était trop troublé pour observer, et aussi trop préoccupé de refuser l'offre qui lui était faite.

A l'interrogation de ses deux interlocuteurs, il riposta par une phrase vague où l'on perçut ces mots :

— Engagements antérieurs.

Marga ne pouvait se contenter de pareille réponse. Son visage contracté avait changé soudain d'expression. Mais son père lui saisit le bras et d'un ton paterne :

— J'ignorais; je regrette vivement, vivement, croyez-le. Mais si par hasard vous veniez à regretter..., souvenez-vous que je reste, moi, dans les dispositions que je vous ai exprimées.

La réplique de l'ingénieur se nuança de douceur. Évidemment celui-ci souhaitait se séparer de ses interlocuteurs sans se brouiller avec eux. Après tout, leur intervention avait été aimable et flatteuse pour lui. Leur en marquer quelque reconnaissance était logique.

— Monsieur, dit-il doucement, croyez que je suis infiniment touché de votre démarche. Libre, je l'eusse sans doute accueillie avec une extrême gratitude. Le sort a voulu qu'il en fût autrement. Excusez-moi et croyez qu'un cœur ami se souviendra.

— Même dans le cas que j'indiquais à l'instant? prononça Von Karch.

— La rupture de mes engagements?

— Oui.

Cette insistance agaça visiblement l'ingénieur. Pourtant il repartit avec calme :

— Je ne dois pas vous laisser sur cette supposition, Monsieur. Je suis de ceux qui s'engagent pour toujours.

— Oh! toujours ou jamais sont des mots vides de sens.

— Pas pour moi, Monsieur.

Déjà François s'inclinait, indiquant ainsi qu'à son avis l'entretien était terminé, mais Margarèthe ne put se contenir plus longtemps.

— Venez, mon père, venez... Vous voyez bien que Monsieur est aux ordres de cette ridicule petite Anglaise.

— Ridicule!

L'ingénieur frissonna de tout son être. Ridicule, celle qui possédait toute son âme. Toutefois, il se domina. Sans un mot il gagna la porte, ouvrit et sortit, laissant les Allemands seuls.

Alors la figure de Von Karch se transforma. Son expression de bonhomie

disparut. des rides contractèrent ses traits, donnant à sa face large l'apparence d'un mufle de tigre irrité. Dans ses yeux s'alluma une lueur rouge,
et. à voix basse, les dents serrées. il gronda :

— Nous avons essayé de la douceur, Marga : ne vous émotionnez pas; nous
avons encore la violence.

Il s'interrompit net :

— Il y a de quoi écrire, heureusement... Prévenez
notre mécanicien. Je rédige deux dépêches; nous les
expédierons de Châlons. Ici, inutile d'appeler l'attention.

Déjà, il s'était assis auprès d'une table, sur la-
quelle se trouvait tout ce
qui était nécessaire à la
correspondan-
ce. Sa plume
courut sur le
papier. tra-
çant ce télé-
gramme énig-
matique :

« Hendrick.
73, Wilhelms-
trasse-Berlin-Allemagne. — Impossible réussir affaire n° 1. Passons à combinaison n° 2. Respects.
Von Karch. »

Puis il prit une seconde feuille
et écrivit ces lignes :

« Liesel Muller. Pension de
famille Villeneuve. Rue d'Auteuil, Paris.

« Oncle Léopold arrive une heure matin. Bonne surprise vous voir à descente du train. Une heure, gare de Lyon. Compliments. »

Il signa cette seconde dépêche : Victor Karal. nom d'emprunt qui, par suite
d'un hasard voulu sans doute, avait les mêmes initiales que son nom
réel.

Puis il sécha l'encre humide à l'aide d'un buvard, plia soigneusement les
papiers. les glissa dans sa poche. Comme il achevait. son mécanicien entra.

Comme il achevait. son mécanicien entra.

— Herr, la demoiselle est déjà dans l'automobile. Je n'attends que votre volonté pour partir.

— Alors, mettons-nous en route de suite. A Châlons d'abord, au télégraphe. Ensuite, nous dînerons. Nous devons être à Paris, gare de Lyon, à une heure du matin.

— On y sera.

Cinq minutes plus tard, l'automobile de l'Allemand quittait l'hôtel du Camp et, gagnant la route de Châlons, roulait à grande vitesse vers la coquette cité.

. . . .

Une heure du matin sonne à l'horloge de la tour levantine, qui semble stupéfaite de faire partie de la façade de la gare de Lyon.

Une automobile, couverte de poussière, gravit la rampe du « départ » et vient stopper au long du trottoir bordant la salle de distribution des tickets.

Aussitôt une femme s'approche. Elle est crûment éclairée par les lampes qui répandent dans la cour de la gare une clarté éblouissante.

Simplement vêtue, elle apparaît svelte, serpentine pourrait-on dire, tant sa taille souple ondule alors qu'elle marche, mais ce qui retient l'attention, c'est son visage.

Étrange, attirante et inquiétante, est cette figure au ton doré, qu'éclairent deux grands yeux de velours sombre. Les lèvres sont un peu épaisses, mais empourprées, le nez fin, aux narines frissonnantes, palpite ainsi que chez les félins, et les cheveux noirs aux reflets bleutés, foisonnent sous la toque fleurie qui les couvre.

Cependant, elle s'est avancée vers l'automobile.

— Me voici, exacte comme toujours, murmure-t-elle d'une voix harmonieuse, mais où vibrent des inflexions métalliques.

— J'étais sûr de cela, riposte un organe paterne. Nous avons à causer. Monte, ma fille, je te reconduirai près de chez toi.

— Chez moi? répète la jeune femme. Appelez-vous chez moi cette pension de famille, où je remplis les fonctions d'interprète.

— Bon, bon! Ne te fâche pas. L'heure de la libération est proche.

— Proche?

Ce mot sonne entre ses dents. Il exprime l'espoir, l'anxiété, la joie triomphante, la crainte imprécise.

— Proche? redit-elle en accentuant ces deux syllabes.

— Oui, ma petite, oui, mais monte. Je t'expliquerai en route, et tu verras que herr Von Karch tient toujours ce qu'il promet.

La portière s'est ouverte. La nouvelle venue saute dans le véhicule, prend place en face de Von Karch et de sa fille Marga, car ce sont eux qui arrivent de Châlons.

La portière claque en se refermant et l'automobile démarre au même instant, comme si ce bruit avait été un signal attendu par le watman.

La passagère salue la fille de l'Allemand. Il y a de la déférence dans ce mouvement, mais rien de plus. Et puis, elle se pelotonne dans un angle, silencieuse, attendant sans doute que ses compagnons jugent le moment venu de s'expliquer. Von Karch, lui, se met à rire bruyamment.

— Eh bien, Liesel, on ne peut pas dire que tu sois curieuse. Je t'annonce que l'instant est proche et tu ne me questionnes pas.

— Il y a quatre ans que je sais que l'instant viendra, répondit paisiblement l'interpellée. Quand on a espéré quatre années, qu'importent quelques minutes de plus.

Un petit rire tinta dans le silence, et Marga, muette jusque-là, ricana.

— Allons, père, ne la faites donc pas languir. Parlez. Aussi bien j'ai hâte de comprendre, moi.

— Ainsi vais-je faire, ma jolie Margarèthe... Liesel m'excusera si je reprends mon récit d'un peu haut. C'est pour vous instruire, vous, de ce que vous ignorez encore.

Et, d'un ton placide, le gros homme commença :

— Vous savez sans doute, Marga, que dès le début du XIXᵉ siècle, la Prusse et l'Allemagne, pressentant le rôle qu'elles auraient à jouer dans le monde, s'y préparaient sérieusement.

La jeune femme inclina la tête, non sans marquer d'un geste la surprise que lui causait cette singulière entrée en matière.

— Or, continua Von Karch, quiconque aspire à monter, doit surveiller les adversaires, les voisins qui ont pour caractéristique une tendance instinctive à arrêter toute ascension, à empêcher tout essor. Des services de surveillance furent donc établis, rayonnant sur le monde, et c'est alors que Gertraud Muller, grand'mère de cette jolie Liesel, entra en relations avec l'Office Central de Renseignements, établi naguère au bourg de Friegensdorp et qui, aujourd'hui, siège à Berlin.

Il prit un temps, toussa pour s'éclaircir la voix, puis lentement :

— C'est dans la Guyane Française que naquit Iseult Muller.

— Ma mère, murmura Liesel, les dents serrées, avec une intonation de colère et de haine.

— Oui, mon enfant, ta mère, reprit Von Karch; ta mère qui, à douze ans, se trouva orpheline. Ta mère sur qui veilla le « Service allemand » et qui aurait pu être heureuse si...

Il suspendit brusquement la phrase.

— Non. Procédons par ordre; Frau Margarèthe ne sait pas. Iseult Muller grandit. A seize ans, elle était belle comme toi-même, Liesel. Un Français, chargé d'une mission par son gouvernement, passa alors à Cayenne, chef-lieu des possessions guyanaises. Il vit Iseult. Elle accepta sa main sur les conseils du « Service ».

Les yeux de Liesel eurent un rayonnement rouge. Que signifiait cela? La jolie métisse haïssait donc celui qui avait épousé sa mère autrefois?

— Le mariage fut célébré dans la cathédrale de Cayenne, puis les époux partirent, Iseult suivant son mari qui allait accomplir une mission dans l'Amérique Centrale, le Sud Mexicain...

Quelques mois plus tard, la jeune femme, sur le point d'être mère à son tour, dut renoncer à partager les fatigues de l'explorateur. Il l'installa à Guaymas, petit port de la côte orientale, et après avoir pris toutes les pré-cautions pour qu'elle ne manquât de rien en son absence, il poursuivit son voyage au pays de la fièvre...

— Ah! gronda Liesel les dents serrées, toutes les précautions pour qu'elle ne manquât de rien, avez-vous dit. Ajoutez, afin d'être vrai, les plus sub-tiles précautions pour surprendre les secrets de ma mère, qui ne le soup-çonnait pas.

Von Karch ricana.

— Peut-être, peut-être, ma belle. Seulement, de cela, je ne suis pas cer-tain. Dans mon estime, l'accusé doit bénéficier du doute.

Tout en parlant, sa main, d'un mouvement que l'on eût pu croire ma-chinal, s'était posée sur le poignet de Margarèthe. La jeune femme écoutait, intéressée par le récit singulier qui transportait son imagination dans ce milieu bizarre des Guyanes.

Elle sentit que les doigts de son père exerçaient sur sa chair une légère pression. Elle devina que l'on arrivait au point culminant de l'entretien et elle redoubla d'attention.

— Liesel naquit durant l'absence de l'explorateur. Elle avait quatre mois lorsque celui-ci revint. Mais hélas! l'homme qui reparut à Guaymas n'était plus l'époux attentif de la belle Iseult. C'était un personnage sombre, désa-busé, dont la raison avait dû recevoir un choc terrible.

— Fou? balbutia Marga.

— Plût au ciel. Un fou s'enferme dans une maison de santé, et tout est

dit, répliqua rudement Von Karch. Non, non, on suppose que des espions à
sa solde avaient découvert les rapports d'Iseult avec le « Service de Renseignements allemands ».

— Mais enfin, que fit-il?

— Il disparut un beau jour, emportant l'enfant.

Le tatouage se dessinait sur le cou-de-pied gauche.

— Un misérable, fit Liesel d'une voix sifflante.

— Iseult, vous pensez bien, ne se résigna pas à la perte de sa fille. Avec
l'aide du « Service », elle se lança à la poursuite du ravisseur. Après un peu
plus d'un an de recherches, elle réussit à son tour à voler son enfant. Elle
l'emporta en Allemagne, et là nous déjouâmes toutes les recherches de Tiral.

— Tiral, s'exclama Marga, n'est-ce pas l'ami de...

La main de Von Karch se crispa sur son poignet, lui causant une douleur si vive qu'elle ne prononça pas le nom de l'ingénieur. Et l'Allemand reprit, sans que sa voix trahît quoi que ce fût de ses pensées intérieures :

— Je voulais vous démontrer le défaut d'équilibre de l'esprit de ce personnage. Quand Iseult rentra en possession de sa fille, elle constata que son étrange mari avait tatoué l'enfant.

— Tatoué ?

— Oh ! pas des pieds à la tête, rassurez-vous, Marga. Le tatouage, de trois centimètres de long sur deux de hauteur, se dessinait sur le cou-de-pied gauche de Liesel.

— N'importe, c'est de la folie.

— Ou de la sagesse. Supposez, ma chère, un individu persuadé que l'on surveille ses moindres actions. S'il possède un secret, il ne le confiera pas au papier. Un papier se dérobe si aisément. Tandis qu'un tatouage...

— Se remarque, puisque Iseult l'a remarqué.

— Et pendant longtemps, ma jolie Marga, on croit à une fantaisie inepte de son auteur.

Liesel avait tressailli.

— Vous ne le croyez donc plus, Herr von Karch ?

Dans l'accent de la métisse, il y avait une ardente interrogation. L'interpellé secoua la tête d'un air dubitatif.

— Je n'affirme rien, mais j'ai pensé parfois qu'un secret énoncé en termes sybillins pourrait être confié ainsi.

— Alors Mlle Liesel serait un parchemin vivant ?

— Vous savez quelque chose ?

Ces quatre mots jaillirent des lèvres de la créole comme un cri de colère, comme un appel à la haine. Mais l'Allemand était de ceux qui s'expliquent seulement quand cela leur plaît.

— Non ! Mais ce « palimpseste », photographié sur ma demande, je l'ai étudié longtemps. Oh ! le sens m'en demeure caché ; toutefois, plus je vais, plus je suis mon hypothèse.

Il avait tourné le bouton d'allumage de la lampe électrique éclairant à volonté l'intérieur de l'automobile.

— Regardez ceci, reprit-il, et dites-moi si cela n'a point l'air de ce que je pense.

Il tendait une feuille de papier à ses interlocutrices. Sur ce papier se discernait un étrange « positif » représentant des figures géométriques entre-croisées, entre-mêlées de lettres et de chiffres mystérieux.

Elles la prirent, se penchèrent l'une vers l'autre pour regarder ensemble.

Mais ces lignes entre-croisées, ces lettres, ces chiffres, ne présentaient aucun sens à leur esprit.

Leurs yeux quittèrent le papier, se fixèrent sur l'Allemand avec une évidente curiosité.

Celui-ci fit entendre un petit rire étouffé. Peut-être y avait-il de l'ironie dans cette soudaine gaité.

— Je n'en sais pas plus que vous. Mais si je t'ai convoquée ce soir, Liesel, c'est pour te dire que dans un mois, jour pour jour, ce père qui sait, lui, ce père qui a fait souffrir ta mère, qui t'a faite orpheline, sera en ton pouvoir... Dans un mois, tu entends?

— Et alors, je lui arracherai son secret, entendez cela également.

Impossible d'exprimer l'énergique âpreté avec laquelle la jeune métisse prononça cette phrase. On y sentait la haine poussée à son paroxysme, la haine accrue par la férocité native des races primitives.

Le visage de Liesel s'était comme transfiguré.

Contractée, striée de rides légères, la physionomie de la bizarre jeune fille revêtait un caractère félin.

Tout ce qui, en elle, apparaissait à l'ordinaire seulement bizarre, devenait à cette heure menaçant et terrible. On la devinait sans pitié.

L'impression de férocité qui émanait d'elle était si forte que Marga se pressa contre son père. Elle frissonnait. Sa compagne lui faisait peur.

Mais Von Karch ne semblait point partager ce sentiment. Il se frottait doucement les mains, avec ce geste inconscient de l'homme satisfait de lui-même... et des autres. Évidemment, Liesel *donnait ce qu'il attendait d'elle*, car ce fut d'un ton affectueux qu'il reprit :

— Bien, petite, bien. Je suis heureux de voir que tu te souviens.

— De la morte. Oh! je n'ai rien oublié, pas plus la vengeance qu'elle m'a léguée en mourant à vingt-huit ans; à vingt-huit ans, répéta-t-elle avec un accent impossible à rendre...

— Il faut se souvenir, mais cacher que l'on se souvient.

L'agent allemand avait laissé tomber ces mots d'un ton paterne. Vraiment on l'eût pris pour un bon bourgeois donnant un conseil de comptabilité à une employée. Elle le toisa avec un sourire :

— Oui, la ruse, n'est-ce pas?

— C'est cela, en effet.

— Soyez tranquille. J'ai appris que la franchise ne mène à rien, et je veux venger celle qui n'est plus. Vous m'avez fait plaisir, herr Von Karch, fit-elle avec une caresse dans l'accent. Je le mérite d'ailleurs, car moi aussi, j'ai songé à vous être agréable.

Il tendit la main vers des papiers qu'elle lui présentait.

— Ce sont des photographies?

— Des plans et épreuves que l'Ingénieur...

— De François de l'Étoile? murmura Margarèthe.

Liesel affirma de la tête.

— Mais comment avez-vous pu?

— En prendre des clichés? Bien aisément, allez. Tout le jour, il est à l'usine de Billancourt. Il m'est facile de pénétrer dans sa chambre de la pension de famille Villeneuve, puisque je suis interprète de la maison.

L'Allemand avait déroulé les épreuves. Il les considérait avec attention. Il eut un geste violent.

— Toujours la même chose, grommela-t-il; des parties séparées de l'appareil; et aucune indication d'assemblage.

Comme les jeunes femmes le considéraient d'un air interrogateur, il s'expliqua :

— Depuis que tu es entrée à la pension de famille, Liesel, j'ai transmis à Berlin, toutes les photographies que tu m'as remises. On a réalisé toutes les pièces détachées, à Eissen, aux ateliers d'aérostation militaire... Nos ingénieurs se sont étonnés de l'originalité des dispositifs imaginés par ce satané François, seulement ils ont cherché vainement à assembler les divers fragments révélés par le dessin. Tous reconnaissent sans peine, que les organes reproduits appartiennent à un appareil unique. Ils sont unanimes aussi à déclarer qu'aucun ne comprend ce qu'est cet appareil.

— En vérité, s'exclamèrent ses interlocutrices, stupéfiées par l'étrange affirmation.

— Oui, c'est ainsi. L'Ingénieur garde le nœud de son secret. Très fort, ce garçon. Il a pensé sans doute que l'on pourrait fouiller dans ses cartons, et il a pris ses précautions en conséquence. Il livre aux indiscrets le corps de son invention, mais l'âme, si je puis m'exprimer ainsi, il la conserve pour lui seul.

— En ce cas, j'ai fait de la besogne inutile.

L'inquiétude sonnait dans ces paroles de Liesel. Von Karch la rassura aussitôt.

— Non, non, ma fille. Tu as fait de ton mieux et tu seras récompensée...

Dans un mois, je te jetterai ton père à torturer comme je te l'ai promis.

— Oh ! merci, fit-elle avec une reconnaissance passionnée.

— Je t'enverrai mes ordres, tu t'y conformeras. Et chacun de nous aura ce qu'il désire! Toi, tu vengeras ta mère Iseult ; et moi, je donnerai à l'Allemagne l'arme que l'Ingénieur se targue de forger pour la France.

— Vous avez la certitude de réussir alors? murmura la créole avec intérêt.

— Oui, petite, oui. Ce brave François prendra en haine le monde entier, sauf l'Allemagne, qui lui sera maternelle et douce.

— Comment cela?

— Tu le verras, petite, si cela t'intéresse de regarder. Tu le verras et tu comprendras qu'au « Service » on est psychologue, ainsi que disent les romanciers français.

Comme il ponctuait d'un ricanement cette phrase énigmatique et menaçante, l'automobile stoppa brusquement.

— Sommes-nous arrivés? fit Margarèthe d'un ton abaissé.

A la question, tous regardèrent à travers les vitres. A peu de distance, le viaduc du chemin de fer de Ceinture et la gare d'Auteuil apparaissaient.

— Liesel, tu vas nous quitter. Tu es à cinq cents mètres à peine de la maison Villeneuve.

— Bien, herr Von Karch.

— Un mois de patience, petite, et tu recevras la récompense de l'obéissance que tu as montrée.

La créole étreignit nerveusement la main de l'Allemand. Elle adressa un salut gracieux à Margarèthe, puis se glissa légèrement au dehors.

Alors Von Karch frappa d'un doigt prudent au carreau.

Le mécanicien remit aussitôt le véhicule en marche, reprenant le chemin du centre de Paris.

CHAPITRE IV

LE MENSONGE PLUS VRAI QUE LA VÉRITÉ MÊME

Un mois s'est écoulé. Dans l'usine aérostatique de Billancourt règne un désordre inaccoutumé.

Les aéroplanes en cours de fabrication demeurent abandonnés. Les ajusteurs, tendeurs, carcassiers, ainsi que l'on désigne familièrement les ouvriers chargés d'établir la charpente légère des appareils, ont déserté les ateliers.

Tous s'entretiennent avec de grands gestes. Qu'y a-t-il donc?

François de l'Étoile quitte l'usine. Où va-t-il? Nul ne le sait parmi les travailleurs. M. Loisin, lui, ne l'ignore pas sans doute, mais il n'a rien tenté pour retenir l'ingénieur.

Et cependant, il n'existe point de brouille entre eux. Tout à l'heure l'automobile du patron va venir prendre François, que M. Loisin accompagnera jusqu'à la gare Montparnasse. Cela, le mécanicien, prévenu par avance, l'a raconté aux camarades.

François prend le train pour Saint-Malo. Il verra à Saint-Servan, à Dinard, quelques clients de la maison. Jusque-là, c'est compréhensible.

Mais ensuite, où ira-t-il? A la question, nul n'est en état de répondre. François n'avait pas jugé à propos d'expliquer que l'avant-veille, il avait reçu une dépêche ainsi conçue :

« Wimbleton.

« Tous détails prêts. Manque seulement enchanteur qui en fera un tout. Êtes attendu impatiemment. Sincèrement.

« *Signé :* PÉTERPAUL. »

Quarante-huit heures avaient suffi au jeune homme pour mettre ordre à ses affaires, activer l'achèvement des travaux en cours, et le soir même, il allait prendre le train pour Saint-Malo, avec l'intention de consacrer la journée du lendemain aux « clients » malouins de la Société Loisin et Cie, puis de s'embarquer sur l'un des magnifiques paquebots qui font le service de l'embouchure de la Rance à la côte anglaise.

Six heures sonnent. La sirène mugit, annonçant la fermeture des ateliers. Au même instant, sur le quai, une automobile stoppe avec un bourdonnement trépidant.

François sort du bureau où il se trouvait avec M. Loisin et le comptable Tiral. Ceux-ci l'accompagnent. Ils vont dîner avec lui, ne voulant le quitter qu'à la gare.

Et les contremaîtres, les ouvriers s'avancent. Ils serrent cordialement la main de l'ingénieur. On sent que tous l'aiment, que tous ont obéi sans peine à ce jeune homme, en qui ils ont reconnu la science, la volonté, ces qualités qui font le véritable chef. Des phrases passent :

— Bonne chance, monsieur François.

— Et bon retour, car vous nous reviendrez.

Il presse les mains tendues vers lui, avec une émotion contenue, mais que tous discernent clairement.

Bonne chance! Les deux mots troublent celui qui va là-bas, en Angleterre, réaliser son rêve de savant, d'ingénieur.

L'automobile qui l'emporte à travers Paris, ses compagnons, le restaurant où les trois hommes dînent, tout cela se déroule dans un brouillard.

François agit, parle, écoute automatiquement. Son esprit est absent.

Il volète là-bas, à Wimbleton, autour d'Edith, puis peut-être aussi à Kinbarn, tout au Nord de l'Écosse, dans un vallon sauvage, où se dressent les

constructions de l'usine contenant les diverses pièces de l'appareil mystérieux dont il a conçu la création.

C'est là qu'il jouera son bonheur, sa vie peut-être.

Mais l'heure, quelles que soient les pensées des hommes, continue imperturbablement sa course circulaire au cadran des horloges, sur ces disques
chronodromes où, sans cesse, les fractions du temps meurent, pour renaître
plus tard à un nouveau passage des aiguilles trotteuses.

Loisin et Tiral entraînent l'ingénieur. On lui met en poche le bulletin des
bagages que le mécanicien a fait enregistrer. On le conduit sur le quai de
départ, on l'installe dans un compartiment.

Et tandis que ses amis lui prodiguent les dernières recommandations, il
a une surprise.

Une femme, emmitouflée dans un manteau de voyage, la figure cachée par
une épaisse voilette, s'est montrée sur le quai, et elle a disparu dans l'un
des compartiments voisins. Une idée traverse le cerveau du jeune homme.

— On dirait l'interprète de la pension Villeneuve, cette Liesel Muller, si
bizarre d'aspect et de caractère.

Mais il hausse les épaules. Quelle apparence que cette fille, qui gagne
péniblement sa modeste existence, voyage en première classe, par un train
rapide.

Au surplus, l'impression s'efface aussitôt. Que lui importe cette employée,
à laquelle il n'a pas adressé dix fois la parole, bien qu'il la rencontrât à
peu près chaque jour à la pension de famille Villeneuve, où il avait élu
domicile.

— En voiture, les voyageurs, en voiture!

Un employé court le long du train, lançant le cri avertisseur du départ
tout proche. Les portières claquent, fermées vivement. Loisin et Tiral,
qui s'étaient hissés sur le marchepied, sautent sur le quai.

Il était temps. Un coup de sifflet strident résonne, amplifié par les réson-
nances du hall de la gare. Le train démarre lentement.

— Adieu. Bonne chance.

Les trois mots s'échangent avec une pointe d'émotion. Chaque tour de
roue augmente la distance entre ceux qui viennent de se séparer.

Un instant encore, François aperçoit les deux silhouettes immobiles sur le
quai. Il comprend que ses amis regardent ce train qui s'éloigne, qui l'emporte vers le triomphe ou le désespoir.

Et puis les formes s'atténuent, se fondent. Une courbe de la voie et elles
sont masquées.

L'ingénieur est seul avec sa pensée. Ah! la pensée, quelle compagne abréviatrice du chemin. Demi somnolent, engourdi par un rêve éveillé, dans un état hybride tenant de la veille et du sommeil, François n'a plus conscience du temps.

Les minutes, les heures, les stations se succèdent, marquant la voie parcourue d'alternance, d'ombre et de lumière.

Les gares passent en traits de feu, leurs intervalles sont des tunnels d'obscurité, où les fanaux des signaux piquent des étoiles rouges, vertes, ou blanches.

Et puis une clarté indécise annonce l'approche du jour. On a dépassé Rennes. Dans une heure, on atteindra Saint-Malo.

Alors une métamorphose se produit chez le voyageur. Ses défaillances, nul ne les doit soupçonner. Celui qui veut commander aux hommes, aux événements, doit être sûr de lui, ou tout au moins le paraître.

Il procède à sa toilette. Ce jour appartient encore aux clients de Loisin et Cⁱᵉ qu'il s'est engagé à visiter au passage. Il faut qu'ils gardent bonne impression de lui.

— Saint-Malo! Tout le monde descend.

Le train, au milieu du crissement des freins, du tintinnabulement métallique des plaques tournantes, stoppe sous le hall vitré de la gare terminus qui dessert Saint-Malo et Saint-Servan.

François descend. Il n'a avec lui qu'un léger nécessaire de voyage. Ses bagages ont été enregistrés directement pour Wimbleton, Fairtime-Castle.

Il suit le quai, atteint la sortie. Machinalement, le jeune homme regarde en arrière, et il tressaille.

La femme remarquée au départ de Montparnasse, cette femme en qui il a cru reconnaître un instant l'interprète Liesel Muller, est sur le quai, immobile.

Elle attend sans doute que le passage soit libre. Quoi de plus naturel? Une femme seule évite volontiers les bousculades.

Et puis, qu'est-ce que cela peut faire à François?

La foule est un peu moins compacte, François peut sortir. Il en profite, joyeux d'échapper à l'obsession de cette silhouette.

Il se jette dans une voiture stationnant dans la cour de la gare.

— Hôtel Chateaubriand, ordonne-t-il. Ma valise déposée, nous aurons à nous promener.

— Tant mieux, riposte l'automédon, la promenade, ça fait bouillir la marmite.

La voiture se met en marche, et de nouveau la pensée du jeune homme est contrainte de se reporter sur la voyageuse mystérieuse.

Elle est là sur le trottoir, discutant d'apparence avec un cocher, et cependant, en dépit du voile qui cache ses traits, François a l'impression qu'elle le regarde fixement.

Mais son véhicule franchit les grilles de la cour de la gare, traverse les lignes du tramway reliant Saint-Servan au Sillon, et s'engage dans la large avenue qui, entre les bassins, se dirige vers le Casino et le château de Saint-Malo.

Que fut la journée? Une succession de courses à Paramé, Saint-Malo, Dinard.

Vers six heures, l'ingénieur, ayant terminé la *tournée* dont l'avait chargé M. Loisin, regagna l'hôtel. Il allait dîner, puis se rendrait à l'embarcadère des bateaux du service anglais, et l'*Empress*, steamer à turbines, dernier confort, l'emporterait, à neuf heures, vers la côte britannique.

Comme il traversait, pour rentrer à l'hôtel, la place de Chateaubriand, si pittoresque avec ses plantations d'arbres, dominées par les tours Quiquangrogne et la Générale il eut un brusque mouvement.

Le château de Saint-Malo.

Sous le portail de l'hôtel voisin de celui où lui-même avait élu domicile, il venait d'entrevoir la voyageuse qu'un hasard obstiné semblait jeter sans cesse sous ses pas.

Oh! ce fut rapide comme l'éclair. Cette femme s'engouffra dans le vestibule et disparut. On eût crut qu'elle fuyait.

Ce mouvement, qui répondait à l'idée jaillie de l'esprit du jeune homme : Oh! je veux lui parler cette fois; c'est trop de rencontres, à la fin! le laissa tout interloqué, avec l'impression que l'inconnue avait lu en lui et qu'elle avait voulu se dérober à toute explication. Puis il se gourmanda.

— Quoi d'étonnant que, dans une petite cité comme Saint-Malo, on se rencontre plusieurs fois en une journée. L'anxiété de ce que donneront mes expériences m'affaiblit cérébralement. Quelle apparence que cette personne s'occupe de moi. Que ce soit Liesel Muller ou une autre, elle serait sûrement surprise de savoir l'attention que je lui prête. Ami François, tu deviens tout à fait ridicule.

Sur ce, il s'installa à la terrasse d'un café et, en attendant l'heure du dîner, se fit servir un porto.

Un garçon vint l'informer qu'il pouvait se mettre à table.

Cela lui procura un soulagement. Il sourit même en constatant qu'il avait hâte d'être embarqué sur l'*Empress*, comme si, une fois à bord, il devait se trouver à l'abri de tout danger.

Il avait choisi une table voisine d'une fenêtre.

Choix malheureux, car auprès d'une fenêtre, on regarde forcément au dehors, et trois personnes traversant la place attirèrent son attention, le rejetant dans le trouble passé.

Dans ces trois personnes, il lui sembla retrouver l'allure de Liesel Muller, et de ces Allemands qui, si inopinément, étaient venus, à Mourmelon, lui proposer une commandite.

Liesel, Von Karch, Margarèthe !

Bizarre! Bizarre!... Les trois promeneurs marchaient vite, comme des gens en retard. Ils disparurent sous l'arche de la porte Saint-Vincent.

— Ah! je suis insensé, grommela l'ingénieur. C'est une véritable obsession qui me poursuit. Pourquoi pensé-je à ces personnes qui ont tenu si peu de place dans ma vie?

Il acheva paisiblement son dîner, dégusta un café, puis, sa dépense réglée, accompagné d'un groom chargé de sa valise, il gagna le quai Saint-Louis, sur lequel se trouve l'embarcadère des bateaux pour Jersey et l'Angleterre.

L'*Empress* allongeait sa forme élégante au long du quai, ses cheminées laissaient échapper des tourbillons de fumée noire. Tout annonçait son départ prochain.

6

Le jeune homme monta à bord, se fit indiquer l'une des cabines mises à la disposition des passagers, et alla s'y enfermer, avec l'intention bien arrêtée de dormir pendant le trajet.

A neuf heures exactement, le meuglement de la sirène, la trépidation des arbres de transmission des turbines, le tirèrent un instant de sa somnolence.

Le steamer se mettait en mouvement.

Et puis il se renfonça dans le rêve. La fatigue aidant, il perdit bientôt la conscience des choses pour ne la retrouver qu'à l'arrivée à Southampton où, tout engourdi encore, il passa du bateau dans le railway, qui l'emporta à toute vapeur vers Londres et Wimbleton.

. . . .

— Pourquoi êtes-vous absorbé ainsi?

— Je songe au travail que je dois assurer, à la responsabilité qui m'incombe vis-à-vis de lord Fairtime, vis-à-vis de vous.

— Oui, peut-être. Mais il y a autre chose.

— Le croyez-vous vraiment?

— Je croirai ce que vous me direz, François. Comment cela se fait-il? Je l'ignore. Mais j'ai foi en vous, foi absolue. Affirmez-moi seulement que vous ne regrettez pas d'être mon fiancé.

Les deux jeunes gens se promenaient dans le parc de Fairtime.

Le jeune homme était arrivé au château le matin même; et, après le déjeuner, Fairtime et ses fils l'avaient laissé seul auprès d'Edith.

La liberté anglaise estime avec raison que des fiancés ont à se confier des pensées intimes et elle leur en accorde la possibilité.

Tout à coup, ils tressaillirent. Une fille de chambre accourait.

— Qu'y a-t-il, Molly? demanda Edith.

— Milord vous prie de le joindre au parloir, Miss.

— Nous y allons, merci.

Les fiancés revinrent vers l'habitation.

Ils gravirent le perron, traversèrent la terrasse sur laquelle s'ouvraient les portes-fenêtres du parloir.

Mais sur le seuil, ils s'arrêtèrent surpris. Lord Fairtime n'était pas seul.

Assis en face de lui, se tenait un homme de haute taille, blond, rose, sanguin, aux yeux gris très vifs, et cet homme portait la tenue de service des inspecteurs de Scotland Yard.

Un inspecteur de la police! Que venait-il faire ici?

Ils n'eurent pas le temps de se consulter. Fairtime s'était dressé en les apercevant, et d'une voix où se mêlaient la colère et l'ironie, il leur cria :

— Avancez donc, François, avancez. Vous ne vous doutez pas de ce que M. Ashley Wood, que je vous présente, me raconte.

Le policier fit un geste comme pour interrompre le lord. Mais celui-ci n'en tint pas compte.

— Il me déclare qu'il vient vous arrêter.

— Moi ? questionna le jeune homme avec un sourire.

— Vous-même. Et pourquoi ? Ah ! cela vous ne le devineriez jamais.

— Alors, dites-le-moi ?

— Comme meurtrier.

— Lui ; c'est odieux.

Edith n'avait pu retenir cette protestation.

— Voilà précisément ce que je disais, appuya le lord. C'est plus qu'o-dieux, c'est ridicule. Seulement, vous ne l'ignorez pas, en Angleterre, nous avons le respect de nos institutions. La police doit opérer librement, et je vous demande, mon cher François, de répondre bien paisiblement à ce gen-tleman inspecteur. Il se trompe évidemment, et il sera le premier à vous présenter ses regrets.

Peut-être Edith eût-elle protesté. Dans sa pensée aimante, il lui semblait qu'obliger son fiancé à discuter pareille accusation était lui imposer une honte imméritée. Mais de l'Étoile prit la chose gaiement.

— Vous avez pleinement raison. Nous avons, en France, un vieux pro-verbe légué par les Gallo-Romains : « Se tromper est humain, persévérer dans son erreur est diabolique », et comme Monsieur n'a rien de diabolique, je suis à son entière disposition.

Ashley Wood s'inclina. Nul ne perçut cette phrase chuchotée pour lui même :

— Décidément, il est très fort.

Lord Fairtime disait d'ailleurs :

— Voilà qui est parfait. Asseyez-vous, François. Vous aussi, Edith ; sur-tout, petite fille chérie, soyez bien sage. Tout à l'heure, vous rirez avec nous de l'aventure.

La recommandation s'expliquait. Edith considérait le policier avec dépit. Nul doute que si elle avait été la maîtresse du logis, elle l'eût prié de sortir au plus vite. Toutefois, le calme de son père réagit sur elle et elle prit place.

L'inspecteur fixa ses yeux gris sur l'ingénieur.

— Vous êtes bien M. François de l'Étoile, ingénieur aviateur, domicilié à Paris, rue d'Auteuil, dans la pension de famille Villeneuve?

— En effet.

— Arrivé ce matin de Saint-Malo, par le steamer *Empress?* continua le policier sans tenir compte de la réplique.

— Et qui a déjeuné dans cette maison, plaisanta le jeune homme.

— Avec nous, ajouta mutinement Edith prenant son parti de l'événement.

La gaîté se glaça sur ses lèvres. Ashley Wood l'avait couverte d'un regard attristé.

— Pourquoi me considérez-vous ainsi, fit-elle sans en avoir conscience, troublée par le coup d'œil du policier.

Celui-ci hocha lentement la tête.

— Parce que je dois vous prier de vous retirer, Miss.

— Me retirer?

— La... conversation que je dois continuer ne saurait être tenue devant une jeune personne.

— Hein? Comment?

— Que signifie cette charade?

Fairtime, François, lancèrent ces répliques stupéfaites. Évidemment, le lord n'était pas plus au courant que les fiancés. Le policier se borna à accentuer sa demande.

— Il sera plus en convenabilité que Miss n'assiste pas à la suite de l'entretien.

— Cédez, Edith, conseilla doucement l'ingénieur. Cédez pour ne pas prolonger cette scène ridicule.

Il s'arrêta net. Ashley avait prononcé :

— Il vous sera tenu compte de ce bon mouvement. Il démontre que vous estimez convenablement les faits.

— Pour les estimer, il faudrait les connaître.

— Et vous les ignorez, persifla l'inspecteur. Bon, bon. Vous ne les ignorerez pas longtemps, si Miss veut bien accéder à ma prière.

Sur toutes les physionomies, il y avait maintenant de l'ahurissement.

Le ton du policier, l'assurance dont il faisait preuve, jetaient une inquiétude poignante dans l'esprit des assistants.

Certes, aucun ne croyait François coupable, mais l'erreur policière est connue dans tous les pays. Il n'est pas un citoyen d'une nationalité quelconque qui n'ait tremblé, une fois au moins dans sa vie, à la pensée qu'une erreur de cette nature pourrait s'abattre sur lui.

ALLEZ, ON VOUS RAPPELLERA TOUT A L'HEURE......

Et ce fut avec une anxiété qu'il dissimulait mal que lord Fairtime, séna-
teur, industriel de premier ordre, répéta à sa fille :

— Allez, allez, petite enfant bien chère, on vous rappellera tout à l'heure.

Elle se leva d'un mouvement raide, et se dirigea vers la porte.

Demeuré seul en face des deux hommes, l'agent de Scotland-Yard toussa
comme pour s'éclaircir la voix et balbutia :

— Très regrettable! Désolé du devoir pénible. Si j'avais pensé, j'aurais
passé la corvée à un autre.

— Eh! s'exclama le lord avec impatience. Expliquez-vous vite et mettons
fin à cette parade stupide. Il n'y a pas de meurtrier ici. Cela va vous apparaître clair comme le jour. Mais, par le diable, expliquez-vous.

Ashley Wood s'inclina.

— Je ferai ainsi que vous le désirez, quoiqu'à vrai dire, j'aimerais mieux
me trouver ailleurs que dans cette maison. Seulement, on m'a chargé d'une
mission, je la remplirai de mon mieux, en affirmant à lord Fairtime tous
mes regrets d'apporter le deuil dans son home.

— Quel deuil? rugit l'industriel.

— Permettez-moi de continuer l'interrogatoire; — il se reprit vivement,
— non, je veux dire la conversation;... et croyez que je souhaite de tout
mon cœur que ceci reste une conversation.

Fairtime s'exaspérait visiblement.

— Parlerez-vous enfin?

— Oui, je parle, je parle.

Et, s'adressant à François, qui le considérait avec un étonnement croissant :

— A la pension Villeneuve, vous avez connu, je pense, une demoiselle
Liesel Muller.

— Liesel Muller!

Le jeune homme redit ces deux noms d'un ton troublé. Est-ce que l'obsession de la veille allait continuer? Hier, c'était l'image de la créole qui
semblait le poursuivre à chaque étape du voyage; maintenant, la police
anglaise lui jetait son nom aux oreilles.

— L'avez-vous connue? insista l'inspecteur.

— Sans doute, elle remplissait les fonctions d'interprète. Je n'ai jamais
eu recours à son ministère, mais je la savais attachée à la maison.

— Oui, oui, je le pense, sourit narquoisement Ashley Wood.

Il tendit en même temps sa dextre vers lui. Entre le pouce et l'index, il
tenait un petit stylet, à la lame bleuâtre, longue de cinq centimètres à
peine, à la poignée curieusement crustée d'ivoire et d'or.

— Ah! on l'a retrouvé, s'exclama l'ingénieur.

Le policier se dandina d'un air de triomphe.

— Il est donc bien à vous, ce poignard étrange?

— Parfaitement, je le cherchais depuis une quinzaine de jours, et sa disparition m'inquiétait parce que sa lame a été trempée...

— Dans le suc du *Phériud,* un arbuste bizarre de la presqu'île de Malacca, et que du fait de ce poison terrible dont se servent les populations indépendantes, la moindre piqûre déterminerait une sorte de paralysie des fonctions cérébrales.

— Justement. Le malheureux, piqué ainsi, devient une sorte d'idiot.

— Et aucun remède n'existe?

— Pour ma part, je n'en connais pas.

Une fois encore, il ne continua pas. Le policier avait réintégré le stylet dans sa poche, et il se frottait énergiquement les mains. Avec la joie du limier qui tient la piste, il prononça :

— Tout devient clair. Une personne vous gêne; on lui inflige une petite piqûre au Phériud. Désormais, elle est annihilée. Elle ne peut plus accuser son meurtrier. Je dis meurtrier, quoique le meurtre soit seulement moral, l'être physique n'a, pour ainsi parler, pas souffert.

Sa voix s'enfla pour continuer :

— Seulement, le crime trouble la cervelle. On oublie son arme auprès de la victime, et Ashley Wood peut en toute certitude vous toucher à l'épaule et vous dire : au nom de la loi, je vous arrête.

Son geste soulignait les paroles. A la fin de la phrase, la main de l'inspecteur frappa lourdement l'épaule de François.

Si brutal était le dénouement que le jeune homme en demeura médusé.

L'instinct de la résistance ne s'éveilla point en lui. Il considérait l'inspecteur de Scotland Yard [1] et son visage exprimait clairement :

— Cet homme est fou.

Ce sentiment apparaissait si nettement que Wood en eut conscience.

— Très fort! Très fort, grommela-t-il. Mais on va vous démontrer que l'on est plus fort que vous.

Puis, s'adressant à lord Fairtime, bouleversé, aphone, frissonnant.

— Si M. François de l'Étoile consent à me suivre sans résistance, je pourrai éviter tout scandale. J'ai une automobile à cent mètres d'ici. Nous la joignons sans attirer l'attention, ce que je désire vivement, par égard pour l'honorable lord.

1. Scotland Yard, voie de Londres où se trouvent les services de la police.

— Alors vous l'arrêtez, lui? bredouilla l'industriel complètement affolé.

— Pardon, pardon, que M. de l'Étoile réponde d'abord à ma question.

— Oh! fit douloureusement l'ingénieur. Plus que vous encore, je souhaite que cette incompréhensible aventure ne jette pas une ombre sur la maison où nous sommes. Qu'ai-je à craindre? Tout s'expliquera bientôt, j'en suis assuré. Donc, l'important pour moi est de ne pas attrister mes hôtes.

— Voilà qui s'appelle parler sagement.

— Mais vous n'arrêterez pas le...

M. Fairtime suspendit sa phrase. Il avait été sur le point de dire : « le fiancé de ma fille », et au moment de prononcer ces mots, une timidité soudaine les lui avait fait retenir.

— Pour vous, milord, déclara obséquieusement le policier, je voudrais justifier ma conduite. Écoutez donc en vertu de quelles preuves j'agis. Oh! mon prisonnier peut entendre. Son affaire est si claire que sa seule ressource gît dans l'indulgence du tribunal ; je ne devrais pas lui apprendre cela ; mais il est votre hôte, et je pense ainsi marquer ma déférence à l'honorable lord.

D'un geste, il invita ses auditeurs à se rasseoir.

Ils obéirent, dominés par la fatalité qu'ils sentaient passer sur eux. François murmura sourdement :

— Mon bonheur m'effrayait. Est-ce la rançon de mes débuts heureux que le destin réclame aujourd'hui?

Puis un lourd silence dans lequel s'éleva la voix d'Ashley Wood.

— Je ne suis pas juge, toute parole à moi adressée n'a aucune importance. Donc je prie, — il y eut une ironie dans ces mots, — je prie M. de l'Étoile d'observer le silence. Je donne des explications à lord Fairtime chez qui ma profession m'oblige à opérer. Rien de plus.

Et avec la figure d'un homme ravi de cet exorde, il reprit :

— M. de l'Étoile habitait à Paris la pension de famille Villeneuve, Liesel Muller tenait dans cette pension l'emploi d'interprète. Ces jeunes gens se fiancèrent.

François haussa les épaules, murmurant à demi-voix :

— Nous entrons dans le roman.

— Un roman réaliste, en ce cas, persifla Wood. Au surplus, ne m'interrompez pas. C'est, je le répète, avec les magistrats que la discussion présentera quelque intérêt. Je reprends.

Et les yeux au ciel :

— De là, la catastrophe à laquelle, hélas! vous n'êtes pas étranger.

— Moi? fit Fairtime en sursautant.

De la main, l'ingénieur l'invita au calme. Lui-même se montrait extraordinairement paisible. Tout ce que narrait Wood était si manifestement contraire à la vérité que le jeune homme, à présent, l'écoutait avec une curiosité exempte d'émotion.

Cependant, Ashley Wood répliquait à lord Fairtime :

— Oui, vous-même. Oh! bien innocemment. Vous avez rencontré M. de l'Étoile. Vous vous êtes pris de sympathie pour lui. Vous avez voulu semer de sable fin le chemin d'un jeune homme de savoir et de mérite. Quoi de plus louable? Le malheur voulut que vous eussiez une fille charmante. Je demande pardon de mêler le nom de miss Fairtime à cette affaire. Mais je le dois, car, avec elle, nous entrons dans le drame.

Le narrateur s'arrêta comme pour ménager son effet.

—Tout cela, cher Monsieur, fait le plus grand honneur à votre imagination...

A cette réflexion de François, l'inspecteur tressaillit, se redressa, et d'un ton sec :

— Rira bien qui rira le dernier, comme vous dites en France.

Puis revenant à lord Fairtime, tout en marquant d'un geste dédaigneux que l'inculpé ne lui semblait pas digne de son attention.

— Liesel se révolta à la pensée d'être délaissée par son fiancé. Elle déclara qu'au besoin elle viendrait à vous, pour faire valoir ses droits. Nous voici arrivés au point tragique, honorable lord. Hier soir, M. de l'Étoile s'embarque à Saint-Malo sur le steamer *Empress*. L'infortunée miss Liesel l'y a précédé. Elle occupe la troisième cabine de tribord. Que se passe-t-il? Nul ne le sait. Dans ces voyages de nuit, les passagers s'enferment; l'équipage se tient au poste. A quoi bon demeurer sur le pont quand on n'a rien à faire? Mais la chose peut être reconstituée aisément.

M. de l'Étoile dans l'ombre se glisse; il arrive à la troisième cabine de tribord. Il y pénètre sans être vu, sous sa main se trouve le stylet indo-chinois... Le poison ne tue pas. Il réduit à l'impuissance cérébrale. C'est le silence de miss Liesel assuré. Et il pique la victime au cou, près des vertèbres cervicales. Puis il s'enfuit, pensant que personne ne le soupçonnera.

Seulement il oublie l'arme auprès de la victime. S'en aperçoit-il plus tard? Je ne le sais. Bah! il songe peut-être qu'il a joué, il y a une quinzaine, la comédie du poignard perdu, à la pension Villeneuve. Qui oserait le soupçonner?

Et pointant majestueusement l'index vers le plafond, l'inspecteur de police ajouta gravement :

— Comme tous les coupables, il ne songe pas aux salutaires avertissements de la Sainte-Bible : « L'œil du Souverain Maître ne se ferme jamais. Du roi tout-puissant à l'infime ciron, son regard voit et pèse les actions de toutes les créatures et sa dextre vengeresse poursuit le coupable. »

— Sur quelles preuves échafaudez-vous vos suppositions? murmura l'ingénieur. Car enfin, pour affirmer qu'un homme sans reproche a commis un crime odieux et lâche, encore faut-il s'appuyer sur une chose vraisemblable.

La face du policier s'épanouit.

— A la bonne heure. Voilà qui est parler droit. Vous désirez connaître les preuves... Trop heureux de vous servir...

Et ses auditeurs le regardant avec stupeur, il enchaîna avec une joie croissante :

— Miss Liesel est née dans le Sud Amérique, aux Antilles... je ne sais pas au juste; mais elle est sujette allemande. Tout naturellement, en venant en Angleterre, elle avait réclamé par dépêche les bons offices de M. Greylig, vice-consul de Germanie à Southampton. Ce fonctionnaire se trouva donc à l'arrivée du vapeur *Empress*. Il s'étonna de ne pas voir sa compatriote au débarcadère. Il s'informa. Elle figurait au rôle des passagers. On chercha et l'on découvrit la malheureuse dans sa cabine, hébétée, murmurant sans cesse d'une voix monotone :

— François, François, non, l'autre ne sera pas votre femme.

— Elle dit cela? s'écria l'ingénieur avec stupéfaction.

— Elle le dit et elle le répète interminablement. Mais le temps passe et je dois me hâter. Sur elle, on découvrit des cartes indiquant son adresse à Paris. J'étais de service sur le port. Mandé à fin d'enquête, je télégraphiai sans retard à la Sûreté de Paris. Les détectives français firent diligence, perquisitionnèrent à la Pension Villeneuve et mirent la main sur une lettre de l'accusé.

— De moi? bégaya François.

Cette dernière affirmation avait frappé son cerveau comme un coup de massue.

— Une lettre de moi, répéta-t-il les dents serrées. Comment vous permettez-vous de parler ainsi?

— Comment? D'abord, parce qu'elle est signée, datée du mois dernier, timbrée de la poste de Mourmelon-le-Grand.

— Mais je n'ai jamais écrit à cette personne, je n'avais aucune raison pour lui écrire...

7

— Et cependant, fit ironiquement le policier, mes collègues de Paris
prétendent que voici bien votre écriture.

Ce disant, il tirait d'un portefeuille une épreuve photographique reproduisant une lettre.

— Qu'est cela?

D'une même voix, M. Fairtime et l'ingénieur interrogèrent.

Ce fonctionnaire se trouve à l'arrivée du vapeur.

— Cela. C'est une reproduction téléphotographique. Vous ne saviez
pas que Scotland Yard et la préfecture de police de Paris sont reliés par
un fil. Là-bas, on a photographié l'épître accusatrice et, grâce à l'appareil
en question, on en a transmis le fac-similé à Londres une heure après. En
ce moment, du reste, un agent est en route pour nous apporter l'original.

François demeura sans voix.

Ashley Wood lui tendit la lettre.

— Nierez-vous avoir tracé ces lignes reproduites par la photographie?

Le jeune homme eut un geste de dément. Il reconnaissait son écriture.

son paraphe, tout... tout. Et pourtant, jamais il n'avait écrit à Liesel
Muller.

Est-ce que cette femme, à peine entrevue au passage dans la vie quotidienne de la Pension Villeneuve, avait voulu le perdre? Mais non;
il se la rappelait indifférente, absorbée par les devoirs de son humble
position. Jamais elle ne s'était occupée de lui. Pas plus que lui-même
ne s'intéressait à elle.

Alors quoi?

Et l'interrogation, sans réponse plausible, restait suspendue sur son esprit, épée de Damoclès morale, le remplissant d'une terreur irraisonnée,
déprimante, atroce.

Rien n'accable comme la lutte contre l'incompréhensible.

L'inspecteur Ashley se méprit à son attitude. Il prit pour l'affaissement
du meurtrier convaincu de son crime, ce qui n'était que l'épouvante naturelle de l'innocent se débattant vainement au milieu d'une trame inexplicable. Son organe claironna triomphant, saluant de vibrations joyeuses
cet « ʰhallali » humain.

— Cette épître ne laisse subsister aucun doute. Elle explique l'état
d'âme des deux acteurs en présence.

L'ingénieur s'était rapproché peu à peu. Son visage exprimait l'égarement.

A plusieurs reprises, il passa la main sur son front, comme pour chasser
une douleur intolérable. Enfin, d'une voix déchirante, disant l'accablement :

— C'est mon écriture, gémit-il. ·Pour personne cela ne saurait faire de
doute. Et cependant, sur l'honneur, je n'ai pas écrit cela. ·

Froidement, le policier répondit :

— Mauvais système. Nier des preuves aussi formelles ne vous innocen-
tera pas, et vous perdrez le bénéfice de l'aveu spontané.

— Ah! rugit le jeune homme; qui donc a juré ma perte?...

Wood s'esclaffa.

— Ah! voilà le roman; l'ennemi acharné, inconnu...

Mais François coupa la phrase d'un geste si autoritaire, si dominateur,
que la raillerie s'arrêta dans la gorge de l'Anglais.

— Cette lettre est un faux, un faux, entendez-vous. Rien n'y est vrai.

Il était venu à lord Fairtime.

— Croyez-moi, je vous en prie, croyez-moi. Les autres qu'importe!...
Mais vous, vous au moins...

Le lord paraissait embarrassé. A son maintien, et au léger mouvement
de recul qu'il marqua, François comprit le trouble de l'industriel.

— Vous ne me croyez pas ?

— J'espère que vous détruirez les apparences...

Avec un cri de douleur l'ingénieur s'effondra sur un siège.

— Vous espérez ; donc il vous paraît possible que j'aie écrit cette lettre.

— Vous exagérez, mon pauvre ami...

— Vous savez votre bonté, votre confiance ; vous savez la pureté de miss Édith. Et je vous aurais menti ; je vous aurais trompé ! J'aurais bassement spéculé sur votre aveuglement. Mais alors, je serais un aventurier, un misérable...

Sans doute, Ashley Wood pensa qu'il était de bonne politique de mettre fin à cette scène, évidemment fort ennuyeuse pour le riche Fairtime, car il frappa légèrement l'épaule de François.

— Vous avez promis d'éviter tout scandale.

Le pauvre garçon frissonna.

— C'est vrai.

Alors vous pourriez penser que vos dénégations seront reçues plus utilement par le tribunal.

François ferma les yeux, étendit les bras dans le geste tragique d'un crucifié, et l'organe grelottant sous la poussée d'un sanglot intérieur :

— Vous avez raison.

Il s'inclina devant le lord ; avec une douceur disant plus de désespérance que des cris, il murmura :

— Adieu, monsieur Fairtime. Adieu. Pourquoi n'avez-vous pas eu la parole qui encourage ?

Et sans attendre de réponse, il se tourna vers le policier.

— Monsieur, je suis prêt à vous suivre.

Une exclamation, arrachée à la surprise des trois personnages ponctua la phrase. La porte venait de s'ouvrir, et sur le seuil, Édith se montrait, le visage baigné de larmes, mais un rayonnement dans les yeux.

— Vous demandiez un mot qui encourage, François, fit-elle dans le silence stupéfait. Ce n'est pas assez. A celui qui souffre injustement, il faut la parole de foi, de confiance. Votre fiancée vous l'apporte.

— Edith ! articula sévèrement M. Fairtime.

Mais la gracieuse enfant, si douce, si tendre à l'ordinaire, regarda son père dans les yeux, et il se sentit dominé. Une minute d'agonie lui avait donné la majesté auguste du malheur.

— Pardonnez-moi de vous désobéir, mon père, dit-elle lentement d'une voix bruissant ainsi que la plainte d'un pur cristal. Mais il est ma vie et je sais que je suis sa vie, moi, *moi seule;* et je veux lui dire : Accusé, je marcherai avec vous à l'assaut du mensonge.

Son accent se voila, tandis qu'elle achevait douloureuse et vaillante :

— Et si nous succombons, je serai la femme du déporté, celle qui ne doutera jamais de lui.

Et comme François la regardait, éperdu, elle prononça, la tête droite, étalant avec orgueil les larmes ruisselant sur ses joues :

— Allez, maintenant, François. Vous savez que nous serons deux acquittés ou deux flétris.

Instinctivement Ashley Wood obéit à l'ordre. Il entraîna l'ingénieur.

Le policier avait les yeux humides positivement. Il se sentait honteux de cette émotion intempestive dans l'exercice de ses fonctions, mâchonnant entre ses dents :

— C'est à ne pas croire! Un petit bout de femme qui vous bouleverse comme cela.

Un glissement, le déclic du pêne. La porte se referma sur eux.

Alors Fairtime voulut raisonner la jeune fille, s'efforcer de l'amener à ce qu'il croyait être la juste notion des choses. Mais aux premiers mots, Edith l'interrompit, lui jetant au milieu d'un sanglot :

— Oh! père, père, tu n'aimes donc plus ton Edith?

Et l'industriel qui avait ouvert la bouche pour morigéner sa fille sur l'incorrection de son attitude, vis-à-vis d'un homme en butte à la rigueur des lois, sembla complètement dominé par cette explosion de douleur, par cette détresse de l'enfant chérie.

— Mais si, mais si, je t'aime, chère vivante image de ta mère ; ne pleure plus. Là! Je trouve tout très bien. Je t'en supplie, petite chose aimée, qu'est-ce que tu veux que je fasse?

Elle l'enlaça éperdument, fit sonner des baisers fous sur ses joues, et câline, tendre, irrésistible :

— Petit père, aime François.

CHAPITRE V

LES FABRICANTS DE TRISTESSE

L'Allemand Von Karch et sa fille se trouvaient dans une chambre somptueuse du Royal Hotel.

Par la fenêtre largement ouverte, on apercevait le quai Victoria, — *Victoria embankment* — le port et la station métropolitaine de Blackfriars, et de l'autre côté de la Tamise, roulant paresseusement ses eaux troubles, se dessinaient les quartiers de Goods, Southwark, Waterloo.

Des bateaux, chalands, vapeurs, sillonnaient incessamment le cours du fleuve avec des sonneries de cloches, des coups de sifflets aigus, de rudes appels de sirènes.

Et dans le bourdonnement cacophonique de la grande métropole commerciale de l'univers, au sein de la cité colossale, indifférente aux petites entités humaines que broie la lutte des passions, Herr Léopold von Karch s'irritait contre sa fille, la belle et blonde Margarèthe.

— Voyons, reprit-il, voulez-vous que j'essaie de clarifier votre damné petit esprit brumeux ?

Elle consentit d'un simple mouvement de tête.

— Pour atteindre mon but, j'ai pensé : Si ce digne François de l'Etoile était déshonoré. S'il pouvait être condamné à quelque chose comme la déportation dans un bagne quelconque, il prendrait sûrement en haine ceux qui l'auraient condamné. D'autre part, ce vieil Anglais Fairtime ne s'obstinerait pas à marier sa petite sotte insignifiante fille avec un forçat. Conclusion : le Français serait libéré de sa patrie et de sa fiancée. Or, le plus fort est fait. Après six semaines de détention, d'interrogatoires, de confrontations, le jeune homme va être renvoyé, sous trois jours, devant la cour criminelle.

Cela était sûr. Avec le faisceau de preuves que j'avais créées, l'inculpé a eu beau protester de son innocence, déclarer qu'il était la victime d'une machination, il n'a obtenu du juge chargé de l'instruction que cette réponse :

— Vous ne pouvez désigner un ennemi capable d'organiser pareille aventure. Je vous conseille, dans votre propre intérêt, de ne pas persister dans votre système de dénégations et de suppositions romanesques. Réfléchissez, vous êtes très intelligent. Le personnage qui aurait mis en œuvre une pareille série de faits, aboutissant à vous inculper, serait génial.

Von Karch se frotta joyeusement les mains.

— Digne juge. J'ai été très sensible à son appréciation. Je lui ferai obtenir de l'avancement.

Mais changeant de ton.

— Ce dont je suis le plus fier, ma chère, c'est d'avoir bouleversé les sentiments du comptable Tiral. Cet imbécile ne s'était-il pas pris d'une affection paternelle pour ce François. Son témoignage eût été très favorable à l'accusé. Vivant sous le même toit, employé à la même usine, son affirmation aurait peut-être donné corps à l'idée d'une vengeance ténébreuse. Le doute, en tous cas, aurait profité à l'accusé. Eh! Eh! J'étais là, heureusement, et j'avais Liesel sous la main.

Il rit lourdement, content de lui-même.

— Grâce aux indiscrétions des journaux, indiscrétions qui leur furent communiquées par mes soins, Tiral apprit que la jeune... disons victime de l'ingénieur, portait *au cou-de-pied* un tatouage bizarre. Des journaux de Paris ont publié des clichés dudit dessin. Stupeur de Tiral. Il a reconnu les signes tracés par lui autrefois.

Tu vois l'effet. Il accourt à Londres. Il se rend à l'hôpital de Bethléem où la pauvre insensée est en observation! C'est elle, c'est sa fille. Il s'épouvante de la voir inconsciente, incapable de le reconnaître. Est-ce donc ainsi qu'il devait la retrouver ? Et alors, le *père* déraisonne. Il devient l'ennemi de François, il s'acharne à le charger de ses dépositions; et comme l'ingénieur a demandé avec insistance que l'on entende le compagnon de sa vie de chaque

jour, ce compagnon qui hésite, qui se contredit, partagé entre le désir de
la vérité et celui de venger sa fille; le résultat a été exécrable pour l'inculpé. Voilà ce que l'on obtient par la psychologie. Eh! eh! je ne suis pas
un psychologue théorique, moi; je fais de l'application pratique.

Sous trois jours, le tribunal le condamnera. Il n'y a pas mort. Il s'en tirera
avec une condamnation à la déportation perpétuelle dans l'un des péniten-
ciers de la Nouvelle-Zélande ou de la Tasmanie.

Et triomphant, il continua, élevant la voix :

— Voilà l'ingénieur au ban de cette société qui l'a condamné, lui, innocent. La France lui est fermée, l'Angleterre aussi. Le mariage projeté avec
la stupide Edith est rompu. Il est seul en face de lui-même, méprisé, rejeté
par tous.

Et nous paraissons. Nous qu'il a si lestement mis de côté, nous croyons à
son innocence. Nous voudrions confondre ceux qui l'ont abaissé.

Il a du talent comme ingénieur. Il devait faire des expériences avec les
Fairtime. Eh bien! mais, je suis riche, je suis un Mécène de talent. Je
vais le faire évader. Je mettrai à sa disposition ma propriété de Einengen,
près de Dantzig. Personne, pas même moi, n'ira l'y troubler. Il travaillera comme il voudra, en secret.

Il riait d'un rire à faire trembler.

— Bien entendu, nous aurons un ingénieur parmi les ouvriers. Tout ce
que le Français trouvera nous sera aussitôt connu.

A ce moment, la grosse horloge de Saint-Paul fit retentir sa voix de bronze,
jetant dans le brouhaha de la cité, les coups de la troisième heure. L'agent
allemand s'écria :

— Trois heures déjà! Il s'agit d'aller faire notre visite à l'hôpital de Bethléem, pour encourager notre petite Liesel qui doit bien s'ennuyer. Et de là,
nous reviendrons guetter, devant la prison de Newgate, la sortie de la blonde
Edith, cette petite niaise qui jouit de son reste et vient chaque jour se bercer, auprès de l'ingénieur prisonnier, d'espérances qui ne se réaliseront pas.

Il actionnait en même temps la sonnerie électrique. Au domestique qui
parut aussitôt, il lança cet ordre :

— Un motor-cab de suite.

— *All right, sir.*

Il aidait la jeune femme à passer un vêtement, lui tendait ses épingles à
chapeau.

Un ronflement caractéristique monta du quai, pénétrant dans la chambre
avec une bouffée d'air tiède.

— Le motor-cab demandé, fit gaiement Von Karch. En route, Marga !

Malgré sa superbe coupole édifiée par Smirke, le long bâtiment flanqué de deux ailes qui constitue l'hôpital de Bethléem, provoque chez le passant une impression de tristesse.

C'est que ce « palais » est la résidence de la folie.

Bethléem, devenu *Bedlam* dans la familiarité du langage courant, nom tristement célèbre auquel aboutissent tous les naufrages de la raison.

C'est devant cette maison que le motor-cab de Léopold Von Karch s'arrêta.

Quelques minutes avaient suffi pour franchir le pont de Blackfriars et parcourir les larges voies de Blackfriars et Lambeth Road.

— Allons, Marga, descendez, nous sommes arrivés.

La jeune femme sauta sur le trottoir.

Von Karch l'entraîna vers une porte entre-bâillée. Tous deux pénétrèrent à l'intérieur de la célèbre maison de fous de Londres.

Autour des bâtiments, circulaient des personnages, hommes et femmes, revêtus de la longue blouse blanche des infirmiers. Des gardiens, reconnaissables à leur tenue, passaient affairés et majestueux.

Il m'a montré les reproductions.

L'Allemand, en homme qui connaît les aîtres, se dirigea vers la porte principale.

Un large escalier se développait en arrière, accédant aux étages supérieurs.

Au premier, une surveillante se livrait aux joies, inappréciables pour les profanes, de la dentelle au crochet.

Elle examina avec attention le permis de visiter que lui présenta Von Karch, puis d'une petite voix menue et timide :

— Miss Liesel n'est pas seule.

— Comment ?

— Son père est auprès d'elle.

— Pensez-vous que M. Tiral soit mécontent de ma visite?

— Oh non! Le pauvre monsieur reste auprès de sa fille aussi longtemps que le permet le règlement de Bethléem. Il la regarde, la prend dans ses bras. Il a eu beaucoup de malheurs, paraît-il, et cela a peut-être affaibli ses facultés.

Margarèthe et son père échangèrent un regard ironique, et ce dernier murmura :

— Sur quoi donc basez-vous ce jugement?

Comme beaucoup de vieilles filles, la surveillante sacrifiait au commérage. Elle parlait à tort et à travers, et le plus longtemps possible, toutes les fois que l'occasion lui en était offerte.

— La pauvre miss Liesel porte un tatouage. Eh bien! ce signe, le vieux M. Tiral en est obsédé. Il m'a montré les reproductions des feuilles quotidiennes. Il m'a priée de m'assurer qu'elles étaient bien conformes au tatouage réel, et quand je lui ai répondu par l'affirmative, il a paru heureux comme un roi.

— Ah! ah! d'où votre conclusion…?

— Qu'il est affaibli intellectuellement. Il passe son temps à dessiner ce tatouage sur le papier. Vingt fois par jour, embrassant notre malade insensible à ses caresses, il prononce des phrases tout à fait inexplicables.

— Et que dit-il?

L'Employée leva l'index vers le plafond, dans un geste inspiré, et du ton d'une élève récitant une leçon apprise par cœur :

— Tu auras la fortune, Liesel… Ce fut une inspiration de marquer ainsi le secret du gîte. Nous serons riches, fabuleusement riches, mon enfant bien-aimé. Et je mettrai des millions à la disposition des savants de l'Institut Pasteur. Ils trouveront, ces travailleurs de génie, le microbe bienfaisant qui te guérira. La raison te sera rendue…

— Tout cela est bien curieux en vérité, interrompit Von Karch, d'un ton indifférent. Enfin, vous êtes d'avis que nous pouvons sans indiscrétion…?

— Oh! pour ce qui est de notre malade, elle ne s'apercevra même pas de votre présence.

— Quant au malheureux père, acheva l'Allemand d'un ton pénétré, peut-être lui apporté-je une consolation.

Bavarde, certes, mais bonne personne au demeurant, la surveillante se leva aussitôt.

— Veuillez me suivre.

Sur ses pas, les visiteurs parcoururent un couloir, sur lequel s'ouvraient des portes adornées d'étiquettes, portant les noms des pensionnaires, et aussi des inscriptions abrégées, hiéroglyphes de la médecine, indéchiffrables pour les profanes, mais qui, pour le personnel, indiquaient le diagnostic des docteurs, ainsi que le mode de traitement approprié.

Margarèthe respirait avec peine.

Une angoisse physique lui comprimait les côtes. Il lui semblait que le jeu normal de ses poumons était empêché par une force inconnue.

Margarèthe, mal élevée, poussée vers l'égoïsme par son milieu, ses relations, sa parenté, n'était point une méchante fille. Les êtres bien portants ne sont point cruels.

Mise en face des conséquences insoupçonnées des agissements de son père, elle se sentait une âme nouvelle, attristée, pitoyable.

Mais leur guide frappe deux petits coups secs à une porte.

Un murmure se fait entendre à l'intérieur de la cellule, dont elle sollicite l'accès.

Elle considère ce son indistinct comme une invitation d'entrer, tourne la poignée actionnant le pène, pousse le battant, et d'une voix basse, protocolaire en quelque sorte, elle dit :

— Des visites pour miss Liesel.

Puis elle salue les Allemands d'un signe de tête, et s'éloigne gravement, retournant à son poste d'attente.

Margarèthe demeure immobile sur le seuil, tandis que son père, ignorant des subtilités sentimentales qui agitent l'âme de la jeune femme, s'avance lourdement dans la pièce, avec ce sans-gêne irritant du goujat important, qui se croit partout chez lui.

Liesel est là, assise dans un grand fauteuil, auprès de la fenêtre d'où l'on aperçoit Lambeth-Road. Son regard vague semble ouvert sur l'abîme de la folie.

Mais Liesel n'est pas seule. Auprès d'elle, à côté d'une petite table chargée de papiers, se tient M. Tiral.

Le comptable a vieilli. La blancheur de ses cheveux, de sa barbe clairsemée, s'est accentuée. Les jours, depuis qu'il a retrouvé sa fille privée de raison, ont pesé sur lui aussi lourdement que les années.

Il tient un crayon bleu à la main. Une page, couverte de figures et d'équations, montre qu'il est interrompu au milieu d'un travail mathématique. Il s'est soulevé sur sa chaise, considérant les visiteurs qu'évidemment il ne connaît pas.

Von Karch s'approche de lui, tapote doucement l'épaule du malheureux comptable.

— Bonjour, monsieur Tiral. Enchanté de faire votre connaissance. Ceci vous démontre que vous auriez tort de chercher à vous souvenir de moi. Nous ne nous sommes jamais vus. Je gage cependant que vous ne regretterez pas de m'avoir rencontré quand vous saurez...

Il s'arrête, attire une chaise, s'asseoit à côté de son interlocuteur évidemment ahuri par cet exorde, et de sa voix grave, il reprend :

— D'abord, je me présente. Von Karch, ancien industriel, présentement fort riche, et qui a plaisir à employer sa fortune à faire le plus de bien possible.

— Ah! murmura Tiral avec une surprise non équivoque.

Le gros rire de l'Allemand ponctua l'exclamation.

— Je vous perce à jour, mon cher monsieur Tiral. Vous vous demandez en quoi ma philanthropie peut bien s'exercer sur vous. Ne dites pas non, j'ai lu dans vos yeux. Et cela est parfait que vous vous adressiez pareille question. Car je suis ici uniquement pour y répondre.

— Vraiment? fait encore le comptable en jetant un coup d'œil inquiet sur sa fille.

Oh! il a tort de s'inquiéter. Liesel est toujours plongée dans le rêve de la démence.

Mais Von Karch, lui, continue, gaiement, son organe satisfait claironnant les phrases préparées :

— Sous quelques jours, cher M. Tiral, celui qui a si cruellement traité votre fille sera condamné par un bon jury anglais.

Le comptable incline la tête avec un regard féroce. Ah! il le hait bien, ce François qu'il aimait autrefois.

— A présent, ne nous occupons plus que de la victime, de cette belle enfant qu'il s'agit de guérir, de rendre à la raison, à la connaissance de son père si tristement éprouvé.

— Oui, oui, murmure Tiral. On m'autorisera à l'emmener en France, n'est-ce pas? A l'Institut Pasteur, j'obtiendrai que l'on fasse des recherches, que l'on découvre le microbe antidote du poison, que...

— Il faut beaucoup d'argent pour ces études, laisse tomber froidement le père de Margarèthe.

— J'aurai beaucoup d'argent.

Tiral a dit cela en posant sa main sur le papier qu'il crayonnait tout à l'heure. Son interlocuteur a remarqué le geste. Un sourire fugitif rida sa face large.

— Allons, se confie-t-il, décidément c'est bien cela. Le bonhomme connait un gite métallique, or ou pierres précieuses.

A voix haute, il reprend :

— Sans doute! Sans doute! Vous trouverez la somme nécessaire. Mais il faut du temps pour réunir l'argent; il en faut davantage encore pour que les études aboutissent, si elles aboutissent. Et pendant ce laps, votre enfant reste insensée...

Et comme Tiral baisse la tête, assombri par ces vérités pénibles, Von Karch recommence à lui tapoter l'épaule.

J'aurai beaucoup d'argent.

— Bon, ne vous désolez pas. Je ne suis pas venu pour vous attrister, vous pensez bien. C'est tout le contraire. Je veux que la pauvre petite guérisse vite, qu'elle vous donne toute la joie de sa jeunesse, de sa gaieté recouvrées.

— Ah! s'il suffisait de vouloir! gémit le comptable.

— Pour moi, cela suffit, cher monsieur Tiral... Car en vous disant, *je veux*, j'exprime en même temps, *je sais* et *je puis*.

D'un mouvement, Tiral est debout, les mains tendues vers son interlocuteur.

— Vous *savez*, vous *pouvez*, guérir ma Liesel? balbutia-t-il.

Von Karch incline gravement la tête.

Mais comment ?

— Voici ce que je vous propose. Aussitôt le jugement rendu, je vous emmène en Allemagne, je mets la jolie malade entre les mains du docteur Wohlinz, un ami, et ce qui vaut mieux un spécialiste, auquel nul poison ne résiste. En un mois, six semaines, il vous rendra l'intelligence de votre chère et gracieuse enfant.

— Ah ! s'écria Tiral d'une voix tremblante, si vous pouviez dire vrai !

— Je dis toujours vrai, riposta audacieusement le gros homme.

Puis enchaînant son discours :

— Fraü Liesel guérie, je mets un petit capital à votre disposition. Il ne faut pas seulement la santé, il faut aussi la conserver.

Le comptable joignit les mains :

— Vous êtes la bonté même, Monsieur.

Son interlocuteur secoua la tête avec une modestie affectée :

— Mais non, mais non. Je suis un égoïste sentimental ! Pour quelques milliers de francs, un rien dans ma situation, je me donne la joie de sauver deux personnes, et peut-être d'acquérir des amis...

— Oh ! n'en doutez pas, et comme preuve...

Une seconde, le vieux Tiral parut hésiter ; mais sa reconnaissance fut plus forte que sa réserve, et il reprit, parlant vite comme pour couper court au débat intérieur qui s'était élevé en lui :

— Un ami ; à un ami on ne cache rien. Quelques milliers de francs ; le moyen d'aller là, où je connais un gîte diamantifère d'une richesse incalculable. Jadis, égaré dans la brousse, j'avais tracé, sur le petit pied du bébé dont je devais être séparé, un plan lisible pour moi seul de l'endroit ; c'est le tatouage étrange remarqué par les médecins, reproduit par les journaux.

— Ah bah ! riposta Von Karch d'un ton de surprise parfaitement joué.

— Idée folle de père, n'est-ce pas ; mais vous saurez tout ; l'endroit du gîte...

L'Allemand l'interrompit vivement :

— Pas un mot de plus, cher monsieur Tiral. Je ne veux pas savoir.

— Pourquoi ?

— Parce que je ne fais pas un placement. Je vous aide, vous êtes content, cela me suffit. Vous me revaudrez cela en affection, la pierre précieuse la plus rare du monde.

D'un mouvement éperdu, le comptable saisit la main de son interlocuteur et la porta à ses lèvres.

Celui-ci se dégagea doucement, et se levant :

— Sur ce, j'ai d'autres « souffrants » à voir ce soir ; je vous laisse. Nous sommes bien d'accord, n'est-ce pas?

— Le moyen de faire autrement, avec une bienveillance telle que la vôtre.

— Là! là! Plus de grands mots entre nous. Remettez de l'ordre dans votre esprit. Ayez confiance. Vous êtes au terme de l'adversité. Au revoir, ami Tiral, au revoir.

Il s'approcha de Liesel, toujours absorbée par son rêve dément, et lui caressant paternellement les cheveux :

— Et vous aussi, petite fraü Liesel, au revoir. Nous rendrons le sourire à votre jolie bouche, l'éclat à vos grands yeux de gazelle, et votre bon papa vous couvrira de diamants, ce qui, quoiqu'on en dise, constitue une parure tout aussi agréable que les fleurs des champs.

Étrange! On eût dit qu'un sourire ironique contractait les lèvres de la créole. Sans doute, il n'y avait là qu'une apparence. Le sourire s'évanouit aussi vite que s'éteint l'éclair illuminant la nue. Derechef, Von Karch secoua la main du comptable, et s'étant enfin débarrassé du bonhomme, il empoigna nerveusement le bras de Margarèthe, qu'il entraîna dans l'escalier.

Ils arrivèrent sur le trottoir où stationnait toujours le motor-cab qui les avait amenés. L'Allemand poussa sa fille dans la voiture, y prit place après avoir murmuré au watman :

— A l'extrémité d'Holborn Viaduct (viaduc d'Holborn), en face de la prison de Newgate.

Il ne remarqua pas qu'au moment où le motor-cab se mettait en marche, une automobile stationnée à quelque distance démarrait également, réglant sa vitesse sur le véhicule des Allemands.

Eût-il remarqué cette voiture d'ailleurs, qu'un simple coup d'œil aux voyageurs qui en occupaient l'intérieur, l'eût empêché d'arrêter son attention sur ceux-ci. Que pouvait-il craindre de ces deux adolescents, presque des enfants, un garçon d'environ seize ans, une fillette un peu plus jeune ; lui, de taille moyenne, bien découplé, la figure rieuse et ouverte ; elle, petite, brune, non pas chétive, mais menue ; les traits irréguliers, mais charmants, avec de grands yeux noirs bleus, lumineux et limpides.

Au surplus, ce devaient être des étrangers. Leurs costumes de voyage décelaient une origine américaine. Le garçon portait un complet yachting ; vareuse à boutons d'or, pantalon de flanelle grisâtre, casquette marine. Sa compagne, elle, apparaissait mignonne et gracieuse sous le petit saute-en-barque blanc aux boutons bleus, sous la trotteuse très courte laissant apercevoir les chevilles fines, le pied cambré en d'élégants brodequins de cuir fauve. Elle aussi arborait sur ses cheveux frisottants une délicieuse petite casquette de mer blanche et bleue.

De tels êtres ne pouvaient évidemment pas être des adversaires avec lesquels il fallait compter. Et cependant ces deux enfants s'occupaient de Von Karch.

— Le « roi » avait raison, petite Suzan, disait le jeune garçon. L'Allemand suit l'affaire avec un intérêt marqué.

La fillette minauda :

— Tu sais, Tril, je n'ai jamais douté, moi. Le *roi* a toujours raison.

— Je ne dis pas le contraire; seulement pour lui, là-bas, en Amérique, ne connaissant la chose que par les journaux, il n'y aurait pas eu déshonneur à ce qu'il *se mette le doigt dans l'œil*.

Sa compagne le menaça du doigt.

— Tril, Tril, pas de mots comme celui-là. Le *roi* veut qu'au retour de notre tour du monde, j'épouse, non pas un *lad* (gamin); mais un *gentleman*.

Il lui sourit tendrement :

— Je me gentlemanise pour toi, ma Suzan, seulement ce Von Karch...

Il s'interrompit brusquement.

— Ah! ça, nous retournons à l'hôtel, voici le pont de Blackfriars.

Mais non. Le motor-cab de l'Allemand passa sans s'arrêter devant l'hôtel Royal, s'engagea dans Ludgate-Street, puis dans Old Bailey, et stoppa enfin au bas d'une des tourelles d'angle, à l'intérieur desquelles s'enroulent les escaliers conduisant à la voie aérienne d'Holborn Viaduct.

Sans doute, le mécanicien des jeunes gens avait des instructions, car il tourna dans Newgate Street, sans accorder un regard au viaduc, superbe travail d'art qui mérite cependant de retenir l'attention des passants.

Long de 420 mètres, en effet, Holborn Viaduct, supporté par un double système d'arches, franchit la vallée de Fleet, pour réunir Holborn et Newgate Streets... Ses statues hautes de deux mètres, les unes emblématiques : Art, Agriculture, Science, Commerce, les autres édifiées en l'honneur de magistrats fameux : Fitz Alwin, Walworth, Gresham, Middleton; ses lions héraldiques, ses tourelles d'ascension et de descente sont réputées parmi les touristes.

Pourquoi, comment Von Karch accaparait-il tout l'intérêt des jeunes Américains décidément lancés à sa poursuite?

CHAPITRE VI

UN QUATUOR DE GAMINS

Kopling Bilbard, glorieux débris de la guerre Sud-Africaine, avait reçu de la patrie anglaise reconnaissante, en échange de son bras droit enlevé par un boulet dans un paysage rocheux du Transvaal, le poste, recherché dans un certain monde, de portier et chef des gardiens à la prison de Newgate.

Un bras, un seul, qui rapporte cent vingt-cinq livres par an (3.125 francs), le logement, chauffage, éclairage et vêtement, cela ameute les jaloux. Mais Kopling avait muselé l'envie par un de ces beaux gestes de charité, qui imposent le respect aux détracteurs les plus invétérés.

L'un des guichetiers subordonnés au héros mutilé, s'était laissé mourir de loyalisme, c'est-à-dire après avoir ingurgité trop de gin à la santé du roi. Ce sujet, loyal et altéré, était père d'un garçonnet de treize à quatorze ans. Bilbard recueillit l'orphelin, lui tailla des habits dans un vieil uniforme du défunt, et le gamin, affublé d'une veste s'arrêtant à la taille, ainsi que d'un pantalon trop long et trop large, (il faut prévoir que les enfants grandiront), il l'avait coiffé d'un chapeau haut de forme, acheté à l'un de ces industriels londoniens qui rafraîchissent, à l'usage des gens du peuple, les coiffures jetées au rebut, d'abord par les gentlemen élégants, et ensuite par les valets de chambre.

9

Puis, comme le travail est le plus sûr défenseur contre les tentations, que le Satan cornu sème sous les pas de la triste humanité, Kopling Bilbard avait peu à peu *repassé* tout son service au petit Joé Fairlane; ainsi se nommait son adopté.

Le gamin détenait les trousseaux de clefs, faisait les rondes, surveillait les guichetiers, se réservait le soin des prisonniers intéressants, ce qui signifie les captifs ayant des ressources suffisantes pour assurer quelques profits à leur gardien.

Seulement, si Joé s'acquittait de sa tâche à la satisfaction du gardien-chef, s'il remettait religieusement à celui-ci la presque totalité des « pourboires » obtenus des prisonniers, (cela est défendu par les règlements aux gardiens, mais Joé n'ayant point ce titre, le règlement ne pouvait décidément le viser) si, en un mot, Joé se montrait un employé modèle, il avait emprunté à ses fonctions une importance telle, qu'il en arrivait presque à protéger son protecteur.

Tout le monde reconnaîtra que pareille chose est très vexante, et Kopling Bilbard était vexé, positivement. Un vieux soldat doit commander aux enfants de troupe, par la queue du diable! Autrement, un sergent-fourrier lui-même ne s'y reconnaîtrait plus.

Joé Fairlane était un *détestable indépendant enfant de troupe!*

Ainsi, à cette heure, devant la grande porte de la prison, sur le banc où Kopling Bilbard avait l'habitude de s'affaler, pour se reposer du travail écrasant de son protégé sans doute, le petit bonhomme, gravement installé à côté du gardien-chef, discutait avec celui-ci, sans rompre d'une semelle.

— Je vous dis qu'il est quatre heures moins le quart, Joé, répétait l'homme avec impatience.

Ce à quoi le gamin riposta du ton le plus aimable :

— Je vous respecte assez pour vous croire, master Bilbard, sans aller consulter le cadran de l'horloge de la cour.

Les yeux du glorieux débris roulèrent furieusement dans leurs orbites, seulement la formule du petit Joé était trop polie pour qu'il fût raisonnable de se fâcher.

— Je ne mets pas en doute votre respect en ce qui concerne l'heure, garçon. Seulement je vous demande de l'étendre à autre chose, et quand je vous dis...

— Que la jeune dame et son frère, sir Péterpaul, sont auprès du prisonnier français, quand vous me dites cette chose parfaitement réelle, je vous réplique, moi, que leur visite peut durer jusqu'à quatre heures exactement, et que je ne dois pas l'abréger.

— *God bless you!* quands ils partiraient un peu plus tôt...

— Ils seraient mécontents, et l'on ne mécontente pas des gens aussi riches que les Fairtime. *Une main gantée d'or ne se bouscule pas comme une main gantée de filoselle.*

L'ancien soldat souffla bruyamment, gonfla ses joues, plissa et déplissa son front, mais en dépit de cette mimique, il ne trouva aucune réponse décisive à faire au *satané petit Joé* qui, décidément, *logeait le diable à cheval dans sa cervelle.*

Et comme lorsqu'on ne peut tomber son adversaire, on se sent très malheureux, Kopling soupira :

— Ah! bien! Elle est amusante, ma vie!

Il se préparait sûrement à se répandre en jérémiades prolongées sur son sort, ce qui constitue une satisfaction relative, mais il avait compté sans son interlocuteur, qui, du tac au tac, riposta :

— Et la mienne, donc!

— Quoi! Vous osez vous plaindre? bégaya le gardien-chef, suffoqué d'une telle audace.

— J'ose, parce que cela est juste.

— Juste!

— Dame, voyons, je passe ma vie au milieu des corridors sombres, des chambres tristes, des prisonniers, pauvres gens, qui n'éprouvent aucun plaisir à nous fréquenter, et qui le montrent clairement.

— Bah! leur avis importe peu. Est-ce que vous n'êtes pas bien nourri, chaudement vêtu? Est-ce que chaque soir nous ne jouons pas aux cartes, auprès d'un grog whisky?

— Que vous buvez tout seul, je n'aime pas le whisky.

— Aussi, je ne vous force point à le boire, ami Joé, plaisanta le gardien, enchanté de sa répartie spirituelle.

— Non, mais vous me forcez à vous entendre vous plaindre de votre bras absent, toutes les fois que le temps va changer; vous me déchirez les oreilles de votre catarrhe chronique.

Et, imitant l'ancien :

— Heu! Heu! Heu! La foudre écrase les chirurgiens de la Marine royale, qui vous enlèvent le bras et vous laissent une douleur à la place. Heu! heu! heu! Approchez le carafon de whisky, garçon! Heu! heu! heu! Le voilà, le vrai remède; on se l'administre sans médecin.

Le gamin voûtait le dos, toussait, enflait sa voix. Il était résolument comique. Cependant, Kopling Bilbard fronça ses épais sourcils.

— Joé, fit-il sévèrement, vous me *manquez* de respect.

— Pardon! je vous *manque* mon respect, au contraire.

— Voilà qui est fort!

— Si c'est fort, vous en avez tout l'honneur, car c'est vous-même qui me l'avez enseigné.

— Moi!

— Vous, en personne naturelle! Hier, ne récitiez-vous pas des strophes de notre grand poète Milton?

Et Kopling, écarquillant les yeux, ahuri de voir Milton mêlé à cette affaire :

— Vous m'avez dit : « C'est un témoignage de mon admiration pour ce grand homme! »

— Évidemment! mais quel rapport?

— Comment! vous ne voyez pas? C'est pourtant clair. Je répète votre conversation. C'est un tribut d'admiration que je paie, tout comme vous-même à l'égard de Milton.

Avant que Kopling fût revenu de la stupeur provoquée par cette affirmation bizarre, Joé Fairlane s'était dressé, une lueur joyeuse dans les yeux.

— Eh! voici Ketty!

En effet, venant de la direction de Ludgate-Hill, une fillette se montrait.

C'était une de ces petites bouquetières londoniennes, portant comme un uniforme la robe de cotonnade blanche, semée de fleurettes imprimées, le fichu bleu, découpant sa pointe azurée sur le corsage.

Comme toutes ses congénères, elle était pâle, maigre, avec des cheveux d'un blond lavé, des yeux meurtris et tristes, dont l'iris découpait son disque à peine coloré de bleu au milieu de la cornée opaque, moirée de reflets de nacre.

Il y a une tristesse sur ces enfants de la misère, pauvres petites fleurettes étiolées par l'atmosphère viciée de la grande ville, et qui semblent avoir donné leur fraîcheur, leur jeunesse, aux fleurs brillantes disposées sur le minuscule éventaire qu'elles portent devant elles, au moyen d'une cordelette passée au cou.

Et cependant celle-ci souriait en pressant le pas. Dans ce grand Londres où elle errait tout le jour, se sentant isolée, faible, perdue, la porte de la prison de Newgate lui apparaissait, ironie des choses, comme l'entrée du ciel. Là, elle avait un ami... Joé!

L'orphelin et la pauvre mignonne s'étaient reconnus frères de malheur et, tout naturellement, par le fait seul que leurs regards s'étaient croisés, ils avaient échangé le trésor jusque-là sans emploi au fond de leurs âmes : le trésor de l'affection.

— Encore cette vagabonde, grommela Kopling Bilbard.

Mais Joé lui lança un regard courroucé :

— Vous aimez que l'on vous respecte, vous qui ne manquez de rien. Tâchez donc de respecter Ketty, qui manque de tout.

Et après un geste dont la dignité en imposa au vieux militaire, le gamin marcha vers la bouquetière. De sa poche, il avait tiré deux pence (0 fr. 20).

Il les déposa sur l'éventaire, soulignant le mouvement par ces mots prononcés avec toute l'autorité d'un client important :

— Mon bouquet de violettes quotidien, je vous prie.

Il se servit lui-même, puis, le petit bouquet piqué tant bien que mal à sa bou-tonnière, il prit dans les siennes la main de la marchande.

— Eh bien, Ketty ?

La petite haussa tristement ses épaules maigres.

— Toujours la même chose. Chaque jour un peu plus mauvais que la veille. dans l'attente d'un lendemain pire.

— Alors, le propriétaire ?

— M'expulsera demain si je n'ai pas payé les sept shillings (8 fr. 75) que je dois pour ma chambre.

Mon bouquet quotidien, je vous prie.

Comme pour s'excuser, elle ajouta :

— Ce n'est pas ma faute, les fleurs sont chères, je ne gagne presque rien. Quand Jane vivait, on était deux, on arrivait, mais ma sœur est morte, un mauvais rhume, et, toute seule, je ne peux plus.

Il l'interrompit, lui tapotant la main.

— Toujours dans Chipley-Street?

— Oui, jusqu'à demain.

— Pour plus longtemps, j'espère. J'hésitais ; mais maintenant, j'oserai, pour vous, Ketty. Je demanderai à la jeune lady Fairtime. Ah! elle a ses ennuis aussi, elle, son fiancé ; mais bah ! je crois son *cœur en velours*. Elle est si riche, et c'est si peu ; venez par ici demain, voulez-vous ?

Elle le considéra avec une reconnaissance attendrie.

— Je viendrai. Si vous ne réussissez pas, ne regrettez pas de m'avoir dérangée, je suis si contente quand je vous vois.

Et tous deux demeurèrent muets, les regards unis, une confiance très douce les plongeant dans une sorte d'extase tendre.

Une grosse voix les arracha à cette contemplation affectueuse.

— Joé. Je rentre décrocher le trousseau ; venez prendre les clefs, il est l'heure.

— On y va, jeta le gamin au vétéran, qui, chargé de son banc, disparaissait sous la voûte sombre de la prison.

Puis, vivement :

— A demain matin, Ketty, n'oubliez pas.

— Oh ! murmura-t-elle, d'un accent profond, un accent de femme où l'on sentait combien les douleurs avaient vieilli le cœur de cette fillette, je ne puis pas oublier.

Jusqu'à la porte de Newgate, ils marchèrent côte à côte. Là, ils se séparèrent, Ketty continuant par la rue portant le nom de la maison de détention. La fillette allait tenter de vendre ses derniers bouquets, tout en regagnant, par un long détour, son taudis de la pauvre ruelle de Chipley, située sur l'autre rive de la Tamise, en arrière des docks.

Lui resta planté sur ses jambes, la suivant de l'œil.

Quand elle eut disparu à l'angle de la rue, il grommela :

— Pauvre Ketty ! Ah ! Si je pouvais gagner un peu d'argent !

A de certaines heures, la vie se complaît aux coïncidences féeriques...

Il finissait à peine sa phrase, que quelqu'un lui touchait le bras, et qu'une voix jeune prononçait ces paroles :

— Boy ! Voulez-vous gagner un souverain? (25 francs).

Cela répondait si précisément à sa pensée, que Joé sursauta. Il se tourna tout d'une pièce dans la direction de la voix, et il se trouva en présence des deux jeunes passagers de l'automobile, qui, tout à l'heure, avait suivi le motor-cab de Von Karch. Le costume élégant de ses interlocuteurs, leur jeunesse (ils n'étaient guère plus âgés que lui-même), le prévinrent aussitôt en leur faveur, et franchement il répondit :

— Il est sûr qu'un souverain est toujours bien placé dans la poche et dans le cœur d'un loyal Anglais.

Tril daigna sourire du calembour.

— Grâce à cela, Ketty ne serait pas expulsée demain.

— Ketty?

Joé avait tressailli. Le jeune Américain s'empressa de s'expliquer :

— Nous sommes Américains, pour vingt-quatre heures à Londres, obligés de partir demain. Il nous plairait de voir le criminel célèbre dont toutes les feuilles s'occupent, l' « Ingénieur français ».

— Pas criminel, accusé seulement, protesta Joé. Il sera sûrement condamné à cause des preuves; et moi, moi qui le garde, je pense qu'il est innocent. Oh! je sais bien, le nuage qui passe et mon avis ont la même importance, mais enfin, j'ai mon avis.

— C'est votre droit, boy; pour en revenir à mon désir, je sais qu'il est trop tard. Seulement, j'ai entendu votre conversation avec Ketty, je sais que le souverain vous ferait plaisir, et comme il nous serait agréable de voir le prisonnier, nous pourrions peut-être nous entendre.

Bigre, la proposition était tentante; mais le moyen de tromper la vigilance de Kopling Bilbard? L'invalide ne consentirait jamais à permettre une violation du règlement; et cependant, laisser échapper une occasion pareille; vingt-cinq francs pour une idée folle de touristes, cela n'était pas possible. Et Joé se grattait désespérément la tête, ne réussissant, hélas, qu'à donner à son chapeau haut de forme une inclinaison marquée.

Pour comble de malheur, Kopling reparut, un énorme trousseau de clefs brimballant au bout de son unique bras.

— Eh bien, Joé, quand vous aurez fini vos meetings en plein air?

Un instant encore, tout serait perdu, la lourde porte de Newgate se fermerait, séparant Joé du souverain qui assurerait le salut de Ketty. L'imminence du danger exacerba l'intelligence du gamin.

Il empoigna les clefs, et, avec l'audace du désespoir :

— Ces gentleman et lady font une visite dans le quartier; leur watman est votre ami Tomson... Il n'a pas voulu venir avec son automobile jusqu'à la porte pour ne pas vous attirer d'ennuis; mais il vous attend au *bar* Stills, dans Ludgate, *pour le verre de l'amitié*.

— Oh! digne Tomson, s'exclama le gardien en chef, et longue vie au gentleman et à la jeune lady, qui se sont dérangés pour réunir deux amis.

Puis, vite, en homme qui sait qu'un verre perdu ne se rattrape pas :

— Vous allez ramener au dehors les visiteurs, n'est-ce pas? Je compte sur votre intelligence pour hâter leur départ. Les gens, en vérité, sont incompréhensibles. Le plaisir de bavarder avec des criminels, voilà ce que je ne concevrai jamais, alors surtout que l'on a à portée de la main de braves gardiens comme moi, avec lesquels la conversation, autour d'une pinte d'ale ou de tout autre breuvage, serait honnête et profitable ! Je vais retrouver Tomson.

Et d'un pas accéléré, balançant militairement son bras valide, il se mit en marche dans la direction de Ludgate-Street. Aussitôt Joé se pencha vers Tril :

— Venez avec la jeune lady.

— Mais il ne trouvera personne au bar?...

— Je sais bien! Il bougonnera ; cela est égal ; avant qu'il en ait débité pour une livre (livre sterling), il aura manqué de salive.

Ce à quoi l'Américain répondit :

— Très juste! Vous êtes un gaillard Joé, Je m'occuperai de vous.

Les trois adolescents sont entrés. Hâtivement, Joé ouvre la seconde porte de fer qui isole l'intérieur de la prison de la rue.

Des cours, des passages sombres se succèdent. Enfin, le gamin fait halte dans un corridor, bordé d'un côté par des fenêtres grillées donnant sur la cour ; de l'autre, par des portes numérotées, percées de judas, dont les verrous perpendiculaires ne peuvent être manœuvrés que du couloir.

Il désigne l'une des portes :

— C'est là, au numéro 9. Je vais faire sortir les personnes en visite, et, en vous approchant, vous pourrez voir le Français.

Tril lui prit la main : un tintement d'or sonna.

— Eh! se récria Joé, vous n'avez promis qu'une *livre*.

— Acceptez-en deux pour me laisser dire bonjour au prisonnier. Vous pensez, cela fera bien sur notre journal de voyage.

— Bonjour; vingt-cinq francs. Eh! bien, vous savez, je collectionnerais bien vos paroles, si elles étaient toutes à ce prix-là. Venez, venez, vous direz bonjour autant qu'il vous plaira.

Il s'avançait vers la porte du cachot. Tril le retint encore.

— Un renseignement : votre petite amie Ketty demeure dans Chipley Street, voulez-vous nous dire le *nombre* (numéro) de la maison, et le nom de la pauvre petite chose?

Une expression ébahie passa sur les traits du boy.

— Soyez en confiance, reprit le jeune Américain; en nous rencontrant, miss Suzan et moi, vous avez peut-être rencontré la fin de la tristesse pour votre petite amie et pour vous.

— Oh! Tout ce qui peut lui être heureux, j'y aiderai avec le plein de mon cœur, fit impétueusement le gamin. Donc, 41, Chipley Street, Ketty Mourn.

— Mourn, un nom triste, murmura Suzan.

Mourn signifie plainte, lamentation, douleur, en anglais.

— Un nom qui va bien à sa vie, jusqu'ici.

— La vie changera, si le nom reste. Et maintenant, montrez-nous le
Français.

A ce moment même, dans la salle où était détenu François de l'Étoile,
Édith se préparait au départ.

La blonde jeune fille avait bien changé depuis quelques semaines. Son
doux visage avait perdu ses couleurs, ses yeux s'étaient cerclés d'un halo
bleuâtre. Tout en elle décelait les ravages de la douleur.

C'est là, au numéro 9.

Chaque jour elle était venue, passant de longues heures auprès du captif.

Chaque jour, elle arrivait, espérant qu'il se serait produit un miracle
démontrant l'innocence de son fiancé. Et chaque jour, elle repartait, plus
attristée, plus désespérée, sa raison lui disant que le miracle ne se pro-
duirait pas.

Comme elle avait pleuré!

Ce jour encore, que de larmes! François passerait devant la Cour criminelle le surlendemain. Et, désolé lui-même, il avait laissé échapper cette
phrase atroce :

— Ah! si je pouvais mourir!

Elle s'était récriée, la malheureuse Édith; mais lui, avec la logique impitoyable née de la fatalité, avait expliqué son souhait douloureux :

10

— Je ne comprends pas. On a voulu accumuler les preuves contre moi ; mais qui a voulu cela ? Je n'étais entouré que de collaborateurs, d'amis. Que signifient cette Liesel, ces faux en écriture si parfaits que, si cela était possible, je croirais moi-même avoir tracé les lignes qui m'accusent ?

— Pas à mes yeux, gémit Édith. Je *sens* que vous êtes innocent.

— Ah ! pauvre, pauvre aimée. Vous serez seule de votre opinion. Les juges me croient coupable et, par ma foi, je ne saurais les en blâmer. Les preuves contre moi sont éclatantes. A leur place, je condamnerais avec la conviction que ma sentence est juste.

— Ne parlez pas ainsi, vous me rendez folle, François.

— Eh ! Je veux que vous voyiez la vérité en face ; vous êtes ma vie, ma pensée, vous êtes tout pour moi, chère bien-aimée Édith, c'est pourquoi je ne saurais vous entraîner à l'abîme. Sous peu de jours, je serai un forçat ; c'est le bagne, l'existence du convict qui m'attendent. Il faut que je sauve du naufrage le meilleur, le plus pur de moi-même, vous, ma chérie. Oh ! oubliez-moi. Être malheureux, alors que l'on est aimé de vous, est presque aussi criminel que d'être coupable. Si, si ! J'ai honte, désespoir, de ne pouvoir faire éclater la vérité, surtout parce que vous pleurez.

On heurta à la lourde porte.

Édith, d'une voix abaissée, incertaine, chuchota :

— C'est l'heure ! Encore un jour qui prend fin.

La porte tournait lentement sur ses gonds. Dans les prisons modernes, les gonds sont soigneusement huilés, et le « grincement sinistre » dont frémissaient nos pères ne se produit plus.

Sur le seuil se montra Joé. Il avait mis à la main son chapeau haut de forme, saluant, en son désir inconscient de respect, à la française, oubliant qu'un véritable fonctionnaire britannique ne doit point, par respectabilité, découvrir son crâne, et, d'un ton implorant, il prononça :

— Quatre heures !

Mais ces deux mots qui signifiaient pour tous : instant de la séparation, début de la longue nuit, où chacun demeurerait seul en face de sa pensée, furent couverts par une voix joyeuse et claire. Celle-ci disait :

— Bonjour, gentleman accusé. Bonjour lady et gentlemen visiteurs. Ce m'est le plaisir le plus grand de vous souhaiter le lendemain rose après l'aujourd'hui couleur de suie.

Qui avait parlé ? Tous regardèrent. Tril, imperturbable, s'avança, tenant Suzan par la main.

Tous deux saluèrent, puis le jeune garçon s'adressant à miss Fairtime.

— Miss Édith, sans doute? *All right!* Voici, pour le lord votre père et pour vous, une lettre d'introduction de M. le ministre plénipotentiaire des États-Unis à Londres. Veuillez prendre connaissance.

Il tendait un pli à la jeune fille. Elle le considérait avec stupeur, sans songer à le prendre. Péterpaul avança la main.

— Vous permettez, je suis le frère de miss Édith.

Tril lui remit la lettre, que le robuste Anglais développa aussitôt, et qu'il lut à haute voix :

« Je soussigné, demande, pour master Tril et miss Suzan, porteurs de la présente, confiance égale à celle qui serait accordée à mon propre personnage. »

Suivait la signature agrémentée du cachet de l'ambassade.

A ce moment, Joé, qui considérait la scène avec ébahissement, voulut ouvrir la bouche, pour rappeler que l'heure *marchait en rond* pendant cette conversation ; mais Tril lui glissa une nouvelle pièce d'or dans la main, et le gamin ne se reconnut plus le droit de contrarier un visiteur aussi persuasif.

Au surplus, le petit Américain reprenait :

— A la caution de mon ambassadeur, j'ajouterai que nous sommes des amis, de véritables amis. C'est en cette qualité que je supplie miss Édith d'accorder une place dans la voiture qui la ramènera à Fairtime-Castle, à ma fiancée Suzan.

Il cligna des yeux.

— Elle lui contera des choses tout particulièrement intéressantes, et elle lui persuadera que *lorsque les gros nuages noirs jettent la plus vilaine grêle sur la terre, ils sont bien près de s'user et de démasquer le soleil.*

Cette dernière phrase fut prononcée d'un ton énigmatique qui impressionna les assistants.

Avant qu'ils eussent dominé le trouble incompréhensible qui les étreignait, Suzan s'était approchée de miss Édith. Elle lui avait pris les mains et, ses yeux noirs rivés sur ceux de la jeune Anglaise, elle disait, d'une voix douce et ferme à la fois :

— Je suis un peu plus jeune que vous ; mais je connais le malheur depuis longtemps. Ah! je ne suis pas orgueilleuse de cette connaissance, seulement ce temps d'épreuve m'a dotée d'une pensée spéciale sur les choses. Vous verrez que la cadette peut parler en sœur aînée.

Édith écoutait. La voix de son interlocutrice lui semblait appliquer un baume bienfaisant sur son cœur endolori.

Et les deux jeunes filles presque inconsciemment, Suzan se haussant sur la pointe des pieds, Édith courbant un peu sa taille svelte, amenèrent leurs visages à la même hauteur, pour échanger un fraternel baiser.

Une émotion profonde pénétrait les personnes présentes.

Tril profita de l'inattention générale pour se faufiler auprès de François, stupéfait de ce qu'il voyait.

Il empoigna la main de l'ingénieur, y glissa un objet que le Français jugea être un sachet, et, d'un organe léger comme un souffle :

— Vous lirez une fois seul. Suivez les instructions. Tout vaut mieux que le bagne.

Avant que le prisonnier eût pu répondre, Tril s'était éloigné de lui ; François aurait cru avoir rêvé, s'il n'avait senti entre ses doigts le contact soyeux du sachet.

Adieux, mains serrées, regards humides de tendresse. La porte se referme, une clef tourne dans la serrure. François reste seul en sa cellule. Ses amis sont partis.

A travers les corridors, tous s'éloignent, silencieux, avec le recueillement douloureux des heures de désespoir.

Péterpaul soutient sa sœur, qui étreint le bras de Suzan ; Tril et Joé ferment la marche.

Joé, par une déférence instinctive, déambule un peu en arrière. Il sent du respect pour Tril, cet autre gamin qu'un ambassadeur présente *comme lui-même*. Un jeune personnage aussi influent pourrait bien tirer Ketty de la misère, lui faire trouver peut-être une place de petite femme de chambre. Et Ketty serait bien logée, elle n'aurait plus froid, elle n'aurait plus faim.

Le souvenir de sa jeune amie lui rend son courage. Il se penche vers le jeune yachtman américain.

— Vous n'oublierez pas Ketty, je vous prie. Ketty, de Chipley Street...

— Numéro 41. Je pense aussi à cela. Je la verrai ce soir ; mais une question m'intéresse. Vous avez pour elle une grande affection ?

— C'est véritablement la seule affection de mon cœur.

— *All right!* Alors, si je trouvais à vous occuper ensemble, vous la suivriez volontiers ?

Joé étendit gravement la main, comme pour prêter serment.

— Et je ne demanderais pas où l'on va, vous pouvez le croire !

Ce à quoi Tril répondit en riant :

— Tout ira bien, en ce cas. Écoutez, je vais vous dire où il faut aller l'attendre.

ELLE SE BLOTTIRA AUPRÈS DE FRANÇOIS.

— L'attendre?

— Pour ne plus la quitter.

— Dites? dites? bredouilla le gamin d'une voix soudainement enrouée.

— A Douvres, à bord du yacht de plaisance *Lovely*. Voici une carte sur laquelle je trace un signe convenu avec le capitaine. Vous la lui présenterez ; il vous installera.

— Qu'est-ce que je ferai?

— Vous attendrez mes instructions, boy, et vous tournerez les pouces en attendant. Vos dépenses vous seront remboursées.

— Et Ketty?

— Elle partira cette nuit. Elle sera à bord avant vous.

Un grognement interrompit la conversation.

Le groupe était arrivé devant la loge du concierge gardien-chef, et, barrant le passage, Kopling Bilbard, cramoisi, soufflant de colère, grondait :

— Au bar Stills, de Ludgate, pas plus de Tomson que sur la main. On m'a fait aller *au joyeux galop* (On s'est moqué de moi), pour entrer sans permission dans Newgate. Mais quand on est entré ainsi, on ne sort pas sans ma permission.

Joé frissonna. Est-ce que l'invalide allait retenir le jeune et mystérieux protecteur, jailli tout exprès des pavés de Londres, à l'heure où il en avait si grand besoin. Mais à son profond étonnement, Tril ne s'émut en aucune façon.

— Tomson, fit-il négligemment, est un fantasque garçon, il est capable de toutes les sottises, mais il est aussi mon mécanicien et je suis responsable de ses incorrections.

Puis dominant le gardien-chef de son indifférence souriante :

— Vous êtes un brave, je pense. Votre bras envolé dit la querelle contre l'artillerie. Tomson vous a fait tort d'une pinte d'ale, je répare sa faute. Acceptez cette bank-note de cinq livres (125 francs) pour boire à sa confusion.

Cinq livres! Un gamin qui donne une gratification pareille, dépasse en grandeur, les pyramides, le dôme de Saint-Paul et autres monuments géants.

Kopling happa le billet et prit la position du soldat sans armes, marquant ainsi que le civil peut parfois mériter les honneurs militaires.

Joé profita de ses bonnes dispositions pour se faufiler au dehors. Il tira Tril par la manche.

— Gentleman, si je partais de suite, j'irais chercher Ketty et nous voyagerions ensemble.

Pour toute réponse, son interlocuteur lui tendit une bank-note semblable à celle que Bilbard considérait à ce moment avec amour.

— Va. Vous prendrez le train de onze heures.

Et ma foi, montrant une ardeur à l'obéissance dont son nouveau maître dut être flatté, Joé s'enfuit à toutes jambes, tandis que Tril, impassible, aidait miss Edith et Suzan à monter dans une automobile luxueuse, qui, à leur apparition, était venue stopper en face de la porte de la prison.

Puis, le véhicule s'étant mis en marche, le jeune yachtman, sans accorder la moindre attention aux hurlements de Kopling Bilbard qui, les poings tendus dans la direction où avait disparu Joé, clamait :

— Quoi encore? Enfant du Diable! Le voilà qui se promène au lieu de fermer les portes! Satan rôtisseur te découpe en hachis!

Le petit Américain, d'un pas de flânerie, remonta la rue comme pour gagner le viaduc d'Holborn.

CHAPITRE VII

SOLUTION INATTENDUE D'UN PROCÈS CÉLÈBRE.

En approchant du magnifique ouvrage d'art, le petit bonhomme distingua deux silhouettes immobiles à l'intérieur de la tourelle-escalier du viaduc.

Il eut un sourire narquois.

— Les Allemands sont en observation. Ils ont vu Suzan monter dans la voiture de miss Fairtime. Cela les surprend. Ils seront donc enchantés de causer avec moi... seulement, moi, je ne veux pas causer, en ce moment.

Sur cette réflexion, il passa avec autant d'indifférence que si la présence de Von Karch et de Margarèthe ne lui causait pas plus de curiosité que celle des promeneurs inconnus le coudoyant sans cesse.

S'il se fût retourné, il eût été assuré de la justesse de ses prévisions. Mais probablement, la certitude existait dans son esprit, car, pas une seule fois, il ne jeta un regard en arrière.

Von Karch et sa compagne ne montraient pas autant de calme.

Ils étaient sortis de l'abri protecteur de la tourelle: ils ne quittaient plus le petit bonhomme des yeux.

Et l'Allemand grommelait, rageur, nerveux :

— Qu'est-ce que c'est que ce *yacht boy* et cette fille qu'emmène Edith ?

— Des enfants, répliqua Margarèthe d'un ton indifférent.

— Je le vois, *teufel*, aussi bien que vous; vous figurez-vous, Marga, que je les prends pour des rhinocéros?

— Non, non, père. Seulement, je ne conçois pas votre émotion à cause de ces jeunes personnages sans importance.

— Parce que vous ne savez pas vivre, ma chère folle. Tout ce qui ne s'explique pas, doit être considéré comme dangereux.

— Oh! bien jeunes, ces dangers-là!

— C'est pour le danger, ma belle, que l'on peut affirmer avec raison qu'il n'attend pas le nombre des années. Vous avez vu la personne assise auprès de cette fade blonde Edith. Elles se tiennent les mains, et la *surprise m'empoisonne*, la jeune Fairtime écoutait son amie en souriant.

Comme Margarèthe gardait le silence, il acheva :

— Donc, toute chose qui rend la faculté de rire à la sotte miss Fairtime me paraît suspecte. Tellement suspecte que je vais stationner ici, jusqu'au retour de ce mauvais drôle qui a filé à toutes jambes tout à l'heure. Je l'interrogerai, et, quelques *marks* aidant, le vilain *traineur de ruisseaux* m'apprendra quels sont les amis si chers à la blonde Edith. Après, nous verrons.

Ces derniers mots furent prononcés avec un accent de terrible menace.

Toutefois, Von Karch se calma aussitôt, et reprenant une intonation paternelle :

— Si vous êtes fatiguée, chère petite inconséquente, rentrez à l'hôtel; je resterai en faction pour nous deux.

La jeune femme refusa. Quoiqu'elle en eût dit, elle aussi se sentait mordue par la curiosité.

Mais le père et la jeune femme eurent beau se tenir en sentinelles pendant une demi-heure, une heure, deux heures, Joé ne reparut pas. Ils auraient pu attendre ainsi jusqu'à la consommation des siècles.

Le gamin avait dit un adieu définitif à la prison de Newgate.

De guerre lasse, les Allemands se décidèrent à réintégrer l'Hôtel Royal, en proie à une mauvaise humeur, muette chez Margarèthe, mais qui, chez le gros Von Karch, se traduisait par des onomatopées grondeuses, des gestes de poings crispés, des roulements d'yeux furibonds.

Cependant, master Tril, contournant et la prison et l'église de Saint-Paul par les rues de Newgate, de Saint-Paul et Georges Yard, avait atteint New-Bridge-Street et s'était présenté au Royal-Hôtel.

— Pas de bagages, de passage seulement à Londres, une chambre pour dormir une nuit.

Ces explications appuyées par sa mise élégante, la présentation avec une aristocratique négligence d'un portefeuille capitonné de bank-notes, furent admises sans discussion par le directeur de la maison.

Le yachtman déclara qu'il prendrait son dîner à l'hôtel, et, comme conséquence de cette décision, il voulut visiter la salle à manger. Là, il glissa la pièce à un serveur, lequel, en réplique à ce geste monnayé, lui apprit qu'une petite table se trouvait libre devant l'une des fenêtres donnant sur le quai. Les hôtes des tables voisines ne gêneraient pas le jeune gentleman ; c'étaient, d'un côté, deux vieilles demoiselles de province ; de l'autre, un meinherr allemand et sa fille, une jolie personne, en vérité.

Tril écouta tout cela avec la plus parfaite indifférence, bien que ses questions aidassent le domestique à le bien renseigner. Puis, sa table réservée, il monta s'enfermer dans sa chambre. Toutefois, vers sept heures, avant même que la cloche appelât les voyageurs au *supper* (souper), il reparut dans la salle à manger, s'arrêta un instant auprès de la table que devaient occuper les Allemands.

Déjà la double pinte d'ale mousseux était posée sur la nappe. Prestement le gamin versa dans le récipient le contenu d'un petit flacon de verre qui rentra aussitôt dans sa poche, puis il alla prendre place et s'absorba dans la contemplation du spectacle mouvementé que lui donnaient les quais, le cours de la Tamise et le pont de Blackfriars.

— *Teufel !*

— Très curieux !

Ces exclamations, prononcées à demi-voix, ne tirent pas le jeune Américain de sa contemplation.

Il ne paraît pas remarquer Von Karch, Margarèthe, debout à l'entrée du dining-room, qui expriment ainsi leur surprise de retrouver en cet endroit le yachtman aperçu à Newgate.

— *Teufel !* répéta joyeusement l'Allemand, ce garçon nous dévoilera ce que nous voulons savoir, ou j'y perdrai mon nom.

Mais Von Karch n'a pas besoin de perdre son nom harmonieux ; tout s'arrange au gré de ses désirs.

A peine le repas est-il commencé que Tril s'aperçoit que la *ravigoting sauce* (ainsi que les Anglais ayant vécu à Paris désignent familièrement les mixtures épicées dont ils assaisonnent les mets), ne figure pas sur sa petite table.

Les serveurs sont occupés à l'autre bout de la salle, et l'Américain se décide à faire appel à la courtoisie de ses voisins, dont le service est plus complet que le sien.

— Vous permettez que je prenne un instant la *ravigoting?*

— Comment donc! riposte Von Karch, ravi de cette entrée en matière si propice à ses desseins.

Et lui-même tend à son interlocuteur le petit barillet de verre à l'étiquette enluminée, tout en ajoutant :

— Un Anglais ne vous répondrait pas, parce que non présenté. Mais nous autres, étrangers, avons plus de courtoisie. Je dis : nous autres, parce que vous aussi, j'imagine. L'accent vous décèle citoyen de la grande république américaine.

Tril s'empresse de répliquer. En effet, l'Amérique est sa patrie. Il fait décrire un quart de cercle à sa chaise, de façon à présenter un profil à son assiette et l'autre à son interlocuteur.

Et les deux personnages échangent des confidences où la vérité ne trouverait peut-être pas son compte.

L'Allemand se déclare négociant, en résidence à Dantzig, salaisons, viandes fumées, etc.; présentement à Londres, pour ses affaires.

Tril, lui, est le neveu de la grande quincaillerie de Charleston, Dorpt and Cᵉ, cent soixante-douze millions de vente par an, le monde submergé sous une pluie de zinc, de fer-blanc, de fer battu, et renvoyant en échange un fleuve d'or. Il parcourt l'Europe, ce cher neveu quincaillier, pour l'extension des relations, visitant les grandes usines, examinant leurs procédés de fabrication. Sa jeune sœur, actuellement se trouve chez le riche Fairtime, qui possède en ce genre, une usine modèle, au nord de la métropole anglaise.

Il ajoute négligemment :

— Tantôt j'ai présenté ma sœur dans la prison de Newgate, et j'ai vu le prisonnier français dont tous les journaux français s'occupent, je ne sais vraiment pas pourquoi. Il me semble qu'un être, un objet, s'ils ne sont pas en fer-blanc, ne sont pas matière à fixer l'attention.

Von Karch qui n'a pas dit de lui un mot conforme à la réalité, ne se figure pas que son interlocuteur agit de même. Tous les menteurs en sont là. Chacun croit avoir le monopole de la tromperie. L'éternelle vanité humaine opère là comme ailleurs.

Il rit des opinions paradoxales de ce petit Américain. De temps en temps, il verse un verre d'ale à sa fille, qui écoute immobile et ennuyée; il l'oblige à choquer le verre contre le sien, et il boit avec recueillement, les yeux mi-clos, se disant tout bas :

— Le brave garçon. C'est le ciel qui l'a conduit ici pour m'enlever une satanée préoccupation.

Et puis, son souci du lucre aidant, il pense qu'il serait bon de s'assurer des relations futures avec le « neveu de la grande quincaillerie de Charleston ».

On dirait que Tril lit dans sa pensée. Voilà qu'il murmure :

— Oh ! prendre un grog-whisky tout seul, cela est tout à fait détestable.

— Pourquoi cette observation, juste en soi ? s'exclame l'Allemand.

— Parce que je songeais : je prendrais bien un grog, et causerais volontiers un instant avant d'aller au lit. Je dois partir demain de grand matin mais cependant, je n'ai pas le *sommeil des poules*.

Heureuse idée. Elle fournit l'occasion demandée tout bas par l'Allemand aux dieux protecteurs du négoce.

Von Karch propose aimablement de recevoir l'Américain dans l'appartement qu'il occupe à l'hôtel. On pourrait causer d'affaires éventuelles, tout en se désaltérant.

Tril, avec la rondeur américaine, accepte sans se faire prier.

Tous deux, précédés de Margarèthe, gagnent l'appartement situé au premier étage, non sans avoir ordonné à un garçon de monter tout ce qui est nécessaire à la confection d'une mixture savante : whisky, citrons, sucre, soda-water.

Et tandis que le serviteur s'empresse, dispose sur le guéridon du « salon » qui sépare les chambres à coucher du père et de la fille, les assiettes, gobelets, flacons, sucrier, soucoupe, Margarèthe se laisse tomber dans un fauteuil ; elle a un bâillement qu'elle s'efforce en vain de dissimuler ; elle murmure d'une voix endormie :

— C'est étonnant comme je me sens lasse ce soir.

Et, avec un regard d'intelligence à son père :

— Sans doute, notre longue station là-bas. Un courant d'air. J'aurai certainement pris froid.

— Le grog vous remettra, ma chérie, riposte l'Allemand, qui, cela est indubitable, se sent fatigué, lui aussi, car il s'allonge sur un canapé, laissant à son « invité » le soin de préparer la boisson nationale des Anglo-Saxons.

Mais Tril est de bonne composition.

Il dose méticuleusement les divers ingrédients qui doivent constituer un grog « céleste », c'est là un travail délicat, méthodique, lequel demande dix bonnes minutes.

Enfin, il se retourne, lançant d'un ton triomphant :

— Je recommande le mélange. C'est le mélange de Charleston, nulle part on ne prépare breuvage aussi enchanteur.

Personne ne répond.

Von Karch et Margarèthe ont la tête renversée sur le dossier de leurs sièges. Leurs yeux sont clos. Une respiration égale bruit entre leurs lèvres entr'ouvertes. Ils dorment.

Et Tril ne manifeste aucun étonnement. Il a un sourire narquois; il murmure :

— Eh! Eh! un peu d'opium dans une pinte d'ale, et David n'a plus besoin de fronde pour abattre Goliath...

Il ajoute en désignant la belle Allemande :

— Goliath et... Dalila.

Puis il vient à pas de loup auprès de Von Karch, fouille en ses poches, tout en monologuant :

— Cet individu est l'artisan du malheur de sir François de l'Etoile. Le *Roi* avait bien jugé. Tâchons de passer du doute à la certitude.

Ni la montre, ni le porte-monnaie de Von Karch n'attirèrent l'attention de Tril.

Le gamin ne s'occupait que des papiers enfermés dans les poches de l'Allemand : trois lettres sans importance, quelques factures et un petit carnet à la couverture de cuir rougeâtre, dont le ton passé indiquait un long usage.

Le jeune Américain sépara ce carnet des autres pièces avec un geste joyeux, mais quand il le feuilleta, sa figure s'assombrit.

— Du papier blanc! murmura-t-il. Pas une note, pas une inscription. Voilà qui est fort!

Et, secouant la tête :

— Pourtant, ce carnet est usé... L'Allemand le porte habituellement sur lui. C'est un homme trop pratique pour garder indéfiniment en poche un objet sans utilité.

Puis une réflexion intérieure amenant le sourire sur ses lèvres.

— Le *Roi* a toujours raison! Or, que dit-il? Ceci : « L'homme qui a à tracer des caractères devant rester secrets, emploie soit une écriture conventionnelle, soit une encre sympathique invisible; soit enfin les deux moyens. » Si c'est une encre sympathique, nous allons bien voir.

On le sait, les encres sympathiques sont des produits chimiques spéciaux ou plus simplement du jus de citron, d'oignon, etc. La plume trempée dans ces liquides court sur le papier, inscrit ce que l'on désire conserver, et les caractères demeurent invisibles, jusqu'au jour où la feuille étant exposée au rayonnement d'un feu vif, ils se marquent en noir, gris ou roux.

Probablement. Tril s'était donné cette explication à part lui, car il cligna des paupières et murmura :

— Seulement le feu a un inconvénient. Les signes qu'il a révélés deviennent indélébiles. et le « Monsieur » peut se rendre compte que ses petits mystères ont été percés à jour. Or, il ne faut pas qu'il se doute, ce vilain _Deutsche_. Voyons si le papier sensible mérite le bien qu'on en dit...

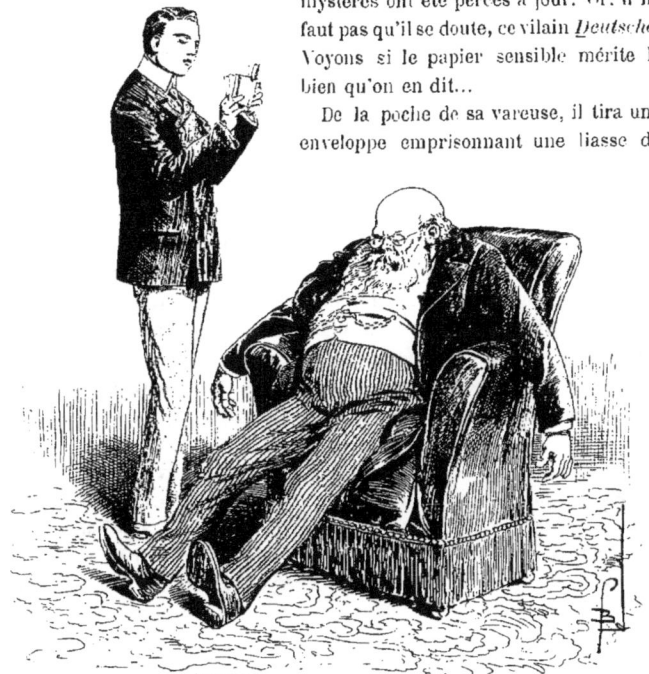

De la poche de sa vareuse, il tira une enveloppe emprisonnant une liasse de

Il feuilleta le carnet.

papiers rectangulaires, dont l'une des faces, recouverte d'un vernis grisâtre, offrait l'apparence des papiers sensibles photographiques.

Puis, lentement, méthodiquement, il intercala ces feuilles entre les pages du carnet.

Après quoi, il prit sur une table deux livres qui, vraisemblablement, avaient bercé l'ennui des insomnies de la belle Margarèthe, plaça le carnet entre ces deux livres. posa le tout sur une chaise et s'assit dessus.

— La presse à copier humaine! plaisanta-t-il. Il faut une demi-heure de pression, patience!

Devant lui, sur le guéridon, il avait déposé sa montre, un de ces superbes chronomètres que l'on fabrique à Baltimore, et que les Américains, qui tous sont un peu de Marseille, déclarent : *régler le soleil.*

A quelle opération se livrait-il là? Espérait-il que le papier étrange ferait apparaître l'encre sympathique, si, en conformité de son jugement, l'Allemand avait employé ce moyen de notation!

Ma foi, oui! Car les rectangles vernis n'étaient autres que des papiers révélateurs à l'hélium, imaginés par l'Italien Pérelli.

L'hélium est un corps qui « radie » bien moins que le radium, mais cependant avec une puissance appréciable. Or, le chimiste Pérelli pensa que ses radiations pourraient agir à l'égal d'un foyer sur les encres invisibles. Et, d'expérience en expérience, il arriva à une pellicule composée qui donnait même un résultat inespéré au chercheur : la pellicule s'impressionnait, copiait en rouge tournesol acide, les caractères invisibles, et le papier sur lequel on avait écrit demeurait blanc. L'encre se copiait sans apparaître elle-même.

Le seul inconvénient consiste en ceci que les radiations de l'hélium, décomposant superficiellement la cellulose du papier soumis au traitement, le rend légèrement pâteux, si bien que les feuilles d'un carnet, par exemple, se trouvent ensuite plus ou moins collées les unes contre les autres.

Mais l'invention étant restée peu connue, la chose en elle-même est sans importance. Celui dont on a copié les notes estime qu'une humidité, une raison quelconque a amené le « collage » qu'il constate, et il ne lui vient pas à l'idée que ses secrets, dûment photographiés, sont au pouvoir d'autres personnes.

L'hélium, on le voit, est un terrible policier.

Tril, peut-être, se remémorait ces choses, tandis que, les coudes sur la table, ses mains soutenant sa tête, il suivait de l'œil le lent déplacement des aiguilles sur le cadran de son chronomètre.

Il ne faisait pas un mouvement. N'eussent été ses yeux ouverts, on eût pu croire qu'il dormait, à l'égal des Allemands qui s'en donnaient à cœur-joie.

Enfin, le jeune garçon se permit quelques gestes menus.

— Encore deux minutes, une seule, trente secondes.

Il fit mine de se lever, mais il n'acheva pas le mouvement commencé.

— Non! Encore cinq minutes de supplément. Il ne faut pas plaindre sa peine, quand on veut obtenir un bon résultat.

Les cinq minutes s'écoulèrent et il se dressa enfin sur ses pieds, reprit le carnet, s'approcha de la lampe électrique éclairant la table. Il ouvrit le petit cahier, et poussa une exclamation de joie.

— Cela a copié!

C'était vrai : en face des pages restées absolument blanches, les feuilles à l'hélium apparaissaient rayées de lignes d'écriture d'un rouge étrange.

Mais l'enthousiasme du gamin tomba d'un coup.

— Pas de chance! Caractères conventionnels indéchiffrables pour moi. Ce coquin d'Allemand a employé à la fois les deux méthodes : écriture invisible, et... illisible.

Il se calma aussitôt.

— Bon! le Roi lira, lui! Il faut donc qu'il connaisse cela le plus tôt possible.

Sans gêne, agissant comme chez lui, il prit dans une papeterie une enveloppe, une feuille de papier à lettres et, s'installant devant l'encrier, il traça les lignes suivantes :

« Voici des épreuves héliographiques. Les transmettre d'urgence par « notre « sans fil », une à une, à Washington. Prière renvoyer à bord traduction et instructions, Skake-hands : « T... »

Il glissa cette laconique missive, ainsi que les feuilles au vernis d'hélium dans l'enveloppe qu'il cacheta, et sur laquelle il traça la suscription suivante :

« Capitaine MARTINS,
Yacht *Lovely*
Port de Douvres. »

Enfin, se dirigeant vers la porte, Tril conclut :

— Là, maintenant, à Charing-Cross. Joé et Ketty emporteront ce « poulet ». Martins l'aura vers une heure du matin.

En hâte, le jeune garçon fit disparaître toute trace de ses diverses opérations, réintégra le carnet rouge dans la poche de Von Karch, alla déverser le grog préparé dans le lavabo mobile, non sans en avoir versé quelques gouttes dans les verres, éteignit l'électricité, et gagna la porte.

Ainsi, les Allemands, au réveil, ne remarqueraient rien d'anormal...

Deux minutes plus tard, dans New-Bridge street, il hélait un hansom qui passait, et jetait au cocher :

— Gare de Charing-Cross, départ.

Puis, se laissant tomber sur la banquette :

12

— A peine dix heures ; leur train est à onze. Bah ! Comme ceci, je suis
sûr de ne pas les manquer.

. . . .

A cette même heure, François de l'Etoile réfléchissait profondément.

Dans la cellule de Newgate, meublée d'un lit de fer, d'une tablette mobile,
fixée au mur par des charnières et servant de table, de deux escabeaux rus-
tiques, il se tenait assis, absorbé.

Sur la tablette, le sachet à lui remis dans l'après-midi par Tril, sorte de
petite pochette de soie noire, sans aucune broderie. Auprès, une feuille de
papier pelure sur laquelle s'alignaient les caractères décidés d'une « cur-
sive » un peu grosse, dans laquelle un graphologue eût deviné à première
vue, les « dominantes » de la résolution et de la franchise.

Puis, enfin, un de ces petits «paquets » dans lesquels les pharmaciens
« chemists » en Angleterre, dosent leurs poudres.

Une poudre multicolore formait un monceau minuscule sur le papier. On
eût dit de la poussière de confettis.

Et François considérait alternativement la lettre et la substance pulvérisée.

Après un moment, il reprit la missive ; à mi-voix, il la relut. Elle
portait ceci :

« A sir François de l'Etoile, Engineer.

        « Monsieur,

    « Qui je suis? c'est la première question à laquelle votre esprit s'arrêtera,
et je pense juste d'y répondre.

    « Mon nom, Jud Allan, ne vous dira rien ; mon titre, *roi des lads*, ne vous
instruira pas davantage. Pour que vous me connaissiez un peu, je me vois
obligé à une sorte d'autobiographie. Je m'exécute d'ailleurs volontiers, car
je souhaite gagner votre confiance.

    « Abandonné, avant que mon cerveau pût avoir conscience de la signifi-
cation tragique du mot abandon, j'ai grandi au hasard, étudiant *de visu* la
condition misérable de l'enfant privé de l'appui de la famille. La honte, le
crime, la misère, s'abattant sur les pauvres êtres.

    « J'eus l'ardent désir de les arracher à leur détresse. Un heureux concours
de circonstances me permit de réaliser ce rêve. Aujourd'hui, les pauvres *boys*
errants, les tristes *girls* sans foyer, forment le plus puissant syndicat des
Etats-Unis. Le syndicat des « petits », comme on dit là-bas. Grâce à leurs
ressources, à leur entente, ils s'assurent des emplois où ils sont traités convenablement, rémunérés de façon suffisante.

« Ils peuvent vivre, et, quand on peut vivre, il devient presque facile d'être honnête, relativement aisé de s'élever dans la hiérarchie sociale.

« Contrairement aux adultes, les enfants sont reconnaissants. Mes protégés m'ont choisi pour chef. Ils m'ont décerné le titre qui pouvait être le plus doux à mon cœur. De par leur volonté, je suis le roi des « lads », le roi des gamins.

« Ma puissance est grande, car tous m'obéissent; mes ressources financières sont presque infinies. Détenteur de la force et de l'argent, j'ai pensé que je ne pouvais les mieux employer qu'au service de la justice.

« Les opprimés, quels qu'ils soient, ont droit à mon appui.

« Voilà pourquoi je vous ai envoyé deux de mes petits sujets, qui me sont chers entre tous, auxquels je ménage, dans le syndicat des lads, des fonctions dont leur âme courageuse et droite les rend dignes.

« Ceci posé, je m'explique.

« Vous êtes accusé; et autant que j'ai pu me représenter la physionomie de l'affaire, à travers les racontars des journaux, vous me paraissez innocent, *parce que l'abondance des preuves relevées contre vous est trop grande.*

« Or, je suis certain que les magistrats n'envisageront pas le problème à ce point de vue.

« Vous serez donc certainement condamné. Cela n'est pas discutable.

« Un ingénieur de valeur sera transformé en *convict.* Une existence de travail utile sera perdue pour lui et pour l'humanité.

« Si je ne me trompe pas sur votre caractère, apprécié à grande distance, vous devez préférer au bagne, n'importe quoi, même la mort.

« Qu'est le trépas rapide auprès de la lente agonie du forçat?

« Eh bien! ce que je viens vous offrir, sous la forme d'une poudre aux graines diversement colorées, c'est la mort peut-être, mais peut-être la liberté d'agir, de démasquer vos ennemis inconnus.

« Pourquoi ce peut-être? Je parle à un homme de science, il me comprendra sans doute.

« Vous le savez, les fakirs hindous réussissent à se plonger dans le sommeil pour plusieurs mois. Longtemps on a cru qu'ils opéraient par autohypnose, auto-suggestion, etc. Un de mes lads, ex-bouddha vivant, évadé des temples, m'a révélé que les « dormeurs divins », ainsi se désignent les personnages, se mettent en catalepsie, avec la rigidité, le froid, toutes les apparences de la mort, à l'aide d'une poudre, dont ils conservent jalousement le secret.

« J'ai pu dérober, non pas la formule exacte, mais lès noms des substances entrant dans la composition.

« Ces substances sont réparties en deux groupes : 1° trois poisons violents : acide cyanhydrique, brucine et strychnine, extraits de la liane Terpis et de l'arbuste dit strychnos (*nux vomica*); 2° d'autres poisons, tels que le chlore, destinés à limiter l'action des substances nocives.

Des fakirs hindous se plongent dans le sommeil pendant plusieurs mois.

« Je crois avoir reconstitué, à peu près, la mixture des fakirs. Je crois qu'un liquide préparé également par moi, amènerait le retour à la vie, mais je le répète, je ne veux pas vous tromper, je ne suis pas certain du résultat.

« Le papier inclus dans la pochette contient donc, ou bien la mort, ou bien la sortie de la prison et la possibilité de la réhabilitation.

« D'homme à homme, il faut parler selon la vérité. Je vous déclare, sur l'honneur, qu'à votre place, je préférerais le risque de la mort à la vie du bagne, mais je ne veux pas peser sur votre détermination.

. « Dans une occurrence aussi grave, le principal intéressé doit être libre de ses résolutions.

« Si vous pensez comme je penserais moi-même, il vous suffira de verser la poudre dans un verre d'eau, d'attendre dix minutes pour que la dissolution soit complète, et de boire le liquide qui aura pris une teinte irisée.

« Après quoi, vous vous étendrez sur votre couchette, et vous vous endormirez sans aucune souffrance; cela, je puis vous en donner la certitude.

« Je juge que vous vous déciderez à courir le risque, et je vous prie de croire que je souhaiterai aussi vivement que vous-même la réussite de l'expérience chimique que je vous propose.

« *Your truly :*

« Jud ALLAN. »

« P.-S. — A cette heure, miss Edith Fairtime a entre les mains le produit qui, *peut-être*, vous rendra la vie. Elle, votre fiancée, réclamera le corps du prisonnier, réputé mort. Même défunt, vous êtes assuré que sa main aimante effleurera encore votre front.

« J. A. »

« 2ᵉ P.-S. — Quelle que soit votre résolution, brûlez papier, sachet; rien ne doit mettre les gardiens sur la trace de l'entente de deux amis qui ne se connaissent pas. »

François avait achevé sa lecture. Pensivement, il murmura :

— Il a raison! un forçat! non, plutôt la mort! Mais Edith?

Ses paupières battirent, un brouillard humide embua son regard. Cela fut bref. D'un mouvement brusque, il sembla chasser cette faiblesse.

— Pour elle-même, je ne dois pas vivre en convict! Pour elle, mon existence sera justicière, ou bien la mort la délivrera de l'obsession torturante de ma présence.

Une seconde, sa tête marqua un hochement régulier.

On eût cru que son être physique exprimait ainsi une lente approbation de la résolution tragique.

Puis il se leva. Aucune hésitation ne se montrait plus en lui. Ses mouvements s'effectuaient souples, précis.

Il remplit d'eau le verre grossier laissé à sa disposition. Après quoi, il fit glisser dans le liquide la poudre des fakirs.

Au contact, un bruissement se produisit. L'eau se troubla, devint laiteuse.

— Dix minutes, reprit François, le temps de prendre mes dernières dispositions. Premièrement, supprimer toute trace de l'entente avec le roi des lads.

Sur ses lèvres, passa un sourire empreint d'ironique tristesse.

— Ennemis invisibles, amis inconnus; que de brume pour mon pauvre cerveau, épris de la netteté mathématique.

Tout en parlant, il plaçait au-dessus du verre de la lampe qui l'éclairait, le sachet, la lettre, le papier où avait été enfermée la poudre de mort.

Ces objets devaient être enduits d'une substance combustible au suprême degré, car ils s'enflammèrent d'un coup, se réduisant presque instantanément en fumée, laissant un impalpable résidu que, d'un souffle, l'ingénieur dispersa.

— Plus rien, dit encore le prisonnier, on ne trouvera plus rien.

Mais se ravisant.

— Je me trompe, on trouvera la preuve, qu'à la minute suprême où j'aurai entr'ouvert la porte de l'au-delà inconnu, ma pensée fut Edith.

Et l'idée tendre, jetant une clarté sur son visage, il s'installa près de la tablette.

Les inculpés, à Newgate, ont à leur disposition lumière, papier, encre, plumes, livres. C'est seulement après condamnation, qu'ils sont privés de ces moyens de tuer les heures. François écrivit donc :

« A Miss Edith Fairtime,

« Oubliez le fiancé qui s'éloigne parce qu'il pense ainsi vous délivrer d'une chaine, dont votre douce personne est meurtrie; mais souvenez-vous d'un *innocent* qui, grâce à vous, connaît encore l'espoir.

« A votre père, à vos frères, dites l'adieu de leur reconnaissant.

« François de l'Etoile. »

Cette missive, placée bien en vue sur la tablette mobile, l'ingénieur prit le verre d'eau et l'éleva à hauteur de ses yeux, l'interposant entre ses prunelles et la flamme de la lampe.

Le liquide s'était irisé; il apparaissait comme moiré, décomposant la lumière en tons multinuancés. On eût dit une nacre fluide.

François fit mine de présenter le verre à un invisible compagnon.

— A votre bonheur, roi des lads, murmura-t-il gravement. Vous m'avez parlé trop net pour ne pas être sincère. Je réponds par un remerciement, et aussi, je crois, par une marque de confiance.

Il rapprocha le verre de ses lèvres.

— De confiance, répéta-t-il. Non, je me trompe. Vous l'avez exprimé justement. Dans ma position, la mort même est une amélioration.

D'un trait, il vida le contenu du récipient de verre.

— Pouah! c'est détestable.

Mais, haussant les épaules :

— Bah! qu'est-ce qu'une impression désagréable de plus?

Et sans se presser, il rinça soigneusement le verre, gagna sa couchette de prisonnier, s'étendit sur la mince paillasse, que supportait un châlit de fer, analogue à ceux utilisés pour les lits militaires, et ferma les yeux.

Un instant ses lèvres remuèrent.

Dans un souffle bruirent ces deux mots, très doux :

— Adieu, Edith!

Puis il demeura immobile, une pâleur envahissant peu à peu ses joues, décolorant ses lèvres, étendant à la surface de ses mains, allongées sur le drap, un ton de cire.

Sa respiration se ralentit, s'affaiblit, devint imperceptible, s'arrêta enfin.

Dans le silence de la geôle, plus aucun bruit.

Rigide et froid, l'ingénieur dessinait une forme funèbre sur son lit.

Était-il mort? Était-il seulement endormi comme les fakirs hindous dont il venait d'expérimenter la redoutable formule?

A la question, personne au monde n'aurait pu répondre.

CHAPITRE VIII

L'IDYLLE DE NEWGATE

— Demandez l'Idylle de Newgate!... Édition spéciale! tous les détails! Demandez, demandez! Cela est plus intéressant que les conceptions romanesques!... Immense sensation! La plus attractive idylle!

Et cœtera! Et cœtera!

Ainsi clamaient les crieurs de journaux, vers deux heures de l'après-midi, dans les rues de Londres, que les poussières en suspension, éclairées par un soleil radieux, remplissaient d'un léger brouillard doré.

Et les passants s'arrêtaient, s'arrachaient les feuilles, toutes fraîches encore d'encre d'imprimerie.

Un coup de sonnette furieux appela le garçon d'étage dans l'appartement occupé par Von Karch et Margarèthe.

Les deux Allemands venaient de sortir du lourd sommeil, dans lequel l'astucieux Tril les avait plongés la veille au soir.

Dire leur stupeur de se trouver tout habillés, dans les fauteuils où ils s'étaient installés seize ou dix-sept heures plus tôt, est impossible. Ils avaient échangé des répliques incohérentes :

— Ah ça! nous ne nous sommes pas mis au lit?

— Cela paraît du moins vraisemblable.

— Dormir ainsi, cela ne m'est jamais arrivé.

— Qu'est-ce que cela veut dire? Et ce jeune Américain?

Une inquiétude soudaine projeta Von Karch sur ses pieds. Avec sa nature défiante, le soupçon naissait aisément en lui...

Il fouilla vivement ses poches, en grommelant :

— Est-ce que ce diable de Yankee?...

— Que voulez-vous dire? interrogea Margarèthe.

Son père ne répondit pas. Un à un, il tirait de ses innombrables poches les divers objets dont Tril avait fait l'inventaire.

Rien ne manquait. Les clefs, la montre, l'argent... le carnet rouge.

L'agent allemand ouvrit le petit cahier, le feuilleta.

— Oh! gronda-t-il, la fabrication du papier laisse bien à désirer. Toutes les pages sont collées. La chaleur du corps sans doute. Bah! ceci n'est rien. Mes notes sont toujours invisibles dans la pâte, donc mon inquiétude disparaît.

Et comme sa fille demandait :

— Mais enfin, père, à quoi pensez-vous?

— A rien! répondit-il... Je croyais avoir perdu quelque chose. Croyance erronée, chère petite Marga, tout à fait erronée. A propos, quelle heure est-il? Ma montre est arrêtée.

— Tiens! la mienne également.

L'Allemand eut un geste d'impatience et appuya fortement sur la sonnette électrique. C'était là la cause du carillon qui fit se précipiter le garçon d'étage dans l'appartement.

— Ah! gentleman, déclara-t-il, je m'inquiétais de ne pas vous voir ce matin. Une heure encore, et j'aurais averti le « manager ».

L'air ravi du domestique montrait qu'en effet il avait connu l'anxiété.

— Il est donc bien tard? questionna Von Karch.

— Pour la promenade, il n'est pas tard, gentleman; mais pour se lever, il est tard.

— C'est-à-dire?

— Qu'il est *un quart avant deux heures après-midi.*

A ces mots, Margarèthe se trouva debout à côté de son père.

— Deux heures moins le quart?

— Vous divaguez, garçon.

— Non, non, répliqua l'interpellé avec un rire sournois. Le *breakfast* (déjeuner) est terminé. Oh! on peut dire que le gentleman a une conscience pure, car il dort à établir un record.

                                                    13

Mais se frappant le front :

— J'oubliais ; le gentleman américain, qui est resté en votre compagnie jusque vers dix heures du soir, a remis un billet à votre adresse. Je vais le chercher.

— Et apportez en même temps un lunch froid. Deux heures ! Je comprends pourquoi j'ai l'estomac dans les talons.

— C'est trop bas pour un gentleman, riposta le serviteur hilare, il faut le faire remonter au plus vite.

Et il s'élança au dehors. Le père et la fille se regardèrent :

— Comment avons-nous pu dormir ainsi?... Plus d'un tour de cadran.

Margarèthe risqua une explication :

— Notre longue faction à Holborn viaduct sans doute.

— Peut-être.

Cependant, il était évident que Von Karch considérait cette faculté somnifère, brusquement révélée chez lui et chez la blonde Margarèthe, comme un fait anormal et inquiétant.

La réapparition du garçon le tira de ses réflexions moroses. L'homme était chargé d'un grand plateau d'argent, sur lequel un en-cas froid : viande et volaille, entourait la théière fumante.

Il déposa le tout sur un guéridon. Puis présentant une lettre à l'agent allemand :

— Le mot laissé par le gentleman des United States, avant son départ.

— Il est parti?

— Ce matin, à la première heure. Ainsi, du reste, qu'il l'avait annoncé au bureau.

— Ah!... C'est bien. Laissez-nous.

Et le serviteur sorti, Von Karch fit sauter le cachet de la missive. Celle-ci était brève.

« Au moment de continuer son voyage, Master Tril regrette de ne pou« voir prendre congé de sir Von Karch et de lady sa fille. Il emporte un « très gentil souvenir de la soirée cordiale passée en leur compagnie, et « sera heureux de les recevoir si le hasard des affaires les amène plus tard « à Charleston. »

Rien de plus naturel, de plus correct, que ce mot laconique.

Le ton était celui d'un nomade reconnaissant envers des personnalités qui, durant une soirée, l'eût arraché à l'ennui de la solitude.

Ce que le sommeil incompréhensible de ceux-ci l'avait empêché de dire de vive voix, il l'avait écrit : voilà tout.

L'Allemand se reprocha ses ineptes soupçons à l'endroit de ce petit bon-homme, qui n'était certainement pas de force à se mesurer avec un gaillard comme lui, réputé au service des renseignements de Berlin.

Et, dégagé par cette réflexion avantageuse :

— Réparons le temps perdu. A table, chère belle Marga. L'abstinence vous ferait perdre cette silhouette où réside toute la grâce de nos filles d'Allemagne.

Il alla ouvrir la fenêtre, ajoutant avec gaieté :

— Un temps superbe. Mettons le soleil de la partie !

Mais tous deux, décidément rassérénés, avaient à peine commencé leur repas, que les clameurs des « camelots londoniens » retentirent dans la rue.

— Demandez l'idylle de Newgate. L'ingénieur français ne passera pas en jugement ! Le tribunal nargué par l'inculpé !

— Hein ! clama Von Karch, vous avez entendu ?

— Oui ; cela doit être un de ces « canards » auxquels la presse anglaise donne si facilement l'essor.

— Vous croyez ? Au fait, c'est possible. Cependant, je ne serai pas fâché de m'en assurer.

Ce disant, il s'était approché de la fenêtre, se penchait au dehors.

En bas, devant l'hôtel, des garçons et chasseurs, formaient un groupe attentif, autour d'un maître d'hôtel qui lisait à haute voix une feuille quotidienne.

— Pst ! Pst !

A cet appel de l'Allemand, tous levèrent la tête.

— Montez-moi un journal de suite.

— *All right!* Vous avez raison, gentleman. Cela n'est pas une histoire ordinaire.

Et le groupe disparut sous la porte cochère, sans doute pour n'être pas troublé plus longtemps, tandis que l'un des « chasseurs » se lançait à la poursuite des crieurs.

Moins de trois minutes après, ce dernier remettait une édition spéciale à l'Allemand, recevait la pièce méritée par sa promptitude, et s'éclipsait, selon toute apparence, pour rejoindre les camarades commentant l'événe-ment encore ignoré des clients germains.

Avec une hâte fébrile, Von Karch parcourut la manchette du périodique, et gronda, stupéfait :

— L'ingénieur est mort !

— Mort !

Margarèthe redit ce mot sans en avoir conscience. Elle s'était dressée toute droite, soudainement pâlie. Von Karch s'était plongé dans la lecture de l'article sensationnel consacré à l'idylle de Newgate.

— Eh! grommela-t-il, ce n'est pas moi qui l'ai tué, ce satané François, c'est la maladie.

— La maladie?

— Certainement, les médecins ont diagnostiqué une embolie. Au surplus, écoutez.

Il se prit à lire d'une voix monotone, les lignes suivantes :

« Le procès de l'ingénieur français François de l'Étoile n'aura pas
« l'épilogue judiciaire que chacun prévoyait.

« La nature s'est chargée de dénouer le criminel imbroglio.

« Ce matin, le guichetier, qui visitait les prisonniers trouva le Fran-
« çais étendu sur son lit; le corps déjà froid et présentant la raideur cada-
« vérique, démontrait que la mort remontait à plusieurs heures.

« Le docteur James Lindley, attaché à la prison, accourut aussitôt. Des
« constatations du savant praticien, il résulte que le prisonnier, a succombé
« à une embolie cardiaque.

« L'événement en lui-même n'aurait rien dont il se fallut attrister. La
« nature a solutionné de façon élégante une « cause célèbre » dont l'esprit
« public était obsédé.

« Mais aux côtés du coupable se dressent les silhouettes de deux jeunes
« filles, toutes deux ses victimes.

« L'une, privée de raison, miss Liesel Muller, est enfermée à Bedlam, où
« son père, romanesquement retrouvé, veille sans trêve sur la pauvre mi-
« gnonne. Or, ce père, M. Tiral, de son nom, en apprenant la fin de l'ingé-
« nieur, a immédiatement demandé l'autorisation d'emmener sa fille hors
« d'Angleterre. Il compte la remettre aux soins d'un illustre docteur qui
« peut-être rallumera le flambeau de l'intelligence éteinte.

« Miss Liesel étant classée parmi les *fous contemplatifs*, c'est-à-dire non
« dangereux, il est certain que le malheureux père obtiendra la douloureuse
« faveur qu'il sollicite.

« La seconde victime est (la jeune fille l'ayant elle-même proclamé, nous
« pouvons nous départir de notre réserve accoutumée) miss Edith Fair-
« time, fille du lord et puissant industriel.

. « Fiancée à l'inculpé, miss Edith venait, chaque jour, à la prison,
« refusant, avec une touchante obstination, de croire aux preuves de la
« culpabilité de celui qu'elle avait choisi.

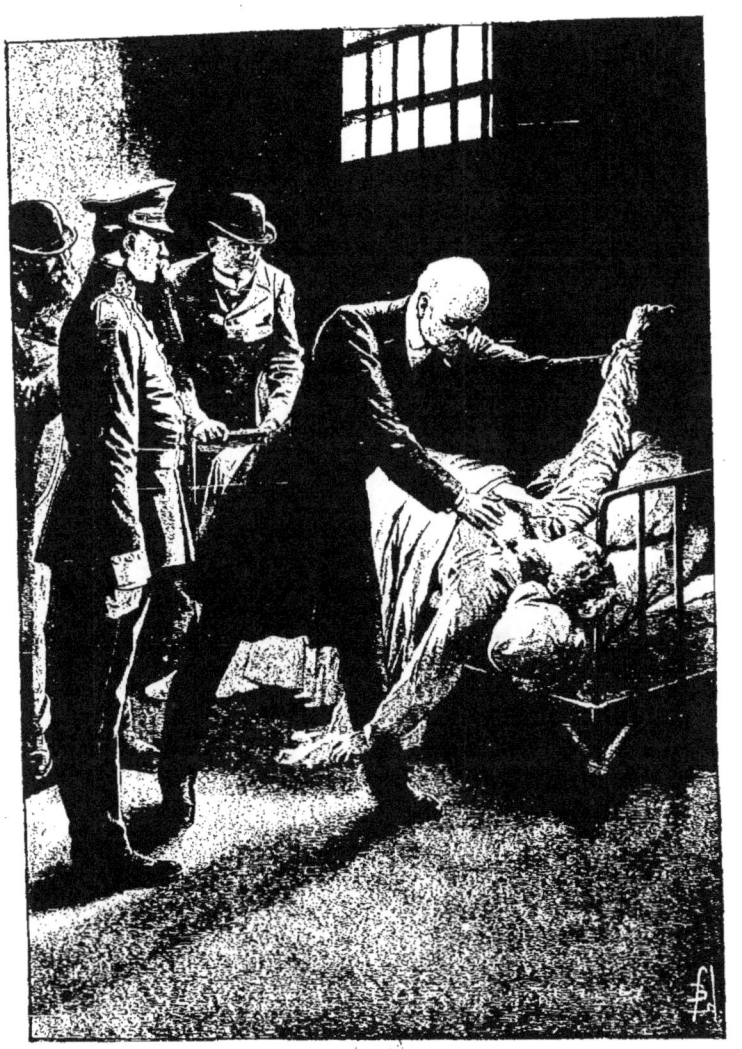

LE DOCTEUR CONSTATA QUE LE PRISONNIER AVAIT SUCCOMBÉ A UNE EMBOLIE.

« Au reçu d'un télégramme l'avertissant du trépas de ce dernier, elle a
« réclamé le corps du coupable, que la mort arrache à la punition.

« Elle a déclaré vouloir qu'il fût inhumé dans la chapelle-caveau de
« famille, édifiée sous les ombrages du parc de Fairtime-Castle, voisin
« de Wimbleton. Elle a arboré le deuil des veuves, et affirmé sa réso-
« lution de ne se marier jamais.

« Certes, cette exaltation d'une jeune âme aimante est respectable, vé-
« nérable même, mais il nous semble que le strict devoir de la famille eût
« été de réagir contre ces démonstrations exagérées, et, disons le mot, inu-
« tilement compromettantes.

« Nous n'insisterons pas cependant. La mort passe; inclinons-nous. »

— Eh bien, Marga, vous voyez? conclut l'Allemand en repliant lentement
le journal.

Elle n'eut pas le temps de répondre. On heurta à la porte. Celle-ci s'ouvrit aussitôt, et écartant le garçon qui le précédait, M. Tiral fit irruption
dans la pièce, tirant après lui Liesel, celle-ci marchant d'un pas d'automate,
ses grands yeux noirs fixés, comme à l'ordinaire, sur le rêve indéchiffrable
de sa folie.

— Vous?

— Moi. J'ai obtenu l'*exeat* de Bedlam. Je suis accouru vers l'ami, le
bienfaiteur que vous nous avez révélé, pour vous dire : Quand partons-
nous? Quand rejoignons-nous le docteur qui, peut-être, rendra la raison à
mon enfant?

— Et vous avez bien fait, s'écria Von Karch se mettant par un brusque
effort au diapason de son interlocuteur. Je vous demande deux jours pour
terminer quelques affaires. Dans deux jours, nous partirons.

— Oh! merci! merci!

Tiral prit avec ravissement les mains de l'Allemand, puis il courut à
Liesel toujours insensible, l'étreignit dans ses bras, couvrant son visage de
baisers.

— Nous te guérirons, mon aimée. Tu sauras que tu as un père qui t'aime
plus que la vie.

Il continua ainsi, parlant comme si elle pouvait l'entendre.

Von Karch profita de cet instant pour glisser à l'oreille de Margarèthe :

— Vous l'emmènerez pendant ces deux jours, Marga. Il sera bon que
Liesel soit un peu débarrassée de sa présence.

Et s'adressant de nouveau à M. Tiral :

— Vous demeurerez ici, à l'hôtel. Vous accompagnerez ma fille dans ses courses ; car moi, pour en terminer plus vite, je serai contraint de l'abandonner.

Sur quoi, reprenant place à table :

— Vous permettez que j'achève mon repas. Très en retard.

Et à part lui, il ajouta :

— Après tout, j'ai les plans des divers organes imaginés par le digne François. Nos ingénieurs de la Sprée trouveront bien le moyen de les assembler. Donc, la politique me récompensera. D'autre part, ce Tiral me conduira au gîte précieux qu'il a découvert. Là aussi, je serai payé.

Sa large face s'épanouit dans un rire silencieux. Le naïf Tiral, qui le regardait à ce moment, crut que l'expression joyeuse indiquait la satisfaction du bien accompli.

Puis tout à coup, saisissant par-dessus la table la main de Margarèthe, qui s'était assise devant lui et dévorait avec appétit, il serra fortement ses doigts roses. Elle l'interrogea du regard.

Alors, il se pencha, et dans un souffle :

— Marga, une idée. Nous irons assister à l'inhumation de l'ingénieur, dans le caveau de famille des Fairtime.

Elle tressaillit, demanda :

— Pourquoi ?

— Marque de sympathie aux Fairtime. Rencontre dans une circonstance qui ne s'oublie pas.

Tout au fond du parc de Fairtime-Castle, dans cette demeure de la joie, de la fortune, il est un coin réservé aux souvenirs chéris, à la mélancolique conversation des âmes terrestres avec les âmes envolées.

Une petite pièce d'eau, où se reflète une chapelle, byzantine d'aspect, avec sa coupole aplatie, ses revêtements polychromes, ses ornements dorés.

Alentour, de grands arbres, reliés par d'épais buissons à feuillages persistants, isolent l'endroit du reste du monde.

La chapelle byzantine est la tombe familiale des Fairtime. En dépit des lois et règlements qui interdisent aujourd'hui, en Angleterre, l'édification de monuments funéraires en d'autres endroits que les « public-places », ainsi que l'on désigne administrativement les cimetières, les Fairtime avaient conservé le privilège de leur sépulture privée.

Oh ! bien simplement. Il leur avait suffi de faire inscrire la jolie chapelle sur la liste de la puissante société des *Old and fine houses*, laquelle correspond assez exactement à notre société des monuments historiques, et a, comme celle-ci, pour but de conserver intactes les constructions artistiques léguées à notre époque par les générations disparues.

Vingt-quatre heures après la décision prise par Léopold Von Karch, le fourbe Allemand et sa fille se trouvaient là, en face de ce mausolée, au milieu de la famille Fairtime accompagnant le cercueil de François de l'Étoile, à la dernière demeure que lui avait attribuée la volonté inexorable d'Edith.

La jeune fille avait fait plier toutes les résistances autour d'elle.

Aux objurgations de son père, de son frère Jim, elle avait répondu avec une obstination farouche :

— Me compromettre, rendre impossible pour moi tout mariage. C'est là ce que je souhaite. Je n'ai pu passer ma vie auprès de lui, je veux qu'elle s'écoule dans l'unique espoir de partager la même tombe.

Chose étrange. Péterpaul avait soutenu sa sœur.

Le robuste garçon, réputé jusque-là assez insoucieux du sentiment, semblant réserver toute sa tendresse pour les exercices sportifs, s'était révélé, à la surprise générale, romanesque et tendre.

— Edith a pleinement raison, avait-il déclaré. Et je ne conçois pas qu'on la contrarie, alors qu'elle exprime le désir le plus naturel. La mort du brave ingénieur est déjà un malheur. Prenez garde qu'en interdisant à la chère petite sœur la joie douloureuse de veiller sur son sommeil éternel, vous ne la poussiez à sortir d'une existence qui ne lui promet pas beaucoup de charme.

Et lord Fairtime, Jim, impressionnés par la menace voilée contenue dans les paroles du robuste Péterpaul, avaient cédé.

L'influence personnelle du lord avait triomphé sans peine de tous les obstacles administratifs. Le corps du prisonnier défunt avait été officiellement remis à « *lord Fairtime impétrant à cette fin* », le permis d'inhumer en *sépulture privée*, le transport sur route par voiture *non munie de signes distinctifs*, avaient été délivrés sans difficulté.

Edith, vêtue de deuil, le long voile des veuves cachant son doux visage, avait voulu accompagner le funèbre colis durant le chemin de la prison de Newgate à Fairtime-Castle.

Là encore, le lord s'était incliné devant la volonté de la jeune fille.

Et, ma foi, il en était arrivé à ne pas regretter trop sa condescendance.

Tout le jour, une avalanche de cartes de visite, de lettres, de télégrammes de condoléances, s'était abattue sur le château.

14

Lords, membres des Communes, lord-maire, industriels, tous à l'envi, traitaient l'événement comme un deuil normal, atteignant une famille considérable et considérée.

Et M. Fairtime constatait que l'humanité timorée, pas très brave au demeurant, s'élève au-dessus d'elle-même pour applaudir le courage et la loyauté.

Edith Fairtime devenait une héroïne de la tendresse.

Bien loin de la diminuer, son attitude lui attirait toutes les sympathies.

Maintenant, tous se trouvaient rassemblés au seuil de la chapelle funéraire, dont la double porte aux panneaux sculptés, largement ouverte, permettait d'apercevoir l'intérieur.

Une vaste salle circulaire, dallée de mosaïque. La muraille, peinte de couleurs éteintes, figurait en relief une colonnade, divisant la surface en « caissons cintrés ». Chacun de ces caissons contenait, fermée d'une plaque de marbre, une cavité profonde destinée à recevoir les tristes voyageurs de l'au-delà.

Tous, sauf un, montraient leur clôture marmoréenne. Plusieurs portaient des inscriptions. Sur la plus voisine de la case ouverte, on voyait, gravé en lettres d'or :

MARY-EDITH FAIRTIME.

Au-dessous, se lisaient ces vers empruntés au grand poète Milton :

> Mourir fut pour elle un essor
> Vers Dieu, qui rappelait un ange.

Là reposait lady Fairtime, mère d'Edith.

Le compartiment au-dessous duquel on apercevait, appuyée à la muraille, la plaque sortie de son encastrement, attendait le cercueil de François de l'Étoile.

Le cortège, triste dans le crépuscule commençant, avait traversé le parc. La sinistre caisse à laquelle aboutit toute existence humaine, s'avançait sur les épaules de quatre hommes, vêtus de noir, portant à la boutonnière un nœud de crêpe sur quoi se détachait en argent la fleur du Phœnix Ceylonia, emblème des Eternelles renaissances.

Puis, venait Edith, chancelante en ses voiles de deuil, s'appuyant sur son père et sur Péterpaul.

Puis enfin, Jim, à côté de qui déambulaient, en affectant des mines pénétrées, Léopold Von Karch et Margarèthe.

Les Allemands avaient mené à bien leur combinaison...

Ils s'étaient présentés à Fairtime-Castle, et prenant les devants sur toute interprétation possible, ils avaient expliqué leur présence en disant la vérité... relative, maximum d'hypocrisie des fourbes.

— A un moment, avait dit Von Karch, j'ai eu la même pensée que vous, lord Fairtime. Riche, j'aurais mis ma fortune à la disposition du pauvre garçon qui n'est plus. Père, je l'aurais souhaité comme époux à ma fille chère.

Quand j'ai connu vos droits antérieurs, je me suis retiré. Mais en ce jour de tristesse, il m'a paru que ma venue, celle de ma Margarèthe, vous seraient un réconfort. Permettez que nous nous mêlions à vos amis. Ce sera une façon de leur dire :

« Voici un père, voici une jeune femme qui agiraient ainsi que les châtelains de Fairtime. »

Devant des sentiments aussi délicats (il est à remarquer que les menteurs inventent des délicatesses alors seulement qu'ils désirent tromper quelqu'un) comment ne pas accueillir les nouveaux venus ?

Au nom d'Edith, Péterpaul avait exprimé des remerciements émus à ce couple, ce qui avait fort troublé Margarèthe.

Et on leur concédait à présent une place d'honneur auprès de la famille, dans le cortège.

Des amis du voisinage venaient ensuite, les serviteurs et employés de la propriété fermaient la marche.

Le cercueil fut glissé dans la case réservée. Les assistants défilèrent devant Edith, immobile ainsi qu'une statue de la douleur, puis tous, par petits groupes, s'égrenèrent à travers le parc, chacun regagnant sa demeure.

Von Karch demeura le dernier.

Il serra les mains du lord, de ses fils, d'Edith, avec des mines apitoyées, jouant l'homme qui retient à peine ses larmes.

A Péterpaul, il murmura :

— C'est un ami, un véritable ami qui vous quitte et qui espère vous revoir dans de moins pénibles circonstances. A Berlin, si vous y venez, ma maison doit être la vôtre.

Et les deux Allemands s'éloignèrent pour regagner Londres.

. . . .

A ce moment même, Edith déclarait qu'elle voulait passer la nuit en prières dans la chapelle, seule en face du mort qu'elle pleurait.

Lord Fairtime avait voulu s'opposer à cette macabre fantaisie. Mais, cette

fois encore, Péterpaul appuya la volonté de sa sœur. Lui-même veillerait
au dehors, prêt à accourir au premier signal.

Comme toujours, le lord s'était incliné, malgré les gestes d'impatience
de son second fils.

Jim ne comprenait rien décidément aux idées baroques de sa sœur.

Celle-ci, du reste, avait étreint le père faible et bon dans ses bras, en
murmurant :

— Merci. Vous comprenez que je ne serai plus jamais, à l'avenir, une
jeune fille souriante. Tantôt. deux jardiniers causaient sans me soupçonner
près d'eux. Ils m'ont donné un sobriquet que je veux garder désormais.

— Et c'est?

— Pour toujours maintenant, je suis, je veux être la Miss Veuve.

Puis coupant court à l'entretien, elle entra dans la chapelle funéraire,
dont les portes retombèrent sur elles.

Le tête-à-tête tragique commençait.

Vers minuit, Péterpaul qui, selon sa promesse, s'était assis sur le seuil
du monument, sursauta en discernant deux silhouettes légères se mouvant
dans l'ombre.

Elles approchèrent :

— Roi des Lads, Jud Allan ! murmurèrent deux voix étouffées.

— Ah ! bien, répliqua le jeune homme en inclinant la tête.

Les ombres se glissèrent dans la chapelle. Péterpaul reprit sa position de
veille, et de nouveau le grand silence de la nuit s'épandit sur toutes choses.

DEUXIÈME PARTIE

MISS VEUVE

CHAPITRE PREMIER

SURPRISE D'UN HOMME QUE RIEN N'ÉTONNE

Six heures du matin.

Le premier omnibus, allant de la Place Saint-Michel à la gare Saint-Lazare, dessine sa masse lourde sur le pont, dans la brume bleutée montant de la Seine.

Un coupé arrive en sens inverse de la direction du Châtelet; il s'engage sur le boulevard du Palais et vient stopper devant la porte principale de la préfecture de police, fixant l'attention flottante du pompier de faction.

Le soldat rectifia la position à la vue du personnage qui sauta de la voiture sur le trottoir.

Il avait reconnu M. Lepiquant, préfet de police de la bonne ville de Paris. Tout le monde connaît M. Lepiquant, figure parisienne par excellence.

Quarante-cinq à cinquante ans, de taille moyenne, alerte, le poil grisonnant, la face volontaire et cordiale, accomplissant son devoir avec une énergie spirituelle qui lui a concilié les sympathies des perturbateurs les plus extrêmes.

Il avait à peine posé le pied sur le trottoir, qu'un balayeur, jusque-là occupé à repousser du bout de son « genêt » les scories de la circulation polluant la chaussée, s'approcha vivement et lui adressant la parole avec une familiarité respectueuse :

— Eh bien, monsieur le préfet?

Sans manifester le moindre étonnement, l'interpellé répliqua :

— J'ai mis en campagne, dès hier soir, sitôt après vous avoir vu, les brigades de surveillance des étrangers. J'aurai sans doute du nouveau ce matin.

— Comment le saurai-je?

— J'enverrai à votre domicile... Hermann, n'est-ce pas, rue des Lavandières-Sainte-Opportune?

— Monsieur le préfet a la mémoire sûre d'un maître.

Et le balayeur reprit son travail un instant interrompu.

M. Lepiquant se dirigea vers la porte cochère, encore close à cette heure matinale, et sonna. Un instant plus tard, il se trouvait sous la voûte du vestibule conduisant à la première cour.

M. Lepiquant pénétra dans la loge, s'approcha d'une boîte aux lettres fixée au mur, tira de son gousset une petite clef nickelée qu'il introduisit dans la serrure, et ouvrit la boîte.

A l'intérieur, des papiers, lettres, journaux. Le préfet s'en saisit; puis sa main tâtonna un instant au fond de la cachette postale, enfin il la ramena à lui. Entre ses doigts, il serrait une seconde clef, celle-ci de dimension moyenne.

Cette clef est celle qui actionne la serrure compliquée apposée à la porte du bureau particulier du préfet. Quand celui-ci s'absente, il l'enferme dans sa boîte-correspondance, chez le concierge, boîte dont il porte toujours la clef sur lui. De la sorte, nul ne saurait pénétrer dans son cabinet, et toute « indiscrétion » devient impossible.

Il s'éloignait déjà.

En marchant, il dépliait un journal, avec la vivacité de l'homme pour qui aucune des quatorze cent quarante minutes de la journée ne saurait être accordée à la flânerie.

Soudain, il s'arrêta net au milieu de la cour.

— Ça devient amusant, murmura-t-il.

En tête de la feuille, s'étalait, en caractères énormes, la manchette sensationnelle suivante :

Signe des temps! Un particulier déclare la guerre à l'Empire d'Allemagne.

Au-dessous, en première colonne, le préfet, immobilisé par une irrésistible curiosité, lut l'étrange article que voici :

« Hier, au reçu d'un télégramme transmis sur notre « fil spécial », nous « avons annoncé la terrible catastrophe d'Eissen (Allemagne).

« En dépit du double cordon de factionnaires, des postes nombreux et « rapprochés, qui l'isolent contre toute curiosité, *l'usine d'aviation mili-* « *taire a été détruite*, de fond en comble, en quelques minutes, par un « incendie, que les témoins oculaires définissent « *un orage qui brûle* », « souhaitant sans doute exprimer ainsi le caractère « *électrique* » du sinistre.

« Nous avions conclu à un attentat anarchiste ou nihiliste.

« Un fait nouveau semble démontrer que cette première impression était « inexacte de tout point.

« Le soir, en effet, durant la représentation de gala, donnée au théâtre « de l'avenue des Tilleuls — (*Theater unter den Linden*) — des papiers « furent distribués aux spectateurs, sans que la police ait remarqué un seul « distributeur.

« Ces papiers portaient ces lignes :

« Je me suis manifesté à Eissen. Je continuerai, si le gouvernement « allemand ne m'aide point à réhabiliter le souvenir du martyr que je lui ai « désigné. Souhaitez, Allemands, ne pas revoir mon paraphe. »

« Et le paraphe, apposition d'un timbre de caoutchouc, reproduisant une « signature nerveuse, volontaire, exagérée, dans l'original de laquelle la « plume avait craché un jet d'encre ainsi qu'une volée de mitraille, soulignait « ces deux mots mystérieux et mélancoliques :

« Miss VEUVE. »

— Tout à fait amusant, murmura derechef le préfet de police. Ce pauvre inspecteur Hermann que m'a envoyé, par rapide, la police secrète berlinoise, ne se renseignera pas à Paris. Il résulte de la lettre même, publiée par ce quotidien, que l'auteur de l'attentat d'Eissen, n'a pas quitté la capitale allemande.

Puis par réflexion : .

— Miss Veuve!... Que cache ce pseudonyme bizarre?

Mais il eut un brusque remous des épaules, et d'un ton impatient :

— Bah! cela est un problème d'Outre-Rhin, et Paris me donne assez de besogne pour que je ne dépense pas mon temps à la solution de charades étrangères. Au travail.

Sur ce, il se remit en marche, gagna la partie de l'immeuble réservée ainsi qu'en faisaient foi les inscriptions murales, au « cabinet de M. le préfet », et s'arrêta devant la porte accédant à la pièce, dans laquelle s'élaborent les ordres à l'armée de braves gens, qui consacrent leur vie à défendre la loi contre le crime.

La clef, prise tout à l'heure dans la boîte aux lettres, tourna dans la serrure avec un déclic à peine perceptible. Elle était sûrement d'excellente fabrication.

Après quoi, M. Lepiquant appuya le doigt sur un poussoir habilement dissimulé ; la porte s'ouvrit.

Il entra, referma, et s'avança vers son bureau placé auprès d'une fenêtre. Mais là, il eut un cri :

— Qu'est-ce que c'est que ça?

Sur le sous-main, il venait d'apercevoir un paquet peu volumineux, enfermé dans une enveloppe rayée de bandes alternées bleues et noires. Une grande étiquette blanche, collée sur le colis, portait la suscription :

« ENVOI DE MISS VEUVE

« A Monsieur Lepiquant, préfet de police.

« *Pardon d'avoir violé le secret de votre cabinet. Je n'avais pas à hési-*
« *ter, car je voulais vous marquer ma confiance et mon estime en vous*
« *mettant, vous, le premier, au courant du motif de mes actions.* »

Du coup, M. Lepiquant, qui ne s'étonne jamais, fut surpris. Sa porte fermée avec le luxe de précautions que l'on sait, le mystère avait fait irruption dans son cabinet, et cela au milieu de la préfecture, des services de surveillance, des fonctionnaires gardant l'entrée.

Mais le préfet n'est point un homme à se perdre longtemps en considérations vagues.

Un autre eût sonné, interrogé les veilleurs de nuit, le concierge, les soldats ou agents de garde. Il jugea cela inutile. La personne signant « Miss Veuve » affirmait avoir pénétré dans le bureau par ses seuls moyens, c'est :lu moins ce qui se lisait entre les lignes.

Le préfet ne douta pas. Son esprit lucide discerna sur-le-champ la réalité. Un être doué sans doute d'une puissance formidable, se révélait. Il parlait d'estime, de confiance. Avant tout, il importait de savoir ce qu'il désirait faire entendre au destinataire de son envoi mystérieux.

Aussi, jetant journaux et courrier sur un fauteuil, M. Lepiquant saisit le paquet, le débarrassa de son enveloppe bicolore, et mit à nu un cahier de papier pelure couvert de caractères frappés au dactylographe.

En tête de la première page, cette recommandation soulignée :

« *Lisez avec attention. Je vous sais honnête homme. Je vous crois clair-*
« *voyant. Je souhaite que vous communiquiez ce dossier à la presse fran-*
« *çaise qui publiera ce que la presse allemande, ligotée par l'autorité,*
« *n'oserait mettre sous les yeux des lecteurs.*

« *Une lutte sans merci s'ouvre. Je veux que le grand public juge.*

« *J'ai compté sur vous.* »

Cette fois, l'étonnement du préfet voisina avec la stupéfaction.

L'incendiaire d'Eissen sollicitant sa collaboration, à lui, dont le devoir strict était de le poursuivre; vraiment, la chose dépassait les limites permises de la bouffonnerie.

Et pourtant, M. Lepiquant se sentit impressionné! Il eut l'intuition fugitive qu'un incident anormal, extrahabituel, se dressait devant lui. Une expression grave envahit sa physionomie, et à haute voix, comme s'il avait supposé son correspondant inconnu en mesure de l'entendre, il prononça :

— Eh bien, Miss Veuve, puisque vous le souhaitez, je vais lire.

Il regarda la pendule occupant le milieu de la cheminée.

— Six heures et quart... Je ne serai pas dérangé avant huit; la galanterie et la pendule me permettent de consacrer ce laps de temps à cette énigmatique miss Veuve.

A la suite de la note recommandant la lecture se trouvait une lettre. M. Lepiquant la parcourut d'un regard avide. Elle allait lui amener un nouvel et plus vif étonnement. Voici ce que déchiffra le préfet.

« Monsieur le préfet,

« Quel est mon nom, peu importe. Vous le saurez probablement un jour, « lorsque j'aurai mené à bien la tâche que je me suis donnée.

« A l'époque romantique, je me serais appelé le « Vengeur » ou le « Justicier ».

15

« Pour des motifs que je vous demande la permission de passer sous
« silence, j'ai préféré le pseudonyme plus moderne de miss Veuve.

« N'en inférez rien en ce qui concerne mon sexe. Je suis peut-être un
« homme affublé d'un masque féminin. Mais peut-être suis-je une femme
« désireuse d'affirmer dans son sobriquet même, sa féminité.

Voici ce que déchiffra le préfet.

« Vous le savez, j'ai rasé l'usine d'aviation militaire d'Eissen.

« Pourquoi? Vous l'apprendrez en étudiant le mémoire ci-joint. Il m'a
« fallu six mois pour reconstituer la vérité.

« Je vous dis de suite que mon but est de rendre l'honneur à un homme
« qui, déshonoré injustement, dort dans la tombe.

« Sa pensée, son rêve, lui ont été volés par le *Service des Renseigne-*

« *ments* de l'Empire, et cette pensée, l'usine d'Eissen cherchait à la trans-
« former en une arme contre l'humanité et contre ses voisins immédiats
« plus spécialement.

  « J'ai donc frappé.

  « Or, aujourd'hui même, à huit heures exactement, une usine clandes-
« tine, installée à Paris, subira le sort de l'usine allemande.

  « A huit heures, vous entendrez un grondement sourd... Les ateliers d'a-
« narchistes, auxquels le *Service des Renseignements* a vendu les plans
« volés avec l'espoir de nuire à la France et de doter d'une puissance sans
« limites, les partis de désordre, les ateliers, dis-je, n'existeront plus.

  « Je vous enseigne, dès maintenant, la cause du sinistre imminent, pour
« vous éviter toute erreur d'appréciation.

  « Pourquoi frappé-je ainsi? Parce que je veux que l'univers s'émeuve.
« Je veux que, sous la pression de l'opinion mondiale, on me révèle le
« nom, la retraite, de l'homme infâme qui a conduit à la honte celui que je
« réhabiliterai.

  « Il est le seul artisan du mal. Son aveu seul peut amener la réparation
« nécessaire, et il a disparu, ne laissant à ma portée qu'un faux nom que
« tout le monde croyait vrai.

  « Ah! les *Renseignements* savent choisir leurs agents. Le personnage a
« vécu depuis des années sous le masque, et nul n'avait soupçonné le
« déguisement d'un état civil que je veux connaître.

  « Ces lignes étaient nécessaires. A présent, Monsieur le préfet, vous
« savez de moi tout ce que les circonstances m'autorisent à en dire.

  « Je vous prie donc de croire à mes sentiments de haute estime, et de lire
« jusqu'au bout les notes que je vous remets. »

                                        « Miss Veuve. »

  « P. S. — Sachant que vous vous rendrez de bonne heure à votre cabinet,
« j'espère que vous aurez le temps de tout lire, avant que l'explosion an-
« noncée vienne vous causer une distraction. »

  M. Lepiquant releva la tête. Sur ses traits, se peignait l'ahurissement.

  Non, jamais chef de la police n'avait été soumis à pareil régime.

  L'espionnage allemand, l'anarchie, l'explosion d'Eissen, une autre explosion annoncée à Paris même... Et le narrateur de tout cela escomptant
l'appui du préfet.

  Celui-ci jeta un nouveau coup d'œil à la pendule. Les aiguilles marquaient
six heures et demie.

— L'usine inconnue sera détruite à huit heures, murmura-t-il. Où est-elle?
On ne me le dit pas. Impossible de la découvrir en si peu de temps... Cela
a été calculé; parbleu. Alors quoi? Je n'ai qu'à obéir. Attendre en lisant!

Puis avec un geste violent :

— Au diable! C'est se moquer du monde! Dire à un policier : une catastrophe se prépare, ne songez pas à cela, occupez votre loisir à vous délecter
d'une petite histoire.

Mais s'apaisant soudain :

— Et cependant, cette lettre est d'une netteté impressionnante. On sent que
son auteur ne doute pas de ma résolution finale. Qu'y a-t-il donc de si
particulier dans sa confidence?

M. Lepiquant eut un geste dépité.

— Eh! Je n'ai qu'à lire!

Et s'accoudant rageusement sur le bureau, il tourna la première page du
cahier. Cette ligne frappa ses yeux :

« Enquête promise au tombeau ».

Il tressaillit. Ses regards se portèrent sur la feuille. Ils ne devaient plus
s'en détacher jusqu'à ce qu'ils eussent atteint la dernière ligne, car le ma-
nuscrit de Miss Veuve relatait dans ses moindres détails l'aventure tragique
dont François de l'Étoile avait été victime.

Le mémoire de l'étrange correspondant du préfet se terminait par les
lignes suivantes :

« Von Karch, sa fille, Liesel Muller, Tiral, ont disparu.

« Eux seuls peuvent fournir la preuve de l'innocence de l'homme enfermé
« dans le mausolée des Fairtime.

« Or, l'administration allemande refuse de divulguer leur retraite. Elle
« craint d'avouer ainsi les monstrueuses pratiques de l'espionnage.

« Et cependant, je veux l'honneur pour François de l'Étoile.

« Je pense, Monsieur le préfet, que vous n'hésiterez pas à communiquer
« ceci à la presse pour que les peuples sachent le bon droit de mon côté,
« pour qu'ils apprécient justement Miss Veuve, protégeant la tombe d'un
« honnête homme contre un gouvernement protecteur d'espions. »

C'était tout.

Le préfet finissait à peine, qu'un grondement sinistre résonna dans l'air.
On eût cru qu'un orage lointain tirait une salve d'éclairs.

D'un mouvement instinctif, M. Lepiquant se tourna vers la pendule. Au
même instant, la sonnerie se mettait en branle frappant la huitième heure.

— L'explosion annoncée, balbutia le fonctionnaire, dont le corps fut parcouru par un frisson.

Soudain, pris par un besoin d'action, il bondit au tableau mettant son cabinet en communication téléphonique avec les divers commissariats de la capitale, et il lança cet appel circulaire :

« Emplacement et renseignements sur sinistre qui vient de se produire. »

Puis il se mit à arpenter son bureau de long en large, tout en monologuant :

— Qu'est-ce qui a bien pu sauter? En voilà un procédé pour arriver à un acte de justice! Évidemment, la réhabilitation de François de l'Étoile, si Miss Veuve dit la vérité...

Il frappa le tapis d'un talon impatient.

— Pas de si. Je veux avoir le courage de me confier à moi-même ce que je pense. Miss Veuve dit vrai, j'en jurerais. Seulement, voilà, ses actes sont anarchiques. Oui, je sais, à Eissen, il n'y eut aucune victime. Mais ici, au milieu de Paris, impossible de faire exploser une usine sans endommager les immeubles voisins. Et alors...

Il serra les poings d'un mouvement colère :

— La peste empoisonne les Allemands avec leur manie d'espionnage. Ils nous mettent une jolie affaire sur les bras.

A ce moment, la sonnette d'appel résonna.

Le préfet courut à l'appareil téléphonique.

— Qui appelle?

. . . .

— Ah! bon! Commissariats des quartiers du Petit-Montrouge et de la Santé... C'est donc dans le 14ᵉ que s'est produit?... Rue du Parc-de-Montsouris... Usine entourée d'un jardin... Les maisons voisines n'ont aucunement souffert... C'est incompréhensible, je suis de votre avis. Continuez enquête... j'arrive... Savoir quels étaient les habitants de l'immeuble détruit, c'est cela... A tout à l'heure.

M. Lepiquant raccrocha le parleur, il reprit son pardessus, son chapeau, jetés en entrant sur un siège, mais il les reposa.

— Oui, ce sera un gain de temps, murmura-t-il; pendant que j'enquêterai là-bas, mes collègues de Londres et de Washington travailleront de leur côté. D'autre part, la publicité que demande cette diabolique Miss Veuve, nous la souhaitons également.

Il sonna. Presque aussitôt le gardien de l'antichambre parut.

— Envoyez-moi de suite le chef du service des communications étrangères.

— A l'instant, Monsieur le préfet, fit respectueusement l'employé en se dirigeant vers la porte.

M. Lepiquant l'arrêta avec impatience.

— Attendez donc. Ensuite, vous irez prier le chef du bureau d'expédition de passer sans retard à mon cabinet. C'est tout, et pressons-nous ; j'ai à sortir.

Le gardien se précipita au dehors comme s'il avait des ailes. Le préfet, lui, revint à son bureau, prit dans le papetier-classeur une feuille de papier à en-tête de son cabinet, et traça nerveusement ces quelques lignes :

« Questions urgentes. Réponses dans la journée.

« 1° A Scotland Yard, inspection générale de la police de Londres (Angleterre).

« Savoir si, depuis quelques jours, lord Gédéon Fairtime, ses fils Péterpaul « et Jim, sa fille Édith, se sont absentés. Le plus de détails que l'on pourra.

« Savoir, *à tout prix*, si le cercueil, enfermé il y a six mois dans le tom- « beau de famille des Fairtime, (château Fairtime, par Wimbleton) contient « réellement le corps de François de l'Étoile, frappé de mort subite à la « prison de Newgate.

« 2° Au Central-Policer de Washington (États-Unis d'Amérique).

« Câbler, réponse payée. Savoir ce qu'est, où est Jud Allan, dit le roi des « Lads. Peu importe longueur réponse... Dire tout ce que l'on sait. »

Puis il parapha la note ainsi rédigée, et se redressa avec un soupir de satisfaction.

— François de l'Étoile est mort, cela est sûr, dit le préfet, parlant à haute voix, comme pour rendre plus palpable sa pensée. La vérification du tombeau l'établira, cela est certain. Dès lors, qui peut songer à une réhabilitation de sa mémoire? Ses amis, évidemment... Quels amis? Des amis assez riches pour agir à la fois à Berlin et à Paris, et des amis anglais ou de langue anglaise. Ce pseudonyme « *Miss Veuve* » le démontre. Cela circonscrit les recherches. Dans toute cette histoire, que je tiens pour vraie, je ne vois donc de « *misses veuves* » possibles que les Anglais de la famille Fairtime, ou l'Américain Jud Allan. Donc...

Un coup discret, frappé à la porte, interrompit le monologue.

— Entrez.

Et au chef du service des communications étrangères qui parut sur le seuil, M. Lepiquant remit la note qu'il venait de préparer.

— Exécutez mes instructions sans retard. Il me faut réponse aujourd'hui même. Explosions d'Eissen et de la Santé en cause.

— Rapportez-vous-en à moi, Monsieur le préfet, je presserai autant que possible.

— Plus que possible, je vous en prie; allez. Ceci doit tout primer.

Et M. Lepiquant poussa son interlocuteur pour faire place à un nouveau personnage qui accourait tout essoufflé.

C'était le chef du bureau des expéditionnaires.

Un homme râblé, à la physionomie ouverte, à la boutonnière fleurie du ruban de la Médaille militaire.

Le préfet l'entraîna vivement dans le bureau dont il referma la porte.

— Maillard, lui dit-il affectueusement, vous êtes un bon Français et un honnête homme.

— Je le crois. Monsieur le préfet, affirma son interlocuteur d'une voix nette.

— Alors vous ne craindrez pas dans l'intérêt du pays et de la justice, de risquer un « abatage » en ma compagnie?

— Je le risquerais même tout seul.

— Je le savais. Alors je m'explique.

Il prit sur le bureau la longue missive de Miss Veuve et la tendant à Maillard :

— Il me faut dix copies de cela, dix copies qui doivent être distribuées, ce soir même, aux

Allez. les minutes sont précieuses.

dix journaux de la série I des communiqués habituels, afin qu'ils publient cela demain matin. Tout le monde doit ignorer, car on s'opposerait peut-être à une publication dont l'Allemagne ne se soucie certainement pas.

— Ah!

— Vous avez compris?

— Je pense. Je vais louer trois machines à écrire, les transporter chez moi.

— Pourquoi?

— Monsieur le préfet oublie que j'ai trois filles dactylographes. Elles manqueront le bureau aujourd'hui et abattront les copies dans leur journée. Ce soir, nous ferons la distribution nous-mêmes. Mes petites sont de braves enfants. Je leur dirai : Motus, et elles se tairont.

Pour toute réponse, M. Lepiquant serra énergiquement la main de son subordonné.

— Merci, Maillard! Allez, les minutes sont précieuses.

Et son interlocuteur l'ayant laissé seul, le préfet endossa son pardessus, mit son chapeau, tout en formulant d'un ton de bonne humeur :

— L'ambassade fulminera, le cabinet me tancera d'importance, mais je m'en moque; l'effet utile sera produit, et cela seul présente de l'intérêt.

Sur quoi, il sortit, non sans fermer soigneusement la porte. Sa précaution le fit sourire.

— Pour ce que ça sert, marmonna-t-il, avec des clients comme Miss Veuve.

Mais au moment où il traversait en coup de vent l'antichambre, le gardien courut après lui.

— Monsieur le préfet, une lettre que l'on vient d'apporter pour vous.

— Donnez.

Dans sa hâte, M. Lepiquant allait glisser la missive dans sa poche, remettant à plus tard d'en prendre connaissance, mais ses yeux se portèrent machinalement sur la suscription et il se figea sur place avec un geste stupéfait. Il avait lu :

> « *Envoi de M. V.*
>
>   « *à Monsieur le Préfet de police.*

M. V.; les initiales de Miss Veuve.

D'un coup d'ongle, il déchira l'enveloppe, déplia le papier enclos à l'intérieur. Il reconnut sur-le-champ les caractères dactylographiques du volumineux rapport reçu à son arrivée.

Rapport et lettre avaient été tracés au moyen d'une même machine.

Mais les termes de la correspondance lui semblèrent encore plus surprenants que les signes dont ils étaient formés.

« Cinq criminels ont trouvé la mort dans le sinistre de la rue du Parc-« de-Montsouris, disait l'épître. Ils sont réduits à un état de pulvérisation « qui ne permettrait à personne de les identifier. Je vous donne donc leurs « noms :

« Chavarol, anarchiste militant, évadé des bagnes du Maroni ».

Perez Adia, — de la terrible association de la « Main Noire », condamné trois fois à mort par contumace, à Madrid, à Barcelone et à Malaga.

Rich, Stein, assassins de 27 personnes en Russie, s'intitulant nihilistes. En réalité, de bas criminels et des voleurs.

Blatter. — Faux monnayeur, tiré de la prison de Stettin, par le *Service des Renseignements* de Prusse.

« Je ne frapperai jamais un innocent, moi qui agis au nom d'une vic-
« time. Mais j'estime que c'est un devoir de détruire les animaux nuisi-
« bles, fauves ou hommes, qui menacent la sécurité de la société.

« Votre sympathiquement,

« Miss Veuve ».

Pendant un instant, le préfet demeura étourdi. Cette réponse à la question qu'il avait téléphonée quelques minutes plus tôt au commissariat de la rue Sarrette, prenait une apparence fantastique.

Puis, mû par une impulsion soudaine, il se rapprocha du gardien et, le tenant sous son regard :

— Qui a apporté cela?

L'employé haussa les épaules avec la placide indifférence des fonctionnaires de l'ordre administratif.

— Je ne sais pas. Je suis allé prévenir M. Maillard, comme M. le préfet m'en avait donné l'ordre. A mon retour, cette lettre se trouvait sur ma table.

M. Lepiquant n'insista pas. C'était entendu. Il devait renoncer à percer le mystère dont l'entourait son singulier correspondant.

Résigné, au moins pour l'instant, il descendit, traversa la cour, parcourut la voûte d'entrée et se trouva sur le boulevard du Palais.

Une automobile attendait au long du trottoir. Le préfet y prit place en jetant cette adresse :

— Rue du Parc-de-Montsouris. Vite.

Un watman qui conduit le préfet de police sait qu'il plane bien au-dessus des contraventions pour excès de vitesse. En quelques minutes, l'automobile parcourut le boulevard Saint-Michel, l'avenue d'Orléans et, longeant les fortifications, atteignit l'entrée de l'étroite rue empruntant son nom au parc de Montsouris, qui lui fait face.

Un barrage d'agents contenait une foule houleuse, enfiévrée de curiosité.

M. Lepiquant interrogea un brigadier qui, à sa vue, avait salué militairement :

16

— Où est-ce ?

— Juste en face, la grille en retour.

— Merci.

Cinquante pas plus loin, le préfet pénétrait dans la propriété ravagée par un inexplicable cataclysme.

Les arbres, à demi consumés, se zébraient de larges bandes noires, charbonneuses, indiquant l'action du feu. Les buissons, roussis, lamentables, hachés, donnaient l'impression d'avoir été éventrés par un cyclone de flammes.

Au milieu de ce décor désolé, des hommes s'agitaient. L'un d'eux s'approcha vivement. Le préfet reconnut le commissaire du quartier.

— J'ai procédé à l'enquête, fit celui-ci ; mais je n'y comprends rien.

— Comment ?

— Venez voir ce qui reste des bâtiments ; on croirait que tous les tonnerres du diable s'y sont donné rendez-vous.

Et ayant dépassé le rideau d'arbres qui masquait les constructions écroulées, le préfet comprit la justesse de l'énergique expression du commissaire.

Les pans de murs noircis, vitrifiés, semblaient avoir été léchés par une flamme d'une intensité inouïe, les charpentes de fer gisaient hachées, tordues, déchiquetées par endroits en copeaux métalliques.

Des dires des voisins, il résultait que le désastre s'était accompli en moins d'une minute, au milieu de détonations stridentes, comparables aux éclats de la foudre.

Ainsi partout, à Paris comme à Eissen, les témoins, sans se douter de leur ensemble, aboutissaient d'instinct à des comparaisons électriques.

L'attention du préfet, entraînée dans cette direction, relevait mille indices de fulguration. Ici, une solive de fer, percée comme par le passage d'une formidable étincelle ; plus loin, un rouleau de fil de fer, fondu, soudé en un lingot.

Ah ça ! est-ce que Miss Veuve jonglait avec la foudre ?

Mais en dépit des recherches, aucun indice ne permettait de suivre une piste quelconque. Après des investigations minutieuses, M. Lepiquant dut s'avouer qu'il se trouvait en présence d'un fait inexplicable.

Et comme rien n'est aussi désagréable que de sentir braqués sur soi les regards interrogateurs de subordonnés, attendant de leur chef l'explication qu'ils sont inaptes à formuler eux-mêmes, le préfet prit le parti de s'en aller.

Après tout, les réponses de Londres et de Washington lui indiqueraient

J'AI PROCÉDÉ A L'ENQUÊTE, JE N'Y COMPRENDS RIEN.....

sans doute quelle main frappait. Quand on connaît la main, il est moins difficile de déterminer l'arme.

Tout s'éclaircirait dans un temps rapproché.

Ce dernier espoir devait s'évanouir bien vite.

A trois heures, parvint à la préfecture, la dépêche câblogramme de Washington.

« M. Jud Allan, disait-elle, était président des syndicats des lads, fondés par lui, philanthrope multimillionnaire.

« Il résidait à Washington avec sa jeune femme Lilian, qui venait de lui donner deux fils.

« A l'occasion des relevailles, il avait organisé une série de fêtes somptueuses qui avaient réuni toute l'aristocratie financière et politique de l'Union.

« Depuis huit jours, lui et sa famille étaient accaparés par le souci écrasant de cinq mille invités à satisfaire. »

— Bien, se déclara le préfet, Jud Allan est hors de cause. La « Miss Veuve » est donc un des Anglais.

Ce fut le lendemain matin seulement qu'il fut touché par la réponse de la police de Londres :

« M. Gédéon Fairtime siégeait exactement à la Chambre des lords et n'avait manqué aucune séance depuis deux mois.

« Jim Fairtime surveillait la construction d'une usine annexe sur le territoire de Harrow, à quelques kilomètres de Wimbleton. Il y passait tout le jour, pressant les travaux, et rentrait dépenser chaque soirée en famille à Wimbleton.

« Miss Edith, souffrant d'un refroidissement, gardait la chambre depuis deux semaines, soignée avec dévouement par son frère Péterpaul, lequel marquait à sa jeune sœur une tendresse paternelle.

« Enfin, les formalités d'exhumation des restes de François de l'Étoile avaient retardé cette funèbre opération jusqu'au milieu de la nuit. De là, l'envoi tardif du télégramme au préfet de police français.

« Le corps, inhumé depuis plusieurs mois, n'était plus reconnaissable, mais un anneau d'or, don de fiançailles de miss Edith, retrouvé dans le cercueil, ne laissait aucun doute sur l'identité du défunt ».

Et quand M. Lepiquant eut lu cela, il se pressa le crâne à deux mains en grondant :

— Aucune de ces personnes ne s'est rendue à Eissen ni à Paris. Le nommé François est bien mort ! Mais alors, de par tous les diables, qui donc est « Miss Veuve » ?

A ses dépens, le préfet devait apprendre que le point d'interrogation pourrait parfois se nommer plus justement : point d'obsession.

Durant les jours qui suivirent, il eut beau s'adonner à corps perdu à tous les devoirs de sa charge, subir un terrible assaut de la part du président du Conseil, très énervé par un échange de notes diplomatiques que justifiait la publication sensationnelle du mémoire de Miss Veuve, partout et toujours, il allait l'esprit tendu vers la même interrogation :

— Qui donc est Miss Veuve?

Hélas! le mystère allait encore s'épaissir.

Le sixième jour, des dépêches de Londres, apportèrent la terrible nouvelle que voici :

« Une formidable explosion a détruit cette nuit, de fond en comble, le « château Fairtime. Le lord, sa fille, ses fils, leurs serviteurs, ont disparu, « sans doute dévorés par le volcan criminel déflagrant sous leurs pieds.

« Le lord-maire a reçu une dépêche ainsi rédigée, qui semble un au-« dacieux défi du coupable : « Cher lord, à Wimbleton, comme ailleurs, « l'orage détruit le beau temps (*Tempest kills fair times*). Je signe ce « charmant jeu de mots : MISS VEUVE ».

« Il semble donc que l'étrange personnage, dont s'occupe la presse mon-« diale, réclame la responsabilité de ce nouveau désastre. »

Le lendemain, par exemple, une note paraissait dans les principaux quotidiens d'Europe. Tous disaient avoir reçu cette dépêche tragique dans sa concision désespérée :

« Fairtime a été détruit au moyen de la roburite, cet explosif allemand. « Tout ce que j'aimais a disparu. Je serai sans pitié pour les assassins. »

Et cette note était signée : « MISS VEUVE ».

CHAPITRE II

AUTOUR DE LA CHANCELLERIE ALLEMANDE

— Je te dis que le palet est sur la ligne !

— Non... Il frise, mais ne touche pas.

Et les causeurs, deux gamins dépenaillés, se mesuraient des yeux, fermaient les poings, comme s'ils allaient en venir aux mains.

Certes, la chose en valait la peine. Dans la rue Guillaume, la Wilhelmstrasse, la voie la plus aristocratique de Berlin, s'étendant de la place de Paris à la place de la Belle-Alliance, une « marelle » est tracée à la craie sur le trottoir.

Tout le monde connaît ce jeu populaire, où le joueur, en équilibre sur un seul pied, doit faire passer un palet de carré en carré, en évitant tout arrêt sur les lignes séparatives.

C'est un coup douteux qui va provoquer un pugilat.

Par bonheur, deux fillettes, attirées par les clameurs, s'arrêtent. L'une est petite et brune, l'autre plus grande, pâle et mince, a le front couronné de cheveux blonds. Chacune porte devant elle un baquet de bois où nagent, dans la graisse, des saucisses que les bourgeois allemands ont coutume de déguster au milieu de la rue, avec une sensualité incompréhensible pour les étrangers.

Elles sont gentilles, les mignonnes petites « industrielles de la rue », et bonnes aussi, car elles s'interposent entre les deux gamins furieux.

— Vous n'allez pas vous battre pour un palet.

— Quand on joue, on doit montrer un bon caractère.

La diversion produit son effet. Les interpellés se tournent vers les nouvelles venues.

— Voyons, je vous prends à témoin. Est-ce que mon palet touche la ligne ?

Les belliqueux petits bonshommes deviennent pacifistes. C'est un arbitrage de la paix qu'ils sollicitent des jeunes marchandes de saucisses.

Et celles-ci, avec ce désir d'apaisement inné dans les cœurs féminins, se penchent gravement sur la marelle, prennent des airs absorbés, se redressent, se courbent de nouveau.

Des diplomates, remaniant la carte de l'Europe, n'auraient point des mines plus soucieuses.

Les gamins, pris par la majesté de ces juges improvisés, attendent anxieux, retenant leur haleine, la décision qui donnera tort à l'un d'eux.

Un éclat de rire sonore attire l'attention du groupe.

Ils regardent dans la direction du son.

Sur le seuil de la porte cochère, auprès de laquelle se situe le jeu, un grand, gras, rouge et barbu concierge se contorsionne dans un accès d'hilarité.

Son uniforme brodé d'or, ses mollets puissants, qui tendent à faire éclater ses bas de soie blanche, décèlent que ce « portier » a droit au titre relevé de « Suisse ».

De fait, il est le gardien du seuil de l'hôtel occupé par le ministre de la Justice allemande, et vraisemblablement, il se considère comme le chef de la magistrature de l'Empire.

— Non, non, bredouille-t-il tout en riant. C'est trop drôle. Je n'aurais jamais cru que ces *goujons du ruisseau* me dilateraient la rate.

Puis dominant quelque peu ses transports hilares.

— Seulement, vous m'avez amusé, mes diables ; à présent, il faut déguerpir, et plus vite que ça. Il n'est pas admissible que des vauriens aux habits malpropres, souillent plus longtemps le trottoir de Son Excellence, M. le ministre de la Justice, en face du « 74 » occupé par la Chancellerie de l'Empire.

Le 74, ce chiffre qui, dans le langage familier, désigne le chancelier, *éminence grise ou rouge* de l'Empire Allemand; le 74 qui fait trembler fonctionnaires, officiers et civils, n'impressionne pas les interpellés.

Non. Oubliant leur querelle, redevenant alliés contre un danger commun, les gamins ramassent prestement leurs palets et se mettent en posture d'en bombarder le suisse. Et ils gouaillent.

— C'est le nez qu'il faut viser.

— Compris. Un *pfennig* pour chaque « touche ».

Tout en parlant, ils brandissaient leurs palets d'un air si menaçant que le suisse jugea de sa dignité de battre en retraite. Un portier ministériel ne saurait véritablement consentir à servir de cible à des petits misérables, lie de la population.

Aussi, d'un pas précipité, surprenant pour qui eut connu son habituelle et majestueuse démarche, le suisse réintégra sa loge, où il s'affala dans un fauteuil en murmurant :

— L'audace du peuple ne connaît plus de bornes. La *social-démocratie* rompra toutes les digues, si l'Empereur ne se décide pas à protéger ses fidèles serviteurs.

Qu'eût été le mécontentement de l'important cerbère, s'il avait pu voir ceux auxquels il avait cédé la place, et surtout s'il avait pu les entendre.

Jeunes gens et jeunes filles riaient en chœur.

— Eh! Joë, fit à mi-voix l'un des joueurs, le gentleman nous a débarrassés de sa présence. Il nous gênait, cet homme.

— Ne croyez-vous pas, master Tril, riposta l'autre sur le même ton, qu'il va revenir.

— Non, non. Il craint pour son nez rouge. Songe un peu au mal qu'il doit avoir à l'introduire dans une chope. Si l'on y ajoutait un palet, il n'aurait plus qu'à mourir de la pépie.

— Et c'est une mort affreuse pour les volailles.

— Certes! la pépie et les marrons sont antipathiques aux oies.

Les fillettes s'amusent de cet assaut d'esprit faubourien, évidemment engagé pour leur plaire. Cependant, la brunette menace du doigt celui qui répond au nom de Tril.

— Tril, vous ne vous exprimez pas ainsi qu'un gentleman.

— Excusez, miss Suzan, je parle le langage de mon déguisement. Je suis en ce moment un *traîneur de rues*, une *hirondelle du pavé* qui surveille l'hôtel du chancelier.

— Et vous êtes une hirondelle très brave, très gaie et très bonne comme toujours, murmura la compagne de Suzan.

— Ketty a raison, appuya aussitôt Joë, ravi de pouvoir défendre celui qui l'avait enrégimenté à Londres.

Peut-être Suzan aurait-elle protesté. Tril ne lui en laissa pas le temps.

— En tout cas, accomplissons notre consigne. Vous, jeunes filles, allez vous poster de l'autre côté de l'hôtel. Ceux qui se cachent, n'entrent pas toujours par la grande porte....

Soudain, il s'interrompit.

Cornant avec rage, une automobile, venant de la place de Paris, s'engageait à vive allure dans la Wilhelmstrasse.

Dans le véhicule, aucun voyageur.

Seul, le chauffeur, engoncé dans une casaque de poil de chèvre, la casquette enfoncée jusqu'aux yeux, cachés eux-mêmes par d'énormes lunettes de tourisme, apparaissait, tel un animal apocalyptique, emporté par le fameux coursier sans tête des ballades allemandes.

Le personnage aimait le bruit, car il ne cessait de faire meugler sa sirène, suivant un rythme sans doute harmonieux à ses oreilles.

— Peuh !... Peuh ! Peuh ! Peuh !... Peuh ! Peuh !... Peuh !

— Oh ! plaisanta Joë, c'est bien sûr un maître de chapelle automobile !

Mais il se tut net, ajoutant après une seconde :

— Ah bien ! Il n'a pas peur du chancelier, celui-là.

Aucun de ses compagnons ne répondit. Tous restaient muets de surprise.

L'automobile avait exécuté une conversion brusque et, sans ralentir, s'était engouffrée sous la voûte du n° 74, tout en continuant son infernal vacarme.

Pour qui connaît la déférence apeurée que marquent au chancelier les habitants de Berlin, l'acte du watman inconnu devait être considéré comme une témérité voisine de la folie.

— Non, comme dit Joë, il n'a pas peur.

Tril ponctua sa remarque d'un léger cri.

— Eh mais! Il était attendu!

Parfaitement. L'automobile avait stoppé dans la cour intérieure, au fond de laquelle on apercevait les verdures du jardin de la Chancellerie s'étendant jusqu'à la Kœniggratzerstrasse parallèle à la Wilhelmstrasse.

Le chauffeur avait sauté à terre. Mais si rapidement qu'il eût exécuté ce mouvement, un huissier s'était trouvé auprès de la machine pour le recevoir.

Les deux personnages échangèrent quelques mots. Le mécanicien marqua un geste d'approbation et, laissant l'automobile, il suivit l'employé.

Par le portail ouvert au large, les jeunes gens ne pouvaient apercevoir qu'une part assez minime de la cour, le reste leur étant caché par les bâtiments en façade.

Aussi, ceux qu'ils guettaient, disparurent de suite à leurs yeux, ce qui arracha à Tril un mouvement violent.

— Je veux savoir ce qu'est cet homme-là. On l'attend. On le reçoit comme un grand personnage, et il se présente en *mécanicien d'auto!*

Le chauffeur avait sauté à terre.

— Oui, mais pour savoir, il faudrait entrer; et bien sûr que l'on ne nous recevrait pas comme ce gaillard-là.

La réflexion de Joë amena un sourire sur les lèvres de son interlocuteur. Le petit Anglais, encouragé ainsi, reprit :

— Voulez-vous que j'essaie?

— Mais on te mettra à la porte, mon pauvre Joë. A quoi bon risquer une avanie, peut-être la prison.

— Bah! pour vous, la prison même me ferait plaisir. N'est-ce pas, Ketty, que nous enrageons de ne pas être plus utiles à Master Tril, à Miss Suzan, qui nous ont réunis.

— Oh oui! soupira la blonde Ketty.

17

— Et aussi à votre « roi », comme vous dites.

Amicalement, Tril lui frappa sur l'épaule.

— Tu es un *good fellow* (bon garçon), Joë. Tu l'aimeras aussi plus tard. Pour l'heure, il s'agit de lui obéir.

Puis d'un ton net, autoritaire :

— Tu vas rester de faction ici. Si l'homme sort, un ou deux coups de sifflet, suivant qu'il tournera à droite ou à gauche.

— Mais vous, Master Tril?

Tril désigna du doigt l'entrée du ministère de la Justice et, avec une gravité comique, il prononça :

— Si le suisse te le demande, tu lui répondras que tu n'en sais rien.

Sur ce, entraînant d'un signe les fillettes dans ses traces, il se dirigea rapidement vers la place de Paris.

Les trois adolescents ne s'arrêtent pas sur cette place. Ils la traversent, avec un regard fugitif aux ambassades de France et d'Angleterre qui se font vis-à-vis, telles deux sentinelles vigilantes placées à chaque extrémité de la monumentale porte de Brandebourg, aux cinq arches, qui sépare la ville proprement dite de la lisière de Thiergarten, ce bois de Boulogne berlinois.

Ils passent sous la porte surmontée d'un quadrige avec ses coursiers dressés, puis ils tournent brusquement à gauche, s'engageant dans l'avenue dite Kœniggratzerstrasse, laquelle est bordée d'un côté, par les murs de clôture des jardins réservés à l'arrière des hôtels de la Wilhelmstrasse, de l'autre par les taillis du Thiergarten.

C'est une voie peu fréquentée qui s'allonge entre les murailles et les arbres. On est presque certain de n'être pas dérangé par des indiscrets. Et Tril donne des ordres à ses compagnes.

— Ketty, ici, à l'angle. Surveillez la porte de Brandebourg et la route de Charlottenbourg qui coupe Thiergarten en deux parties égales. Sifflet, comme pour Joë.

La petite s'immobilise à l'endroit désigné. Tril continue sa marche avec la seule Suzan.

— Toi, Suzan, fait-il d'une voix adoucie, prends ce journal, tu feindras de le lire en face de la petite porte du parc de la Chancellerie. Quand je serai sur le point de sortir, j'imiterai le cri de l'hirondelle. S'il n'y a aucun curieux aux environs, tu répondras de même. Ton silence m'avertirait qu'il faut attendre.

— Bien, mais sois prudent.

— Naturellement.

Les causeurs se regardent avec une infinie douceur. Dans leurs yeux passe ce rayonnement de l'affection sans bornes que se sont vouée ces orphelins, puis Tril d'un pas décidé, s'approche de la porte basse dont le rectangle vert sombre se découpe dans la muraille.

L'instant est favorable. L'avenue est déserte.

Un cliquettement métallique. Sans doute, le petit Américain a une clef. La porte tourne sur ses gonds. Tril se glisse par l'ouverture, repousse le vantail, mais en le laissant entr'ouvert.

Et Suzan, déployant le journal, après avoir repoussé sur sa hanche son baquet de saucisses, semble s'absorber dans la lecture des événements du jour.

Son jeune compagnon, lui, se trouve à présent dans un jardin ombreux.

Devant lui, un sentier, couvert de gravier, s'enfonce entre des massifs de buissons, au-dessus desquels de grands arbres étalent le panache de leur feuillage.

Avec précaution, le gamin s'engage dans l'allée. Le gravier crierait sous ses pas, si légers qu'ils soient. Il marche sur le gazon formant une étroite bordure au chemin. Comme cela, aucun bruit ne décèle sa présence.

Des sentes se croisent en capricieux méandres; des statues, des vases, dressent leurs silhouettes blanches parmi les verdures. Dans un bassin de rocaille, un jet d'eau murmure la chanson berceuse de l'eau jaillissante. Tril avance toujours.

Mais les arbres s'éclaircissent, le gamin ralentit sa marche.

Quelques pas encore, et il s'arrête derrière le tronc d'un orme centenaire marquant la limite même du jardin.

Au delà, le petit aperçoit la balustrade, à hauteur d'appui, séparant le parc de la cour d'honneur, et, dans cette cour, l'automobile dont la venue a éveillé sa curiosité.

Elle n'a pas bougé. Le watman mystérieux est donc toujours dans l'hôtel! Mais où?

Comment le savoir. Tril n'a pas risqué cette manœuvre audacieuse de pénétrer dans l'enceinte du 74, simplement pour examiner une machine, si confortable qu'elle soit.

Seulement, s'il se montre, le moins qu'il lui puisse arriver sera d'être chassé ignominieusement. Être chassé, ne serait rien si, du même coup, il ne devait être mis dans l'impossibilité de savoir ce qu'il veut découvrir.

Lui-même s'étonne de l'ardent désir qui le tenaille. Par sans-fil, Jud Allan, son « roi » lui a ordonné de retrouver Von Karch, disparu après les événements sinistres qui ont frappé François de l'Étoile. Quelle apparence que le chauffeur ait un rapport quelconque avec l'espion allemand?

Depuis des semaines, le petit guette inlassablement avec ses amis, et rien, pas un indice, n'est venu le mettre sur la voie de celui qu'il cherche.

Pourquoi serait-il plus heureux aujourd'hui?

D'un geste brusque, il secoue la question découragée.

D'un regard volontaire, il parcourt la façade des bâtiments, qui enserrent la cour sur trois côtés. Toutes les croisées sont closes, sauf une seule, située au premier étage. Les yeux du gamin se fixent sur l'ouverture. Il murmure :

— Un, deux, quatre, cinq... Cinq! Mais c'est une fenêtre du cabinet du chancelier lui-même.

Il ne distingue qu'un angle de la pièce qu'il vient de désigner. Il faut suivre la lisière du parc pour en voir une plus grande partie.

Et déjà, se courbant, il cherche un endroit plus propice à l'observation, quand il se redresse brusquement.

Il vient de voir, dans le cabinet du chancelier, un bras qui s'agite en une démonstration, et ce bras est recouvert d'une manche en poil de chèvre.

— Le watman est là, chez le prince chancelier! Oh! Oh!

Le petit murmure ces mots. Une teinte rouge s'est brusquement plaquée sur ses joues. Ses yeux brillent étrangement. Il reprend le mouvement interrompu un instant plus tôt, et tout en se glissant entre les buissons, il grommelle :

— C'est donc un personnage, ce mécanicien. Alors, sa tenue serait un déguisement. Il faut être sûr de cela; il faut en être sûr.

Il est arrivé à un endroit d'où, s'il était à la hauteur du premier, il s'en rend compte, ses regards embrasseraient le cabinet presque tout entier. Oui, mais il n'est pas à la hauteur du premier étage.

Ceci ne saurait l'inquiéter. Un arbre se dresse auprès de lui. Il étreint le tronc noueux, se hisse, atteint la croisée des branches, disparaît dans le feuillage.

Rien n'a bougé. Personne n'a remarqué l'audacieuse escalade.

Tril, certain à présent d'être à l'abri des indiscrets, s'allonge sur une grosse branche, rampe ainsi qu'un lézard. Il traverse l'écran feuillu qui lui dissimule la vue des bâtiments, et enfin, abrité encore par un mince rideau verdoyant, il peut couler un regard dans le cabinet.

Soudain il pàlit, ses mains se crispent sur la branche comme s'il craignait de lâcher son appui. De ses lèvres fuse une exclamation étouffée :

— Lui! Lui! Von Karch! Le chauffeur!

Cela est vrai.

En face du chancelier assis, les sourcils froncés, le visage énergique strié des rides de la colère, le mécanicien est étendu dans un fauteuil. Il porte toujours sa casaque de fourrure, mais il a déposé près de lui la casquette, les lunettes qui le rendaient méconnaissable, et il présente en pleine lumière la face large, grasse, à l'inquiétante bonhomie, de Von Karch, du père de Margarèthe.

Que se disent les deux hommes?

Tril est trop loin pour percevoir le moindre son. D'ailleurs, il est probable que les causeurs n'élèvent pas la voix.

— Leurs discours me sont indifférents, se confie le jeune Américain. L'important est que Von Karch soit retrouvé. Il s'agit de ne plus le perdre. Il est à Berlin, comme le « roi » l'avait pressenti. Tâchons de savoir où il gîte.

Sur ce, le gamin retourne en arrière, il se laisse glisser à terre, tout en monologuant :

— Regagnons la place de Paris au galop. Je frète une automobile de louage, et quand le Von Karch sortira avec sa machine, je le suivrai.

Un rire joyeux découvrit ses dents blanches.

— Eh! Eh! la filature en auto, le voilà le progrès.

Le gamin se hâte, il s'impatiente devant les incessants détours du sentier qu'il suit. Il a conscience que les minutes sont précieuses, que le moindre retard peut de nouveau lui faire perdre la piste de l'ennemi.

— Ouf! voici la porte entr'ouverte. Je croyais que je n'y arriverais jamais.

L'exclamation dit la bonne humeur recouvrée. Dix mètres encore, et le petit sera dans la Kœniggratzertrasse.

Tout à coup un hurlement furieux retentit presque à ses oreilles. Des craquements de branches crépitent, les buissons s'ouvrent avec violence et, barrant la sortie, se dresse, en face de l'Américain, un de ces énormes molosses de Silésie, qu'à l'instar de feu le prince de Bismarck, le chancelier actuel affectionne.

Tril n'a pas le temps de se reconnaître. Féroce, les yeux injectés de sang, la gueule ouverte, le molosse fond sur lui, le renverse et se met en devoir de l'étrangler.

Et dans cet instant tragique, le petit se sentant perdu, soupire, suprême pensée de dévouement au chef bien-aimé :

— Roi, pas ma faute! Le chien se fait complice de Von Karch!

Que faisait donc Von Karch à la Chancellerie? Comment, pourquoi ce misérable, dont on cherchait vainement la trace, reparaissait-il tout à coup, sous les apparences d'un watman?

Quel nombre, Herr Watman?

Dès son arrivée, un « huissier » s'était précipité à sa rencontre et avait échangé avec lui ces brèves répliques :

— Quel nombre, Herr Watman?

— Six cent six.

— Bien, Son Excellence vous attend.

Abandonnant son automobile dans la cour, le visiteur avait suivi l'huissier, gravi les degrés d'un perron, traversé les salons du rez-de-chaussée, puis, par un escalier de bois sculpté aux marches recouvertes d'une épaisse moquette, avait gagné le premier étage.

Là, son guide s'arrêta devant une double porte matelassée, l'ouvrit, puis, heurtant le panneau de bois ainsi découvert, il le poussa, et passant la tête par l'interstice, prononça :

— Six cent six.

Sans doute le chancelier ordonna d'un signe qu'on introduisit le faux watman, car l'huissier s'effaça aussitôt en murmurant :

— Entrez !

Von Karch passé, l'introducteur referma soigneusement la double porte et redescendit à l'étage inférieur.

Dans le cabinet du premier fonctionnaire de l'Allemagne, celui-ci se trouvait seul en face de l'espion.

Tous deux se considérèrent un instant en silence : le chancelier très grave, Von Karch souriant. Ce dernier profita de ce répit pour se débarrasser de ses lunettes qu'il posa soigneusement sur un meuble, ainsi que sa casquette.

Après quoi, avec la plus parfaite aisance, il se laissa aller dans un fauteuil, bien que le chef suprême du fonctionnarisme allemand ne l'eût pas invité à s'asseoir.

Le chancelier fronça les sourcils, mais il jugea probablement oiseux de tancer l'espion ; d'un ton très calme, comme s'il n'avait point remarqué le manquement grossier à l'étiquette, il commença :

— Je vous ai appelé, Herr Von Karch...

— Et je suis venu aussitôt, interrompit celui-ci en s'inclinant avec le plus humble sourire.

— Je le reconnais. Vous avez marqué un empressement qui double mes regrets d'avoir à vous faire la communication qui motive notre entretien. Mais hélas ! la raison d'État commande, je ne puis qu'obéir.

— J'en suis persuadé, Excellence.

Le chancelier considéra son interlocuteur avec surprise. Le ton de cette dernière réplique lui avait semblé ironique.

La large face de Von Karch s'épanouissait toujours dans le même sourire satisfait, et ce fut avec une hésitation visible que le haut fonctionnaire reprit :

— Vous ne soupçonnez évidemment pas ce que j'ai à vous apprendre.

Sans rien perdre de son air ravi, l'espion protesta :

— Pardon ! pardon ! Excellence. Ma perspicacité habituelle m'a abandonné, ou bien il s'agit de « Miss Veuve ».

— C'est cela même. Par exemple, je vous répète que je suis navré de la décision du Conseil d'Empire...

Le prince était embarrassé, il cherchait ses mots. Von Karch vint à son secours.

— Je suis très touché de l'ennui que vous manifestez, Excellence. Il me prouve que vous portiez un réel intérêt à ma personne. Aussi, ne veux-je pas vous obliger à exprimer les paroles qui vous déchireraient la gorge. J'ai compris de suite de quoi il retournait, et je vais moi-même vous dire la décision du Conseil. Si je me trompais, vous voudriez bien rectifier.

Donc, il s'agit de Miss Veuve. La publicité, donnée ces temps derniers aux agissements de cet encombrant personnage, gêne grandement nos services d'espionnage, compromet le gouvernement...

— Menace le trône, vous pouvez le dire, s'écria le prince; car tout cela fait le jeu des ennemis de nos institutions. Les Social-Democrates ont beau jeu dans le désarroi général provoqué par cette insaisissable Miss Veuve.

— En effet! en effet, murmura l'espion, sans que le sourire disparût de sa physionomie, insaisissable est le mot.

— Plus encore que vous ne l'imaginez. Cet être inconnu semble avoir la faculté de passer à travers les murs. Ce matin encore, j'ai trouvé sur le rebord de ma fenêtre une lettre menaçante. Tenez, voyez vous-même.

Le chancelier tendit un papier bleuté à Von Karch.

Celui-ci refusant du geste, son interlocuteur le lut à haute voix, en détachant les syllabes :

« Miss Veuve rappelle à S. M. le prince chancelier que si, dans un délai de trois jours, elle n'est pas mise en possession du nom véritable et de la retraite de Von Karch, elle aura le déplaisir de se manifester de façon regrettable. »

Le haut dignitaire marqua une pause, puis doucement :

— Vous serez le premier à comprendre que, dans ces conditions, n'ayant aucun moyen de parer les coups qui nous menacent...

— Le Conseil d'Empire et vous-même, Excellence, vous êtes dit ceci : Von Karch est « brûlé ». Selon l'usage, l'agent démasqué doit se sacrifier. Nous allons assurer la sécurité de l'État en divulguant, par les cent mille voix de la presse, la retraite de ce pauvre Von Karch et le livrer ainsi tout seul à la vengeance de Miss Veuve. Est-ce bien cela?

— Hélas, croyez que je déplore de sacrifier un agent tel que vous! Le plus beau fleuron du *Service des Renseignements!* Mais nous n'avons pas le choix. L'individu doit s'effacer devant la collectivité. Il est inadmissible, n'est-ce pas, que la Société soit ébranlée...

Le causeur s'arrêta, interloqué par le rire silencieux de l'espion.

— Vous ne me comprenez donc pas? commença-t-il...

— Mais si, Excellence, je vous comprends. Je partage même votre avis en ce qui touche la Société. Pour reprendre vos propres expressions, il est inadmissible que la Société succombe. Et en me donnant vingt-quatre heures pour parer à ma sûreté, vous estimez vous montrer généreux pour le serviteur... fleuron, ainsi que vous me nommiez à l'instant.

— Que puis-je de plus?

— Réfléchir, Excellence.

A cette réplique, lancée avec le calme le plus désinvolte, le prince chancelier sursauta :

— Que voulez-vous dire, Herr Von Karch?

L'interpellé accentua son sourire.

— Ce que je dis, Excellence. Réfléchissez que, pour éviter certains malheurs, il serait maladroit d'en déchaîner de plus graves.

Et comme son interlocuteur, médusé par cette appréciation inattendue, balbutiait :

— Je ne comprends pas.

L'espion reprit avec son flegme imperturbable :

— Vous me surprenez. Comment, je suis *le plus beau fleuron du Service des Renseignements*. Tout comme moi, vous êtes certain que je mérite l'appellation flatteuse, et vous ne tirez pas de là des conclusions avantageuses pour moi. Oh! Excellence, Excellence, votre distraction me navre positivement.

Puis doucement ironique, ainsi qu'un professeur gourmandant un écolier :

— Je suis le plus beau fleuron, réellement. Je cesserais de l'être si, depuis... toujours, je n'avais envisagé la possibilité de la chute. Eh! Eh! La roche Tarpéienne est près du Capitole, l'abîme entoure les cimes, la dégringolade menace celui qui s'élève sur les hauteurs.

Il riait, stupéfiant le prince par sa façon joyeuse d'accepter la situation dangereuse dans laquelle il se trouvait. Une vague inquiétude se mêlait à l'étonnement du fonctionnaire. Elle se précisa quand le pseudo-watman acheva :

— Aussi, j'ai pris mes précautions.

— Vos précautions? répéta en écho son interlocuteur.

— Pour que l'administration impériale ne pût, à un moment donné, me rejeter ainsi qu'une pelure d'orange dont on a dévoré la pulpe savoureuse.

Du coup, le visage du prince se contracta. Le puissant fonctionnaire venait de comprendre.

18

— Vous résisteriez? fit-il d'une voix menaçante.

Mais l'interpellé secoua paisiblement la tête.

— Je n'aurai pas à le faire, Excellence, *parce que vous-même vous vous ferez un plaisir de vous conformer à mes désirs.*

— Et S. M. l'Empereur aussi, sans doute?

Von Karch s'inclina et laissa tomber ce seul mot :

— Parfaitement!

Puis, avant que l'Excellence, désarçonnée par cette incroyable réplique, eût pu placer une protestation, il reprit :

— Ne vous émotionnez pas. Tout vous sera clair dans un instant. Une simple observation pour commencer : un petit détail aurait dû vous ouvrir les yeux sur mes facultés de défense. Depuis dix années, j'ai travaillé au *Service*, et je suis resté pour vous *sous le masque*. Vous ne connaissez pas ma véritable identité. Vous avez tous vos agents dans votre main, sauf moi.

Un nuage passa sur les traits du prince. Comme malgré lui, il approuva :

— C'est vrai!

— Rien que cela, M. le chancelier, aurait dû vous indiquer qu'il ne convenait pas de m'appliquer le traitement sous lequel se courbent les agents vulgaires.

Arrêtant du geste une réplique provoquée par cette remarque impertinente, l'espion poursuivit :

— Du calme, je vous en prie. De la discussion courtoise seule jaillit la lumière. Je suis tenace et adroit; vous le concevez encore mieux à présent que tout à l'heure. Et bien, ayant prévu que l'heure des déboires pourrait sonner... Concluez. J'ai pris mes précautions, n'est-ce pas? *Je me suis forgé des armes.*

— Quelles armes? gronda le chancelier, essayant de secouer l'emprise de son interlocuteur.

— Oh! la question m'étonne de votre part, Excellence. Voyons, j'ai tenu pendant dix années entre mes doigts tous les fils de notre système d'espionnage; et je n'aurais pas constitué sur vous, sur votre entourage, des dossiers dont la révélation entraînera votre disgrâce, ébranlerait le trône. Mais, si je n'avais pas fait cela, vous seriez en droit de me mépriser, et ce droit, Excellence, vous ne l'avez pas.

— Misérable! rugit le prince, incapable de se contenir plus longtemps.

L'insulte n'émut pas l'interpellé. Sa large face demeura souriante.

— A quoi bon la colère impuissante, Excellence, fit-il avec une ironie mordante. Vous supposez bien que ces dossiers sont en lieu sûr, et que si j'étais arrêté ou sacrifié, ils passeraient au pouvoir de braves gens ayant *intérêt et plaisir* à les rendre publics.

Et son interlocuteur accablé, gémissant à demi-voix :

— Il nous tient.

Von Karch ricana :

— Voici une parole sensée qui vous sauve, Excellence.

Remarquant un tressaillement nerveux du chancelier, le faux mécanicien continua :

— J'aurais été désolé de priver l'Allemagne de votre haute intelligence. Mais hélas ! dans la lutte pour la vie, chacun doit penser à soi d'abord. Si mes arguments n'avaient pas réussi à vous persuader, à comprendre que moi seul suis en mesure de dicter des conditions, j'aurais tout uniment sorti de ma poche le petit étui que voici.

Joignant le geste à la parole, il tendait vers le fonctionnaire sa main droite tenant une sorte de cylindre de cuir, dont la section supérieure laissait passer un tube d'acier analogue à un canon de revolver. Malgré lui, le chancelier eut un mouvement de recul, ce qui fit rire son adversaire.

— Ah ! vous comprenez que la mort est là-dedans. C'est cela même, seulement je n'ai pas de secrets pour vous ; je vais vous apprendre comment elle en peut sortir.

Et du ton d'un chargé de cours professant du haut de la chaire :

— Ceci est un engin imaginé par *un diable rouge* (socialiste), que j'ai arrêté naguère et conduit à la forteresse de Spandau, *où il a été oublié par ordre.* Un savant, ce pauvre diable rouge, un chimiste doublé d'un mécanicien, qui aurait trouvé la fortune s'il ne s'était noyé dans la politique. Ceci est un véritable bijou. En appuyant sur certaines protubérances, à peine visibles à la surface de l'étui de cuir, je déclancherais des ressorts, lesquels, par le canon de métal, projetteraient à l'extérieur une jolie petite balle de nickel ; une petite balle creuse, un obus minuscule. Que ce mignon projectile rencontre un obstacle, au plus léger choc, il éclate, s'émiette en poussière impalpable et met en liberté *l'acide carbonique liquide* que recèle sa cavité. Vous concevez l'expérience. L'acide carbonique reprend instantanément la forme gazeuse, *en produisant un refroidissement de plus de cent degrés au-dessous de zéro.* La quantité d'acide carbonique étant minime, la volatilisation est sans danger pour le tireur, placé à quelques pas de distance. Mais celui qui a servi de but est réfrigéré à bloc, son sang se glace dans ses veines. Le dégel se produit cinq ou six minutes plus tard, et le médecin, appelé à examiner le mort, diagnostiquera le trépas par embolie ou congestion. Je bénis le ciel, Excellence, que votre haute faculté de compréhension m'ait épargné le regret d'avoir recours à mon *lance-embolie*.

Le chancelier avait courbé la tête d'un air accablé. L'homme au seul nom

C'est un engin imaginé par un diable rouge.

de qui l'Allemagne tremble, l'homme accoutumé à commander sans réplique, se sentait dominé par l'espion.

Presque sans en avoir conscience, il prononça :

— Enfin, que voulez-vous ? Il est impossible que l'Allemagne reste sous le coup des entreprises de cette diabolique Miss Veuve.

— Oh! Excellence, mon patriotisme a déjà formulé cela dans mon cœur.

— Eh bien alors...?

— Alors vous dévoilerez ma retraite, comme vous en aviez l'intention.

Et le Chancelier le considérant d'un air effaré :

— Seulement, continua le terrible personnage, vous ne parlerez pas avant quelques semaines, un mois vraisemblablement.

— Un mois ! s'exclama le prince en se soulevant sur son siège. Que fera notre ennemi pendant ce temps?

— Ceci est votre affaire, Excellence, non la mienne. *Mon silence contre votre silence.*

Puis conciliant :

— Au surplus, le mois que je réclame est un maximum. Peut-être avant le terme fixé, vous aviserai-je que votre mutisme n'est plus nécessaire. Aussitôt l'avis reçu, ne vous gênez pas. Ma discrétion vous sera assurée, et vous serez autorisé à me jeter en pâture aux colères de Miss Veuve, sans danger pour vous.

— En quoi ce retard changera-t-il quelque chose à votre situation?

— Ceci est mon secret, Excellence.

— Pensez-vous donc échapper à notre insaisissable ennemi?

— Permettez-moi de ne pas répondre. Que vous importe d'ailleurs. L'Empire sera délivré d'un cauchemar. Voilà l'important. Résumons l'entretien qui a assez duré. Vous ferez ce que je désire?

— Vous en êtes certain.

— Oui, mais pas de restrictions mentales. Vous amènerez Sa Majesté à comprendre que cette expectative présente beaucoup moins d'inconvénients qu'une indiscrétion plus hâtive me concernant.

— Je crains le courroux de l'Empereur, mais je suis assuré de sa clairvoyance.

— Moi aussi, Excellence, et c'est sans arrière-pensée que je vous présente mes hommages les plus respectueux. Je ne vous dis pas adieu, car je vous reverrai une fois encore, le jour où je rendrai la liberté à votre langue.

Et Von Karch ayant rajusté ses lunettes, enfoncé sa casquette de chauffeur sur son crâne, quitta le cabinet, laissant son interlocuteur abasourdi, effondré dans son fauteuil.

Sans se presser, en homme qui sait n'avoir rien à craindre, il redescendit l'escalier, atteignit le perron accédant à la cour, traversa celle-ci et reprit place dans son automobile.

Un instant plus tard, la machine passait avec un roulement sourd sous la voûte de la chancellerie.

Elle remonta la rue Wilhelm, saluée au passage par deux coups de sifflet, lancés par un gamin, très actionné en apparence, à faire naviguer une brindille de bois dans le ruisseau.

Von Karch, qui avait regardé de son côté, fut trompé par l'indifférence affectée de l'adolescent, lequel n'était autre que Joë obéissant aux instructions de Tril.

Parvenu à la place de Paris, l'espion dirigea sa voiture suivant une diagonale, lui fit franchir l'une des arches de la porte de Brandebourg, et la lança à toute vitesse sur la route de Charlottenbourg, avenue centrale du bois de Thiergarten.

Ainsi l'espion passe avec la rapidité de la foudre en face de la Kœniggrat-zerstrasse. Il a l'impression fugitive qu'à l'angle de cette voie, un groupe s'agite, que des bras se tendent dans sa direction, mais emporté par la course de sa machine, les taillis de Thiergarten lui dérobent la vue de ceux qu'il a cru apercevoir.

Au surplus la chose ne saurait l'inquiéter, il vient de triompher du chancelier. Le Maître de l'Empire, c'est lui, l'Espion qui a pu dicter ses conditions. L'orgueil chante en son esprit. et la griserie de la vitesse fait monter à ses lèvres des phrases vaniteuses.

— Ils obéiront. Tout va bien. A présent, je vais expédier cet âne de Tiral et sa fille Liesel vers leur trésor, ce *placer* que je ne connais pas.

Avec un ricanement, il ajoute :

— Que je ne connais pas, mais qu'ils vont m'indiquer, les imbéciles. Comme cela, plus de témoins du passé et la fortune sauvegardée. Alors, je n'aurai plus qu'à m'assurer des otages contre la satanée Miss Veuve. Facile, facile !

Il éclate de rire, une pensée née en son cerveau :

— Et ce bon chancelier qui croit possible de divulguer ma retraite. C'est inouï comme les grands hommes d'État sont naïfs.

Et la machine obéissante roulait à une allure folle, emportant le sinistre mécanicien qui riait toujours.

L'exaltation de Von Karch se fut encore accrue, s'il avait su à quel danger il venait d'échapper, du fait de la complicité inconsciente du molosse qui s'était rué sur Tril dans le parc de la Chancellerie.

Précipité à terre, sentant contre son visage le souffle brûlant de l'animal, le jeune Américain, mû par l'instinct de la conservation plutôt que par un raisonnement, avait empoigné à deux mains le museau de l'animal, appliquant les mâchoires menaçantes l'une sur l'autre.

Le chien ne pouvait mordre ainsi. Aussi chercha-t-il à se débarrasser de l'étreinte de son adversaire. Il le secoua rudement, le piétinant de ses pattes puissantes.

Tril se cramponna durant quelques instants, il réussit à maintenir son ennemi.

Mais la disproportion des forces était trop grande. Le gamin sentit bientôt qu'il ne pourrait continuer la lutte. Ses doigts crispés s'engourdissaient. Des crampes tenaillaient ses nerfs désespérément tendus.

Une saccade plus violente lui fit lâcher prise. Le chien, emporté par son

mouvement, s'éloigna de quelques pas. D'un bond, l'Américain se retrouva debout sur ses pieds.

Mais le molosse revenait sur lui, sa fureur exaspérée par la résistance de son frêle adversaire.

Il barrait la porte de sortie. Impossible de gagner cette issue. Tril s'en convainquit d'un coup d'œil. Un instant encore, et son féroce ennemi était sur lui; cette fois, il ne l'immobiliserait pas avec le même bonheur.

Et à ce moment où, bien que décidé à lutter jusqu'au bout, le gamin se jugeait perdu, la porte qu'il avait laissée entrebâillée, s'ouvrit brusquement.

— N'approche pas, rugit Tril, saisi au cœur par une angoisse horrible, en voyant sa petite amie en face du chien cruel.

Celui-ci avait détourné la tête. Ses regards sanglants se fixaient sur la nouvelle venue.

Alors, en l'espace d'un éclair, il se passa une chose incompréhensible, il y eut une minute d'héroïsme raisonné.

Si rapide que Tril ne comprit son intention qu'après sa réalisation, Suzan se précipita vers le molosse. D'un mouvement preste, elle lui appliqua sur le museau, tel une muselière, le petit baquet de saucisses faisant partie de son déguisement, et elle entoura du lacet qui s'appliquait naguère sur ses épaules, le cou puissant de l'animal.

Puis, celui-ci surpris, hésitant, partagé entre le désir de mordre les intrus découverts par lui dans le parc de la Chancellerie, et celui de dévorer les saucisses succulentes mises en contact avec son museau, Suzan saisit la main de son compagnon, le tira vers la porte. Au moment de la franchir, elle désigna de la main le chien de garde.

Ce dernier avait succombé à la gourmandise. Il mangeait gloutonnement les saucisses.

Clac, la porte se referme, mettant entre la bête et les jeunes gens un obstacle infranchissable.

Avec une rare présence d'esprit, la fillette a dénoué la situation. Aux aguets dans la rue, elle a entendu les grognements du molosse, le bruit de la lutte. Elle a deviné son ami en danger. Elle s'est précipitée à son secours.

Mais l'heure n'est point propice aux effusions.

Un serrement de mains exprime la gratitude de Tril, et, déjà repris par le devoir qu'il s'est imposé :

— Le chauffeur, c'est Von Karch. Il nous faut une « auto » pour le suivre.

Suzan a compris, elle ne demande aucune explication.

Elle prend le pas de course, remontant la rue vers la Porte de Brandebourg. Le gamin trotte auprès d'elle.

Ils rejoignent Ketty, demeurée en sentinelle à l'angle de l'avenue. Ils ont un cri de joie. Dans cinq minutes, ils seront à l'extrémité de la place de Paris, là où stationnent les automobiles de location.

Mais leur joie se transforme en désespoir. Une machine file devant eux comme un météore. Au passage, ils ont reconnu le mécanicien mystérieux.

D'un élan inconscient, ils se ruent vers la voiture qui emporte leur ennemi. On croirait qu'ils espèrent l'arrêter.

Effort vain. L'automobile s'est déjà engagée entre les taillis de Thiergarten, dévorant la route de Charlottenbourg.

Quand ils arrivent en face de la large avenue, la machine est bien loin.

De sa fuite, il ne reste qu'un nuage de poussière retombant peu à peu sur le sol.

Von Karch, inconscient des adversaires qu'il a laissés en arrière, ne ralentit pas son allure.

Il demande à sa machine tout ce qu'elle peut donner. On croirait qu'il fuit un ennemi invisible.

Il a atteint Charlottenbourg. Là, pour se conformer aux règlements de police, il modère sa marche.

Évidemment, il estime ceci préférable aux lenteurs d'une contravention.

Mais l'agglomération traversée, il reprend sa course endiablée. A présent, il roule sur la route de Postdam, les mains agrippées au volant, le dos rond, la tête penchée en avant. Tout son être exprime qu'il voudrait accroître encore la rapidité du véhicule.

— Je voudrais être arrivé, monologue-t-il. C'est idiot, quand je m'absente, je tremble toujours au retour. Stupide! stupide! Miss Veuve ne trouvera pas la cachette, tant que le Chancelier ne la lui indiquera pas. Et il se taira, ce brave Chancelier. Il l'a promis; il est homme de parole. Demain, d'ailleurs, ses... bavardages auraient moins d'importance, et dans une huitaine, une quinzaine au plus, je m'en soucierai comme de ma première dent de lait.

Soudain, il fait meugler la trompe avec fureur.

Un cabriolet occupe le milieu de la route. Terrorisé par le vacarme, le conducteur jette son attelage sur le bas côté, et l'automobile passe, monstre rugissant, saluée au passage par les imprécations du voiturier. Qu'importe à l'espion, il est déjà loin.

— Le village de Glienicke, murmure-t-il avec un soupir de satisfaction.

Une route s'embranche sur la gauche de celle qu'il suit. Il y pousse son automobile, longeant la base de la colline de Bettcher, traverse la bourgade qu'il vient de nommer, franchit l'isthme séparant les lacs de Glienicke et de Griebnitz.

De nouveau, la machine file entre des murs, des grilles, dominés par les frondaisons de grands arbres.

A sa gauche, la forêt escalade des hauteurs. C'est le parc de Babelsberg, propriété privée de l'Empereur.

Et cependant, l'espion stoppe en face de la grille monumentale qui donne accès dans la résidence impériale. Il porte un sifflet à ses lèvres, en tire les sons qui, dans l'armée allemande, signifient : cessez le feu.

Et du pavillon de briques et pierres affecté au gardien de l'entrée, le concierge sort. Il salue militairement le faux mécanicien, s'empresse à faire tourner la grille sur ses gonds.

· L'espion semble chez lui dans la demeure du souverain.

L'auto se remet en marche, passe devant le portier, qui a repris son attitude respectueuse, ce dont Von Karch le récompense par un léger signe de tête.

Maintenant, il roule dans les allées sinueuses qui serpentent au flanc boisé du Babelsberg.

Brusquement, l'espion frène. Le véhicule s'arrête. Un treillage de fer coupe le chemin, isolant une partie du parc où la végétation affecte le fouillis d'une forêt vierge.

Ah ça! la route se termine en cul-de-sac? Non. L'Allemand met pied à terre, détache un large panneau du treillage que des crochets, invisibles pour qui ne connaîtrait pas le secret de cette disposition, fixent à la partie non mobile de la clôture. Il fait passer le véhicule par cette brèche, remet le treillage en place, puis se rasseoit au volant.

C'est un sentier à peine tracé que suit à présent la machine. La pente s'accentue. A deux reprises, parmi le lacis des branches, apparaissent des constructions aussitôt masquées par les feuillages.

Brusquement, le voyageur débouche dans une clairière qu'entoure un rideau de hêtres feuillus. Au centre, se dresse une lourde bâtisse carrée, surmontée d'une terrasse italienne, et qu'isole un fossé profond, où miroite une eau verdâtre. On dirait une forteresse, un *blockhaus.* ·

Une étroite chaussée dallée enjambe la douve, aboutissant à la porte de l'étrange habitation, porte massive, renforcée d'arabesques de fer.

Von Karch enveloppa tout cela d'un regard inquisiteur. Puis il eut un sourire au fossé, à la maison, aux fenêtres garnies de barreaux solides.

— Eh! Eh! ricana-t-il, même en connaissant le gîte, l'assaut serait dur.

Mais avec un haussement d'épaules, il ajouta :

— Non, non. La vraie force est de demeurer inconnu.

Puis, ses yeux se portent du côté opposé à celui par lequel il est entré dans la clairière.

La verdure masque tout l'horizon; pourtant, un brouillard léger dépassant la cime des arbres, décèle qu'au bas de la pente coule la Havel, cette rivière étrange, au cours formé par un chapelet de lacs et d'étranglements, et qui, après avoir absorbé la Sprée, rivière berlinoise, descend paresseusement vers le fleuve Elbe, où elle disparaît à son tour.

Sans doute, l'examen de l'atmosphère ne déplait pas à l'espion, car il se frotte les mains.

— Il fera beau la nuit prochaine. Parfait! Je deviens sybarite, ma parole; en voyage, je crains la pluie.

Un coup de trompe ponctue la phrase.

Aussitôt la maison bizarre semble s'animer. La porte s'ouvre. Plusieurs hommes en sortent, franchissent la douve sur la chaussée aux larges dalles.

Etrange! tous portent à la boutonnière des *immortelles rouges*, l'emblème bien connu des Social-démocrates allemands.

L'espion a donc des *diables rouges* pour serviteurs! Lui, hier encore attaché au *Service des Renseignements*, ce rouage précieux du Gouvernement, il pactise avec les ennemis de l'ordre établi! Cela est ainsi, car il demande :

— Rien de nouveau?

Et les autres répondant à sa question :

— Rien, mais vous-même?

Il ricane :

— Tout va bien. *Ils* se tairont vis-à-vis de Miss Veuve pendant un mois encore.

Les serviteurs improvisés s'épanouissent, se frottent les mains.

— Un mois! Parfait! La terreur de la Miss Veuve aidant, nous aurons acquis un million d'adhérents de plus.

Von Karch les laisse s'empresser autour de l'automobile qu'ils vont garer, et, se dirigeant vers la maison, il disparait bientôt à l'intérieur.

Le seuil franchi, il se trouve dans une antichambre aux murs absolument nus. Des portes se font face de chaque côté. Comme les vantaux extérieurs, celles-ci sont renforcées de ferrures.

En vain, des ferronniers habiles ont courbé le métal en ornementations fleuries, l'œil s'étonne de sa présence inhabituelle.

Ces portes font songer à une geôle édifiée par un particulier soucieux de priver autrui de sa liberté.

Et de fait, la construction fut entreprise en 1787, sur les plans de l'architecte Hans Fluehlen, pour le compte du terrible Otto de Wurmhausen, ce gentilhomme-bandit qui, après dix années de crimes, eut la tête tranchée, le 22 juin 1797, sur la place dénommée maintenant Wilhelms-Platz.

Mais l'espion était accoutumé vraisemblablement à l'apparence des aîtres car, sans manifester une impression quelconque, il s'avança vers une porte sise à droite de l'antichambre.

Il l'ouvrit et pénétra dans une pièce d'aspect sévère, aux murs recouverts de boiseries sombres. Des cris saluèrent son entrée.

— Vous !

— Mon père !

Parmi un frou-frou de jupes. Margarèthe s'était précipitée dans

Rien de nouveau.

ses bras, tandis que, deux autres personnes, en qui l'on aurait reconnu le comptable Tiral et la créole Liesel Muller, s'approchaient avec empressement.

Un baiser sonore sur les joues de Marga, des poignées de mains aux autres, et paterne, souriant, l'espion murmura :

— Eh bien, cher M. Tiral, vous êtes toujours content?

L'ancien employé des frères Loisin enveloppe Liesel d'un regard attendri.

— Comment ne le serais-je pas; grâce à vous, grâce au docteur que vous nous avez amené, l'esprit de ma Liesel m'est rendu, ma fille reconnaît et aime son père.

— Ne parlons plus de cela. Ne vous l'avais-je pas promis?

— Vous avez beau dire, ma vie vous appartient.

Il joignait les mains, le brave Tiral, en face du misérable en qui il pensait voir un bienfaiteur. Celui-ci interrompit ses effusions.

— J'accepte; votre existence m'appartient. Donc, vous allez l'employer comme je vais vous l'indiquer. Ah! mon bon M. Tiral, ce n'est pas le tout que d'avoir rendu la raison à votre chère et charmante Liesel, il faut encore songer à son avenir.

— Son avenir, mais ne vous ai-je pas confié...?

— Justement. Ce « trésor », ce *gîte* que vous avez découvert en Amérique. L'heure est venue d'en prendre possession. Eh! Eh! la richesse convient aux jolies filles. Elle leur donne le sourire.

— Oh! murmura la créole, je souris sans cela.

D'un geste paternel, Von Karch lui prit la main, et la tapotant affectueusement :

— Je le reconnais, fraülein, je le reconnais; sans cela je n'aurais pu remarquer combien attrayante est votre bonne humeur. Néanmoins, la fortune est nécessaire. Vous ne savez pas, jeune fille, combien les soucis de l'existence altèrent une physionomie joyeuse.

Puis, sans accorder à l'interpellée le loisir de répondre, l'espion fit face à Tiral.

— Cher Monsieur Tiral, je vous avais promis de m'occuper de vous. J'ai tenu parole. Cette nuit. nous quitterons la maison.

— Cette nuit?

— Eh oui! Par la Havel et l'Elbe, une embarcation nous portera au grand port de Hambourg. Là, un steamer de la Norddeutscher Lloyd vous transportera aux États-Unis, à New-York, d'où vous vous dirigerez, comme vous l'entendrez, vers votre *gîte de fortune*. Comme convenu, vous serez nanti des cinq cent mille marks (625.000 francs) que je vous prête, afin que le nerf de la guerre ne vous fasse pas défaut.

— Quel ami vous êtes, balbutia le comptable ému! Quel jour heureux que celui où je vous ai rencontré!

Von Karch haussa les épaules avec impatience.

— Cela ne vaut pas la peine d'en parler. Vous me les rendrez le jour où vous aurez capté le « trésor ».

— Que nous partagerons, s'écria Tiral avec feu.

Mais son interlocuteur fronça le sourcil, et sèchement :

— Je vous en prie, ne recommençons pas une discussion inutile. J'ai refusé de partager votre secret d'or, comme je refuserai toujours une part quelconque dans son exploitation.

— Vous me refusez le bonheur de me confier à vous. Vous ne concevez donc pas que ma reconnaissance...

— Eh si ! je conçois cela, car vous êtes un brave homme. J'y compte sur votre reconnaissance, mais autrement, voilà tout. Ma récompense sera dans le souvenir attendri que vous et votre charmante fille conserverez d'un pauvre diable d'homme riche, qui cherche à mériter l'affection en faisant le bien.

Le ton, le geste, furent d'un comédien de génie.

Les interlocuteurs de l'espion ouvrirent la bouche pour exprimer leurs sentiments. Von Karch ne le permit pas.

— Allons, assez causé de tout cela, nous partirons cette nuit ; je vous engage à préparer vos valises, vous aurez juste le temps.

Puis, avec un sourire cordial :

— Allons, M. Tiral, du nerf ; une fois à bord du paquebot, vous n'aurez plus à redouter les curieux, car, si je ne le suis pas, d'autres n'imitent pas ma réserve. C'est pour cette cause que je vous ai tenu presque prisonnier, et que nous quitterons cette retraite avec les précautions de gens qui s'évadent.

Il le poussait doucement vers la porte. Tiral lui étreignit nerveusement les mains, et ses regards embués par un brouillard humide, la voix tremblante d'émotion, il répéta :

— Ma vie est à vous.

Après quoi, il sortit. Liesel allait le suivre. Von Karch la retint par le bras :

— Petite Liesel, fit-il d'un accent cynique. Je t'ai promis, à toi, de te fournir les moyens de venger ta mère. Je vais te livrer celui qui n'eut pas pitié d'elle. Fais-en ce que tu voudras, je m'en lave les mains avec une pierre ponce...

Il s'esclaffa, soulignant ainsi sa lourde plaisanterie.

— Mais le trésor ? hasarda timidement la créole.

L'Allemand la considéra d'un air singulier :

— Le trésor. Eh bien! il est à toi. Prends-le, ma belle, prends-le. C'est toi qui me rembourseras les 500.000 marks que j'avance.

— Quoi, réellement vous n'en accepterez pas une part?

Du coup, l'espion frappa du pied avec une impatience parfaitement simulée.

— Combien de fois devrai-je le répéter? Tu m'as intelligemment et fidèlement servi, Liesel, je te sers à mon tour. Je t'assure vengeance et fortune. Maintenant, suis ton père, petite Liesel. Il s'étonnerait de ton absence.

Il l'entraînait vers le seuil. Avec une autorité douce, mais irrésistible, il la força de sortir. Un instant, il demeura dans l'encadrement de la porte, puis il rentra, referma avec soin, et se laissant aller sur un siège, il s'abandonna à un rire silencieux :

— A présent, je n'ai plus qu'à immobiliser Miss Veuve, qui que ce soit qui se cache sous ce pseudonyme. Ceci aussi sera fait. *Avant huit jours, je tiendrai mes otages.*

CHAPITRE III

LES OTAGES

Ce soir-là, l'admirable campagne anglaise qui entoure Londres, était baignée par une nuit tiède piquetée d'étoiles, comme en possède souvent la vieille Albion, si injustement accusée de ne connaître que le froid brouillard.

Près de Wimbleton, le château de Fairtime dressait ses hautes toitures, aux angles desquelles les astres nocturnes accrochaient des rayons.

Sur la terrasse dominant le parc, lord Gédéon, ses fils Jim et Peterpaul prenaient le café, entourant la douce Edith, dont les cheveux d'or, le visage pâle, empruntaient une sorte de luminosité aux voiles de deuil qui les encadraient.

Depuis le drame de la prison de Newgate, la jeune fille avait adopté le costume des veuves, et les bonnes gens du pays la désignaient par cette appellation britannique si touchante :

— *Le doux cœur mort.*

Peut-être, avec pitié, la jugeait-on un peu folle.

Et de fait, on eût cru que la raison de miss Edith avait subi, sinon une éclipse totale, du moins une blessure. Comme le vase brisé du poète, il semblait que l'âme de la fille du lord fût déchirée par l'invisible fêlure qui lentement en fait le tour.

Oh! elle ne se livrait à aucune excentricité. Presque toujours, on la voyait passer lente et grave, fantôme noir au visage blème, mais dans son attitude il y avait, si l'on peut s'exprimer ainsi, des contradictions, décelant un esprit troublé.

Brusquement, sans cause apparente, parfois sur une réplique banale, ses yeux se remplissaient de larmes. Puis, tout à coup, une expression joyeuse éclairait ses traits.

Elle passait chaque jour un temps plus ou moins long dans la chapelle funéraire des Fairtime, où, naguère, de par sa volonté, avait été amenée la dépouille de François de l'Étoile.

La femme de chambre l'avait trouvée une fois, endormie dans sa chambre, auprès d'un petit bureau secrétaire, habituellement fermé à clef.

Le meuble était ouvert. Sur la tablette, un cahier était étalé auprès de l'encrier. La jeune fille avait été trouvée par le sommeil au milieu d'un travail d'écriture.

Curieuse comme toute soubrette, la servante avait lu et constaté ainsi que sa jeune maîtresse tenait un « journal » de ses moindres actions, un journal dans lequel, à chaque paragraphe, elle s'adressait à François.

Elle écrivait au mort. Qui, après cela, eût pu douter du désarroi de sa raison?

Et voilà pourquoi sans doute, sur la terrasse dominant le parc, lord Fairtime et ses fils causaient à voix basse, tandis qu'absente, lointaine, ses grands yeux levés vers le ciel, Édith s'abandonnait à un rêve inexpliqué. Elle tressaillit tout à coup, et murmura :

— Quelles nouvelles, aujourd'hui?

A qui s'adressait la question, on n'eût su le dire. Ce fut Péterpaul qui répondit :

— Nous en aurons demain probablement, petite sœur. En ce moment commence, à Berlin, la grande réception de l'Empereur d'Allemagne.

Péterpaul s'était improvisé le compagnon, le garde-malade d'Édith, et il était touchant de voir avec quelles délicates attentions, le robuste sportsman veillait sur la pauvre enfant.

Que signifiaient les paroles prononcées? Probablement correspondaient-elles à quelque rêve inexprimé de la jeune fille.

20

Elle reprit :

— J'ai peur, j'ai peur. Ah ! Péterpaul, pourquoi n'es-tu pas allé là-bas ?

— *On ne l'a pas voulu*, souviens-toi.

Édith tendit la main à son frère.

— C'est vrai ! Pardonne-moi ; je deviens injuste.

Le silence régnait de nouveau. Les trois hommes considéraient d'un air attendri la chère enfant retombée dans sa rêverie.

Le mutisme pesait sur leurs épaules. Jim, pour faire du bruit bien plus que pour exprimer une pensée, lança cette phrase vide d'intérêt :

— Décidément, Crawley et Sons ne maintiennent pas leur réputation.

Et lord Fairtime, étonné, interrogeant :

— Que voulez-vous dire, Jim, avec la réputation de Crawley and Sons?

— Que leur café ne vaut pas le diable. Ce prétendu mélange Moka-Bourbon, goût de Paris, a un arôme plutôt désagréable.

— Vous dites vrai, riposta Péterpaul, sautant avec joie sur un sujet de conversation quel qu'il fût; je n'y ai pas pris garde, mais j'ai à présent l'impression que j'ai bu une abominable mixture.

Un mot d'Édith arrêta net le fleuve de paroles inutiles.

— Ah ! fit-elle douloureusement, pouvez-vous vous occuper de pareilles misères alors que je meurs d'inquiétude.

Le silence retombe plus lourd. Personne ne relève le cri de détresse échappé à miss Édith.

Sans parler, chacun se hâte de vider sa tasse de café. Les Fairtime semblent avoir hâte de supprimer le prétexte de leur réunion, et bientôt lord Gédéon s'étire, dissimule mal un bâillement, puis d'une voix ensommeillée, balbutie :

— Ces premières tiédeurs du printemps fatiguent énormément. Je me sens très las. S'il n'était pas honteux de se mettre au lit à neuf heures...

Ses fils ne lui laissent pas terminer sa phrase.

— Ma foi, cher père, si vous le permettez, nous boirons la honte en question.

— Quoi? vous aussi, jeunes gens, vous sentez la fatigue?

— C'est-à-dire, affirme Péterpaul, que, depuis un instant, je lutte avec peine contre l'envie de dormir.

Édith, elle-même, appuie le dire de son frère :

— Je crois que je dormirais. Ah ! dormir, ne plus penser, comme cela serait doux.

— En ce cas, s'écrie le lord ravi de l'unanimité des sentiments de ses enfants, ne laissons point passer l'instant où le sommeil est favorable. Je sonne la retraite. *Good night, nice night,* (bonne nuit, jolie nuit) ma chère Édith ; et vous, mes garçons, dormez ainsi que des souches.

Des baisers bruissent, des poignées de mains énergiques sont échangées, et tous abandonnent la terrasse, regagnant leurs chambres respectives.

Véritablement, comme l'a affirmé lord Fairtime, le printemps commençant doit être couronné de pavots somnifères, car si les maîtres sont sous l'emprise d'un sommeil irrésistible, les valets qui desservent sur la terrasse, la fille de chambre qui aide la triste Édith à se dévêtir, les domestiques affectés au service du lord et de ses fils, vaquent à leurs fonctions d'un air somnolent, avec des maladresses inaccoutumées, qui démontrent qu'eux aussi seront enchantés de gagner leurs couchettes.

On n'est point dur pour la domesticité au château Fairtime. Les maîtres renvoient promptement leurs serviteurs avec une pitié bienveillante pour leur fatigue visible.

A l'office, où les domestiques se réunissent avant de monter à leurs chambres, un seul d'entre eux se montre pimpant, hilare, éveillé comme une petite souris des champs, ainsi qu'il le dit lui-même en plaisantant l'apathie de ses camarades.

C'est le chef cuisinier, Master Brock, un Allemand entré au service de lord Fairtime depuis trois mois environ.

Celui-là est un artiste culinaire, sa science est incontestable; il est de plus excellent camarade. Dans l'occurence présente, il le prouve :

— Allons, mes braves amis, une larme de café va vous réveiller un peu. J'en ai confectionné du tout frais pour vous. Les tasses et soucoupes vous attendent.

La boisson parfumée est le péché mignon de tout bon serviteur. Aussi la proposition est accueillie d'enthousiame. Un instant, tous triomphent de leur indolence pour féliciter le chef de son excellente idée.

Et lui, radieux, enchanté d'être agréable à tous, emplit les tasses aussitôt vidées.

— Allons, encore ceci. Il ne faut pas en laisser. Ce serait me faire injure.

Tous se sont assis autour de la grande table de l'office.

Brock préside, mais lui-même semble atteint par l'épidémie de sommeil qui sévit sur Fairtime. Il cesse de bavarder, ses paupières clignotent. Il appuie les coudes sur la table, enfouit son visage dans ses mains, demeure immobile et silencieux.

Les autres, comme lui-même, paraissent annihilés. Ils se balancent sur leurs chaises, les yeux dilatés dans un incroyable effort pour rester ouverts. D'aucuns essaient de se lever; ils retombent assis, alourdis, incapables de se mouvoir. Les paupières se ferment une à une.

Tous sont sans mouvement. Tous dormént.

Quelques minutes s'écoulent. Soudain le cuisinier Brock fait un mouvement. Ses mains qui voilent son visage, s'abaissent lentement et laissent

Alors Brock ricane.

apercevoir ses traits crispés par une joie farouche, ses yeux étincelants comme des escarboucles.

Il ne dort pas, le cuisinier Brock. Il promène autour de lui un regard investigateur, se lève sans bruit, fait le tour de la table, secoue rudement chacun des dormeurs.

Nul ne répond à ce muet appel. Alors Brock ricane, sa voix, sonnant étrangement au-dessus de cette assemblée jugulée par le sommeil.

— Vive la sainte Allemagne! Enfoncés les Anglais! Ah! Ah! Ah! Le laudanum, mélangé au café, l'empêche d'être un excitant; ah oui, il l'empêche tout à fait. Ces chers garçons et filles en boivent immodérément. Sans mes précautions, ils seraient trop énervés. Je les soigne, je les soigne, et je ne réclamerai pas d'honoraires comme les docteurs !

Ses traits deviennent féroces, tandis qu'il ajoute :

— Il est vrai qu'ils ne seraient plus en état de recevoir ma réclamation.

Puis se contraignant à être grave :

— Maintenant, occupons-nous des patrons. Ils doivent dormir également. C'est bien supérieur les patrons, mais le laudanum est socialiste ; pour lui, tous les êtres sont égaux.

Tout en parlant, il quitte l'office. Il glisse sans bruit sur les planchers. Cela s'explique, car il est chaussé de pantoufles de feutre.

Il s'engage dans l'escalier qui accède au premier étage où sont situés les appartements de la famille Fairtime. A l'aide de clefs qu'il tire de sa poche, il pénètre successivement dans la chambre de lord Gédéon, de Jim, de Péterpaul. Il franchit le seuil de la pièce où repose miss Edith.

Tous dorment d'un profond sommeil, nul ne peut constater l'intrusion du singulier cuisinier.

Et Brock hoche la tête d'un air de grande satisfaction. Il revient dans la galerie sur laquelle s'ouvrent les chambres.

— Inutile de refermer les portes, grommelle-t-il entre ses dents. Il faudrait les rouvrir tout à l'heure. D'ailleurs, pas de danger qu'ils se mettent en promenade.

Tout l'être du personnage tressaute d'une joie mauvaise.

Il redescend du rez-de-chaussée, passe sur la terrasse où, une heure plus tôt, lord Fairtime et ses enfants prenaient le café. Il a un regard au guéridon, aux fauteuils de bois courbé laissés en cet endroit, et prononce ces paroles incompréhensibles :

— Pas d'ordre dans cette maison. Laisser le mobilier en plein air. Heureusement, nous sommes là pour tout ranger.

Ces mots éveillent certainement en lui une idée très comique, car il rit aux éclats, tout en descendant le perron accédant au parc.

Maintenant Brock marchait sans bruit sur la terre battue des allées, que recouvrait une mince couche de sable de rivière. Il arriva dans l'ombre d'un bouquet d'arbres et de buissons situé à une trentaine de mètres de la façade du château. En ce point, il fit halte, et à plusieurs reprises, fit clapper sa langue, comme un cocher excitant ses chevaux.

Aussitôt un bruissement se produisit parmi les feuillages. Ceux-ci s'écartèrent, laissant jaillir une forme humaine qui questionna :

— Eh bien, Brock?

— Tout est prêt, Herr Von Karch.

L'interlocuteur du pseudo cuisinier eut un geste d'impatience.

— Imbécile! Ne t'ai-je pas recommandé cent fois de ne pas prononcer de noms propres durant une expédition.

— Si, si, vous l'avez fait, Herr. Excusez-moi. Votre fidèle Brock est si gêné de ne pas vous donner les marques de respect.

De fait, le drôle semblait confus. Il courbait la tête, bombait le dos, offrant la silhouette d'un individu totalement désemparé. Il est probable que cette attitude apaisa la mauvaise humeur de celui dont l'incognito venait d'être trahi, car Von Karch reprit d'un ton plus bienveillant :

— Enfin, laissons cela. Il faut agir. Tout est prêt, dis-tu?

— Oui.

— Les *caisses?...*

— Réparties dans les caves, Herr. Elles forment quatre groupes reliés entre eux par le *cordeau* que vous savez.

— Bien. Et les *paillassons des jardiniers?*

— A votre disposition, également. On a livré ces jours derniers, les palmiers qui ornent le parc durant l'été. J'ai rangé leurs enveloppes de paille avec soin.

Et ricanant :

— On m'a même félicité vivement à ce sujet. Il paraît qu'un serviteur ayant de l'ordre est un oiseau rare.

— Qu'auraient-ils dit, mon fidèle Brock, s'ils avaient connu *toutes tes qualités?*

Mais Von Karch estimait sûrement que les minutes étaient précieuses, car il reprit :

— Ne perdons pas plus de temps. Deux heures au moins sont nécessaires pour gagner la côte. Il faut qu'à l'aube, nous soyons en pleine mer, hors de la vue des guetteurs établis sur le rivage.

— Nous y serons, Herr.

L'espion hocha la tête, en homme qui avait pris les dispositions nécessaires pour qu'il en fût ainsi, et se tournant vers les buissons qui l'avaient abrité tout à l'heure, il prononça à haute voix :

— A l'ouvrage, garçons.

Trois hommes, taillés en athlètes, bondirent dans l'allée à cet appel et se tinrent immobiles, dans l'attitude figée de soldats en présence d'un chef. Ils portaient l'uniforme des matelots, le béret crânement campé sur la tête.

— Venez.

Les nouveaux venus emboîtèrent le pas à Von Karch, qui, ayant Brock à son côté, se dirigeait déjà vers la terrasse du château.

Ils ne prenaient aucune précaution pour dissimuler le bruit de leur marche. Ils *savaient* que personne n'était plus en état d'entendre.

Ainsi, ils parvinrent dans le salon. Toujours guidés par l'ex-cuisinier, ils pénétrèrent dans une petite pièce de débarras réservée, à côté de l'office où les domestiques dormaient toujours. Brock désigna ceux-ci d'un index ironique. Ses compagnons s'épanouirent en une hilarité silencieuse, aussitôt réprimée par un simple geste de Von Karch.

La porte du « débarras » avait été ouverte par le faux cuisinier.

Ici, roulées soigneusement et dressées contre le mur, on distinguait plusieurs de ces nattes de paille, dont les jardiniers se servent pour protéger les plantes frileuses contre les intempéries hivernales.

Brock se chargea de l'un des paillassons ; chacun des marins l'imita, et de nouveau la troupe mystérieuse se remit en mouvement, suivant les traces du guide.

Ainsi que l'avait fait ce dernier, avant de se rendre dans le jardin, ils gravirent l'escalier, parvinrent au premier étage.

Quatre portes étaient ouvertes sur le palier ; les portes des chambres des différents membres de la famille Fairtime. Le misérable les montra, disant lentement :

— Ici, le logis de Lord Gédéon Fairtime. Là, l'appartement de ses deux fils. Occupez-vous de ces voyageurs, braves gens. Le patron et moi, nous nous chargerons de la fleur du Castel, de la charmante Edith.

Sans un mot, les marins s'introduisirent dans les chambres qui leur avaient été désignées, tandis que Von Karch et Brock pénétraient dans la salle réservée à Miss Edith.

Il y a là un chevalet sur lequel est un panneau inachevé.

Le pinceau a retracé les traits de François de l'Étoile. La figure ressort, loyale, souriante, énergique, sous un nœud de crêpe.

Un instant, Von Karch demeure immobile devant ce chevalet. Puis il hausse les épaules, et pensif, parlant sans avoir conscience qu'il formule sa pensée :

— Oui, certes, celui-là est mort, bien mort ! Mais alors qui donc est Miss Veuve ?

La préoccupation secrète de l'espion se révèle dans cette question. Lui qui sait, devine, découvre tout, il ignore quel est l'adversaire qui le poursuit.

Comme pour M. Lepiquant, comme pour le Chancelier, l'Empereur, la foule, l'étrange et insaisissable ennemi lui demeure inconnu.

Mais il hausse les épaules d'un mouvement agacé. Son attention se reporte sur Brock. Celui-ci a développé sur le plancher le paillasson dont il était chargé, et, debout au chevet du lit, sur lequel repose Edith plongée dans un profond sommeil, il semble attendre.

Cette vue secoue l'espion. Il marche vers le lit. Emprisonnée dans ses couvertures, il enlève la jeune fille par les chevilles, tandis que son compagnon soutient les épaules de la dormeuse.

Doucement, ils la déposent sur le paillasson, avec lequel ils l'enroulent ainsi qu'une plante fragile.

De fait, nul ne penserait à présent que l'enveloppe de paille cache un être humain. Le rouleau a l'apparence d'un colis végétal préparé par un jardinier soigneux.

— Admirable, s'exclama Brock. Vive le jardinage, qui permet d'emporter les propriétaires d'un château comme de simples broussailles.

— Tu chanteras victoire pendant la traversée, grommela l'espion. Nous n'avons pas encore partie gagnée.

Sous la mercuriale, l'ex-cuisinier baisse la tête. Avec l'aide de son chef, il charge le bizarre colis sur son épaule. Puis, tous deux reviennent sur le palier.

Les matelots les y attendent. Chacun porte un rouleau de paille semblable à celui de Brock. Von Karch a un signe de tête approbateur. Pour lui seul, il murmure :

— Lord Gédéon, Jim, Péterpaul, Edith. Le compte y est.

Puis à voix haute :

— En route !

Tous regagnent ainsi le massif d'arbres, à l'abri desquels ils ont attendu la venue de Brock. Ils déposent leurs fardeaux sur le sol. Von Karch donne des ordres à voix basse :

— Fritzeû, Lorike, gardez nos prisonniers. Toi, Siemens, accompagne-nous.

Le marin ainsi désigné se rapproche de l'espion, développant son torse herculéen, ses épaules larges et charnues.

— Oh! plaisante Brock, pour allumer une mèche, est-il bien nécessaire d'être trois ?

Ce à quoi Von Karch réplique sévèrement :

— On ne sait jamais qui l'on peut rencontrer sur sa route. Siemens,

DOUCEMENT, ILS LA DÉPOSENT SUR LE PAILLASSON.

21

qui assommerait un rhinocéros d'un coup de poing, peut être utile.

Et de nouveau, Brock courbe le front. Mais déjà le père de Margarèthe a oublié son mouvement de mauvaise humeur, repris par la nécessité de l'action.

— Allons, Brock, Siemens, la besogne avance. Aux caves, mes amis; aux caves pour effacer toute trace de notre passage.

Elles étaient solides et monumentales, les caves de Fairtime Castle. Le château avait été construit sur les fondations d'une ancienne abbaye, détruite par les partisans de Cromwell, lors de la révolution d'Angleterre qui conduisit le roi Charles 1er à l'échafaud de White-hall.

Des piliers massifs, reliés par la courbe d'arceaux en ogive, la divisaient en cases, que les propriétaires actuels avaient complétées par des clôisons en planches.

Les pas de Von Karch et de ses compagnons résonnaient lugubrement sous les voûtes sonores.

Et sans doute Brock se sentait désagréablement impressionné, car il marchait vite, ainsi qu'un homme pressé d'achever une corvée désagréable. Tout en déambulant, il expliquait :

— Tenez, Herr. Voici deux caisses de *roburite*[1]. Elles projetteront en l'air l'aile gauche. Voici deux groupes de trois sous le pavillon central. Quatrième groupe sous l'aile droite. Un cordeau Bickford les relie tous entre eux. Il suffit d'allumer à l'entrée des caves, et une demi-heure après, j'ai calculé la longueur du cordeau, Fairtime sera envoyé dans les nuages, avec tout ce qu'il contient, serviteurs et choses.

— Personne n'a soupçonné que tu introduisais ces explosifs dans le sous-sol?

Brock riposte par un éclat de rire que les échos du souterrain répètent lugubrement.

— Pas moyen. Remarquez que les caisses sont recouvertes de vignettes historiées de la grande maison d'épicerie *Feulong Brothers*. J'ai fait arriver ceci au milieu de commandes de comestibles. Le vieux Satan lui-même n'y aurait vu que du feu.

— En effet, tu as conduit l'affaire avec intelligence.

— Alors vous êtes content, Herr? ·

— Oui, et je te le prouverai, digne Brock.

Celui-ci se frotte les mains, mais il interrompt ce mouvement, stupéfié

1. Explosif allemand, analogue à la dynamite.

par un ordre que lance d'une voix brève celui dont il vient de solliciter l'approbation :

— Va, Siemens!

Et l'herculéen matelot a saisi Brock. Il le renverse sous lui, le ligote à l'aide d'une cordelette tirée de sa vareuse.

Cela a été si rapide, si inattendu; la disproportion des forces entre le marin et le cuisinier est si grande, que Brock se trouve garrotté, réduit à l'immobilité absolue, avant d'avoir eu conscience de ce qui lui arrive. C'est d'un air ahuri, hébété, qu'il réussit enfin à dire :

— Ah ça! Qu'est-ce que vous faites? Quelle est cette plaisanterie?

Il ne continue pas. Ses yeux ont rencontré le regard de Von Karch. Ils y ont lu le mépris, la résolution inébranlable. Et sa face blémit d'épouvante, lorsque se penchant sur lui Von Karch gronde :

— Ceci est un acte de justice.

— De justice? répète le misérable terrifié.

— Je punis un traître.

Brock, sous cette accusation, frissonne. Il essaie de se défendre :

— Moi, traître! Comment pouvez-vous croire que votre dévoué Brock?...

Mais son interlocuteur lui impose rudement silence :

— Tais-toi, le mensonge est inutile. Tu as écrit à la chancellerie de Berlin. Tu as proposé de vendre le secret de nos opérations en Angleterre.

— Mais cela est faux, bredouille le captif dont les dents claquent.

Sa voix s'étrangle dans sa gorge. Von Karch vient de tirer un papier de sa poche.

— Voici ta lettre. Je l'ai interceptée, mon bel ami. Elle m'a affligé, crois-le bien, car j'espérais pour toi un brillant avenir.

Et avec une gaieté insultante :

— Seulement, on ne joue pas contre moi. Tu as été présomptueux, mon petit. Donc, en possession de ta lettre, je t'ai répondu, t'enjoignant d'obéir à mes instructions jusqu'au bout, puis d'envoyer le détail de suite à la chancellerie. Et tu as obéi.

— Grâce, balbutia le misérable.

— Grâce. Tu es fou! M'auriez-vous fait grâce; le chancelier qui cherchait à me poursuivre pour un crime *étranger à l'espionnage*, à m'envoyer dans un bagne quelconque où je méditerais sur les dangers de servir fidèlement un gouvernement; toi, qui espérais te gorger de mes dépouilles, et peut-être mériter les bonnes grâces de cet adversaire ter-

rible qui a nom Miss Veuve. Allons donc! Grâcier un ennemi est une faiblesse dont je suis incapable.

— Alors, tuez-moi vite.

Le ricanement de l'espion se fit plus cruel. Son visage prit une expression diabolique.

— Je n'aime pas à verser le sang en dehors d'une nécessité absolue.

— Alors, que voulez-vous donc?

— Te laisser dans ces caves.

— Ici, s'écria le malheureux, réussissant dans l'excès de son épouvante
à se soulever à demi en dépit de ses liens.

Mais Siemens le coucha rudement sur le sol, et l'espion continua :

— Ici; une explosion va se produire et m'épargnera la douleur de
frapper moi-même un homme qui fut mon serviteur.

Des larmes coulent sur les joues de Brock. Une lueur de folie flambe
dans ses yeux agrandis par une indicible horreur.

— Oh! tuez-moi, tuez-moi, balbutie-t-il d'une voix indistincte. Non,
pas cette mort horrible, pas cela, pas cela.

Von Karch rit, ainsi qu'un esprit du mal, en face de l'être pantelant
auquel il inflige ce terrible supplice moral. Et redevenant grave :

— Écoute, Brock. Je viens de te rendre l'angoisse que m'a causée la
découverte de ta trahison. Nous sommes quittes. Je veux me souvenir
que naguère je fus satisfait de tes services. Siemens va t'assommer. Je
puis le permettre sans danger. La roburite effacera toute trace de violence.

Comme s'il n'attendait que ces paroles, l'athlétique matelot bondit vers
Brock, son poing massif se lève et s'abat d'un mouvement rapide. Il y a
un craquement d'os. Le crâne du condamné a été broyé au choc.

Paisiblement, Von Karch félicite le bourreau improvisé.

— Mes compliments, Siemens. Maintenant, il s'agit d'allumer le cordeau Bickford et de déguerpir. Arrive, mon brave.

Près de l'escalier de pierre qui relie les caves au rez-de-chaussée, l'extrémité du cordeau se montre, fichée sur deux morceaux de bois croisés.
L'espion, avec un calme terrifiant, frotte une allumette de cire, enflamme
posément le cordeau qui déchaînera la catastrophe, puis s'élançant sur
les degrés.

— Presto, presto, mon brave Siemens. Dans une demi-heure, il faut que
nous soyons loin d'ici.

Le géant accueille la phrase par un rire énorme et stupide, ce qui ne
l'empêche pas de suivre son chef à grandes enjambées.

Tous deux rejoignirent les hommes laissés à la garde de la famille Fairtime endormie. Ils soulevèrent aussitôt les paillassons roulés. Von Karch,
lui-même, se chargea de l'un des colis humains.

Puis, à travers les ombres du parc, ils gagnèrent une brèche de la clôture,
en face de laquelle stationnaient deux automobiles.

Deux voyageurs, deux colis dans chaque véhicule. On est installé en un
instant, et l'espion lance cette
indication :

—Où vous savez! Par Arunde-
Castle. En vitesse!

Et les automobiles s'ébranlent,
atteignant après quelques centaines de mètres une rapidité vertigineuse.

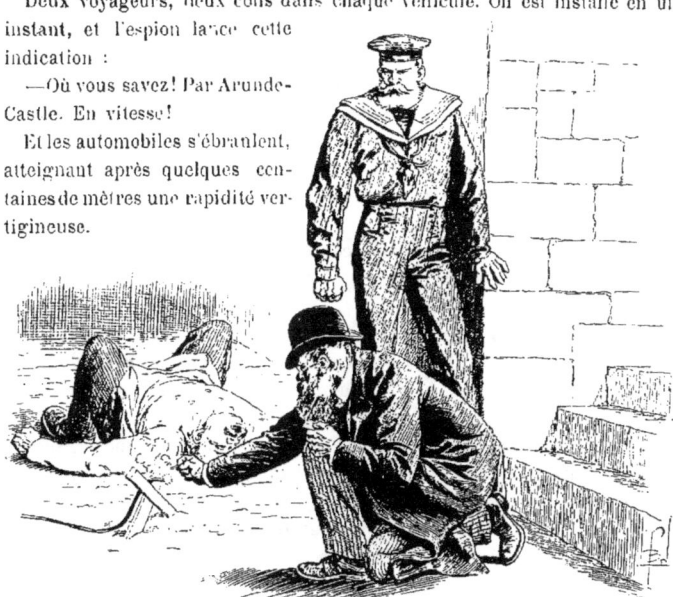

L'espion enflamme posément le cordeau.

La distance de Fairtime-Castle augmente sans cesse. L'espion compte
les bornes, transposant les milles anglais en kilomètres de France.

— Vingt kilomètres, clame-t-il joyeux en se retournant dans la direction
du château de lord Gédéon, laissé loin en arrière.

Coïncidence étrange. On dirait que ce geste a déchaîné l'explosion préparée par le misérable.

Vers le nord, un jet flamboyant s'élève du sol jusqu'aux nuages. On
croirait que la terre bombarde le ciel. Cela dure l'espace d'un éclair; puis
tout redevient sombre. La nuit étend de nouveau son voile sur les choses.

Et lorsque, quelques secondes plus tard, un grondement affaibli, suprème onde du tonnerre de la roburite, parvient aux oreilles des voyageurs, plus rien ne saurait guider la curiosité de quiconque aurait perçu le bruit.

Alors Von Karch frappe amicalement sur l'épaule de Siemens assis auprès de lui.

— Eh! Eh! mon brave Siemens. Fairtime est détruit. Tous ses habitants, *tous* (il appuie sur ce monosyllabe) ont péri. Voilà ce que l'on dira. Nul ne pensera que Von Karch a enlevé ses otages!

Il tendit les mains dans l'espace, et avec un transport soudain :

— Miss Veuve, clama-t-il, Miss Veuve, je ne te redoute plus.

. . . .

Le jour, un jour ensoleillé, projetait un pinceau de rayons dorés par le hublot de la cabine, dont le balancement léger indiquait que le navire fendait des houles caressantes.

Von Karch se souleva sur son cadre-couchette, s'étira, bàilla, puis enfin, sauta sur le plancher.

— Ah! ma foi, j'ai bien dormi!

Il consulta sa montre suspendue à un crochet, et avec effarement :

— Dix heures et demie. Je me suis couché à deux heures. Rien de tel que de *roburiter* un château et de conquérir des otages pour s'assurer des nuits paisibles.

Il s'habillait, procédait à sa toilette. Il disait vrai. Le matin même, vers une heure, il avait réintégré son yacht *Fraulein* sur lequel, après avoir accompagné Tiral et Liesel jusqu'à Hambourg, il avait effectué la traversée de la mer du Nord et était venu croiser sur les côtes d'Angleterre.

Les automobiles, qui transportaient les prisonniers faits à Fairtime-Castle, l'avaient déposé au sommet des hautes falaises déchiquetées s'étendant entre Brighton et Bognor.

La muraille rocheuse est creusée par la mer en petites criques que des sentiers de chèvre permettent seuls d'atteindre.

Dans l'une, une barque attendait. Elle a reçu et les criminels compagnons de l'espion et les prisonniers, toujours privés de sentiment sous leurs enveloppes de paille.

Et quand, vingt minutes plus tard, Von Karch, remonté sur son yacht, ayant fait enfermer ses captifs dans leurs cabines que garderont des matelots en armes, s'est enfin rendu dans la sienne, il a pu, se mettant au lit avec la volupté de l'homme qui a accompli son devoir, se décerner ce certificat d'habileté.

— Rien ne permet de me soupçonner. Rien! Les automobiles sont ramenées à présent au garage qui les a louées à Brighton. Quel rapport établirait-on entre les aimables touristes qui ont fait la location pour visiter rapidement la région, qui ont déposé sans sourciller les arrhes exigées par le loueur pour confier ses machines à des inconnus refusant le concours de mécaniciens professionnels. Aucun, évidemment, aucun. Encore moins est-il possible de soupçonner ce charmant yacht de plaisance, si coquet, si rapide, voguant en pleine mer, bien loin du théâtre de la catastrophe. Et cependant je détiens mes otages. J'ai le bouclier contre tous les coups. Décidément, Von Karch, tu es un habile gaillard, et tu peux dormir sur tes deux oreilles.

Sa conscience et sa fatigue étant d'accord, personne ne s'étonnera de ce que l'Allemand eût goûté huit heures du plus calme sommeil.

Tout en procédant à ses ablutions, il se porta vers le hublot, fit tourner sur sa charnière la vitre ronde qui l'obturait.

L'air salin de la mer se précipita par l'ouverture, emplissant la cabine de ses effluves vivifiants. Mais le personnage ne cherchait pas les joies de la respiration. Ses regards se portaient au loin.

— Plus de terre en vue, fit-il avec satisfaction. Nous devons être en plein milieu de la mer du Nord. Passez muscade. Eh! Eh! Miss Veuve, cherchez ma piste sur les flots mouvants.

Il riait encore en passant son veston. Mais comme il allait sortir, on frappa à la porte.

— C'est moi, père, votre Marga!

Il ouvrit. Dans l'encadrement, la blonde Allemande parut. Tout son être manifestait le mécontentement, et ses sourcils froncés, ses narines frémissantes, décelaient tout autre chose que la bonne humeur. Ces apparences ne troublèrent pas l'espion.

— Vous avez eu une idée excellente de venir, ma jolie Marga.

Elle l'interrompit sèchement :

— J'ai à vous parler. Nous avons accompagné M. Tiral et Liesel à Hambourg. Nous avons assisté à leur embarquement sur un paquebot de la Norddeutscher Lloyd, à destination des États-Unis.

— Très vrai, ma chère.

— Après quoi, vous m'avez proposé un voyage d'agrément sur ce yacht *Fraulein* qui se trouvait précisément dans le port de Hambourg.

— De plus en plus exact.

Il y avait dans les brèves répliques de l'Allemand une ironie voilée qui exaspéra son interlocutrice.

— Sans défiance, continua-t-elle d'une voix plus âpre, j'ai accepté. La pensée de cette Miss Veuve qui vous traque m'épouvante. Fuir la terre allemande, être sur un point mobile de l'océan me causait une joie infinie. Je serais, durant quelques jours, délivrée de mes terreurs.

— Je l'avais pensé, et en bon père...

— En bon père. Osez-vous dire cela ? Nous entrons dans le port de Brighton ; alors je suis prisonnière dans ma cabine, avec défense de sortir, appuyée par un matelot mis en faction à ma porte. On vient seulement de me rendre la liberté. Ah ! comme tout cela est d'un bon père. Si vous me le prouvez...

— Soyez donc satisfaite, ma chère ! Sir Peterpaul et toute sa famille, faits prisonniers par moi, cette nuit, sont à bord du *Fraulein*. Nous avons à présent des otages et nous ne craignons plus Miss Veuve !

Margarèthe appuya les deux mains sur son cœur, et s'adossa à la cloison, comme si elle allait tomber.

Et alors, en quelques phrases brèves, Von Karch triomphant lui conta l'expédition de la nuit, les motifs qui la lui avaient fait entreprendre, les précautions prises.

Tout à l'orgueil de ses combinaisons réalisées, il parlait avec emphase sans remarquer que, dans les yeux de son interlocutrice, se peignait une soudaine détresse.

— Je vous sais un tantinet sentimentale, Marga, conclut-il. Je n'ai point voulu vous mêler au coup de force nécessaire. A présent, nous pouvons retourner à Babelsberg sans crainte. Et j'ai compté sur vous, si jolie, si gracieuse pour me faire des amis de nos prisonniers.

— Sur moi ! redit-elle avec stupéfaction.

— Absolument.

La jeune femme haussa les épaules :

— Les prisonniers ne deviennent pas les amis de leurs geôliers. Ils nous auront en horreur.

L'espion ricana :

— Allons donc !

Et arrêtant la réplique sur les lèvres de son interlocutrice :

— Ma naïve Marga, le prisonnier déteste son geôlier, c'est entendu ; mais il ne hait pas la fille de ce sinistre gardien, surtout si elle adoucit la captivité par de menus petits soins.

22

— Ah! murmura-t-elle comme saisie par l'affirmation.

— Ce brave prisonnier s'aperçoit que la jeune personne est belle, qu'elle est bonne, et douce... Vos attentions effaceront la hideur de mes actions.

Il gónfla ses joues qui, certes, n'avaient pas besoin de ce supplément de rotondité, et narquois :

— Au surplus, mes actions ne sont pas aussi noires qu'elles le paraissent de prime abord. Je ne suis qu'un simple rouage dans l'énorme machine gouvernementale allemande. Je suis esclave des ordres qui me sont donnés; je les exécute à regret.

Le visage de la blonde Margarèthe se dérida :

— Quoi! c'est le gouvernement impérial qui a donné l'ordre épouvantable de ruiner Fairtime-Castle, de sacrifier de malheureux serviteurs.

Elle ne continua pas. Son interlocuteur riait à se tordre.

Comme elle l'interrogeait du regard, troublée par cette gaieté soudaine, il reprit d'un coup une expression sérieuse, et clignant des paupières, levant l'index comme pour donner plus de force à ses paroles :

— Prenez garde, ma fille adorée, vous allez me donner des doutes sur votre intelligence! Incroyable! ma fille se révèle d'une naïveté rare. Alors, ma chère, apprenez donc pour votre gouverne, que vous devez, en tant qu'Allemande, le plus absolu respect au gouvernement de l'Empire, et que par suite, en aucun cas, vous ne sauriez avoir le droit de le supposer capable d'ordonner ce que vous qualifiez, à tort s'entend, de monstrueux.

D'une voix railleuse, il acheva :

— Nos prisonniers, eux, sont des Anglais. Rien ne s'oppose donc à ce qu'ils croient ce que vous leur direz à ce sujet.

Cette fois, Marga avait compris. Elle se redressa ainsi que sous un coup de cravache :

— Vous voulez que j'explique ainsi leur captivité?

Il eut un sourire narquois :

— Je ne veux rien, ma jolie Marga. Je te donne le moyen d'établir un *modus vivendi* acceptable avec nos prisonniers. Et puis, reprit-il d'un air mystérieux, ne m'avais-tu pas dit naguère que tu te remarierais volontiers.

Elle inclina la tête, une rougeur envahissant ses joues.

— Eh bien, ma chérie, François de l'Étoile est mort, les Fairtime sont colossalement riches..... Tu as une pitié profonde pour les captifs. Qui sait! Les exemples abondent de prisonniers donnant leur nom à une aimable geôlière.

— Sir Peterpaul, prononça-t-elle d'une voix abaissée, comme troublée par la brusque explication de l'espion.

Celui-ci hocha la tête :

— Peut-être! Oui, en effet, lors de notre visite à Fairtime-Castle, nous avons quelque peu causé avec ce digne garçon. Nous étions en sympathie. Va pour Peterpaul.

CHAPITRE IV

UN PLACET DE MISS VEUVE

Tandis que l'espion déchaînait un cataclysme à Fairtime-Castle, aux portes de Londres, le *Tout Berlin* élégant se portait vers le château impérial.

L'Empereur accordait, en cette soirée, une *Grande Réception* et, détail inhabituel, qui depuis plusieurs jours défrayait les « Causeries » des chroniqueurs mondains, Sa Majesté avait autorisé le masque.

Jusqu'à minuit, les invités auraient licence de demeurer méconnaissables sous le loup de velours. On s'intriguerait, comme le faisaient jadis les Français.

Les ponts du Château et de l'empereur Guillaume, reliant, aux autres quartiers de la ville l'île du Château qui se dresse au milieu du cours de la Sprée, ainsi que l'île Saint-Louis au milieu de la Seine ; ces ponts resplendissaient de lumières. Entre leurs candélabres, des guirlandes lumineuses avaient été tendues.

Devant le château même, immense et lourde bâtisse, longue de 200 mètres, profonde de 175 mètres que domine le dôme de la chapelle impériale, sous les arbres de la promenade de Lustgarten, qui fait face à la demeure du souverain, des badauds nombreux stationnaient, regardant les équipages amenant sans cesse le flot des invités.

Or, un peu en arrière des curieux, s'écrasant pour mieux voir, quatre personnes causaient à voix basse.

C'étaient les gamins et les fillettes qui, si malheureusement, avaient manqué Von Karch à la sortie de la chancellerie.

Seulement si Joë, Suzan et Ketty ont conservé leurs pauvres vêtements, Tril, lui, est revêtu d'un ample pardessus, lequel, lorsqu'il s'entr'ouvre, laisse deviner une impeccable tenue de soirée.

Les trois premiers semblent anxieux, la petite Suzan chuchote :

— Alors rien ne peut te retenir d'entrer dans cette fête, Tril?

— Tu ne me le conseillerais pas, ma chère Suzan, puisque c'est l'ordre donné.

— C'est vrai. Mais j'ai peur.

Le jeune Américain a un geste de superbe insouciance :

— Voyons, réfléchis, j'entrerai sans difficulté à la suite de l'ambassadrice des États-Unis.

— Oui, je sais bien, mais l'entrée n'est point ce qui m'effraie; c'est après, après.

— Eh bien! j'attendrai l'heure fixée par « Miss Veuve ».

— Et si elle manquait au rendez-vous.

— Ma chère, le « roi » nous a mis au service de Miss Veuve. Nous devons obéir à celle-ci comme à lui-même. Donc... je vous quitte. Ne craignez rien.

Sans attendre la réponse, en garçon désireux d'abréger des adieux pénibles, Tril s'éloigna d'un pas rapide.

Il gagna le pont du Château. Il ne prêta aucune attention aux huit groupes de marbre symbolisant la vie militaire, qui ornent le viaduc jeté sur la rivière.

Puis, parcourant la place de l'Opéra, il s'engagea d'un pas délibéré dans l'Unter den Linden, l'avenue des Tilleuls, avec ses quatre rangées d'arbres, ses brillants magasins, ses hôtels luxueux.

Ainsi il marcha quelques minutes. Soudain il obliqua vers l'allée centrale de l'avenue.

Une automobile stationnait au long du trottoir. Au volant, le mécanicien demeurait aussi immobile que le laquais correct assis auprès de lui.

Comme le gamin approchait, la glace de la portière s'abaissa brusquement; une voix de femme prononça en anglais :

— *Come quickly* (venez vite).

D'un bond, Tril fut dans le véhicule, qui aussitôt démarra, se dirigeant vers l'endroit d'où était venu le jeune garçon. Et celui-ci, se penchant vers une forme indécise, installée au fond du véhicule, prononça d'un ton respectueux :

— Je remercie Votre Excellence.

— Ne remerciez pas. Dès l'instant où Jud Allan s'intéresse à l'affaire, elle est juste, et je suis heureuse de m'associer à son œuvre. Maintenant laissons cela. Mettez votre masque. Vous entrerez derrière moi, au bras de Jelly Sharp, premier conseiller de l'ambassade, que voici. Mon mari est retenu à la chambre par une sciatique. Donc il ignorera tout. Cela est mieux ainsi. Dans sa situation, peut-être se serait-il tracassé de semblable aventure. Son rhumatisme permet de lui éviter une inquiétude morale.

Puis doucement :

— Par exemple, une fois à l'intérieur du château, je ne veux rien savoir de ce que vous ferez.

— Je me séparerai aussitôt de M. le premier conseiller, et nul ne soupçonnera l'aide que si gracieusement me prête Votre Excellence.

— *All right*. De cette façon, les choses sont bien distribuées.

Le silence régna dans l'automobile qui, le pont du Château traversé, avait dû prendre la file des voitures amenant la foule des privilégiés conviés à la réception impériale.

Bientôt on passa sous la voûte accédant à la Cour de Réception.

L'ambassadrice descendit. Ses compagnons la suivirent. A un maitre de cérémonies, elle dit quelques mots à mi-voix. Elle se faisait reconnaitre, car l'entrée n'est point aisée dans la résidence souveraine.

Le personnage s'inclina profondément.

— Passez, passez, Excellence, vous et MM. les Conseillers.

Sous son masque, Tril dut sourire en s'entendant bombarder de ce titre auquel il n'avait aucun droit.

Mais il n'en laissa rien voir et gravit noblement l'escalier fleuri, sur les marches duquel se tenaient immobiles, tels des statues, des cuirassiers blancs, le sabre à la main, géants sous le corselet d'acier, sous le casque, au frontal orné de l'aigle allemande aux ailes éployées.

Une fois arrivé dans la Salle des Suisses le gamin se sépara de ses protecteurs, laissant ceux-ci se diriger vers la Salle des Chevaliers, où l'Empereur, par un de ces caprices d'étiquette dont il est coutumier, recevait les salutations des courtisans, sur le trône d'argent massif, offert naguère par la cité Berlinoise à Frédéric-Guillaume IV.

L'Empereur était d'excellente humeur, s'amusant à montrer sa perspicacité en reconnaissant tous ceux qui le venaient saluer.

Il n'était masque si épais, barbe en dentelle si longue, qui pussent dérouter son regard.

Et c'étaient des exclamations de surprise, des louanges susurrées assez haut pour que le souverain les perçût, qui célébraient la sûreté du coup d'œil de l'Empereur.

Parmi les officiers de la garde, des sourires soulignaient ces adulations.

Ces militaires savaient bien qu'ils avaient fait le tour des couturiers et couturières de Berlin, afin de rapporter à leur auguste maître les renseignements les plus complets sur les toilettes préparées pour le grand jour de la réception.

Les robes démasquaient les visages. Les femmes faisaient reconnaître leurs maris.

— Où est donc Louise-Marie? questionna soudain l'Empereur.

Personne ne put répondre. Louise-Marie, épouse de l'un des fils du souverain, belle-fille préférée du Maître de l'Allemagne, réputée à la cour pour sa gentillesse, sa gaieté, son entrain; Louise-Marie enfin, à qui le monarque passe des écarts de fantaisie qu'il ne tolérait de personne autre.

Un fonctionnaire déclara l'avoir aperçue un instant plus tôt. Elle s'était levée, avait passé dans la chambre de l'Aigle Rouge, et depuis, elle n'avait pas reparu.

Tous les membres de la Famille impériale prennent des airs outragés, car c'est là une faute grave contre l'étiquette. On ne quitte pas ainsi le Cercle de Sa Majesté. Et le prince, époux de la coupable, s'incline très bas, commençant une phrase d'excuse :

— Mon auguste père, veuillez considérer combien Louise-Marie est jeune...

Le souverain l'interrompt de suite :

— Où prenez-vous que je sois irrité contre elle? Elle seule est naturelle autour de moi. C'est par une de mes belles-filles que je connais les joies paternelles.

Tous les visages sourient aussitôt. Puisque l'Empereur est content, les autres n'ont pas besoin d'affecter des airs moroses.

— A quelle mystification se livre encore cette petite tête folle?

Ces mots murmurés fusent entre les lèvres impériales, au-dessus des-quelles la moustache se hérisse en crocs.

Et seul démasqué dans l'assistance, le Maître de l'Empire promène autour de lui son regard inquisiteur, aux reflets d'acier, comme si les masques qui passent, en saluant très bas, allaient lui donner le mot de l'énigme.

Mais la cohue, adulatrice même dans le silence, défile toujours.

— Qu'est cela?

La question jaillit. En dépit de l'étiquette, tous l'ont prononcée à la fois.

C'est qu'une femme vient d'apparaître, masquée comme tous les assis-tants, mais, de plus, la tête voilée d'une écharpe épaisse qui cache la che-velure, le corps dissimulé sous un ample manteau, flottant ainsi qu'un domino lâche!

Ah! ah! celle-ci a mis en défaut la perspicacité du monarque. Aucun détail de sa toilette n'est perceptible sous le manteau.

Dans l'entourage de l'Empereur, les visages deviennent impassibles (il serait trop dangereux de rire de la déconvenue du souverain), mais les yeux ont des pétillements qui trahissent la gaieté réfrénée à grand peine.

Lui, il a froncé les sourcils. On sent qu'il cherche à percer l'incognito de la personne si bien déguisée.

Elle passe, se courbe si bas qu'elle semble esquisser une génuflexion. Les plus proches de Sa Majesté ont l'impression que l'inconnue a déposé un papier aux pieds de l'Empereur. D'un geste instinctif, tous se penchent en avant.

Ils ne se sont pas trompés. Devant le trône d'argent, une large enve-loppe gît à terre, et l'on peut lire, en caractères énormes, cette suscrip-tion :

A Sa Majesté Impériale et Royale.

Tous reportent les yeux sur la mystérieuse correspondante. Elle a disparu. Elle a profité du moment d'inattention pour se perdre dans la foule. Un lourd silence plane. C'est l'Empereur qui le rompt.

— Puisque l'on m'intrigue, voyons ce que l'on m'écrit.

Un officier de service se précipite, ramasse l'enveloppe et, la main droite appliquée au rebord du casque, les talons réunis, il la présente au sou-verain.

Celui-ci la saisit d'une main impatiente. Dans sa hâte qu'il ne cherche pas à dissimuler, il déchire l'enveloppe si mystérieusement parvenue à

QUE PERSONNE NE PUISSE SORTIR DU PALAIS!...

son adresse ; il en extrait une feuille de papier, la parcourt du regard.

Une rougeur ardente monte à son visage. Dans ses yeux s'allument des éclairs. Il se dresse tout debout, terrible, menaçan t.

— Que les portes soient gardées. Que personne ne puisse sortir du palais !

Et tandis que les officiers, les courtisans, qui ont entendu cet ordre inexplicable, s'élancent vers les issues pour transmettre à la garde du château le vœu du souverain, lui se rasseoit. Il se tourne vers les membres de sa famille, comme si, contrairement à son usage, il réclamait leur appui, et d'une voix sourde, qui tremble de colère et d'émotion, il murmure :

— C'est encore cette terrible Miss Veuve !

Il a parlé bas, et cependant il semble que ses paroles se sont répandues à travers les salles. En cinq minutes, il n'est bruit que de l'aventure. Chacun répète la phrase inquiète :

— Il paraît que Sa Majesté vient de recevoir une missive de Miss Veuve.

Peu à peu, les groupes refluent vers les portes de la Salle des Chevaliers. Chacun voudrait voir le visage du souverain.

Mais déjà des gardes ont été apostés. Ils ne permettent pas d'entrer dans la vaste pièce où l'Empereur a voulu rester seul avec ses proches.

Il leur parle d'un ton amical. Il dit :

— Vous le savez tous. Dans trois jours, sur le champ d'expériences de Grossbeeren, une journée d'apothéose a été préparée à la science allemande. Nos ingénieurs doivent présenter à la foule enthousiaste un aéroplane de guerre, supérieur à tout ce qui existe actuellement.

— Oui, Sire. Eh bien ?

On n'interroge pas l'Empereur, l'étiquette le défend. Mais l'anxiété générale est telle que les assistants ont oublié cette règle fondamentale des rapports avec le Maître ; que lui-même ne paraît pas s'en souvenir. Il continue :

— J'ai invité le corps diplomatique tout entier, les généraux de tous les corps d'armée, les délégations académiques, universitaires. Je voulais que le monde fût secoué par un hymne à la grandeur de l'Allemagne. Or, savez-vous ce que l'on m'enjoint par cette lettre d'une déconcertante audace ?

Et tous murmurant :

— Dites, dites, Sire.

Il la déploie : d'un accent où l'on sent la rage de la blessure morale, il lit :

23

« *Sire, la plupart des organes de l'aéroplane, qui doit être expéri-*
« *menté à Grossbeeren, ont été volés par le Service de Renseignements*
« *à l'inventeur français, François de l'Étoile, mort innocent, assassiné*
« *par l'accusation infâme dont vos espions l'ont enlacé.* »

— Oh! oh! protestent les assistants.

Mais, d'un geste autoritaire, l'Impérial lecteur impose le silence, et il poursuit :

« *Par bonheur, le secret de l'assemblage a échappé aux misérables.*
« *L'aéroplane allemand, capable d'atteindre à peine 100 kilomètres à*
« *l'heure, est notablement inférieur à ce que l'on eût obtenu en France.*
« *Néanmoins, je crois de votre loyauté d'interdire cette glorification*
« *publique d'un cambriolage honteux. Je pense devoir vous avertir res-*
« *pectueusement qu'au cas où il vous paraîtrait impossible de faire droit*
« *à ma juste requête, l'aéroplane et son équipage sont condamnés à*
« *périr.* »

— Et cela est signé?

— Miss Veuve.

— Quoi, le terrible pseudonyme signataire de l'explosion d'Eissen. Celui dont le nom plane sur l'explosion de Paris; dont les journaux ont publié l'étrange réquisitoire contre notre service d'espionnage?

— Spécialement contre le baron Von Karch, murmura le prince héritier.

L'Empereur le regarda fixement :

— Dites toute votre pensée, mon fils, je vous le permets.

— Alors, répliqua le prince, j'estime que cet ennemi extraordinaire nous trouble, qu'il nous met en butte avec les pires difficultés, qu'il donne aux social-démocrates...

Et son père, durcissant son regard, le jeune homme insista :

— J'ai commencé, je dirai tout. Savez-vous ce qu'impriment les diables rouges? Non, n'est-ce pas. On vous dissimule ces choses. Tandis que moi qui ne suis encore qu'un simple prince sans autorité, moi qui puis sortir, me promener, sans être sous l'œil protecteur de la police, j'entends, je vois, je lis.

— Et qu'entendez-vous?

— Que l'Empereur tient plus à la vie d'un de ses espions qu'à la tranquillité de tout son peuple.

Le souverain grinça des dents, ses poings se crispèrent violemment. Cependant il parvint à prononcer d'un organe assez paisible :

— Alors vous proposeriez?...

— De divulguer par la voie de la presse, ainsi que Miss Veuve l'a demandé, le secret de la retraite de l'espion Von Karch.

La rougeur de l'Empereur augmenta. En son esprit passa l'audacieux défi de Von Karch que lui avait transmis le chancelier de l'Empire.

— Silence pour silence.

Et d'une voix altérée, il balbutia :

— Je ne saurais agir ainsi, parce que j'ignore où s'abrite celui dont vous parlez.

— En ce cas, on pourrait renoncer aux expériences de Grossbeeren.

Du coup, le souverain frappa violemment le plancher du talon.

— Renoncer, moi, moi, l'Empereur d'Allemagne, céder à cet inconnu. Ah! prince héritier, j'espère qu'au jour où vous me remplacerez sur le trône, vous aurez un souci plus grand de la dignité de la Couronne. L'expérience aura lieu parce que je le veux, parce que la retarder seulement serait avouer le vol dont cet exécrable individu nous accuse.

— Et s'il se produit une catastrophe? interrogea l'interpellé, entêté dans son idée de justice.

— Il ne s'en produira pas. Je mettrai sur pied des forces telles, que si habile que puisse être cette infernale Miss Veuve, elle ne saura agir. La force de ces êtres-là est dans la nuit, dans les démarches ténébreuses; mais au grand jour, en présence de notre peuple, de nos troupes, de nos policiers, ses menaces ne sont que vaines fanfaronnades.

Parmi les parents entourant le souverain, plusieurs sans doute pensaient comme le prince héritier, mais en présence de la volonté exprimée par le Maître, nul ne se sentit le courage de faire connaître son avis.

Le « présomptif » seul, qui semble, par son ironie et sa témérité, tenir plus de la Gaule que de la Germanie, s'apprêtait à continuer la discussion, quand l'un des vantaux de la porte, située en face du trône, tourna sur ses gonds.

— Qui se permet d'entrer? gronda l'Empereur.

Sa voix s'adoucit, exprimant la surprise :

— Louise-Marie.

La princesse, introuvable tout à l'heure, se montrait sur le seuil, gracieuse, charmante, avec un je ne sais quoi d'effarouché dans toute sa personne. La porte s'était refermée derrière elle.

— D'où venez-vous? questionna l'Empereur d'une voix que la vue de sa « préférée » adoucissait.

Elle courut à lui.

— Je viens de déposer le manteau, le voile, qui ont intrigué Votre Majesté.

— Le manteau, le voile! Comment, c'était vous?

Et sa colère se ranimant, l'impérial interlocuteur acheva :

— Vous qui m'avez apporté cette missive de Miss Veuve.

La jeune personne s'agenouilla avant de répondre :

— Moi qui l'ai apportée, ignorant son contenu et son signataire, moi qui viens m'exposer à votre mécontentement, car le courroux que je lis dans vos yeux m'apprend que les racontars de la Cour sont exacts.

— Les racontars?

— On dit que vous avez reçu une communication de Miss Veuve.

Elle courbait sa jolie tête avec une mutinerie suppliante, si gentille ainsi, que l'organe de l'Empereur se fit caressant pour continuer :

— Alors, Louise-Marie, quand vous avez su cela...?

— Je suis accourue pour me confesser à vous, Sire, et aussi peut-être pour vous permettre de châtier celui qui a causé tout le mal.

Puis vite, arrêtant les interrogations prêtes à dépasser les lèvres des auditeurs :

— Laissez-moi raconter. Encouragée, outre mesure sans doute, par la bonté paternelle que vous me témoignez, j'avais résolu de vous intriguer. Grâce au concours d'une de mes dames d'honneur, je m'étais procuré un manteau-domino, un voile épais, et, m'étant esquivée de la Salle des Chevaliers, sans attirer l'attention, j'avais rejoint ma... complice qui m'attendait dans sa chambre au 4e étage. Je m'encapuchonnai comme vous m'avez vue, et laissant mon habilleuse improvisée dans son logis, je redescendis vers les salons de réception. J'allais me glisser dans la Salle des Suisses, pour me mêler à la file des arrivants venant vous saluer, quand un jeune homme, je dis jeune à cause de son apparence, car il portait le masque comme tout le monde, s'approcha de moi.

— On prétend que S. A. Louise-Marie est bonne autant que belle, dit-il.

Et comme je sursautais, très vexée d'être reconnue, alors que je me flattais d'être méconnaissable, il reprit :

— Oh! celui qui veut supplier est plus perspicace qu'un autre, et c'est un suppliant que vous avez devant vous, Altesse.

— Un suppliant?

— Oui. Cette enveloppe remise à S. M. l'Empereur sauverait plusieurs existences humaines. J'ai pensé que vous ne refuseriez pas de la lui donner, ce que moi, humble gentilhomme, je ne saurais faire.

— Vous comprenez, expliqua la gentille jeune femme, sauver la vie à
plusieurs personnes, cela ne se refuse pas; seulement vous me reprochez

Le personnage est gardé dans le Cabinet Vert.

toujours ma naïveté. A force de vous l'entendre répéter, Sire, je commence
à croire que les quémandeurs sont capables de tous les subterfuges.

L'aveu ramena le sourire sur les lèvres de l'interlocuteur de l'aimable
princesse, et celle-ci. encouragée par ce signe précurseur de pardon,
reprit :

— Alors j'ai voulu me montrer prudente. — Monsieur, lui déclarai-je, croyez que je n'hésiterais pas s'il m'était démontré que ma démarche doit avoir le résultat annoncé.

Il m'interrompit :

— J'ajouterai, Altesse, que Sa Majesté sera ravie du factum.

Je n'avais pas l'air persuadée probablement, car l'inconnu s'empressa d'ajouter :

— Si je trompais une aussi bienveillante princesse, je mériterais une punition sévère. Eh bien, Votre Altesse veut-elle me faire enfermer dans une des salles du troisième étage; qu'elle ordonne à ses gardes de veiller à ce que je n'en puisse sortir. Elle-même viendra me délivrer, si elle le juge convenable, après avoir accompli ce que j'implore de sa grâce.

— Voilà un audacieux coquin, s'exclama l'Empereur. Il savait bien que vous êtes trop aimable pour accueillir pareille proposition.

— Pas du tout, Sire, j'ai accepté.

— Vous avez?

— Parfaitement. Le personnage est encore en ce moment dans le cabinet Vert, gardé par deux officiers que j'ai chargés de ce soin. Je m'en suis assurée en reportant mon manteau et mon voile à ma dame d'honneur. Je revenais, me promettant de m'amuser en vous voyant chercher qui pouvait bien être la dame en domino, quand les propos de vos invités m'ont révélé que j'avais collaboré à une entreprise de Miss Veuve; et je me suis précipitée vers cette salle pour vous dire : Sire, le coupable est prisonnier, venez l'interroger.

Dans un élan conforme à sa nature primesautière, l'Empereur se précipita vers la princesse toujours prosternée, la releva, l'embrassa sur le front.

— Ainsi, grâce à toi, Louise-Marie, je vais voir un agent de l'invisible Miss Veuve. Toi, une petite femme, toute mignonne, toute bonté, toute sincérité, tu as fait ce que mes policiers, mes espions, n'ont pu réaliser. Tu as arrêté un complice. Oh! ma belle, tu peux choisir dès demain, le plus précieux bijou chez mes joailliers. L'Empereur te l'offrira avec plaisir et demeurera ton débiteur.

Et, sans laisser à sa jeune interlocutrice le loisir de placer une parole :

— Conduis-moi, petite Louise-Marie, à la salle où tu as enfermé ton prisonnier. Tu as placé près de lui deux de mes officiers aux gardes.

— Oui, sire.

— Admirable. Toute la sagesse allemande réside donc dans ta charmante tête, Ah! ton mari est un heureux coquin. Le charme de Vénus et la pensée de Minerve. S'il n'était mon fils, je l'envierais.

Puis trépidant, lançant des ordres :

— Que les corridors soient gardés. Que nul parmi mes hôtes ne puisse remarquer notre passage.

Il avait pris le bras de la jeune femme.

— Guide-moi, gracieux ange gardien du trône des Hohenzollern. La protection du Très-Haut apparaît clairement en tout ceci. Et le Dieu des armées, soutien de la pieuse Allemagne, a choisi la messagère la plus chère à mon cœur.

Toute l'emphase mystico-théâtrale du souverain vibrait dans l'accent dont furent prononcées ces phrases redondantes.

Le monarque entraîna sa belle-fille vers une porte accédant aux corridors de dégagement des appartements de réception.

La famille impériale suivit, prise par une curiosité intense, frémissante, devant l'incident inattendu provoqué par Louise-Marie.

Les couloirs étaient déserts. De loin en loin, se montrait un factionnaire. Il rendait les honneurs au passage du groupe. Un cliquetis d'acier, le choc des armes scandait la promenade de l'Empereur des soldats.

Et lui, souriait à ces manifestations, à ces bruits si réjouissants pour un souverain épris de parade.

Un escalier se présenta, réservé à l'ordinaire au service privé. On s'y engagea; ainsi l'on atteignit la galerie-palier du troisième étage.

— Le Cabinet Vert!

Ces trois mots furent chuchotés au moment où la petite troupe s'arrêtait devant la porte de la salle désignée sous ce nom. Juste en face, immobile, présentant les armes, un soldat s'adossait au mur.

— Ah! J'ai emporté la clef.

Ce disant, elle présentait une clef à l'Empereur. Celui-ci l'agrippa nerveusement.

Il allait l'introduire dans la serrure, quand un vacarme soudain s'éleva de l'autre côté de la porte.

C'étaient des cris, des éternuements frénétiques. Aux oreilles du souverain parvinrent ces étranges paroles :

— C'est la fumée du diable!

D'un geste décidé, l'Empereur ouvrit. Mais aussitôt il se rejeta en arrière. Par la baie, une épaisse fumée jaunâtre nauséabonde avait envahi le corridor.

Dans cette brume, des silhouettes s'agitaient hurlantes.

Mais un courant d'air s'établit. Comment? Nul ne songe à se le demander. La fumée devient moins intense. Tous se précipitent dans le cabinet. Ils discernent la fenêtre ouverte au large, les deux officiers de garde.

Au fait, où est donc le prisonnier?

Sans doute, les officiers font la même réflexion, car ils s'immobilisent dans l'attitude de la stupeur?

Et l'Empereur demandant d'un ton sec :

— Qu'avez-vous fait de l'homme?

Les interpellés ripostent par cette phrase ahurissante.

— Vous venez d'ouvrir, Sire : Il n'a pu sortir sans que vous le voyiez.

La colère du souverain éclate à cette réponse saugrenue.

— Voilà comme me trahit, commence-t-il...

Il ne continue pas. Les gardes ont eu un geste d'éloquente protestation. Tous deux s'écrient d'une voix tremblante :

— Sire, enlevez-nous nos épées, envoyez-nous devant un peloton d'exécution s'il vous plaît, mais ne suspectez pas notre fidélité. Nous avons été joués soit! Nous méritons la mort. Nous vous supplions seulement de nous condamner comme maladroits, non comme traîtres.

Il y a dans l'accent des officiers une douleur si vraie que le souverain adoucit sa voix :

— Eh! expliquez-moi seulement l'évasion de ce drôle...?

— Expliquer, c'est comprendre, Sire, et nous ne comprenons pas.

— Enfin, un homme ne s'évapore pas en fumée.

— Cependant, Sire, nous ne voyons pas d'autre solution. Il nous parlait gaiement. On nous l'avait confié, non comme un criminel.

— Mais comme une sorte de parieur, intervint la princesse.

— Justement. Aussi trouvâmes-nous naturel de lui voir tirer un cigare de sa poche et l'allumer. Ce cigare devait être un composé chimique quelconque, car soudain la salle a été remplie de fumée opaque qui nous piquait les yeux, nous contraignait à tousser comme des malheureux. On ne se voyait plus. Nous avons entendu la voix de notre homme disant : « Quelle sotte plaisanterie. On suffoque ici, je donne de l'air... » Nous perçûmes le grincement de la fenêtre qui s'ouvrait... et bien sûr, il ne s'est pas envolé par la fenêtre.

Ce récit n'éclaircit rien. Exaspéré par le mystère nouveau, l'Empereur oublie toute prudence. Il charge les officiers d'interroger les gardes, les postes du château.

Mais, défi à la logique, les investigations ne donnent pas d'autre résultat que d'ébruiter l'inconcevable incident.

Personne n'a rien vu, rien entendu, rien soupçonné.

Un inconnu s'est volatilisé dans ce palais où grouille une foule, sans laisser plus de traces qu'un soupir.

De guerre lasse, à la fois furieux, mécontent et inquiet, l'Empereur, bien avant la fin de la réception, regagne ses appartements. L'Impératrice l'y a suivi. Elle essaie en vain d'apaiser la colère de son impérial époux.

Soudain, un valet entre. La princesse Louise-Marie supplie Leurs Majestés de la recevoir.

— Que veut encore cette petite? Qu'elle entre.

Et la jeune femme paraît, bouleversée, haletante. Elle tient à la main un écrin, qu'elle présente ouvert à l'Empereur. La gaine contient un gorgerin d'émeraudes et de rubis du plus magnifique effet.

— Eh bien? interrogent les souverains.

— Ceci dans ma chambre.

L'Empereur serre les poings.

— Quoi! voulez-vous dire que ceci est venu sans que vous sachiez comment?

Et la princesse incline la tête avec terreur.

— Cela vient de Miss Veuve.

— Ah ça! vous devenez folle.

Non, non, Sire. Lisez ce papier que j'ai trouvé auprès de l'écrin.

Un feuillet tremble entre les doigts fuselés de la jeune femme. L'Empereur le saisit, et lit lentement :

« Acceptez, princesse, ce souvenir de Miss Veuve. Ce soir, vous fûtes
« bonne, vous vous fites la messagère de la Justice, je vous le jure. Sa
« Majesté corroborera mon dire. Je sais l'Empereur trop loyal pour mentir.
« Interrogez-le ».

Le lecteur courbe la tête, les yeux fixés sur le tapis. Et Louise-Marie questionnant timidement :

— Se pourrait-il que Miss Veuve exprime la vérité?

L'Empereur étend les bras à droite et à gauche, les laisse retomber avec accablement.

— Oui, oui, je crois qu'elle parle selon la justice!

Sur les traits de Louise-Marie s'épandit un voile. Elle allait parler. Son interlocuteur ne le lui permit pas.

— Tais-toi, emporte ce cadeau royal que t'a fait Miss Veuve. Tu le porteras. tu le peux. Elle ne s'est pas jouée de ta bonté, de ta droiture, petite Louise-Marie. Elle savait bien qu'elle pouvait faire appel à ma loyauté.

Et pensif, douloureux, tel que jamais ne le voient ses courtisans. qui

Un instant. il la tint pressée contre sa poitrine.

doivent ignorer les angoisses déchirant une âme impériale, il ajouta doucement :

— Plus un mot, petite, il est des mots qui feraient saigner mon cœur. Va, heureuse jeunesse, heureuse bonté. On ne se joue pas de toi. On se joue seulement de celui que tous croient le Maître de l'Empire d'Allemagne.

Il y avait des larmes dans sa voix. Sous une impulsion tendre. la princesse se jeta dans les bras de son auguste beau-père. Un instant, il la tint pressée contre sa poitrine, puis s'adressant à l'impératrice :

— Emmenez-la. J'ai besoin d'être seul. Ma pensée mettrait en péril de mort qui la surprendrait, et je me sens faible, j'ai envie de crier ce que tous doivent ignorer.

Dans sa voix vibrait une détresse surhumaine.

Il appliqua ses poings sur ses lèvres comme pour enclore en lui-même les paroles tragiques jaillissant de son cœur. Et, frissonnantes, les deux femmes sortirent, laissant seul celui qui n'a pas le droit de souffrir devant témoins.

A cette heure même, le long des massifs de Lustgarten, à deux pas de ce palais que sa visite avait mis en ébullition, Tril, revêtu maintenant d'un costume de miséreux, rejoignait Suzan et ses amis Joë et Ketty.

Toute la soirée, les trois petits avaient rôdé autour du palais, le couvant de regards anxieux.

Aussi la réapparition de Tril fut-elle saluée par des exclamations, des poignées de mains. Suzan s'était suspendue à son bras, disant dans ce geste inconscient tout ce qu'elle avait souffert en l'absence du jeune Américain. Un instant, celui-ci s'abandonna aux douceurs de cet accueil affectueux. Puis, d'un ton net, il parla :

— Je n'ai pu revenir plus tôt; un cadeau à une princesse, un souvenir à une ambassadrice. Enfin, me voici. Il faut aller prendre du repos, car demain nous devrons être à sept heures du soir au rendez-vous n° 3. C'est loin. Tout s'est bien passé. Je vous conterai le détail, demain, en route. Ce que je puis vous dire maintenant, c'est que le roi ne s'ennuiera pas au reçu de notre prochain rapport.

Et les quatre jeunes gens, franchissant la Sprée, s'enfoncèrent dans les rues désertes des quartiers de la rive droite.

. . . .

Trois jours ont passé. Le populaire grouille sur la pelouse du champ d'aviation de Grossbeeren.

Les chemins de fer, automobiles, véhicules de toute espèce, ont amené les curieux de tous les points de l'Empire.

Il y a là non seulement les fervents de l'aviation, les pangermanistes, ces propagandistes dangereux de la domination mondiale de l'Allemagne, mais encore tous les chercheurs d'émotions.

Ceux-ci avaient été attirés par la publication de la lettre remise à l'Empereur, durant la Grande Réception.

Comment l'indiscrétion avait-elle été commise? Les inspecteurs secrets de la police étaient demeurés impuissants à le découvrir. Le certain est que toute la presse germanique avait conté l'aventure par le menu.

Miss Veuve, ce personnage que nul ne pouvait se vanter d'avoir vu, cet adversaire invisible comme les Esprits de la légende, s'était engagé à détruire l'aéroplane des ingénieurs allemands, si l'oiseau aérien était présenté aux applaudissements de la foule.

Que fera l'énigmatique personnage?

Les précautions extraordinaires prises par l'autorité, semblent condamner toute attaque à l'insuccès. Partout des soldats, partout des gendarmes. Et l'on pressent qu'auprès de ces gardiens visibles, les brigades secrètes de la police, sans uniforme, sans distinctions apparentes permettant de les reconnaître parmi les spectateurs, se glissent, analysent les regards, captent les paroles échangées. On a conscience qu'une armée d'espions est aux aguets, prête à appréhender quiconque paraîtra suspect. Et ceci cause une gêne, augmente l'anxiété latente. Certains vont jusqu'à murmurer :

— Les militaires et les gendarmes eussent suffi. La Miss Veuve se tiendra tranquille. Que pourrait-elle faire avec un pareil déploiement de forces?

L'aérodrome est encadré par un cordon ininterrompu de factionnaires; un bataillon de la garde occupe le vaste hangar de fer où s'abrite l'aéroplane qui va être expérimenté tout à l'heure. Aux abords du champ d'aviation, des batteries d'artillerie sont postées, les équipages attelés, prêts à se porter vers l'ennemi quel qu'il soit.

On remarque que tous les canons usités dans l'armée allemande sont représentés là, depuis l'obusier de campagne, jusqu'au canon contre les aérostats, récemment inventé dans les usines Krupp. Les routes sont parcourues par des patrouilles de cavalerie, incessamment en mouvement.

Et comme si ces précautions formidables ne suffisaient pas, les dirigeables militaires allemands : le Zeppelin, le Gross, le Parsifal, évoluent dans les airs au-dessus de l'aérodrome.

Ce luxe de veilleurs ne rassure pas la foule. Bien au contraire, il la rend nerveuse, impressionnable.

Quelle est donc la puissance de Miss Veuve pour que l'on ait cru devoir mobiliser une armée?

Tandis que les bourgeois échangent des réflexions à voix prudemment abaissée, car ils ne se soucient pas d'attirer l'attention des gendarmes ou des gens de la police, des social-democrates circulent de groupe en groupe.

Ils lancent des phrases incisives, où revient comme un leit-motive :

— L'Empereur préfère la sécurité d'un espion à celle de tout un peuple. Quand donc les Allemands secoueront-ils le joug d'un pouvoir despotique, gouvernant non pour eux, mais contre eux. Voyez-le, votre maître, avec sa face obstinée et indifférente. Il attend paisiblement le malheur qui se produira peut-être et coûtera la vie à quelques-uns de nos fils. Il lui suffirait d'un mot pour l'éviter ; non, il aime mieux exposer ses soldats, les enfants de son peuple, aux coups de l'ennemi que son orgueil a suscité.

Ces voix révolutionnaires font frissonner le troupeau timide des bourgeois, et cependant elles apparaissent comme l'expression de la vérité, lorsque les curieux coulent un regard vers les tribunes officielles.

Dans celles-ci, les gradins regorgent de monde. La noblesse, les hauts dignitaires, les généraux, les femmes de l'aristocratie, secouant sur leurs coiffures des plumes coûteuses, faisant rayonner autour d'elles le scintillement des gemmes précieuses, montrent leur luxe, étalent leur richesse, à l'entour de l'Empereur venu, accompagné de sa famille, pour marquer son estime aux ingénieurs-constructeurs de l'aéroplane de guerre.

Et bon gré, mal gré, la foule constate que le souverain se tient immobile, le visage pâle, mais résolu.

Tous ont l'impression que sous son front gît une volonté immuable que rien, aucune considération, ne réussira à modifier.

On se montre l'Impératrice tenant à la main un mouchoir de dentelles dont elle tamponne machinalement son visage, sans doute couvert d'une moiteur d'angoisse ; et aussi Louise-Marie, si jolie, si douce, dont les grands yeux clairs semblent implorer l'invisible ennemi.

A son cou, la gracieuse princesse porte le gorgerin mystérieusement reçu dans la soirée de réception.

Un bruit se répand. Qui l'a propagé? Impossible de le savoir. On raconte que le matin, la chère princesse a demandé au monarque la permission de se parer de ce joyau. Et comme l'autocrate la questionnait :

— Qu'espérez-vous de cette exhibition, petite Louise-Marie?

Elle aurait répondu :

— J'espère, par cette attention, désarmer le bras qui menace au nom de la justice.

L'anecdote est-elle vraie ou apocryphe? Qu'importe. Elle semble vraie aux spectateurs de la pelouse. La petite princesse y gagne une auréole d'humanité, en opposition avec le régime de fer opprimant la pensée allemande. Des enthousiastes clament parfois :

— Vive la princesse Louise-Marie.

Ce qui étonne les policiers, incompréhensifs de l'âme populaire.

Mais l'Empereur et la princesse comprennent le sens de ces acclamations. Lui devient plus pâle, ses lèvres se serrent sous sa moustache hérissée; elle rougit, et son regard lumineux soudainement voilé par une émotion inexprimée, semble dire aux assistants :

— Oui, je pense ainsi que vous. Si j'étais au pouvoir, aucune considération d'État ne m'empêcherait de dissiper le cauchemar qui pèse sur la nation allemande.

La communion de pensée entre la jeune femme et le populaire est si évidente que l'on se murmure à l'oreille :

— Si cette petite princesse pouvait agir selon son cœur, les social-democrates n'auraient plus qu'à plier bagage.

Mais soudain, l'assistance oublie ses préoccupations. L'aéroplane militaire vient d'être tiré de son hangar.

Il est énorme. Il peut porter quinze hommes. C'est presque un navire aérien. Ses dimensions sont colossales. Ses plans porteurs égalent en surface la façade d'une large maison de six étages, et la multitude d'hommes, attelée à ce monstre qui va s'élever dans les airs, donne l'impression d'une fourmilière s'acharnant sur le corps d'un aigle.

L'apparition du gigantesque appareil secoue l'inquiétude générale. Devant cette manifestation du génie allemand, l'orgueil seul a la parole.

On rit des anxiétés de tout à l'heure. Des Ochs! s'élèvent en acclamations folles. On oublie les menaces de Miss Veuve.

Et les têtes se tournent vers la tribune occupée par le souverain. Toutes ont des hochements approbateurs.

C'est l'Empereur qui a eu raison. Il s'est montré le seul sage en refusant de s'incliner devant la volonté de l'ennemi inconnu.

Mais tout se tait. L'aéroplane s'est élevé majestueusement dans les airs, semant une stupeur sur les assistants.

Les aéroplanes expérimentés jusqu'à ce jour, bien que plus pesants que l'air en réalité, donnaient l'impression d'être plus légers. Celui-ci paraît beaucoup plus lourd.

On croirait voir une gigantesque plaque de tôle attaquant l'atmosphère par la tranche.

C'est bien là le plus lourd que l'air, comme le conçoivent les masses. Ceci annonce l'apparition prochaine de l'aéronef, le véhicule aérien définitif, annoncé par les savants, et qui, si longtemps fut relégué au rang des rêves.

Le puissant planeur évolue, rapide. Les spécialistes estiment sa vitess e à près de cent kilomètres à l'heure. Certes, il apparaît moins maniable que les appareils connus; mais cela tient à ses dimensions exceptionnelles. Les ingénieurs auront aisément raison de cette légère imperfection.

Et l'enthousiasme éclate, rugi, hurlé, faisant monter jusqu'au fond du ciel d'azur pâle la glorification de la science allemande.

Sur le visage de l'Empereur se reflète à présent une orgueilleuse joie. Soudain, il a un cri sourd, il se dresse, livide.

— Qu'est-ce que cela ?

Et de la foule stupéfaite, secouée par un vent de terreur, montent des clameurs effarées :

— Les dirigeables tombent! Les dirigeables tombent!

CHAPITRE V

MISS VE UVE PASSE

C'est vrai! Les trois dirigeables qui, un instant plus tôt, gardaient le ciel comme les troupes gardent la terre, descendent. Non, ils ne descendent pas, ils tombent avec rapidité. Mille cris se croisent :

— Un accident.

— Le Zeppelin va se briser contre terre s'il ne ralentit pas!

— Et le Parsifal donc!

— Le Gross seul descend à une allure raisonnable.

Les phrases haletantes expriment la vérité. Les aérostats se rapprochent du sol, projetant du lest de façon ininterrompue. Et maintenant qu'ils sont plus près, on découvre les équipages travaillant avec une hâte fébrile à alléger les nacelles, que ne supportent plus les enveloppes dégonflées, striées de plis sans cesse plus profonds.

A cinquante mètres de la terre, les nacelles du Zeppelin et du Parsifal se détachèrent subitement et s'écrasèrent sur le sol avec un retentissement sinistre.

Une clameur d'épouvante jaillit de toutes les lèvres, suivie d'un murmure stupéfait. Les équipages des deux dirigeables se montraient, accrochés aux agrès. Ils avaient volontairement sacrifié les nacelles pour enrayer l'effroyable chute.

La manœuvre les sauva. Ils atterrirent, un peu rudement sans doute, mais sans péril pour leur existence.

Un instant plus tard, le Gross se posait à son tour sur la terre, et les enveloppes se dégonflaient peu à peu par de larges déchirures ouvertes à leur partie supérieure.

Il y eut une ruée furieuse du public. Hommes, femmes, enfants, pris d'une sorte de délire, forcèrent les barrages de soldats, se précipitèrent dans une foulée éperdue vers les points où gisaient les aérostats.

De la tribune impériale, des aides de camp s'élancèrent à leur tour. Le Maître voulait savoir, lui aussi, la cause du désastre qui changeait cette journée de triomphe en journée de deuil.

L'un de ces envoyés, lieutenant naguère aux grenadiers poméraniens, enrôlé dans la garde à raison de sa stature gigantesque, parvint à se frayer un passage.

Il s'approcha du comte Zeppelin, l'ingénieur laborieux et tenace qui, en cette séance mémorable, avait voulu diriger lui-même le ballon dont il était l'inventeur.

Le comte se tenait immobile, l'œil fixe, devant son aérostat achevant de se dégonfler. De grosses larmes roulaient lentement sur ses joues. L'inventeur a une âme de père pour l'œuvre qu'il a créée. Von Zeppelin pleurait la perte de son dirigeable.

Si impressionnante était cette douleur muette que l'aide de camp hésita un instant à la troubler par ses questions. Mais l'Empereur attendait une réponse. Et l'officier murmura, s'inclinant comme si le salut militaire lui avait paru insuffisant devant l'homme si cruellement frappé dans son œuvre :

— Herr Comte, Sa Majesté m'envoie vous dire la part qu'il prend à l'accident dont vous êtes victime, et vous demander comment il s'est produit.

L'interpellé eut un geste avouant son ignorance. Ses yeux fouillèrent un instant le ciel, puis il répéta son geste découragé.

Que cherche-t-il au ciel? Ce ciel est beau, de ce bleu pâle qui, par un temps clair, donne un charme si particulier aux paysages allemands. Les curieux, qui se sont figés sur place à l'apparition de l'aide de camp, ont levé le nez en l'air en même temps que le Comte. Mais ils ont beau interroger l'azur transparent, ils ne distinguent rien qui ait pu motiver la chute du ballon.

25

Et cependant, l'enveloppe est là, flasque. Étendue ainsi qu'un suaire sur le gazon, elle montre ses déchirures, plaies béantes par lesquelles a fusé l'hydrogène, âme gazeuse de l'aérostat.

— Enfin, Herr Comte, qu'est-il arrivé?

— Je l'ignore, lieutenant.

— Pourtant, vous avez dû voir quelque chose. Il y a une cause. Vous seriez seul en jeu que l'on admettrait à la rigueur l'explication « accident fortuit ». Mais vous êtes trois, trois séparés par une distance d'environ un kilomètre l'un de l'autre, et qui éclatez en même temps.

Avec amertume, le Comte répond :

— J'ai subi l'accident, lieutenant, et me sens incapable de l'expliquer, au moins pour l'instant.

— Quoi, vous n'avez rien remarqué d'anormal?

— Moi, j'ai remarqué ou cru remarquer, car, par le diable, je n'oserais pas affirmer...

C'est le pilote du Zeppelin qui se mêle à l'entretien.

— Vous?

— C'est lui qui nous a sauvé la vie, prononce gravement le Comte. Tandis que nous nous acharnions machinalement à jeter du lest, allègement insuffisant ; Dielen, tel est le nom de ce brave, avec un sang-froid admirable, a commencé à supprimer les points d'attache de la nacelle. Quand il n'en est plus resté que deux, il nous a fait grimper aux appareaux, et il a achevé son œuvre.

Un murmure flatteur vint chatouiller les oreilles du courageux pilote. L'aide de camp se tourna vers lui.

— Et vous avez cru remarquer quelque chose, Herr Dielen? Vous le voyez, j'ai noté votre nom pour le rapporter à Sa Majesté.

— Je vous remercie. Il m'a semblé qu'un crépitement se produisait à l'intérieur de l'enveloppe imperméable, et presque aussitôt l'étoffe s'est déchirée avec un craquement formidable. Sans nos ballonnets de compensation, nous serions tombés comme une pierre, et je n'aurais pas l'avantage de causer avec vous.

La bravoure apparaissait dans ces paroles prononcées avec toute la liberté d'esprit d'un homme qui, dans l'instant tragique, était demeuré inaccessible à la peur.

— Un crépitement, répéta l'officier, saluant d'un geste instinctif la vaillance de son interlocuteur.

— Oui ; tenez, dans les orages, certains éclairs produisent un bruit analogue.

— Un éclair alors ?

Un silence pesant plana. Dans tous les cerveaux s'était représenté brusquement le souvenir de la catastrophe d'Eissen, celui de l'explosion du 11ᵉ arrondissement à Paris. Dans les deux circonstances, les témoins avaient signalé l'apparence électrique du phénomène.

Et le Comte balbutia, sans avoir conscience de formuler sa pensée, ces deux mots dont tous frissonnèrent :

— Miss Veuve!

Mais de nouveaux acteurs s'ouvrirent un passage à travers les rangs des curieux. Deux aides de camp, qui viennent d'interroger les équipages des dirigeables Gross et Parsifal, se mêlent à l'entretien. Sur leurs lèvres, en dépit de la gravité des circonstances, se devine un désir immodéré de rire.

— Ah! s'écrie l'un, dans les incidents les plus détestables, la bouffonnerie prend sa place. Savez-vous ce que nous racontent ceux du Gross et du Parsifal?... Je vous le donne en mille...

— La terreur les a rendus fous, appuie l'autre. Seulement, nous ne pouvons rapporter semblables billevesées à Sa Majesté. Aussi venons-nous interroger Herr Zeppelin qui, lui au moins, nous dira des choses sérieuses.

Et avec ironie :

— Voyons, vous êtes d'accord avec nous. Il fait un temps superbe.

— On ne saurait le nier.

— Parfait! Pour vous comme pour nous, le soleil brille. Il n'y a pas un nuage au ciel. Eh bien, ces pauvres gens prétendent... Oh! ils déclarent n'avoir point vu, mais seulement entendu...

— Le bruit caractéristique d'un éclair, achève vivement le pilote Dielen.

Les aides de camp sursautent, un étonnement sur le visage.

— Juste! Comment avez-vous deviné cela?

— D'une façon bien simple, Messieurs. J'ai eu moi-même semblable impression.

— Hein?

Cette fois, les officiers ne rient plus. Ils ont le sentiment que l'incompréhensible les frôle de son aile. Et leurs yeux agrandis par une curiosité intense, interrogent. Le comte Zeppelin redit :

— Miss Veuve!

De nouveau, le silence règne. Les idées se bousculent dans les cerveaux,

se superposant, se brouillant. Les lèvres ne sauraient formuler une pensée
nette. Tous regardent en l'air. Ils cherchent machinalement l'obsédant
ennemi dont le nom les épouvante.

Le ciel s'étend, désert, voûte d'azur délavé, qui semble s'appuyer là-bas,
au Sud, sur les collines boisées qui bornent l'horizon. Et leur raison se
révolte contre l'affirmation implantée en eux. Où est cette miss Veuve
qu'ils accusent? Pour frapper, en plein jour, il faut se montrer, et elle
demeure invisible.

Mais leur attention est attirée ailleurs. L'aéroplane de guerre, sans doute
rappelé par des signaux, s'abaisse vers le sol.

Il atterrit. Son équipage descend, prêtant main-forte à une compagnie de
fantassins qui s'égaillent autour de lui, interdisant à la foule l'approche de
l'engin.

Éloquente est la manœuvre. Elle dit la terreur d'un inconnu que le
ciel recèle. Les dirigeables ne sont plus là, établissant une voûte protectrice au-dessus de l'aéroplane, et celui-ci est ramené à terre.

Nul ne s'y trompe. Pour tous, l'autorité militaire a craint une attaque
venant du fond de l'éther bleu. Mais quelle attaque? La réponse impossible détermine dans l'assistance une frénésie de curiosité.

Il n'est pas un inoffensif promeneur qui ne se sente prêt à supporter les
plus lourds sacrifices pour posséder la clef de l'énigme. Des cris, des hurlements confus, invectivent l'impassible coupole bleutée qui nargue les
colères de la fourmilière humaine.

Mais qu'est-ce encore? Le pilote Dielen vient de lever le bras vers un
point de la voûte céleste. Il indique le Nord.

Son geste fait pivoter tous les assistants dans cette direction; et un même
frisson court sur l'échine des spectateurs. Ils ont vu ce que signalait le
pilote!

Le ciel n'est plus désert. Un point noir s'y déplace avec une vitesse
impossible à évaluer. Il n'a point de forme précise. Nul ne serait en état de
dire à quelle espèce, à quel genre, appartient ce point mobile.

Mais tous murmurent comme s'ils avaient pu entendre les paroles qui
ont accompagné le mouvement du pilote du Zeppelin.

— Là, là! Voyez! Miss Veuve!

Il y a une minute d'épouvante, un silence douloureux comme celui qui
précède les cyclones.

L'objet approche, grandit. On le discerne confusément. Cela affecte,
semble-t-il, la forme d'une sorte de bateau au-dessus duquel sont disposées

des lamelles ou plans, rappelant la disposition des volets réglant le courant d'air des essoreuses.

Qu'est-ce que c'est que cette machine?

A peine la question a-t-elle eu le temps de se formuler dans les esprits, que le mystérieux appareil domine le champ d'expériences. Il progresse avec une vitesse de bolide; plusieurs centaines de kilomètres à l'heure, dirent plus tard les spécialistes de l'aviation.

C'est un boulet qui traverse l'espace. Cela passe à deux cents mètres au-

dessus de l'aéroplane allemand, et aussitôt des éclairs pétaradent entre les divers éléments du bâti de ce dernier. L'oiseau géant se tord en d'effrayantes convulsions. Les toiles de ses plans s'embrasent, les ferrures se dissocient, le moteur, le réservoir à essence, explosent avec un fracas assourdissant.

Et quand l'assistance, un instant ramenée à la terre par cette catastrophe inexplicable, cherche dans les airs l'auteur du sinistre, il n'est déjà qu'un point dans l'espace, un point qui disparaît vers le Sud, derrière les futaies couronnant les collines.

Une clameur de désespoir, de rage impuissante, gémit dans la plaine. C'est le hululement d'un peuple qui tremble devant l'inconnu.

Dans cette lamentation presque générale, des voix passent narquoises :

— Miss Veuve a tenu sa promesse. Ce n'est pas elle, la coupable; c'est le gouvernement qui protège les espions au détriment de la nation allemande.

Les Social-democrates reprennent leur propagande. Seuls, ils se réjouissent du désastre qui leur permettra d'augmenter le nombre des mécontents. Pour eux, Miss Veuve est une alliée, grâce à laquelle ils recruteront les troupes nécessaires pour marcher à l'assaut des institutions établies.

Mais les fonctionnaires, les soldats s'agitent dans une inexprimable confusion.

Les télégraphistes se précipitent aux postes volants installés pour la solennité, expédient des dépêches hâtives, baroques, qui affoleront tous les bureaux de l'empire.

Durant plusieurs jours, les ingénieurs seront occupés à vérifier les appareils, accusés faussement de mauvais fonctionnement, car ils ont transmis des choses extraordinairement folles.

Un exemple entre cent : la gendarmerie à cheval de Strasbourg reçut l'ordre de monter en selle et de partir au galop pour Grossbeeren.

Or, de Strasbourg à Grossbeeren, la distance est de 8 à 900 kilomètres. C'est comme si l'on conviait la police marseillaise à arrêter un homme déambulant sur les boulevards de Paris.

Les officiers clament des ordres, les soldats les exécutent, se hâtant vers des buts où il n'y a rien à faire.

Les cavaliers galopent sur les routes, forçant le train. Après quoi courent-ils? Qu'espèrent-ils atteindre? Ils n'en savent rien. Ils obéissent aux ordres de leurs chefs, affolés par le besoin de faire quelque chose.

Et cependant, dans la tribune impériale, les spectateurs demeurent en place, sans un mouvement ; on dirait une assemblée de statues.

L'immobilité de l'Empereur commande l'immobilité à ceux qui l'entourent. Il vient de recevoir le rapport des aides de camp envoyés aux nouvelles. Tous ont rapporté les mêmes paroles :

— Des éclairs inexplicables. Miss Veuve sûrement!

Il les a écoutés sans un geste, et ces messagers de tristesse éloignés, il est resté accoudé sur le velours ornant la loge impériale, pâle à ce point que l'on croirait que son cœur a cessé de battre.

Ses regards fixes, presque hallucinés, ne peuvent se détacher de l'horizon lointain, où son terrible adversaire a disparu, emporté par cette chose inconnue fendant l'air ainsi qu'un météore.

Sa main frémissante se porte à son front que tenaille la douleur d'une désespérance surhumaine.

Ah! s'il avait livré le misérable Von Karch, il eût évité cette défaite publique dont l'Europe va se gaudir. Il croit entendre déjà les condoléances hypocrites, masquant les plaisanteries qui se chuchoteront à voix basse dans les chancelleries.

Oui, mais s'il avait parlé, Von Karch eût jeté en pâture à la foule stupide, altérée de scandale, le contenu de ses dossiers secrets, et alors, alors!...

Le souverain ferme les yeux. Il ne veut plus voir les curieux qui lui rappellent qu'il est le Maître, que l'on attend de lui une décision. Et il murmure dans un soupir :

— Comme la couronne est lourde!

Un murmure discret le rappelle à lui-même. Il relève les paupières. Il regarde.

Un aérostier militaire se tient figé au pied de la tribune, la main droite appliquée à la visière, la gauche tenant une large enveloppe. L'Empereur tressaille à sa vue. Quelle douleur apporte encore cet obscur soldat? Et sa voix s'altère pour demander :

— Qu'est-ce?

— Une missive à l'adresse de Votre Majesté, Sire.

L'aérostier avance un papier. Les yeux du monarque déchiffrent cette suscription :

« A S. M. I. et R. l'Empereur d'Allemagne ».

— D'où émane cette correspondance?

— Nous l'avons trouvée dans l'herbe, à quelques pas du malheureux aéroplane...

Impossible de tergiverser plus longtemps. Le souverain s'empare de l'enveloppe. Il congédie l'aérostier d'un signe de tête, et puis il reste ainsi, tenant entre ses doigts frémissants le papier mystérieux. Il a peur de lire!

Mais il sent peser sur lui les regards des dignitaires de la Cour. Il voit son chancelier se lever et se porter auprès de lui, ainsi que son devoir l'y oblige.

Alors, d'un effort violent, il se domine. Le secret de ses défaillances, de ses incertitudes, doit demeurer ignoré. Nerveusement, il rompt le cachet, lit. Dans son trouble, ses lèvres s'agitent sans qu'il en ait le sentiment. Il prononce les mots qui frappent ses yeux :

— Miss Veuve.

Il a regardé tout d'abord la signature. Elle ne le surprend pas. Qui donc, sauf Miss Veuve, eût déposé une missive auprès de l'aéroplane incendié.

Il ne se demande pas comment la chose a pu être exécutée. Miss Veuve lui a démontré qu'elle est une réalisatrice d'impossible. Il dévore ces quelques lignes :

« Sire. L'injustice appelle la violence. J'ai dû frapper. Cette fois encore, « j'ai épargné la vie des pauvres gens embarqués à bord de votre aéroplane « de guerre. M'obligerez-vous à cesser de me montrer clément?

« Je ne menace pas, je prie, Sire. Consentez à agir selon la justice. Je suis « navré de vous apporter l'affliction, mais le devoir auquel je suis voué, le « devoir que vos maladroits conseillers vous empêchent d'aider, commande « impérieusement mes actes.

« Et triste au delà du possible, je me vois contraint d'affirmer à Votre « Majesté mon inébranlable résolution d'être chaque jour davantage l'exé-« cuteur testamentaire de François de l'Étoile. »

D'un geste automatique, l'Empereur tendit le papier au Chancelier de l'Empire, dont la haute taille se dressait à présent auprès de lui.

Sans qu'aucune émotion se marquât sur sa face sévère, le fonctionnaire prit connaissance de la lettre. Puis il se pencha respectueusement vers son souverain et murmura à demi-voix :

— On peut reconstruire des aéroplanes, Sire. Simple question d'argent. On ne relèverait pas un trône renversé par les révélations d'un traître. Quelques jours encore. A quoi bon perdre maintenant le bénéfice de notre longue patience.

Le souverain courba la tête; il sentait qu'il fallait se ranger à l'avis donné, et il avait honte de pareille concession.

Plus vulgaire, il eût accepté l'obligation dynastique; mais si l'Empereur peut être critiqué dans sa façon d'être ou de penser, il existe un point sur lequel ses admirateurs et ses détracteurs sont d'accord! C'est sa gentilhommerie, son souci ardent de l'honneur.

Et ce paladin moderne souffrait dans sa chevaleresque nature. Il n'osait plus porter ses regards sur le peuple qui attendait de lui la fin du cauchemar bouleversant l'Allemagne.

Sa volonté, ses sentiments se heurtaient. D'un côté, sa dynastie, son sceptre, ses enfants, sa famille ; de l'autre, la nation rangée sous son autorité.

Le souverain fut vaincu par le père. Il consentit tout bas au pacte conseillé par le Chancelier. Il se tairait encore. Mais ce lui fut une blessure de se constater faible, lui, l'Empereur des Soldats, lui, qui chaque jour, avec une grandiloquence que certains taxent de théâtrale, invoque le dieu des armées.

S'être drapé dans la pourpre des héros surhumains de Richard Wagner, et se rapetisser à la taille d'un simple mortel, esclave des sentiments moyens de famille et d'intérêt. Quelle chute pour une âme altière!

Soudain, il tressaillit. La douce voix de la princesse Louise-Marie résonnait à son oreille. Assise derrière lui, elle s'était inclinée en avant; sa jolie tête s'appuyait sur l'épaule du souverain, et ses frisons caressaient la tempe du douloureux maître de l'Allemagne.

— Père! Pardonnez-moi.

— Te pardonner? Que puis-je avoir à te pardonner, petite Louise-Marie? murmura l'Empereur en regardant avec tendresse le joli visage penché vers lui.

— Je me suis étonnée de vous voir hésiter devant la chose ignorée de moi, que vous m'avez déclarée être juste.

— Et maintenant?

— Je vois que vous êtes triste, je comprends qu'il doit y avoir un secret terrible. Sans demander à le connaître, je pleure avec vous.

Il la considéra avec une tendresse douloureuse :

— Ah! petite. Dans quelques jours, je te dirai tout, à toi. Ce te sera une leçon de gouvernement. A présent, je te remercie de ta pitié, Louise-Marie; seule, tu pouvais m'amener à l'accepter sans révolte d'orgueil.

On eut cru que cette minute d'expansion humaine avait réconforté le Maître. Il se leva, et tandis que le Grand piqueur courait faire avancer les équipages de la Cour, il prit dans les siennes la main tremblante de la princesse.

— Petite, fit-il d'un accent impossible à rendre, si tu savais comme il est pénible d'être tout puissant!

La plainte solitaire, exhalée trois jours auparavant dans le silence de ses appartements, il la confiait à cette heure à cette jeune femme, ressentant la volupté de partager un fardeau trop pesant. Le cœur avait vaincu l'esprit. La pitié d'une adolescente avait triomphé de l'orgueil atavique.

. . . .

Au sud de l'aérodrome de Grossbeeren, on s'en souvient, des collines, aux flancs vêtus de forêts, avaient caché l'engin étrange, dont l'apparition fugitive avait bouleversé les milliers de spectateurs rassemblés pour applaudir aux essais de l'aéroplane militaire.

Or, une heure après la foudroyante aventure, un peloton de hussards rouges cheminait, au pas de ses chevaux, dans une large avenue percée à travers les taillis.

Les hommes examinaient le sous-bois avec des yeux scrutateurs. Leur
attitude, le mousqueton tenu en main, la crosse appuyée à la cuisse, disaient
clairement que les cavaliers effectuaient une patrouille de reconnais-

Les hommes examinaient le sous-bois avec des yeux scrutateurs.

sance. En avant du groupe chevauchaient un lieutenant et un sous-lieutenant :

— Idiot, grommela le premier. Idiot de nous faire patrouiller à travers
bois pour trouver l'aéroplane en question.

— Totalement idiot, riposta son compagnon avec une mauvaise humeur
non dissimulée, mais c'est l'ordre télégraphié du poste de Grossbeeren... Il
faut patrouiller sans murmurer.

— Eh! sans doute. Seulement c'est écœurant de se voir employé à une besogne aussi stupide.

Et le lieutenant, tirant de son dolman une bande imprimée télégraphiquement, lut, en roulant des yeux furibonds :

« Faire ouvrir le feu sur un aéroplane que vous apercevrez venant de la direction de l'aérodrome de Grossbeeren. S'en emparer, s'il atterrit. »

La moustache de l'officier se hérissa, tandis qu'il concluait :

— Chercher un aéroplane dans une forêt. Un de ces jours, on nous mobilisera pour pêcher des carpes sur les voies ferrées et des locomotives dans les ruisseaux.

Tous deux chevauchèrent un instant en silence. Les pas des chevaux sonnaient sur l'avenue, et le bruit, se propageant sous bois, semblait éveiller dans ses profondeurs les échos endormis. Soudain, le sous-lieutenant arrêta brusquement sa monture.

— Ecoutez. On dirait le bruit d'un moteur.

— C'est ma foi vrai.

— Si c'était l'aéroplane.

— Nous allons tout simplement rencontrer une automobile, mon cher ami. Une brave voiture terrestre, qui n'aurait jamais la prétention de s'élever dans les nuages.

L'officier achevait à peine, qu'à un détour de l'avenue, une automobile se montra, se dirigeant vers les cavaliers. Par exemple, cette voiture présentait une apparence, non pas extraordinaire, mais peu courante.

On eut dit un wagon, ou mieux encore un énorme *entresort* ou roulotte comme en possèdent les riches forains. A l'avant, le mécanicien, courbé sur le volant de direction, semblait un animal antédiluvien avec sa casaque de peau, sa casquette et ses larges lunettes de tourisme.

— On peut toujours interroger les passants, prononça le lieutenant, avec un haussement d'épaules.

— Sans doute, acquiesça son compagnon.

Et tous deux, se plantant au milieu de l'avenue, contraignirent ainsi le mécanicien à fréner.

— Qu'y a-t-il pour votre service? questionna le watman surpris vraisemblablement par la manœuvre.

— Répondre à quelques questions que notre service nous oblige à vous adresser.

— Oh! bien volontiers. Herr Doktor Listcheü, mon patron, ne me pardonnerait pas de refuser un renseignement à des officiers de notre glorieuse armée.

— Alors, cela ira tout seul. D'où venez-vous?

— De Dresde en droite ligne. Herr Doktor et sa famille sont dans la voiture.

— Une belle voiture, ça doit coûter quelques pfennigs.

— Certes. Herr Doktor croit que la plupart des insuccès médicaux proviennent de la mauvaise qualité des remèdes fournis par des pharmaciens peu consciencieux. Alors, il a fait construire cette automobile, et il emporte sa pharmacie avec lui.

— Ah! c'est un magasin roulant? Très ingénieux. Mais je reprends. Vous venez de Dresde, et votre destination est...?

— Grossbeeren, le champ d'aviation. Herr Doktor et ses enfants veulent voir un aéroplane étonnant. Vous savez bien, le grand *chose* militaire dont tous les journaux ont parlé.

— En ce cas, vous pouvez faire demi-tour.

— Il est interdit de passer?

— Du tout. Seulement, si vous allez à l'aérodrome pour voir l'aéroplane, il est inutile de vous fatiguer. Plus personne ne le verra. Pour être clair et bref, je vous apprendrai que l'aéroplane n'existe plus.

— Un accident, balbutia le mécanicien d'un ton lugubre.

— Non, un crime.

— Teufel!

D'un mouvement brusque, le watman se retourna, heurta un carreau découpant son rectangle dans la paroi du wagon-automobile.

Celui-ci s'abattit aussitôt, et tandis que le mécanicien murmurait d'une voix respectueuse :

— Herr Doktor!... C'est moi qui... une chose tout à fait inattendue...

Les officiers considéraient avec intérêt la singulière figure qui venait de s'encadrer dans l'ouverture.

Cette figure était belle, mais sa pâleur étonnait sous les longs cheveux noirs. Devant cette opposition, on demeurait pénétré d'un vague malaise, d'une angoisse pénible. Il semblait que s'évoquât en face du curieux un mystère décevant de douleur.

— Que veux-tu, mon brave Klausse?

La question du docteur Listcheü sonne aux oreilles des hussards rouges ainsi qu'une plainte.

Sans doute, Klausse est accoutumé à ce timbre étrange. Et puis un mécanicien n'a pas le loisir de se perdre en considérations psychologiques.

— Ce sont ces messieurs officiers, commence-t-il...

— Ils désirent...?

— Ils disent que l'aéroplane de Grossbeeren est détruit. Alors je me demandais s'il était bien utile de continuer notre route.

Le docteur a une moue désabusée.

— Bah! Là ou ailleurs! Continue, Klausse, et remercie ces messieurs de leur courtois avertissement.

Les hussards demeurent sans voix. Sûrement ces gaillards robustes, bons vivants, n'ont jamais rêvé dans leurs pires cauchemars, l'abîme de désespérance que leur révèle le docteur inconnu. Il doit comprendre le malaise de ses interlocuteurs, car il reprend :

— Je vous prierai seulement, Messieurs, de compléter, si possible, vos renseignements. L'aéroplane a été détruit, comment, quand, par suite de quoi?

— Cet après-midi. Comment? Le diable le sait, mais par suite des agissements d'une espèce de Croquemitaine, dont on nous rebat les oreilles depuis quelque temps.

— Qui appelez-vous ainsi?

— Miss Veuve!

Les traits du propriétaire de l'automobile n'expriment ni étonnement, ni curiosité.

— Soyez remerciés, Messieurs, dit-il. En marche, Klausse. Nous avons projeté d'aller à Grossbeeren. Allons à Grossbeeren.

D'un geste machinal, les chefs de la patrouille saluent le docteur.

Le carreau se referme, le moteur ronfle, la voiture s'ébranle, dépasse le peloton qui a fait halte sur le bas côté de l'avenue, et s'enfonce sous les arbres, tandis que les hussards poursuivent leur ennuyeuse patrouille, devisant de la rencontre qu'ils viennent de faire. La tristesse des uns fait la joie des autres. Eternelle vérité de la Comédie Humaine, dont les deux officiers fournirent la preuve, sans y mettre de malice.

— Teufel, lança le lieutenant. Je préfère être enclos dans ma peau que dans celle de ce docteur.

— Le fait est qu'entre un être folâtre et lui, il y a une petite différence.

Il est probable que, malgré l'opinion exprimée, les officiers eussent imposé leur compagnie au doktor Listcheü, s'ils avaient pu percevoir les paroles qu'en cet instant même échangeaient les personnes enfermées dans l'automobile.

Cet intérieur figurait un spacieux quadrilatère, divisé en deux parties inégales par une cloison à hauteur d'appui.

Le docteur, debout devant la paroi du fond, dispose méthodiquement sur cette surface des fils métalliques. Quatre adolescents suivent ses mouvements avec un intérêt marqué.

Ce sont ses enfants sans doute, ainsi que le watman Klausse l'a annoncé aux hussards.

Pourtant un invité de la réception impériale qui, trois jours auparavant, eût vu Tril, l'eût reconnu de suite. Et en regardant bien, ses compagnons n'étaient autres que sa chère petite amie Suzan et ses fidèles Joë et Ketty. Eux? Que faisaient-ils là, sur la route de Grossbeeren, dans cette automobile bizarre?

— Ah! j'ai eu peur, grommela le jeune Américain.

— Et moi donc, avoua Suzan.

— Et moi! Et moi! lancèrent les ex-gamins de Londres.

— Tu dois te gronder, Tril, car tu as manqué de raisonnement. Ces soldats cherchent un aéroplane. Il y avait à peu près certitude qu'ils ne perdraient pas leur temps à troubler de paisibles automobilistes.

Curieux personnage que ce docteur. La phrase, remplie d'ironie dans les mots, fut prononcée sans la moindre ironie d'accent.

Et comme Tril, déconcerté par l'explication qu'en son for intérieur il doit reconnaître juste, a un mouvement de dépit, Suzan, toujours prête à venir à son secours, détourne la conversation. Elle désigne les fils de métal que le docteur applique sur la paroi.

— Sera-ce long encore, Herr Doktor?

— Non, petite Suzan; dans dix minutes, tout sera réparé.

— Tout! Et l'on s'envolera de nouveau?

— Parfaitement.

— Ah, j'en serai ravie. Voyez-vous, Herr Doktor, je ne vis plus depuis que la rupture d'un conducteur électrique nous a obligés de toucher terre.

— Ce qui, du reste, s'est passé dans les meilleures conditions.

— Oui, oui, certainement. Une clairière s'est offerte à nous juste à point. J'ai bien compris qu'en pleine campagne nous aurions été signalés de loin, et que nous n'aurions pu opérer la transformation de l'aéroplane en automobile, sans être surpris par ces maudits soldats. Ah! acheva la fillette en rage, ces soldats, c'est comme les sauterelles; il y en a partout. Si nous pouvions seulement vous aider.

— Vous apprendrez, mes chers jeunes amis. Vous apprendrez pour me remplacer... plus tard.

D'un bond, les adolescents furent autour du doktor.

— Sera-ce long encore, Herr Doktor.

— Vous remplacer, ce n'est pas possible. Et puis, nous le pourrions que nous ne le voudrions pas. Vous êtes notre chef et vous le resterez. Je ne dis pas que nous vous déciderons, nous. Mais notre « roi » Jud Allan, qui sait tout, saura bien vous faire comprendre qu'un homme comme vous doit vivre.

— Et puis, ajouta Tril, quand vous aurez réhabilité la mémoire de François de l'Étoile...

Le gamin n'acheva pas. Le docteur Listcheü s'était retourné, abandonnant un instant l'entrecroisement des fils de métal, et saisissant l'Américain par les épaules :

— Ah! mon pauvre Tril. L'honneur de François m'intéressait naguère, parce que cet honneur représentait un avenir. A présent, s'il n'y avait que lui... Je vis pour venger les morts, les victimes de Fairtime-Castle que les assassins ont broyées parmi les décombres. Dans leur ironie cruelle, ils se sont vantés du crime, ils l'ont signé : Miss Veuve. Ainsi ils se sont trahis. Ceux qui ont frappé Édith, ses frères, son noble père, sont ceux qui ont poursuivi François.

Qui est cet homme? Le vengeur suscité. Jud Allan, du fond de l'Amérique, a jeté sur les ondes du sans fil, l'ordre à ses jeunes amis d'obéir à celui qui se chargeait de la pénible mission.

Ils ont obéi. A présent, ils font plus. Ils aiment la haute intelligence, la douleur sans bornes qu'ils ont reconnues en cet homme.

Ils se sont portés vers la lucarne, à travers laquelle on distingue les épaules du mécanicien courbé sur son volant.

Ils se refusent même à regarder le docteur Listcheü, et Suzan traduit l'inconsciente pensée des adolescents, en murmurant :

— S'il pouvait pleurer, les larmes soulagent. Je me souviens, dans le temps, quand j'étais seule et triste.

Tout le poème de l'enfance abandonnée est dans ces simples mots. Et tous quatre, collés à la vitre, affectent de s'intéresser au paysage qui défile de chaque côté de l'automobile.

Le véhicule roulait à bonne allure. L'avenue était bordée par des buissons épais, annonçant le voisinage de la lisière de la forêt.

C'est en effet vers le bornage, où l'air et le soleil circulent sans entraves, que la végétation se développe avec le plus de vigueur. L'avenue marquait là des sinuosités nombreuses, car elle dévalait une pente assez rapide.

Soudain l'automobile se trouva hors des arbres, et le watman dut précipitamment manœuvrer le frein. Il venait de déboucher au beau milieu d'un fort détachement de gendarmes.

Deux escadrons étaient campés, encadrant la route, les chevaux entravés à l'alignement, les mousquetons en faisceaux; et un hauptmann (capitaine) se tenait debout au centre de la chaussée, les jambes écartées, la face défiante, les mains croisées derrière le dos.

— Halte! commanda-t-il d'un ton sec.

Les roues embrayées, le mécanicien avait frappé à la vitre lui permettant de communiquer avec l'intérieur. Le docteur Listcheü s'y était déjà précipité.

Un coup d'œil lui suffit pour comprendre la cause de l'immobilité de la machine. Un léger tremblement agita ses lèvres, puis en hâte, d'une voix à peine perceptible, il murmura :

— Klausse, il me faut quatre minutes. Occupe-les quatre minutes.

L'interpellé ne manifesta par aucun mouvement qu'il entendait. Le docteur s'était rejeté au fond de la voiture, et Klausse, les deux mains sur le volant, considérait le capitaine de gendarmerie avec curiosité. Celui-ci le tenait sous son regard inquisiteur. Enfin, le watman parut se décider.

— Bonjour, Herr Hauptmann, fit-il lourdement. Je vous dis bonjour, parce que je suppose que pour me dévisager comme vous le faites, vous devez me reconnaître. Moi, je le dis sans phrases, je ne vous remets pas du tout. Seulement, dame, les mécaniciens voient beaucoup de monde, et je vous salue tout de même.

Le gendarme écoutait, un sourire narquois aux lèvres.

— Ce n'est pas de vos saluts que j'ai affaire, c'est de vos explications.

— Quoi, un simple « chauffeur » pourrait expliquer quelque chose à un capitaine.

L'officier coupa la phrase d'un accent cinglant.

— Assez. Qu'est-ce que vous faites par ici?

Klausse leva les bras au ciel comme s'il comprenait enfin pour quelle raison on l'avait obligé à stopper.

— Ah! vous avez raison, sur cela je suis capable de vous renseigner. Je me disais aussi, avec les lunettes d'auto, on est méconnaissable. Pas possible que le capitaine ait deviné que je suis Klausse.

— Assez! Taisez-vous!

Agacé par le flux de paroles de son interlocuteur, le hauptmann a rugi son interruption, ce qui semble terrifier Klausse. Mais se dominant, le gendarme reprend d'un ton péremptoire :

— Tâchez de retenir les paroles inutiles et de répondre brièvement et catégoriquement.

Dans l'attitude du watman se peint une stupeur profonde, si profonde que l'officier gronde :

— Qu'est-ce qu'il a, cet imbécile-là?

27

Ce à quoi l'autre réplique en bredouillant :

— Quand je parle, vous criez : « Taisez-vous! » Quand je me tais vous dites : « Répondez! » Je ne sais plus que faire; je ne suis pas assez malin pour répondre sans parler, ou pour parler en me taisant.

— Quelle brute! siffle le gendarme en haussant les épaules.

Et comme apaisé par l'injure brutale :

— Répondez. Pas de discours. Un mot pour chaque question. Où allez-vous?

— Grossbeeren.

— Venant de?...

— Mais de Dresde naturellement, vu que j'ai toujours travaillé à Dresde.

— Tonnerre. Cet animal-là n'est pas un mécanicien, c'est un avocat.

La plaisanterie provoqua un bruyant éclat de rire parmi les soldats qui suivaient curieusement la scène. Le capitaine, satisfait, cligna des yeux et continua d'un air ironique :

— Alors vous avez des papiers.

L'autre se récria :

— Des papiers! Pour venir de Dresde. En voilà une idée! Pourquoi pas un passeport. Eh! nous sommes assez connus à Dresde. Toute la ville vous dira que la voiture appartient au célèbre Doktor Listcheü.

— Cela ne m'empêchera pas de m'assurer que vous êtes muni du permis de conduire exigé par la loi.

Klausse se gratta la tête avec la mimique d'un homme prodigieusement ennuyé. Il se fouilla gravement, palpa ses poches.

— Je l'ai oublié, Teufel! Vous pensez, à Dresde, on ne me l'a jamais demandé.

Le capitaine de gendarmerie ricanait toujours.

— Oui, mais nous ne sommes pas à Dresde, et je le demande, moi.

— Puisque je vous dis que je l'ai oublié.

— Alors, je vous arrête et votre voiture également.

— Ma voiture! Ah bien! C'est une sottise cela. Herr Doktor a le bras long et il vous fera regretter.

— On ne regrette jamais d'obéir à sa consigne. Ma consigne est de m'emparer de toute chose suspecte ou anormale.

— Mon auto n'est pas ce que vous dites.

— Eh si, mon bel ami. Un wagon pareil n'est pas ordinaire. Et puis, c'est mon avis, cela suffit. Assez causé. Où est votre maître?

— Dans la voiture naturellement.

— Priez-le de descendre me parler.

Du coup, Klausse comprit qu'il ne pouvait se dispenser d'obéir. Il se retourna vers le carreau mobile; mais avant même qu'il l'eût heurté, celui-ci s'abaissa, et la tête pâle du doktor s'encadra dans l'ouverture.

— Vous désirez que je descende, capitaine? prononça le nouveau venu de sa voix grave et nette.

— J'en serais très aise.

— Vous insisteriez même si je vous déclarais être fort pressé?

Le hauptmann eut un rire impertinent.

— J'insisterais.

— Parce que vous reconnaissez en moi un citoyen paisible, incapable de mettre la machine en mouvement et de vous passer sur le corps.

— Oh! oh! vous menacez, je crois, grommela l'interpellé.

Herr Listcheü protesta vivement.

— Non, non. Je suis sûr que vous ne vous obstinerez pas dans votre blessante proposition.

— C'est trop fort!

— Et que, continua le doktor sans tenir compte de l'interruption, vous allez courtoisement descendre sur le bas-côté de la route, afin de me livrer passage.

Cette fois, le hauptmann se sentit à bout de patience.

— Dix hommes en armes, cria-t-il de toute la force de ses poumons.

Et un groupe de soldats se précipitant derrière lui de façon à occuper toute la largeur de l'avenue.

— Voilà, dit-il, comme j'ouvre le passage. Maintenant, descendez ou je ne réponds plus de ce qui arrivera.

— Vous vous calomniez, hauptmann, riposta imperturbablement Herr Listcheü. Vous allez dégager le chemin.

Avec un geste de rage, l'officier se tourna vers ses soldats :

— Apprêtez vos armes!

Le commandement menace; la poudre va parler. Et cependant sur la figure blême du docteur, un sourire passe. C'est d'une voix presque caressante que le singulier personnage prononce :

— Allons, capitaine, un bon mouvement. Dégagez le milieu de la route.

Le hauptmann ouvre la bouche. Il va bien certainement ordonner le feu. Non. Aucun son ne jaillit de ses lèvres.

. Mais ses jarrets se détendent. Il saute de côté ainsi que l'en a prié son interlocuteur. Et puis un juron gronde dans sa gorge. Ses bras ont un geste d'appel vers les gendarmes. Ceux-ci font mine de se précipiter vers leur chef.

Le mouvement commencé s'interrompt. Tous regardent stupéfaits, les yeux agrandis par la surprise, les pieds cloués au sol. Le hauptmann danse.

Parfaitement! L'officier se livre à une gigue dont l'allure s'accélère d'instant en instant. Il saute, bondit, gambade. Et entre les boutons métalliques de son uniforme, ses galons, ses pattes d'épaules, son sabre, ses éperons, des étincelles bleuâtres s'allument, s'éteignent dans un incessant crépitement.

Rouge, congestionné, haletant, les yeux semblant prêts à jaillir de leurs orbites, le pauvre diable se livre à une gymnastique effrénée et incompréhensible. D'une voix rauque, il parvient à hurler :

— Tirez donc! Feu! Feu! sur cette voiture du diable!

En militaires d'élite, rompus à la discipline, les gendarmes veulent obéir. Les mousquetons sonnent sur les mains crispées. Tous essaient d'épauler.

Mais à leur tour, ils sont pris par une inexplicable frénésie de danse. Le phénomène gambadeur se généralise, et aussi la production des étincelles aux reflets bleuâtres.

Les soldats entrent en gigue. Les jambes se livrent à des contorsions désordonnées, les bras s'agitent en effarants moulinets. Puis les armes s'auréolent d'étincelles, brûlant les doigts des infortunés totalement affolés. Ils les lâchent, les jettent loin d'eux. Geste inutile. Une farandole d'éclairs serpente autour des danseurs involontaires.

Et cela gagne le reste du contingent. Les chevaux eux-mêmes sont envahis par la furie chorégraphique. Ils se cabrent, arrachant les piquets auxquels ils sont entravés.

C'est une scène de folie. Les hennissements, les cris, les vociférations se croisent, se mêlent, se confondent. Des mousquetons, laissés en faisceaux, rayonnent des gerbes d'éclairs.

Les escadrons exécutent une sarabande infernale. Ils se choquent, se heurtent, se renversent, en proie à une terreur panique. Ils veulent fuir et ils ne le peuvent pas.

Et comme tous, suffoqués, hors d'haleine, les tempes bourdonnantes, les yeux se couvrant d'un voile, ont l'impression qu'ils vont perdre connaissance, brusquement un mugissement passe dans l'air, assourdissant comme

LES SOLDATS ENTRENT EN GIGUE.

l'appel d'une sirène géante, un coup de vent d'une violence inouïe couche sur le sol, ainsi que des capucins de cartes, hommes et chevaux, officiers, sous-officiers et gendarmes.

Quand, contusionnés, meurtris, ahuris, hébétés, les soldats se relèvent, l'automobile n'est plus sur la route, la voiture a disparu.

C'est le dernier coup. Ils restent là, ahuris, stupides. Ils regardent autour d'eux, promenant des yeux effarés de la chaussée au ciel, à la forêt, à la plaine.

Nulle part, ils ne découvrent trace du véhicule, qu'ils pensaient cribler de balles un instant plus tôt.

Ils sont prêts à se demander si le wagon, les éclairs, la danse, ne sont pas un rêve. Mais les fusils brisés, les faisceaux renversés, le bois des armes carbonisé, les chevaux éparpillés dans la plaine, affirment la réalité de l'inexplicable événement, que les journaux devaient relater le lendemain avec force détails, répandant sur l'Allemagne la terreur superstitieuse qui paralysa désormais la gendarmerie.

CHAPITRE VI

L'ÉTAT D'AME D'UN ESPION

Les trains ramenant le public de Grossbeeren à Berlin étaient bondés.

Les couloirs d'intercommunication, les passerelles, les fourgons regorgeaient de monde. Mais la foule était sombre, préoccupée. Partie le matin gaiement, elle rentrait terrifiée.

Un appareil inédit, rapide comme la foudre, avait passé, à peine assez pour que l'on pût l'entrevoir, et de l'orgueilleuse construction des ingénieurs aviateurs de l'armée germanique, il ne restait que des ferrures tordues, des débris calcinés.

Or, dans l'un des compartiments, où quatorze personnes s'étouffaient, les voyageurs cherchaient à se consoler de la compression dont ils étaient victimes, en discutant l'événement du jour.

— Moi, déclamait un petit vieillard propret, je suis bonnetier depuis quarante ans. Le commerce a de grands rapports avec la politique. Eh bien, j'estime par expérience, que l'habileté la plus grande consiste à parler selon la vérité, à agir selon la justice.

— Cela est évident, appuyèrent les autres, commerçants comme le premier.

A les entendre, personne n'eut pensé que la véracité de ces voyageurs pût être mise en doute. Et cependant, dans le commerce, il est impossible d'être sincère. Sans cela, on n'écoulerait jamais les marchandises de qualité inférieure.

Encouragé par l'unanime approbation, le petit bonnetier reprit :

— De deux choses l'une : ou bien le seigneur Von Karch, puisque les journaux l'appellent ainsi, n'a pas volé le Français François de l'Etoile, ou bien il l'a volé. Dans tous les cas, pourquoi ne pas le mettre en présence de la fantastique Miss Veuve?

— C'est ce qu'elle demande.

— Justement. Lui donner satisfaction serait mettre fin à des avanies qui font de la patrie allemande la risée du monde civilisé.

— Oui, seulement la vanité des grands les empêche de raisonner comme de simples braves gens, gronda une voix enrouée.

Les causeurs jetèrent un regard effrayé sur celui qui venait de prononcer ces paroles évidemment désobligeantes pour les gouvernants.

En Allemagne, on n'est jamais certain d'être hors de portée de certaines oreilles indiscrètes, lesquelles sont doublées de mains expertes à rédiger les rapports de police.

L'homme n'a rien d'inquiétant. Il est gros, barbu, doué d'une apparence mi bourgeoise, mi paysanne. C'est sûrement un agriculteur des environs, un de ces fermiers cossus se livrant à la fructueuse culture maraîchère, aux abords de la capitale berlinoise. Lui, du reste, continue :

— Bien sûr, fait-il. Si ce Von Karch a volé, c'est qu'il était à la solde du gouvernement. Voilà ce que ces messieurs ne veulent pas avouer. Ils profitent volontiers du travail du Service des Renseignements, mais s'il se produit une anicroche, il n'y a plus personne. On jette l'agent en cause aux orties, et l'on crie partout que l'on a fait justice.

Tout le monde pensait ces choses, mais l'admiration pour celui qui osait les exprimer, se manifesta par un Och! d'approbation.

— Vous êtes tous de mon avis, je le sais bien; pas seulement dans ce compartiment, mais dans tout le train, dans tous les trains, dans toute l'Allemagne. Cela n'empêche pas l'Empereur, le chancelier, leurs ministres, de prendre un air innocent quand on leur parle d'espionnage. Eh bien, moi, je les estimerais s'ils avaient le courage de défendre les gaillards qui donnent leur temps, leur peine au service de la plus grande Allemagne. Teufel! l'espion fait plus pour la victoire qu'un soldat, et le bonhomme qui, en temps de paix, risque sa liberté et parfois sa vie pour s'emparer des secrets des peuples ennemis, devrait être honoré à l'égal des héros.

— C'est vrai! c'est vrai, firent les autres en chœur.

— Aussi, voyez-vous, je serais le maître, moi, je convoquerais la Miss Veuve pour la confronter avec Von Karch, et je l'arrêterais; je l'enfermerais

28

dans une forteresse, et je comblerais Von Karch d'honneurs ; quand on veut
avoir des serviteurs dévoués, on agit comme cela, et pas autrement. Voilà
comme je suis, moi.

On eut cru que cette profession de foi, sinon très morale, du moins très
allemande, avait déchaîné la verve des assistants.

— C'est évident, on n'arrive à rien si l'on n'a pas le courage de son opinion.

— En voulant ménager la chèvre et le chou, on n'arrive qu'au ridicule.

— Pis que cela, au discrédit. Et le discrédit d'un gouvernement se traduit
toujours par un ralentissement des affaires.

— Gare d'Anhalt Berlin !

Ce cri, lancé par les employés du train, fit se lever tous les voyageurs.
Le train venait de stopper dans la station berlinoise d'Anhalt.

Le fermier, avec une vivacité que l'on n'eût pas attendue de sa corpulence,
sauta sur le quai, et, d'un pas rapide, gagna la sortie. Dans la rue Bam-
burger, il se prit à courir, parcourant ainsi les cinq cents mètres qui
séparent les gares dites d'Anhalt et de Postdam, et s'engouffra dans cette
dernière en coup de vent.

Il avait bien fait de se presser, car il eut tout juste le temps d'arriver au
quai où stationnait un train sur Postdam. Le convoi démarrait au moment
où, essoufflé, hors d'haleine, il bondit dans un compartiment de seconde
classe.

— Il était temps, grommela-t-il.

Puis il se laissa choir sur la banquette, en exhalant un « ouf » retentissant
qui fit sursauter deux voyageurs déjà installés.

Mais il ne devait pas les préoccuper davantage. Il s'était accoté dans
un coin et semblait sommeiller, ouvrant les yeux seulement lorsque l'on
stoppait à une station.

L'excitation qui avait dicté ses discours entre Grossbeeren et Anhalt, était
tombée sans doute. A présent, il apparaissait, calme, paisible, et préoccupé,
seulement d'arriver à destination.

Le train roulait, marquant l'arrêt normal à Schœneberg, Friednau.
Lichtenfelde, célèbre par son école de Cadets, Zehlendorf, etc. Le fermier ne
bougeait pas. Tout à coup le cri d'un chef de train l'arracha à sa quiétude :

— Neu Babelsberg, avait clamé l'agent courant le long de la file des
voitures.

D'un bond, le voyageur fut debout.

— J'allais passer la gare, grommela-t-il. Ah bien ! ç'aurait été malin !

Un instant après, il déambulait sur le quai.

Sortant de la petite gare, il s'engagea sur la large avenue plantée d'arbres, que les plaques indicatrices désignent sous le nom de Kaiserstrasse (Avenue de l'Empereur) laquelle, dominant le petit lac de Griebnitz, aboutit à l'entrée principale du parc impérial de Babelsberg.

Il cheminait au milieu de la chaussée, monologuant à mi-voix, avec des gestes impatients. Sa pensée avait quitté les hautes sphères de la politique, s'accrochant à présent à ses préoccupations personnelles. Il n'en était pas plus content pour cela, ainsi que le démontraient les paroles qu'il confiait à la solitude du chemin.

— Se déguiser, se rendre méconnaissable quand, au bout de la journée, on a un gîte sûr. Ah! cela n'est qu'un jeu amusant. Seulement le gîte restera-t-il sûr? Le Chancelier tiendra-t-il sa langue? Voilà le hic!

Et faisant sonner le sol sous ses talons.

— Ceci n'est pas certain du tout. Il faut avouer aussi que ce damné scélérat de Miss Veuve... Est-ce bête de ne pas savoir qui cela peut être. Il faut avouer qu'il s'entend à frapper les imaginations! Son opération d'aujourd'hui est un pur chef-d'œuvre.

Puis serrant les poings :

— Seulement le danger augmente. Je ne vois pas clair dans tout cela. Tous les plans de François de l'Étoile avaient été décalqués par la charmante Liesel. Je la connais, c'est une consciencieuse jeune fille. Cependant nos ingénieurs n'ont obtenu qu'une chose informe, embryonnaire, auprès de l'engin merveilleux que nous avons aperçu à Grossbeeren. Miss Veuve opère évidemment avec l'invention de François. Alors? A moins, murmura-t-il d'un ton pensif, à moins qu'elle n'ait perfectionné son œuvre.

Il secoua nerveusement la tête.

— Non. L'hypothèse supposerait l'existence d'un autre ingénieur, doué d'un génie égal. Cela ferait beaucoup de génies à la fois. Liesel a été trompée ou s'est trompée; un plan lui a échappé.

Il s'était arrêté au milieu de la route. Ses épaules se haussèrent en un roulis furieux.

— Enfin, c'est cela, ou ce n'est pas cela. Ma seule certitude est que le chancelier doit être las des prouesses du *diable volant*. D'un instant à l'autre, il peut me trahir afin de retrouver sa tranquillité. Oui, je sais, j'ai mes dossiers, mais leur publication me donnera la jambe bien faite quand je serai trépassé! Si encore je pouvais filer, là-bas, à la suite du vieux Tiral! Je me soucierais de tout cela, comme de ma première dent de lait. Le trésor, un pays lointain, puis la fortune énorme sous mon véritable nom, que nul ne connaît; enfoncés les curieux, plus rien à craindre. Seulement je dois attendre les renseignements de mes espions d'Amérique. Tiral et Liesel sont arrivés à New-York, ils s'y sont embarqués pour le Mexique. Où est le gîte du Trésor? Je dois attendre... attendre!

Il lança dans l'air un poing menaçant.

— Oh! attendre! Quand un pavé menace de vous tomber sur la tête! En ce moment, ma parole, on dirait que tout est contre moi; tout... jusqu'à cette sotte Margarèthe. Ah! en voilà une qui m'a trompé! Dire que je la croyais si bien équilibrée, si protégée par sa raison contre les inepties du sentiment. Depuis que ces Fairtime sont prisonniers dans la maison du parc, Marga me bat froid. La niaise critique mon expédition à Fairtime. Elle tourne autour de ces ridicules Anglais, avec des mines de petite pensionnaire. Elle se fait leur servante; adoucir leur captivité, voilà sa seule préoccupation. Sacrament! s'ils étaient seulement dans l'une de nos forteresses, Spandau ou autre, ils en verraient bien d'autres.

Et avec une exaspération croissante :

— Ce matin encore, n'a-t-elle pas eu le front de me dire : Ah! père, père, ils ne me pardonneront jamais d'être votre fille. Stupide! Je les tiens, je n'ai qu'à lever le doigt pour qu'ils disparaissent, et elle s'inquiète de leur pardon! Mais allez donc parler raison à une sotte tourterelle roucoulante.

Von Karch, on l'a reconnu, arriva ainsi à la grille du parc impérial et s'enfonça parmi les arbres. Bientôt il faisait halte devant la maison carrée, où l'avait déposé naguère l'automobile le ramenant de l'hôtel de la Chancellerie.

Cette vue parut le dérider. Il considéra avec complaisance le fossé, l'eau verdâtre mettant un rempart liquide autour de la construction, et aussi le chemin étroit jeté sur la douve devant la solide porte d'entrée.

— Au fond, se confia-t-il, connaître ma retraite, cela ne voudrait pas encore dire : avoir partie gagnée. Au surplus, je vais transformer mes otages en bouclier. J'ai hésité, espérant pouvoir suivre Tiral plus tôt, mais je ne tarderai pas davantage. Une précaution, même inutile, n'est jamais à regretter.

Et rasséréné par cette décision :

— Allons, allons, soyons sérieux pour deux, et laissons Marga distiller aux Anglais des paroles de miel.

Il arriva à la porte, introduisit une clef dans la serrure et tourna. Le battant s'ouvrit sans bruit.

Sur des banquettes disposées le long des murs de l'antichambre où l'espion venait de pénétrer, plusieurs serviteurs, parmi lesquels on aurait pu reconnaître les matelots entrevus à Fairtime-Castle la nuit de la catastrophe provoquée par Von Karch, étaient assis.

Ils se levèrent à la vue de l'espion ; mais celui-ci d'un geste brusque leur enjoignit de demeurer en place. Il passa devant eux et s'enfonça dans un couloir s'ouvrant à angle droit à l'extrémité du vestibule.

Une lampe posée sur une crédence répandait une lueur indécise.

Le corridor aboutissait à une porte dont le battant, ouvert au large, laissait apercevoir les premières marches d'un étroit escalier de pierre s'enfonçant dans le sous-sol. Evidemment, c'était là l'entrée des caves. Von Karch descendit précautionneusement, cherchant à étouffer le bruit de ses pas.

En bas, au bout d'une allée, il discerne un rais de lumière se glissant à travers une fente.

— Ah! ah! les oiseaux sont toujours là, fait-il d'un ton de bonne humeur.
Mais il se tait. Dans l'ombre, une main a saisi son bras. Cela ne le surprend pas, car il prononce d'une voix prudente :

— C'est moi, Stolz!

— Oh! je vous avais reconnu, Herr! Je voulais seulement vous montrer
que l'on a les yeux ouverts.

— Rien de nouveau?

— Rien. Fraü Margarèthe est auprès des prisonniers.

L'espion, à ces paroles, a un mouvement d'impatience que l'ombre
dissimule.

— Bien. Continue à être fidèle. Je me chargerai de ta fortune.

Il va plus loin dans la direction de la porte close, dont une fissure laisse
passer le rayon lumineux qu'il a remarqué tout à l'heure.

Il y est presque parvenu quand il fait halte. A sa droite et à sa gauche
s'ouvrent des galeries étroites, véritables boyaux ménagés dans l'épaisseur des murs, et qui contournent la prison des Fairtime.

L'Allemand se jette dans le couloir de droite. Au bout de trois pas, une
main s'appuie sur sa poitrine, le contraignant à demeurer sur place.

— C'est toi, Petunig?

— Oui, Herr.

— Tu ne crois pas que les prisonniers songent à s'évader.

Un gloussement sourd répond, indiquant que la question apparaît bouf-
fonne à l'individu que l'obscurité empêche de distinguer.

— S'ils y songent, réplique-t-il enfin, je n'en sais rien. Mais je puis
jurer qu'ils ne s'évaderont pas. Huit hommes en haut, Stolz à l'entrée
des caves, Kasper et moi dans le couloir circulaire, et Fraü Margarèthe
dans leur compagnie; il leur faudrait une astuce peu ordinaire pour tromper la vigilance de tant de gardiens.

Von Karch a tressailli en entendant prononcer le nom de sa fille.

— Il y a longtemps que Fraü Marga est auprès d'eux?

— Oh! fait l'homme avec enthousiasme, depuis le départ de Votre Noblesse, Herr. Elle s'est fait servir à déjeuner dans leur appartement. Vous
pouvez dire que la jeune dame prend en main vos intérêts! A son âge et
belle comme une Walkyrie, s'enfermer tout le jour dans une cave, il n'y en
a pas beaucoup qui consentiraient à se mettre à ce régime-là.

Si le couloir était éclairé, Petunig verrait son chef faire une affreuse
grimace.

De fait, l'espion a l'impression que son subordonné se moque de lui. Il

chasse cette pensée. Lui seul connaît le tréfond du cœur de Marga. Les
autres, les comparses du drame, ne soupçonnent pas qu'elle s'est prise
d'affection pour les captifs. Von Karch se dit ces choses, et cependant sa voix
marque un frémissement quand il reprend :

— C'est bien, Pétunig, laisse-moi passer. Je veux me rendre compte
par moi-même de la façon, dont mes... locataires se trouvent dans mon
immeuble.

— Ah oui, *les yeux de chat!*

Et d'un ton quémandeur, le serviteur ajoute :

— Il n'y a que vous qui sachiez comment ça s'ouvre, les yeux de chat.
Si, un jour vous êtes bien content de moi, vous devriez me permettre d'y
regarder. Ce doit être amusant de voir les gens à travers un mur, sans
qu'ils le soupçonnent.

— Je te le promets. En attendant, fais bonne garde.

L'espion s'est enfoncé dans le couloir, en grommelant pour lui seul :

— Brave Pétunig. Il se figure que je lui montrerai Marga esclave de
son cœur, s'improvisant la providence des prisonniers.

L'étroit conduit marque des angles. Von Karch en a contourné deux,
comptant à mi-voix. Au chiffre trente, il s'arrête :

— Trente pas, dit-il, c'est ici,

Un frottement sec bruit dans l'air. L'Allemand vient d'enflammer une
allumette de cire. Il promène sa lueur sur la muraille. Une plaquette de
cuivre apparaît, appliquée sur la pierre.

Elle a à peine deux centimètres de côté, et sa surface rectangulaire
est trouée, en son milieu, par une petite fente en zigzag.

Tout auprès une pince minuscule de laiton est fichée dans la paroi. Von
Karch introduit l'allumette entre les deux branches de la pince, et les
mains libres désormais, il fouille dans sa poche, en tire son portefeuille,
ce même carnet que Tril lui a si adroitement emprunté à Londres, et
sort de la pochette une mince lamelle d'acier nickelé, laquelle reproduit
les sinuosités de la rainure murale.

Il l'y introduit, exerce une pesée. La plaque de cuivre cède, sort de
son alvéole, entraînant avec elle une cheville de bois, longue d'une ving-
taine de centimètres, et qui, terminée à l'une de ses extrémités par le
rectangle de bronze, porte à l'autre une sorte de petite rosace dorée.

Il n'y a pas de doute, cette cheville aveugle une ouverture forée dans
le mur. La rosace doit se raccorder avec l'ornementation intérieure de
la pièce.

L'espion est renseigné sur ces choses, car il enfouit l'obturateur dans une de ses poches et applique l'œil à l'ouverture qu'il a démasquée.

Son regard découvre ainsi une sorte de salon souterrain à la voûte un peu basse. Les murs, peints en blanc, sont semés de rosaces d'or, analogues à celle remarquée sur le bouchon de bois.

Des meubles que les fabricants n'avaient pas destinés à aménager une cave, remplissent la pièce. Le sol, asphalté, on peut s'en convaincre en exa-

minant une bande découverte au long des parois, est caché partout ailleurs par un tapis mobile d'épaisse moquette.

Mais ce n'est pas ce décor connu qui intéresse l'Allemand. Son œil se fixe sur les cinq personnages qui s'y meuvent. Jeté dans un fauteuil, les paupières mi-closes, toute son attitude révélant un absorbant travail de la pensée, lord Gédéon Fairtime semble avoir oublié que d'autres personnes sont auprès de lui. Étendu sur un canapé voisin, son fils Jim bâille à se désarticuler la mâchoire.

Ces deux personnes contrastent avec les trois autres, groupées dans un angle du salon, et qui s'entretiennent d'un air animé.

Miss Édith et Peterpaul causent avec Margarèthe Von Karch. Édith vêtue de noir, Marga en robe claire, se regardent, l'une prisonnière, l'autre libre, et cependant sur les traits de la charmante Anglaise, l'espérance jette son rayonnement, tandis que les traits de la belle Allemande expriment l'angoisse. Ce contraste est si étrange qu'il frappe l'espion. Avec colère, il grommelle :

— Ma parole, on jugerait en les voyant que Miss Édith est maîtresse de la situation. C'est à se briser la tête contre les murs.

Son regard se pose menaçant sur le groupe. Les paroles échangées arrivent jusqu'à lui. Ceux qu'il espionne, ne sauraient deviner que, dans l'ombre, leur ennemi veille, souligne de réflexions mordantes les pensées exprimées.

— Je crois à votre bonne foi, Miss, dit Édith, dont la jolie Allemande a saisi la main. J'y crois. Tout ce que vous affirmez doit être vrai. On nous a enlevés, réduits en captivité pour atteindre Miss Veuve.

— Hélas!

— L'atteindre, bougonna Von Karch dans le couloir, non, mais pour parer ses coups!

— Ne supposez pas, continue cependant Miss Fairtime, que l'adversité m'accable, me terrasse. En nous persécutant, nos ennemis démontrent seulement quelle impression profonde a produite Miss Veuve, quelle crainte elle inspire.

— Oh! de cela, vous pouvez être certaine.

— Et je puise là un réconfort. Miss Veuve vaincra. Elle nous rendra la liberté. La liberté! Elle ne m'importe qu'après la victoire. Le nom de François de l'Étoile, dont je reste l'éternelle fiancée, doit être rendu à l'honneur. Tant que ce nom sera honni, je n'ai besoin ni d'être libre, ni même de vivre.

— Et s'il ne l'était jamais? questionna Marga d'une voix tremblante.

— Alors, j'espère qu'une mort prompte me délivrerait.

L'Allemande poussa un sourd gémissement dont tressaillirent les nerfs de Von Karch. Et avec une fureur concentrée :

— Il ne lui suffit pas d'avoir les Fairtime en son pouvoir; voilà qu'elle souhaite la réhabilitation de François. Le diable cornu emporte la pécore! Margarèthe maintenant pleurait.

— Ah! fit-elle à travers ses larmes. Je ne puis rien, rien! Et pourtant je donnerais tout ce que je possède pour vous faire libre.

— Vous; oh! cela est trop; après ce que vous nous avez dit. La fille de notre geôlier...

— Croyez-moi, je vous en supplie.

— Hélas, soupira Édith, je le voudrais. Vous n'êtes point méchante; vous avez pitié, vous vous dites notre amie, je l'admets encore, mais vous dépouiller pour entraver les desseins d'un père, avouez qu'il y a là une exagération bien capable d'inspirer la défiance.

— J'ai horreur de mon père.

— Vous?

— Ce n'est pas ma fortune, c'est ma vie que j'offrirais pour que vous crussiez à ma sincérité.

Von Karch grinçait des dents. De son observatoire, il ne perdait pas une parole, pas une expression de physionomie de sa fille. Il l'aimait à sa manière; les fauves aiment leurs petits; et ce lui était une souffrance inattendue de comprendre qu'un abîme moral le séparait à présent de la belle Margarèthe.

— Peuh! maugréa-t-il. Je suis fou de prendre au tragique les discours d'une femme.

Et repris par la colère :

— C'est égal, les enfants qui oublient le respect dû à leurs parents, le regrettent tôt ou tard.

Il trancha brusquement la phrase commencée.

— Ah! Ah! le Péterpaul daigne entrer dans la conversation.

En effet, le jeune Anglais parlait.

— Miss, dit-il, je souhaite vous adresser une question. Ne vous avions-nous pas rencontrée déjà, en France?

— A Mourmelon, vous vous souvenez.

Le visage de l'Allemande s'était couvert de rougeur. Et comme Peterpaul reprenait :

— Eh bien, Miss, voulez-vous nous confier le nom de notre amie?

— Aïe, ricana l'espion, l'œil toujours appliqué au judas, voilà une indiscrète demande. Eh bien quoi? Qu'est-ce qu'elle fait? Elle ne peut pas lui jeter un nom quelconque?

Margarèthe se tenait en face de ses interlocuteurs, soudainement pâlie, les regards éperdus.

Son nom, le nom qui, pour le monde entier, signifiait maintenant traîtrise, allait-elle le dire à ce loyal garçon? Cruauté de certaines filiations. Elle tentait de se dévouer, et elle était fatalement rejetée vers la honte.

Un sentiment noble lui était-il donc interdit? Non. En cette minute, pour la première fois de sa vie, elle eut l'intuition que l'opprobre s'efface par la souffrance. Et ses yeux se remplissant de larmes, sa voix se brisant par l'effort de vérité, elle prononça :

— Margarèthe Von Karch!

Ces syllabes éclatèrent aux oreilles des Anglais ainsi qu'un coup de tonnerre. Sans que leur volonté y fût pour rien, Péterpaul et Miss Édith se reculèrent, entraînés par le besoin instinctif de s'éloigner de celle qui portait ce nom de haine et de tristesse.

Von Karch! Le persécuteur de François! Le misérable qui a tout détruit sur son passage, honneur et joie! L'infâme qui a motivé les parures de deuil de Miss Édith, le drame sinistre et poignant dont saigne le cœur des Fairtime.

Sur le visage de la jeune fille, de son frère, se marquèrent la colère, le dégoût, le mépris. Leur pensée apparaissait vengeresse. Ils ne le savaient pas, eux; mais, dans le couloir d'où il les espionnait, le père de Margarèthe lisait leurs sentiments.

— Décidément, fit-il ironiquement; ce n'est pas par l'habileté que brille cette pauvre Marga.

La jeune femme, épouvantée par la réprobation muette de ses auditeurs, s'agenouille.

— Oh! pardonnez-moi d'être la fille de Von Karch! Ne me punissez pas des crimes dont je suis innocente. Ah! j'ai compris quelle terrible filiation est la mienne.

— De mieux en mieux, ricane l'espion avec une fureur concentrée.

Mais la raillerie s'éteint sur ses lèvres. Margarèthe parle, parle. Comme un torrent rompant ses digues, ses paroles se précipitent; elles semblent jaillir de son cœur meurtri.

— Eh bien oui, piétinez-moi, méprisez-moi, seulement voyez en moi une esclave !

Dans l'exaltation du dévouement éclos en son âme, elle puise une beauté nouvelle. La vérité rayonne d'elle, nimbe son visage, convulsé par la douleur, d'une auréole de martyre.

— Est-ce ma faute si j'ai grandi parmi les trahisons? Est-ce que je savais, moi? Personne n'a pris soin de me dire : Ici commence le crime, ici commence la honte. A votre contact, ces vérités éternelles sont nées en mon âme!

Les jeunes gens veulent la calmer, l'apaiser. Mais elle continue, comme si elle ne pouvait retenir ses paroles :

— Mon affection est allée à vous. Qu'est-ce que cela vous fait? Vous ne m'aimez pas, vous ne pouvez pas m'aimer. Je le conçois. Mais d'un chien on accepte son dévouement; prenez le mien.

Et, pénétré par une pitié invincible, touché par l'expression de ce remords qu'il sent être réel, Péterpaul relève la jeune femme, murmure d'un ton impossible à rendre, où vibre l'indulgence, avant-courrière du pardon :

— Miss, je vous crois. Un nom n'est qu'un son vide de sens. Qu'importe le nom d'une amie? N'est-ce pas, Édith?

— Oui, acquiesce la jeune fille dont les yeux sont humides.

— Amie, oh certes! s'écrie Marga, dont l'exaltation s'accroît encore, mais amie qui a mal vécu, mal pensé, mal agi. Je voudrais prouver, prouver, donner des gages!

Et soudain, avec un cri :

— Oh! je sais, je sais.

Elle a saisi les mains du frère et de la sœur: Elle les réunit dans les

Elle a saisi les mains du frère et de la sœur.

siennes et, d'une voix grave, empruntant à la situation une ampleur tragique :

— Mon cerveau renferme un secret terrible. C'est un secret de mort. Le
divulguer, c'est faire planer la mort sur mon père, sur moi. Eh bien, ce
secret, je vous le livre.

— Non, inutile, protestent noblement les Anglais.

Elle n'a cure de leur refus :

— Je veux que vous appreniez cette chose que mon père et moi sommes seuls à savoir, que l'Empereur, son chancelier, ignorent. Von Karch est un nom d'emprunt. Sous ce masque se cache le comte Kremern, qui, ruiné, sur le point d'être déshonoré, disparut au cours d'une mission dans le Thibet. Pour le monde, le comte Kremern est mort. Pour nous, et maintenant aussi pour vous, le comte Kremern vit en la personne de Von Karch. Vous me demandiez le nom de votre servante tout à l'heure. Je vous le donne, le vrai. A présent, aurez-vous pardon pour Margarèthe Von Kremern?

Pour toute réponse, Édith enlaça la malheureuse de ses bras, et, sur l'épaule de la victime de son père, Marga se prit à sangloter silencieusement.

De l'autre côté du mur, l'espion avait assisté à la scène. Impuissant à empêcher la révélation, il avait entendu ce nom de Kremern retentir sous la voûte du salon souterrain. Un instant, un vent de folie souffla sur son cerveau. Quoi, avec une habileté extraordinaire, il avait réussi à changer de personnalité, il avait fait perdre sa trace à tous, égaux, serviteurs, chefs! Au Service des Renseignements même, il avait établi d'irréfutable façon sa fausse identité. Il était Von Karch pour le service le plus difficile à égarer du globe.

Et sa fille ressuscitait le passé; elle livrait son secret à des ennemis, à des gens qui devaient nourrir contre lui les plus terribles projets de vengeance. Mais il se ressaisit vite. C'était un lutteur que Von Karch. Aveuglant le « judas », il murmura : .

— Elle a dit un secret de mort. Elle a parlé selon la vérité. Il faut que ceux qui le connaissent, ne le puissent répéter jamais.

. . . .

L'autre Alsace! C'est ainsi que les chancelleries désignent la province de Posen, devenue prussienne, lors du démembrement de la Pologne, ce pays qui fut déchiré, partagé entre la Prusse, la Russie et l'Autriche, pour avoir été l'alliée fidèle de la France, pour avoir versé sans compter, le sang de ses enfants sous les plis du drapeau tricolore.

Or, au bord de l'un des nombreux lacs, jetés dans le fouillis des collines qui avoisinent Posen, capitale de la province martyre, désignée en polonais sous le nom de Poznan, s'aperçoit un vaste champ enclos de planches.

A l'intérieur croissent, par carrés, des végétaux comestibles : pommes de terre, carottes, navets, panais, choux.

Une parcelle de cette pauvre propriété échappe à la culture. Il existe là une large bande de terrain, où picorent quelques poules qui saluent de caquets rageurs les lourds ébats de deux porcs en bas âge.

Ceux-ci, du reste, n'en ont cure. Aux cris des volatiles, ils ripostent par ces renaclements harmonieux, représentant la musique vocale chez l'espèce porcine.

Une voiture fourragère montre son châssis en équilibre sur l'essieu de ses deux roues, équilibre rendu stable par des tréteaux servant de béquilles aux brancards.

Mais quelle bizarre toilette a subi ce chariot! Ses côtés, ses hottes d'avant et d'arrière, ajourés à l'ordinaire, sont renforcés de planches, dont les interstices sont bouchés par des lambeaux d'étoffes. Une bâche, raidie par un copieux goudronnage, figure le toit de l'étrange habitation.

Car c'est là une de ces nombreuses habitations roulantes adoptées par les Polonais, conquis mais non gagnés, pour échapper aux cruelles lois fiscales édictées par l'Allemagne contre les possesseurs d'immeubles en province de Posen, dans le but de contraindre à l'émigration les Polonais épris de leur langue, de leurs traditions, résistant sans cesse à l'assimilation germanique.

Mais les victimes, ces Français du Nord, ont riposté à la brutalité par l'esprit.

Les lois sur les immeubles ont été frappées d'impuissance par ce fait que les agriculteurs de race polonaise ont détruit leurs fermes de pierre ou de bois, et ont établi leur demeure dans des charrettes, *lesquelles étant meubles par définition, se rient des exigences fiscales.*

A l'avant du véhicule-maison, deux planches se déplacent. C'est la porte de l'habitation, dont la tristesse, la pauvreté, *l'inconfort*, attestent la vitalité incoercible d'une race qui ne veut pas mourir.

Deux hommes se laissent glisser sur le sol. Ils portent la vieille tenue des paysans de Pologne : la blouse lâche, le bonnet au fond incliné sur l'oreille, le pantalon bouffant serré aux genoux, à la façon des braies gauloises. Ils vont lentement à travers les cultures, gagnant le bord du petit lac, dont la rive limite l'enclos.

Sur l'eau stagnante, à la surface couverte des larges feuilles de plantes aquatiques, flotte un batelet vermoulu que retient à la rive une chaîne rouillée.

L'un des personnages prend place dans l'embarcation, assure les avirons sur les chevilles de bois servant de tolets. L'autre, demeure courbé sur la berge, les mains appuyées au bordage.

Et ainsi, tête contre tête, ils parlent dans cette harmonieuse langue polonaise que les Allemands voudraient proscrire.

— Alors, tu es décidé, bien décidé, Vaniski? prononce avec une gravité douloureuse l'homme qui s'est embarqué.

— Oui, j'abandonnerai tout, riposte l'autre.

Et avec un rire pénible, il ajoute :

— Tout... ce n'est pas grand'chose. Le fisc nous tond de si près.

Sa main désigna l'enclos.

— Enfin, cela, ce qui me reste. La coupe est pleine. Je ne puis lutter. Mon seul vœu est que mes deux fillettes parlent la langue dans laquelle leur mère leur a dit l'éternel adieu!

— Sois tranquille. Le Comité de Justice en prendra soin .

— Alors, Slovo, retourne vers ceux du Comité. Dis leur que Vaniski a assez souffert. Maintenant, je veux me venger. Que mes filles deviennent de bonnes Polonaises; en échange, je donne ma vie au Comité. Je serai l'un des bras qui exécutent.

Slovo promit d'un signe de tête. Il allait vers un de ces terribles Comités, éclos au sein des peuples opprimés. Vaniski, le sort de ses enfants assuré, promettait d'être l'un de ces êtres de douleur, que les tyrans dénomment des fanatiques, et qui réalisent d'un geste brutal, par le fer ou par la bombe, les condamnations sans appel du tribunal secret.

Il avait saisi les rames. Son interlocuteur le retint encore.

— Attends. Je veux te rappeler. Insister pour que l'on avertisse le professeur Bersky; que, lui au moins, prenne ses précautions pour ne pas être inquiété; lui, qui avait la bonté de venir, jusqu'ici, donner des leçons à mes chères aimées colombes, Mika et Ilka.

— On le préviendra, si c'est possible.

— Il faut qu'on le prévienne.

— Eh! tu en parles à ton aise. Aucun de nous ne saurait actuellement se rendre à Poznan. Ce serait se livrer volontairement. L'exécution du frère de l'*Oberst* (Colonel) a fait mettre sur pied les sept mille hommes de la garnison. Les policiers ont partout les yeux ouverts dans l'ombre.

— Justement, s'il revient, il sera signalé, et alors...

— On le persécutera, veux-tu dire? Je le sais bien.

— Persécuté, pour s'être montré bon à l'égard de mes pauvres petites, cela je n'en puis supporter l'idée.

— C'est le malheur des temps, Vaniski. Les sages sont ceux qui se
vengent. Pour les autres, n'est-ce pas le sort commun des Polonais d'être
molestés par les Allemands?

— Hélas!

— Je te répète que l'on fera passer un avis au professeur si cela est
possible. Pour toi, songe seulement à ce qui t'intéresse. Sois prêt dans la
nuit de demain. Un retard, et tu serais arrêté...

— Je serai prêt, Slovo, je te le promets.

Et se redressant, lâchant la barque, Vaniski murmura d'un ton sombre :

— Va. Que le Christ de Pologne soit avec toi.

— Et avec ton esprit, psalmodia Slovo en enfonçant les avirons dans
l'eau.

Le bateau quitte le rivage. Dans la buée grise qui plane au-dessus du lac,
il s'enfonce peu à peu; ses contours deviennent imprécis. Il n'est plus
qu'une ombre, puis plus rien. Le brouillard l'a absorbé.

Alors Vaniski, dont le regard n'a pas quitté l'homme s'éloignant, lève
brusquement les bras vers le ciel qu'envahit le crépuscule. C'est un grand
geste de désespoir que souligne l'exclamation farouche : .

— J'étais un *agneau* de Pologne, ils m'obligent à devenir *loup*.

Et sa voix s'amollissant sous la poussée d'un sanglot intérieur.

— Yanika, murmure-t-il, chère femme, chère morte. Tes enfants ne
sauraient être Allemandes!

Tout le cœur de la Pologne saigne dans cette invocation adressée à l'âme
invisible qui, selon la croyance des Polonais, erre autour des aimés
demeurés sur la terre. Puis, le dos courbé, avec l'allure lasse de la bête
forcée qui emprunte au désespoir de la fuite impossible le courage de faire
tête, il regagne la fourragère-maison où il espéra naguère échapper aux
tracasseries prussiennes.

Tandis qu'il va, au milieu de ses cultures, les souvenirs cavalcadent en
son esprit, y apportant une griserie cruelle.

Comme tant d'autres, là-bas, Vaniski fut un petit propriétaire. La vie était
dure, le sol peu productif, les hivers rigoureux, mais le cultivateur possédait sa cabane; on vivait. Et puis, tout à coup, vinrent les lois draco-
niennes sur la propriété polonaise élaborées par la Chambre prussienne.

Défense de la propriété bâtie à quiconque ne renoncera pas à la langue des
ancêtres. Défense d'user du polonais en justice. Interdiction à toute autre
société que les banques de Prusse de prêter de l'argent sur la terre cultivée.
Ces banques, assurées du monopole, en abusèrent nécessairement. Le taux

LE BATEAU QUITTE LE RIVAGE.

des prêts devint si élevé que vendre, même à vil prix, fut plus avantageux qu'emprunter. Et les ventes encouragées au bénéfice des sujets allemands, allemands d'origine, de famille et de race !

Longtemps, Vaniski a lutté. Il a renoncé à l'abri de sa cabane. Il s'est confiné dans le chariot qui est là en face de lui. Mais sa compagne y a contracté un vilain mal des poumons, le nom de la maladie, il ne l'a pas compris, mais elle est morte.

Et maintenant, il va devoir quitter ce dernier abri. Il est un proscrit; proscrites sont les deux innocentes fillettes, qui attendent son retour dans le refuge sur roues qu'il avait espéré au moins conserver jusqu'à la mort.

Vaniski est arrivé auprès de la fourragère, ce logis, si peu enviable, qui le rattache encore à la patrie.

Il va rompre ce dernier lien, car le gouvernement prussien vient de promulguer un décret, aux termes duquel : le *propriétaire polonais qui ne construira pas une maison, avec fondations et sous-sol creusés en terre, ne pourra enclore son champ, à moins de payer l'impôt immobilier sur toute la surface enclose.*

Plus de clôture, c'est la dévastation des cultures par les bêtes sauvages, par les troupeaux, par les rôdeurs.

Ou bien payer. Ironie! Comment le paysan incapable d'acquitter l'impôt sur une cabane, réussirait-il à acquitter les droits afférents à une surface où trouveraient place cinquante chaumières.

Le pauvre diable a un mouvement d'épaules désespéré. Puis il se hisse sur le brancard, atteint ainsi l'ouverture qu'il a pratiquée tout à l'heure pour sortir avec Slovo, et il disparaît dans le trou noir.

Les planches reprennent leur place. La maison roulante est close.

A l'intérieur, le paysan s'est arrêté. Il a frotté une allumette. A la clarté bleuâtre du soufre, ses traits apparaissent creusés par le travail et les soucis; ses yeux, de ce bleu pâle particulier aux Slaves, luisent d'un rayon égaré, inquiétant et douloureux.

Cependant, l'allumette brûle; la flamme rougeâtre du bois succède à la clarté livide du soufre. Sur une écuelle ébréchée, un morceau de chandelle de suif est fiché. Vaniski allume la mèche charbonneuse.

La lueur terne, tremblotant au passage de courants d'air sournois, laisse apercevoir un tableau de misère qui soulèverait le monde, si le monde avait connaissance de telles douleurs.

C'est la lente, la silencieuse agonie d'un peuple civilisé qui se lamente par ces parois grossières, ce fond de chariot dépourvu de meubles, ces couchettes façonnées de broussailles sèches, de paille et de chiffons.

La hutte du noir, le wigwam du peau-rouge, sont des palais luxueux auprès de ce gîte du Polonais traqué par l'ennemi séculaire.

Et cependant les regards du paysan s'adoucissent. Son visage retrouve un sourire dont il paraissait incapable.

C'est que du fond du réduit, secouant les pailles, les feuilles mortes de la litière sur laquelle elles étaient couchées, deux fillettes se sont dressées. Elles s'approchent, les bras tendus, implorant une caresse. Elles prononcent ensemble :

— Père !

Elles ont, l'aînée dix ans, la cadette huit. Toutes deux se montrent chétives, mais jolies dans leurs haillons. La clarté douteuse de la chandelle leur prête un je ne sais quoi de fantastique. Elles semblent être de ces apparitions charmantes que la poétique et mystique légende polonaise dénomme *Les filles de perles de Noël.*

Qu'importent les loques qui les couvrent mal. Elles ont la parure que le ciel répand sur les douces filles de Pologne : les cheveux blond-pâle qui semblent tissés des rayons d'un soleil d'hiver ; les grands yeux d'un bleu sombre, presque violet, mélancoliques et tendres où luit le souvenir du rêve de la race martyre.

Vaniski les a prises dans ses bras. Il les serre toutes deux contre sa poitrine, les confondant en un même embrassement, gémissant avec une infinie douceur d'accent, leurs noms harmonieux comme des noms de fleurs.

— Mika, ma douce Mika. Ilka, ma mignonne colombe !

Et puis tout à coup, il éclate en sanglots :

— Demain, demain à la nuit, il faudra nous séparer.

— Nous séparer de toi, père, nous ne le voulons pas.

Elles disent cela d'un ton résolu. L'enfance ne croit pas au malheur invincible. Mais lui secoue la tête.

— Il le faudra, petites. La mère qui nous regarde veut, qu'il en soit ainsi, pour que la chair de sa chair ne devienne pas allemande.

— Oh ! encore ces Allemands, gronde Mika en fermant ses petits poings.

— Toujours eux, continue sa jeune sœur. Pourquoi donc le bon Christ et la sainte Madame la Vierge leur permettent-ils d'être aussi méchants ?

Hélas ! enfants, nul ne répondra à la question angoissante qui, depuis un siècle, monte des lèvres polonaises vers le ciel.

Impressionnées par le silence de leur père, les fillettes pleurent à présent avec lui.

Ces trois pauvres êtres que la force va séparer, disperser ; ces enfants qui seront élevées loin de leur père, ce père qui vieillira, qui mourra sans revoir ses enfants, unissent leurs larmes. C'est tout ce qu'ils possèdent, tout ce qu'ils peuvent se donner.

Soudain, tous trois se redressent, relâchant leur étreinte désespérée. Ils demeurent immobiles, médusés par le bruit étrange qui les a tirés de leur douloureuse absorption. On dirait que des profondeurs du ciel un siffle- ment descend. Le père, les enfants se regardent. Qu'est-ce que cela peut être ?

Le bruit grossit, s'enfle d'instant en instant, faisant résonner les parois de planches, emplissant la fourragère d'un assourdissant bourdonnement.

Il y a un gourdin sur le plancher. Vaniski s'en saisit, il marche vers les planches mobiles formant l'entrée du triste logis. Mais avant qu'il les ait atteintes, le vacarme s'éteint brusquement, sans transition.

On croirait qu'il a pris fin de l'autre côté du frêle rempart qui enceint l'asile des malheureux. Qu'est-ce donc ? oh ! pas un ami, bien sûr. Chez le paysan, on ne peut attendre que des oppresseurs.

Et sans lâcher son gourdin, l'homme écarte prudemment les planches de ce qu'il appelle prétentieusement la porte. Les petites, apeurées, accrochées à sa blouse, le suivent pas à pas. Voilà l'ouverture libre. Au dehors, c'est la nuit, une nuit brumeuse, dans laquelle la chandelle qui brûle toujours, dessine un pinceau roussâtre. On ne voit rien.

Vaniski avance la tête à l'extérieur, cherchant à percer le rempart de buées qui arrête sa vue ! Et brusquement, il se rejette en arrière avec une sourde exclamation.

Qu'a-t-il donc vu ? Il ne saurait le définir, mais il a aperçu une forme qui ne devrait pas se trouver dans son enclos. C'est une masse sombre, énorme. Cela ressemble à ces wagons à boggies des Grands Express Européens, que le paysan regarde parfois filer à toute vitesse sur la ligne voisine de Berlin à Posen, cette ligne maudite qui relie la cité bourreau à la cité victime.

Comment cela se trouve-t-il là ? Et ce bruit venant des nuages ? Les wagons ne tombent pas du ciel. La curiosité est plus forte que la peur. Le père, les enfants, s'approchent de l'ouverture. Ils cherchent à distinguer l'inquiétant véhicule.

Et comme ils se tiennent là, frissonnants, voilà qu'un foyer lumineux s'al- lume à la surface de l'objet mystérieux. Un rayon éblouissant traverse la nuit, enveloppe les curieux d'un disque de clarté. Avant qu'ils aient pu manifester leur surprise, une voix jaillit du fond de l'ombre :

— Je ne me suis pas trompé. Je suis ici chez un Polonais exilé des demeures de pierre.

— Cela se voit, hélas, prononce le paysan qui n'a évidemment pas conscience de penser à haute voix. Qu'espères-tu de celui qui n'a rien pour lui-même ?

— L'hospitalité de son champ, répond la voix.

— Qui donc es-tu pour demander si peu ?

— Un proscrit plus torturé que toi.

— Un proscrit !

Ce mot a transformé l'âme du paysan. Sa surprise, ses soupçons, ses craintes se sont envolés. Il fait un geste d'accueil. L'interlocuteur le voit sans doute, car il s'empresse d'ajouter :

— Je suis un proscrit, mais un proscrit qui se venge.

— Ah ! s'écria Vaniski, je serai cela demain.

Il saute à bas de la fourragère, court vers le wagon si mystérieusement arrivé dans son champ. Mika et Ilka le suivent. Elles aussi sont rassurées. Les plus petits enfants de Pologne savent le sens du mot cruel : proscrit.

Le cultivateur s'avance avec des signes de bienvenue. Il discerne la silhouette d'un homme au point même d'où jaillit le rayon lumineux. Et à cette ombre humaine, qui éclaire la marche du Polonais par le jet rayonnant d'une petite lampe électrique, Vaniski crie :

— Proscrit, le Christ de Pologne étende sa main secourable sur ton front. Tu es chez toi sur la terre de Vaniski.

La voix répond avec une pointe d'émotion :

— Sois remercié, Vaniski ; approche, approche. Je veux te rendre confiance pour confiance.

Le paysan obéit. Il est tout près du wagon maintenant. Il discerne un escalier pliant, accédant à une porte ménagée à l'arrière du véhicule étrange. Au haut des degrés se tient l'inconnu.

— Tes enfants ? murmure celui-ci d'un ton interrogateur.

Il a aperçu les deux sœurs entrelacées à côté de leur père.

— Oui, mes filles, Mika et Ilka.

— Entre avec elles dans ma maison roulante.

Et comme le paysan marque une certaine hésitation, l'autre reprend, la voix adoucie :

— Ne crains rien, Polonais. Mon nom te prouvera que nous avons les mêmes ennemis.

— Les fils de Pologne n'ont pas besoin de savoir le nom de celui qui reçoit leur hospitalité.

— Mais un hôte peut tenir à le leur apprendre, Vaniski. Je suis celui que les Allemands ne connaissent que sous le nom de Miss Veuve.

Un cri étranglé jaillit des lèvres des habitants de la fourragère.

Ceux qui souffrent d'une domination étrangère, sont au courant de tout ce qui blesse cette domination. Ces trois êtres perdus dans la campagne de Poznan, ont su le duel engagé par Miss Veuve, par l'inconnu parlant au nom de la Justice, contre le gouvernement allemand.

Vaniski s'incline très bas. On croirait qu'il se prosterne. Mais l'homme lui tend la main.

— Entre dans ma demeure, Vaniski. Tu vois que tu peux avoir toute confiance en moi.

Les Polonais ne résistent plus. Ils gravissent les degrés. Miss Veuve s'efface pour leur livrer passage. Dans ce mouvement, le rayon lumineux éclaire son visage, le visage pâle et désolé du doktor Listchell.

CHAPITRE VII

LA RÉALITÉ DU FANTOME

Les gendarmes, si inopinément astreints aux entrechats forcés, puis culbutés sur la route de Dresde à Grossbeeren, n'avaient pu comprendre la subite disparition du wagon-automobile, arrêté par leur hauptmann.

Pour ces braves soldats accoutumés au traintrain de l'existence terre à terre, le fait inexplicable avait revêtu un caractère fantastique.

Oh! certes, l'esprit philosophique sévit en Allemagne. Les esprits forts s'abritent sous le casque militaire, comme sous le béret des étudiants, le chapeau du fonctionnaire civil ou la casquette ouvrière, mais l'esprit fort succombe sous plus fort que lui.

Et vraiment la logique la plus robuste cède à l'énoncé de ce problème insoluble : Un wagon disparaissant en plein air, en pleine lumière, comme la muscade classique sous le gobelet de l'escamoteur.

Cependant la chose féerique s'expliquait par un de ces miracles dont la science moderne est coutumière. Il avait suffi au docteur Listchеü de manœuvrer une manette pour opérer la transformation du wagon en aéroplane.

Oh! un aéroplane inédit, ne rappelant en rien les engins similaires employés jusqu'à ce jour; pour tout dire, un appareil, volant suivant les principes de l'aéroplane et de l'aéronef.

Sous l'action d'un contact déterminé par le jeu de la manette, les parois
de l'automobile, formées de lamelles mobiles autour d'axes, avaient passé
de la verticale à l'horizontale, figurant des plans parallèles analogues
à ceux des volets d'essoreuses. Ces lames soutiennent l'appareil planeur
avec l'appui des deux plans rectangulaires formant le plafond et le plancher
du wagon.

Les roues porteuses de la voiture, maintenues sur terre à l'écartement
voulu, par la masse même du véhicule pesant sur de puissants ressorts,
s'étaient appliquées, dès que l'appareil s'élevant dans l'air avait cessé de
comprimer les ressorts, dans des alvéoles circulaires ménagées à la partie
inférieure de l'aéronef.

Autre différence avec les appareils habituels d'aviation. L'engin du doktor
ne comporte pas d'hélices fragiles, encombrantes et dangereuses.

Il est mû par des turbines pneumatiques, perfectionnées par l'ingénieur
génial auquel les Fairtime avaient ouvert leurs usines d'abord, et ensuite
leur caveau de famille.

Deux paires de turbines accouplées, l'une à l'avant, l'autre à l'arrière,
reliées au moyen de tuyaux d'un diamètre de vingt centimètres fixés sous la
toiture, assurent la marche horizontale. A chaque angle de la partie inférieure du véhicule, sur la face du plancher tournée vers la terre, d'autres
turbines sont établies sur des axes verticaux. Celles-ci règlent la marche
en hauteur, montée ou descente. En combinant l'action de ces propulseurs,
l'appareil peut stationner dans l'atmosphère, planer sans se déplacer.

Comme on le voit, tous les avantages, préconisés naguère par François de
l'Étoile sur l'aérodrome de Mourmelon, se trouvaient réalisés dans l'aéroplane du docteur Listcheû.

Seulement, on a beau chercher autour de soi, dans ce vaisseau aérien, on
ne distingue rien qui rappelle un moteur. Et cependant, il y en a certainement
un, vraisemblablement électrique.

Des fils conducteurs, tels que ceux que réparait le docteur, lors de l'aventure des gendarmes, des boutons-poussoirs, des commutateurs, des ma-
nettes, des électromètres, ne laissent aucun doute à cet égard. Mais rien
ne ressemble ici à un générateur d'électricité.

A défaut d'un producteur, on peut à la rigueur se contenter d'accumulateurs, encore que ceux-ci soient lourds, encombrants, et que, en pays ennemi,
ils soient à peu près impossibles à recharger, Mais des accumulateurs suffisants pour propulser l'appareil, seraient volumineux. On les verrait dans le
rectangle où les six voyageurs sont groupés.

Klausse est à l'avant. Herr Listcheü, Tril et Suzan se tenant par la main, Joë et Ketty assis l'un près de l'autre, sont groupés au centre.

L'aéroplane file à une hauteur vertigineuse.

Dans le flamboiement du soleil qui s'incline vers l'horizon occidental, il est certainement invisible pour les humains errant à la surface du sol.

— Où allons-nous? murmure Tril.

Le jeune Américain, si confiant en lui-même, semble avoir perdu son aplomb en s'adressant au docteur. Il marque une timidité qui décèle son respect pour l'homme de science dont la volonté dirige l'aéroplane. Mais ce dernier répond avec bonté :

— Loin de Berlin, mon enfant. Devant le déploiement de forces dirigé contre Miss Veuve, — il prononce ce nom avec un sourire —, déploiement que l'administration allemande va certainement exagérer encore après les incidents de cette journée, le mieux sera de disparaître durant quelques jours. Nous y gagnerons un repos nécessaire. Et puis, nous infligerons à nos adversaires une angoisse morale telle qu'à notre première mise en demeure, ils céderont vraisemblablement, et nous livreront le misérable dont l'aveu nous est nécessaire.

— Ce coquin de Von Karch. Ah! celui-là les tient bien.

— Oui, mais l'opinion publique travaillera pour nous. Songe donc. On nous attendra partout, et on ne nous verra nulle part. Le gouvernement n'osera résister lorsque, après cette période anxieuse, nous manifesterons de nouveau notre existence.

Les adolescents écoutaient, une foi sans bornes brillant en leurs regards. Mais Tril était curieux, Suzan aussi sans doute, car la menotte de la fillette serrait les doigts du gamin, semblant lui communiquer son intense désir de s'instruire.

— Alors, Herr Doktor, à la nuit nous descendrons sur le sol?

— Oui, sans doute, dans un endroit où l'on ne viendra pas nous chercher.

— Bah! Moi je descendrais n'importe où. Quand je pense à la danse des gendarmes, je me dis que nous rencontrer est tout à fait dangereux pour les autres, donc...

— Donc, tu oublies que je veux disparaître momentanément. Or, pour disparaître, il ne faut pas être rencontré.

Tril rougit. Mais la main de Suzan se fit plus pressante. Il lança un coup d'œil de côté à sa petite amie, et, comme s'il puisait dans les grands yeux fixés sur lui un regain de courage :

— Herr Doktor, ou Miss Veuve, fit-il avec une nuance d'hésitation, vou-lez-vous me permettre de vous adresser quelques questions. Il s'agit de la manœuvre de notre... voiture.

Le gamin s'arrête comme s'il craignait d'aller plus loin. Et le visage pâle de son interlocuteur s'empreint d'une bonté ineffable.

— Petit Tril, je t'ai dit qu'un jour vous me remplaceriez à la direction du planeur. Je ne demande donc pas mieux que de t'instruire. Parle sans crainte. Je n'ai point de secrets pour mes amis.

Encouragé ainsi, l'Américain prononce très vite :

— Quand nous planions au-dessus du champ d'expériences de Gross-beeren, nous étions bien à mille mètres au dessus des dirigeables alle-mands?

— A deux mille cinq cents exactement. Cette altitude était nécessaire pour que nos adversaires ne nous pussent distinguer.

— Si vous le voulez, ou plutôt je veux dire, cela doit être puisque vous l'affirmez.

Le petit bredouille quelque peu. Il se hâte d'arriver à une question qui brûle ses lèvres. Suzan, Joë, Kettys ont penchés en avant. Leurs yeux disent l'intérêt qu'ils attachent aux paroles qui vont être prononcées.

— Donc, reprit Tril, nous les dominions de deux kilomètres et demi. Eh bien, je ne comprends pas comment vous avez pu provoquer avec certitude la déchirure des dirigeables?

— Tu as cependant vu.

— Que vous avez lancé des projectiles spéciaux par le tube lance-tout établi à l'arrière.

— Eh bien?

— Eh bien, cela m'étonne qu'ils soient arrivés à leur adresse.

Le docteur sourit. Évidemment, il devine le sens de la pensée du gamin, mais il lui plaît de le forcer à s'expliquer davantage, et c'est avec une douce ironie qu'il murmure :

— Quand on envoie un projectile, on souhaite atteindre le but. Pourquoi t'étonner d'un résultat cherché?

— Ah voilà! On m'a appris en Amérique qu'un objet lancé d'un ballon ne tombe pas verticalement. Il tombe suivant une ligne, une trajectoire comme l'on dit, qui est la résultante des deux forces : la vitesse de transla-tion de l'aérostat, à laquelle le projectile participe comme tout ce qui est soutenu par le ballon, et l'attraction terrestre ou pesanteur, qui l'appelle vers le sol.

Tout en parlant, Tril avait ouvert un petit carnet et établissait au crayon la figure que voici.

— Tenez, pour être plus clair. Supposez un ballon A. On jette un obus sur B. Eh bien cet obus entraîné par la vitesse de l'aérostat, soit une force O C, tombera suivant une ligne O D. Si bien que si l'on est juste au-dessus de l'objet visé, ce qui était notre cas, on ne l'attrape pas. Or, vous l'avez attrapé.

— Naturellement.

Le gamin eut un geste d'impatience comique.

— Naturellement! Puisque je vous prouve que ce n'est pas naturel.

— Tu crois prouver.

— Allons donc. Notre voiture volante faisait bien du cent cinquante à l'heure, hein?

— Non, du trois cents, mon ami.

— Du trois cents! C'est encore mieux. Nos projectiles auraient dû tomber très loin des ballons allemands.

— Le calcul établit que, livrés à eux-mêmes, ils eussent touché terre à 4.900 mètres en avant du point visé.

— Je ne savais pas le chiffre. Un obus qui touche à près de cinq kilomètres du but, a l'air d'un boulet pour rire. Comment les vôtres ont-ils fait pour agir sérieusement?

— Allons, fit Herr Litscheü avec un ton de bonne humeur inhabituel chez lui, on fera quelque chose de toi. Tu as bien posé le problème, et tu te rendras compte que *si l'on peut annihiler la vitesse d'entrainement, en lui opposant en sens contraire une force équivalente*, le projectile obéira à la seule attirance de la pesanteur et tombera verticalement.

— Oui, c'est l'histoire d'une boule tirée dans un sens par une force de cinq kilos et dans le sens contraire par une autre force de cinq kilos. Cinq kilos moins cinq kilos, ça fait zéro. La boule ne bouge pas. Seulement dans l'air...

— Attends donc, impatient Tril. Écoute ce qu'est le tube lance-tout, et la chose te deviendra claire. Ce tube lance-tout est une sorte de fusil à air comprimé. Par un dispositif très simple, ce fusil est chargé à tout instant d'air à une pression égale à celle qu'exerce l'atmosphère sur les plans qui nous soutiennent et nous permettent de planer.

— Eh bien ?

— Comment, petit malheureux, tu n'as pas remarqué que ce fusil est pointé dans l'axe même du mouvement. J'appuie sur la gâchette, l'air se détend, imprimant au projectile une vitesse en arrière rigoureusement égale à la vitesse de déplacement en avant. Ce sont tes cinq kilos contre cinq kilos. D'où la vitesse de translation réduite à zéro, l'obus, comme tu l'appelles, tombe perpendiculairement. As-tu compris ?

— Oui, répliqua nettement le gamin.

— Oui, firent moins affirmativement ses amis, dont l'indécision montrait que l'explication n'avait pas pour eux la clarté de l'eau de roche.

— Alors, c'est comme cela que vous avez expédié la lettre à l'Empereur ?

— Oui, petit Tril.

— Et que vous avez mis en miettes leur énorme aéroplane militaire ?

— Ah! cette fois, non. Ici, j'ai utilisé la propriété qu'ont les ondes Hertziennes de déterminer la production d'étincelles électriques gigantesques, des éclairs véritables, entre les surfaces métalliques.

Et montrant un cylindre de teinte brune qu'il venait de tirer d'un coffret.

— Tenez, enfants, voici le destructeur que je vous présente.

— Quoi, ce petit tube a suffi ? s'écria Suzan. On dirait une cartouche de fusil de chasse.

— Une cartouche en carton, déclara le docteur. Un carton qui constitue le seul *isolant* certain, imperméable aux radiations hertziennes, lesquelles traversent tous les autres corps, les métaux, la pierre, le bois.

— Et c'est très important d'avoir cet *isolant* ?

— Juges-en. Les ondes Hertziennes sont la résultante d'une *oscillation électrique* découverte et formulée par le grand physicien Hertz, d'où leur nom. Elles se propagent en tous sens, à travers tous les corps, figurant une succession indéfinie de cercles concentriques, absolument comme les ondes liquides provoquées par la chute d'une pierre dans une nappe d'eau.

— Je devine. On se foudroierait en voulant foudroyer les autres.

— C'est cela même. Eh bien! ce petit tube est une *foudre de poche*. Deux boutons-poussoirs, que vous apercevez en relief sur le cylindre, déterminent : l'un, l'abatage de la calotte isolante obturant l'extrémité du tube; l'autre, un contact électrique provoquant l'oscillation d'où naissent les ondes Hertziennes.

— Ah bon ! bon, s'exclama Tril, la face épanouie. Ces ondes ne peuvent traverser la paroi de la cartouche ; elles sont donc obligées de passer par l'ouverture que leur donne la calotte rabattue.

— De plus, une ligne de mire, obtenue par les deux encoches que tu remarques en haut et en bas du cylindre, permet de viser avec une précision absolue. Et les terribles ondes progressent avec une rapidité de 80.000 lieues à la seconde vers le but que l'on a désigné. Rencontrant les ferrures de l'aéroplane militaire allemand, elles ont déterminé la catastrophe dont vous avez été témoins.

Il y eut un silence. Les yeux des adolescents se fixaient avec un émoi respectueux sur le cylindre minuscule que Herr Listcheü tenait entre ses doigts. Les *effets* de cette arme ignorée leur apparaissaient disproportionnés avec leur *cause*. Ils sursautèrent quand Tril éleva la voix. Le jeune Américain était décidément un questionneur infatigable.

— Qu'est-ce que c'est au juste que ces ondes Hertziennes et ces oscillations électriques dont vous nous avez parlé ? Pourriez-vous nous en donner une idée ?

Le savant hocha doucement la tête.

— Ceci peut être l'aurore d'une révolution totale dans les conditions d'existence de l'humanité. Les ondes sont des vibrations analogues à celles grâce auxquelles la lumière, la chaleur du soleil, se transmettent à la terre. Seulement, les Hertziennes ont pour origine un foyer électrique produisant des étincelles ultra fréquentes, dites *oscillantes*, lesquelles produisent à leur tour des ondes qui, le calcul l'a établi, se répètent de cent millions à cent milliards de fois par seconde. Lumière et chaleur du soleil donnent clarté et chaleur à la terre. L'onde Hertzienne, née d'une étincelle électrique, fait naître l'étincelle sur les surfaces qu'elle atteint.

Médusés par cette révélation soudaine de la grandeur infinie de la science, comme par l'apparition d'une divinité inconnue, les enfants considéraient Herr Listcheü.

Il leur semblait grandi, prenant à leurs yeux les proportions géantes d'un être qui avait pu, sans se croire inférieur en force, déclarer la guerre au puissant empire d'Allemagne, à un gouvernement appuyant sa volonté sur soixante-quatre millions d'habitants.

Cependant, Suzan se gratta le front. Ses regards interrogèrent le visage douloureux du docteur.

— Que souhaites-tu, mon enfant ? murmura celui-ci. Ne crains point de parler.

— Eh bien, fit-elle, il y a encore une chose obscure dans mon esprit. Les Allemands, par l'intermédiaire d'un misérable nommé Von Karch, ont volé tous les plans de Sir François de l'Étoile, n'est-ce pas?

— Oui, tous.

— Alors, comment ont-ils réalisé un aéroplane qui ne ressemble pas plus à celui-ci que le jour à la nuit.

— Pourquoi? Parce que dans les plans dressés par celui que tu viens de nommer, ne figuraient que les détails. Les Allemands ont tous les détails, tous, mais ils n'ont pu les comprendre, les relier les uns aux autres. Pour ce faire, une *épure* d'ensemble était nécessaire; or, cette épure existait seulement dans le cerveau de l'inventeur.

Et, une ironie mordante dans la voix :

— Veux-tu une preuve de leur aveuglement? Ils se sont surchargés de moteurs, de réservoirs à essence.

— C'est vrai; nous, nous n'en avons pas.

— Il eût été miraculeux qu'ils pussent deviner ce qu'une expérience non enregistrée avait révélé à François de l'Étoile. Nos turbines du plateau inférieur tournent dans des bagues électro-magnétiques et produisent, par suite, l'énergie électrique nécessaire au fonctionnement de nos turbines de propulsion horizontale, à notre éclairage, à tout enfin. Ce sont nos organes de planement eux-mêmes qui font office de moteurs, ce qui nous évite une surcharge considérable, et nous donne la possibilité de nous maintenir indéfiniment dans l'air.

— Oui, mais quand on est arrêté, comment repartir?

— En appuyant sur la manette que tu vois à côté de toi, petite fille. Elle déclanche un ressort qui met en mouvement les turbines génératrices. Aussitôt, nous sommes chargés en électricité.

— Oh! fit la jeune fille avec ferveur, le « roi » a bien raison de dire que Sir François de l'Étoile était un homme de génie.

Listcheü secoua désespérément la tête.

— Génie. Qu'est-ce que le génie! Il n'a pu éviter le déshonneur. Il n'a pu préserver Miss Edith d'une effroyable mort. Qu'est-ce qu'une invention comme cet aéroplane auprès de la vie d'une fleur?

Nul ne répondit. Un souffle de désespérance sembla passer dans l'atmosphère, peser sur les assistants.

La nuit était venue. Au-dessus de leurs têtes, les voyageurs distinguaient les myriades d'étoiles. Au-dessous d'eux, la terre était noyée dans les ténèbres.

— Où nous arrêterons-nous? murmura enfin Suzan d'une voix indistincte.

Ce fut un déclic métallique qui répondit à la question.

Le docteur venait d'allonger le bras et d'appuyer sur une clef faisant saillie sur l'un des montants unissant la toiture et le plancher de l'appareil. Aussitôt un rouleau de toile et qu'un instant plus tôt on eût pris pour un store replié à l'avant, s'étendit jusqu'à l'arrière, masquant le plan supérieur de l'appareil.

Ce rectangle d'étoffe s'éclaira, et sur l'écran se réfléchit un paysage boisé, bossué de collines peu élevées, entre lesquelles miroitaient des lacs de peu d'étendue.

— Voici le pays sur lequel nous planons, Suzan, prononça le docteur. Maintenant, nous allons voir comment il se dénomme géographiquement.

Mais avant qu'il eût atteint une seconde manette fixée au-dessus de la première, Tril lui saisit la main.

— Herr Doktor, un mot. Comment pouvez-vous présenter, à l'état lumineux, la terre située au-dessous de nous, laquelle est si noire qu'il nous est impossible de la distinguer de la nuit.

— Oh! une simple amélioration de la téléphotographie, ou photographie à distance. Un jeu de prismes de substances différentes inégalement conductrices des rayons noirs, c'est-à-dire non perceptibles pour nos yeux. Ces prismes modifient les vibrations des dits rayons, de telle sorte qu'ils les font entrer dans la gamme des ondes que nos yeux perçoivent, et tout est dit.

— Comment, vous transformez les ténèbres en clarté?

— Non, tu t'exprimes mal. Ténèbres, clartés, sont des mots qui ne signifient rien en dehors de la possibilité pour nos yeux de voir ou non. Je transforme simplement un mouvement vibratoire en un autre mouvement vibratoire.

Mais s'interrompant :

— Laisse-moi maintenant renseigner Suzan.

La clef tourna avec un bruissement léger déclanchant sans doute les aiguilles d'un cadran fixé au montant, car ces aiguilles se prirent à tourner avec rapidité.

Elles étaient au nombre de trois, se distinguant par leur couleur : rouge, jaune et verte. La rouge s'arrêta sur l'un des chiffres inscrits en cercle autour du cadran de 1 à 100. Le chiffre était 52; La jaune, sur un cercle concentrique divisé également en cent parties, se fixa sur la 2ᵉ division.

Quant à la verte, elle coïncidait avec une ligne de la rose des vents établie suivant les rayons des cercles du cadran.

Les enfants regardaient, s'efforçant de saisir.

Cette ligne portait les lettres E. 1/4 N. E.

Et les enfants regardaient en s'efforçant de saisir le sens des indications fournies par les aiguilles mystérieuses, Listcheü les traduisit ainsi :

— Nous avons marché constamment dans la direction Est quart Nord-Est. Nous avons parcouru 252 kilomètres depuis notre départ de Grossbeeren. D'après la carte, nous devons donc être aux environs de Posen, en pleine province polonaise.

Et il ajouta, avec une expression étrange :

— Les Polonais sont les souffre-douleur de la Prusse. Nous nous reposerons parmi eux. Pas de danger que ceux-là nous trahissent. Pour les fugitifs, pour les proscrits, les terres opprimées sont lieu d'asile.

Un instant après, l'aéroplane, ses turbines de propulsion horizontale embrayées, descendait vers la terre en vol plané. Mais, au lieu d'être astreint comme tous les appareils d'aviation alors en usage, à descendre presque en ligne droite, ce qui nécessite de vastes espaces découverts pour l'atterrissage, son plan incliné s'enroulait sur lui-même. L'engin décrivait une spirale de si faible rayon qu'il eût pu gagner la terre dans la cour d'un immeuble parisien.

— Oui, oui, Herr Doktor, on ne peut pas dire que les Polonais ont manqué de patience; seulement la dernière iniquité a fait déborder la coupe d'amertume.

Dans le wagon-automobile, le pauvre paysan Vaniski parlait ainsi.

Séduits par la gentillesse des mignonnes Mika et Ilka, Tril, au nom des jeunes compagnons du doktor Listcheü, avait réclamé de lui que les malheureuses partageassent le repas du soir. Et Vaniski avait dû accepter.

Volaille, pâté en croûte dorée, ces victuailles inconnues des pauvres gens avaient été fêtées. Si bien que les deux blondinettes dormaient à présent, roulées dans une même couverture, et que Vaniski, rendu loquace par la chère inaccoutumée, racontait l'agonie morale de ses concitoyens.

— Songez donc, Herr Doktor, les Prussiens ont décidé que la langue allemande seule serait admise devant les tribunaux. Plaidoiries, témoignages doivent être produits en allemand. Or, nous, Polonais, fidèles à notre race, parlons mal ou pas du tout l'idiome de nos vainqueurs. Voilà ce qui a donné naissance au Comité de Justice. Qu'est-il? Un tribunal secret. Quels hommes le composent? On ne le sait. Mais une spoliation s'accomplit-elle au détriment d'un Polonais, ce Comité s'assemble dans une retraite ignorée. Il juge le spoliateur; une seule condamnation : la mort. Des frères, réduits au désespoir comme moi-même, font le sacrifice de leur existence pour exécuter la sentence. Le Comité s'occupera de mes petites. Moi, je donnerai ma vie en échange.

— Et tu feras d'elles deux orphelines, prononça Listcheü d'une voix douce où l'on sentait frissonner une profonde émotion.

— La misère me tuerait avant peu. Autant mourir en me vengeant une fois.

— Et en les abandonnant à des gens que tu ne connais pas.

L'homme ne répondit que par un geste découragé.

— Des gens qui, peut-être, aveuglés par la haine, croiront juste de faire de ces enfants, non pas de bonnes Polonaises, chérissant leur race, la terre des ancêtres, leur tradition, mais des exaltées, prêtes aux pires extré- mités. Tu ignores ces choses, mais la résistance à l'injustice engendre par- tout les mêmes excès. On part en guerre pour défendre ce qui est juste, et les douleurs de la lutte conduisent au crime. Ne sais-tu pas que les anarchistes de tous les pays commettent cette iniquité d'élever des enfants dans la pensée qu'ils jetteront des bombes. On pervertit l'esprit de ces êtres sans défense morale. L'âme des petits va dans la direction où elle est poussée. Es-tu certain que le Comité de Justice ne prend pas tes fillettes pour les faire monter plus tard au gibet des meurtrières? .

Le paysan frissonnait. Il tordit ses mains calleuses, et d'un ton déchi- rant :

— Ne dites pas cela, non, ne le dites pas. Vous bouleversez un malheu- reux qui n'a pas le choix!

Alors, le docteur frappa sur l'épaule de son interlocuteur :

— Naïf, te parlerais-je ainsi, si je ne pouvais t'offrir le choix.

Vive le doktor!

Ce cri jaillit des lèvres de Tril, de Suzan, de leurs amis.

Attentifs, recueillis, ils avaient suivi la conversation, émus jusqu'aux moelles, eux, les enfants naguère abandonnés, sauvés par celui qu'ils appelaient leur « roi », ce Jud Allan à qui ils obéissaient avec un dévoue- ment passionné. Leurs yeux humides s'étaient portés plus d'une fois vers l'angle où dormaient enlacées les deux blondinettes dont le sort se discutait. Aussi n'avaient-ils pas été maîtres de leur enthousiasme en entendant leur « chef » actuel prononcer les paroles d'espoir.

Quant à Vaniski, il semblait pétrifié. Il se passait la main sur le front, bégayant :

— Le choix. Vous dites que je puis choisir. Je vous crois. Ah! on voit bien que vous tombez du ciel.

Dans l'esprit du malheureux, accoutumé à l'incessante désespérance qui plane sur la terre polonaise, l'homme parlant d'espoir prenait l'apparence d'un enchanteur, d'un être surhumain. Et puis, cet homme ne commandait-il pas à l'étrange voiture qui roulait dans l'air, soutenue par une force que l'instruction rudimentaire de Vaniski ne lui permettait pas d'expliquer par les moyens naturels.

— Oui, le choix. Écoute. Il y a trois Alsaces qui pleurent sous le joug de l'Allemagne : l'Alsace française, la province polonaise de Posen, et puis les provinces danoises de Schleswig et de Holstein, arrachées par la Prusse au Danemark, en 1866. Les Danois, eux aussi, en dépit des persécutions, sont restés fidèles à leur tradition, à leur langue. Ils honoreront en toi un frère de douleur. Je te conduirai en Danemark, près de la frontière des provinces annexées par l'Allemagne. Tu pourras travailler avec ceux qui sont restés libres, en faveur de ceux qui sont captifs.

— Mais vivre? murmura timidement Vaniski.

— J'y pourvoirai, n'aie crainte. Tu garderas auprès de toi tes fillettes et tu en feras d'honnêtes femmes. Cela te convient-il ?

Pour toute réponse, le paysan s'agenouilla et baisa dévotieusement la main du personnage mystérieux qui, oubliant un instant ses propres douleurs, s'évertuait à dissiper celles des autres.

Mais comme le docteur s'efforçait de lui faire quitter cette posture adorante, un hululement aux modulations étranges s'éleva dans la campagne. Vaniski se leva d'un bond, la figure contractée par l'angoisse.

— Le professeur Berski, fit-il d'une voix étranglée.

Son interlocuteur le regarda surpris.

— Qu'est le professeur Berski? Un ennemi?

— Lui, oh! le digne homme.

— Alors qu'est-il ?

— Un professeur au *Gymnase* (Collège) Frédéric-Guillaume, à Posen; un dévoué patriote polonais. Deux fois la semaine, les jours où il le peut, il parcourt les dix kilomètres qui séparent ma masure de la ville, et cela pour venir instruire mes petites, pour leur apprendre à aimer notre Pologne. Vous pensez bien que je ne puis payer tant de bonté; mais je suis reconnaissant. Le professeur, je l'aime comme un dieu, et moi, moi qui voudrais donner ma vie pour lui, je vais peut-être causer sa perte.

Listcheü l'interrogeait du regard.

— Vous ne comprenez pas; je suis un suspect, sous le coup d'un arrêté d'expulsion. Des espions de leur infernale police rôdent bien sûr autour de moi; si l'on prend le professeur en ma société, ce sera la ruine, la misère pour lui. Ils ne badinent pas, ces gueux de policiers. On le chassera du

Gymnase, on lui retirera son pain quotidien. Qui sait ce que l'on fera encore!

— Mais est-il sûr que l'on saura?

— Sa visite? Ah! sa sortie de Posen a été signalée, croyez-le; au retour, il sera arrêté aux portes de la ville, interrogé.

Le paysan s'arrêta. Le doktor souriait.

— Vous ne comprenez donc pas? balbutia-t-il.

— Mais si, mais si; que faut-il pour éviter tous ces malheurs? Que M. Berski rentre chez lui sans qu'on le voie. Qu'il se trouve dans sa maison quand les policiers iront s'assurer de son absence. C'est ce que ces messieurs appellent un alibi indiscutable.

— Cela est impossible, hélas!

— Et cependant je le ferai. Réponds au signal. Amène M. Berski près de nous. Et si dans ta cabane, il se trouve quelque objet auquel tu tiennes, profite de l'occasion pour le transporter dans mon véhicule.

Dominé, le Polonais sortit. Un nouveau hululement vibra dans l'air. Cinq minutes après, Vaniski reparaissait, chargé d'un paquet peu volumineux qu'il déposa sur le plancher.

— Tout ce que je possède, expliqua-t-il.

Puis, comme honteux d'avoir parlé de lui, il s'effaça, et respectueusement annonça :

— M. le Professeur Berski, qui a éveillé la patrie dans l'âme de mes enfants.

Le personnage désigné se présentait sur le seuil. C'était un homme d'une quarantaine d'années, mais il portait plus que son âge. Ses cheveux, sa barbe, apparaissaient presque blancs. Dans ses yeux brûlait la fièvre, et chaque pli de son visage maigre disait que ses traits avaient été burinés par la douleur.

D'un regard, Herr Listcheü sembla prendre possession du nouveau venu, puis tendant la main au professeur immobile.

— Soyez, le bienvenu, Herr Berski. Dans quelques minutes, vous serez chez vous, en sûreté. Je vous parle ainsi, car je vois que Vaniski vous a déjà raconté ma venue à sa façon.

Un vague sourire passa sur les lèvres du professeur.

— Oui, un wagon tombant du ciel.

— Et qui va y remonter avec vous à son bord, si vous y consentez.

— Quoi, cela serait possible?

— Facile même. J'ai foi en la parole que vous allez me donner de ne divulguer à personne le secret de votre serviteur.

— Oh ! je vous la donne. Et je devine, ceci est un aéronef.

— Un aéroplane grâce auquel Miss Veuve tient en échec toutes les forces de l'empire germanique.

M. Berski joignit les mains :

— Que les bénédictions de Dieu accompagnent Miss Veuve. Ce n'est pas moi qui trahirai son secret.

Puis, avec une conviction profonde :

— Vaniski, obéis à ceux-ci. La volonté divine est en tout ceci. Il ne fallait rien moins qu'un engin de ce genre pour me sauver ce soir.

— Vous sauver. Courez-vous donc un danger ?

— Celui que craignait pour moi ce pauvre Vaniski. En approchant d'ici, j'ai aperçu des ombres se glissant parmi les arbres, j'ai entendu les grognements étouffés des chiens...

— Des chiens ?

— Oui, des chiens de police, ces braves auxiliaires de la Sûreté que les policiers détournent de leur destination. Ils les emploient à traquer les patriotes polonais.

Comme pour appuyer l'assertion du professeur de Posen, un aboiement lugubre résonna dans la nuit.

— Ils sont tout près, bégaya Vaniski avec terreur. Ils vont nous surprendre ici.

Listcheü secoua doucement la tête. Sa main fine et blanche s'appuya sur la manette qu'il avait désignée naguère à ses jeunes compagnons, comme déterminant la mise en marche des turbines inférieures, génératrices du courant électrique.

Un léger ronronnement se produisit, puis des déclics se firent entendre. Les Polonais eurent l'impression que le plancher s'appliquait plus fortement contre leurs pieds, et le doktor d'une voix calme, murmura :

— Nous sommes en route.

Du doigt, il désigna l'appareil enregistreur de l'altitude. Berski lut ce chiffre :

— 125 mètres.

— Cela suffit pour rester invisible, fit doucement Herr Listcheü. Voyons un peu la figure des espions.

Avant que ses interlocuteurs eussent pu saisir le sens de cette phrase énigmatique, l'écran dont il avait été usé pour déterminer le point d'atterrissage, se déroulait à nouveau. Et sur la toile blanche se réfléchissait le terrain situé au-dessous de l'aéroplane. On discernait le lac, l'enclos que Vaniski quittait sans espoir de retour, la fourragère-cabane. Mais le paysan eut un cri :

— Là, là, tenez, ils sont entrés.

En effet, plusieurs silhouettes humaines s'agitaient dans le terrain entouré de planches. Deux énormes chiens, en qui l'on reconnaissait des dogues féroces de Silésie, devaient aboyer désespérément, le museau en l'air, pointé vers les étoiles.

— Eh! eh! ricana le doktor, les animaux sont plus fins que les hommes. Ils *savent*, eux, par quel chemin nous leur avons échappé. Les hommes ne comprendront jamais.

Puis actionnant un commutateur.

— Mais hâtons-nous. Il s'agit d'arriver chez vous, monsieur le Professeur, avant que les policiers n'y paraissent.

Alors, le paysage se prit à se déplacer sur l'écran. En une minute, le lac, la misérable propriété de Vaniski, disparurent. Un enchevêtrement de collines, des dépressions occupées toutes par des lagons aux ondes argentées, des bois, des cultures, se succédèrent.

L'aéroplane dominait cette banlieue de Posen, si gracieuse, si pittoresque, véritable paradis dont la méchanceté des hommes a fait un enfer. Et puis, un brouillard rougeâtre annonça le voisinage de Posen. L'éclairage de la cité se réfléchissait sur le ciel.

Litscheü avait pris un carnet dans un coffre. Il l'avait ouvert et lisait cette indication :

— Plan de la ville de Posen. Où demeurez-vous, monsieur le Professeur?

— 17, Schstess Strasse, à côté du Gymnase Frédéric-Guillaume.

Avec une pointe d'inquiétude, Berski ajouta :

— La rue est peu fréquentée ; toutefois, tenez compte que ma maison est probablement surveillée. L'apparition de votre merveilleux appareil sera signalée...

— Non, murmura Tril.

Et le professeur regardant le gamin, celui-ci poursuivit :

— Non, non, monsieur le Professeur. S'il fallait entrer par les portes, ce ne serait pas la peine de se promener sur la route de l'azur. Vous verrez, vous verrez bien. Et les policiers eux, n'y verront que du feu.

Sur l'écran, à présent, se profilaient successivement la gare du chemin de fer, sise en dehors de la cité, puis la *Berliner Thor* (porte de Berlin) donnant accès dans l'agglomération.

Le professeur reconnaissait les larges voies de Saint-Martin et de Schulzen. A droite de cette dernière, se détachait la petite rue de Schstess.

Les constructions du Gymnase se montrèrent enfin, et tout auprès, Berski discerna la silhouette de sa demeure.

Il la désigna du doigt. Aussitôt le panorama s'immobilisa. Tous regardaient curieusement l'habitation modeste, étroite, avec deux fenêtres de façade seulement, une de ces maisons qui annoncent chez leur habitant des ressources limitées et le souci de la responsabilité.

Mais ce qui parut surtout attirer l'attention de Herr Litscheü, ce fut la toiture peu inclinée, au milieu de laquelle se découpait un grand vitrage semblable à ceux qui éclairent les ateliers des peintres. Il le montra à Berski.

— Facile à ouvrir?

— Oui, une corde à l'intérieur. Une poignée à l'extérieur pour les réparations. Mon salon, mon cabinet de travail. La pièce où je me tiens toujours, car elle est assez grande, et, sa fenêtre regardant le ciel, je ne puis voir les soldats allemands passer dans la rue polonaise.

— Klausse, appela le doktor, pare à descendre.

— Vous accompagnez ce Monsieur?

— Oui, s'il courait un danger quelconque, je le ramènerais avec moi.

Berski avait entendu. Il voulut protester, mais son interlocuteur l'interrompit net.

— Faire les choses à moitié, me semble pire que ne pas les faire du tout, monsieur le professeur. Vous me désobligeriez en insistant.

Cependant, Klausse avait soulevé une trappe ménagée dans le plancher ; le professeur constata avec étonnement que l'aéroplane était à double

fond. Dans l'entre-deux, existait un espace libre, au centre duquel, axé
dans le sens de la largeur, se discernait un tambour mobile qu'une fine
cordelette métallique entourait de ses spires serrées.

Berski et son compagnon pénétraient par le vasistas.

Cette cordelette était, à son extrémité libre, fixée à une sorte de vaste
poche en filet. On eut dit un filet-épervier.

Klausse le déploya sur le sol. Sans un mot, Litscheü attira le professeur
sur le filet. Klausse tira le câble; les voyageurs se trouvèrent emprisonnés
par les mailles.

— On va nous descendre sur le toit de votre maison, prononça le docteur d'une voix légère comme un souffle. Nous y pénètrerons par la lucarne de votre salon, et nul, dans la rue, ne soupçonnera notre petite opération.

Avant que Berski eût pu répondre, le double fond céda sous ses pieds, et les deux hommes se balancèrent dans le vide, rattachés à l'aéroplane par le mince câble d'acier qui se déroulait lentement.

— Vite, je prends une tenue d'appartement, et j'interroge ma vieille bonne pour savoir si quelque espion n'est pas venu en mon absence.

Berski prononçait ces paroles au moment où son compagnon et lui-même, débarrassés du filet qui remontait à travers le vasistas ouvert sur le toit, prenaient pied sur le plancher de son salon-bureau.

— Ah! que je vous donne de la lumière.

Déjà près de la porte, le professeur tâtonna le long du chambranle. Le cliquettement d'un bouton se fit entendre, et les trois ampoules électriques du plafonnier répandirent leur clarté blanche dans la pièce.

Le professeur, lui, s'était précipité au dehors.

Herr Listcheû demeurait seul. En attendant le retour du Polonais, il promena autour de lui, ce regard vague de l'homme qui veut voir, non par curiosité, mais pour tuer le temps.

La salle assez spacieuse, (elle occupait tout le second étage), était meublée très simplement, mais on était frappé par sa propreté méticuleuse.

Les grossières dentelles au crochet, couvrant les sièges, *rayonnaient* de blancheur. Le bois des meubles brillait, poli par le frottement des nettoyages répétés.

Sur la cheminée, un buste de simili-bronze rappelle les goûts universitaires du professeur. C'est la Pallas-Athènè, la Minerve casquée, mère mythologique de l'olivier et de la sagesse.

L'encadrant, deux vases de verre laissent jaillir de leur col évasé, des bouquets de plantes minéralisées.

Mais soudain, les yeux indifférents du doktor s'animèrent. Il marcha vivement vers la cheminée. Il venait d'apercevoir, supportée par un petit chevalet de cuivre, une photographie format-album, et cette photographie il la reconnaissait. C'était Fraü Margarèthe Von Karch.

Comment les traits de la fille de l'espion, de l'ennemi introuvable de François de l'Étoile, se montraient-ils dans cette maison? Berski la connaissait donc. Il connaissait donc le père? On ne place pas ainsi, sur le marbre de sa cheminée, le visage d'une inconnue!

Le docteur prit chevalet et photographie, les tourna, les retourna. Au verso, au crayon à demi effacé, un mot, une date :

Kremern, 23 novembre.

Que signifient ces syllabes ? Elles ont été écrites il y a longtemps. Les traits marqués à la mine de plomb sont à peine lisibles maintenant.

Et Listcheü frissonne, sa main tremble. Il replace le portrait sur le marbre, regarde la porte d'entrée. Sur son visage bouleversé se voit une impatience douloureuse. Il veut interroger le professeur. Du fond de son être, une voix lui crie :

— La solution du mystère est là, dans ce modeste salon de petit professeur du collège de Posen !

Et son cœur cesse un instant de battre, quand la porte se rouvre, livrant passage à Berski. Celui-ci a revêtu une robe de chambre. Des pantoufles ont remplacé ses bottes. Il est radieux.

— Des hommes sont apostés dans la rue ; mais personne encore ne s'est présenté chez moi. Grâce à vous, je suis tiré d'affaire, car les policiers me trouveront ici, au travail. Puisque personne ne m'aura vu rentrer, il faudra conclure que je ne suis pas sorti. Je voudrais pratiquer les devoirs de l'hospitalité ; mais mon anxiété est trop grande. Je vous supplie de ne pas prolonger votre séjour chez votre obligé. Si l'on vous y surprenait ! Je tremble à cette pensée. Plus tard, sans doute, les dieux justes permettront que j'aie la joie et l'honneur de vous recevoir en cette maison, où l'on priera chaque jour pour vous.

Il parle avec volubilité, tout à la joie de sentir le danger écarté. Mais soudain, il a l'impression que son interlocuteur ne l'écoute pas. L'air absorbé du doktor l'étonne, l'inquiète :

— Qu'avez-vous ? murmure-t-il.

Incapable de prononcer un mot, Listcheü désigne du doigt le portrait de Margarèthe. Et Berski pâlit. Il murmure :

— Vous la connaîtriez ?

Cette fois, le maître de l'aéroplane mystérieux répond :

— C'est la fille de l'homme dont j'ai juré la punition. Vous parliez de reconnaissance tout à l'heure. Dites-moi ce que vous savez de cette personne.

Et d'une voix déchirante, Berski laisse tomber ces paroles qui stupéfient son compagnon :

— La femme de mon frère, mort de sa mort à elle !

33

Une seconde, les deux hommes se considérèrent. D'une voix hoquetante, Berski reprit enfin :

— Alors, c'est son père que vous poursuivez dans cette lutte audacieuse, dont les journaux m'ont apporté les échos. Von Karch c'est lui! comment le deviner sous ce nom ignoré. Il n'est donc pas mort, lui, comme je le croyais.

— Ni lui, ni elle, laisse tomber Listcheü.

— Ni elle !

Le professeur a un cri affolé :

— Elle non plus..... Et mon frère a cessé de vivre parce qu'il espérait la rejoindre par delà la mort.

Lentement, le docteur Listcheü vint à lui, et lui prenant les mains, mettant en sa voix cette autorité étrange que donne le malheur :

— Vous ignoriez le nom de Von Karch. Comment s'appelait donc celle qui accorda sa main à votre frère?

— Je n'ai pas le droit de conserver un secret vis-à-vis de vous; mais c'est un nom couvert de honte, un nom que je ne prononce jamais.

— Ce nom doit me permettre de réhabiliter un innocent.

Berski se redressa d'un brusque mouvement :

— Vous avez raison, je dois parler. Margarèthe était de race noble..... Oh! une race déchue, avilie. Elle était fille d'un malhonnête homme, d'un être exclu de la noblesse parce qu'il avait volé..... au jeu, et ailleurs.

— Voleur au début; espion ensuite, et toujours *voleur* de la pensée des autres.

— Il s'appelait le comte de Kremern, acheva le professeur d'une voix étranglée. Kremern qui, pour éviter la punition de ses fautes, s'engagea dans une mission vers les Hauts Plateaux du Thibet..... Il avait décidé sa fille à le suivre..... Quelques mois après leur départ. on annonça leur trépas..... Voilà pourquoi je n'ai plus de frère, plus de famille..... Et cependant, je vous dis, à vous qui vengez une victime : Épargnez Marga; mon frère lui aurait pardonné.

— Peu de temps après, sans doute, les faveurs monnayées s'abattirent sur Kremern devenu Von Karch, murmura l'aviateur.

Berski considéra le doktor avec étonnement.

— Oh! balbutia-t-il..., j'entrevois votre pensée. Vous croyez que tout était prévu, voulu, calculé, pour faire libre Marga en passe de devenir riche?

Listcheü garda le silence. Mais l'expression grave de son visage décevait que cette pensée, il l'avait eue en effet. Le professeur eut un sanglot. D'une voix entrecoupée, il bégaya :

— Elle aurait joué cette terrible comédie de la mort! Eh bien, tant pis. Au ciel, on n'a plus de haine. Au nom de mon frère, je vous répète : Épargnez-la.

— Je vous le promets.

Listcheü ouvrit les bras à son interlocuteur, et les deux hommes s'étreignirent. Puis ils se séparèrent. Lentement, le doktor murmura :

— Elle sera sacrée pour moi; je pense comme vous-même que les trépassés pardonnent.

Puis il regagna la lucarne. Un instant après, il était sur le toit, où il retrouvait le filet. Il s'en enveloppait et tirait par trois fois le filin de métal relié à l'aéroplane. Aussitôt un mouvement ascensionnel se produisit; bientôt, le doktor disparut dans les ténèbres du ciel.

Ce fut seulement une heure plus tard que des policiers firent irruption dans la demeure du professeur Berski.

On juge de la déconvenue de ces personnages à être reçus par celui-là même dont ils pensaient constater l'absence.

Et comme une opération policière doit toujours se terminer par la punition de quelqu'un, l'agent secret Bjorn, ayant signalé *par erreur*, le professeur du Gymnase, comme effectuant hors de la ville une promenade suspecte, fut mis à pied sans traitement pendant un mois.

Cette soirée, du reste, devait être fatale à la police politique.

Les agents qui rôdaient autour de la retraite de Vaniski, connurent les foudres hiérarchiques, leur défaut de vigilance (c'est ainsi que l'administration expliqua l'affaire) ayant permis au paysan et à ses enfants de disparaître sans laisser de traces.

CHAPITRE VIII

ENTRETIENS HISTORIQUES

— M. le Chancelier, je suis las de cette situation.

— Sire, je ne l'ai pas créée. Je l'ai trouvée telle, quand vous m'avez fait le grand honneur de m'appeler à mes hautes fonctions.

— Je ne vous accuse pas. Mais je veux que cela cesse. Je veux que jamais ne se reproduise la situation présente. Moi, l'Empereur, un galant homme, j'ose le dire, je suis prisonnier d'un misérable Von Karch! Et cela parce que le Service des Renseignements a outrepassé ses pouvoirs.

— Cela va prendre fin, Sire. Le mois demandé par le personnage en question, sera écoulé bientôt.

— Oui, mais désormais, je prétends que nul ne puisse s'interposer entre la justice et moi.

— Oh! la justice. Je supplie Votre Majesté de songer que l'accusateur est Français.

L'Empereur marqua un geste rageur.

— La honte en est plus vive pour moi, M. le Chancelier. Français, Allemand,

qu'importe d'ailleurs! Cela ne change rien à ma pensée de justice. Eh!
sans doute, je préférerais que les rôles fussent intervertis, mais cela dégage-
t-il mon honneur?

Toute la colère d'une âme loyale, contrainte à dissimuler, vibrait dans
la voix du souverain. Il acheva d'un ton sec :

— Vous avez entendu, M. le Chancelier. Je veux avant deux semaines
un projet de réforme complète du Service des Renseignements, de ses méthodes et de ses procédés. L'État doit être renseigné et né doit pas accepter
l'aide des voleurs. Allez, et mettez-vous au travail.

Le Chancelier salua très bas et sortit, bouleversé par le courroux du
maître.

Celui-ci était seul maintenant, dans ce cabinet de travail sévère où s'élaborent les graves problèmes du gouvernement.

Il écouta les pas de son chancelier se perdre dans l'éloignement, puis il
vint lentement à sa table-bureau, cette table Louis XV aux cuivres artistiques qu'il affectionne. Il se laissa tomber dans le fauteuil et s'enfonça
dans une pénible songerie.

Pénible, oui; son front pâle, ses yeux où s'allument des éclairs, le disent éloquemment. Soudain, il secoue la tête. Il vient de donner ses ordres.
A l'avenir, il ne pourra plus être le prisonnier moral d'un misérable. La
décision prise, exprimée, il lui semble que déjà sa liberté est un peu
reconquise.

Une intolérable situation va prendre fin. Il ne faut pas céder à l'obsession
qu'elle a imposée à son esprit.

— Travaillons, dit-il avec énergie.

Et volontaire, il attire à lui les papiers amoncelés sur le bureau, puis il
annote les feuilles placées sous ses yeux.

C'est la nuit que l'Empereur travaille. Ses sujets, le personnel du palais,
doivent ignorer l'effort d'où naissent les résolutions qu'au grand jour, le
Maître proclame avec la fougue de l'impromptu.

Le crayon bleu trace des notes rapides, souligne, rature.

Il a, ce crayon, quelque chose de fatal, d'impressionnant. Quelques-unes
des arabesques qu'il dessine sous l'impulsion de la main nerveuse qui le dirige, déchaineraient des cataclysmes s'il plaisait au Maître de soixante millions
d'hommes.

L'Empereur s'absorbe en cette besogne ardue de pasteur de peuples. Une
teinte rosée colore son visage, décelant la tension de l'esprit. Tout à coup il
lève la tête, regarde autour de lui d'un air étonné.

— Qu'est-ce ?

La question passe dans un chuchotement. Ses yeux se fixent sur les lourdes tentures qui masquent les fenêtres, et cachent à tous la clarté des lampes éclairant le travail du souverain.

— Qu'est-ce donc ? répète-t-il à mi-voix.

Il lui a semblé percevoir un bruit insolite, comme un coup sec frappant la vitre de la croisée la plus proche de l'endroit où il se tient.

Un léger haussement d'épaules trahit sa pensée. Il se plaisante, il a été le jouet d'une illusion. Quelle apparence que l'on frappe à sa fenêtre ? A moins qu'une chauve-souris, chasseresse nocturne emportée par son vol cotonneux, ne soit venue donner de la tête, maladroite bestiole, dans les vitres assombries.

Il attend un instant. Un tressaillement parcourt son être. Cette fois, il est sûr d'avoir entendu. Ce n'est plus un coup, mais deux qui viennent de résonner contre le carreau.

Il se gourmande encore. Sur l'étroit entablement de la croisée un ennemi ne saurait trouver place. Quelque volatile blessée ou lasse s'est perchée là, et de son aile engourdie par un long vol, choque les vitres derrière lesquelles se voile le labeur impérial.

Dans la famille des Hohenzollern, il est de tradition d'aimer les innocents habitants des airs.

Le grand Frédéric lui-même, de si haute et si rude mémoire, trouvait plaisir à émietter des gâteaux aux oiselets de la région berlinoise.

Et l'Empereur, à l'idée qu'un passereau souffre, abandonne un instant le travail qui peut modifier le monde. Il va à la croisée, écarte les rideaux. Mais il a un geste de surprise, il fait un pas en arrière.

Sur l'entablement de la fenêtre, il a aperçu, non pas un oiseau souffreteux, mais bien une robuste silhouette d'homme debout, les mains étendues, semblant défier le vertige. Et pourtant la moindre rupture d'équilibre précipiterait le singulier visiteur sur les pavés de la cour, à quinze mètres plus bas.

Dans le cerveau impérial se pressent d'insolubles questions. Comment l'homme est-il parvenu là ? Quelle audace le pousse à braver les dangers de la chute, de la colère du souverain ? Se croit-il à l'abri des cachots sinistres, des forteresses où l'on oublie si aisément le prisonnier réputé dangereux.

— Un criminel, murmura l'Empereur, en laissant retomber le rideau. Un nihiliste ! Un diable rouge !

Il a reculé jusqu'à sa table. Il fait retentir une sonnerie électrique.

A l'appel, la porte s'ouvre. L'officier de garde dans la galerie desservant le Cabinet impérial, paraît, s'immobilise sur le seuil, la main droite à la visière du casque, attendant les ordres.

Et l'Empereur, d'une voix calme, qui ne trahit aucune émotion, dit :

— Voyez donc à cette fenêtre. Ne serait-elle pas ouverte?

L'officier n'a pas un geste de surprise à ce commandement inattendu. Il traverse la salle à grands pas, écarte les rideaux.

— Non, Sire, elle est fermée.

— Et vous ne voyez rien d'anormal? prononce le monarque comme malgré lui.

— Rien. Qu'est-ce que Votre Majesté désire que je voie?

Le souverain se mord les lèvres. Ses yeux perçants interrogent la fenêtre, près de laquelle l'officier se tient raide, maintenant la tenture relevée de sa main. A travers les vitres transparentes, il n'aperçoit plus rien. La forme humaine a disparu, s'est évanouie.

— Ah ça! grommela Sa Majesté, c'est de l'hallucination!

Et d'un ton rogue :

— Reprenez votre poste de garde.

L'interpellé sort. La porte se referme. De nouveau, l'Empereur est seul. Alors il court à la fenêtre, l'ouvre d'une main impatiente et se penche au dehors. Il pense que l'homme est là. Où? Comment se tient-il suspendu? Il ne se le demande pas. Il est obsédé par l'idée qu'il est là.

Et ce lui est une stupeur de ne pas le découvrir. La façade ne présente aucune trace d'escalade. La Cour intérieure, vaguement éclairée par les réverbères brûlant en veilleuse, est ténébreuse. Un seul être s'y promène lentement. C'est le factionnaire qui veille à la tranquillité intérieure du palais.

Le souverain s'est retiré de bonne heure, ce soir-là. Le personnel de la demeure impériale a profité de sa liberté pour s'aller coucher ou pour se répandre dans la ville de Berlin à la recherche des plaisirs qu'offre la Cité capitale.

L'Empereur referme avec agacement. Il regagne son bureau, semble chasser sa préoccupation d'un geste brusque, et se remet au travail. Mais il était écrit qu'il ne travaillerait pas ce soir-là.

Depuis cinq minutes il avait repris l'examen des rapports soumis à ses observations, quand de nouveau les vitres résonnèrent sous des heurts discrets.

— Ah ça! l'on se moque de moi, gronda-t-il.

C'en était trop, d'un bond, il fut debout, prit un revolver caché dans un tiroir du bureau, et courant à la croisée, il écarta violemment la tenture. La silhouette humaine était debout sur l'entablement.

Il recule de quelques pas, le revolver braqué.

— Quel est cet acrobate? murmura le souverain.

Il riait presque de l'étrange partie de cache-cache que lui impose le visiteur inconnu. Mais il songe aux complots qui se trament dans l'ombre contre les souverains. Le rire n'est pas de mise. Les assassins eux, ne plaisantent pas. Et lentement, il lève son revolver, visant l'homme.

Il ne tire pas. L'homme n'a marqué aucune crainte. Il s'est incliné avec une respectueuse déférence. Par signes, il invite l'Empereur à ouvrir la croisée. Sa placidité, l'aisance de ses mouvements sont tels, que le monarque éprouve un vague sentiment d'admiration. Il se confie :

— Étrange. Par le *Grand Monsieur* (locution allemande qui signifie Dieu), c'est certainement un équilibriste. Il se trémousse comme s'il ne craignait pas une chute mortelle dans la cour.

L'homme répète ses gestes. Et comme l'Empereur est brave, il n'hésite pas. Il tourne l'espagnolette ciselée, accédant à la requête muette de l'inconnu, puis il recule de quelques pas, le revolver braqué sur celui qui se présente de façon aussi inusitée.

Une certaine défiance est permise en face de procédés aussi peu conformes aux règles de l'étiquette courante.

Du reste, le visiteur n'a pas l'air de s'occuper de l'arme menaçante. Il a un mouvement singulier. On croirait qu'il détache un crochet de sa ceinture. Puis il saute légèrement sur le plancher, se courbe devant le monarque en une révérence dévotieuse, et d'un ton où l'audace des mots est tempérée par le respect évident :

— Sire, daignez oublier un instant que vous êtes le Maître de l'Allemagne. Souvenez-vous seulement que vous êtes un homme de cœur ayant en face de lui un homme de cœur, que d'aucuns considéreraient comme un naïf parce qu'il a cru fermement qu'en faisant appel à la noblesse de votre esprit, à votre caractère chevaleresque, il pouvait sans danger venir vous supplier de lui faire justice.

Cette entrée en matière a bouleversé l'interlocuteur impérial de l'inconnu. Il balbutie, d'un accent décelant le trouble de ses pensées :

— Qui donc êtes-vous, vous qui venez si audacieusement réclamer ma justice ?

L'homme se courbe. Il paraît vouloir exagérer le respect. Puis il se redresse, et son regard clair rivé sur celui de l'Empereur, il prononce ces mots :

— Sire, je suis « Miss Veuve ».

C'est un silence impressionnant qui suit cette déclaration. Un frisson a parcouru le corps de l'Empereur.

Miss Veuve! Quoi, il aurait devant lui le personnage qui l'a défié, qui a réduit en cendres l'aéroplane militaire allemand, qui a jeté dans la presse mondiale le plus terrible réquisitoire prononcé contre les procédés de l'espionnage allemand.

34

Un simple mouvement de l'index sur la gâchette, et l'Empereur serait débarrassé de son ennemi. Véritablement, l'occasion est tentante.

Mais Miss Veuve ne s'est pas adressée en vain à la chevalerie de son interlocuteur. L'adversaire qui se présente sans armes, en confiance, doit être respecté.

L'Empereur ne résiste pas à l'impulsion de curiosité qui monte en lui. D'un mouvement brusque, il jette sur le bureau son revolver, va reprendre place sur le fauteuil et, désignant un siège au visiteur :

— Asseyez-vous, Monsieur. Dites sans crainte ce que vous espérez de moi. Ce n'est jamais en vain qu'on s'adresse à la justice d'un Hohenzollern.

Son interlocuteur fléchit le genou, marquant ainsi son admiration pour le tout puissant qui courbe son orgueil, son pouvoir, sous la volonté de l'honneur. Il s'assied cependant. Et son hôte impérial ayant murmuré :

— J'écoute.

Il commence lentement :

— Sire, souvenez-vous; ma foi en votre loyauté n'a point varié. Pris par le devoir de réhabiliter François de l'Étoile, odieusement calomnié par un drôle, je suis venu à vous. Une lettre vous demandait justice.

— Passons, prononce vivement l'Empereur que ce début importune, car il lui rappelle la situation dont il souffre encore, dont il exprimait tout à l'heure sa lassitude à son Chancelier.

Mais Miss Veuve insiste :

— Non, Sire, pas ainsi. A cet accueil gracieux, je veux répondre par la vérité entière. Je veux que toute ma pensée vous soit connue.

Et secouant la tête d'un mouvement mélancolique :

— J'ai souffert, Sire, et je n'accuse point à la légère. Ma lettre est demeurée sans réponse. J'ai accusé, non le souverain captif d'une organisation, mais l'organisation actuelle. Toujours, j'ai jeté le blâme sur un service de renseignements qui, j'en suis certain, vous blesse autant que moi-même.

— J'ai ordonné la réforme totale de cette institution, déclara nettement l'Empereur, et je tiendrai la main à ce que ma volonté soit réalisée.

Vraiment, les deux adversaires en présence éprouvaient une réelle estime l'un pour l'autre. Le souverain entendait sans colère un langage qu'il n'eût toléré de personne; il avouait ses projets avec une confiance qu'aucun à sa Cour n'avait jamais obtenue.

Ils eurent conscience de l'étrangeté de cette sympathie instinctive. Leurs visages perdirent le caractère de gravité sévère qu'ils avaient conservé

jusque-là. Il y eut même dans le ton de Miss Veuve une inflexion affectueuse lorsqu'il poursuivit :

— Je n'avais d'autre arme qu'un appel à l'opinion de tous. Mes ennemis
possédaient la libre disposition d'une armée formidable, de flottes imposantes. Moi, j'étais seul. Mais je n'ai pas douté du résultat. La force de la
Vérité est infinie. La proclamer, la crier au monde, c'est rassembler le
monde sous sa bannière. Je l'ai donc criée.

— Oh oui! Vous l'avez criée,... souligna pensivement l'Empereur.

L'accent de Miss Veuve se fit suppliant :

— Pardonnez-moi. Plus les forces sont disproportionnées, plus le faible
doit frapper fort. J'ai affreusement souffert en frappant! Pour arriver au
coupable, je devais atteindre des innocents : un peuple qui ne m'avait rien
fait; un souverain que je sentais, tout autant que moi-même, victime d'une
institution barbare, legs du moyen-âge que l'on s'étonne de voir revivre à
notre époque.

Puis, plus doucement encore :

— Il y a trois jours, à Grossbeeren, tout enfiévré encore de la lutte, je
rêvais de manifestations désespérées, capables d'épouvanter le monde.
L'épouvante, je l'aurais répandue sur des innocents du crime dont j'implore justice. Alors, la réflexion a apaisé mon esprit, une clarté due à un
hasard providentiel m'a enseigné la véritable personnalité du malandrin
que je pourchasse..,

— La personnalité de Von Karch vous est connue? s'écria l'Empereur,
cédant à une irrésistible curiosité.

— Oui, Sire, je vous la ferai connaître à l'instant, après vous avoir dit
ce que le désir d'éviter de nouvelles tristesses, à vous et à votre peuple,
m'a dicté comme ligne de conduite.

Et, après un bref silence, le visiteur acheva :

— J'ai pensé qu'en me présentant à Votre Majesté, en venant à elle,
non plus en menaçant, mais en priant, en vous disant : « Sire, ce que
nul n'a pu vous dire sur Von Karch dans votre entourage, moi je le sais et
je vous le révélerai. Et de votre grandeur, je sollicite l'indication de la
retraite d'un drôle qui fait honte à toute l'humanité. J'attendrai pour le
prendre que vous me le permettiez, mais fournissez-moi le moyen d'empêcher sa fuite, son évasion. C'est la mémoire d'un honnête homme que je
vous demande, à vous, homme d'honneur, de rendre à l'honneur.

Sans un mouvement, l'Empereur avait écouté. Mais si sa contenance
affectait l'impassibilité, les contractions de son visage mobile montraient

qu'une terrible lutte se livrait en lui. Le gentilhomme et le souverain étaient aux prises. La raison d'honneur se heurtait à la raison d'État.

Listcheü attendait, sans un geste, témoin muet du combat intérieur de l'un des plus puissants souverains de la terre.

Enfin, l'Empereur parut prendre une décision. Sa main se porta sur son front, à deux reprises, comme pour chasser les résistances ultimes de la pensée.

— Vous avez parlé loyalement, Monsieur. Je veux vous montrer que votre opinion n'était point fausse en ce qui me concerne. Vous allez entendre des paroles que nul ne saurait se vanter d'avoir perçues en Allemagne. J'ai reconnu la voix de votre cœur. C'est mon cœur qui vous répondra.

Il eut un soupir profond, mais son accent s'affermissant par degrés :

— Je hais l'espionnage et les espions; je hais tout ce qui rampe, tout ce qui ment, tout ce qui trompe. Si, dans cet état d'esprit, je me suis tu lors de votre appel de justice, c'est que l'on m'a fait valoir une raison d'État.

L'Empereur lança un ironique ricanement.

— La raison d'État qui motive les lâchetés, les compromissions, les turpitudes. Et j'ai eu peur, je l'avoue à un homme courageux, les poltrons seuls ne comprendraient pas un tel aveu. J'ai eu peur pour moi, pour ceux que j'aime, un mot de moi pouvant déchaîner un effroyable scandale.

Listcheü s'était dressé. Son attitude, ses regards exprimaient si éloquemment son admiration pour la confession courageuse faite par le Maître souverain de l'Empire, que son interlocuteur eut un triste sourire :

— Vous me comprenez, je le vois, et je vous en suis reconnaissant. Ainsi, dans le long mensonge du trône, j'aurai eu une heure où mon âme se sera exprimée librement.

Son sourire s'accentua, il murmura à voix si basse qu'il parlait évidemment pour lui seul.

— Et c'est avec un Français sans doute que j'aurai joui de cette heure d'indépendance.

Mais reprenant sa gravité un instant abandonnée :

— J'ai chassé la peur maintenant. Nul ne doit se montrer plus brave que moi. Sans cela, pourquoi serais-je le premier de l'Empire? Votre conduite dicte la mienne.

Une pause imperceptible, et il reprit, de ce ton autoritaire qui force l'obéissance :

— Vous affirmez que Von Karch a volé le Français François de l'Étoile. Non, je m'exprime mal. Je suis sûr qu'il l'a volé, car ce misérable ne s'est jamais défendu de cet acte. Je voulais dire : « Vous pensez rendre l'honneur au mort en tenant en votre pouvoir son persécuteur. »

— Oui, Sire, l'aveu du coupable, de ses complices...

— Bien. Oh! l'homme a tout mon mépris. Il a menti à tous comme à nous qu'il prétendait servir. Son nom même, il s'en est glorifié devant notre Chancelier, est un masque.

— Que je lève, Sire. Von Karch se nommait autrefois le comte de Kremern, réputé mort ainsi que sa fille, durant un voyage en Asie.

— Kremern! répéta l'Empereur. Puis sa mémoire bien connue lui retraçant l'histoire attachée au nom de Kremern, il reprit avec une expression de dégoût : « Ah! oui, Kremern, voleur au jeu, puis faussaire! »

Il ébranla le parquet d'un violent coup de talon.

— Et c'est d'un tel misérable que je restais prisonnier.

Rapidement, il tourna autour de la table, s'approcha de son interlocuteur, et, lui prenant les mains :

— Vous avez bien fait de venir. L'aspect des gens de cœur chasse toutes les arguties dont on nous obscurcit la cervelle. Von Karch ou Kremern a trouvé asile... (Oh! ce n'est pas moi qui le lui ai ouvert; j'en rougirais de honte). Il se cache dans le parc impérial de Babelsberg, en face de Postdam.

— Oh! Sire, merci.

— Je n'ai pas fini. Frappez sans tarder, vengez celui qui n'est plus. Je ne mets aucune condition de délai. C'est de moi, Guillaume de Hohenzollern, que vous avez réclamé justice. Je vous la donne pleine et entière.

Miss Veuve essuya une larme, et d'un ton pénétré :

— Sire...

Son interlocuteur l'arrêta :

— Ce n'est pas à vous à formuler un remerciement. Je demeure votre obligé, vous m'avez tiré du doute, de l'indécision.

— Mais que Votre Majesté daigne se rappeler. Elle parlait à l'instant d'un scandale s'abattant autour d'elle...

Les doigts du souverain s'incrustèrent dans les mains du docteur :

— Plus un mot à ce sujet. Tant pis si la personne de l'Empereur souffre. Ce qui est juste est au-dessus de ce qui est seulement impérial.

Puis, la voix changée, une nuance d'affection dans l'accent :

— Mais après, après, ne craignez pas de procurer à l'Empereur le plaisir de revoir un honnête homme.

— Ah! s'écria Listcheü avec une émotion dont tremblaient ses paroles.

Sire, je reviendrai. Mais auparavant, moi qui en ai appelé au monde de la trahison de Von Karch, je veux lui crier à pleine voix comment le Maître de l'Allemagne sait se plier à la justice.

Déjà sur l'entablement de la fenêtre, le visiteur prenait un double crochet de fer qu'il y avait déposé à son arrivée, et en introduisait les crocs recourbés dans deux anneaux fixés à sa ceinture.

Le souverain remarqua que les crochets étaient suspendus à des cordelettes, qui se tendaient, de même que si elles avaient été tenues par les mains amies de personnes juchées sur le toit.

Listcheü opéra une traction sur ces filins, et soudain, il fut enlevé par la fenêtre, comme aspiré en haut. L'Empereur vint à la baie; il ne vit plus rien. Le visiteur avait disparu. Alors, il referma, et s'asseyant devant son bureau, il lança gaiement :

— J'ai idée que je vais bien travailler. Je me sens léger comme un flocon de neige.

Cependant Listcheü, rapidement enlevé par le treuil ménagé dans le plancher de l'aéroplane, atteignait le navire aérien qui, durant l'entretien précédent, s'était maintenu au-dessus des toitures impériales.

Tril et ses amis, Vaniski et ses fillettes, le flegmatique Klausse lui-même, formulent une ardente interrogation. Il répond par ce monosyllabe :

— Oui.

Et ce mot si court amène une stupeur joyeuse. Oui, cela signifie : l'Empereur a consenti. Je connais la retraite du misérable traître qui, depuis si longtemps, se dérobe à nos recherches.

Car tous savent ce que le doktor est allé chercher auprès du Maître de l'Empire allemand.

Après sa visite au professeur Berski, Listcheü a résolu cette entrevue avec l'Empereur. Il s'est promis de lui apporter le nom de Kremern si miraculeusement découvert, et de lui demander, en échange, le nom de l'endroit où se terre le traître.

Toutefois, en sa générosité, il a voulu avant toute chose, assurer la sécurité des pauvres Polonais recueillis à son bord.

A une vitesse vertigineuse, l'aéroplane a fait route vers le nord-ouest. Il a franchi la frontière danoise et, à quelques kilomètres, il a atterri près d'une ferme, à Weeneborg, où le brave propriétaire de l'exploitation, un de ces Danois qui ne renoncent pas au Schleswig et au Holstein, a consenti aisément à héberger les fugitifs.

Vaniski, Mika, Ilka, vivront là, à l'abri de la misère et des vexations.

Si le regret de la patrie absente n'était pas une douleur, ils pourraient considérer l'aube qui se lève sur Weeneborg comme l'aurore du bonheur.

Cependant, par défiance des espions qui pullulent sur toutes les frontières, le fermier Danerik a demandé à ne recevoir ses nouveaux hôtes que dans une huitaine de jours.

Il emploiera la semaine à répandre le bruit qu'il attend un cousin et ses fillettes, naguère colons de l'Islande, terre danoise, que leur santé oblige à rechercher le climat plus clément du Jutland.

Le doktor a consenti. Il a gardé les Polonais à son bord. Et la nuit venue, l'aéroplane s'est élancé vers Berlin, ayant pour objectif le palais impérial, que le vengeur de François de l'Étoile quitte à cette heure.

Maintenant, tout en dépeignant à ses auditeurs l'accueil si chevaleresque du souverain, Miss Veuve a remis l'appareil en marche. Le flamboiement des milliers de lumières de Berlin s'éteint en arrière. L'engin plane à présent sur la campagne invisible sous le voile des ténèbres.

— Où allons-nous? questionne timidement Suzan...

— A Babelsberg.

— Vous voulez, cette nuit même?

— Me trouver en face de Von Karch, de cet ex-comte de Kremern qui a déshonoré François, qui a lâchement assassiné lord Fairtime et ses enfants.

Une douleur vengeresse sonne dans ces paroles. Le visage du doktor se contracte, exprimant l'angoisse surhumaine que les artistes croyants du moyen âge ont fixé sur les figures des damnés. Et tous restent silencieux, dominés par la pensée tragique que la vengeance, si longtemps retardée, est en marche.

CHAPITRE IX

LE LANCER

A la même heure, une scène moins noble se jouait dans le salon du rez-de-chaussée du blockhaus de Babelsberg, où l'espion jusque-là avait abrité son infamie.

Marga se tenait devant son père, terrifiée, éperdue, et celui-ci, avec cette lourde raillerie dont il était coutumier, lui jouait la comédie combinée, le soir où, espion même de son enfant, il avait entendu la jeune femme jeter à ses prisonniers le nom de Kremern.

— Que voulez-vous, ma blonde Marga ; ces Fairtime ont eu la sottise de me saluer de mon nom d'autrefois. Or, comme Kremern n'était connu que de vous et de moi, je suis bien obligé de croire que ma fille a trahi mon incognito. Un incognito que j'avais réussi à dissimuler à tous, même au Service des Renseignements. Et voyez ce que vous avez fait, vous avez risqué de compromettre votre avenir. Les prouesses de Kremern sont ignorées hors de l'Allemagne. Nous reparaissions sous son couvert dans un pays autre. Riches, nobles, nous y vivions heureux, paisibles, sans que personne pût découvrir, sous ce voile protecteur, le Von Karch dont on a un peu trop parlé.

Au milieu des reproches, Margarèthe avait discerné un mot d'espoir. Elle le releva :

— J'ai risqué, avez-vous dit?...

— Certes, ce verbe n'est pas pour faire douter de ma modération.

— C'est vrai, mais on en peut induire que vous avez trouvé le moyen de réparer la folie...

Il ricana :

— Bien vieux, le remède!... Quand on veut réduire un ennemi au silence,.. on le met hors d'état de parler.

Soudain, deux coups discrets furent frappés à la porte. Les interlocuteurs tressaillirent.

— Entrez! ordonna rudement l'espion.

Un des serviteurs-geôliers se montra aussitôt dans l'encadrement de la baie. Il tenait à la main un plateau argenté, sur lequel se dessinait le rectangle blanc d'une carte de visite.

— Un monsieur vient d'arriver. Il s'excuse de sa visite tardive; mais il affirme s'être hâté autant que possible, après avoir quitté Son Excellence le chancelier d'Empire.

— Le chancelier! Ah!

Vivement, Von Karch actionna à cinq reprises le poussoir d'une sonnerie électrique, et prenant la carte sur le plateau, il lut à haute voix :

— Herr Doktor Listcheü.

Il sembla chercher dans sa mémoire. Enfin, il haussa les épaules :

— Connais pas! Faites entrer cependant. Un envoyé du chancelier ne doit pas attendre.

Un pas décidé a sonné sur le plancher. Le doktor vient d'entrer. Il s'arrête à trois pas de la porte. Von Karch le regarde avec curiosité. Évidemment, il ne reconnaît pas cet homme aux cheveux sombres, au faciès pâle et douloureux.

Mais dans le silence, Marga qui considère le visiteur avec une sorte d'épouvante, chuchote des paroles incompréhensibles. Qu'a-t-elle dit? Elle a parlé pour elle-même. Elle a murmuré ces phrases énigmatiques :

— Il est mort, là-bas, en Angleterre. Cet homme n'est pas *Lui*, et cependant il regarde avec *ses Yeux!*

Von Karch a un coup d'œil vers elle. L'agitation de la jeune femme

35

semble l'étonner. Il indique un siège au visiteur, et affectant la courtoisie :

— Vous pouvez parler, Herr Doktor, je suis tout oreilles.

L'interpellé s'inclina, s'assit, puis tirant de sa poche un petit rouleau cylindrique, dont l'enveloppe semblait formée d'un carton brunâtre, il reprit d'un ton légèrement hésitant :

— Je désirerais vous entretenir seul à seul.

Mais Von Karch riposte par un geste impatient.

— Ma fille Margaréthe et moi ne faisons qu'un en deux personnes. Son Excellence le chancelier le sait. Il a proclamé lui-même l'admirable union familiale qui règne dans ma maison.

L'ironie qui vibre dans cette déclaration, est si légère que l'interlocuteur de l'Allemand ne la perçoit pas. Il continue à faire tourner entre ses doigts le petit cylindre extrait de sa poche, et dans lequel il est aisé de reconnaître le terrible radiateur d'ondes hertziennes, dont il expliqua naguère les propriétés foudroyantes à bord de l'aéroplane, puis le montrant à l'espion :

— Ceci, Herr Von Karch, est une arme terrible que je vous présente. C'est un radiateur d'ondes hertziennes, déterminant la production d'étincelles foudroyantes entre les surfaces métalliques qu'elles rencontrent. Qu'il me plaise d'actionner un contact, et vous êtes foudroyé, car je constate que vous sacrifiez à la parure. Vous portez montre, chaîne, bagues, épingle de cravate, sans compter vraisemblablement quelques clefs et menue monnaie en poche. Ce sont là objets métalliques suffisants. Je puis déchaîner la foudre. Donc, vous êtes à ma merci, M. le comte de Kremern !

Un double cri ponctue la phrase inattendue, tombant comme un obus dans la sécurité des habitants du blockhaus. Margaréthe se voile la figure de ses mains. L'espion la regarde et murmure :

— Qui donc a pu révéler...?

— Un homme qui pleure son frère mort par vous.

Et comme Listcheü s'est tourné vers la jeune femme, Von Karch profite de son inattention pour extraire doucement de la poche de son veston d'appartement, l'étui noir, le lance-embolie dont il avait osé menacer le chancelier.

— Pour vous faire comprendre toute la gravité de mes paroles, reprend le visiteur, je crois bon, vous ayant prouvé que votre identité n'a plus de secrets pour moi, de vous apprendre la mienne.

— La vôtre? Listcheü serait-il aussi un déguisement?

— Oui, comte Kremern ; on m'appelle encore Miss Veuve !

Von Karch ne sourcilla pas. Sa fille se dressa en un mouvement éperdu, mais elle demeura muette, les yeux fixés sur son père. Celui-ci venait de déposer son lance-embolie sur le guéridon qui le séparait du visiteur; il poussait l'arme perfide vers ce dernier, tout en disant du ton le plus calme :

— Prenez ceci, Herr Miss Veuve. C'est aussi un petit projecteur dangereux, qui me permettrait de me défendre, si je le voulais. Il est chargé de quarante projectiles, dont chacun suffirait à transformer en bloc de glace votre honorable personne. Je vous le confie en témoignage de mon vif désir de conserver à notre entretien un caractère pacifique.

Eh quoi, l'espion s'en remettait à la générosité de son adversaire !

Miss Veuve examinait l'objet à lui remis. Il parut en approuver la cons-

Miss Veuve examinait l'objet à lui remis.

truction, puis le glissant dans sa poche, il releva les yeux sur son interlocuteur. Celui-ci avait suivi tous ses mouvements avec un flegme dont Margarèthe se sentit stupéfiée; il renoua l'entretien.

— Maintenant, vous agrée-t-il de me faire connaître le but de votre visite ? Je vous écoute, est-il besoin de le dire, avec le plus vif intérêt.

Miss Veuve inclina la tête.

— Vous aurez raison, car ce que je veux...

— Oh! oh! vous voulez! Vouloir, c'est imposer. Sans doute, votre proposition est agréable, puisque vous ne supposez pas que ma volonté puisse se trouver en opposition avec la vôtre.

Un léger signe d'impatience échappa au doktor Listcheü.

— Trêve de paroles inutiles. Ma volonté vous est connue. Je l'ai publiée dans tous les journaux d'Europe.

— Oh! vous savez, je ne crois pas aux racontars de la presse.

— Soit. Voici ce que j'exige. Vous allez m'accompagner. Vous proclamerez l'innocence de François de l'Étoile; vous confirmerez la véracité des dires que j'ai confiés au public. Mes affirmations amies peuvent laisser place au doute, votre déclaration adverse l'interdira à jamais.

— En résumé, interrompit Von Karch sans rien perdre de sa tranquillité, vous souhaitez que je donne aux tribunaux la possibilité de me juger, de me condamner. C'est quelque chose comme le bagne que vous m'offrez.

— François de l'Étoile a échappé à une injuste condamnation par le suicide.

— Ah oui! je fais amende honorable. Votre générosité ne me pousse pas aux travaux forcés, mais au suicide. Tout à fait sensible à la gracieuseté; seulement, souffrez que je n'en profite pas.

Et le doktor esquissant un geste violent, l'espion éclata de rire, en disant non sans peine, au milieu de son inexplicable hilarité:

— Ne vous emportez pas! Ah! ah! ah! vous allez comprendre.

Margarèthe, elle, fixait sur son père un regard effaré. Enfin, l'agent d'espionnage domina sa joyeuse exubérance.

— Je vous ai écouté avec politesse, Miss Veuve, dit-il posément. Je vous prie de m'accorder la même attention courtoise. Vous êtes un ennemi extrêmement dangereux, je le reconnais. Mais dans la conviction du triomphe, vous avez omis un instant de faire entrer en ligne de compte mes convenances personnelles; je vous demande la permission de combler cette lacune.

Il y avait maintenant sur le visage du doktor un voile d'inquiétude. L'espion le remarqua, et d'un ton ironique:

— Je vois que la raison se réveille aisément en vous. Vous songez que je me suis désarmé à l'instant, et que pour agir ainsi, en face de vous qui maniez toujours votre... radiateur hertzien, il faut que j'aie la certitude... si, si, la certitude, le mot n'est pas trop fort, de vous amener à partager ma façon de voir. Voici donc les conditions que je mets à notre entente.

— Des conditions, gronda son interlocuteur, est-ce bien à vous d'en poser?

— Je le crois, au surplus nous éluciderons ce point tout à l'heure. Je reprends l'exposé de ma volonté. Vous vous retirerez seul. Vous reviendrez ici dans une huitaine. Alors, nous retrouvant en face l'un de l'autre, dans cette même salle, je serai prêt à répondre à vos vœux.

Sur un geste du visiteur, il s'empressa d'expliquer:

— J'ai des dispositions à prendre, pour pouvoir faire ce que vous souhaitez, avec le minimum de dommage pour moi. Vous pourrez d'ailleurs veiller à ce que je ne quitte pas cette maison. Rien ne s'oppose à ce que vous établissiez un cordon de factionnaires autour de ma demeure. Vous n'êtes certainement pas seul?

— En effet, répliqua Miss Veuve, rendant ironie pour ironie, j'ai quelques compagnons.

— Qui se tiennent aux environs?

— Je puis vous dire qu'ils m'attendent auprès de la Colonne Belvédère, édifiée au sommet de la Babelsberg, et qui domine le parc et les bâtiments de la résidence impériale.

Une surprise passa dans les yeux du traître.

— A la Colonne Belvédère, répéta-t-il. Décidément, vous êtes très fort. Il est vrai qu'avec l'engin que vous avez présenté (un peu trop rapidement à mon avis) sur le champ d'aviation de Grossbeeren, il n'existe point de clôtures, point d'obstacles.

Miss Veuve haussa insoucieusement les épaules, et plaisanta :

— Cette fois, je voyage en... automobile, une automobile très confortable, ainsi que vous en jugerez dans quelques minutes, car en dépit de vos explications, je persiste dans ma résolution.

Les visages souriaient, mais les yeux des deux hommes lançaient des éclairs. On devinait que les coups décisifs allaient être portés. Margarèthe se leva tout d'une pièce, mais un geste impérieux de l'espion la contraignit à demeurer immobile. Celui-ci ricana :

— Ma tranquillité eût dû vous avertir que j'ai contre vous... un bouclier.

— Un bouclier?

— En quatre personnes que vous supposez mortes, et qui vivent ici, prisonnières de votre serviteur, mais qui mourront si je meurs : les châtelains de Fairtime.

— Edith! Miss Edith!

— Elle, son père, ses frères, tous enfin.

Les bras de Listcheü battirent le vide. Enfin, il crispa ses mains sur son visage, et d'une voix haletante, saccadée, étrange, surhumaine, il sanglota :

— Vivants! Ils vivent! Ils vivent!

Von Karch se prit à rire silencieusement. Il eut à l'adresse de Margarèthe, pétrifiée par ce coup de théâtre inattendu, un regard railleur, puis d'une voix lente, monotone, il conta comment il avait détruit Fairtime-Castle, après s'être assuré de la personne des habitants.

— Des otages, expliqua-t-il hypocritement, dont je prévoyais l'utilité prochaine. Vous me jugez mal. Je ne suis pas cruel. Je prends mes précautions, voilà tout. La destruction de Fairtime n'a coûté la vie à personne. Les serviteurs, éloignés sous divers prétextes, se réjouissent vraisemblablement du... hasard qui les fit s'absenter.

— Oh! père, pardonnez. Je vous avais cru meurtrier!

C'est Margarèthe qui s'incline. Elle prend pour vérité le mensonge qu'il vient de proférer. Elle ne peut deviner que le fourbe a, sans remords, condamné à périr tout le personnel de Fairtime-Castle. Et Miss Veuve montre son visage décomposé, sillonné de larmes.

— Vous aviez raison, Herr Von Karch, je dois me plier à vos volontés, s'il m'est prouvé que ceux dont vous me parlez sont vivants.

— Allons donc, vous devenez raisonnable?

— Oui, mais la preuve?

— Qui donc songe à vous la refuser?

Ce disant, l'espion appuie sur la sonnerie qu'il a fait retentir avant l'entrée du visiteur.

— Je donne mes ordres à mes serviteurs, afin qu'aucun ne se trouve sur notre passage.

— Pourquoi?

— Pour vous démontrer je joue franc jeu, moi. Ma blonde Marga va nous éclairer.

Il se dirigeait vers la porte. Le vestibule était désert. Tous trois le traversèrent, parcoururent le couloir conduisant à l'entrée des caves, descendirent l'étroit escalier de pierre accédant au sous-sol.

Parvenu devant la lourde porte qui fermait l'appartement des prisonniers, l'espion introduisit une clef dans la serrure. Un double déclic du pène, et le vantail tourna sur ses gonds.

Miss Veuve fit un pas en avant et, sur le seuil, s'arrêta net, avec un cri sourd.

Un spectacle terrifiant s'était offert aux regards du visiteur. Lord Fairtime, Miss Edith, Peterpaul, Jim, étaient ligotés sur des fauteuils, rangés le long de la muraille, faisant face à l'entrée.

Sous leurs pieds, une sorte de tapis de caoutchouc épais de plus de dix centimètres. Autour d'eux, s'enroulant ainsi que des serpents, des spirales de fer, terminées par des renflements qui s'appuyaient sur le crâne et sur le cœur des captifs.

Auprès de chacun, un homme vigoureux se tenait immobile. Quiconque eût assisté au crime de Fairtime, eût reconnu ces gardiens.

C'étaient Fritzeü, Lorike, naguère revêtus de l'uniforme des matelots dans le parc de Fairtime, et aussi ces individus entrevus dans le couloir souterrain, le soir du retour de Grossbeeren : Stolz et Petunig.

Un cinquième personnage, dont la carrure herculéenne appelait le nom du farouche et brutal Siemens, se tenait adossé au mur, la main droite appuyée sur une manette à poignée d'ébonite.

Miss Veuve tremblait. Les fauteuils, les spires métalliques, les captifs réduits à l'immobilité entre les renflements d'acier appliqués sur leur tête et sur leur cœur, il reconnaissait cela.

C'était l'appareil électrique, avec lequel la justice des États-Unis d'Amérique exécute les condamnés à mort. Les prisonniers étaient sous le coup de cet horrible trépas que l'on désigne sous le nom d'électrocution.

Horrible, oui certes; un courant intense est lancé; il passe de l'électrode de tête à celui du cœur à travers les tissus, les muscles, les nerfs, les os du condamné. Il se produit une décomposition brusque, un bris violent des cellules vivantes. Le cerveau se liquéfie, les nerfs se tordent, le cœur se contracte effroyablement.

Et c'était le sinistre appareil que voyait Miss Veuve.

A son apparition, les Fairtime avaient tourné vers lui leurs regards. Le lord, ses deux fils, après un examen rapide, avaient abaissé leurs paupières, se renfermant dans l'indifférence stoïque qu'ils avaient adoptée en se voyant l'objet d'un traitement incompréhensible pour eux.

Mais Miss Edith continua de faire peser sur Miss Veuve le rayon bleu de ses doux yeux. On eut dit qu'elle hésitait. Puis son visage s'éclaira par degrés. Elle ouvrit les lèvres. Elle allait jeter un nom, un appel.

Pour le mystérieux capitaine de l'aéroplane, ce fut comme un choc qui le galvanisa et, d'un coup, il recouvrit le sang-froid. Son index s'appuya à ses lèvres, recommandant le silence à la gracieuse Anglaise.

Mais il était trop tard. Von Karch n'avait pas perdu un détail de l'entente muette des deux jeunes gens. Il s'esclaffa lourdement; et, avec une ironie paterne, mille fois plus agaçante que l'injure, il plaisanta :

— Pourquoi empêcher ce doux cœur de parler? Est-ce par discrétion à mon égard? La peine est au moins inutile. J'hésitais encore, mais une fiancée n'hésite pas, elle. Elle reconnaît l'élu de son choix.

Puis, avec une rondeur affectée :

—Allons, monsieur François de l'Étoile, vous que j'ai moi-même cru défunt, saluez la chère enfant que vous pensiez morte. Et dites avec moi que décidément l'air du parc de Fairtime est tout à fait favorable à la santé des trépassés.

— Lui, lui, vivant!

Margarèthe murmura cela d'une voix fervente. Peut-être la malheureuse ne sut-elle pas qu'elle exprimait le cri de son cœur. François vivant, l'abîme qui la séparait des Fairtime, vers lesquels elle se sentait irrésistiblement attirée, lui apparaissait moins profond.

Mais l'ingénieur, un instant déconcerté par la brusque interpellation de Von Karch, leva la main comme pour chasser toute préoccupation, et prononça le nom de sa fiancée :

— Edith!

Tout ce qu'un cœur peut contenir de tendresse trembla dans ces deux syllabes. C'était un sourire, une caresse d'âme, une voix de rêve, un chant céleste.

Et elle, oublieuse des assistants, emportée par l'affection dans les sphères irréelles où l'on ne se souvient plus de la terre, où l'univers apparaît ainsi qu'un désert rose, peuplé seulement par une présence chère, elle répondit :

— François!

Elle n'avait plus peur, la confiance rayonnait d'elle, de son clair regard, de ses lèvres entr'ouvertes. Il était là. Le malheur ne pouvait plus la frapper:

— Ah! chère, chère Edith. Comme nous avons souffert!

— Oui, mais vous voici. Le rêve noir est fini.

— Fini. Je vous délivre et...

Le jeune homme avait fait un pas vers sa fiancée. Von Karch l'arrêta d'un mot :

— Prenez garde! Un pas encore, et mon serviteur appuierait sur la manette qui commande le courant électrique.

Il désignait du regard l'athlétique Siemens, brute impassible et dévouée, qui appuya son dire d'un signe de tête.

— Ah! murmura François, ne la revois-je donc que pour la perdre encore!

Avec une fausse bonhomie, Von Karch modula :

— Cela dépend uniquement de vous. Veuillez vous souvenir de ce que je vous ai proposé en haut.

Puis, voyant sur les traits de son interlocuteur les marques de l'indécision.

ELLE DÉPEND DE VOUS, UNIQUEMENT.

— Donnez-moi votre parole que vous sortirez seul de cette maison, que durant huit jours vous ne tenterez rien contre moi, vous bornant à vous assurer que je ne quitte point cette enceinte. Si je cherche à m'éloigner, vous resterez libre de vous y opposer par tous les moyens. Votre parole me suffit, et je me retire durant une demi-heure, vous donnant ainsi licencé d'un entretien qui vous démontrera que les morts de Fairtime ont été parfaitement traités, et vous donnera confiance pour le suprème délai que je réclame.

— Eh! par l'orteil de Satan, donnez la parole que l'on vous demande, s'écria Lord Gédéon Fairtime, puisque, aussi bien, nous sommes tous sous la griffe du diable.

— Vous le voulez? murmura le jeune homme hésitant encore. Et vous, Edith?

Elle l'enveloppa de son regard azuré, et d'un accent doux autant que la plainte du vent dans les feuilles :

— Je ne veux pas mourir, François. Faites que je vive!

— Soit donc.

Et se tournant vers l'espion, l'ingénieur prononça d'une voix ferme :

— Herr Von Karch, vous avez ma parole. Mais songez-y bien : huit jours durant lesquels mes yeux seront sans cesse ouverts sur vous.

— Ce sont les termes mêmes de ma proposition. Donc, nous sommes d'accord. Et, pour commencer, je réalise la promesse que je vous ai faite tout à l'heure. Je vous laisse avec vos amis, sans témoins, pendant une demi-heure.

L'espion avait pris une physionomie riante. Il semblait que le succès de sa laborieuse négociation le remplissait d'aise. Il fit un signe. Les liens des prisonniers tombèrent, les appareils d'électrocution se replièrent le long du mur, et les serviteurs du traître quittèrent derrière lui le salon des Fairtime.

Une fois dehors, Von Karch, saisissant la main de Margarèthe titubant sous l'empire des émotions ressenties, l'entraîna dans le couloir, où un judas d'observation lui avait permis, quelques jours plus tôt, de surprendre l'entretien de la belle Allemande avec les captifs.

— Viens, ma blonde, fit-il d'un ton doucereux. Tu es une sentimentale; cela t'amusera d'entendre un doux dialogue de fiancés.

Libres! En face l'un de l'autre, Edith, François, dans un élan impulsif, se joignirent, et la jeune fille appuya sa tête blonde sur l'épaule de l'ingénieur. Du fond de son cœur, François sentait monter à ses lèvres des paroles qui s'échappaient, sans qu'il songeât à les retenir.

— Vivants! tous vivants! Les avoir cru morts dans l'épouvantable explosion.

— Quelle explosion? s'écria Lord Gédéon, dont l'attention avait été éveillée par ce mot.

Sa voix rendit aux fiancés la notion de l'heure présente. Ils desserrèrent leur étreinte, restant toutefois appuyés l'un à l'autre, et l'aviateur murmura :

— C'est vrai. Vous ignorez. Von Karch, lorsqu'il vous enleva, a détruit Fairtime-Castle, sans doute pour faire croire que vous aviez péri dans le cataclysme.

— Peuh! riposta le lord avec insouciance. Fairtime n'avait rien de particulièrement artistique. Je profiterai de l'occasion pour le faire reconstruire en un endroit mieux situé.

Les fiancés saluèrent d'un doux sourire cette déclaration flegmatique du grand industriel anglais.

Tous riaient du reste. Une détente se produisait, après les émotions des dernières heures.

Et de l'autre côté de la muraille, l'œil au judas, qui permettait d'espionner les captifs, Von Karch riait également. Margarèthe se prit à cette bonne humeur. Elle pressa la main de l'espion, comme pour le remercier d'avoir renoncé aux pensées de vengeance qu'il exprimait lors de l'arrivée de François.

— Chut! murmura soudain Von Karch. Voici une question que j'aurais dictée moi-même, ma parole.

La demande était formulée par Miss Edith.

— Mais, François, comment avez-vous découvert notre prison?

— Elle m'a été indiquée. Je n'aurais jamais songé à chercher Von Karch ici.

— Evidemment, souligna l'espion dans sa cachette.

— Songez donc, continua l'ingénieur, j'ai bouleversé l'opinion allemande, grâce à l'engin que, réputé mort, j'ai pu réaliser avec l'appui de votre généreuse complicité.

— Oh! on n'est pas généreux avec un fils, interrompit noblement le lord.

— Mais un fils peut consacrer sa vie à remercier un père. Je reprends cependant. Notre entrevue sera de courte durée; il faut que vous sachiez... Donc, troublant l'Empire, étant, à regret mais nécessairement désagréable à l'Empereur, je n'aurais pas soupçonné qu'un palais impérial abritait notre ennemi.

— En effet.

— La Providence me conduisit à Posen, me mit en présence d'un professeur du nom de Berski; et chez cet homme je découvris un portrait de Margarèthe Von Karch.

— A Posen?

— Il paraît qu'elle s'est appelée Mme Berski, avant que la mort de son mari ne lui ait rendu la triste étiquette Von Karch.

— Çà, c'est pour moi, grommela l'espion à l'oreille de sa fille qui, ainsi que lui-même, ne perdait pas un mot de l'entretien.

Mais Péterpaul secouait la tête.

— Pauvre femme. Son attitude à notre égard prouve qu'elle a cruellement souffert d'être née d'un tel père. Encore une victime.

— Çà, c'est pour vous, ma blonde, ricana Von Karch. Ce grand benêt de Péterpaul déteste la trahison chez moi, tout en l'approuvant chez vous.

— Donc, reprenait François s'adressant aux prisonniers, j'appris que Herr Von Karch était comte de Kremern, un comte perdu de dettes et de crimes, ce qui vous explique pourquoi il changea d'appellation. Aussitôt je me rendis à Berlin, je pénétrai dans le palais, j'arrivai jusqu'à l'Empereur.

— Jusqu'à l'Empereur? répétèrent ensemble les auditeurs visibles et invisibles du Français.

— Sans peine et sans danger, rassurez-vous. La raison de ma visite? Bien simple, l'Empereur lui-même ignorait la véritable identité de notre adversaire. Lui apportant le nom inconnu, j'espérais qu'il m'apprendrait où se cachait le dangereux personnage.

— Oh! gronda Von Karch montrant le poing au narrateur, encore que le mur s'interposât entre les deux hommes, il l'a dit à Sa Majesté...

Il se tut, les Anglais avaient prononcé d'une même voix :

— Et?...

— Et l'Empereur, avec une loyauté dont j'ai été profondément ému, m'a confié ce mot : Babelsberg.

— Qu'est Babelsberg? demandèrent encore le lord et ses enfants.

— Une propriété impériale sise sur la rive de la rivière Havel, en face de Postdam.

Il y eut un silence. Edith, ses frères, lord Gédéon s'étonnaient à part eux, que l'espion eût pu les transporter ainsi, à leur insu, depuis Fairtime-Castle jusqu'à Postdam. Par l'audace, par l'habileté de cette manœuvre, ils concevaient la sinistre volonté, la terrible puissance de l'ennemi de qui dépendait la réhabilitation de François.

Et dans le couloir sombre, où il se tenait auprès de Margarèthe tremblante, Von Karch, les sourcils froncés, l'obscurité cachant à sa fille l'expression terrible de son visage, murmurait :

— L'Empereur m'a découvert; il peut donc parer le coup des dossiers, mais alors je suis perdu!

Si habile que soit un fourbe, il y a en lui une faiblesse. Il tient toujours à juger les autres d'après lui-même. Il est trop malin. Dans l'occurrence, il lui semblait évident que l'Empereur ne craignait plus ses révélations puisqu'il l'avait livré. Pas un instant, il ne pouvait lui venir à l'idée que le souverain chevaleresque avait obéi, quoi qu'il en pût advenir, à l'appel de la justice, si chère à toutes les natures de noblesse et de loyauté.

L'espion salua d'un mauvais sourire les espoirs que François exprimait maintenant.

— Huit jours encore de patience. Ma parole me lie, c'est vrai; mais grâce à l'aéroplane, je vous garantis une surveillance telle que personne ne sortira d'ici. Si le Von Karch, en réclamant ce délai, a eu quelque pensée de fourberie, il ne la réalisera pas. Dans huit jours, Édith, rien ne nous séparera plus.

A ce moment, l'espion empoigna le poignet de Margarèthe. La jeune femme sursauta, eut un léger cri. Elle regarda Von Karch, ombre se découpant vaguement dans l'ombre du couloir.

— Que voulez-vous, mon père?

— Vous avertir que la demi-heure est écoulée, ma rêveuse Marga, et que nous allons reconduire François de l'Étoile jusqu'au seuil de notre maison.

— Je suis à vos ordres.

Trois minutes après, l'ingénieur franchissait le fossé qui encerclait le blockhaus, traversait la clairière et s'enfonçait sous les arbres du parc, remontant la pente de la colline de Babel (Babelsberg) dans la direction de la Colonne Belvédère où, ainsi qu'il l'avait déclaré, l'attendait son aéroplane sous sa forme terrestre de wagon.

François avait à peine fait dix pas sous le couvert des arbres, que quatre ombres se dressèrent devant lui.

— C'est nous, patron, fit une voix étouffée.

— Tril!

— Oui, avec Suzan, Joë et Ketty.

— Pourquoi? Je vous avais ordonné de rester à la garde du wagon.

— Et nous avons désobéi, parce que votre absence prolongée nous inquiétait.

L'ingénieur ne se sentit pas le courage de gronder les dévoués gamins. En quelques mots, il leur apprit ce qui s'était passé dans la maison de l'espion. Ces nouvelles déterminèrent une explosion de joie. Pendant un

Quatre ombres se dressèrent devant lui.

moment, gamins et fillettes sautèrent comme de jeunes chevreaux. Tril se ressaisit le premier.

— Et maintenant, patron, que faisons-nous?

— Nous rejoignons notre voiture, nous organisons la surveillance autour du logis de Von Karch. Ah! Ces huit journées que je ne pouvais refuser, seront pénibles!

— Oui, il ne faudra pas fermer les yeux. Alors, comme un exercice est d'autant moins dur que l'on s'y entraîne davantage, je vais prendre la faction de suite. Je ne vivrais pas à la pensée que ce scélérat d'Allemand est libre de s'échapper.

François reprit donc sa marche, escorté par les trois amis de Tril, tandis que celui-ci se faufilait, avec la prestesse d'un lutin, à travers les branchages du sous-bois. Bientôt il s'arrêta à la lisière de la clairière, et, lançant un regard de défi au blockhaus, dont le cube trapu se dessinait au milieu du liséré noir du fossé, il murmura :

— Mon gros Von Karch, je suis là !

La méfiance du gamin était justifiée. Comme tous ceux dont l'enfance a été abandonnée, Tril avait pris de bonne heure l'habitude d'observer les hommes dont, chétive épave de la société, il avait tout à craindre et avait bien raison de juger que Von Karch agirait dans l'avenir comme il avait agi dans le passé.

Mais ce que le gamin ne pouvait faire, c'était mesurer la profondeur de la fourberie de l'espion.

François éloigné, l'Allemand s'était précipité dans la pièce où l'arrivée de l'ingénieur avait troublé son entretien avec sa fille. Sur son ordre, Margarèthe l'avait suivi. Il lui avait indiqué un siège.

— Assieds-toi ; pas un mot, pas un mouvement pendant que je m'occupe d'assurer mon salut. Nous causerons ensuite.

— Votre salut ? murmura-t-elle.

— Sans doute. Tu m'as trahi ; je ne te fais pas de reproches ; tu fus stupide. Un point c'est tout. Mais j'ai de toi une opinion assez avantageuse pour croire que tu ne désires pas absolument me voir pendu ou condamné à la prison perpétuelle.

— Oh ! père !

Il coupa brutalement la protestation.

— Pas de phraséologie inutile. Je suis bien sûr que si ta tête est faible, ton cœur est resté bon. Je te le prouve, puisque je vais opérer devant toi, ne te cachant rien. C'est de la confiance ou je ne m'y connais pas, ma jolie !

Tout en parlant, il avait décroché le parleur du téléphone, fixé au mur, près de la grande cheminée de la salle.

— Allo ! allo ! Gendarmerie de Postdam ? Bien, vous écoutez... L'homme qui se fait appeler Miss Veuve, qui, à Eissen, à Grossbeeren, a détruit les ateliers et l'aéroplane militaires, se trouve actuellement dans le parc de Babelsberg, à la Colonne Belvédère. Il compte y passer la nuit.

Margarèthe s'était levée. Toute droite, les traits égarés, elle écoutait.

— Montez à cheval et accourez sans perdre une seconde. Une demi-heure, trois quarts d'heure vous sont nécessaires?... C'est bien, au revoir..... Enchanté de pouvoir vous renseigner.

Margarèthe murmura :

— Mais si vous faites prendre Herr François...

— On ne le prendra pas. Tu vas voir dans un instant. J'ai imaginé une petite combinaison qui fera le bonheur de tout le monde, et le mien.

Il revint au téléphone. Successivement, il transmit les indications communiquées à Postdam, aux diverses fractions de gendarmerie, en résidence à Nowarès, à Glienicke, à Neuendorf, à Tellower-Vorstadt, localités circonvoisines du Babelsberg. Enfin, il termina cet avertissement circulaire.

Alors il se rapprocha de Margarèthe et, avec une bonhomie si parfaitement jouée, que la jeune femme ne soupçonna pas qu'elle allait, une fois de plus, devenir l'instrument inconscient des tortueuses combinaisons de son père :

— Prends une mantille, ma toute belle.

— Pourquoi? Allons-nous donc sortir?

— Toi, oui. Je souhaite que tu montes jusqu'au belvédère du parc.

— Mais c'est là que se trouve Herr François.

— Justement. C'est pour que tu le rencontres. Ne m'interromps pas. Tu lui diras qu'adversaire loyal, résolu à tenir mes promesses, je viens d'être avisé que sa présence dans le pays a été signalée, que les brigades de gendarmerie des environs sont en marche vers Babelsberg; qu'il prenne ses précautions pour n'être pas surpris.

Et la jeune femme le considérant avec des yeux stupéfaits.

— Alors, ma pauvre petite, tu ne comprends pas que j'ai convoqué ces braves gendarmes pour qu'ils protègent la fuite d'un pauvre homme persécuté.

— Mais comment? Comment? Je me perds dans le dédale de vos combinaisons.

— Ah! voyons! réfléchis. Que va-t-il se produire? Les militaires arrivent, François s'envole aussitôt et se met hors de leur portée. Seulement, il cesse de surveiller mon logis, et je puis en profiter pour fuir, pour sauver ma tête et ma liberté, puisque j'en suis réduit là.

L'espion avait prononcé ces derniers mots avec une telle humilité que Margarèthe se sentit émue. Tout bas, elle s'accusa d'avoir trahi son père. Il était espion, fourbe, terrible aux autres, mais vis-à-vis d'elle, ne s'était-il

37

pas toujours montré indulgent, généreux. L'heure sonnait de lui prouver sa gratitude filiale, de l'aider à mettre en sûreté sa vie menacée. La jeune femme jeta les bras autour du cou du fourbe.

— Je pars, père. Et je vous le jure, j'inquiéterai votre ennemi à ce point qu'il vous laissera le chemin libre.

Il parut touché de cet élan affectueux. Il serra la jolie blonde sur sa poitrine :

— Tu es une bonne fille, ma petite Marga, une bonne fille. Je n'en ai jamais douté. Tête folle, peuplée de mirages, mais cœur droit.

Et changeant de ton :

— Surtout que François ne soupçonne pas que j'ai convoqué les gendarmes. C'est la gendarmerie qui m'a avisé. On m'a demandé si je n'avais pas aperçu Miss Veuve et son appareil. Ainsi j'ai appris ce qui se préparait.

— Et vous en faites part loyalement à l'intéressé.

L'espion se frotta joyeusement les mains.

— Loyalement, c'est bien le mot qui convient, le mot qu'il faudra dire. Mais ne perds pas de temps ; les cavaliers sont en route, et pour rien au monde je ne voudrais qu'ils surprissent notre..., non, mon ennemi est plus juste, car hélas! cet homme n'est pas l'ennemi de ma fille.

Il fit mine d'essuyer une larme absente, se dépensa en mouvements désordonnés, aida Marga à se couvrir d'un manteau, lui passa son chapeau et la poussa dehors.

Du seuil de la maison, il la regarda traverser la clairière, et seulement quand elle eut atteint la ligne des arbres, il rentra. Sa face avait perdu son caractère de bonhomie. Une expression railleuse la striait de mille rides. Sous ses doigts frémissants, les sonneries électriques carillonnèrent, et bientôt, appelés par le tintement strident, les serviteurs de l'espion se trouvèrent rassemblés autour de lui, le grand Siemens, Fritzeü, Lorike, Stolz et Pétunig au premier rang.

Margarèthe, elle, s'était bravement enfoncée dans le bois montant vers le Belvédère. Mais elle avait fait à peine vingt pas sous les arbres, qu'une voix nette, bien que contenue, retentit à ses oreilles :

— Halte, disait le personnage invisible, ou mon revolver aboie.

Frissonnante, la jeune femme s'arrêta, les pieds subitement rivés au sol. Son interlocuteur invisible ne lui accorda pas le loisir de se livrer à ses réflexions. Il continua :

— Qui êtes-vous? Où allez-vous?

— Margarèthe Von Karch; répondit-elle sans hésiter. Je vais au Belvédère, avec l'espoir d'y rencontrer Herr François et de l'avertir d'un danger.

Presque aussitôt les branches s'écartèrent violemment, et la silhouette de Tril apparut.

— Halte, dit le personnage invisible.

— Venez, dit le gamin, je vais vous conduire.

Elle consentit d'un signe de tête, et tous deux commencèrent à gravir, d'un pas rapide, la portion de la pente qui les séparait du Belvédère.

Ils allaient, se hâtant, muets, ombres progressant dans l'ombre. Quiconque les eût vus passer, eût ressenti l'impression qu'un gnome de la légende entraînait, vers le royaume infernal, une jeune châtelaine imprudente.

Margarèthe se faisait cette réflexion lorsqu'elle déboucha sur le plateau herbeux qui forme le sommet du Babelsberg. En face d'elle, se dressait, tel un cierge géant, le fût de la Colonne Belvédère, et au pied du monument se profilait la lourde silhouette d'un wagon de grande dimension.

Deux coups de sifflet firent sursauter l'Allemande. Elle se rassura aussitôt en comprenant que son compagnon annonçait ainsi sa présence. En effet, un nouveau personnage parut, se dirigeant vers le groupe. Son guide prononça :

— Cette dame veut voir le patron. Elle dit avoir à lui signaler un danger.

— Qu'elle vienne donc.

Le gamin se tourna vers Margarèthe, qui avait assisté à ce rapide colloque :

— Suivez mon camarade. Je retourne à mon poste.

Léger comme un sylphe, il avait à peine achevé qu'il avait disparu d'un bond sous les arbres.

Deux minutes après, Margarèthe pénétrait dans l'étrange véhicule, en qui elle n'eût jamais soupçonné l'aéroplane à transformations dont son père l'avait si souvent entretenue. Mise en présence de François, elle s'acquitta de son message avec une telle bonne volonté que l'ingénieur fut persuadé. Cependant, il ne voulut pas se rendre de suite.

— Madame, dit-il, savez-vous pourquoi j'ai choisi le sommet du Babelsberg pour y établir mon campement? Je vais vous l'apprendre. Tous les bruits de la campagne sont perceptibles en ce point. Or, l'un des sons les plus aisément reconnaissables est celui d'une troupe de cavaliers en marche. Je vous prierai donc de demeurer en ma compagnie, jusqu'à ce que l'approche des gendarmes annoncés me soit signalée ainsi.

Une joie chantait en elle. Elle réussirait. Elle assisterait au départ de l'homme qui menaçait la vie de son père. Elle aurait réparé ainsi ses paroles imprudentes. Et debout auprès du wagon, François et ses amis immobiles autour d'elle, Margarèthe tendait une oreille inquiète aux bruits qui montaient de la plaine environnante.

Le bruissement inexplicable de la nuit bourdonnait autour d'elle, fait des mouvements des choses, du vent se jouant dans les branches, des battements d'ailes des insectes nocturnes. L'appel bref du hibou en chasse, l'aboi lointain d'un chien de garde, jetaient, dans le concert imprécis des ténèbres, la note brutale de la grosse caisse ou des cymbales au milieu des suavités d'un orchestre. Tout à coup, elle tressaillit.

— Écoutez, murmura-t-elle.

Recommandation inutile. Déjà les assistants avaient perçu le bruit insolite. Loin encore, des pas sonnaient sur la route. On ne pouvait s'y méprendre. Plusieurs chevaux se rapprochaient, car le son se renforçait à chaque instant.

Et puis un bruit analogue signala une seconde troupe de cavaliers dans une autre direction, puis une troisième. François s'approcha de l'Allemande.

— Madame, vous avez dit vrai. Plusieurs patrouilles convergent vers le Babelsberg. Vous êtes libre, et je vous remercie.

Tous les passagers du wagon avaient disparu. Ils s'étaient évidemment enfermés à l'intérieur.

Et tout à coup, Margarèthe demeura médusée, stupéfaite. Il lui sembla que, brusquement, le véhicule mystérieux changeait de forme ; un coup de vent passa sur la clairière, courbant les arbres, soulevant un nuage de poussière et de feuilles mortes.

Quand la rafale eut pris fin, que poudre et feuilles sèches retombèrent sur le sol, le wagon n'était plus là. La Colonne Belvédère s'érigeait seule au centre du sommet gazonné.

Mais la jeune femme secoua la stupeur causée par cet incompréhensible spectacle. Qu'importaient les moyens dont disposait l'ingénieur. Il s'était éloigné, accordant ainsi à Von Karch le moyen d'échapper à sa vengeance.

Et elle se précipita dans la direction de la maison, glissant sur la pente, se heurtant aux arbres, ses pieds se prenant dans les souches invisibles au ras du sol. Haletante, essoufflée, ses tempes battant sous les pulsations rapides de son cœur, elle parvint au gîte de l'espion, bondit sur la chaussée franchissant le fossé. Mais elle n'alla pas plus loin. Von Karch lui barra le passage.

— Il est parti ? questionna-t-il, d'une voix légère comme un souffle.

— Oui, père.

— Alors, viens, en route.

Sans lui laisser le temps de se reconnaître, il l'entraîna du côté où la colline descendait vers la rivière du Havel. Elle ne résistait pas, subissant maintenant la détente nerveuse, bien naturelle après les multiples incidents de la soirée. Cependant une lueur s'alluma en son esprit.

— Et les prisonniers ? prononça-t-elle.

L'espion tressaillit. A peine sa fille envoyée vers François, le fourbe avait gagné les caves avec ses sinistres serviteurs. Les captifs avaient été terrassés, chargés de liens, bâillonnés, puis toute la bande, Von Karch excepté, s'était enfoncée dans les taillis protecteurs du parc, dévalant la pente vers la rivière. Et pourtant, l'espion répondit du ton le plus naturel :

— Eux? Dans leur appartement, ma belle Marga. J'ai laissé les portes ouvertes. Des captifs se méfient toujours des portes ouvertes. Ils passeront quelque temps avant d'oser profiter de la liberté à laquelle elles invitent. Quand ils se décideront, nous serons en sûreté. Je me défie un peu de toi, ma grande. Aussi je t'emmène avec moi jusqu'à Hambourg. Quand je quitterai ce port pour me confier à l'Océan, dont les vagues ne conservent pas la trace d'un fugitif, je te laisserai à terre.

Elle chancela, émue jusqu'aux larmes. Elle pourrait joindre les Fairtime, devenir leur servante, leur esclave, conquérir à force d'abnégation, de dévouement, leur tendresse, effacer peut-être le souvenir de ce qu'elle avait été.

Son père et elle atteignirent la rive de la Havel. Accosté à un léger embarcadère de bois, un petit chaland à vapeur, le même qui, une première fois, avait conduit les Allemands à Hambourg, attendait sous pression; la fumée noire s'échappant de la cheminée indiquait que l'on forçait les feux.

Von Karch fit passer sa fille devant lui sur la planche reliant le pont à l'embarcadère. Le mouvement lui permit d'échanger avec l'athlétique Siemens, debout auprès de la coupée, ces répliques:

— Les Anglais?

— Dans la cale, Herr.

A ce moment même, l'hélice se mettait en branle, tordant ses pales sous les eaux, et le petit steamer, s'éloignant du rivage, s'engageait dans le courant paresseux de la rivière.

Seulement, si quelqu'un s'était penché sur le bordage de tribord, il eût certes montré un étonnement justifié. Le bateau entraînait, au bout d'un cordage, un passager qui, plongé dans l'eau jusqu'au cou, se faisait ainsi remorquer.

En regardant mieux, on eut reconnu le jeune Tril.

C'était lui, en effet, qui, ayant repris sa faction, avait vu les aides de Von Karch porter les prisonniers vers la rivière. Le gamin avait deviné que l'espion, que les amis de François allaient s'éloigner. Il n'aurait pas le temps d'avertir l'Ingénieur. Aussi, sans mesurer le danger, il s'était élancé à la poursuite des fugitifs. La vue du bateau à vapeur avait transmué ses doutes en certitude.

— Il faut que je les suive, se dit-il. Il le faut, car moi seul pourrai renseigner le « patron » sur la direction prise.

Et avec l'audace innée chez lui, le courageux garçon était entré dans l'eau sans attirer l'attention de l'équipage. A présent, au bout de sa corde, entraîné avec une vitesse croissante, l'eau passant à chaque instant par dessus sa tête, il murmurait :

— Pas aisée ma position. Je ne tiendrai pas longtemps ainsi, un seul moyen, monter à bord.

Il regardait en l'air, scrutant le bordage de l'embarcation. Il eut soudain une exclamation joyeuse :

— Le canot.

A l'arrière du vapeur, un canot, recouvert d'une bâche, se balançait suspendu à ses portants.

Quelle cachette s'il y pouvait atteindre. Tril ne réfléchit pas plus d'une

minute. Il sentait ses doigts s'engourdir au contact de la corde mouillée. S'il attendait encore, ses mains s'ouvriraient, et le bateau lui échapperait.

Sur cette réflexion, il commença son ascension. Lentement il grimpa, jeta un regard perçant sur le pont quand ses yeux furent au niveau supérieur du bordage. Le pont était désert, seul le timonier, debout à la barre, veillait à la marche de l'embarcation. Von Karch, sa fille, leurs compagnons, s'étaient retirés dans la cabine du pont, d'où s'échappait un murmure de voix.

L'instant était favorable. Le gamin n'hésita plus.

Déjà on avait laissé en arrière les quais de Postdam dont les lumières eussent pu trahir les mouvements du brave enfant. Tout était ombre autour du vapeur. Seuls, les feux de position et la lanterne de l'habitacle découpaient dans le noir de faibles halos lumineux.

Tril put gagner le canot sans éveiller l'attention de l'homme de barre. Il

se glissa sous la bâche; satisfait de ce premier succès, il s'allongea sur
le fond de la petite embarcation, et ferma les yeux, murmurant avec une
philosophie qui, en pareille occurence, confinait à l'héroïsme :

— Il est tard, je suis trempé. Tàchons de dormir. Demain, il fera
jour.

. . . .

Le surlendemain, la lecture des journaux du matin bouleversa toutes les
imaginations allemandes.

Ils annonçaient des nouvelles sensationnelles. que les habitants enclins
au merveilleux ne manquèrent pas de déclarer fantastiques et dépassant la
compréhension des hommes. Voici en quels termes le *National Zeitung*
s'exprimait :

« Depuis que Miss Veuve est entrée dans la vie du peuple allemand, il
« semble que nous nous agitons au sein d'un cauchemar. Les aventures
« inexplicables, déconcertantes, se succèdent, conduisant les esprits les
« plus pondérés à l'affolement.

« Avant-hier soir, la gendarmerie de Postdam et celles des localités voi-
« sines furent averties que Miss Veuve avait établi son campement pour
« la nuit dans le parc impérial de Babelsberg.

« Tous les soldats disponibles furent dirigés vers le point désigné. Natu-
« rellement Miss Veuve demeura invisible; mais, vers trois heures du
« matin, un incendie d'une incroyable violence se déclara dans la *Maison*
« *Carrée* sise à mi-hauteur de la colline. Les meubles, les planchers
« avaient été arrosés d'essence; il fut impossible de dompter le feu; ac-
« tuellement ce rendez-vous de chasse de Sa Majesté forme un monceau
« de décombres qu'entourent lugubrement les eaux stagnantes du fossé.

« Nul doute que l'insaisissable Miss Veuve n'ait voulu se venger d'avoir
« été dérangée.

« Or, hier soir, alors que la ville de Berlin s'entretenait de cette nouvelle
« manifestation de l'être diabolique qui trouble l'empire, un bruit in-
« croyable se répandit par la cité avec la rapidité de la flamme sur une
« traînée de poudre.

« Avisés les premiers, nous refusâmes d'accorder créance à l'incroyable
« rumeur, mais une rapide enquête nous démontra la réalité du fait stupé-
« fiant que voici :

« Un *homme volant* a pénétré dans le palais impérial. Une sentinelle l'a
« aperçu, au moment où il planait sur la cour intérieure que dominent les
« fenêtres du cabinet de travail de Sa Majesté.

« Le factionnaire n'a pas hésité à faire feu sur cette ombre suspendue
« dans les airs. Il l'a atteinte certainement, car une trace palpable ne
« permet pas d'accuser le brave soldat d'hallucination.

« L'homme volant s'est élevé dans l'atmosphère et a disparu, mais sur
« la muraille, au-dessus précisément des fenêtres de Sa Majesté l'Em-
« pereur, une large tache de sang affirme la réalité des dires du fac-
« tionnaire. »

On juge de l'effet produit par un article de ce genre, et dont tous les
journaux sérieux s'accordaient à reconnaître l'authenticité.

Tandis que la foule allemande cherchait en vain la clef de l'énigme
nouvelle soumise à sa sagacité, l'aéroplane de François de l'Étoile, volait
vers le Nord à une vitesse vertigineuse.

Seulement, sur le visage des passagers se lisait un désespoir farouche,
une anxiété torturante.

C'est que, au fond du navire aérien, sur des couvertures empilées, gisait
l'ingénieur, sanglant, d'une pâleur de cire, immobile autant qu'un cadavre.

Il a voulu revoir l'Empereur. Il a pénétré encore dans le Cabinet du
Maître. Il lui a dit :

— Sire, désormais, je ne suis plus l'ennemi de l'Allemagne. Von-Karch-
Kremern m'a joué, il m'a échappé ; mais Votre Majesté m'avait été amie
sincère. Soyez remercié.

Malheureusement, alors que le filin rattaché à l'aéroplane le ramenait
à bord, un soldat avait aperçu la silhouette s'élevant dans l'espace, avait
fait feu, et François était arrivé sur son vaisseau aérien, évanoui, couvert
de sang.

A présent, après un conseil rapide, ses compagnons s'efforçaient de
gagner une terre non hostile, où il fût possible d'appeler un homme de
science capable de dire si François de l'Étoile devait vivre ou mourir.

Et les gamins gémissant de l'absence de Tril, pleurant sur leur chef
qui semblait frappé à mort, l'aéroplane filait, rapide comme l'ouragan,
gagné d'apparence par l'impatience folle du but, emportant à travers l'espace son équipage consterné.

_____

38

TROISIÈME PARTIE

LE LIT DE DIAMANTS

CHAPITRE PREMIER

OU TRIL OPÈRE TOUT SEUL

Toute la nuit. le vapeur qui emportait Tril fila à toute hélice. Au jour, il stoppa auprès d'une écluse, aux abords de laquelle de nombreux chalands et bateaux de tout tonnage étaient amarrés le long des berges.

Sous la bâche protectrice, le gamin réussit à couler un regard au dehors. Le robuste Siemens et Petunig causaient à l'arrière, tout en fumant d'énormes pipes de porcelaine dont les Allemands du Nord ont la spécialité.

— Malin comme Satan lui-même. Herr Von Karch, proclama Petunig. Il s'est dit : Si Herr Miss Veuve n'est pas imbécile, il devinera que nous avons déguerpi par la rivière.

— Pourquoi devinera-t-il cela? questionna Siemens, dont l'intelligence n'était pas aussi robuste que les muscles.

Petunig, un loustic d'outre-Rhin, riposta :

— J'ai dit : Si Miss Veuve n'est pas un imbécile; donc je n'ai pas parlé pour toi. Alors tu ne peux pas deviner bien sûr.

— Ah! si je ne peux pas, murmura le géant, incapable de comprendre l'impertinence de son compagnon!

— Donc, reprit celui-ci, Miss Veuve se lancera à notre poursuite. Elle va beaucoup plus vite que nous, elle nous rejoindra. Seulement elle cherchera un bateau pressé, forçant de vitesse. Quand on se sauve, mon gros Siemens, tu comprends bien que l'on court de toutes ses forces.

— Naturellement.

— Et elle n'aura pas un instant la pensée de suspecter un brave petit navire, tranquillement amarré au rivage; qui ne bougera qu'à la nuit revenue. Hein, que penses-tu de ce raisonnement?

L'athlète regarda son interlocuteur, se consulta un instant, puis prenant enfin son parti :

— Moi, je trouve qu'on va moins vite comme cela. Oh! je me figure que c'est très bien, puisque Herr Von Karch l'a décidé; mais je ne suis pas aussi intelligent que le maître.

— Pas aussi intelligent, s'exclama Pétunig; tu es intelligent autrement, voilà tout.

Et riant aux éclats, l'ironique bandit s'éloigna, suivi par Siemens qui grommelait d'un ton de mauvaise humeur :

— De quoi rit-il à présent? Ce damné Pétunig a l'air de parler allemand; mais bien sûr ce qu'il dit n'en est pas, car je ne comprends jamais ce qu'il raconte.

Si comique que fût l'entretien des deux drôles, Tril, blotti dans le canot suspendu aux palans, n'eut pas la moindre envie de rire.

Il pressentait que François, s'il s'apercevait de l'évasion de l'espion, voudrait le joindre; mais que, selon les prévisions du misérable, il ne prêterait aucune attention à un vapeur amarré à la berge.

Et lui, Tril, se trouvait dans l'antre du fauve. On séjournerait toute la journée auprès de l'écluse. En pleine clarté, impossible de songer à quitter son abri.

Or, l'exercice de la nuit, la pleine eau, les émotions de la montée à bord, sont des choses qui réagissent sur un estomac jeune. Le jeune Américain reconnaissait qu'il avait faim.

Avoir faim, quand on ne peut satisfaire son appétit, influe de façon tout à fait fâcheuse sur l'intellect. Aussi la journée parut longue au courageux petit ami de l'ingénieur.

Cependant Tril constata que ni Von Karch, ni Margarèthe ne se montraient au dehors. Il comprit les raisons de cette réserve. Leurs silhouettes trop connues ne devaient pas être mises en vue.

Les matelots, par contre, circulaient entre le steamer et une auberge établie par un débitant désireux de réunir dans son escarcelle les économies des mariniers. Siemens, Petunig, Stolz, Lorike, Fritzeü effectuèrent maintes fois le voyage.

Le soleil après s'être élevé au zénith, redescendit vers l'horizon occidental. Son disque fut mordu par la ligne d'horizon. Un tout petit secteur disparut d'abord, puis la partie visible de l'astre décrut avec rapidité. On n'en discernait plus qu'une parcelle minuscule, quand les modulations de la sirène rappelèrent tout le monde à bord.

A ce signal, les hommes, installés dans la *gasthaus* (auberge), se montrèrent, accourant vers le vapeur. Troublés dans leur repas du soir, ils portaient les plats, les bouteilles commencés.

— Teufel, clamait Siemens dont les bras robustes soutenaient une pile de récipients de toute espèce; si jamais je rencontre Miss Veuve, je lui tords le cou et je la mange à la croque au sel, pour lui apprendre à nous troubler en plein souper.

Petunig, qui avait transformé son camarade en bête de somme, et marchait auprès de lui, les mains dans les poches, l'entraîna vers l'arrière.

— Viens par ici, mon gros. Là, nous aurons toute la nuit pour nous réconforter, sans que personne ait l'idée de nous déranger.

— Tu es sûr, Petunig?

— Eh oui ! Masqués par l'homme de barre, on ne nous apercevra pas de la cabine, et si Herr Von Karch a besoin des services de quelqu'un, cela tombera sur les autres.

— Est-il malin, ce Petunig, est-il malin, gronda l'athlète.

Dans son admiration, il faillit ouvrir les bras et provoquer ainsi une cascade des victuailles dont il était chargé.

Tril s'était résigné à faire contre mauvaise fortune bon cœur; dans l'espèce il avait serré la boucle de son pantalon, mesure qui, au dire des physiologistes sortant de table, tempère les tortures de la faim.

Mais en voyant les deux amis s'installer tout près de sa cachette; en sentant monter à ses narines le fumet du ragoût, de la choucroute, des pommes de terre ; en discernant du jambon rosé et des flacons de vin du Rhin, il fut pris d'un accès de rage boulimique.

Ainsi les coquins s'allaient sustenter à l'égal de propriétaires, et lui, brave garçon, connaîtrait tous les tourments de l'inanition !

Suivant docilement les indications de Petunig, lequel s'était décidément

Ses mains passèrent entre la bâche et le bordage.

réservé le soin de commander, Siemens disposa les plats dans un ordre admirable, les faisant alterner avec les flacons au long col.

— Nous asseoir sur le pont, ce sera bien dur, modula alors Petunig.

— Sans doute, approuva Siemens avec son gros rire, mais quand on n'a pas de chaises...

— Petunig se dit : Siemens, qui n'est pas sot, va aller chercher des manteaux, lesquels, convenablement repliés, nous assureront des sièges moelleux.

— Satané Petunig, s'exclama le géant en extase! Vrai, il n'y a que lui pour avoir une idée pareille.

Mais son camarade secoua modestement la tête.

— Ne dis pas de bêtises, c'est toi qui l'as eue. Toi-même, mon gaillard. Je l'ai lue dans tes yeux et j'ai exprimé ce que je lisais.

Son lourd compagnon le regardant d'un air hébété, il poursuivit :

— Enfin, va toujours chercher les manteaux. Tu es peut-être somnambule, tu as des idées extraordinaires, et tu ne t'en doutes pas.

L'athlète s'éloigna en courant. Véritablement, il se sentait une reconnaissance infinie pour ce cher Petunig qui déchiffrait sa pensée beaucoup mieux que lui-même.

Le vapeur avait cependant largué ses amarres. Il se dégageait, en petite vitesse, des autres embarcations attachées à la rive.

Petunig s'accouda au bastingage, donnant un dernier regard au paysage, en attendant le retour de Siemens. Il tournait ainsi le dos à l'endroit où s'alignaient en bel ordre les mets dont les coquins s'allaient régaler.

Tril se rendit compte de cette situation favorable. Ses mains passèrent entre la bâche et le bordage du canot; elles happèrent une écuelle de pommes de terre, deux bouteilles, un pain et la pile de tranches de jambon se dressant, ainsi qu'une construction de granit rose, sur une assiette de faïence à larges fleurs bleues.

A peine ce larcin était-il accompli que Siemens se montra. Le géant rapportait les manteaux, et même, voulant améliorer la bonne pensée dont Petunig l'avait si adroitement gratifié, il avait chargé sur ses épaules un matelas, qu'il jeta sur le plancher en grondant d'un air satisfait :

— Le matelas et les manteaux, ça sera encore plus moelleux.

— *Kolossal!* approuva Petunig. *Kolossal!* Tu te formes tous les jours, mon gros Siemens. Si jamais je me mets marchand ambulant, on s'associera tous les deux. Je porterai le fouet et toi la voiture.

Là-dessus, il s'installa commodément sur le matelas en disant :

— A table, Siemens. Et avoue, sans fausse modestie, qu'il n'y a pas deux hommes pour dresser le couvert aussi bien que toi.

Le colosse se rengorgeait déjà, quand ses yeux parcoururent l'alignement des victuailles; il devint écarlate, ses yeux semblèrent prêts à jaillir de leurs orbites, et il meugla d'un ton lamentable :

— Le jambon, les pommes de terre, le vin, qu'est-ce que tu en as fait?

Petunig s'était retourné au cri de son compagnon. Cette fois, il fut aussi surpris que Siemens lui-même. Il regarda autour de lui, en haut, à droite, à gauche, et ne trouvant aucune explication plausible, il grommela :

— Ah! c'est le diable qui nous a volés!

Exclamation dont frissonna le colosse, qui demanda timidement, baissant la voix :

— Quoi? Tu croirais?... Le diable lui-même en personne.

Car la puissante brute, capable, sous la poussée de quiconque dominait son esprit embryonnaire, de commettre un crime sans sourciller, avait cette faiblesse commune à tant de criminels, de verser dans la superstition

— Voyons, monologuait Petunig, j'étais là, contre le bastingage. Personne n'a pu se glisser ici sans que je le remarque; alors, un animal, un chien, un chat; il n'y en a pas à bord. Et puis, ils auraient englouti le jambon et pas les pommes de terre.

— Ils n'auraient pas non plus mangé les bouteilles, hasarda le géant, se mêlant à l'a parte de son camarade.

— Ça, mon gros, voilà encore une de ces remarques qui prouvent ton esprit éveillé. Seulement, si le coupable n'est ni un homme ni un animal, qu'est-ce que cela peut bien être? Écoute, tu vas rester ici, à la garde de ce qu'on nous a laissé, et si quelqu'un approche, un coup de poing sur la tête, hein? Si tu frappes, je suis tranquille, le Roi des Enfers lui-même serait cassé.

— Mais toi?

— Moi, je vais voir si le diable ne serait pas parmi nos camarades. Je ne serais pas fâché de le découvrir. Je lui dirais deux mots dont il se souviendrait.

Et sans ajouter d'autre explication, le coquin se glissa vers l'endroit où s'était rassemblé le reste de la bande.

Dix minutes s'écoulèrent. Petunig revint sans avoir rien découvert bien entendu, et les deux complices engloutirent mélancoliquement les provisions laissées par le larron inconnu.

Pas un instant, ils ne soupçonnèrent que, dans le canot d'arrière, un gamin que chacun d'eux eût broyé sans effort, s'amusait follement de leur déconvenue.

Le jeune garçon attendit qu'ils se fussent éloignés pour se réconforter lui-même. Enfin, les bandits rejoignirent leurs compagnons, et Tril put apaiser sa fringale.

Seulement, la façon dont voyageait Von Karch pouvant prolonger l'emprisonnement volontaire du gamin, celui-ci mit en réserve quelques pommes de terre, plusieurs tranches de jambon et l'une des bouteilles de vin. Il devenait une sorte de Robinson du canot.

A l'aube, nouvelle station dans le voisinage d'une cité importante. Quelle était cette cité? Tril n'eût su le dire; le hasard voulut qu'aucun passager du vapeur n'en prononçât le nom à portée de ses oreilles. La journée s'écoula comme celle de la veille. Un seul moment, l'intérêt du brave garçon fut provoqué par une question du pilote à l'un des forbans remplissant à bord les fonctions d'officier.

— Où allons-nous au juste? avait demandé l'homme de barre.

Son interlocuteur haussa les épaules :

— Au juste, on n'en sait rien. Autant que j'ai pu comprendre, nous gagnons l'embouchure de l'Elbe, sur lequel nous flottons actuellement.

— Au port de Hambourg, en ce cas?

— Non, non. Nous n'irons là qu'au retour.

— Comment, nous reviendrons? Je croyais que l'on se sauvait devant ce damné Miss Veuve.

— Nous, nous reviendrons; mais nous seuls.

— Ah! je comprends. Herr Von Karch, sa fille...

— Et les prisonniers anglais, mon gars, ne les oublie pas, seront remis à un superbe steam-yacht de deux mille tonneaux qui doit croiser dans la mer du Nord. Il nous attend et il attend également une dépêche par télégraphe sans fil qui lui sera expédiée par un nommé Brumsen.

— Brumsen, je connais; j'ai travaillé avec lui.

— Eh bien, tu es plus avancé que moi. Je te fais grâce d'une histoire embrouillée dans laquelle je ne vois pas clair. Il y a là-dedans un nommé Tiral et une demoiselle Liesel. Bref, la dépêche doit indiquer vers quelle direction marchera le steam-yacht.

L'officier s'était éloigné sur ces mots. Le plus intéressé à son discours avait été sûrement Tril, qui murmurait avec une rage d'autant plus violente que les circonstances l'obligeaient à demeurer silencieux :

— Il a tout prévu! En pleine mer; une dépêche sans fil. Alors, quoi! je me serai donné tant de mal pour rien. Oh! si je pouvais rallier Hambourg.

Il s'appliqua un coup de poing sur le front.

— Tril, mon garçon, tu es stupide. Il faut aller jusqu'au bateau qui attend les coquins et les victimes. Comme cela je relèverai son nom; tous les bateaux ont un nom! Et un vapeur de deux mille tonneaux, quand on sait comme il s'appelle, ça se retrouve toujours.

Apaisé par ces réflexions, le courageux petit bonhomme attendit la nuit.

39

Comme la veille, une fois les ténèbres descendues sur la terre, le steam quitta la rive et s'élança dans le courant du fleuve.

Du fleuve, disons-nous, car, à présent, on avait quitté la Havel, et l'hélice faisait écumer les eaux jaunâtres de l'Elbe, cette grande route aquatique du commerce allemand, qui baigne, à l'entrée de son estuaire, le port de Hambourg, lequel par son tonnage, occupe le troisième rang parmi les ports du monde, les deux premiers étant tenus par les cités anglaises de Londres et de Liverpool.

Vers dix heures du soir, la ligne des feux du port de Hambourg borda la rive droite du fleuve. Le gamin, qui observait ce paysage, distingua sur le pont du vapeur deux formes humaines s'accoudant au bastingage à deux mètres à peine de sa cachette.

Il tressaillit. Il avait reconnu Von Karch et sa fille.

L'espion causait paisiblement, bien loin de penser qu'un des ennemis, qu'il croyait avoir dépistés, se trouvait si rapproché de lui. Il désignait les quartiers du vaste entrepôt du commerce allemand ; nommait, à mesure que le vapeur les dépassait, les bassins du port : Ober, Baaken, Magdebourg, Gratsbrook, Sandthor, Bidden, Nieder, etc. Déjà la riche cité restait en arrière, quand Petunig se rapprocha des causeurs.

— Herr, fit-il respectueusement, avez-vous lu les journaux aujourd'hui ?

— Ma foi non, ces noircisseurs de papier me font horreur, depuis qu'ils ont prodigué la réclame à notre ennemi. Pourquoi me demandes-tu cela ?

— Parce qu'ils s'occupent encore du même sujet, et que, je m'abuse peut-être, il me semble que la fin de l'article vous intéressera.

Ce disant, le bandit tendait à son chef un exemplaire du *National Zeitung*, contenant le récit de l'incendie du blockhaus de Babelsberg et de la tache de sang laissée sur la muraille du palais impérial par « l'homme volant ».

Von Karch se rapprocha de la lanterne de l'habitacle et déploya la feuille dans le cercle lumineux projeté par le réflecteur. Margarèthe lisait par-dessus son épaule.

— Ah! s'exclama-t-elle, cet homme volant blessé, tué peut-être dans le palais de l'Empereur par le coup de feu d'une sentinelle, si c'était...

— C'est Miss Veuve, sois-en sûr, affirma l'espion.

Tous deux s'arrêtèrent net. Il leur avait semblé qu'un cri étouffé avait gémi dans la nuit. Mais après être demeuré un instant aux écoutes, Von Karch reprit :

— L'homme volant est évidemment Miss Veuve.

— Croyez, père, que j'en suis bien heureuse.

— Je crois, Marga.

— Cela me peinait de vous quitter, de revenir à Hambourg en vous sachant sous la menace de cet homme. Maintenant, je serai tranquille; ne fût-il que blessé, vous aurez le loisir de vous mettre en sûreté.

— Et tu pourras, en toute liberté, rejoindre tes amis anglais, te prosterner devant eux, te faire leur domestique.

L'accent de Von Karch avait soudainement pris des inflexions âpres et menaçantes. La jeune femme considéra son père avec une surprise inquiète :

— Comme vous dites cela, père.

— Eh, s'écria-t-il, donnant enfin carrière à la colère jusqu'à cette minute renfermée en lui, je parle comme il convient à la sotte sentimentale que tu es!

Et sa voix s'élevant par degrés :

— Alors, niaise fille, tu m'as trahi. Ces Anglais, que le tonnerre écrase, peuvent proclamer, urbi et orbi, que je fus le comte Kremern, et tu t'es figuré que je leur rendrais la liberté, que je t'autoriserais à les rejoindre pour travailler avec eux à m'assurer le mépris de l'univers. Non, ma parole, tu es trop naïve.

— Que voulez-vous dire?

— Ce que je veux dire; c'est que je n'ai pas coutume de négliger une précaution. Ce que je veux dire, ma belle, c'est que tes *chers* amis anglais sont enfermés dans la cale de ce petit bateau, qu'ils seront transbordés sur le yacht qui nous attend en pleine mer. Toi aussi, ma fille. Vous resterez mes captifs jusqu'au jour où j'aurai réglé définitivement l'affaire Tiral, où je pourrai disparaître dans la foule humaine, sans laisser de traces. Et ce jour-là!...

Il souligna sa phrase d'un geste violent.

— Trop longtemps je me suis montré faible à ton égard! Tu as cru que je pardonnerais encore! Ma foi, tu as bien fait de lever ce lièvre-là. Le silence m'étouffait! Où donc as-tu puisé ta mentalité, crédule bourgeoise? Tu t'es figuré que, loyalement, j'avertissais Herr François de l'approche des gendarmes à Babelsberg!

La vanité cruelle de la fourberie vibrait dans les paroles de l'espion.

— J'éloignais ce surveillant incommode et je t'éloignais du même coup, toi. Ainsi j'ai pu faire traîner à ton insu mes captifs sur ce bateau.

Il éclata d'un rire brutal, sinistre :

— Ah! ah! ah! Tu souhaites les rejoindre. Pour la dernière fois, je cède à tes désirs. Désormais je n'aurai plus de fille.

— Oh! fit Margarèthe écœurée par l'aveu de la dernière fourberie de l'espion, pourquoi ne puis-je m'écrier que je n'ai plus de père?

La réplique porta jusqu'à la démence l'exaspération de Von Karch. Il rugit d'une voix rauque :

— Siemens! Pétunig!

Pétunig était là. Siemens accourut à l'appel.

— Jetez cette fille dans la cale. Ah! tu veux être auprès des Fairtime. Eh bien, sois satisfaite!

Les séides de l'Allemand se ruèrent sur Margarèthe. En un instant, elle fut immobilisée, ses deux mains emprisonnées dans la large paume du géant.

Elle eut un gémissement de douleur. Siemens serrait comme un étau, lui donnant l'impression de lui broyer les doigts.

Von Karch salua la plainte d'un rire diabolique; mais le ricanement grelottant entre ses lèvres, s'interrompit net. Une détonation dans l'éclair d'un jet de flamme, un hurlement de l'athlète, résonnèrent en même temps. Et le colosse lâcha sa victime. Une balle venait de lui traverser le bras.

Le projectile était sorti du revolver de Tril. Le gamin, renseigné maintenant sur la sincérité réelle de Margarèthe venant prévenir François de l'arrivée prochaine des gendarmes au Babelsberg, avait ressenti une immense pitié pour la malheureuse, partagée entre son dévouement aux captifs de son père et le désir naturel de sauver ce père, si méprisable fut-il.

Il avait compris qu'elle aussi était une victime. Une sympathie subite s'était éveillée dans son âme primesautière, et l'entendant crier sous l'étreinte brutale de Siemens, il l'avait défendue.

Sur le pont régnaient un désordre, un tumulte invraisemblables. Au coup de feu, tous les malandrins à la solde de l'Allemand s'étaient précipités vers l'arrière.

Durant quelques minutes, les vociférations, les questions, les réponses se croisèrent, se confondant en une inextricable cacophonie.

Siemens rugissait, soutenant son bras dont la manche se teignait de pourpre. L'athlète était blessé. La détonation appartenait à un revolver. Donc, on avait tiré sur leur camarade.

Il s'agissait de trouver le tireur. Ce point acquis, les cris cessèrent. Avec une précision, indiquant la stricte discipline à laquelle se soumettent souvent les criminels, les fidèles de l'espion se divisèrent en groupes, et fouillèrent le navire.

Von Karch, Pétunig, Margarèthe demeurèrent à l'arrière. A présent ils regardaient autour d'eux, apercevant seulement le timonier qui, dans le

EN UN INSTANT, ELLE FUT IMMOBILISÉE.

désarroi général, avait conservé assez de sang-froid pour ne pas abandonner
le gouvernail. Le calme du marinier avait vraisemblablement sauvé le vapeur
d'un échouement.

En effet, dans le voisinage de la mer, le chenal navigable de l'Elbe serpente à travers des bancs de sable et de vase, obligeant les navires à ralentir
leur marche même en plein jour.

— Cherchons, Pétunig, murmura l'Allemand.

Chercher ! Pétunig ne demandait pas mieux, mais où? mais quoi? L'arrière du steamer n'offrait aucun obstacle à la vue. Par acquit de conscience,
les deux hommes se penchèrent sur le bastingage, interrogeant le bordage, la surface de l'eau, le bouillonnement de l'hélice.

Ils tournèrent autour de l'habitacle, de la roue du gouvernail actionnant
les chaînes de direction. Rien! Ils s'y attendaient du reste.

Cependant, un à un les serviteurs, les matelots revenaient. Fritzeü annonça
le premier, qu'ayant fouillé la cabine de Herr Von Karch, il n'avait rien découvert. Par précaution, il avait, en se retirant, fermé la porte à double tour
et il rapportait la clé à son chef.

Puis, ce fut Lorike qui s'était chargé de perquisitionner dans le poste de
l'équipage, réduit ménagé à l'avant sous le pont, et où, matelots et serviteurs
reposaient pêle-mêle durant la nuit.

Stolz avait parcouru la machinerie; Siemens, fou de rage, après un pan-
sement sommaire, s'était rendu à fond de cale, auprès des prisonniers
anglais. Il les avait terrifiés par les plus effroyables menaces qui puissent
sortir des lèvres d'un bandit exaspéré, mais pas plus que les autres, il
n'avait découvert un indice quelconque du passage de l'être, dont son bras
douloureux portait la marque.

Cela devenait affolant; à chaque rapport négatif, l'espion frappait du
pied.

— Pourtant le gaillard est à bord, cela ne saurait faire doute, répétait-
il avec une fureur croissante.

Margarèthe assistait à cette infructueuse chasse à l'homme. Elle ne se
souvenait plus de la scène brutale qui l'avait précédée. Elle aussi se sentait
possédée par le désir de savoir. Mais ce désir était mitigé par un autre.
Elle souhaitait ardemment que l'être inconnu, qui avait pris sa défense,
ne fût pas découvert; car elle ne se faisait pas d'illusion, il paierait de sa
vie son geste généreux.

Et tandis que ces pensées s'entrechoquaient sous son crâne, l'espion, ses
fidèles rassemblés autour de lui, parlait :

— Il est impossible que le coquin ait quitté le bord. Le fleuve a plus de douze kilomètres de large. Des bancs de vase rendent l'atterrissage extrêmement dangereux. Et puis, s'il avait sauté à l'eau nous l'aurions entendu; donc, il faut le trouver. Reprenez les recherches, méthodiquement, sans rien négliger. Commençons par l'arrière; le canot fixé aux palans; soulevez la bâche qui le coiffe. C'est inutile, j'en suis sûr, mais cela vous montre comment j'entends que la perquisition soit conduite.

Déjà Lorike, hissé sur le tableau d'arrière, s'occupait à dénouer les cordons amarrant le prélart aux rivets du bordage de l'embarcation. Tril allait être surpris dans sa cachette; il expierait sa courageuse intervention. Lorike souleva la toile, Von Karch demanda :

— Eh bien?

— Le canot est vide, naturellement.

— Je m'en doutais. Rattache les cordelettes; vous autres, suivez-moi, et ne laissons pas inexploré un trou de souris.

Tous se mirent en marche, sans soupçonner qu'ils venaient de fouiller le gîte de leur adversaire.

Comment ne l'y avaient-ils pas découvert? Tout simplement parce qu'il ne s'y trouvait plus. Son coup de revolver lâché, le jeune Américain s'était rendu compte de son imprudence.

— Folle tête de bûche, s'était-il dit avec plus de sévérité que de politesse, vous aviez bien besoin de vous mêler d'une affaire qui ne vous regarde pas; vous allez être pincé et mis dans l'impossibilité de servir Miss Veuve, dont le « Roi » vous a confié les intérêts. Vous auriez pu penser à cela un peu plus tôt, si vous n'étiez pas bête comme un bison.

Mais s'il s'invectivait, le gamin n'en continuait pas moins à observer les mouvements des bandits. Ainsi il constata l'éloignement momentané de la bande ennemie, l'attitude ahurie de Von Karch, de sa fille, de Pétunig demeurés seuls. Il les vit scruter, d'un œil défiant, les eaux noires autour du bateau, et soudain, un éclair illumina son cerveau :

— Ils ont raison; c'est dans l'eau que je devrais me cacher.

Le canot, pour les passagers debout sur le pont, constituait un écran, empêchant de discerner ce qui se passait en arrière du steamer. Utiliser cet avantage apparaissait naturel.

Et, profitant de l'instant où l'attention de ses ennemis se concentrait sur Siemens, rugissant comme une bête fauve blessée, le gamin se glissa entre la toile et le bordage, demeura un instant suspendu d'une seule main, l'autre rattachant les cordons du prélart.

Puis, il eut un regard sur le remous écumant de l'hélice tourbillonnant au-dessous de lui, et il lâcha prise. Tout le monde sait comment sont disposés les propulseurs sur les bateaux du genre de celui qu'avait frêté Von Karch.

L'hélice tourne autour d'un axe fixé, d'une part, à l'arbre de couche qui troue la poupe de l'embarcation, et d'autre part à une pièce de bois parallèle à la ligne verticale d'arrière.

Cette pièce de bois est maintenue par des solives transversales, formant autour de l'hélice un cadre, dont la tranche est dans le prolongement de la quille. Sur ce cadre même s'attache le gouvernail, actionné par des chaînes ou des filins d'acier obéissant au mouvement de la roue.

C'est sur le cadre que le brave enfant s'était laissé tomber. S'il ne réussissait pas à s'y accrocher au vol, il serait happé par les pales de l'hélice, roulé dans le remous, broyé.

Mais la véritable raison du succès est le sang-froid. Tril avait bien calculé sa chute. Un instant après, il se trouvait à califourchon sur le cadre de l'hélice, puis il s'allongeait sur la tranche et par gradations insensibles, il se laissait glisser le long de la pente du gouvernail dont l'extrémité inférieure plongeait sous les eaux.

Maintenant, les doigts crispés sur le relief d'un croisillon de renforcement de la plaque du gouvernail, il était porté par le flot tumultueux que chassait le mouvement giratoire de l'hélice.

Dans le mugissement de l'eau, il entendit les paroles de l'espion ordonnant de visiter le canot. Il assista à la déconvenue du misérable. Il obtint la certitude que, désormais, la petite embarcation constituerait la plus sûre cachette du bateau à vapeur.

Et ma foi, il songea à y reprendre place pendant qu'équipage et passagers perdraient leur temps à fouiller inutilement le pont, l'entre-pont, la cale et la machine.

Mais remonter le long de la tranche du gouvernail était beaucoup plus difficile que descendre, d'autant plus que cet organe mobile exécutait continuellement des embardées à droite ou à gauche.

Vingt fois, le gamin faillit être précipité. Enfin, exténué, les yeux troubles, le crâne empli de bourdonnements, il se retrouva à cheval sur la solive plane dominant l'hélice.

Quelques instants plus tard, il réintégrait son canot, sur lequel il tendait soigneusement la bâche de couverture, et transi, grelottant, à bout de forces, il s'allongeait sur le fond avec l'impression que tout nouvel effort lui serait impossible.

Quand, bien longtemps après, Von Karch et ses acolytes réapparurent sur le pont, affolés de colère et d'anxiété, lançant dans la nuit des menaces, des insultes à l'adresse de leur insaisissable ennemi, le petit ne les entendit même pas; il dormait profondément.

Le balancement régulier de la houle le tira de sa torpeur. Il ouvrit les yeux. A travers la toile du prélart filtrait une clarté tiède.

Il faisait jour, le soleil brillait, et le steamer poursuivait sa navigation. Le tangage du léger navire fit comprendre au gamin la raison de ce fait insolite.

— Nous sommes sortis de l'Elbe, se dit-il. Nous flottons sur les vagues de la mer du Nord ; on va rallier le yacht qui doit croiser dans ces parages. Il s'agit de l'immatriculer, ce yacht.

Ceci dit, il appliqua ses yeux à un interstice du prélart, et il eut un geste réjoui. A moins d'un mille (1850 mètres environ), il avait distingué la ligne élégante d'un joli yacht à vapeur. La coque, sortie évidemment de l'un des chantiers privés anglais, qui réalisent le maximum de stabilité et de vitesse, se montrait toute blanche, glissant sur les eaux glauques avec la grâce d'une mouette planant à la crête des vagues.

Mais l'attention du guetteur fut rappelée sur le pont. Von Karch, ses complices, y étaient groupés entourant lord Gédéon Fairtime et ses enfants.

Une émotion intense envahit l'Américain à la vue de Miss Édith immobile, le soleil piquant en ses cheveux blonds un diadème d'or. Elle regardait en haut, vers le ciel bleu, où de légers nuages couraient tels des fumées.

Elle espérait sans doute que François allait descendre rapide comme l'éclair, qu'il l'arracherait aux vils coquins qui la tenaient captive.

Et songeant que le fiancé attendu avait été blessé, peut-être frappé à mort, qu'à cette heure précise il rendait peut-être le dernier soupir, Tril eut l'impression déchirante de l'inanité des espérances humaines.

— Pauvre petite Miss, murmura le gamin, si elle me savait là, elle aurait le courage d'attendre.

Si la nuit avait régné, le dévoué garçon eût sans doute tenté une héroïque folie pour se rapprocher de la jeune fille. Le soleil, emplissant l'atmosphère de son rayonnement d'or, ne permettait pas même de s'arrêter à semblable pensée.

Et cependant, le petit vapeur se rapprochait du yacht à la carène blanche. Il venait stopper le long de sa coque, et le transbordement commençait.

Les Fairtime furent hissés à bord, suivis bientôt par Von Karch, Margarèthe, Siémens, Pétunig, tous les coquins à la solde de l'espion.

Il ne restait sur le vapeur que le capitaine, le timonier et deux hommes préposés à la machine. Avant que les bateaux se séparassent, Von Karch se pencha à la coupée, et l'Américain perçut ces paroles :

— Rentrez à Hambourg. Amarrez à quai du bassin de Binnen (Binnenhafen). Vous avez un an de solde d'avance ; il vous sera facile de vivre largement en attendant mes ordres. Ils vous seront adressés, Capitaine Walter, à bord de la *Luisa*.

— La *Luisa*. grommela le gamin dans sa cachette. Avec mes plongeons répétés, je n'avais pas eu le temps de m'assurer de l'état civil de mon bâtiment.

La *Luisa* frémissait sous la rotation de l'hélice remise en marche. Elle prolongeait lentement le steam-yacht, dont le bordage dominait son pont de plus de trois mètres.

On apercevait les matelots et les passagers du yacht penchés sur le bastingage, saluant une dernière fois ceux qui retournaient vers la terre allemande. Mais les yeux de l'Américain rencontrèrent une bouée, sur laquelle huit lettres formaient le mot *Fraulein*.

— Fraulein, murmura l'enfant; voilà le nom du bateau blanc. Hip! hip! hurrah! désormais je pourrai l'annoncer dans le monde.

A toute vapeur, la *Luisa* piquait à présent vers la côte basse et estompée de brume, qui indiquait l'estuaire de l'Elbe.

Le soir même, le steamer s'amarrait à quai du bassin de Binnen, non loin du pont de Schaant, jeté sur le canal de la Kleine Alster.

A peine à quai, les feux éteints. le capitaine Walter, le timonier Elmans et l'un des chauffeurs-mécaniciens abandonnèrent le steam à la garde du second chauffeur, un gros garçon naïf, originaire de Westphalie, enrôlé à cause de l'euphonie de son appellation.

Son premier chauffeur et chef se dénommait Klobbe; lui répondait au vocable de Niklobbe.

Un seul homme à bord. Tril constata qu'il lui serait aisé de gagner la terre; car il voulait débarquer maintenant pour expédier deux télégrammes, dont l'un à l'adresse de François de l'Etoile.

Avec la confiance robuste de la jeunesse, le petit Américain, après avoir supposé la mort de l'ingénieur, avait fini par se déclarer que *cela ne pouvait pas être, parce que cela ne serait pas juste*. Et fort de l'affirmation pourtant contestable, il s'était fait ce raisonnement :

— L'aéroplane marche dix fois, quinze fois plus vite que le plus rapide steamer. Donc, quelques heures d'avance accordées au « Fraulein » ne sont rien. Seulement pour que l'appareil volant le joigne, il faut que M. François soit prévenu de son existence. Voilà justement le difficile. Où le prévenir?

Alors le gamin s'était souvenu que Vaniski et ses filles se trouvant sur l'aéroplane, on les conduirait forcément en Danemark, à Weeneborg, dans la ferme du brave Danerik. Il adresserait donc son télégramme à la ferme.

Donc, Tril souleva doucement le prélart abritant son refuge, et promena un regard investigateur aux alentours.

Les lumières éclairaient les quais, accusant la forme de quadrilatère irrégulier du bassin Binnen, centre d'où radiaient, tels les rayons d'un astre,

les alignements de réverbères des larges voies de Rodingsmarkt, de Del-
chstrasse, de Schaarstien Weg, etc. Et par delà les môles, les jetées, le
petit distinguait d'autres môles, d'autres quais marqués dans l'obscurité
par des rangées de feux donnant l'impression d'une cité géante, s'étendant toujours plus loin, longue comme le fleuve lui-même, dont le courant faisait gémir les membrures des bâtiments à l'ancre dans la rade de
Niéder.

Un moment, il resta immobile, saisi par ce spectacle, disant la puissance
commerciale géante de la ville orgueilleuse, qui s'intitule le grand entrepôt du négoce de l'empire. Mais une chose importait en cet instant : savoir où se tenait le chauffeur Niklobbe, seul obstacle qui se pût dresser
entre le gamin et le quai. Il ne l'aperçut pas sur le pont. S'il se montrait,
Tril en serait quitte pour courir. Le gamin se sentait de taille à distancer
à la course le plus agile des matelots teutons.

— Allons, assez tergiversé; le télégraphe m'attend.

Tout en parlant, le brave garçon rampe hors de sa cachette; il foule
le plancher du pont. Il contourne l'habitacle, la roue du gouvernail. Toujours pas de Niklobbe.

Voici la cabine du pont, naguère occupée par l'espion, et dont le vitrage
dépasse le plancher avec une allure de grosse lanterne quadrangulaire.
Elle est presque en face du vide ménagé dans le bastingage pour effectuer
les débarquements. Tril s'élance, mais brusquement il s'immobilise.

— Ah ça! on ronfle dans la cabine. Est-ce que ce coquin de chauffeur
aurait établi ses quartiers de nuit dans la chambre de son armateur?

A pas de loup, il se glisse vers la porte. Elle est entr'ouverte. Il
coule un regard dans l'intérieur. Sur le divan, Niklobbe dort avec tranquillité.

Le gamin sourit, tire doucement la porte à lui, la referme, donne un
tour de clé, et, ravi de sa plaisanterie, gagne la coupée en sifflotant.

— By devil! (Par le diable).

L'exclamation américaine lui échappe! Un homme vient de se dresser
devant lui, lui barrant le passage. C'est le capitaine Walter. Celui-ci est
visiblement étonné de voir un jeune garçon inconnu débarquer de son
bateau.

— Qu'est-ce que vous faites là?

Si Tril hésite, il est pris; mais sa vie errante l'a accoutumé à ne s'é-
tonner de rien.

— Je parlais au chauffeur Niklobbe, répond-il délibérément.

— Vous êtes de ses amis?

— Non, à preuve que je viens de le voir pour la première fois. C'est un nommé Klobbe qui m'a chargé de lui dire d'utiliser sa nuit de garde pour nettoyer le moteur. Comme cela, paraît-il, vous pourrez appareiller de suite, si vous en recevez l'ordre de votre armateur.

— Ce Klobbe est décidément un homme de précaution, murmure Walter. Je ne l'aurais pas cru doué d'une telle initiative. Tu vas le retrouver peut-être?

— Vous l'avez deviné de suite; on voit bien que vous êtes un chef.

La remarque flatte le capitaine dont l'organe devient tout à fait bienveillant pour ajouter :

— Eh bien! tu lui diras que le capitaine Walter le félicite de sa bonne pensée. Le capitaine Walter, tu te souviendras?

— Tiens donc, j'ai eu un prix de mémoire à l'école.

Et comme Walter s'est écarté du passage, l'Américain profite de l'occasion. Il saute sur le quai, traverse la chaussée en quelques enjambées, et se jette à corps perdu dans la première avenue qui s'offre à lui, tandis que le capitaine, tout interloqué par cette fuite soudaine, sent, mais un peu tard, naître en lui le soupçon qu'il a été trompé!

Le soupçon se changea en certitude lorsqu'il découvrit le brave Niklobbe enfermé dans la cabine. Mais, comme à ce moment le gamin était hors de portée, ce fut le chauffeur qui porta le poids du mécontentement du capitaine.

Le pauvre diable, arraché aux délices du sommeil par une série de bourrades à assommer un bœuf, ne comprit jamais pourquoi son supérieur l'accusait de s'être enfermé *du dehors*, ce qui, chacun s'en rend compte, est tout à fait impossible quand on est *en dedans*.

Tril, lui, avait gagné au large. Il déambulait le long des larges avenues plantées d'arbres, bordées de maisons somptueuses, qui circonscrivent le lac intérieur de Binnen (Binnenalster). Sur les indications de passants bénévoles, il traversa la place de Gunsemarkt, passa devant le théâtre de la ville (Stadttheater) et déboucha devant le jardin Botanique.

A sa droite, les lanternes alignées lui révélaient la promenade de l'Esplanade, mais il ne lui accorda aucune attention. Toutes ses facultés s'étaient concentrées sur un bâtiment grandiose se dressant à sa gauche, et sur lequel un réseau compliqué de fils électriques, convergeant en ce point de tous les quartiers de la ville, rendait inutile l'inscription : « Post ».

Quelques instants après, le gamin expédiait au guichet de nuit deux télégrammes.

— Qu'est-ce que vous faites là ?

Le premier. adressé au fermier Danerik à Weeneborg (Danemark) était
ainsi conçu : »

« *Remettre à Vaniski pour « patron ». Steamer Fraulein, tout blanc,*
croise mer du Nord, embouchure de l'Elbe, avec V. K. et Anglais à son

bord. Retenu Hambourg, ne puis être là-bas. Imminent départ Fraulein pour destination inconnue. Se hâter.

Signé, TRIL.

Quant au second, revêtu également de la signature du jeune Américain, il portait une suscription rappelant celle de la dépêche naguère envoyée de Londres par le gamin, et contenait ces lignes :

« *Martins, capitaine yacht Lovely, port de Plymouth* » (*Angleterre*). *Reconnaître steamer blanc Fraulein croisant actuellement face estuaire de l'Elbe. Amis et autres à bord. Aviser à Washington. Réponse en double à Danerik, Weeneborg (Danemark), et à Tril, poste Centrale à Hambourg* ».

Cordialités.

Le petit sortit de la poste comme onze heures sonnaient à une horloge voisine.

— Onze heures, se confia-t-il, ma foi, un petit souper et un bon lit, voilà ce que je vais m'accorder. En vérité, je les mérite.

Et, avec un soupir disant la volupté de sybarite, née de cette alléchante promesse :

— S'étendre sur un matelas, pas en planches; oh ça, c'est le rêve!

Le gamin n'eut aucune peine à découvrir un hôtel de bonne apparence. Il expliqua l'absence de ses bagages par ce fait plausible qu'ils se trouvaient à bord d'un navire en escale dans le port. Il inscrivit sérieusement sur le registre de police un nom de fantaisie. Après quoi, il s'enferma dans la chambre à lui désignée; un keller (garçon) y avait déjà monté un plat de viande froide, du pain et une cruche de bière mousseuse.

Soupa-t-il avec plus de plaisir qu'il ne dormit, ou dormit-il plus agréablement qu'il ne mangea; c'est là un point obscur que le jeune garçon ne parvint jamais à élucider dans la suite.

Toujours est-il qu'il s'éveilla assez tard dans la matinée, frais, dispos, d'humeur hilare, ayant perdu jusqu'au souvenir des affres subies les jours précédents.

Son premier soin fut de courir au bureau de la poste. Aucune réponse n'était encore arrivée.

Libre désormais, il employa son temps à parcourir la ville. Bien entendu, il évita le voisinage du port, où il eût risqué de rencontrer le capitaine Walter.

Or, la partie curieuse de Hambourg est précisément celle qui borde l'Elbe et le port, si bien que l'Américain ne puisa qu'un plaisir relatif à la promenade. Il rentra à l'hôtel juste à point pour ne pas s'avouer qu'il s'ennuyait.

Mais le lendemain, sa visite à la poste étant demeurée aussi infructueuse que le premier jour, Tril ne put se dissimuler plus longtemps que l'ennui pesait sur lui, si bien que le soir venu, il se risqua sur les quais et parcourut les huit kilomètres de bassins successifs s'étendant d'Altona au pont de l'Elbe.

Les centaines de bateaux avec leurs feux de position, les digues, les quais, les îles subdivisant le fleuve en un méandre de canaux au balisage lumineux, constituaient une illumination féérique, et l'Américain, encore qu'il fût imbu du *nil admirari*, que les citoyens des États-Unis semblent avoir emprunté aux Latins, ne résista pas à se déclarer avec franchise *que cela valait la peine d'être vu*.

La troisième journée de séjour ne lui ayant apporté aucune nouvelle de ses correspondants, il renouvela la promenade au port, irrésistiblement attiré par le tableau éblouissant que Hambourg présente une fois les ténèbres venues.

La fortune aime les audacieux, dit-on. Cela peut être vrai, mais la fortune est variable comme la mer, si bien que les pauvres audacieux ne sont pas certains d'être aimés tous les jours.

Tril était bien jeune pour formuler une réflexion de ce genre. Et ce fut dommage, car elle lui eût enseigné la nécessité de la prudence et évité ainsi une catastrophe, qui se produisit exactement à onze heures vingt-cinq.

Le jeune garçon se promenait le long du quai Baumewat dans une sécurité trompeuse, il ne faisait pas attention que le bassin Binnen était tout proche, ce bassin Binnen qu'il eût dû éviter entre tous, puisque là était le point d'attache du vapeur *Luisa*.

Il allait, les mains dans ses poches, sifflotant un air quelconque de music-hall américain, quand tout à coup, il se sentit saisi par le bras, tandis qu'une voix, trop reconnaissable hélas, résonnait à ses oreilles :

— Ah! je te retrouve, mon gaillard, tu vas m'expliquer pourquoi tu enfermes les gens à bord d'un bateau où tu n'as que faire.

C'était le capitaine Walter, accompagné par Klobbe et Niklobbe.

D'une brusque secousse, Tril se dégagea. Walter n'avait pas cru utile de serrer bien fort un ennemi de si faible stature. Libre, le gamin bondit en avant avec la pensée d'échapper par la rapidité de sa course au péril soudainement dévoilé.

Mais les Allemands ne l'entendaient pas ainsi. Ils se mirent à la poursuite du fugitif, faisant sonner leurs lourdes bottes sur le pavé.

Le pauvre Tril n'était pas dans un de ses jours heureux. Sa mauvaise étoile lui fit emboucher le pont jeté sur la passe qui relie le bassin Binnen au Block-haus-Hafen.

Au bout du pont, un douanier, qui causait avec des déchargeurs du port, voulut l'arrêter, dans la pensée simpliste qu'un individu pourchassé par d'autres ne saurait être qu'un voleur.

Le gamin lui passa la jambe et l'envoya mesurer la terre ; seulement il fut obligé de se jeter sur la droite, et se trouva ainsi lancé sur le môle de Kerwieter-Sutter, lequel se termine par un mur dominant à pic le cours de l'Elbe.

Quand il voulut revenir sur ses pas, il était trop tard ; ses ennemis, renforcés du douanier furieux, des déchargeurs, de marins attirés par le bruit, lui fermaient toute issue.

Il songea à se jeter dans les eaux noires de l'Elbe, mais déjà des barques s'approchaient à force de rames cernant le Kerwieter.

Peut-être allait-il se résigner à se rendre. Après tout, la plaisanterie faite à Niklobbe méritait une simple taloche ; mais l'un des poursuivants, jugeant tout argument licite à l'égard d'un homme qui se sauve, ramassa un boulon de fonte traînant sur le quai et le lança contre le gamin.

Atteint à l'épaule, sous le coup de la douleur violente, le petit cria une injure.

Un matelot, ivre sans doute, riposta par un coup de revolver, dont la balle siffla aux oreilles de l'Américain.

Cette fois, celui-ci céda à la colère. A son tour, il mit le revolver au poing ; le coup partit, et l'un des assaillants roula sur le sol, au milieu d'un tonnerre d'imprécations.

— A mort ! à mort, l'assassin !

Pour la foule grossissante Tril, qui s'était borné à se défendre, devenait un assassin. Il comprit le danger de sa position. Cette troupe hurlante l'assommerait s'il tombait entre ses mains. Et le fleuve d'un côté, les assaillants de l'autre, lui fermaient tout chemin de retraite.

Vingt pas le séparaient de ses ennemis. Ils seraient sur lui en quelques secondes si rien n'arrêtait leur marche.

Alors, le jeune garçon retrouva le sang-froid atavique de la race saxonne à laquelle il appartenait ; il s'adossa au fût du réverbère planté presque à l'extrémité du môle, et, faisant face aux agresseurs, son arme braquée sur eux, il clama, un défi suprême dans la voix, dans le geste :

— J'ai encore cinq cartouches, qui veut en goûter?

Un rugissement répondit. Les hommes s'irritaient d'être maintenus par un gamin. La courageuse attitude de Tril eût gagné sa cause auprès d'adversaires délicats. Ces êtres grossiers lui en firent un crime.

Et avec un grand cri de meurtre, un de ces cris qui jaillissent de la foule prête à verser le sang. tous se ruèrent sur le fidèle compagnon de « Miss Veuve ».

CHAPITRE II

AU SEUIL DE L'AU-DELA

Une vaste salle aux murs blanchis à la chaux; à la fenêtre, des rideaux d'un rose passé, que relèvent des embrasses de cordelière rouge, et qui laissent à travers les vitres d'une transparence décelant la propreté du logis, apercevoir la cour de la ferme, avec son tas de fumier aux pailles jaunes, dressant sa masse au-dessus du trou maçonné, au fond duquel s'appuie sa base et s'amoncelle le purin qui fertilisera les terres.

Des poules, dindons, pintades, oies, canards, s'ébattent, caquettent, cancannent, emplissant l'air d'un bourdonnement de vie intense. Des bâtiments ceinturant la cour, des bêlements, des mugissements sortent parfois, trahissant la bergerie, les étables.....; puis c'est un cheval qui hennit du fond de son écurie.

Mais Danerik, le fermier de Weeneborg, ne parcourt pas, ainsi qu'à l'ordinaire, les dépendances de son exploitation.

Lui, qui ne vit que pour sa ferme, ses bêtes, sa terre, ne tourne pas la tête vers la fenêtre : Toute sa pensée est concentrée sur le grand lit de bois de frêne qu'entoure un groupe éploré.

Une tète blême, livide, aux traits immobiles, aux paupières closes, émerge des draps. François de l'Étoile repose là sans un mouvement. On croirait que la vie l'a abandonné, si la respiration lente ne bruissait entre ses lèvres entr'ouvertes.

Au pied du lit sont rassemblés tous les passagers de l'aéroplane : Joë, Ketty, et Vaniski, avec, blotties contre lui, ses chères petites Mika et Ilka ; enfin, le mécanicien Klausse.

En arrière se tient Suzan, image du désespoir. Depuis qu'elle a été séparée de son compagnon Tril, des imaginations douloureuses la hantent.

En vain, Joë a essayé de la réconforter :

— Tril est un gaillard. Il a des banknotes. Il voyagera en chemin de fer au lieu de faire de l'aviation, voilà tout !

Il a eu beau ressasser cette idée sous toutes les formes ; en vain, Ketty, désolée de voir la tristesse s'abattre sur les êtres de bonté qui l'ont arrachée à la misère, a joint sa voix timide à celle du gamin ; Suzan a obstinément murmuré :

— Merci, merci à vous. Vous êtes bons. Mais Tril est mon cœur. Il est loin. Je n'ai plus mon cœur !

Elle ne sort de son mutisme découragé que pour agiter la question de savoir si François doit vivre ou mourir.

En arrivant à Weeneborg, tandis que Danerik bouleversé attelait sa carriole et allait chercher le médecin habitant à plusieurs lieues, Suzan s'était rendue au télégraphe. Par une dépêche concise mais claire, elle avait câblé à Washington, à ce Jud Allan qu'elle et Tril appelaient leur « roi », le terrible incident qui interrompait la lutte géante entreprise par l'honnête homme déshonoré.

Ce devoir accompli, elle s'était installée au chevet du blessé.

Or, ce jour-là, le docteur revenait pour la troisième fois. M. Malkholm, tel était son nom, considérait d'un œil attendri le mâle et beau visage de François, et sa main interrogeait le pouls du malade. Un silence religieux régnait dans la salle. M. Malkholm s'était montré peu rassurant lors de ses premiers examens.

— Le projectile, avait-il dit, a traversé la poitrine ; le poumon ne me semble pas atteint ; mais n'est-il pas déchiré, griffé ? Une hémorragie soudaine est-elle à redouter ?

Qu'allait-il dire aujourd'hui ? Il releva la tête, regarda les figures anxieuses des assistants, et lentement, il murmura :

— Espérez.

Un soupir passa dans l'air. On eût cru que toutes les poitrines se dégonflaient.

— Espérez, répéta le médecin, mais soyez prudents. Aucun bruit autour
du malade, aucun. Le moindre ébranlement nerveux suffirait à déterminer
une issue fatale.

— Mais, hasarda Vaniski, est-ce qu'il ne va pas sortir de cette...

— Léthargie, c'est un cas de léthargie. Ne désirez pas qu'il en sorte trop
tôt. Je pense qu'il demeurera ainsi pendant quelques jours encore, et soyez-en
satisfaits. Après la secousse qu'il a éprouvée, rien ne saurait être plus
heureux. Son inconscience momentanée lui évite la fièvre consécutive des
blessures, fièvre qui est le véritable danger. Nous pourrons le nourrir.
Bouillon, jus de viande, je vous ferai l'ordonnance. Nous rendrons des forces
à l'organisme, sans que la pensée vienne à l'encontre de nos efforts.

Le docteur se souvint qu'un autre malade attendait sa visite; il se hâta
d'établir son ordonnance et partit en homme pressé.

Ketty s'était offerte à préparer les aliments que devait absorber le blessé,
et naturellement Joé s'était senti une vocation irrésistible pour l'art culinaire.

Accompagnés de Mika et d'Ilka, ils avaient gagné la cuisine, tandis que
Vaniski, réglant son pas sur celui du fermier Danerik, faisait avec ce dernier
une tournée d'inspection du domaine.

Klausse, lui, en amateur de bon lait, se promenait dans la cour aux
abords de la laiterie, et Suzan, assise sur un banc, devant la fenêtre de
François, se demandait, pour la millième fois peut-être, où, en quel endroit
son cher Tril pensait à elle?

Tout à coup la fillette releva sa tête pensive. Un pas lourd résonnait sur
la terre. Un homme en blouse, un gros bâton à la main, venait de franchir
la porte charretière de la ferme. Sur sa casquette se lisait ce mot : *TELE-
GRAF.*

Un télégraphiste suppose l'arrivée d'une dépêche. Le cœur de Suzan se
prit à battre éperdument, l'homme demanda de sa voix indifférente :

— M. Danerik, pour Vaniski?

— C'est ici; seulement M. Danerik est dans les champs !

— Oh! ça ne fait rien. Je vais vous laisser le télégramme, cela m'évitera
de revenir.

Il souleva sa casquette, lança un aimable :

— A *se* revoir, Mademoiselle et la compagnie.

Et s'éloigna pour continuer sa tournée.

Suzan ne bougeait pas. Elle considérait le télégramme fermé. La suscription dansait devant ses yeux :

« *Danerik, pour Vaniski* ».

Qui donc pouvait écrire ainsi? Et son cœur lui répondait obstinément :
— Tril, c'est Tril.

Seulement Danerik et Vaniski avaient quitté la ferme. Oh! ils reviendraient sous peu. Mais alors que l'anxiété est éveillée, tout délai paraît trop long.

Qu'écrivait-on? Que renfermait ce papier fragile que Suzan eût déchiré sans le moindre effort? Elle n'eut pas l'idée de l'ouvrir. On lui avait appris l'inviolabilité de la correspondance. Elle avait compris que la personne violant le secret d'une lettre, commet une action basse, méprisable, qui la déconsidère elle-même

Mais elle passa une demi-heure à piétiner d'impatience.

Enfin, Danerik et Vaniski parurent; l'enfant eut un cri de joie débordante. Elle courut à eux, leur tendant la missive, bégayant dans sa hâte de s'expliquer :
— Danerik, pour Vaniski.

Le fermier surpris, — les télégrammes sont rares dans la campagne danoise comme dans les fermes françaises, — prit le papier, lut l'adresse, puis le passa au Polonais. Suzan frissonnait d'angoisse.
— Lisez, lisez, balbutia-t-elle.

Et Vaniski, se conformant à son désir, lut les phrases laconiques expédiées la veille au soir par Tril du bureau central de Hambourg.

Tril vivait, Tril avait continué le bon combat tandis que ses amis entraînaient vers Weeneborg François de l'Étoile cruellement blessé.

Durant quelques secondes, la fillette se raidit, toute pâle, les regards troubles, contre l'émotion douloureuse qui bouleversait son être. Ses interlocuteurs semblaient indécis. Ils relisaient la dépêche, cherchant évidemment le sens de l'appel du jeune garçon. Leur attitude rappela Suzan à elle-même.
— Cela veut dire que Von Karch fuit, s'écria-t-elle, qu'il est à bord d'un navire blanc du nom de *Fraulein*, qu'il faut nous hâter de le rejoindre, sinon nous perdrons sa trace.

Attiré par sa mimique expressive, par le diapason de sa voix, le mécanicien Klausse s'était approché. Elle le prit à parti.
— Klausse, dit-elle, vous savez diriger l'aéroplane?
— Je le pense, Mademoiselle, M. François avait toute confiance en moi.

— Alors, il faut partir de suite.

— Partir? Avec l'appareil?

— Et gagner Hambourg, pour reconnaître le navire, grâce auquel le bandit Von Karch pense nous échapper.

Klausse se pétrit le menton d'un air embarrassé.

— Diable! diable! Que dirait le patron si, en l'absence d'un ordre de lui...

Elle l'interrompit impérieusement :

— Il n'est pas en état d'en donner. Nous devons prendre les résolutions qu'il prendrait lui-même.

— Irait-il à Hambourg?

— Soyez-en sûr. Rappelez-vous que c'est, grâce à la généreuse assistance de Lord Fairtime qu'il a pu, alors que l'univers le croyait mort, réaliser son rêve d'aviation, dans le secret de l'usine du Nord-Écosse. Souvenez-vous que Miss Edith est sa fiancée... Son bienfaiteur, sa fiancée sont prisonniers à bord du *Fraulein*. Comment nous jugerait notre blessé si, revenu à la conscience, nous lui déclarions ignorer où Von Karch a conduit ses victimes.

L'argument était sans réplique. Les interlocuteurs de la fillette ne résistèrent plus.

Et tandis que Suzan mettait au courant Joé et Ketty, auxquels elle donna mission de veiller sur le blessé durant son absence, Klausse s'enferma dans la remise où l'on avait abrité l'aéroplane redevenu wagon.

Il procédait à une vérification minutieuse des divers organes de l'appareil. Pour la première fois, il aurait toute la responsabilité de la conduite du navire aérien, et c'était là pour le mécanicien une émotion inattendue, faite d'anxiété et d'orgueil.

. . . .

Tril, avons-nous dit, s'était adossé au fût d'un lampadaire éclairant l'extrémité du môle de Schwieder, et, le revolver au poing, il attendait courageusement le choc de la foule ameutée contre lui.

Le gamin disposait encore de cinq cartouches. Cinq coups de feu, cinq projectiles seraient la suprême protestation du brave garçon succombant à la mauvaise fortune.

— Adieu, petite Suzan, murmura-t-il avec une infinie douceur.

Puis cette concession faite au sentiment, il se redressa, résolu à vendre chèrement sa vie.

Un incident retarda un moment la ruée furieuse des assaillants. D'un bateau de commerce, amarré à peu de distance, on avait sans doute aperçu le mouvement insolite se produisant sur le môle.

L'officier de quart voulut-il mieux voir ce qui se passait ou bien chercha-t-il à aider les poursuivants? Cela on ne saurait le dire.

Toujours est-il qu'un projecteur étincela subitement à bord du navire, jetant sur Tril et sur les premiers rangs de ses agresseurs, un cercle éblouissant de lumière électrique.

La surprise immobilisa d'abord tous les adversaires, puis les assaillants comprirent que la clarté leur apportait un atout de plus. Leur victime leur apparaissait si nettement!

Avec une clameur féroce, tous bondirent en avant. Deux fois le revolver du gamin détonna, jetant au vent son claquement sec; deux des ennemis s'arrêtèrent touchés par les projectiles; mais les autres ne ralentirent pas leur course.

Pour la troisième fois, Tril éleva son arme.

Soudain, tous se figèrent en une immobilité de statues; un sifflement aigu avait déchiré l'air, semblant descendre des profondeurs noires du ciel. Quelque chose passa avec la rapidité de la foudre : quelque chose, oui. Mais quoi? Aucun ne le sut, car une rafale violente, subite, balaya le môle, la digue. Tous les assistants furent couchés sur le sol, comme fauchés par un cyclone, et quand, stupéfiés, contusionnés, ils se redressèrent, cherchant des yeux le gamin, ils ne l'aperçurent plus.

Le lampadaire montrait son fût légèrement courbé par le souffle de l'inexplicable ouragan; les vitres abritant la flamme étaient brisées, arrachées de leurs montures métalliques, mais de Tril, plus la moindre trace.

Walter, Klobbe, Niklobbe, leurs alliés volontaires, se regardaient déconcertés. Aucun ne pouvait entrevoir la vérité.

Tril a été littéralement *pêché* par un filet descendu des nuages, et qui, on le devine, fait partie des apparaux de l'aéroplane de François. Balancé follement dans la poche de chanvre, qui s'est refermée sur lui après l'avoir happé, il a senti qu'on le hissait lentement vers le point d'attache du câble.

Et bientôt il s'est trouvé debout sur le plancher de l'aéroplane, en face de Klausse actionné à la direction, en face de Suzan qui le considérait, les yeux baignés de larmes, l'air égaré par l'excès du bonheur. Ils ont un double cri. Ils se jettent dans les bras l'un de l'autre.

Le mécanicien, respectueux de cette affection sincère, paraissait ne rien voir. Il s'absorbait à la manœuvre.

Tril contait son odyssée nautique, son arrivée à Hambourg, la malchance qui l'avait jeté sur le chemin de Walter. Suzan disait ses angoisses durant les deux jours qui avaient suivi la réception de la dépêche de Hambourg..

- Une turbine (Klausse avait découvert cela en vérifiant l'appareil) avait subi un frottement quelconque; un copeau d'acier avait sauté, créant une encoche, et l'axe *ripait*.

Il avait fallu deux fois vingt-quatre heures pour réparer l'appareil. Enfin, on était parti le soir même.

Une heure avait suffi à l'aéroplane pour effectuer le parcours de Weeneborg à Hambourg, et les voyageurs planaient au-dessus de cette dernière ville à faible hauteur (les nuages bas leur permettant cette audace), quand leur attention avait été attirée par le faisceau lumineux d'un projecteur éclairant le môle où se déroulait le combat.

Malgré la distance, Suzan reconnut de suite Tril, et manœuvrant le treuil du filet, tandis que Klausse portait la marche de l'engin à la vitesse maxima, on avait enlevé le jeune garçon à la barbe des gens stupides qui le menaçaient.

Klausse crut le moment venu de se mêler à la conversation.

— Où allons-nous, Mademoiselle Suzan?

Elle le regarda avec une nuance d'étonnement.

— Oh! fit gaiement le watman, je vous demande cela, parce que, dans toute l'aventure, vous avez commandé. C'est vous qui avez décidé notre départ de Weeneborg, le sauvetage de Master Tril. Eh! eh! on m'a toujours dit que les femmes, même toutes jeunes, aiment mieux commander qu'obéir. Alors, je viens aux ordres, d'autant plus volontiers que je ne sais trop que faire.

— Descendons le cours de l'Elbe, et assurons-nous que le vapeur *Fräulein* croise toujours au large.

— Nous n'arriverons jamais à l'identifier; il fait nuit, et un bateau blanc dans la nuit ressemble furieusement à un bateau noir.

— Alors, que proposez-vous?

— De retourner à Weeneborg, quitte à nous remettre en route au point du jour.

— Vous avez raison, Monsieur Klausse. Faites ainsi que vous l'indiquez.

Et la conversation des petits Américains, reprit tendre, joyeuse, tandis que l'aéroplane s'orientait vers le chemin de la terre danoise.

Tout dormait à la ferme de Danerik. L'aéroplane remisé, les trois passagers consacrèrent au repos les quelques heures dont ils disposaient.

A l'aube, ils se retrouvèrent à l'entrée de la remise. Et cinq minutes plus tard, ils étaient loin de l'exploitation, où leurs compagnons dormaient

DEUX FOIS LE REVOLVER DU GAMIN DÉTONNA.

encore, sans se douter que les passagers de l'aéroplane avaient trouvé un abri sous leur toit.

Le jour avait grandi quand ils dominèrent la côte basse et sablonneuse, à travers laquelle l'Elbe se fraie un passage vers la mer. Leurs regards attirés invinciblement vers le large, cherchaient, sur les eaux glauques, un point blanc, une fumée décelant la présence du steamer *Fraulein*.

Ils n'aperçurent rien. En vain, l'appareil décrivit de longs cercles au-dessus de la mer du Nord. En vain, il s'éleva à grande altitude, afin d'élargir son horizon. Le *Fraulein* demeura invisible.

Le malheur, que chacun redoutait à l'avance, s'était produit.

Le navire de Von Karch avait commencé son voyage vers une destination ignorée. La trace du misérable était perdue. Et avec lui, Miss Édith, sa famille, disparaissaient.

La rentrée à la ferme fut triste. Tous songeaient à l'ingénieur, qui reviendrait à la vie pour connaître une souffrance nouvelle!

Deux jours se passèrent ainsi. Le docteur venait chaque matin. Il constatait l'amélioration persistante. Il annonçait le réveil prochain au sentiment. Et les dévoués rassemblés à la ferme, qui naguère appelaient de tous leurs vœux le retour du blessé à l'intelligence, avaient maintenant la terreur de voir approcher l'instant où, sortant de l'anéantissement, François les interrogerait.

Dans l'après-midi du second jour, Tril et ses amis se trouvèrent rassemblés dans la chambre du blessé. Tril parlait à voix basse :

— Martins, à qui j'ai télégraphié à Plymouth, n'a pas répondu. Donc il ne sait rien. Von Karch lui a échappé, tout comme à nous-mêmes. Comment a fait ce vilain homme? Mystère. Le certain, le voici : sa trace est définitivement perdue. Avouer cela à notre malade…

Un silence suivit. Tous s'interrogeaient du regard. Souvent déjà la question avait été formulée, demeurant sans réponse. Et les yeux pitoyables se fixaient sur la forme rigide moulée par la blancheur des draps.

A ce moment, la porte tourna sur ses gonds, démasquant les petites Polonaises, Mika et Ilka, qui, se tenant par la main, montraient leurs gentilles frimousses éclairées par un sourire gêné et mystérieux.

— Pas ici, chuchota Vaniski en se levant; les enfants n'ont rien à faire dans la chambre d'un malade.

Ilka agita sa tête blonde, comme révoltée pour une remontrance imméritée.

— Aussi, nous ne serions pas venues sans le Monsieur...

— Quel Monsieur?

— Un Monsieur, avec une boîte, qui m'a donné une lettre.

Et la petite brandit triomphalement une enveloppe sur laquelle se lisait :

> Danerik-Vaniski.
>
> (Danemark) Weeneborg

— Danerik, Vaniski, s'écria Tril se dressant sur ses pieds, c'est l'adresse que j'ai indiquée à Martins?

Le Polonais lui tendit la missive.

— Timbrée d'Angleterre.

— C'est cela. Mais pourquoi une lettre? Un télégramme fut arrivé plus vite.

Le jeune Américain fit sauter le cachet, jeta les yeux sur le papier et reprit :

— Une lettre chiffrée. Oh! notre chiffre ordinaire, à nous autres du syndicat des lads. Voici la traduction des premières lignes.

Suzan s'était approchée du gamin. Elle suivait des yeux tandis qu'il prononçait d'une voix distincte :

> « Cher master Tril,

> « Ce que je vous communique est tellement important, que j'ai pré-
> « féré une lettre, moins rapide qu'une dépêche, mais moins indiscrète
> « aussi.

Un frémissement parcourut l'assistance. Le jeune garçon continua :

> « Au reçu de votre communication datée de Hambourg, j'ai immé-
> « diatement demandé des instructions à Sir Jud Allan, à Washing-
> « ton.

> « Grâce au sans-fil, dont notre mâture forme l'antenne, j'avais en
> « mains, trois heures plus tard, la réponse que je vous transcris ci-
> « dessous :

> « Le personnage que vous cherchez, se trouve sur un navire qui lui
> « appartient. Étant donné son caractère et le mystère nécessité par sa
> « situation, il doit sûrement utiliser les mâts de son vaisseau pour
> « communiquer sans-fil avec ses... associés, en dehors du concours de la
> « télégraphie officielle.

> « Vous le savez, la télégraphie par sans-fil a cet inconvénient que la

« *communication, adressée à une seule personne, se propage en cercle*
« *et peut être captée par d'autres appareils auxquels elle n'est pas*
« *destinée.*

« *Tenez donc les cohéreurs de votre yacht Lovely en action constante*
« *pour intercepter toute conversation de ce sans-fil.* »

De nouveau, les assistants se regardèrent, une espérance luisant dans leurs yeux. Tril poursuivit :

« *Jud Allan ne se*
« *trompe jamais vous le*
« *savez. Avant-hier nos*
« *cohéreurs signalèrent*
« *le passage d'une série*
« *d'ondes sans fil, qui*
« *nous donnèrent un en-*
« *semble de mots « écri-*
« *ture secrète », que nous*
« *avons employé toute*
« *la nuit à traduire.*
« *Voici cette traduction :*

Il y eut un froissement d'étoffes, de chaises re- muées, déce- lant l'intérêt porté à son comble.

Tril lisait.

« *Kremern-Karch*, reprit le jeune Américain, *à bord* « *Fraulein* ».
« *Port de Trondhjem* (*Norvège*).

— En Norvège! voilà donc pourquoi, ni nous, ni Martins, ne l'avons dépisté.

— Pensant qu'on le chercherait à l'Ouest, il est allé attendre sa dépêche à l'Est, bougonna Tril exaspéré par la ruse de l'espion.

Mais se calmant par un effort de volonté :

— Bah! Martins l'a « photographié » tout de même par son sans-fil.

Voyons la dépêche que l'on expédiait à ce M. Von Karch.

« *Suivant ordres, je n'ai perdu de vue, ni le Tiral, ni sa fille Liesel.*
« *Arrivés à New-York, nous avons gagné la Nouvelle-Orléans. Là, nous*
« *nous sommes embarqués sur un bateau faisant le service des principales*
« *cités situées sur les côtes du Golfe de Mexique. Ainsi nous avons atteint*
« *Merida, dans la presqu'île et province mexicaine de Yucatan. C'est là*
« *que je vous donne rendez-vous.*

« *Le port de Merida se nomme Progreso; mais il n'offre qu'un mau-*
« *vais abri aux navires, et votre steamer Fraulein devra rallier la rade*
« *sûre de Campêche, sise plus au sud-ouest. De ce point, du reste, nous*
« *aurons avantage à emprunter la voie de terre.*

« *A Merida, vous trouverez, poste restante, initiales K. V. K., une*
« *lettre où je vous ferai savoir la destination définitive des voyageurs.*

« *Dévouement*

                                    « *Signé : Brumsen.* »

Personne ne parlait. Les renseignements transmis par le capitaine Martins apportaient une perplexité de plus, que Suzan traduisit par cette
exclamation :

— Il faut partir de suite.

Mais Klausse secoua la tête.

— Et traverser l'Atlantique avec l'appareil. Oh! je crois qu'il le peut;
seulement, cela je ne le ferai jamais si le chef ne l'ordonne pas. Il y a des
choses qu'un mécanicien ne risque pas de sa propre autorité.

Les jeunes gens eurent un geste dépité. Ils comprenaient que le watman
avait pu consentir à les emmener à Hambourg, un jeu pour le merveilleux
engin; mais que l'on ne saurait exiger de lui qu'il s'aventurât au-dessus de
l'Océan Atlantique, dans une traversée de plus de huit mille kilomètres. Et
Tril murmura d'un ton découragé :

— Alors, il nous glissera entre les doigts là-bas au lieu de nous échapper ici. Tout ce que nous avons fait devient inutile.

Une voix faible mais distincte prononça :

— Du calme, brave Tril, il n'y a pas péril en la demeure.

Tous sursautèrent, se tournant d'un même mouvement vers le lit. François, les yeux grands ouverts, les regardait en souriant.

— Vivant!

— Enfin sorti de l'anéantissement!

Les exclamations joyeuses se croisent, se confondent. Tous se penchent vers le blessé qui sort de l'engourdissement de la mort. Mais ses lèvres s'agitent. Il veut parler encore. Tous se taisent. Et il prononce lentement :

— Je vous écoutais depuis un moment; de quand est le sans-fil de Brumsen?

— D'avant-hier.

— Bien! En admettant que Von Karch ait quitté immédiatement la côte norwégienne, il ne sera pas au Yucatan, à l'extrémité du golfe du Mexique, avant dix-huit ou vingt jours. Or, nous, en développant toute notre vitesse, soit trois cents kilomètres à l'heure, nous pouvons y arriver en moins de deux journées. Donc, je disais bien, nous avons le temps de nous consulter.

Il ajouta avec un soupir :

— Et je pourrai reprendre des forces, car je me sens faible, faible au possible.

Déjà Joé se dirigeait vers la porte :

— Où vas-tu? questionna Ketty.

— Chez le médecin.

— Pour?...

— Pour qu'il nous dise quand M. François de l'Étoile sera en état de supporter la route.

Un regard du blessé remercia l'ex-employé de Newgate de sa bonne pensée, et le petit Anglais s'élança au dehors.

CHAPITRE III

LE MORT PARLE

Un cri déchirant retentit sur le pont du yacht *Fraulein* qui, ayant quitté le port de Trondhjem depuis quarante-huit heures, doublait la pointe nord de l'Écosse et piquait droit vers le sud-sud-ouest, pour traverser l'Atlantique suivant une diagonale reliant l'Écosse et le Yucatan mexicain.

Ce cri de détresse, Miss Edith venait de le pousser, et, les yeux fous, se retenant au bras de Margarèthe aussi bouleversée qu'elle-même, elle tremblait sous le regard ironiquement cruel de Von Karch, dandinant son épaisse personne en face d'elle.

Le misérable paraissait s'amuser énormément.

— Ma foi, Miss, si j'avais su, je ne vous aurais rien dit, grommela-t-il d'un ton hypocrite.

Sa fille le foudroya d'un regard de mépris.

— Ayez donc des enfants, continua-t-il d'un accent lamentable; sacrifiez-vous pour eux, ils sont vos pires ennemis! Est-ce ma faute si l'ingénieur François a été tué dans le palais impérial? Ne valait-il pas mieux apprendre la vérité à Miss Fairtime, que la laisser se bercer d'espérances irréalisables.

Le perfide venait de révéler à la jeune fille l'accident dont François fut victime à Berlin, mais il avait jugé bon de tuer l'ingénieur sur le coup. Ne recevant aucune réponse, il pivota sur ses talons, en disant :

— Marga, vous feriez bien de ramener votre amie — il prononça le mot avec une atroce ironie, — à la cabine où sont ses parents. Je l'avais jugée plus énergique. Je me suis trompé, mais je veux lui assurer les soins de ses proches.

Et appuyées l'une sur l'autre, Edith, presque inconsciente, Margarèthe, épouvantée par la profondeur de haine de son père, s'éloignèrent à pas lents, regagnant la cabine affectée aux captifs de l'espion.

Cette cabine occupait tout l'arrière du *Fraulein*. Des portes avaient été percées dans les cloisons, qui la séparaient en plusieurs compartiments ; de la sorte, les membres de la famille Fairtime pouvaient passer d'une pièce à l'autre sans être obligés d'emprunter le couloir desservant les cabines.

On peut juger de l'épouvante de Lord Gédéon, de la rage de Péterpaul, en voyant reparaître Edith presque inanimée, en entendant Margarèthe, affolée d'avoir à étaler la monstrueuse cruauté de celui dont elle était la fille, répéter la fatale nouvelle dont la jeune Anglaise venait de subir la révélation.

— Mais c'est le bandit le plus exécrable, lança Péterpaul.

D'un mouvement inconscient Margarèthe joignit les mains. Elle implorait, non pour l'espion ; hélas ! sa pensée se montrait sévère à l'égard de Von Karch ; mais pour elle-même.

Et le sportsman se tut, renfonçant les expressions de son mépris, retenu par une crainte imprécise de peiner cette jeune femme, si douce, si prévenante, si attentive pour les prisonniers de son père.

A ce moment même, Marga s'était agenouillée auprès du fauteuil dans lequel Edith gisait brisée, et doucement elle tamponnait avec un mouchoir les larmes de la jeune fille.

Mais quand Von Karch torturait les âmes, il ne leur donnait pas le temps de se reconnaître. Précipiter les coups est un sûr garant de victoire.

On frappa à la porte de la cabine. Tous se regardèrent, étonnés d'être troublés dans la tristesse poignante du moment. Avant qu'ils eussent pu formuler cette pensée, le battant fut poussé, et, dans l'encadrement de la baie, l'espion parut.

Sa vue arracha aux Anglais un geste d'étonnement. Il ne sembla pas s'en apercevoir. Repoussant la porte derrière lui, il attira un escabeau et s'assit, le dos appuyé au chambranle, disant du ton paisible d'une personne en visite :

— Je vous demande pardon de m'installer. Nous avons à causer un peu longuement et, quand je suis debout, mes idées se brouillent.

On le considéra avec stupeur. Margarèthe, toujours agenouillée, s'écria suppliante et indignée :

— Mon père, remettez à plus tard cette entrevue. Vous devez comprendre que personne n'est en état de vous entendre.

Ceci ne le désarçonna pas le moins du monde. Il hocha la tête et murmura :

— Parfaitement! L'esprit du siècle! Les enfants prétendent diriger leurs ascendants.

Puis changeant de ton, des sonorités métalliques vibrant dans sa voix autoritaire :

— Ne vous émotionnez pas, ingrate Marga. Vous me connaissez depuis assez longtemps pour ne pas douter que je choisisse un moment opportun, et pour être certaine que mes auditeurs m'entendront à l'heure où j'ai décidé qu'ils m'entendraient.

Peterpaul, Jim, esquissèrent un mouvement d'attaque, Von Karch leva la main vers eux. La main tenait un revolver.

— Du calme, jeunes gens, railla-t-il. Un vieux renard comme moi ne se met jamais dans la gueule du loup. Et pour que notre entretien soit courtois de forme, je vous avertis de suite charitablement que la moindre tentative d'agression se résoudra par des morts. Je tire fort bien, vous savez. Puis, cela vous donnera patience, ma première balle serait pour Miss Édith, cette charmante enfant qui mérite si bien votre affection.

Tous courbèrent la tête, un malaise les étreignant. Ce n'était pas seulement la menace qui les accablait. Plus encore peut-être ils sentaient leur être troublé par cette chose monstrueuse, l'espion parlant d'affection. Von Karch vit dans l'abattement de ses interlocuteurs un état propice à ses desseins. Aussi, sans plus longue préparation, il entra en matière :

— Messieurs, fit-il; tout à l'heure, j'ai appris à la délicieuse Miss Édith la fin..... pénible de François de l'Étoile.

Un gémissement étouffé de la jeune fille ponctua la phrase.

— J'ai été un peu brutal, s'empressa d'ajouter le coquin. Un vieux cœur racorni comme le mien n'a plus la notion exacte des ménagements que demande le tendre cœur des jeunes filles. Je regrette beaucoup. Mais une chose faite est une chose faite, et je me suis dit : Puisque nous sommes engagés dans une conversation fâcheuse, liquidons l'incident une fois pour toutes. Une blessure franche vaut mieux qu'une succession de coups d'épingle.

L'hypocrisie évidente du drôle exaspéra Péterpaul.

— Eh! s'écria-t-il rudement, ma sœur ne vous a que trop entendu aujourd'hui !

— Aussi n'ai-je voulu continuer l'entretien qu'au milieu de vous, assuré que vous soutiendrez son courage, que vous la convaincrez de la nécessité de traiter à fond la question.

— Oh! père, supplia Margarèthe dont le visage exprimait une indicible épouvante.

Il ne la regarda même pas. A cet être taré, la faiblesse, ainsi dénommait-il l'attitude de la jeune femme, ne causait qu'une sorte de pitié. Sa fille, née de son sang, pouvait sacrifier aux ridicules sentiments du vulgaire. Elle n'était donc pas cuirassée comme lui-même du triple airain que chante le poète. Elle se montrait fragile, hésitante, sensible, ainsi que la fille d'un mince bourgeois. Lui, qui avait tenu en échec un gouvernement tout entier, dont les combinaisons avaient dominé le monde, lui, un tigre, il avait lancé dans la vie un agneau bêlant!

Sa vanité de coquin en souffrait, et sa souffrance même l'éloignait à jamais de Margarèthe. Il reprit cependant :

— Je passe tout de suite au problème que je suis venu élucider ici. Son énoncé vous persuadera de l'intérêt de ma visite. Vous êtes prisonniers, vous tenez une part du secret de ma vie. Votre existence donc est précaire, car je suis, moi, de ceux qui suppriment les obstacles. Eh bien, malgré cela, je vous juge loyaux. Engagez-moi votre parole de ne vous souvenir jamais de ce que vous savez, et moyennant *une condition,* je vous remets en liberté, je vous rends à la joie de vivre dans la fortune.

— *La condition* doit être inacceptable, jeta dédaigneusement Péterpaul.

— Voilà bien la présomption de la jeunesse, riposta l'Allemand. Parbleu! je serais enchaîné et vous libres, vous auriez raison. Mais c'est précisément tout le contraire; ce qui fait tomber la première syllabe du qualificatif que vous avez employé, et vous amènera à prononcer dans un instant *acceptable.*

Le sang-froid de Von Karch désarçonna ses adversaires. Il s'exprimait avec cette pédanterie grave, dont les étudiants allemands s'imprègnent dans leurs universités et dont ils ne se débarrassent jamais complètement. Le silence régnant, l'espion en profita pour reprendre le fil de son discours :

— Voilà donc ce que je *veux.* Je m'excuse du mot un peu rude ; mais je l'emploie parce que je souhaite éviter toute ambiguité ; je veux, c'est-à-dire que j'exprime une résolution irrévocable.

Maintenant plus personne ne songeait à s'irriter. Les Fairtime comprenaient que la fatalité les étreignait. On ne résiste pas à ce qui est fatal. Édith elle-même, sortant de son accablement, s'était redressée sur son siège ; ses yeux bleus interrogeaient avidement le visage impassible de l'espion.

Un instant, Von Karch tint ses captifs sous son regard. Un éclair de triomphe éclaira ses traits. Il avait le sentiment orgueilleux de les avoir à sa discrétion. Mais l'éclair s'éteignit, la figure reprit son apparence énigmatique, et lentement :

— François de l'Étoile, de par un hasard funeste, a été enlevé à votre affection. L'appareil merveilleux dont il était l'inventeur, je puis le déclarer hautement entre nous, n'a plus de maître.

Il marqua une pause comme pour donner à son affirmation le temps de pénétrer dans l'esprit de ses auditeurs, puis il continua :

— Plus de maître, dis-je, cela n'est pas tout à fait exact. L'inventeur, pour réaliser son rêve, avait eu besoin de concours financiers et industriels, qui, si je ne m'abuse pas, lui furent généreusement accordés par vous, milord Gédéon Fairtime. Ne répondez pas ; inutile. Pareil appui est si naturel de beau-père à gendre.

Il eut un petit salut à la ronde avant de poursuivre :

— Mais précisément cette... association, le mot rend bien ma pensée, vous crée des droits indiscutables sur l'engin. Légalement et justement, vous êtes l'héritier du disparu, lequel d'ailleurs n'a ni parents, ni ascendants, ni descendants, susceptibles d'émettre des prétentions légitimes sur son héritage ; me fais-je bien comprendre ?

Lord Gédéon répondit par un signe de tête.

— Bien. Votre honorabilité connue, votre « respectabilité » anglaise, ne formulent aucune objection contre ma thèse juridique ?

— Aucune, murmura le lord.

— Donc, vous vous considérez comme héritier sans conteste de l'aviateur génial ?

— Où voulez-vous en venir ?

— Je ne suis ici que pour vous le dire. Seulement, je vous prierai tout d'abord de ne pas laisser sans réponse ma dernière question.

— Soit. Je me considère comme héritier.

— Parfait. Voyez-vous, Milord, on ne regrette jamais d'allumer sa lanterne. L'appareil vous appartient, ceci est acquis, vous êtes donc apte à en disposer comme il vous conviendra.

— Et vous espérez que nous livrerons ce que naguère vous n'avez réussi

à voler qu'en partie? s'exclama brusquement miss Edith d'une voix frémissante.

La jeune fille était debout maintenant. La honte de la proposition devinée
l'avait en quelque sorte galvanisée.

— Vous livreriez l'invention à l'Allemagne. Vous rentreriez en grâce en
dotant ce pays d'une arme formidable!

Elle eut un rire de démente.

— Vous avez compté sur nous pour trahir celui qui n'est plus! Ah! ah!

ah! Notre liberté, notre existence comme prix du marché! Non, non, vous
n'avez pu croire que nous aurions la lâcheté...

Elle se renversa dans le fauteuil, suffoquée par l'indignation. et elle éclata
en sanglots, au milieu desquels revenait obstinée, volontaire, l'affirmation :

— Jamais! jamais!

Lord Fairtime, ses fils, Margarèthe, s'empressèrent autour de la jeune fille.
Et Péterpaul, couvrant l'espion d'un regard chargé de menaces, lui désigna la
porte :

— Vous devez comprendre, Monsieur...

Mais Von Karch coupa la phrase :

— Que je n'ai pas terminé, seigneur Péterpaul. Au surplus, ma conclusion
sera brève.

Et comme tous, frappés par le ton du misérable s'étaient tournés vers lui.

— Vous avez quelques jours pour réfléchir à ma proposition. *Dans quelques jours,* — il appuya sur ces trois mots, — nous arriverons dans un pays où mon autorité sera absolue. Donc je pourrai faire, je ferai, ce que je vais vous dire. Le calme, que je conserve à cette heure, vous est un sûr garant que je n'exprime pas des pensées en l'air.

— Dites donc vite et délivrez-nous de votre présence, s'exclama Édith montrant son doux visage sillonné de larmes.

— Je vous tuerai, Miss, ainsi que ceux qui vous entourent.

— Les honnêtes gens savent mourir pour l'honneur.

— Oui, sans doute, ils ont cette bêtise. Seulement la mort que je vous destine sera particulièrement désagréable, car vous souffrirez, non seulement en vous, mais en ceux qui vous sont chers.

Et semblant éprouver une cruelle joie à rendre perceptible son odieuse pensée :

— Pour sauvegarder un peu de métal, de bois, substances inertes entrant dans la construction du navire aérien de Herr François, la fille assistera à l'agonie de son père, de ses frères ; elle mesurera les minutes leur restant à souffrir, et sa pensée juste, inexorable, lui dira : C'est toi, c'est ton obstination qui les tue.

Tous restèrent muets. Chacun eut, certes, réclamé courageusement le trépas pour lui-même ; mais l'évocation du tableau sinistre de la mort des aimés paralyse les plus fières vaillances. Von Karch continua impitoyable, apparaissant grandi par l'envergure même de son infamie.

— Oh ! je ne m'illusionne pas ; vous les laisseriez périr ce père aimé, ces frères chéris ! Les fiancées éprises ont des trésors d'égoïsme ! Périsse le monde pourvu que cette fumée ridicule et impalpable d'un souvenir ne soit pas ternie ! Aussi je compte sur lord Gédéon, sur ces gentlemen parfaits que sont vos frères. Eux aussi assisteront à votre lente agonie, eux aussi songeront : Il dépend de nous de la sauver. Les gentlemen sont plus pitoyables que les tendres Misses, n'est-ce pas, Margarèthe ?

Son regard se fixa railleur sur celle qu'il venait d'interpeller, puis il acheva :

— Eh ! eh ! pour vous sauver, Miss, ils seront capables de consentir au traité que je leur offre.

Et se dressant d'un mouvement, il repoussa le tabouret qui lui avait servi de siège, pirouetta sur ses talons et se glissa dehors. Le bruit d'une clef tournant dans la serrure avertit les prisonniers qu'il les enfermait.

. . . .

Seize jours ont passé. Edith bouleversée par l'horrible révélation de l'espion a failli mourir. Une flèvre ardente l'a saisie. Durant des jours, des
nuits, son père, ses frères, Margarèthe, se sont remplacés à son chevet, veillant inlassablement sur la malheureuse enfant, écoutant la voix tragique de
son délire.

Ils l'ont arrachée à la mort, aidés d'ailleurs par le médecin du bord, à qui
l'espion a prescrit de n'épargner rien pour guérir Edith.

L'Allemand s'intéressait à la vie de la jeune fille parce que cette existence était un facteur important de la réussite de ses combinaisons!

Ce jour-là, le *Fraulein*, ayant heureusement effectué la traversée de l'A-
tlantique, faisait escale à la Havane, dans cette merveilleuse ile de Cuba,
que les États-Unis ont enlevée à l'Espagne. .

Les soutes au charbon étaient vides, et il fallait embarquer les quelques
tonnes de combustible nécessaires pour achever le voyage.

Von Karch, avec la sollicitude du bourreau qui tient à ménager sa victime afin de prolonger son supplice, avait autorisé Edith à se promener
sur le pont, étant entendu qu'elle ne dépasserait pas la passerelle. De la sorte,
elle ne pouvait se trouver en contact avec les porte-faix occupés au remplis-
sage des soutes.

Siemens, complètement remis de sa blessure, et Pétunig, toujours gouail-
leur, surveillaient la jeune fille, non sans l'avoir charitablement avertie qu'à
la moindre tentative d'appel au secours, ils la devraient réintégrer dans sa
cabine. Et comme elle avait semblé peu impressionnée par cette menace, Pétunig avait ajouté négligemment :

— Oh! le maître a pris ses mesures. Les autorités de la Havane savent
que nous avons à bord deux folles!

Partout, en toutes circonstances, la fourberie de l'espion était donc en
éveil. Folle, les cris de la captive n'amèneraient sur les lèvres des passants
que des sourires apitoyés. Mais Pétunig avait dit :

— Deux folles.

Qui donc était l'autre? Comme pour répondre à la question, Margarèthe
parut, se dirigeant vers l'arrière du navire; elle portait un pliant qu'elle
établit, à côté du rocking, dont l'oscillation berçait la triste rêverie de la
jeune fille, et à voix basse elle murmura :

— On m'a permis de venir près de vous.

— Vous êtes bonne, Margarèthe, vous veillez sur moi comme une
sœur.

Edith s'arrêta, son interlocutrice avait pâli brusquement; elle semblait

prête à s'évanouir. Ce nom de sœur, appliqué à elle par la douce victime de la cruauté de son père, lui avait causé une émotion presque insoute-
nable.

— Qu'avez-vous donc? murmura la fille de lord Fairtime.

Les yeux baissés, dans l'attitude d'une coupable, Margarèthe répondit :

— La bonté est en vous, qui me permettez de me dévouer, qui me plaignez,
moi qui ai tant à me faire pardonner.

— L'ange gardien est toujours en opposition avec Satan, dit doucement
Edith, et, citant la stance du poète Milton :

> Le soleil cache le deuil du vide ;
> Et des enfers, les noirs abîmes
> Sont masqués par le doux écran
> De l'aile d'un papillon blanc.

Elle tendit la main à son interlocutrice. Celle-ci la saisit, la porta dévotieusement à ses lèvres, murmurant avec une ferveur passionnée :

— Vous êtes bonne et je vous aime! Ma vie est à vous!

Soudain, la fille de l'espion sentit que les doigts de sa compagne serraient
brusquement les siens, elle la regarda. Elle vit les yeux de la jeune fille
fixés sur une petite quarteronne arrêtée au bord du quai.

C'était une de ces marchandes ambulantes qui pullulent sur les quais
de la Havane, qui vont d'un pas agile au long des maisons peintes de
teintes claires, et offrent à tout venant fruits, cigares, journaux, etc.

Celle-ci se livrait au commerce des feuilles quotidiennes, ainsi qu'en
faisaient foi les imprimés rangés dans la petite corbeille composant le
magasin portatif de la jeune industrielle.

Seulement la mulâtresse regardait obstinément Edith. Que signifiait cela?
L'attention de cette petite n'allait-elle pas éveiller la défiance des gardiens?
Instinctivement Margarèthe chercha des yeux Siemens et Pétunig.

Elle les aperçut, appuyés aux montants de la passerelle, le géant écoutant d'un air hébété le facétieux Pétunig qui riait aux larmes.

Évidemment, les gardiens, rassurés par l'attitude des deux passagères, se
relâchaient de leur surveillance.

Margarèthe les considérait; elle perçut soudain comme un froissement
de papier tout près d'elle. Ses regards se reportèrent sur Edith; la jeune
Anglaise tenait sur ses genoux, un journal plié.

Et la petite mulâtresse, loin déjà, offrait d'un air dégagé ses feuilles aux
promeneurs. Son geste interrogeant Edith, celle-ci murmura :

— J'ai confiance. Je sais que vous ne me trahirez pas. Cette fillette, vous l'avez vue. Qui est-elle? je l'ignore; mais je ne puis m'empêcher de penser qu'elle m'est amie.

— Alors ce journal?

— Elle me l'a jeté, profitant de l'inattention de nos gardiens. Et ses lèvres ont remué; je crois avoir compris qu'elle me disait : « Lisez seule ».

— En ce cas, conseilla Marga qui, accoutumée à la vie d'intrigue, possédait un réel sang-froid, faites disparaître ce papier.

— Vous avez raison ; je vous remercie.

Le journal, réduit au plus mince volume, disparut dans le petit sac de cuir vert que, par habitude de citadine, la jeune fille avait emporté machinalement au moment de monter sur le pont. Mais une agitation fébrile se trahissait chez elle. Cinq minutes s'étaient à peine écoulées, qu'elle faisait mine de se lever.

— Rentrons à la cabine, Margarèthe, le voulez-vous?

— Je veux tout ce qui vous sera agréable, cependant laissez-moi vous donner un conseil.

— Je sais qu'il sera dicté par votre cœur, aussi j'écoute.

— Peut-être des amis trament-ils quelque chose en votre faveur, Edith?

— Je l'ai pensé ; mais quels amis? Le seul qui eût pu me sauver, n'est plus.

— Enfin, admettons la chose. Pour que leur plan réussisse, il convient que la méfiance de votre entourage ne soit pas éveillée. Il faut donc éviter tout ce que nos surveillants peuvent supposer n'être pas naturel. Or, est-il naturel qu'une captive, à qui l'on permet de respirer, d'être presque libre, abrège cet instant de répit.

Edith inclina doucement la tête.

— J'obéirai à ma sœur.

Les mains des deux passagères se cherchèrent, s'unirent en une muette étreinte, où se confiaient l'une à l'autre ces femmes que leur origine eût dû à jamais séparer.

Et elles restèrent ainsi, ne parlant plus, se laissant engourdir par le clapotis berceur des courtes houles du port venant se briser contre le quai.

La grande chaleur du jour pesait sur la terre ; des murmures de guitares, de pianos, s'épandaient dans l'atmosphère, s'échappant des interstices des stores baissés dont s'aveuglaient les fenêtres des maisons claires.

Les porte-faix, nus jusqu'à la ceinture, le torse revêtu d'un enduit de

41

poussière de charbon, continuaient leur labeur, avec l'entrain de gens qui touchent à la fin du travail.

Siemens et Pétunig s'étaient abrités sous la passerelle, somnolant, ne s'inquiétant plus guère des prisonnières.

Un coup de sifflet se vrilla dans l'air. Les coltineurs regagnèrent le quai avec hâte. Le chargement était achevé, et les marins du bord commençaient à laver le pont couvert de la poudre noire du combustible. Pétunig vint à Miss Edith :

— Pendant un moment, on va faire la toilette du navire, dit-il, vous

feriez sagement de regagner votre cabine. Oh! pour peu de temps, car Herr
Von Karch a autorisé Mademoiselle à sortir librement à toute heure. Il
souhaite que cette liberté aide à sa guérison complète.

Une joie intense fit battre le cœur d'Edith. Elle allait regagner sa cabine.
Elle pourrait déployer le journal mystérieux, comprendre dans quel but la
mulâtresse le lui avait lancé. Toutefois, elle dissimula sa joie et, s'appuyant
au bras de Margarèthe, elle se dirigea lentement vers l'escalier des cabines.

Un instant plus tard, sans passer par le salon commun à tous les membres de la famille Fairtime, elle se glissait dans sa cabine, en disant à sa
compagne, assez haut pour être entendue par un matelot qui parcourait les
coursives.

— Le plein air m'a toute étourdie ; je crois que je vais dormir.

La fille de l'espion était demeurée dans le couloir. Il y avait dans cette
réserve de l'humilité et de la délicatesse. Elle ne voulait pas s'immiscer
dans les secrets de Miss Edith ; elle ne se croyait pas digne de les partager.
Et puis là, gardant la porte, elle empêcherait qu'on surprît la jeune fille.

Tout à coup, Margarèthe perçut comme un cri étouffé.

Ce cri partait de la cabine d'Édith. Sans réfléchir, elle ouvrit et s'arrèta
stupéfaite sur le seuil. La jeune Anglaise debout, transfigurée, extatique, les
bras étendus en croix, le journal tremblant dans sa main, semblait figée en
une invocation adorante.

Sur la feuille, Marga lut ce titre : *Hamburger Tagblatt.* Le journal était
allemand!

Et comme elle demeurait sans mouvement, cherchant une raison plausible
à l'apparition de ce papier allemand à la Havane, ville espagnole de mœurs et
de langage, les regards bleus de Miss Édith se portèrent sur elle.

Alors, tout l'être de la jeune fille parut fléchir. Elle s'abattit presque dans
les bras de Margarèthe, et pesant sur elle de tout son poids comme si elle était
devenue subitement inapte à se soutenir, elle ferma les yeux demi-pâmée,
trois mots jaillissant de son cœur :

— Il est vivant!

Étendre Édith sur la couchette de la cabine, verrouiller la porte, fut pour la
fille de l'espion l'affaire d'une seconde. Puis elle revint à Miss Fairtime. Celle-ci
surmontait déjà sa faiblesse nerveuse. Elle avait rouvert les yeux, et, Margarèthe se penchant vers elle. lui demandant d'une voix tremblante la cause
de sa soudaine défaillance, elle lui répondit, une joie divine vibrant dans son
accent :

— Je suis heureuse, bien heureuse! Lisez le journal, l'article encadré de crayon bleu.

Une hésitation se peignit sur les traits de l'Allemande.

— Vos secrets sont à vous; moi, je suis la fille de votre ennemi!

Édith l'interrompit :

— Sœurs de douleur, soyons sœurs dans la joie. Lisez, je vous en prie.

Et Margarèthe ne résista plus; elle déploya le *Hamburger Tagblatt;* à la troisième page, sous la rubrique : « Informations locales », un entrefilet apparaissait, cerné d'un trait de crayon bleu. La jeune femme lut :

« Toujours les hommes volants. — Après Berlin, Hambourg est honoré de leur visite.

« On se souvient de l'incident étrange qui, il y a cinq jours écoulés, mit en émoi la cour tout entière. Un homme, volant entre ciel et terre, fut aperçu par un factionnaire. Le soldat fit feu, et toucha le mystérieux visiteur, car une traînée sanglante macula la muraille.

« Cependant, l'inconnu disparut dans les airs. Or, hier dans la soirée, un jeune étranger, dont l'identité n'a pu être établie, se prit de querelle avec l'équipage d'un vapeur, actuellement amarré dans le bassin Binnen. Se sentant le plus faible, ou peut-être, obéissant aux injonctions d'une conscience peu nette, il s'enfuit poursuivi par ses adversaires.

« Acculé à l'extrémité du môle Kerwieter, il allait être appréhendé, quand, au milieu d'un vacarme assourdissant, précédé par une rafale qui abattit tous les assistants sur le sol, une trombe, un bolide, quelque chose d'incompréhensible et d'inexplicable passa.

« Le jeune étranger fut enlevé, disparut dans les airs.

« D'aucuns n'hésitèrent pas à attribuer l'événement à un sortilège; pendant longtemps encore, les populations de la Sainte Allemagne sacrifieront aux superstitions ataviques d'une race grandie dans l'amour des légendes.

« Pour nous, l'aventure est due à une volonté humaine, aidée du plus formidable engin qu'ait jamais créé la pensée d'un mortel, et pour tout dire, nous n'hésitons pas à affirmer que les poursuivants du fuyard inconnu ont assisté à une nouvelle manifestation du personnage énigmatique, que toute la Germanie connaît sous le nom bizarre de « Miss Veuve ».

L'article finissait là, Margarèthe regarda Édith, elle murmura :

— Cinq jours après celui où... (elle hésita, n'eut pas le courage de dire : mon père, et reprit)... l'*on* prétend qu'il fut tué.

— Oui; mais ce n'est pas tout; voyez au-dessous, deux lignes au crayon.

En effet, la jeune femme distingua les lignes tracées légèrement. Et elle lut cette phrase, si claire en sa concision : *Moi qui suis bien placé pour le savoir, je rends justice à la sagacité des rédacteurs du Hamburger Tagblatt.*

Et cela était signé de ce nom : *François!*

— Eh bien? questionna Édith, voyant que sa compagne demeurait sans voix, sans geste, comme absente.

Margarèthe balbutia :

— *On* avait menti?

— Oh! qu'importe cela, pauvre sœur attristée; oublions cet *on* qui nous a rapprochées, qui nous a jetées dans les bras l'une de l'autre. Nous n'avons qu'un seul cœur; *on* n'existe plus. Je voulais seulement dire : Ce journal que l'on me remet ici, à la Havane, prouve que nous y étions attendues.

— Ceci me paraît de toute évidence.

— Alors, on nous accompagne; on veille sur nous, et c'est lui, lui, François. Il n'a pas voulu que je pusse conserver un doute. C'est lui qui a tracé cette approbation railleuse du publiciste hambourgeois.

— Vous reconnaissez l'écriture?

— Oh! oui! c'est pourquoi je ne doute plus.

Dans un geste de tendresse, elle porta le journal à ses lèvres.

— Seulement, reprit Margarèthe, il faut que vos... ennemis ignorent que votre défenseur est sur leur trace. Il convient de montrer une excessive prudence. Je vais vous demander un grand sacrifice. Détruisez le journal qui vous apporte une si grande joie, afin que d'autres yeux ne le lisent pas.

La logique de la réflexion ne pouvait échapper à Édith douée de cet esprit de raison qui fait la force de la race saxonne. Une légère contraction des traits trahit seule l'effort qu'elle s'imposait pour se séparer des quelques mots tracés par la main François de l'Étoile.

— Le brûler, n'est-ce pas? fit-elle d'une voix ferme.

— Oui, c'est le mieux, je l'ai souvent entendu dire dans un passé que je voudrais oublier.

Une allumette craqua, le quotidien froissé s'enflamma. Une minute après, il ne restait qu'un petit monceau de cendres, que les jeunes femmes recueillirent précieusement et jetèrent par pincées au dehors, à travers le hublot éclairant la cabine.

Puis le plancher fut copieusement arrosé de parfums, afin de dissimuler l'odeur caractéristique du papier brûlé, et Édith enlaçant Margarèthe :

— Chère sœur, voulez-vous demander à nos geôliers s'il nous est permis de remonter là-haut?

— Vous voulez?

— Je veux regarder le ciel au fond duquel plane peut-être François.

Quelques instants plus tard toutes deux reparaissaient sur le pont. Von Karch, qui se trouva sur leur passage, s'étonna du rayonnement dont resplendissait le visage de la jeune Anglaise.

Elle le considéra. Dans ses yeux, il crut lire comme une ironie. Et, défiant par nature de tout ce qu'il ne comprenait pas, il demeura pensif, grommelant :

— Ah çà! qu'a donc cette petite pécore ? Ma parole, on dirait qu'elle se moque de moi !

. . . .

Sur un monticule, qui affecte la forme régulière d'un tronc de cône, caché sous le fouillis des arbustes, buissons, lianes, formant une tunique verdoyante à l'éminence, le wagon de François stationne sur ses roues.

L'aéroplane ainsi transformé semble se reposer du raid qu'il vient d'accomplir. Il a traversé l'Atlantique. Quinze jours d'une convalescence, hâtée par le désir de voler au secours d'Édith, ont rendu à François assez de robustesse pour entreprendre le voyage.

On a piqué droit devant soi, à travers les airs, à une vitesse d'ouragan. On a rejoint le steamer *Fraulein* à la Havane ; c'est seulement quand celui-ci a repris sa route vers Merida et le Yucatan mexicain, que l'aéroplane a gagné la côte américaine.

Il a passé invisible à grande hauteur au-dessus de la ville de Merida, reliée à son port, Progreso, par une voie ferrée ; à quelques milles de la cité yucatèque, il a atterri sur l'une de ces buttes aux formes régulières qui bossuent la surface du pays.

François s'est aussitôt éloigné, se rendant au bureau de poste de Merida pour s'emparer de la lettre aux initiales K. V. K. annoncée naguère par la dépêche de Brumsen.

Auprès du véhicule, Suzan cause avec Klausse, Joë et Ketty, qui forment pour le moment tout l'équipage du navire aérien. Vanisky et ses fillettes sont restés en Danemark à la ferme de Danerik. Tril a déclaré vouloir se promener aux environs et il a disparu.

— C'est égal, s'écrie Joë, quel drôle de pays. Tout y affecte une forme géométrique. Les monticules sont des troncs de cône.

— Tout naturel, riposte Suzan qui tient un livre à la main ; les savants disent ceci : Ces éminences furent élevées de main d'homme ; les anciens habitants du Yucatan, qui jouissaient d'une civilisation supérieure à celle des célèbres Atzèques, les dressaient pour servir de soubassement à leurs temples.

— Bon, bon. fit le petit Anglais en riant. ce qui amena le sourire sur les traits de Ketty, cela explique les buttes; je ne dis pas le contraire. Elles ont

L'aéroplane ainsi transformé semble se reposer.

été abandonnées; les arbres ont poussé dessus, si bien que, sans ce volume que vous lisez, nous ne nous douterions pas que ce sont des morceaux d'architecture. Mais ce ne sont pas vos anciens Yucatèques, comme vous appelez

les habitants de ce diable de pays de Yucatan, qui ont fait que toutes les
rivières, au lieu de couler comme chez nous à la surface du sol, coulent
dans des souterrains, à douze ou quinze mètres de profondeur dans le voisinage de la mer, et à 100 mètres ou plus dans l'intérieur de la contrée.

— Non, ceci est l'ouvrage de la nature.

— La nature?

— Oui, expliqua doctoralement Suzan, très grave dans ses fonctions
d'institutrice, et vous allez le comprendre. Vous savez ce qu'est une roche
poreuse?

— Bien sûr. C'est une roche telle que le calcaire, à travers laquelle l'eau
passe comme à travers un filtre.

— Eh bien! Je lis ici que toute la surface du Yucatan est formée de
calcaire poreux. Si bien que les cours d'eau ont été bus par le sol, ils ont
descendu jusqu'au fond de la couche poreuse. Au-dessous, ils ont été
arrêtés par des roches imperméables, sur lesquelles ils ont repris leur
cours normal, vers la mer. De la sorte, le Yucatan, qui mesure 200.000 kilomètres carrés, soit la superficie de trente départements français, jouit
d'un réseau fluvial souterrain et où les Mayas...

— Qu'est-ce que vous appelez Mayas? Ce n'est pas une injure?

— Non, non, Joë, rassurez-vous. Les Mayas sont les habitants actuels
du Yucatan. Du fait de leurs bizarres rivières, ils ont une existence tout à
fait curieuse, moitié à la surface du sol, moitié en dessous. Leurs lavoirs,
leur eau potable, se trouvent parfois à de grandes profondeurs. Leurs cultures sont au niveau de la plaine. Toute la question sociale pour eux est
la question de l'eau. Il s'agit d'aller la chercher et de la remonter afin de
pratiquer des arrosages abondants.

— Alors il y a des pompes partout?

— Non, les Mayas ignorent presque totalement cet appareil.

— L'eau ne monte pas toute seule.

— Ce sont les femmes Mayas qui sont chargées de ce rude travail.

Joë et Ketty eurent un même cri :

— Les malheureuses!

Mais Suzan secoua la tête gentiment, et l'index tendu vers une page du
livre.

— Ecoutez ce que dit ce rapport de mission.

« Les femmes Mayas effectuent ce labeur écrasant avec une bonne humeur
« qui ne se dément jamais. »

— Elles ont bon caractère.

— « Et même, continua la mignonne Américaine sans tenir compte de
« l'interruption, on peut affirmer qu'elles n'en souffrent pas. Elles conservent
« une gracieuse coquetterie et font montre d'une propreté méticuleuse, qui
« pourrait servir d'exemple aux nations réputées civilisées. Il faut voir ces
« porteuses d'eau vêtues d'étoffe blanche éclatante de fraîcheur : le *huipil*
« (chemisette), le *fustan* (jupon serré à la hanche) brodé d'une guirlande de
« fleurs, une mantille blanche également jetée sur les épaules, leurs cheveux
« noirs tordus en un chignon à la chinoise, pour comprendre tout ce que des
« êtres courageux, simples et laborieux, peuvent allier de grâce, de charme
« et de gaîté à un travail qui épouvanterait des races moins vaillantes. Les
« Mayas n'ont point la faiblesse de l'éducation atavique des peuples d'Europe,
« qui considèrent le travail comme une punition. Pour eux, le travail est
« une condition de la vie, rien de plus, et ils l'effectuent joyeusement, phi-
« losophes sans le savoir ; ayant trouvé peut-être la véritable raison de vivre,
« la véritable formule du bonheur. »

Il y eut un silence. Évidemment les deux petits Anglais, arrachés à la
misère de Londres par Tril et sa jeune amie, étaient impressionnés par la
phrase grandiloquente du livre. Pourtant, Joë ne put se tenir de dire :

— C'est égal, des puits de plus de cent mètres ; c'est bien ce que vous
disiez ?

— Oui, dans l'intérieur du pays, quand on s'éloigne de la côte. Seulement
la population s'est agglomérée au long des rivages. L'intérieur reste presque
désert, habité par quelques tribus purement indiennes.

— Enfin, les puits n'eussent-ils que 25 ou 30 mètres, c'est un exercice
pénible que d'y descendre pour aller au lavoir ou pour puiser de l'eau, et
cela devient effrayant, quand il faut remonter avec des récipients remplis
de liquide.

Comme poussée par une réflexion intérieure, Ketty demanda timidement :

— Mais qui a fait les puits ?

— Sur le bord de la mer, les Mayas les ont creusés, y ont taillé des
escaliers dans le roc, ont aménagé des excavations souterraines en lavoirs.
Dans l'intérieur, les Indiens utilisent les *Cenotes*.

— Les *Cenotes ?* Qu'est-ce que c'est que cela ?

— Des excavations naturelles affectant, ce qui doit tenir à la nature
du sol, la forme de cônes renversés, c'est-à-dire qu'à la partie supérieure
s'ouvre une large excavation, dont les pentes se rapprochent à mesure que
l'on descend.

— Un entonnoir enfin.

45

— C'est cela même. Un entonnoir, mais un entonnoir géant. Certains
ont plusieurs centaines de mètres d'ouverture. Au fond, coule l'eau de la
rivière souterraine.

— Est-ce que l'on navigue sur ces rivières étranges?

— Les géologues affirment qu'on le pourrait, car les cours d'eau, usant
toujours leur lit, ont dû creuser de véritables galeries dans le roc imperméable; mais les habitants sont trop peu nombreux pour entreprendre les
travaux de reconnaissance indispensables avant de s'aventurer dans le
méandre souterrain. Toutefois, ce qui donne beaucoup de poids aux alléga-
tions des savants. c'est que, ce qui ne se produit nulle part ailleurs dans
les eaux circulant sous terre, on rencontre des caïmans dans les rivières
du Yucatan. On les chasse même, et certains lavoirs sont transformés en
« affûts » par les disciples de Saint-Hubert.

— Voilà que les caïmans et les savants vont ensemble!

— Oui, parce que la présence des premiers permet aux autres de dire
que les rivières ont un cours assez régulier pour que les sauriens s'y plai-
sent. Or, vous ne le savez peut-être pas, mais moi je l'ai appris dans mon
volume, les caïmans, crocodiles. alligators et autres vilaines bêtes de même
venue, sont des animaux extrêmement difficiles dans le choix de leur résidence.

— Des petites maitresses à longues dents?

— Joë, vos façons de dire illuminent la science. Maintenant vous connaissez le Yucatan, ses habitants, son réseau hydrographique, aussi bien-
que si vous y viviez depuis dix ans. Laissez-moi me hisser sur le chariot
afin que j'interroge la plaine environnante. Je suis inquiète de l'absence
prolongée de Tril; et puis je voudrais bien aussi que M. François fût
de retour.

Sans attendre de réponse, la fillette avait fait le tour du wagon et s'était
engouffrée à l'intérieur.

Une minute après, elle reparut dressée sur la toiture de la lourde machine.
Son fin visage voilé d'anxiété dominait à peine la cime des végétations dis-
simulant l'appareil de François de l'Etoile.

CHAPITRE IV

TRIL S'OCCUPE A MÉRIDA

« *Capitaine Martins, vapeur Lovely, rade de Campêche (province Mexicaine de Yucatan.)*

« *Livre II. — Versets 5, 8, 17, 34, 85, 41, 42, 43, 47, 49, 50, 62, 63, 64, 66, 67, 68, 73, 75, 77, 80, 81.*

« *Livre III. — 1, 2, 3, 7, 9, 10, 12, 13, 16, 19, 20, 60 à 70.*

« *Livre IV. — 15, 22, 24, 29. — Signé : T.* »

Le jeune Tril remit cette dépêche chiffrée à l'employé ahuri du guichet télégraphique annexé au bureau de poste de Mérida.

Le gamin, aussitôt après le départ de François, avait quitté le wagon ; mais tandis que l'ingénieur gagnait Mérida à pied, le gamin louait un cheval à un cultivateur indien et parcourait au galop la plaine desséchée, crevassée, poussiéreuse, qui s'étend entre les exploitations agricoles de la banlieue de Mérida, exploitations nées autour de puits, de *Cénotes*, ainsi que les oasis se développant autour d'un point d'eau dans le Sahara algérien.

Ainsi il avait précédé François dans la gentille ville de Mérida, laquelle, avec ses vingt-cinq mille habitants, ses maisons coquettes rechampies de tons clairs, sa foule remuante, agissante, bavarde, se donne des allures de capitale.

Sans peine, il avait trouvé le bureau de poste, qu'en ce pays où les Espagnols transportèrent leur grandiloquence, on appelle le Palais des communications, et en ce moment, il stupéfiait l'employé télégraphiste.

— Le señor, se hasarda enfin à dire ce dernier, est bien sûr du sens de ce qu'il me charge de transmettre?

— Absolument sûr, répliqua l'Américain s'amusant de la curiosité visible de l'agent.

— Parce que, une communication de ce genre, vu l'impossibilité d'en contrôler le sens, ne saurait, en cas d'erreur ou d'omission, engager la responsabilité de l'Administration.

— D'accord, señor. Toutefois, on peut réduire les chances d'erreur. Si vous le permettez, je vous dicterai ce télégramme, tandis que vous le transmettrez.

La proposition devant diminuer son travail personnel, l'employé accepta et s'installa à son transmetteur électrique, non sans pester à part lui contre les humains atteints de cette manie perverse de s'exprimer en chiffres, mettant ainsi les honnêtes gens dans l'impossibilité de comprendre ce qui ne les regarde pas.

Pour Tril bien entendu, la missive, établie suivant une règle convenue à l'avance et consistant à relever les mêmes mots dans deux livres identiques, dont l'un se trouvait en la possession du gamin et l'autre dans la cabine du capitaine Martins, cette missive était claire. Elle signifiait simplement :

« *Au reçu de ma dépêche de Weeneborg, vous avez certainement quitté* « *Plymouth pour vous rendre sur rade, à Campêche. Le vapeur* Fraulein « *vous rejoindra, car c'est là le seul bon mouillage de la côte.* »

« *Le surveiller sans qu'il s'en doute, de nuit comme de jour. Ne pas* « *le perdre de vue.* »

L'expédition achevée, le gamin solda le montant de la dépêche, ajouta un pourboire, que les agents Yucatèques acceptent volontiers, et dont la largesse rendit toute sa bonne humeur au bénéficiaire de la munificence, puis sifflotant un *Yankee doodle* (chant américain) très patriotique, le jeune garçon se lança à travers la ville.

Tout en déambulant, il notait la situation des monuments, celle de la gare terminus de la petite ligne de Mérida à Progreso; il marqua une courte halte dans une *fonda* (hôtel) où il se fit servir un déjeuner, composé de mets exécrables, importés, au temps de la domination espagnole, dans la cuisine du Yucatan. Après quoi, il reprit lentement le chemin de la Poste.

— M. de l'Étoile grondera. Il m'avait ordonné de garder la machine. Bah! dans un pays certainement rempli d'agents du Von Karch, à deux on est deux fois plus fort.

A ce moment même, l'ingénieur pénétrait dans le Palais des communications. Il promena un regard chercheur dans le petit hall, pompeusement dénommé Salon des correspondances, mais ce ne furent pas les agencements, jolis et coquets en vérité, ni les murailles couvertes de fresques allégoriques, qui fixèrent son attention.

Ce fut un guichet au-dessus duquel figurait l'inscription espagnole correspondant à nos mots : Poste restante.

Un employé basané, à la barbe striée de fils gris, se montrait derrière le grillage de cuivre. Clignant les yeux d'un air malin, il écouta François lui demander :

— Vous devez avoir une lettre pour moi.

— Quelles initiales?

— K. V. K.

— Je vais voir.

L'homme prit dans un casier un volumineux paquet de lettres qu'il feuilleta lentement. Sous toutes les latitudes, les agents des services publics semblent prendre un réel plaisir à exaspérer le public. Enfin, il tira à part une enveloppe, la soupesa, lut à haute voix la suscription :

— K. V. K. bureau restant — Mérida — Yucatan.

Et enfin se décida à la tendre à l'ingénieur. Celui-ci s'en saisit avec un battement de cœur. Entre ses doigts, il pressait le papier naguère annoncé par Brumsen, cet acolyte inconnu de Von Karch. Il saurait enfin vers quel but l'espion se dirigeait.

Quand on a tout fait pour exaspérer un homme, il est vexant au superlatif de lui voir conserver le sourire. Aussi l'employé suivit-il d'un regard courroucé l'ingénieur qui sortait du hall.

Sur la porte, François dut s'effacer pour laisser passage à un personnage grand, sec, au teint bronzé. Il ne lui accorda d'ailleurs aucune attention et quitta le bureau de poste.

Et cependant le nouveau venu eût pu l'intéresser. Celui-ci s'était précipité vers le guichet de la poste restante. Il saluait l'employé comme une personne de connaissance.

— Bonjour, Senor; K. V. K. ne s'est pas encore présenté?

— Pardon, pardon, il sort d'ici.

— Il y a longtemps?

— Dix secondes; vous l'avez coudoyé à la porte.

— Voulez-vous dire que vous avez remis la lettre à l'individu qui sortait à l'instant même?

— Précisément.

L'homme frappa d'un coup de poing la tablette courant au long des guichets.

— Mais cet homme-là n'est pas K. V. K.

— Alors, qu'est-ce que c'est?

— Eh! je n'en sais rien.

— Bah! il n'est pas loin. En vous pressant, vous le rattraperez et il vous dira...

Le visiteur n'attendit pas la fin de la phrase. Il se précipita au dehors, renversant à demi une élégante mulâtresse qui, pour son malheur, se présentait à la porte d'entrée.

L'employé lui, se rassit en se frottant les mains; il était enchanté. Cette fois, le client avait été exaspéré.

Ce dernier cependant était déjà dans la rue. A une trentaine de pas, il reconnut la silhouette de l'homme au moment précis où le faux K. V. K. tournait l'angle d'une rue latérale. Il se lança à toutes jambes à la poursuite du promeneur.

Il le joignit, le dépassa, puis se retournant brusquement, il se planta devant lui, barrant le passage, et d'un ton contenu, mais où vibrait une sourde menace :

— Pardon, Monsieur, vous venez de retirer une lettre aux initiales K. V. K.; pourriez-vous me dire à quel titre?

L'ingénieur dévisagea le questionneur, que sa question indiquait ennemi.

— J'aurais plaisir à vous répondre, Monsieur, fit-il d'un accent paisible, si vous-même m'appreniez quel droit vous avez à m'interroger.

L'homme montra la crosse d'un revolver.

— Je veux une réponse.

— L'on vous arrêtera, et la lettre, confidentielle n'est-ce pas, deviendra publique.

Ce dernier argument parut impressionner l'adversaire de François. Pourtant il insista :

— Mieux vaut cela que laisser ce papier entre les mains de certaines gens.

— Vous expliquez en fort bons termes la réserve à laquelle je suis tenu.

Évidemment, le sang-froid du jeune homme en imposait à son interlocuteur. Une indécision se marquait chez lui.

Il avait abordé le porteur de la lettre comme un ennemi, et maintenant il se demandait s'il ne se trouvait pas en présence d'un agent de Von Karch.

Soudain il se frappa le front. Von Karch seul avait reçu la dépêche envoyée en Norvège. Il allait bien voir si son interlocuteur jouissait de la
confiance de l'espion.

— Pardonnez-moi d'insister, reprit-il d'un ton radouci; mais ami ou

— Une dépêche du patron vous attend.

ennemi, l'importance de la situation ne vous échappe pas. Je vous prie donc
de me dire si vous connaissez la signification des trois lettres K. V. K.

L'ingénieur sourit.

— Je vous dirai volontiers la signification des deux dernières : Von
Karch! Quant au premier K, je suppose que vous-même l'ignorez. Il ne
doit y avoir au monde que le « patron, » — il articula ce mot avec intention;

— que le « patron » et moi qui soyons dépositaires de ce secret; vous êtes
Brumsen, n'est-ce pas?

L'homme dominé courba la tête. François avait touché juste. Von Karch
n'avait pas jugé utile d'apprendre à son agent que la première lettre rappelait Kremern, nom primitif de l'aventurier.

— Alors, vous êtes des nôtres? murmura Brumsen. Jamais je ne vous
avais vu.

— Croyez-vous que Herr Von Karch montre toutes ses cartes. Sauf moi
peut-être, nul ne sait son jeu tout entier.

— Vous, vous savez?

L'ingénieur eut un sourire dont son interlocuteur ne devina pas l'ironie.

— Je suis le « *double* » de Von Karch; quelque chose comme son ombre.

Brumsen n'eut pas le temps d'interroger davantage. Un jeune garçon,
dans lequel François reconnut Tril, s'approcha des causeurs et délibérément,
s'adressant à l'adversaire du fiancé d'Édith :

— Brumsen, Herr Brumsen, dit-il, une dépêche du patron vous attend à
votre hôtel. Si vous n'étiez pas toujours en promenade, vous l'auriez reçue et
ne risqueriez pas de tout bouleverser par vos démarches injustifiées.

— Qu'est celui-là maintenant?

L'agent est stupéfait. Cette pluie de collègues inconnus qui semblent
tomber du ciel le déconcerte.

— A l'hôtel? répète-t-il.

— Où je vous accompagnerai. C'est l'ordre.

La proposition du gamin avait chassé les dernières défiances du serviteur
de l'espion. Tril échangea un regard rapide avec l'ingénieur, comme pour
l'avertir de noter ses paroles, et à haute voix, en mortel qui n'a rien à
cacher :

— Le cheval est au bout de la rue à droite, à la *posada* (auberge) *del
Cenote Blanco*. Vous le réclamerez de ma part.

L'interpellé inclina la tête. Le petit lui offrait un moyen de s'éloigner rapidement de Merida. Véritablement, le jeune Américain s'agitait dans l'intrigue avec une désinvolture qui eût trompé un coquin moins bien préparé
à croire que Brumsen.

Celui-ci crut donc devoir renouveler ses excuses, ce qui lui attira de la
part du gamin ce reproche, lequel porta au comble sa déférence pour le
petit bonhomme :

— Ah! Herr Von Karch a bien raison. Brumsen, dit-il, est adroit, dévoué; par malheur, il a la manie des paroles inutiles. Nous servons le

même maître; nous ne pouvons donc nous formaliser de ce qui est fait dans l'intérêt commun.

L'aplomb du jeune Américain interloqua l'agent de Von Karch qui se laissa entraîner par lui.

— Où êtes-vous descendu, Herr Brumsen? interrogea Tril.

— A la *fonda* (hôtel) del Liberador, dans la *calle* (rue) Vieja.

— Allons donc à la fonda.

Et devisant, chantant les louanges de Von Karch, tous deux déambulèrent à travers les rues.

— Oh! fit tout à coup Brumsen, je ne m'étonne pas qu'il ait pris des dispositions que je ne connaissais pas. C'est le résultat de la lettre, qu'on a dû lui remettre lorsque le *Fraulein* a mouillé en rade de Progreso.

— Précisément; il a reçu une lettre, déclara le gamin avec une imperturbable effronterie.

— Puisque je vous dis que je l'ai envoyée. Primitivement, il devait apprendre où me joindre, par la missive qui attendait au bureau restant.

Le jeune Américain écoutait de toutes ses oreilles. Les confidences d'un ennemi sont avantageuses à recevoir. Et l'autre, en veine de confiance, continua :

— Je n'étais pas assuré d'être libre.

— Je comprends, lança tranquillement Tril, M. Tiral pouvait vous retenir.

La phrase fit sursauter Brumsen.

— Mâtin, le « chef » se confie à vous!

— Oh! le compagnon, que nous avons vu tout à l'heure, et moi, nous en savons plus que beaucoup d'autres.

— Je m'en aperçois bien. Aussi, sans biaiser, je ne vous cacherai pas ce que vous paraissez savoir aussi bien que moi. Le brave Tiral, à qui j'ai appris que le hasard amenait Herr Von Karch à Progreso, m'a délégué vers lui, pour le prier de le rejoindre. Cet homme a la manie de la reconnaissance, acheva l'agent avec un gros rire. Il faut s'en féliciter, car ce bon sentiment facilite notre tâche.

Tril avait tressailli. Ainsi le surveillant attaché aux pas de Tiral par l'espion allemand, avait réussi à s'introduire dans la familiarité du naïf comptable. Il fallait s'éclipser, avertir François. Soudain le gamin poussa un cri :

— Étourdi que je suis!

— Pourquoi vous appelez-vous ainsi? demanda vivement son compagnon.

— Pourquoi? Eh! parce que le plaisir de votre société m'a fait oublier...

— Oublier, dites-vous?

46

— Qu'à la posada del Cenote Blanco, on ne confiera peut-être pas le cheval au camarade que j'y ai envoyé. J'aurais dû le conduire moi-même.

Puis, comme prenant une décision :

— Il n'y a pas à hésiter. Le « Chef » a recommandé la plus grande diligence. Retournons-y.

Déjà il faisait volte-face. S'il entraînait Brumsen à la posada, située sur la campagne, à la limite de la ville, il se chargerait bien de le faire parler. Mais celui-ci le retint par le bras.

— Attendez donc. Une dépêche de Herr Von Karch m'attend à l'hôtel du Liberador, n'est-ce pas?

Le gamin l'ayant déclaré une minute plus tôt, ne pouvait évidemment affirmer le contraire.

— Eh bien! Voyez l'hôtel là-bas. Deux minutes pour y arriver, pour prendre la communication dans mon « casier » au bureau de l'établissement, et nous revenons ensemble. Il n'y a pas de retard appréciable.

Brumsen disait vrai. Les promeneurs ne se trouveraient pas retardés par une pointe sur l'hôtel. Seulement là, le fidèle de Von Karch s'apercevrait qu'il avait été victime d'une supercherie, en réclamant vainement une dépêche créée de toutes pièces par l'imagination du jeune Tril.

Et celui-ci devrait déguerpir, assez vite pour que l'agent ne le happât point de sa large main.

— Allons, murmura-t-il, et dépêchons-nous.

A part lui, il renonçait à pénétrer les secrets de Brumsen; il profiterait tout simplement de la minute où celui-ci fouillerait son casier vide pour filer à toutes jambes.

Un soupir trahit le déplaisir que lui causait la combinaison. Mais ce léger indice ne fut point perçu par le robuste Brumsen, qui allongeait le pas, dans le but louable d'être agréable à son petit compagnon, et Tril fut presque obligé de trotter pour se maintenir à sa hauteur, ce qui l'incita à formuler pour lui-même cette réflexion inquiétante :

— Par le pied fourchu de Satan, il ouvre un compas comme un professionnel de la course à pied.

Aussi en arrivant en face de la fonda, l'esprit du gamin était assiégé de pensées plutôt moroses. Entraîné par le succès magistral de son intervention, le petit, sévère mais juste vis-à-vis de lui-même, se déclarait tout net qu'il s'était engagé dans une affaire épineuse.

A ce moment, la voix de l'aventurier le tira de son mélancolique monologue. .

— Je vois la dépêche, disait Brumsen.

Le jeune Américain se mordit les lèvres pour ne pas crier sa surprise.

Avant qu'il eût pu s'extasier sur la coïncidence heureuse, la directrice de la fonda, une femme basanée qui, quelques dix ans plus tôt, avait certainement été belle, se précipitait à la fenêtre agitant le papier extrait de la case.

— Señor, Señor, ceci à votre adresse.

— Gracias, riposta agréablement l'aventurier, employant la formule espagnole de remerciement.

Une seconde, Tril fut sur le point de s'enfuir. Si la communication n'était pas de Von Karch. Mais décidément il jouait de bonheur. Brumsen s'écria joyeusement :

— Je comprends tout; le patron a envoyé quelqu'un à Merida parce qu'il ne viendra pas. Il m'attendra ce soir, à neuf heures, à bord du *Fraulein*. Oui, oui, il a lu ma lettre, et la nuit est une amie sûre.

Puis aimablement :

— Maintenant, mon jeune ami, que je ne vous retienne pas davantage; gagnons vivement la posada del Cenote Blanco. Après la dépêche, le cheval; tous les moyens de correspondre vivement! Ah! l'on peut dire que Herr Von Karch est un habile homme. Il se sert de tout.

Cette fois, le jeune Américain se mit en marche, aux côtés de l'aventurier, avec beaucoup plus de plaisir que tout à l'heure. Dix minutes leur suffirent pour atteindre la posada.

C'était une cahute d'aspect misérable, occupant l'un des côtés d'une cour au sol battu qu'encadraient des hangars en retour, figurant les « écuries et remises ».

Une jeune servante Maya se précipita à la rencontre des nouveaux venus. Sans doute, Tril s'était montré généreux quand il avait mis son cheval à l'écurie, à son arrivée à Merida, car la jolie fille s'empressa auprès de lui, s'enquérant avec les inflexions caressantes que les Yucatèques ont introduit dans l'espagnol, des désirs du señor. Le señor voudrait-il se rafraîchir avec le caballero, son ami?

Aux questions du jeune garçon. elle répondit qu'un señor était venu au nom du señor, qu'il avait enfourché le cheval du señor, et s'était éloigné au galop. Qu'elle, Petruja, c'était son nom, n'avait fait aucune difficulté pour lui confier l'animal, vu que la bonne mine du señor démontrait bien qu'il ne pouvait être un aventurier avide de s'approprier le bien d'autrui.

La gentille Petruja parlait comme un moulin. Elle appartenait à cette classe de bavardes qui, une fois lancées, ne peuvent plus s'arrêter, chaque

364 L'AÉROPLANE-FANTOME.

mot en entraînant un autre. La conversation de ces êtres étranges semble régie par une chaine sans fin.

Sous couleur de mettre un frein à cette loquacité étourdissante, Tril, avec un coup d'œil à son compagnon, lança soudain :

— Le señor et moi nous nous rafraichirions volontiers.

— Le señor et moi nous nous rafraichirions volontiers, aimable Petruja. Le soleil chauffe à cet instant du jour. Voudriez-vous nous préparer un *pulque* (boisson nationale, suc fermenté d'un aloès) au jus d'oranges que, m'a-t-on dit, vous préparez si bien.

Et comme la servante, charmée du compliment, s'embarquait dans une appréciation laudative de ses talents pour confectionner une boisson dont ses nouveaux clients, se pourlècheraient les lèvres, il l'interrompit :

— Servez-nous dans la salle où je me suis reposé ce matin. Il y règne une fraîcheur délicieuse; cela nous délassera avant de nous lancer dans la fournaise. Car le soleil brille autant que vos beaux yeux!

Comment le pulque aux oranges ne serait-il pas exquis pour un voyageur aussi aimable! La jeune fille se mit en quatre, bouleversa toute la posada et arriva après cinq minutes de gestes excessifs, de paroles précipitées, aussi inutiles les uns que les autres, à installer ses « clients » dans une salle basse, dont la fenêtre, garnie d'un grillage métallique, donnait sur un étroit boyau à ciel ouvert, ménagé entre la posada proprement dite et le côté de l'une des écuries.

Quelques minutes encore, et elle posait sur la table dont chacun des consommateurs occupait un côté, une alcaraza de terre poreuse, où moussait le pulque battu avec le jus d'oranges.

Toujours galant, Tril reconduisit la gentille Petruja jusqu'à la porte, semblant lui chuchoter les plus doux compliments. En réalité, il murmurait :

— Dix piastres pour vous, ma belle, si personne ne vient nous déranger.

— Les dix piastres sont gagnées alors, fit-elle sur le même ton.

— Ah! vous êtes la finesse même, votre fiancé est un heureux coquin, Petruja.

Elle lui lança un coup d'œil moqueur.

— Heureux, señor, je le dirai avec vous; mais ma bouche se refuse à l'appeler coquin.

Et riant aux éclats, la pétulante créature se glissa dehors, refermant la porte avec un soin qui prouva au gamin que l'espoir de gagner dix piastres lui assurait le concours dévoué de la jeune fille.

Il revint à la table et s'assit. Il avait adroitement choisi la place située entre la fenêtre et son compagnon. Celui-ci versait déjà la boisson parfumée à l'orange dans les gobelets de bois, qui tiennent lieu de verres dans les posadas yucatèques.

— A votre santé, mon jeune ami...

Il parut chercher, puis d'un ton cordial :

— A propos, je ne sais pas votre nom; vous pouvez m'appeler Brumsen, mais moi, comment vous appellerai-je?

Le gamin avait glissé la main à sa poche, il l'appuya au bord de la table. Ses doigts tenaient un objet noirâtre, ayant une vague apparence de boîte aplatie recouverte de cuir, mais que la paume de Tril cachait en partie.

— Vous souhaitez me donner un nom?

— Sans doute. Cela ne vous parait-il pas raisonnable?

— Pouvez-vous le penser? Je n'hésite pas à vous satisfaire. S'il vous plait, vous me désignerez par cette appellation : le Confesseur.

— Le Confesseur! En voilà un nom!

— Mérité, cher monsieur Brumsen, je vous explique pourquoi.

Il leva la main en l'air, tenant entre le pouce et l'index la boite tirée de sa poche un instant plus tôt.

— Vous voyez ceci?

— Je vois.

— Eh bien! C'est un ingénieux appareil, naguère imaginé par Herr Von Karch lui-même. Cela semble une inoffensive boite; mais remarquez qu'à la partie supérieure passe un joli canon d'acier bruni. Que j'appuie sur un ressort, il jaillit un gentil projectile, chargé d'acide carbonique liquide. Le projectile éclate au choc sur l'obstacle choisi: le liquide retourne soudainement à l'état gazeux, produisant sur le dit obstacle un refroidissement de près de deux cents degrés. Si l'obstacle est un homme, il est instantanément réduit à l'état de glaçon, son sang cesse de couler. Et une heure après, dégelé, le mort passe, aux yeux des médecins, pour avoir succombé à une congestion, à une embolie; c'est même pour cela que Herr Von Karch, qui a le mot pour rire, désigne ce charmant instrument sous le nom de *lance-embolie*.

En effet, Tril brandissait l'arme perfide emportée naguère du Babelsberg par François. Brumsen hocha la tête :

— Je ne saisis pas le rapport entre ceci et les mots : le Confesseur.

Un accès d'hilarité secoua le gamin.

— Comment, vous ne saisissez pas? Supposez un homme qui sache certaines choses que j'ignore. Je braque sur lui mon appareil, et je lui dis gracieusement :

L'Américain indiqua une pause, puis la voix devenue soudain mordante :

— Monsieur Brumsen, je veux savoir tout ce que vous avez imaginé pour capter la confiance de l'infortuné Tiral; confessez-vous à moi.

Brumsen comprit. Il se leva, mais le bras de Tril se tendit vers lui menaçant.

— Veuillez vous rasseoir, ne pas tenter un mouvement; ou sinon, j'aurai le regret de vous délivrer un billet de passage pour un monde meilleur!

Et l'aventurier, dominé, ayant obéi, Tril reprit :

— Je veux que vous soyez bien persuadé de la réalité de mes dires. Rien ne prédispose à la confiance comme la certitude de n'être pas trompé.

Tenez, regardez la carafe pleine d'eau qui est juchée là-bas, sur cette étagère fixée au mur. Je la vise, je presse le ressort.

Un claquement léger se fit entendre. Autour de la carafe se produisit un
poudroiement de particules brillantes, et instantanément le liquide se transforma en un bloc de glace, tandis que l'humidité, en suspension dans l'atmosphère, se résolvait, dans un rayon de cinquante centimètres, en une
minuscule chute de neige.

— Voilà, prononça l'Américain, il me reste trente-neuf projectiles.

Brumsen, certes, avait un certain courage. Devant un revolver, il eût
résisté; mais comme tous les gens de faible culture intellectuelle, il conser-
vait la terreur instinctive de l'inconnu.

Cette arme tuant sans bruit, pouvant amener la mort par réfrigération,
c'est-à-dire suivant un mode incompréhensible à son cerveau, le bouleversa,
l'annihila, lui enleva toute volonté. Le jeune garçon suivait sur son visage
les traces de l'effarement.

— Donc, dit-il, cher monsieur Brumsen, vous avez le choix : vivre bien
portant, soulagé d'un secret qui vous pèse certainement, ou bien monter
tout droit au Ciel, où les honnêtes gens de votre espèce doivent avoir un
quartier réservé. Vous plaît-il de voir en moi le confesseur?

Les mâchoires serrées, la face contractée, furieux d'être dominé par un
adolescent qu'il eût broyé entre ses mains puissantes, l'agent de Von Karch
ne répondit pas. Mais Tril ayant pointé le lance-embolie sur lui, il pencha
aussitôt vers la soumission et gronda :

— Si je vous tiens un jour, je ne vous ménagerai pas. Ceci dit, interrogez, je répondrai.

— Selon la vérité, n'est-ce pas?

— Selon la vérité. Après tout, on n'a qu'une existence, et le point capital
dans la vie est de ne point mourir trop jeune.

— Voilà qui est raisonner sagement. Comme il ne me plaît pas à moi-
même de prolonger l'entretien, je commence.

Et croisant ses jambes l'une sur l'autre, avec la désinvolture d'un gentleman causant d'événements mondains :

— Herr Von Karch vous a chargé de suivre M. Tiral, pourquoi exactement?

— Parce qu'il supposait que le Tiral avait découvert un trésor, et qu'il
en souhaitait connaître l'emplacement.

— Pour le voler naturellement?

— Il ne se trompait pas; c'est un gîte de pierreries.

Tril l'arrêta du geste :

— Non, non, pas comme cela. Vous allez trop vite. Du détail, cher monsieur Brumsen, je désire du détail.

— Que voulez-vous que je détaille?

— Votre voyage; la façon dont vous avez acquis la confiance du pauvre homme.

— Oh! bien facile, allez. En voilà un qui n'a pas le tempérament de chasseur de trésors. C'est un sentimental. Embarqué sur le paquebot qui le conduisait aux États-Unis, il m'a suffi de me présenter comme un malheureux, inconsolable d'avoir perdu sa femme et ses enfants, pour que ce sot m'ouvrît son cœur. Alors j'ai vu sa fille Liesel, j'ai prétendu qu'elle me rappelait une fille disparue; il n'a plus eu le courage de se séparer de moi. A New-York, il m'a invité à le suivre à la Nouvelle-Orléans. Dans cette dernière ville, il m'a confié le but de son voyage. Il a voulu que je devinsse son compagnon. Lui qui, dit-il, a cru si longtemps sa Liesel morte, il jugeait de son devoir de chercher à consoler un père plus malheureux que lui-même. Enfin, des raisonnements d'imbécile, quoi!

— Ah! cher monsieur Brumsen, soupira comiquement l'Américain, racontez les faits sans vous livrer à des appréciations personnelles. Vous vous donnez un mal inutile pour prouver que, lorsque l'on vous tient, on serait stupide de vous faire grâce.

Le gamin avait une pose si abandonnée, il semblait si peu sur ses gardes, que l'aventurier crut pouvoir mettre fin à la scène par un coup de force. Brusquement il repoussa la table. Tril, placé en face de son interlocuteur, eût dû être renversé sur le sol.

Mais les errants de la vie tels que le jeune garçon, sont toujours en défiance; ainsi que le lièvre au gîte, ils écoutent marcher le danger. Tril avait prestement fait une retraite de côté, et sa voix railleuse arrêta net l'agent qui s'élançait.

— Replacez cette table, Brumsen.

L'ordre arracha un cri de rage au drôle. Le lance-embolie, braqué sur lui, eut raison de cette velléité de résistance.

Il exécuta le mouvement commandé, tandis qu'en ses oreilles pénétraient comme des piqûres d'épingle les paroles de son adversaire :

— Monsieur Brumsen, vous travaillez comme une canaille bien sage. Un avis : ne recommencez plus à bousculer le mobilier de l'aimable Petruja, je serais obligé de vous allouer un projectile réfrigérant. Vous deviendriez un homme de glace. Le sorbet Brumsen.

Les yeux du misérable s'injectèrent de sang. Tout ce qu'une rage impuissante peut amener de terrible dans une physionomie, passa sur ses traits, et cependant il se rassit, dominé par la tranquille audace du jeune garçon. Celui-ci reprit place sur son siège, puis, sans que sa voix trahit la plus légère émotion :

— Je sais maintenant comment vous avez trompé un pauvre honnête homme. Parlons du trésor. D'abord, où est le gîte de ce trésor?

— Je n'en sais rien, articula nettement Brumsen.

Tril fronça le sourcil.

— Prenez garde, cher monsieur Brumsen; vous venez à la rencontre de Herr Von Karch, pour le conduire. Donc vous savez où vous irez.

— Je sais le moyen d'arriver au trésor, oui, mais j'ignore en quel point du pays il se trouve.

— Cependant vous en venez? Vous n'êtes pas homme à avoir négligé d'examiner la route.

— La route est un tunnel.

Du coup, Tril menaça le coquin de son arme. L'aventurier eut un mouvement de recul, et avec un accent de sincérité auquel l'Américain ne pouvait se tromper :

— Je vous jure que je dis la vérité. Au surplus, vous le reconnaîtrez si vous m'écoutez.

— Eh bien! je vous écoute, monsieur Brumsen; parlez.

— Alors, je dois d'abord vous raconter que M. Tiral a découvert le trésor (en quoi consiste-t-il? je l'ignore), il y a bien longtemps. La cachette doit se trouver aux environs d'un village maya du nom d'Errinac, car c'est de ce point que, Tiral ayant rendu un grand service à un chef indien, celui-ci le conduisit au gîte.

— Pourquoi ne l'a-t-il pas emporté alors?

— Vous allez voir. Les Indiens ont un amour indomptable pour leur sol. Ils considèrent les étrangers avec défiance, et s'ils les soupçonnent de vouloir s'approprier les richesses souterraines ou autres, ils les massacrent sans pitié.

— Allez toujours.

— Aussi le chef ami de Tiral, lui indiqua-t-il une route souterraine, le lit d'une rivière que le sol a bue. Personne ne la connaît aujourd'hui, sauf ce brave bonhomme, et nul ne serait en état de la suivre sans connaître les signes de direction, car les eaux, dans ce divin pays, forment sous terre un véritable labyrinthe.

47

— Et vous connaissez ces signes, cher M. Brumsen, puisque vous serez le guide de Herr Von Karch.

L'aventurier se mordit les lèvres. Il venait de prononcer une parole qu'il regrettait profondément. Toutefois, l'arme de l'Américain avait une éloquence interrogative, qui ne permettait aucune tergiversation. Aussi répondit-il d'un ton de mauvaise humeur :

— Oui.

— Parfait! Nous finirons par nous entendre; où est l'entrée du canal souterrain?

— Vous voulez dire la sortie, car l'embouchure d'une rivière mérite mieux ce nom.

— Soit, où est-elle?

— Un peu à l'Est du port de Progreso.

— Ah! c'est pour cela que le *Fraulein* vous attend sur rade.

— Comme vous dites! Là, le long de la côte, il existe une lagune bordée, d'un côté par le rivage, et de l'autre par un bourrelet sablonneux, dont un haut fond sans doute a déterminé la formation entre ce lagon intérieur et l'océan. Des brèches existent dans ce rempart de sable et constituent des passes, par lesquelles un canot peut gagner les eaux de la lagune et le tunnel percé parmi les rochers du rivage, tunnel qui sert d'exutoire à la rivière souterraine conduisant au trésor!

Le jeune garçon hochait la tête avec satisfaction.

— Très bien, cher monsieur Brumsen, voilà qui est on ne peut plus clair. C'est étonnant comme vous êtes gentil quand vous le voulez.

Et ce sarcasme lancé, il reprit sans se départir de son flegme :

— Donc, vous avez pris un canot et, en compagnie de M. Tiral et de Miss Liesel, vous vous êtes enfoncé sous le tunnel aquatique.

Brumsen affirma de la tête.

— Le trajet a-t-il duré longtemps?

— Deux jours.

— Cela suppose une distance assez considérable.

— Oh! cinquante à soixante kilomètres.

— Je vois ce que vous entendez par là; on ne va pas vite, car on se dirige à l'aide d'une torche, d'un fanal, d'une lanterne.

— C'est exact.

Tril marqua une pause; il tint un instant son ennemi sous son regard, puis martelant les syllabes, il ajouta :

— Et on perd du temps, à relever les signes indiquant la bonne direction?

L'agent, cette fois, demeura muet.

— Qui ne dit mot consent, reprit imperturbablement le jeune garçon. Pour être un confesseur idéal, il ne me reste plus qu'à apprendre la nature et l'apparence de ces signes. Cher Monsieur Brumsen, vous ne sauriez croire à quel point mon intérêt est surexcité.

Soudain, le gamin se trouva debout, soutenant de la main gauche un escabeau à la façon d'un bouclier, tandis que la droite dirigeait vers le bandit le canon bronzé de l'arme perfide imaginée naguère par Von Karch.

— Haut les mains, aimable Brumsen, ou vous êtes « frappé » comme une simple carafe.

Le geste, le commandement, étaient causés par une nouvelle tentative de révolte du misérable aventurier.

Tout en parlant, celui-ci avait mis sans affectation les mains dans ses poches, puis tout à coup, croyant le moment opportun, il s'était redressé brandissant un de ces longs couteaux d'origine catalane, que l'on dénomme *navajas*, et qui se lancent à distance, traversant la poitrine d'un ennemi aussi sûrement qu'une balle de revolver.

Seulement, il dut reconnaître qu'il était impossible de tromper la vigilance de celui, qu'en son for intérieur, il qualifiait de « diabolique insecte ». On l'a vu déjà, Brumsen n'avait aucune vocation pour l'héroïsme. Dès l'instant où il ne pouvait surprendre son adversaire, il baissa pavillon. Dans ce cas encore, il se plia aux exigences de l'Américain.

— Haut les mains, avait dit celui-ci.

Les bras du bandit se dressèrent au-dessus de sa tête.

— Le couteau à terre.

La navaja tomba avec un bruit sec sur le plancher carrelé. Tril fit entendre un rire dédaigneux.

— Hein? Monsieur Brumsen, croyez-vous qu'à ma place vous feriez grâce.

L'interpellé pensa sa dernière heure venue; il se recula si précipitamment qu'il alla donner de la tête contre l'étagère supportant la carafe, dont le jeune garçon avait tout à l'heure provoqué la congélation.

Et il bondit en avant avec un cri éperdu. Le choc avait déterminé le jet d'une cascade glacée, dont une part, pénétrant par l'écartement du col, avait ruisselé dans son dos.

La glace, on le sait, tient plus de place que le volume d'eau qui la produit. Au moment de la congélation, la carafe avait dû se fêler. Le heurt violent provoqué par le mouvement du bandit, amena la rupture du récipient, dont le contenu, maintenant revenu à l'état liquide, lui procurait l'impression désagréable d'une aspersion à zéro. Pour comble de malchance, Tril se prit à rire aux éclats.

— Ma foi, dit-il, je n'aurais pas trouvé mieux pour vous calmer, cher monsieur Brumsen; prenez la peine de vous asseoir et continuez votre si attachante confession.

— Mais je suis transi, gronda l'aventurier.

— Et vous craignez la pneumonie, la fluxion de poitrine. A Dieu ne plaise que je vous souhaite de trépasser ainsi à la fleur de l'âge, dans un lit moelleux. Non, non, un homme comme vous doit aspirer à de plus hautes destinées, quelque chose comme une potence dressée sur une montagne.

— Je vous dis que je grelotte, rugit l'autre avec une rage éperdue.

— Alors abrégeons l'entretien, je ne demande pas mieux; dites-moi bien vite comment vous comptiez guider Herr Von Karch, et vous êtes libre de vous réchauffer tout à votre aise.

Dans l'attitude du coquin se marqua une suprême hésitation. Un geste de la main armée de son interlocuteur le décida :

— Après tout, on n'a qu'une existence. Tous les trésors ne la remplaceraient pas.

Sur cette réflexion, Brumsen fouilla à l'intérieur de sa blouse de chasse, en tira un portefeuille de cuir jaune, et le jetant sur la table devant son jeune adversaire :

— Vous trouverez là-dedans le plan du chemin souterrain, les marques tracées sur les parois à toutes les bifurcations. Êtes-vous content?

Il se levait déjà; du geste, Tril l'invita à se rasseoir.

— Le temps de contrôler vos dires, cher monsieur Brumsen. Vous semblez si pressé de vous retirer, que vous auriez pu vous tromper; cela arrive même à de fort honnêtes gens.

Avec un grognement, le bandit se laissa retomber sur son siège. Tril, lui, ouvrait le portefeuille.

De suite, il mit la main sur une carte de papier fort; un levé topographique sommaire, figurant une ligne sinueuse d'où s'élançaient, à droite et à gauche des traits latéraux, indiquant vraisemblablement l'emplacement de galeries se détachant de la voie à suivre. Dans un angle se lisait la mention : *toujours vers la pointe.*

Le gamin frémissait de joie. Il allait rapporter à François le secret de son ennemi. Et là-bas, à Washington, Jud Allan qu'il aimait dévotieusement, féliciterait le petit enfant trouvé, devenu un si ardent et si habile défenseur de la justice.

Une détonation sèche, une balle qui enlève le chapeau que le gamin a conservé sur sa tête.

La satisfaction a amené chez lui une minute d'inattention. Brumsen en a profité. Il est debout, braquant de nouveau le revolver, dont il vient de se servir contre celui qui l'a dominé si longtemps. Il va tirer encore.

— C'est trop fort.

Avec une promptitude fulgurante, Tril se met en défense; un ressort claque. Sur la face du bandit se produit le même poudroiement qui, un instant plus tôt, a scintillé autour de la carafe.

Brumsen demeure immobile, figé dans son attitude d'attaque, la face contractée, les yeux grands ouverts, puis, d'un coup, avec la raideur d'une solive dont l'équilibre se déplace, il tombe sur le sol.

— Tant pis pour lui, grommela le gamin, et probablement tant mieux pour moi; j'aurais été assez bête pour lui laisser la vie.

Mais la porte s'ouvre. La jolie et bavarde Petruja se précipite. Elle a entendu le coup de feu; elle vient s'enquérir du jeune señor.

On sent que l'inquiétude qui la tient est surtout celle des piastres promises. Un coup de couteau, une pistoletade ne sont pas pour émouvoir une maya, à qui le sang indien communique une sympathie atavique pour ceux qui frappent fort.

Tril aligne les pièces de monnaie sur la table et désigne le corps de Brumsen. La servante lui adresse son plus séduisant sourire :

— Que le señor s'éloigne vite. Inutile de se montrer à des curieux.

— Mais vous?

— Oh moi! je vais jeter l'homme dans le puits. Le courant de la rivière l'entraînera vers la mer. Il vaut mieux que les crocodiles et les requins mangent les morts que les vivants.

Elle ne cessait de sourire pendant cette réponse macabre.

L'Américain ajouta quelques pièces de monnaie, ce dont la jeune fille le remercia par un allègre :

— Que la Madone protège le seigneur généreux et brave.

Puis il prit le portefeuille du mort, gagna la porte et s'enfonça dans la campagne inondée de soleil, se dirigeant vers le campement de l'aéroplane.

CHAPITRE V

TRIL DEVIENT L'OBLIGÉ ET L'AMI DE BRUMSEN

Arrivé dans la nuit précédente, le steamer *Fraulein*, affourché sur ses ancres. se balançait doucement sur les longues houles de la rade de Progreso.

En face, se discernait le port avec ses baraquements, entrepôts, docks et autres, en arrière desquels se haussaient les toitures, clochers, campaniles de la jeune cité maritime. déjà plus importante que la terrienne Merida, qui la fonda pour avoir vue sur l'Océan.

Au loin, les côtes fuyaient, s'estompant peu à peu dans le brouillard doré fait de soleil et de buées. Vers le sud, elles se marquaient abruptes. rocheuses, formées de falaises. Vers l'est au contraire. elles affectaient l'apparence du littoral guyanais, présentant une barre de sable, enserrant une lagune large d'environ deux kilomètres entre sa bande fauve et la côte de rocs rougeâtres.

Au jour, Von Karch s'était fait conduire à terre par un canot. Il avait expédié à Brumsen la dépêche trouvée par celui-ci à la fonda del Liberador, puis il était revenu à bord. chargé de journaux et de brochures.

Tous ceux qui ont subi l'ennui d'une longue traversée savent avec quelle avidité on reprend contact avec la civilisation imprimée.

Seulement, le contact ne fut rien moins qu'agréable à l'espion.

La première feuille qu'il parcourut, se livrait, comme article de tête, à une étude scientifico-psychologico-physiologique de l'être étrange, paradoxal, qui avait surexcité la curiosité de l'univers, pour tout dire de ce ou cette Miss Veuve énigmatique, se manifestant pour la dernière fois à Hambourg et ne donnant depuis aucun signe d'existence, comme si il ou elle avait réintégré le séjour des hauteurs dont il ou elle était originaire.

D'un seul coup, Von Karch découvrait deux choses dans l'article humoristique : D'abord, que la célébrité de Miss Veuve avait traversé l'Atlantique, et que, par suite, son propre nom devait être fâcheusement connu. Ensuite, que Miss Veuve, bien loin de succomber à la blessure reçue dans l'enceinte du palais impérial, avait démontré, quelques jours après l'aventure, une vitalité très impressionnante sur les quais de Hambourg.

Mais Miss Veuve en bonne santé, n'était-ce pas la possibilité de voir reparaître François de l'Étoile. Et l'ingénieur qui maniait les ondes hertziennes, se rirait d'un navire comme le *Fraulein*.

Réflexion qui justifiait parfaitement l'humeur de dogue dont l'espion régala serviteurs, matelots et captifs durant toute la journée.

Il se promenait sur le pont, jetant des regards inquiets vers la voûte céleste; se retournant brusquement ainsi qu'un homme craignant d'être attaqué par surprise, empoignant une longue-vue pour examiner la moindre embarcation sortant du port, donnant enfin toutes les marques d'une anxiété inexplicable.

Cependant, le soleil s'abaissa sur l'horizon, s'engloutit dans une suprême irradiation de pourpre et d'or, et presque subitement la nuit se fit.

Dans ces pays voisins de l'équateur, le crépuscule n'existe pas. Le ciel devint d'un bleu indigo intense, où scintilla l'éternelle farandole des étoiles.

Or, l'obscurité régnait depuis une demi-heure, quand un matelot de vigie signala l'approche d'un canot venant de terre. Hélés selon l'usage, les rameurs de l'embarcation répondirent :

— Venons accoster le steamer *Fraulein*, amenons un visiteur attendu.

— Quel nom?

— Brumsen.

Von Karch se trouvait sur le pont. Il bondit à la coupée et cria :

— Abordez, abordez, Brumsen. Je vous attendais avec impatience.

Un instant après, la barque se rangeait le long du bordage. Une silhouette humaine se dressait, escaladait l'échelle avec la prestesse d'un clown, et sautant sur le pont se plantait devant Von Karch en disant :

— M. Von Karch.

Celui-ci ne put retenir une exclamation stupéfaite.

Brumsen était grand, sec, solidement charpenté, âgé d'environ quarante ans. Le nouveau venu en comptait peut-être seize. C'était un jeune métis à la physionomie moqueuse, vêtu du pantalon mexicain ouvert sur le côté de la jambe, et agrémenté de boutons dorés, la taille emprisonnée dans une large ceinture de soie, sur laquelle bouffait une chemise de laine, agrémentée de broderies filigranées d'or. Le visiteur tenait respectueusement à la main, sa coiffure, une simple toque de drap brodée également.

— Mais vous n'êtes pas Brumsen, réussit enfin à prononcer l'espion.

L'autre s'inclina, et dans le baragouin étrange de la côte du centre Amérique, véritable *sabir* composé de mots espagnols, français, anglais, voire même hollandais :

— Silence, conduis-moi dans ta cabine. Les autres n'ont pas besoin de savoir pourquoi je le remplace.

Impressionné par le ton du métis, Von Karch murmura cependant :

— Au moins, apprends-moi ton nom.

— Manuelito. Cela ne te renseigne pas. Tu comprendras seulement quand j'aurai parlé.

L'espion hocha la tête à plusieurs reprises. La défiance, incessamment en éveil chez cet être de ruse, lui soufflait tout bas qu'il y avait peut-être imprudence à consentir au tête à tête demandé par l'inconnu. Il prononça lentement :

— Tu sais que je porte une cotte de mailles à l'épreuve du meilleur poignard, et que ma main ne quittera pas mon revolver.

Le gamin se prit à rire franchement.

— Je me doutais bien que tu ne m'accorderais pas aisément ta confiance. Fais-moi fouiller par tes matelots. Tu seras certain que je n'ai aucune arme offensive ou défensive.

Cette fois, le visage de l'Allemand s'éclaira.

— Viens donc, car aussi bien, j'ai hâte de savoir pourquoi Brumsen se fait suppléer à notre rendez-vous.

Manuelito le suivit, examinant le navire avec la curiosité d'un terrien se trouvant par hasard à bord d'une de ces villes flottantes que sont les modernes steamers.

Les coursives parcourues, Von Karch poussa la porte de la cabine réservée à son usage, et s'effaçant :

— Entre, commanda-t-il.

L'espion et son visiteur se trouvèrent seuls en présence. Sans être interrogé, Manuelito, s'empressa de prendre la parole.

— Avant tout, laisse-moi te dire pourquoi Brumsen avait en moi la confiance que l'on marque à un jeune frère. Il faut cela pour que tu comprennes que, ne pouvant venir lui-même, il a pensé à m'envoyer vers toi.

Et sur un signe de consentement de son interlocuteur :

— J'aime l'or. L'idole que l'on adore dans le temple de mon pays, Errinac, portait une couronne de ce métal. A quoi bon ce cercle d'or sur la tête d'une figure de bois, alors que des êtres bien vivants en pourraient extraire mille satisfactions. Une nuit, je me glissai dans le temple, je pris la couronne. Seulement un *padre* (prêtre) m'aperçut sans me reconnaître, donna l'alarme, et tout le village se lança à ma poursuite. Je m'étais enfui, vous pensez bien.

— Oui, continue.

La voix de l'espion s'était radoucie. En apprenant qu'il avait devant lui un voleur, la tranquillité était rentrée dans l'âme de l'ancien comte de Kremern.

— J'avais une certaine avance, reprit le métis, mais j'aurais certainement été rejoint, parce que les poursuivants, étendus en un vaste demi-cercle, me barraient la route dans toutes les directions. Et déjà, tapi dans des buissons, j'essayais du doigt la pointe de ma navaja, avec la pensée d'en abattre plus d'un avant de tomber moi-même, quand on me toucha le bras ; je poussai un léger cri, je brandis mon couteau, une voix arrêta mon mouvement, elle disait :

— Donne-moi la couronne d'or. Quand les traqueurs arriveront à ta hauteur, tu te mêleras à eux, et nul ne soupçonnera que tu es le voleur.

J'hésitais, je l'avoue, malgré le danger imminent. Avoir couru pareils risques pour confier le résultat de son larcin à un étranger, cela me paraissait dur.

— Mais vous ? fis-je surtout pour gagner du temps.

— Moi, je leur échapperai.

— Alors pourquoi ne m'indiquez-vous pas le moyen que vous emploierez.

Il se mit à rire.

— Parce que toi, tu ne voudrais pas l'utiliser. Je m'enfoncerai dans la forêt Ah-Tun. Veux-tu m'y suivre ?

— Ah non ! m'écriai-je.

48

Herr Von Karch interrompit le narrateur.

— Pourquoi refusais-tu ce moyen de salut?

Le métis répondit :

— C'est vrai, j'oublie; tu ne sais pas toi, tu viens d'Europe; tu ne connais pas les Pah-Ah-Tun.

— Je l'avoue.

— Ce sont les anciens dieux des Mayas. Avant que les Espagnols aient introduit le catholicisme chez nous, il y avait les Dieux *blanc, noir, rouge et jaune*, commandant au vent, à la pluie, au soleil, aux récoltes. Leurs temples se dressaient sur des éminences artificielles entourées de bois sacrés ou Ah-Tun, dont les hommes, les prêtres exceptés, ne devaient pas fouler le sol sous peine de mort.

— Tu es catholique, Manuelito, et dès lors tu ne crois plus à ces Pah-Ah-Tun.

Le jeune métis secoua énergiquement la tête.

— Oh! j'adore la Madone. Je brûle des cierges en son honneur; seulement elle est très bonne et pardonne toujours, m'a-t-on dit à l'école. C'est pour cela que j'ai volé sa couronne; tandis que mécontenter les Pah-Ah-Tun cela porte malheur; ils ne pardonnent pas, eux.

La religion composite des Mayas tenait tout entière dans cette réponse. Sans doute, Von Karch avait entendu exprimer déjà des idées analogues, car abandonnant ce sujet, il ramena l'entretien au point intéressant :

— Tu ne te souciais donc pas d'entrer dans le bois interdit?

— Au prix d'une fortune, j'aurais refusé.

L'homme me répéta alors :

— Donne ta couronne, je la briserai. Je vendrai l'or à Merida, et sous cinq jours, les ténèbres couvrant la terre, viens m'attendre à la lisière du bois Ah-Tun. Je te remettrai l'argent. Les pièces d'or se ressemblent toutes. Personne ne reconnaîtra en elles le diadème de la Sainte Madone.

— Et cet homme?

— C'était Brumsen. Il tint parole. Nous restâmes en rapports. Il se livrait, m'apprit-il, à des méditations, à des invocations aux dieux des quatre couleurs dans la forêt interdite. Souvent, il avait besoin d'objets que je me chargeais de lui procurer et que je lui rapportais à la lisière du fourré. Il y a environ une semaine, lassé de me sentir en poche l'argent du vol et de n'oser le dépenser à Errinac, où l'on se serait étonné de me voir si riche, je prétextai des affaires à Merida. Dans une capitale, où la monnaie roule de toutes parts, on ne sait de quelle poche elle sort. Bref, je m'amusai follement; la sainte Madone m'avait sûrement pardonné de l'avoir débarrassée d'une couronne qui ne lui servait à rien, quand hier, je me trouvai face à face avec Brumsen.

— Que fais-tu ici?

— J'ai obtenu des Pah-Ah-Tun que mes amis et moi puissions habiter le bois interdit.

C'est un savant, ce Brumsen, remarqua d'un air pénétré l'adolescent au teint cuivré. Je ne m'étonnai pas de son influence sur les Pah-Ah-Tun. Du reste, j'avais eu beau surveiller les alentours du bois, jamais rien n'y avait décelé sa présence. Il avait donc des moyens à lui d'en sortir, des moyens échappant aux yeux des hommes, car tous les gens d'Errinac et de la campagne veillent. Ils considèrent que leur bonheur est attaché au respect de la propriété des dieux. Aussi, je murmurai :

— Ah! si c'était vrai, on pourrait sans danger piller tout le pays!

Il se mit à rire :

— Sans doute, sans doute, mais j'ai mieux que cela. Les dieux des quatre couleurs m'ont révélé l'existence d'un trésor, et je viens à la rencontre d'amis que j'ai prévenus.

— Oh! une troupe ne passera pas inaperçue.

— Si, car les dieux m'ont indiqué une route souterraine que personne ne soupçonne.

Puis, me frappant sur l'épaule :

— Si tu as confiance en qui t'a sauvé la vie, me dit-il, sois des nôtres, tu auras ta part, une part te permettant de vivre dans le plaisir le reste de tes jours.

— En quoi ai-je mérité une proposition si tentante?

— Tu es un garçon de cœur et puis tu es connu à Errinac; personne ne s'étonnera de te voir errer dans la campagne, tandis qu'un étranger...

— Ma foi, plaisanta le métis avec une grimace simiesque, du plaisir pour le restant de mes jours; la réalisation d'un rêve enfin; et puis la confiance que m'inspirait mon interlocuteur, bref je me décidai.

— Tu es sûr de l'assentiment des Pah-Ah-Tun?

— Révélation du trésor et de la route mystérieuse.

— C'est juste, je t'appartiens; j'irai où iront tes amis.

Voilà comment nous dînâmes ensemble; je ne me doutais pas alors que ce matin...

Le jeune habitant d'Errinac s'interrompit :

— Non, il faut raconter avec ordre. Ce matin, Brumsen reçut votre dépêche. Il me la montra : Ce sont mes amis, me dit-il. Ils m'attendront ce soir, en rade de Progreso, à bord du navire *Fraulein ;* tu m'accompagneras, je te présenterai.

Après quoi, nous sortîmes. Mais soudain, comme nous revenions déjeuner, au moment de rentrer en ville, il s'affaissa ; le soleil peut-être ; il est dur pour les gens d'Europe ; et il est mort dans mes bras.

— Mort ?

Ce fut un rugissement qui s'échappa des lèvres de Von Karch. L'annonce du trépas de son complice l'avait atteint en plein cœur.

— Oui, mort ; mais ayant eu le temps de me remettre ce portefeuille.

Le Yucatèque jeta sur la table un carnet qui ressemblait étrangement à celui que Tril avait arraché à Brumsen.

— Il contient, reprit le métis d'un ton dévotieux, le plan de la voie souterraine révélée par les Pah-Ah-Tun, et les signes permettant de ne s'y point égarer. Mais avant d'expirer, mon sauveur a encore prononcé une phrase que je dois vous répéter.

— Une phrase, laquelle ?

— *Défiez-vous de l'homme, patron. Je me trompe peut-être ; mais je sens que je meurs par lui.*

Les paroles tombèrent comme un glas. Von Karch devint très pâle ; d'un geste machinal, il passa la main sur son front où perlaient des gouttelettes de sueur.

— Il a dit cela ? bégaya-t-il.

— Il l'a dit.

Puis, avec la courtoisie souriante d'un garçon déjà au service de son interlocuteur, Manuelito acheva :

— A présent, tu sais comment je remplace Brumsen, comment à sa place je m'offre à vous guider sur le fleuve souterrain qui conduit au Cenote.

Et à part lui, le jeune métis, dont le portefeuille de défunt Brumsen a révélé la véritable identité, se confia :

— Dommage que le patron doive prendre Von Karch vivant, sans cela, quelle jolie occasion d'en débarrasser le monde !

C'était le jeune Tril, qui, déguisé supérieurement, venait se mettre aux ordres du bandit, afin de faciliter l'exécution d'un plan élaboré avec François de l'Étoile, après l'aventure de la posada del Cenote Blanco.

Tout ce qu'avait raconté le gamin touchant les Pah-Ah-Tun et la forêt était rigoureusement exact. Des notes, prises par Brumsen, lequel était décidément un coquin de précaution, avaient fourni le thème de l'étrange récit dont Von Karch venait d'être régalé par le faux Manuelito.

L'Allemand ne soupçonna pas la tromperie. Un gamin voleur et cynique devait lui inspirer confiance. Il se fût défié d'un honnête homme, mais d'un coquin, pas possible!

Le Yucatèque jeta sur la table un carnet.

Et puis il faut le reconnaître, Tril, stylé par François, avait joué son rôle en conscience.

Tous deux étaient assis l'un en face de l'autre. L'Allemand réfléchissait, répétant de loin en loin la phrase dernière attribuée à Brumsen :

— Défiez-vous de l'homme!

Pourquoi le mourant avait-il dit cela? L'homme! C'était Miss Veuve à n'en

pas douter. François vivant, rien d'impossible à ce qu'il eût appris la destination du *Fraulein;* un navire est un complice que l'on ne dissimule pas
aisément.

Certes, sur la rivière souterraine, dont le défunt avait déjà signalé l'existence dans sa lettre précédente, on dépisterait l'ingénieur. Les aéroplanes ne
peuvent rien dans un tunnel; il fallait d'ailleurs en posséder le plan... Mais
l'homme restait à craindre, tandis que le canot du steamer transporterait Von
Karch, ses prisonniers, les bandits à sa solde, du *Fraulein* à l'embouchure du
mystérieux cours d'eau.

A cette heure peut-être, au plus haut du ciel, l'aéroplane surveillait le
navire. Soudain, Von Karch se frappa le front.

— Il s'agirait de profiter de la nuit; la nuit est favorable à qui se cache! Attendre encore un jour, avec l'angoisse de l'ennemi invisible; non,
cela je ne le puis pas.

Il donna un coup violent sur la table.

— Parbleu! continua-t-il répondant à une pensée intérieure, cela le dis-
trairait... personne ne songerait à surveiller la lagune.

Il se prit à rire.

— Arrive, mon ami Manuelito, je vais envoyer quelques hommes à terre,
une idée amusante qui m'est venue. Promène-toi ou dors; car nous gagnerons la rivière cette nuit même. Brumsen ne t'a pas menti; tu as aujour-
d'hui gagné la vie de plaisirs que tu rêves.

Et, suivi par le jeune homme, il remonta sur le pont.

Le pseudo Manuelito, qui ne le quittait pas de l'œil, le vit entraîner
à l'écart quelques hommes que le gamin se souvint avoir vus à bord de
la *Luisa* : Siemens, Petunig, Stolz, Lorike, Fritzeü, et leur parler avec
animation.

Après quoi, ceux-ci se dispersèrent pour se rassembler bientôt à la coupée chargés de paquets de dimensions respectables.

Un canot fut mis à la mer. Les coquins y descendirent et l'embarcation
déborda, s'éloignant dans la direction du port, dont les lumières dessinaient
le pourtour.

Von Karch la regarda jusqu'à ce qu'elle eût disparu dans l'obscurité,
puis il appela du geste les drôles demeurés sur le navire. Le faux métis,
accoudé sur le bastingage d'avant, put percevoir ces répliques :

— Que l'on avise les prisonniers d'être prêts à quitter le navire cette
nuit.

— Bien. La jeune fille est sur le pont avec Fraü Margarèthe.

— Celles-ci je m'en charge. Prévenez les autres

Et les misérables serviteurs de l'espion se précipitant, Von Karch se dirigea vers l'arrière.

Là, Miss Edith et Margarèthe, penchées au dessus de l'hélice, se tenaient enlacées. Elles ne parlaient pas. Dans le grand silence de la nuit, rythmé seulement par le choc amolli des vagues sur le flanc du navire, donnant l'impression de la respiration géante de l'Océan, elles éprouvaient un apaisement délicieux.

Le jour, elles pensaient. Elles songeaient à François vivant, cherchant à les joindre et à les sauver. Mais à ces idées consolantes, se mêlait une hypothèse douloureuse. Le salut d'Edith aurait pour corollaire la punition de Von Karch. Si coupable qu'il fût, cet homme était le père de Margarèthe. Et pour toutes deux, à des degrés différents, la soif de la liberté se sombrait de la crainte de la justicière conclusion.

Mais les ténèbres tombées sur la terre, elles ne pensaient plus. Il semble qu'avec la pâleur des lueurs nocturnes, les pensées prennent des nuances moins ardentes. Elles deviennent imprécises, irréelles. On croirait en quelque sorte exercer son cerveau sur une personne étrangère. L'ombre nous cache à nous-mêmes.

De là, un calme bienfaisant, une détente de l'être apaisé.

Les rêveuses créatures tressaillirent à l'approche de Von Karch. Comme malgré elles, pivotant sur place, elles firent face à l'Allemand. Celui-ci s'inclina avec une courtoisie affectée :

— Ne vous dérangez pas, je vous prie. Je n'ai qu'un mot à vous dire.

Et elles, l'interrogeant de regards peureux, ayant appris, hélas, que les mots du misérable causaient des blessures, il reprit :

— Cette nuit, nous quitterons ce navire; donc demeurez éveillées. Je suis heureux de voir que vos désirs avaient devancé les miens, car ma sollicitude pour vous eût été péniblement impressionnée d'être contraint de troubler votre repos.

Sans attendre de réponse, il les quitta. Marga murmura dans un chuchotement :

— Quitter le navire!

Edith approuva de la tête :

— La nuit. Il ne pourra pas voir.

Elle s'interrompit avec une légère exclamation de frayeur.

Manuelito, qui avait suivi à distance l'espion, était debout auprès des deux amies. Il appuya l'index sur ses lèvres.

— Pas de questions; trop dangereux. Prière de Miss Veuve : une fois embarquée sur le canot qui vous conduira vers la terre, Miss Edith devra se tenir debout à l'arrière.

— Pourquoi?

La question tomba dans le vide. Manuelito s'était éloigné, et sa silhouette disparaissait sous le couloir de la passerelle.

Comme pour marquer un éloignement soudain aux passagères, le jeune garçon gagna l'avant du navire, et s'asseyant sur un rouleau de cordages, il parut s'endormir.

Une heure environ, il demeura ainsi. Un bruit de rames arriva jusqu'à lui.

— Voilà les drôles qui reviennent; je voudrais bien savoir quelle louche besogne ils ont accomplie. Enfin, faisons le signal.

Il s'était mis debout; d'un étui il sortit une cigarette, la plaça entre ses lèvres et murmura encore :

— Il n'y a pas le moindre vent, c'est parfait!

Il se pencha sur le bastingage. Un craquement se fit entendre, et une petite clarté brilla. Le gamin venait d'enflammer une *cerilla* (allumette bougie).

Un instant il la tint au bout des doigts, puis il la lâcha; la mince baguette de cire décrivit une trajectoire et s'éteignit dans la mer.

Deux fois encore, le singulier fumeur répéta la manœuvre. Seulement de la dernière « cerilla » il avait allumé sa cigarette. Après quoi, il s'accouda sur le bastingage et chuchota :

— Le patron sait que nous allons filer d'ici.

L'embarcation qui ramenait les complices de Von Karch accostait à ce moment. Du pas nonchalant d'un désœuvré, Manuelito se rapprocha de la coupée.

Von Karch s'y trouvait déjà. Aux hommes qui remontaient sur le pont, il demanda :

— C'est fait?

— Oui, répondit Petunig.

— Sans difficulté?

— Pas la moindre. Ces gens-là sont la providence des gaillards comme nous. Pas un veilleur; il faut que les paresseux soient bien naïfs dans ce pays. On emporterait les docks et les entrepôts sans qu'une mouche criât à la garde.

— Et l'essence?

— Distribuée. Ne vous inquiétez pas. D'ici à un quart d'heure, vous verrez une belle flambée.

Manuelito tressaillit. Il avait compris la manœuvre de Von Karch. Pour détourner l'attention de son navire, il venait de préparer l'incendie des hangars du port de Progreso. Pour la réussite de ses combinaisons, l'espion ne craignait pas de déchaîner un désastre.

Les poings du jeune garçon se crispèrent. Dans ses yeux flamba une lueur ardente de généreuse colère. Mais il se contint.

En cet instant, il était l'un des acteurs d'une partie mortelle. La moindre imprudence eût pu être fatale non seulement à lui, mais aussi à ceux dont il servait la cause. Il fallait sourire au crime, endormir le criminel dans une trompeuse sécurité. Il aurait le courage du sourire. D'ailleurs, Von Karch s'agitait.

— Que l'on embarque les prisonniers; vous, mes gaillards, embarquez également.

Il désignait les bandits sans scrupules recrutés naguère pour la surveillance du Babelsberg. S'adressant au capitaine du yacht :

— Vous, capitaine, rejoignez le mouillage de Campêche et attendez-y mes ordres.

A ce moment, Von Karch aperçut Manuelito.

— Ah! te voilà, mon brave, embarque. L'instant est venu où le guide devient nécessaire. Tu seras récompensé, sois tranquille. J'ai tenu compte de la recommandation de Brumsen, je me suis défié de l'homme.

Le gamin, avec un empressement d'obéissance qui arracha à l'Allemand un geste approbateur, se laissa glisser dans le canot.

Mais là il marqua une indécision. Il enjamba les bancs, gagnant l'arrière. Un des bandits lui ayant fait observer que l'arrière était réservé aux passagers, il revint vers l'avant.

Ces mouvements furent réglés de telle sorte que Manuelito passa auprès de Miss Edith, à la seconde même où la jeune fille prenait pied dans l'embarcation. Il la heurta même légèrement, il la soutint de la main, et put ainsi lui glisser à l'oreille ce mot, rappelant les instructions, formulées une heure plus tôt.

— Debout!

Puis il se décida enfin à gagner l'extrême pointe avant, au milieu des quolibets des bandits se gaussant de sa maladresse.

— Eh! eh! tu as l'air d'un fameux marin, garçon!

— Il a servi dans la marine de terre.

49

— Sur les cuirassés du plancher des vaches; c'est là une flotte étonnante où l'on ne compte jamais de naufrages.

Sans doute l'amour-propre du pseudo-métis souffrait cruellement de ces railleries, car le petit Mexicain se cacha le visage de ses mains. Les rires redoublèrent.

Aucun des railleurs ne remarqua qu'entre ses doigts légèrement écartés Manuelito fixait un regard aigu sur l'arrière où prenaient place les prisonniers, Jim, Peterpaul et lord Gédéon sur le banc; Margarèthe et Edith sur la tablette de poupe; la jeune Allemande chargée de la manœuvre du gouvernail.

Von Karch s'embarque à son tour. Les coquins qu'il emmène avec lui, se sont mis aux avirons, attendant qu'il lui plaise de donner l'ordre du départ.

Il regarde dans la direction du port. C'est de là-bas que doit partir le signal.

Soudain, un éclair rougeâtre s'élance d'une toiture. C'est la première flamme d'incendie qui rutile dans la nuit. Puis, presque aussitôt, des lueurs sanglantes apparaissent le long du port. Les bandits ont bien exécuté les ordres de leur chef. Le feu éclate en dix endroits à la fois, encerclant le bassin d'une bordure embrasée.

— Nage, commande l'Allemand d'une voix triomphante.

Il se félicite de son idée. Qui donc s'occupera de son navire, alors que s'embrasent les magasins de Progreso. Constructions en bois, marchandises de toutes sortes, quels éléments pour le feu !

Déjà la coque du *Fraulein* s'estompe dans la nuit. Les prisonniers, ignorant la cause du sinistre, considèrent le feu lointain qui se propage avec une inconcevable rapidité. A cet instant, Margarèthe chuchote, les lèvres tout près de l'oreille de Miss Edith :

— La curiosité, vous voulez voir, tout naturel de vous mettre debout: vous vous appuierez sur moi.

Et comme tirée d'un rêve, la jeune fille tressaille. Elle se dresse sur la tablette, et là, la main appuyée à l'épaule de sa compagne, elle fixe sur l'incendie des regards étranges; on la croirait hypnotisée par les flammes de pourpre et d'or déferlant dans la nuit ainsi que des vagues ardentes. Son mouvement n'a surpris personne. Les rameurs eux-mêmes tournent la tête vers le spectacle terrifiant.

Seule, Margarèthe paraît absorbée par la conduite du gouvernail. Grâce à son attention, l'embarcation franchit sans encombre une passe étroite trouant

la bande sablonneuse, qui abrite les lagunes contre les houles de la mer.
Elle flotte à présent sur des eaux calmes qu'à peine ride une brise légère.
Elle file, laissant un sillage allongé, vers les falaises de la côte, que troue
une cavité sombre dont les proportions grandissent à chaque coup de
rame.

Margarèthe sent trembler sur son épaule la main de son amie. Elle devine
ce qui se passe dans l'esprit d'Edith.

Dans quelques minutes, le canot touchera la côte, et les raisons de l'avis
étrange donné à la jeune fille ne se révèlent pas. Est-ce que ce qu'elle ignore,
qu'elle attend avec la foi aveugle en une promesse faite au nom du fiancé,
est contrecarré par les circonstances? Est-ce que *cela*, ce *cela* inconnu
n'aura pas lieu?

Et brusquement, toutes deux demeurent saisies, figées dans un étonnement qui les paralyse, leurs pensées courant dans leurs têtes ainsi que des
bêtes affolées.

Du ciel noir vient de jaillir un faisceau de lumière blanche, crue, aveu-
glante, qui s'est posé sur la barque, l'emprisonnant dans un disque éblouissant.

Les rameurs lâchent leurs avirons. Von Karch se dresse au milieu de
l'embarcation.

Mais nul n'a le temps d'exprimer sa surprise. Dans le noir, au-dessus de
leurs têtes passe un grondement étrange, surnaturel. On dirait un vent
d'orage hurlant au fond des ténèbres.

Et puis une forme apparaît à l'arrière de la barque, fond sur elle.

Un cri d'épouvante jaillit de toutes les lèvres. Terreur intempestive.
L'objet inexprimable a passé, personne n'a le moindre mal.

Seulement, Edith, tout à l'heure debout à l'arrière, n'est plus là. Elle a
disparu dans l'obscurité, enlevée par l'inqualifiable assaillant.

Et à la même minute, Margarèthe penchée à l'oreille de Lord Fairtime,
Von Karch frémissant de colère, murmurent les mêmes mots :

— C'est *lui*.

Oui, c'était lui qui, mettant à profit les renseignements fournis par
le portefeuille de Brumsen, venait d'arracher sa fiancée à son terrible
adversaire.

Edith l'apprenait à cette heure. Étendue au fond de l'aéroplane, elle écoutait François qui, agenouillé auprès d'elle, lui parlait doucement.

— Pardonnez-moi, pardonnez-moi la peur que j'ai dû vous causer; l'heure
était grave. Si je n'agissais, le misérable Von Karch vous entraînait dans un

dédale de canaux souterrains, où il vous aurait mise à mort, sans que je pusse vous secourir.

— Mais mon père, mes frères...?

— Séparés de vous, ils seront épargnés.

— Comment, dites, je vous en prie, François; mes idées se brouillent. Je suis heureuse de vous voir là près de moi et je tremble pour eux. Ah! parlez; je vous croirai. Rendez-moi la lucidité d'esprit.

Toute la tendresse de la jeune fille vibrait dans cet appel à l'ingénieur. Elle lui remettait le soin de diriger sa pensée, avec la plus adorable confiance.

— Parlez et je croirai.

Et François ému jusqu'aux larmes, expliquait, s'efforçant de donner à son raisonnement la précision mathématique semeuse de conviction.

— Pour des gens comme nous, Edith, comme vous, comme votre père, la mort en elle-même est peu de chose. Elle nous inspire la terreur, alors surtout qu'elle frappe nos aimés. Notre crainte du trépas n'est pas en nous, elle nous est extérieure, si je puis dire ainsi.

— Dites, dites, François, je vous comprends.

— Von Karch est un coquin trop remarquable pour ne pas sentir cela. Aussi, son but, en vous prenant comme otages, a été, non seulement de parer mes coups, mais encore de me vaincre.

— De vous vaincre, se récria-t-elle dans un magnifique élan, tout son cœur se révoltant à l'idée que l'élu de sa tendresse pût succomber dans la lutte entreprise au nom de la justice!

— En me frappant au cœur, Edith. Pourrais-je songer à me réhabiliter de l'accusation qui pèse sur moi, si votre existence devait être la rançon de mon honneur?

Elle le considéra avec un adorable sourire. Comme il était à elle! Enfin, elle dit doucement, parlant ainsi que l'on parle en rêve.

— Vous le devriez, mais je comprends que vous ne le pourriez pas.

— Eh bien, cet homme a la faiblesse de tous les êtres vils. Il croit ma volonté surbordonnée à votre seule existence. Il me juge comme il se jugerait lui-même; le danger de votre père, de Péterpaul, de Jim, selon lui, n'arrêterait pas ma vengeance. Vous seule lui garantissiez un rempart invincible. Voilà pourquoi j'ai voulu vous tirer de ses mains.

— Mais s'il ne considère pas mon père et mes frères comme des otages suffisants...

François l'interrompit:

— Je suis deux en une seule âme, Edith, je suis moi, mais je suis vous:

LA JEUNE FILLE SE DRESSA, LA MAIN APPUYÉE SUR L'ÉPAULE DE SA COMPAGNE.

Von Karch épargnera nos chers prisonniers, parce qu'il les estime otages assez précieux pour faire plier votre volonté. Et si vous pliez, il se rend compte que je plierai aussi. En vous séparant de votre famille, il m'était impossible hélas de tenter l'évasion de plus d'une personne, je suis sûr que j'ai mis obstacle à toutes les véellités de meurtre qui ont pu germer dans le cerveau de ce misérable.

Deux larmes jaillirent des yeux bleus de la jeune fille, et simplement, mais avec un accent où passa son âme tout entière, elle dit :

— Merci.

Et comme tous deux se regardaient, pénétrés d'une émotion infinie, la petite Suzan, qui les observait à la dérobée depuis un moment, se glissa auprès d'eux.

Elle joignit ses mains menues, tout son corps gracile frissonnant.

— Miss, dit-elle, quand vous pleuriez à Londres, au sortir de Newgate, je me suis efforcée de vous rendre le courage. Aujourd'hui, c'est mon cœur qui pleure, et je viens chercher le courage auprès de vous.

— Oh! Suzan, mon enfant, ma petite et vaillante amie, que voulez-vous de moi?

— Dites-moi que Tril ne court aucun danger.

D'un geste brusque Edith attira la fillette sur sa poitrine et la couvrant de baisers.

— C'est un adroit et décidé garçon que Tril; il m'a semblé au mieux avec notre ennemi commun. Donc il a réussi à se faire passer pour un métis du pays, donc il n'est pas en danger.

— Et le brave garçon nous indiquera lui-même la position de l'endroit mystérieux où Von Karch va conduire ses prisonniers, ajouta l'ingénieur. Deux jours de navigation souterraine sont nécessaires. Retournons à notre campement durant ces deux journées. La nuit qui les suivra, notre aéronef reprendra son essor. Il planera au-dessus de la région qui environne Errinac, le bourg Maya, et c'est toi mon enfant, qui relèveras le signal de Tril, qui nous diras : il est là, ils sont là!

CHAPITRE VI

LE TEMPLE DES PAH-AH-TUN

Un immense entonnoir rocheux, au fond duquel coule paisiblement une rivière souterraine. Ses pentes, presque verticales, ne se prêtent à l'escalade que par un étroit sentier en lacets, qui va se perdre parmi des végétations se penchant vertigineusement sur l'abîme, tel est le cenote d'Ah-Tun, dont il a été question dans la conversation suprême de Brumsen et de Tril.

La rivière sort d'un tunnel d'ombre, traverse le Cenote et s'engouffre dans un autre tunnel d'ombre.

Elle coule presque noire, et dans l'eau ténébreuse passent des formes étranges, antédiluviennes pourrait-on dire, car les alligators, ces crocodiles américains, qui pullulent dans le cours du rio (rivière) sont les derniers spécimens des Icthyosaures, les sauriens des âges préhistoriques.

Des bruits dont on ne saurait préciser la nature, s'élèvent dans le gouffre, s'y propagent, s'y éteignent. Viennent-ils des galeries souterraines livrant passage à la rivière? Descendent-ils de là-haut, où les verdures parent la terre, où le soleil brille, où les oiseaux chantent?

Sont-ils l'appel de chasse des alligators affamés? Sont-ils la répercussion de souterraines avalanches?

D'UN COUP, AVEC LA RAIDEUR D'UNE SOLIVE, BRUMSEN TOMBE SUR LE SOL.

Les sons, déformés par mille échos, ne sont plus reconnaissables. Ils se confondent en un accord sinistre, grondement lugubre de ce royaume des ténèbres.

Mordant sur le lit du rio, un cube de granit adossé à la paroi du Cenote, dresse à dix mètres au-dessus du niveau liquide, une plate-forme sensiblement horizontale.

Par quel phénomène ce bloc a-t-il échappé à l'érosion qui, au cours des siècles, a assuré la formation de l'abîme? Ceci fait partie des mystères géologiques auxquels les savants s'évertuent vainement à trouver une explication.

Ce que l'on peut dire, c'est que l'homme s'est servi de ce piédestal créé par la nature.

Le sentier escaladant la pente, part de la plate-forme.

Mais du tunnel où disparaît le fleuve souterrain, sort une rumeur sourde. Elle s'enfle, grossit; on discerne des voix rudes, des clappements d'avirons sur l'eau. Puis une lueur tremblotante apparaît, se précise; elle est produite par une lanterne attachée à la proue d'un grand canot.

— Nous sommes arrivés, clame la voix juvénile de Tril. Voyez la marque sur le rocher; la pointe se dirige vers la surface du sol.

— C'est bien, débarquons, riposte Von Karch, secoué par une fureur chronique depuis qu'Édith lui a été enlevée.

La jeune Anglaise disparue, l'espion a été pris d'épouvante. Sur ses ordres affolés, les rameurs ont « nagé » de toute la puissance de leurs bras.

Dans le couloir souterrain qui amène le rio à la mer, Von Karch a paru se ressaisir.

Le courant est faible, régulier. On le remonte sans trop de peine, stoppant chaque fois qu'une galerie latérale se présente afin de reconnaître le conduit indiqué par le Croc reproduit sur le plan venant de Brumsen.

Parfois, dans les premières heures du voyage, on entend des voix féminines devisant dans le doux idiome Maya, harmonieux et sonore comme la plus exquise musique.

Ceci indique que l'on va passer en vue de lavoirs souterrains, ou d'aiguades fréquentées.

Alors on rame avec prudence. Il ne faut pas attirer l'attention des habitants sur des voyageurs suivant une voie que personne ne suppose pouvoir être empruntée.

En de certains endroits, il est nécessaire de stopper, d'attendre que les bavardes aient repris le chemin de la surface, car sans cela, il serait impossible de se dissimuler.

50

Cela dure, dure; les heures sont longues sous cette voûte de ténèbres, où le miroitement de la lanterne sur l'onde qui glisse noire, huileuse, jette une impression angoissante de plus.

Ce sont des catacombes dont le sol est mobile. Ce sol fuit sous le regard, faisant naître une hallucination de vertige. Il semble que l'eau attire, entraîne; celui qui voudrait persister à fixer des yeux cette coulée liquide finirait certainement par obéir à l'inexorable attirance.

Enfin, l'on a débouché dans une sorte d'étang souterrain, formé par un écartement des parois. Là, deux crocs en croix, gravés dans le roc, indiquent clairement un lieu de halte.

Si pressé que soit Von Karch, il comprend que ses hommes ont besoin de repos. On campera quelques heures sur la berge étroite qui borde le courant. Des factionnaires veilleront à tour de rôle pour écarter les alligators, lesquels décidément pullulent dans cette étrange et terrifiante rivière.

L'espion s'est assis à l'écart. Il songe. Il ressasse la pensée qui ne le quitte plus depuis Progreso. François de l'Etoile est sur sa trace. Il l'a rejoint. Il lui a enlevé Edith. Que fera-t-il plus tard?

Et comme l'a prévu l'ingénieur, un raisonnement logique devant fatalement s'imposer à tous les cerveaux capables de raisonner, il se dit qu'il doit prendre soin de l'existence de ses prisonniers. Par eux, en effet, il peut imposer sa volonté à la jeune fille. Et imposer sa volonté à une fiancée, n'est-ce pas avoir barre sur le futur?

Cela l'ennuie de faire grâce. Il lui eût été si doux de répondre au geste de François par un autre précipitant dans la mort lord Gédéon, ses fils Péterpaul et Jim!

Huit heures de sommeil ont rendu force et courage à tous. On se rembarque. La route est reprise et, vers la fin de la seconde journée, les navigateurs souterrains débouchent dans le Cenote d'Ah-Tun.

Au-dessus de l'ouverture supérieure du Cenote la lune brille au ciel. Le ciel, au lieu de la voûte de pierre sous laquelle on vit depuis quarante-huit heures. C'est une joie délirante pour les bandits.

Les captifs eux-mêmes ont le sentiment de respirer plus facilement.

Ces derniers, sur l'ordre de l'espion, gravissent une échelle de corde, dont les crampons de fer ont été fichés à la crête du massif de granit surplombant de dix mètres la surface des eaux. Ils entendent Von Karch dire d'un ton rude :

— Les prisonniers garderont les couvertures; ils camperont ici jusqu'à nouvel avis.

Et aux bandits :

— Vous autres, vous vous échelonnerez sur le sentier montant au sommet. A la moindre tentative de rébellion, tuez. Mais aucune brutalité s'ils sont raisonnables, aucune... C'est entendu.

— Oui, répondit Pétunig, comme toujours orateur de la troupe.

Son organe paraît chatouiller agréablement les oreilles de l'espion.

— Ah! c'est toi, Pétunig. Tu as bien fait de parler; tu commanderas en mon absence! Vous entendez tous. Obéir à Pétunig comme à moi-même. Tu es un garçon intelligent, je compte sur ton doigté... Toi, Manuelito, tu m'accompagneras.

Le gamin se redressa, très fier en apparence du choix de son chef, mais profitant de ce que celui-ci était un instant occupé par Pétunig qui le consultait sur la façon de diviser ses hommes, il s'approcha du bord de la plate-forme et parut s'intéresser aux manœuvres de deux hommes, demeurés dans le grand canot. Ces bandits, ayant ramené à eux l'échelle de corde, remontaient à la rame le Cenote, se dirigeant vers le point opposé à celui par lequel l'embarcation avait pénétré dans l'excavation.

— Où vont-ils donc? fit le pseudo-métis.

— Ils vont amarrer la barque hors de portée des prisonniers, répliqua l'un des assistants.

Ces répliques avaient attiré Margaréthe auprès de Manuelito. Dans la voix du jeune garçon, elle avait discerné comme un appel déguisé.

Sans doute, le guide de l'expédition attendait son mouvement, car entre deux exclamations soulignant les mouvements des conducteurs du canot, il susurra :

— Quand vous serez seuls ici, dites à lord Fairtime de lire ce qu'il a dans sa poche.

— Hein? fit-elle.

Mais ce monosyllabe fut couvert par une clameur triomphante du gamin :

— Bravo, ça y est; ils ont trouvé l'amarrage.

Ce qui fit converger tous les regards vers les opérateurs et permit au Mexicain de fantaisie d'adresser à sa compagne ce reproche :

— De la prudence donc.

Sans attendre une réponse, Manuelito rejoignit en deux bonds Herr Von Karch et s'engagea avec lui sur le raidillon montant vers le sol. Les bandits suivirent par groupes, et au fond du Cénote, deux silhouettes se montrèrent s'élevant peu à peu vers le sentier parcouru par leurs camarades. C'étaient les deux coquins qui venaient d'amarrer l'embarcation.

En peu d'instants, le bruit des pas, des conversations, s'éteignit. Les prisonniers restaient seuls au fond du gouffre, éclairés à peine par la lanterne du bateau qu'on leur avait laissée.

Et lord Fairtime ayant fouillé, sur l'avis de Margarèthe, dans les poches de son vêtement, en tira un papier qui, selon son expression, *n'aurait pas dû y être, car il ne s'expliquait pas comment il y était venu.* Ce papier déplié, exposé aux rayons de la lanterne, il lut :

« *Cette nuit, Miss Veuve connaîtra l'emplacement du Cénote de Ah-*
« *Tan où vous êtes. Courage. Espoir.* « *Tril* ».

Cependant, Manuelito escaladait le sentier sur les pas de Von Karch. Tous deux atteignirent l'orifice du Cénote, s'ouvrant à la surface du sol, ainsi qu'un cratère de trois à quatre cents mètres de diamètre.

L'Allemand et le pseudo-Américain se trouvaient seuls, les bandits étant demeurés en arrière, échelonnés par petits groupes sur le chemin sinueux.

La lune, peu élevée sur l'horizon, décrivait déjà sa courbe descendante, bien qu'il fût à peine dix heures du soir, et ses rayons obliques donnaient au paysage une apparence mystérieuse, presque féérique.

Les grands arbres, enlacés par les lianes ainsi que par des serpents gigantesques, formaient, au Cénote, une ceinture verdoyante, arrêtant les regards.

Mais sous les rayons lunaires, ils prenaient une vie inattendue. Il semblait que les branches se combattaient comme des bras, que les cimes se balançaient ainsi que des cimiers. C'était la forêt animée, sortie du cerveau de ces artistes de rêve que l'on nomme Gustave Doré ou Robida.

— Eh! grommela l'Allemand, voilà une forêt vierge en miniature. Comment dénicher là-dedans cet imbécile de Tiral?

Le jeune garçon haussa les épaules.

— Cela, je l'ignore. Je n'ai jamais passé la lisière du bois interdit, et le señor Brumsen ne m'a pas renseigné.

— Cherchons.

Entre les bords du Cénote et les premiers arbres s'étendait un espace nu, caillouteux, parsemé de plantes épineuses, cactus, cierges de l'Estacado, et autres.

Ils en firent le tour, sans découvrir la moindre trace de cabane, de hutte. pouvant abriter provisoirement des voyageurs.

— Le diable enfourche ce stupide Tiral, grondait l'espion.

Son jeune compagnon l'interrompit.

— Chut! Écoute.

Un bruit de pas parvint aux deux explorateurs. Des pas assurés, ne cherchant aucunement à dissimuler leur résonance sur le sol. Les pas de gens qui se croient à l'abri de toute surveillance étrangère. Le son se rapprochait accompagné maintenant de froissements de branches.

— C'est de là-bas que l'on vient, chuchota Manuelito, désignant la direction de l'Est; les promeneurs sont sous les arbres; on pourrait se cacher et les reconnaître avant de se montrer.

Tout en parlant, il s'engouffrait dans les buissons, Von Karch le suivit. Entre les branches, ils observèrent le terrain.

L'attente ne fut pas longue; à vingt mètres de la cachette, deux personnes jaillirent brusquement des fourrés : un homme, une femme.

Les nouveaux venus portaient sur une civière grossière, façonnée de branches recouvertes de leur écorce, une sorte de caisse de la dimension de ces coffrets anciens désignés sous le nom de « caves à liqueurs ». Ils parvinrent sur la bande de terrain, éclairée par la lune. Von Karch s'exclama :

— Eux!

Et il bondit hors des buissons, imité aussitôt par Manuelito.

Un double cri salua leur apparition. Les porteurs laissèrent tomber leur fardeau à terre, le claquement de revolvers armés annonça qu'ils se mettaient en défense.

— Eh! Monsieur Tiral, s'écria cordialement l'espion, ne reconnaissez-vous pas vos amis?

— Herr Von Karch! riposta l'ancien comptable.

Et faisant disparaître son revolver, il accourut, les mains tendues vers l'Allemand, tout en prononçant des paroles de bienvenue :

— Quelle bonne surprise; je suis heureux de vous voir!

Le traître se laissait serrer les mains.

— Une bonne surprise, cher Monsieur Tiral, fit-il enfin, je doute que vous conserviez cette façon charmante d'envisager ma visite.

— Et pourquoi ne la conserverais-je point? Je vous dois la résurrection de la raison de ma Liesel. Approche, Liesel; ne veux-tu pas exprimer, toi aussi, ta reconnaissance à l'homme excellent qui m'a permis de t'adorer, de te donner toutes les bonnes choses qu'il m'a été interdit de te prodiguer durant ton jeune âge.

Liesel s'avança sans enthousiasme. Elle tendit la main à l'espion, mais sur son visage étrange flottait une énigmatique expression de malaise qu'elle s'efforçait de dissimuler. L'Allemand ne parut pas la remarquer. Il reprit :

— Je vous disais, Monsieur Tiral, que ma présence n'est pas aussi heureuse que vous semblez le croire. Je suis venu pour vous mettre en garde contre un ennemi qui a juré votre perte.

— Un ennemi ? Je ne m'en connais pas.

— Vous oubliez un certain François de l'Étoile, qui a frappé votre fille, qui...

Tiral étendit les mains en avant comme pour repousser une vision désagréable.

— Ne parlons plus de lui ; il est mort. A Dieu de le juger.

— Et s'il n'était pas mort, Monsieur Tiral ?

Les auditeurs de l'Allemand sursautèrent. Liesel exhala un long soupir.

— Ce n'est pas sérieux ? balbutia enfin l'ex-comptable.

— Il vit. D'accord avec les Fairtime, cet aventurier a joué la parodie de la mort.

Au mot « aventurier » si audacieusement appliqué, le pied de Tril-Manuelito s'agita avec impatience. Évidemment, le gamin résistait au désir de botter l'insulteur. L'espion ne vit pas cela. Il continuait lentement :

— Il a quitté le tombeau. Il a réalisé le damné appareil imaginé par lui, et avec cet engin, rapide comme l'éclair, il s'est lancé à votre poursuite. Il vous hait. Il veut se venger de vous, de Mlle Liesel, qui l'avez justement accusé.

— Se venger, se venger, balbutiait Tiral. N'est-ce pas lui qui fut coupable envers nous ?

Von Karch dissimula mal un haussement d'épaules.

— Oh ! Monsieur Tiral, vous, un galant homme, vous raisonnez ainsi. Pensez que les coupables, eux, ne peuvent avoir cette tendance à être justes. Pour l'acquérir, ils devraient s'accuser ; et s'accuser est un acte qu'ils ne se soucient pas d'accomplir.

Mais reprenant le ton pénétré, affecté depuis le début de l'entretien :

— Quoi qu'il en soit. Il s'est mis à votre recherche, a découvert votre arrivée dans la presqu'île du Yucatan, et d'un instant à l'autre, de par son appareil diabolique, il peut éventer votre retraite.

Puis, d'un accent dramatiquement affectueux :

— J'ai appris ses projets. Je vous aime en raison du bonheur que mon heureuse étoile m'a permis de vous assurer. Comme vous dites en France, je suis un Monsieur Perrichon, attaché à vous par les services rendus. L'idée que vous succomberiez m'a été insupportable. Déjà plusieurs de vos adversaires sont immobilisés. Les Fairtime, capturés par moi, sont prison-

niers au fond du Cénote d'Ah-Tun. J'y ai une embarcation prête au départ
par le canal souterrain. Transportez-y ce qui vous conviendra et partons.
Que le criminel François trouve le nid vide, les oiseaux envolés. Je vous
aime comme un parent, Monsieur Tiral, et votre charmante Liesel est une
fille pour moi.

Il bondit hors des buissons.

Les paupières de Manuelito avaient battu. La proposition brusque de l'espion allait-elle dérouter tous les plans de François. Que Tiral acceptât, que
l'on partît dans la nuit même, et le jeune garçon, obligé de suivre Von
Karch, serait dans l'impossibilité d'aviser ses amis. La piste serait de nouveau interrompue. Il frissonna en entendant l'Allemand continuer :

— Si vous tenez à sauver votre adorable Liesel, nous ne retarderons pas un instant notre fuite. Descendons au fond du Cénote et embarquons.

Mais le gamin devait reconnaître une fois de plus la prodigieuse duplicité de l'espion.

Celui-ci affectait d'oublier l'existence du « trésor » qui motivait la présence de Tiral, et aussi la sienne, dans la province de Yucatan. Il obligeait le comptable à en parler lui-même. Tout cela se révéla à Tril dans la réponse de ce dernier :

— Mais il n'y a pas que nous à embarquer.

— Et qui donc? s'exclama Von Karch avec un étonnement parfaitement simulé.

— Et quoi, devriez-vous dire? Eh bien, mais, le trésor.

— Le trésor; je l'avais oublié. Je ne voyais que votre salut. Ne pouvez-vous le transporter cette nuit? J'ai des hommes qui vous aideront.

Tiral secoua la tête.

— Non, Liesel et moi en avons amené une part à la surface du sol. Il nous faudrait encore un jour pour achever.

— Ce que vous possédez ne suffit-il pas?

— Il m'aurait suffi ce matin, Monsieur Von Karch, mais à présent, je veux tout. car nous serons deux à partager.

— Je vous ai déjà dit que jamais...

Tiral coupa la parole à son interlocuteur :

— Monsieur Von Karch, inutile de protester. je veux que vous acceptiez. Vous le devez pour ne pas désoler un ami qui, déjà débiteur de la vie de sa fille chérie, sera riche seulement par l'effet de votre généreuse protection.

Un geste insouciant, et l'espion déclara :

— Soit, nous aurons le loisir de discuter plus tard. Pour l'instant, puisque nous restons ici, je solliciterai de vous, si possible, une place à votre table et un toit pour abriter ma tête. Je dis une table, un toit; au figuré, car je pense que vous ne disposez de rien de semblable dans ce bois.

— Vous vous trompez, plaisanta Tiral. Je dispose d'une maison de pierre, et solide allez, car elle tient depuis pas mal de siècles.

— Où prenez-vous cette maison?

— Sous les racines des arbres qui nous entourent, car c'est un ancien temple des Mayas, édifié il y a dix siècles, à la gloire des divinités Pah-Ah-Tun.

— Ah! cela doit être curieux, s'exclama Tril, entraîné par un mouvement de curiosité.

Cette réflexion appela l'attention de l'ex-comptable sur le jeune garçon. Son regard interrogateur sembla demander à l'espion qui était ce compagnon inconnu.

— Un dévoué et adroit serviteur, répliqua l'Allemand. Sans lui, nous ne serions jamais parvenus ici. Il devait la vie à Brumsen. .

— Ah! le pauvre garçon si malheureux...

— Il n'est plus malheureux, Monsieur Tiral.

— Vraiment!

— Non, il est mort, assassiné par François de l'Étoile!

Le comptable eut un gémissement. Liesel appuya sur l'Allemand un regard inquisiteur. Celui-ci conclut d'un air attristé :

— Mais occupons-nous de nos personnes. Nous pleurerons les victimes quand nous serons en sûreté. Veuillez nous accorder l'hospitalité de votre temple.

Ce à quoi l'interpellé répondit :

— Daignez me suivre. Mon temple, comme il vous plaît de l'appeler, est à vous, ainsi que votre obligé Tiral.

Les quatre personnages, Tiral marchant le premier, rentrèrent sous bois, longeant un renflement du sol, sur lequel la végétation se pressait plus serrée, comme si la nature, désireuse d'effacer les empreintes de l'homme, lançait à l'assaut des ruines ses bataillons verdoyants.

Le comptable, ayant écarté un rideau de lianes retombantes, un pylone de pierre apparut, figurant une porte rappelant par sa forme celle des ruines égyptiennes.

— La lanterne, Liesel.

— Voici, mon père!

Les deux répliques, à peine perceptibles, frissonnent dans le silence. Une clarté scintille. Tiral vient d'allumer.

— Je marche lentement. Le sol est parsemé de pierrailles tombées de la voûte.

Un à un, les compagnons de Tiral passent sous le pylône et suivent une galerie basse, si étroite que les larges épaules de Von Karch frôlent les murs.

Sur les parois se détachent, grimaçantes sous la clarté dansante du lumignon, des figures bizarres, aux coiffures rappelant des couronnes, des mitres, des bonnets. Ce sont des peintures à demi effacées. Que représentent-elles? Les prêtres disparus de la religion éteinte des Pah-Ah-Tun pourraient seuls le dire, s'ils sortaient de leurs tombeaux séculaires pour enseigner aux modernes les mystères oubliés.

Enfin, l'on débouche dans une salle assez spacieuse. Ici, les peintures sont plus riches, plus fournies. Des ors, rougis par les temps, rappellent les splendeurs évanouies.

Au centre, sur le sol, où l'on peut reconnaître les restes d'un dallage mosaïque, se dresse un bloc rectangulaire de porphyre vert.

— Ma table, fait l'ex-comptable avec un fugitif sourire. Jadis ce devait être un autel.

Sur la surface polie, des bougies sont fichées.

— Liesel, appelle encore le brave homme.

Et elle, le regardant de ses grands yeux noirs, où se mêle le mystère de deux races, il dit d'un ton caressant :

— Dispose la table, ma jolie. Pendant cela, je vais montrer les résultats de notre travail à notre ami Von Karch.

Liesel incline la tête. Elle suit d'un regard pensif l'Allemand et Manuelito qui, obéissant à un signe de leur hôte, se glissent avec lui par une ouverture béante au mur et passent dans une salle voisine du temple abandonné.

Celle-ci est plus petite que la précédente. Des racines ont crevé la voûte, à l'intérieur de laquelle elles serpentent, ainsi que de monstrueux reptiles. Mais les visiteurs ne s'attardent pas à l'examen des lieux. Tiral, une rougeur aux pommettes, leur désigne des caissettes pareilles à celle que sa fille et lui viennent de transporter, et avec un accent impossible à rendre :

— Le trésor! prononce-t-il.

Les trois syllabes résonnent sous la voûte. On dirait que des ricanements répondent du fond de l'ombre, que les divinités déchues protestent contre l'invasion des hommes.

Tiral, lui, soulève le couvercle d'une des boîtes, et Von Karch, Tril, jettent un cri d'admiration.

Des diamants scintillent sous leurs yeux, renvoyant en feux aveuglants la lumière de la lanterne, multipliée par d'innombrables facettes.

— Ce sont des diamants *taillés!*

Von Karch lance cette exclamation surprise. En effet, les pierres ne présentent point l'apparence si aisément reconnaissable des diamants *bruts*. Et Tiral rayonnant murmure :

— C'est précisément la caractéristique de mon trésor.

Il riait.

— Je ne veux pas vous intriguer. Tous ces bijoux parèrent jadis les jolies filles des tribus Mayas. La région où nous sommes est riche en roches diamantifères. Les Mayas coquettes avaient découvert la beauté des « *Pierres de Soleil* », comme elles les appelaient.

Mais le luxe entraîne toujours l'avilissement des caractères. Les crimes devinrent fréquents. Auparavant, chez les Mayas, on tuait par jalousie, par haine, par vengeance; on se mit à tuer pour voler.

. Alors les prêtres et les chefs se réunirent pour arrêter les moyens de mettre un terme au mal. Ils décidèrent que les *Pierres de Soleil* seraient rendues à la terre, car les dieux, dirent-ils, punissaient les hommes de les avoir enlevées aux rochers.

Tous les joyaux de la contrée furent confisqués, réunis dans ce temple. Or, il ne suffisait pas qu'ils fussent ici. Il fallait les enfouir en une cachette que les larrons ne pussent jamais découvrir.

Et voilà ce qu'imaginèrent les adversaires d'un luxe criminel.

A deux cents mètres au nord du Grand Cenote, sur les bords duquel nous nous sommes rencontrés tout à l'heure, existe une autre cavité, étroite, abrupte, au fond de laquelle un torrent bondit, écume contre les parois et s'engouffre dans une galerie étroite avec des grondements d'orage.

A cette époque, une sorte de corniche courait le long de ce couloir, aboutissant vingt pas plus loin à une excavation dont le sol surplombait les eaux. Ce fut la cachette choisie. De nuit, les prêtres y portèrent les pierres précieuses. Quand elles y furent entassées, la corniche fut détruite, et toute communication disparut entre le puits et le gîte du trésor. Vous verrez comment j'ai réussi à en rétablir une.

Pris par la fièvre de la richesse, Tiral, tout en narrant la légende, soulevait les couvercles des coffrets rangés auprès du premier.

Chaque fois, c'était un scintillement aveuglant de gemmes.

De cet amoncellement de diamants montait une griserie. Le cerveau des assistants en supputait la valeur approximative, en phrases où les millions se heurtaient comme les grêlons crépitant sur les vitres durant l'orage. Ils sentaient l'emprise de la richesse colossale, fabuleuse.

— Et c'est le hasard qui vous a fait découvrir cela? prononça Von Karch d'une voix hésitante.

— Non, un chef Maya, détenteur du secret, me le confia. J'avais pu lui sauver la vie. Il m'était reconnaissant. Lui-même m'apprit comment, de loin en loin, les caciques ou chefs parvenaient à s'assurer que le précieux dépôt était toujours intact; mais persuadé que l'enlèvement d'une seule *Pierre de Soleil* entraînerait mille calamités pour le pays, il ne permit pas

que j'en prisse une parcelle. Je me révoltai, vous le pensez; la fortune pour
ma fillette, c'était trop tentant.

— Et cependant, le chef a réussi à vous éloigner?

— Oh! bien simplement. Il déclara à sa tribu que les dieux lui étaient
apparus en rêve, lui ordonnant de provoquer une battue dans le bois interdit,
où se cachaient des étrangers; et les guerriers en route, il vint me rejoindre.

« Je ne veux pas, me dit-il, que tu dérobes les *Pierres de Soleil*; mais
tu m'as conservé la vie et je ne permettrai pas que l'on attente à la tienne.
Suis-moi, je te sauverai. Loin d'ici, tu oublieras ce trésor qui ne doit appar-
tenir à personne; tu te souviendras seulement qu'Ahuno (c'était son nom)
te fut un ami dévoué. » Et il assura ma fuite par la rivière souterraine,
m'apprenant ainsi la route du retour et les signes qui la jalonnent. Maintenant, conclut cordialement M. Tiral, croyez-vous que vous auriez bonne
grâce à refuser d'être mon associé?

Peut-être la loyauté de la question troubla-t-elle l'âme gangrenée de
l'espion, car il ne répondit pas et se borna à serrer la main de son interlocuteur.

Puis celui-ci, occupé à refermer les caissettes, à assujettir les couvercles,
Von Karch rentra dans la première salle, Tril se glissa curieusement à sa
suite.

La table était mise sur le cube de porphyre, qui supportait des assiettes
grossières, des couverts de fer, sans doute achetés par l'ancien explorateur
au cours de son voyage.

Des vases de terre, remplis d'une eau transparente, dressaient leurs poteries
brunes au milieu des faïences plus claires.

Mais l'Allemand ne jeta à ces apprêts qu'un regard distrait.

Il considérait Liesel, debout à l'une des extrémités de la masse de pierre, si
absorbée par ses pensées qu'elle n'avait pas entendu venir l'hôte de son père.

Dans les yeux de Von Karch, il y avait quelque chose de cauteleux et de
phosphorescent. Il examinait la jeune fille comme le chat surveille la souris.
Il s'approcha d'elle, lui prit la main.

Elle tressaillit à ce contact, leva les paupières, dardant sur le personnage
le regard plein de défi de ses prunelles noires.

Il se pencha vers elle, et murmura paterne et inquiétant :

— Votre mère n'est pas vengée, Liesel.

La phrase atroce signifiant : « Jeune fille, tu n'as pas tué ton père ainsi que
tu le voulais autrefois », provoqua un tremblement de la souple silhouette de
Liesel. Elle eut un mouvement vague, lassé, hésitant.

LE TRÉSOR, PRONONCE-T-IL !

— Pourquoi hésitez-vous? reprit-il.

Alors la jeune fille parut prendre une décision. De nouveau, son regard croisa celui du tentateur, et elle murmura :

— Il est très bon; je ne me le figurais pas ainsi. Et puis j'ai l'impression qu'il dit la vérité.

— Ah! ah! voilà du nouveau.

— Enfin, conclut-elle avec fermeté, je ne suis plus certaine de mon droit de punir.

Le visage de l'espion ne trahit aucun mécontentement. Il parvint même à sourire.

— J'aime mieux cela, ma chère, fit-il gracieusement; alors nous allons retourner tous trois en pays civilisés.

Muet, si peu attentif d'apparence à ce qui se passait autour de lui que l'Allemand ne remarqua même pas sa présence, le faux Manuelito n'avait rien perdu de cette scène rapide.

L'enfant, grandi dans l'abandon de la rue américaine, témoin dès l'âge le plus tendre des drames de la misère, des tentations du crime, venait de lire sur le front du sinistre bandit la condamnation de la jolie créole.

Mais Tiral reparut. On se mit à table. Von Karch manifestait maintenant une admiration ardente pour la merveilleuse découverte de l'ex-comptable.

Il semblait prendre plaisir à exalter le triomphe de ce dernier qui, tombant dans le panneau, déclara qu'au bord du torrent souterrain il restait un dépôt de pierres au moins aussi important que celui qu'il venait de montrer à ses hôtes.

L'Allemand exprima des doutes sur la quantité, sur la pureté des pierres demeurées dans la cachette.

Tiral s'échauffa, et, finalement proposa à son ami, le repas achevé, de venir voir par lui-même.

A l'éclair qui irradia le regard du rusé personnage, Tril devina que la conversation n'avait pas eu d'autre but.

Toutefois, le fourbe se fit prier. Refuser de voir le trésor, le tableau, la statue d'un monsieur très fier de posséder l'un ou l'autre, est simplement exciter son désir d'en faire parade.

En fin de compte, et de repas, Von Karch se déclara à bout d'arguments et consentit à descendre au gîte diamantifère, pour ne pas mécontenter son excellent ami Tiral!

Liesel avait écouté sans se mêler à la conversation.

Mais son regard ne quittait pas Von Karch. Sans doute, elle jugea que ce dernier obéissait simplement à la curiosité, car elle déclara être lasse et ne pas se soucier de retourner au puits des diamants. D'un ton indifférent, Tril questionna :

— Vous accompagnerai-je, Herr Von Karch?

L'espion secoua la tête.

— Non. Tu descendras au grand Cénote. Tu diras à Pétunig de ne venir me faire son rapport du soir que dans...

L'Allemand consulta Tiral du regard.

— Combien de temps demandera notre exploration, cher M. Tiral?

— Oh! la montée, la descente, demandent des précautions. Mettez une heure.

— Parfait, tu entends, Manuelito, que Pétunig vienne au rapport dans une heure.

Une inclination du jeune garçon indiqua que les ordres de Von Karch étaient gravés dans son esprit. Et Tiral ayant tendrement embrassé sa fille, on la laissa seule dans la salle du Temple où, dans l'autrefois lointain, les générations disparues apportaient aux Pah-Ah-Tun l'harmonie de leurs prières.

Tiral, entraînant à sa suite ses deux compagnons, avait repris la sente parcourue à l'arrivée.

Bientôt, les trois personnages se trouvèrent au bord du Cénote d'Ah-Tun, dont l'entonnoir s'ouvrait énorme, fascinant, semblant la gueule immense d'un apocalyptique monstre de ténèbres.

— Va, ordonna l'espion à Manuelito.

L'adolescent indiqua d'un geste qu'il allait obéir. Un instant, il parut chercher le sentier descendant au fond de la crevasse, et l'ayant trouvé, il s'y engagea, disparaissant presque aussitôt aux yeux des deux hommes qui, de leur côté, poursuivaient leur marche.

Seulement, le gamin, lui, s'arrêta au bout de trois pas. Sa tête seule dépassait le rebord de l'entonnoir et ses yeux vifs, rivèrent leur rayon curieux sur les nocturnes promeneurs, jusqu'au moment où ils s'enfoncèrent de nouveau dans les taillis.

Alors il s'ébroua joyeusement.

— Une heure, j'ai le temps; prévenons toujours Pétunig.

Ce disant, il portait les yeux vers le fond de la crevasse, que la lune, masquée par les arbres, n'éclairait plus.

Sur la pente, trois lueurs imprécises dénonçaient les emplacements où les divers groupes de gardiens campaient. Beaucoup plus bas, un léger brouillard lumineux indiquait l'endroit occupé par les prisonniers.

— Satanée prison, grommela le jeune garçon. Y pénétrer n'est pas commode; mais en sortir! Enfin, qui s'abandonne ne saurait triompher. Il s'agit de ne pas s'abandonner!

Près du deuxième groupe, on l'arrêta encore.

Sur ce, le pseudo-Manuelito se prit à descendre rapidement vers les « feux » des bandits.

— Qui va là?

La question jaillit de l'ombre. Le gamin l'attendait. Un bivac de veilleurs, ne saurait manquer de factionnaires. Aussi répondit-il sans hésiter :

— Manuelito. Communication du patron à Herr Pétunig.

— Passe alors. Pétunig est plus bas.

Le jeune garçon continua sa route. Il distingua au passage une forme humaine tapie entre deux excroissances du rocher. C'était le factionnaire. Un peu plus loin, il contourna le premier poste. Quatre hommes dormaient, étendus en travers du sentier. En avant, une petite lanterne dont l'abat-jour de papier évidemment façonné par les dormeurs, rabattait la clarté sur le sol, répandait cette lueur douteuse que le gamin avait remarqué d'en haut.

— Oh! oh! murmura-t-il avec un rire silencieux. On prend ses précautions pour ne pas révéler sa position aux passants du ciel. M. François avait raison. Seul, je suis assez sincère pour lui faire connaître le gîte.

Près du deuxième groupe, on l'arrêta encore. Il n'y avait là que deux hommes; mais l'un était Pétunig. Celui-ci écouta les paroles du jeune garçon, le questionna minutieusement sur le chemin à suivre pour gagner l'entrée du temple. Après quoi, curieux et vaguement inquiet :

— Sais-tu ce qu'il me veut, mon brave Manuelito?

— Tu penses bien qu'il ne me l'a pas dit, repartit l'interpellé rendant tutoiement pour tutoiement. Seulement il aurait à te donner quelques instructions concernant les deux qui sont là-haut, que cela ne m'étonnerait pas.

— Tu dois être dans le vrai; dans une heure donc...

— Dans cinquante minutes maintenant. Il s'est écoulé dix minutes depuis que j'ai quitté le patron.

— Soit... cinquante minutes. Bonsoir.

Quelques instants après, Manuelito atteignait le sommet, et jaillissait du cénote comme un lutin. Maintenant l'espace dénudé apparaissait sombre : La lune avait disparu. Mais cette situation qui rendait plus difficile la marche du jeune homme, ne parut pas lui déplaire. Il se frotta vigoureusement les mains, monologuant :

— All right! Il fait noir comme dans un four. Le point rouge se verra aussi nettement que le nez au milieu du visage.

Et se hâtant autant que l'obscurité le lui permettait, il parvint à la « passée » à peine indiquée conduisant à l'entrée du temple.

Mais il ne s'arrêta point en face du pylone. Il se lança sur les flancs de l'éminence recouvrant les constructions du temple des Pah-Ah-Tun.

S'agrippant aux broussailles, aux troncs d'arbres, il atteignit bientôt le sommet. La forêt y avait semé ses végétations comme partout ailleurs. Avisant un arbre au tronc énorme.

— Celui-ci m'a l'air d'un doyen de la forêt, murmura l'Américain, il doi
dépasser les autres, ce que je désire. Allons hop!

Le hop! bruissait encore que déjà **Tril** s'aidant des lianes, des branchages,
se hissait le long du tronc séculaire.

A hauteur des premiers feuillages, l'ascension devenait plus aisée, et
bientôt le gamin se trouva à plus de cinquante mètres de terre, accroché à
l'une des plus hautes branches, laquelle pointait droit vers le ciel.

Une brise légère voletant au-dessus de la forêt agitait doucement les cimes,
imprimant au support du jeune garçon un balancement moëlleux.

— Une vraie partie d'escarpolette, fit-il avec un petit rire.

Au-dessus de sa tête, il apercevait le ciel noir, poudré d'étoiles; au-dessous,
la terre plongée dans les ténèbres apparaissait comme un gouffre.

Avec des précautions infinies, il ramena à lui, en évitant de le briser,
un des derniers rameaux pointant vers la voûte céleste; à son extrémité, il
attacha un objet peu volumineux tiré de sa poche, puis maintenant toujours la branche repliée, il chuchota gaiement :

— Que la lumière soit!

Une clarté s'alluma aussitôt. L'objet fixé au bout du rameau était une
petite lampe électrique écarlate, rivée à un minuscule accumulateur.

— Cela ne saurait être aperçu d'en bas, reprit-il, avec ces feuillages
touffus. Et d'en haut, c'est tout le contraire. All right! On saura où nous a
conduits la rivière souterraine.

Mais pensif :

— Cela ne suffit pas! Von Karch m'a l'air de vouloir quitter cet endroit
enchanteur, demain dans la nuit.

Des mouvements prestes, que la clarté rubescente soulignait bizarrement,
et Tril tient un carnet; sur une feuille, il écrit quelques lignes, l'arrache,
la fixe à l'ampoule électrique, puis cessant de maintenir la branche, laquelle
reprend aussitôt sa position naturelle, il pousse un soupir satisfait.

— Maintenant que j'ai appelé au secours, rentrons. Mon cher patron
Von Karch s'étonnerait de mon amour pour la promenade nocturne.

Il était à peine à mi-hauteur de l'arbre que les feuillages lui masquaient
complètement l'ampoule rouge, fanal destiné à signaler aux passagers de
l'aéroplane le repaire des bandits.

Le voici à terre. Il rejoint la sente. Le pylone se dessine à ses yeux. Il
va rentrer dans le temple.

A ce moment, un pinceau de lumière jaillit du corridor souterrain, le
frappant en plein visage. Il s'arrête, ébloui par la transition soudaine de

l'obscurité à ce rayonnement inattendu. Mais une voix féminine prononce :

— J'avais peur, seule dans ce vieux temple abandonné ; j'ai entendu le bruit de vos pas et je suis venue.

C'est Liesel. Sa souple et onduleuse silhouette se dessine dans l'enca-drement du pylône. Ses yeux de jais luisent étrangement tandis qu'elle continue :

— Vous venez du cénote ; vous avez porté les ordres de votre maître ? interroge-t-elle.

Dans l'accent de la jeune fille, Tril sent quelque chose de voilé ; les paroles ne sont qu'un écran masquant une pensée inexprimée. Il en a conscience et cela le trouble un peu. Cependant il répond :

— Oui, en effet.

— Et vous vous êtes égaré dans l'obscurité ; vous aviez dépassé la porte.

Ah ça ! Est-ce qu'elle aurait épié le jeune garçon ?

Cette idée impressionne désagréablement celui-ci. Mais il se raidit. Après tout, n'a-t-il pas agi aussi dans l'intérêt de Tiral. Le salut des Fairtime ne serait-il pas aussi celui de l'ancien comptable ? Et il riposte :

— Ce bois aurait besoin de quelques réverbères !

Il se rend compte que sa réponse est stupide, il s'explique ainsi le sourire fugitif qui distend les lèvres de Liesel. Mais elle reprend aussitôt son expression énigmatique.

— Vous désirez sans doute vous reposer ?

— Oui, répond-il avec empressement.

Il sera ravi d'être privé de la présence de la métisse.

— Venez, dit-elle. Je vous indiquerai le réduit, (nous ne disposons pas de chambres dans cette ruine) où il vous sera possible de vous étendre et de goûter un repos bien gagné.

Quelle étrange intonation elle met dans ces quatre derniers mots ! Cela inquiète encore Tril. Il la regarde fixement. Mais elle conserve son air impénétrable. Ses grands yeux noirs n'expriment rien de la pensée veillant en son cerveau.

Dépité, le jeune garçon rentre dans le couloir. Dans son esprit passe le souvenir des yeux de son amie Suzan, chère entre toutes. Ceux-là sont noirs aussi. Et il s'avoue avec un plaisir inexplicable qu'ils ne sont pas du même noir.

Autour de la salle où les voyageurs ont pris leur repas, des niches sont creusées dans les murailles. A quoi servirent-elles autrefois ? Nul ne saurait le dire aujourd'hui.

Liesel et son père leur ont donné une utilisation pratique. Elles servent d'alcôves. La jeune fille en désigne une à son compagnon :

— Vous serez bien là. J'y ai mis une couverture de poil de chèvre et des feuilles sèches. Une couche exceptionnelle pour un coureur de brousse.

— Je vous remercie, Mademoiselle, commence Tril pour dire quelque chose.

— Pourquoi remercier; le devoir des hôtes est de rendre le séjour aussi peu pénible que possible. Qu'ai-je fait d'autre?

Puis arrêtant les paroles sur les lèvres de son interlocuteur.

— Nous causerons demain; dormez; moi aussi je souhaite le repos.

Sans observation, le jeune garçon prend possession de la niche désignée. Il s'allonge sur le matelas de feuilles sèches qui craquettent sous son poids. Il s'enveloppe de la chaude couverture. Il ferme les yeux. Mais sous ses paupières, imperceptiblement soulevées, filtre un regard perçant.

Liesel a gagné une excavation située de l'autre côté de la salle. Une étoffe clouée à la partie supérieure forme rideau, isolant « la chambre à coucher improvisée » de l'étrange fille.

Elle disparaît derrière ce rempart flottant, et le silence règne, troublé parfois par des murmures inexplicables, plaintes incomprises de la pierre, que poignardent les racines des arbres érigés sur le temple.

Au surplus, des bruits moins troublants succèdent bientôt. On marche dans le couloir accédant au dehors. Von Karch et le vieux comptable entrent. Ce dernier désigne le rideau retombé devant l'anfractuosité où a disparu Liesel, puis le jeune Américain immobile :

— Ils dorment. Faisons-en autant.

— Non, je dois recevoir le rapport de mon fidèle Pétunig; que cela ne vous lie pas, cher monsieur Tiral, goûtez le repos. Au surplus, en attendant, j'aurais à mettre en ordre quelques notes, donc je vous en prie...

Tiral a sur les épaules la fatigue du jour et la brisure des ans. Il se laisse facilement persuader. Un instant plus tard, lui aussi, s'est assoupi dans un angle, lui aussi a perdu la conscience de vivre.

Tril regarde toujours.

Von Karch s'est installé près du cube de porphyre. Un carnet est ouvert devant lui. A l'aide d'un stylographe, il écrit. Pas bien longues les notes annoncées. En quelques instants il a terminé. Il coupe soigneusement la feuille couverte d'écriture, l'agite afin de la sécher, la plie.

Carnet et stylographe sont réintégrés dans sa poche. Il attend, sans impatience d'ailleurs, car un sourire narquois flotte sur ses lèvres épaisses, élargissant encore sa face grasse.

Il a un mouvement. Il a perçu l'approche de son complice Pétunig. En effet, celui-ci paraît à l'orifice du couloir.

— Faites excuse, grommelle-t-il, on se croirait dans le royaume des taupes.

— Chut!

C'est Von Karch qui lui impose silence et d'un coup d'œil circulaire lui montre les dormeurs :

Il lui tend le papier plié, cette feuille détachée tout à l'heure de son carnet.

— Tu liras ceci quand tu seras seul. Tu te conformeras strictement à mes instructions.

— Je m'y conforme toujours.

— Oui, mais cette fois, elles méritent une attention particulière.

— On la leur donnera, Herr Von Karch, parole de Pétunig. Vous n'ajoutez aucunes explications verbales?

— Si, mon brave. Seulement je te les développerai dehors.

Et son regard se pose encore sur les dormeurs. Le bandit répond par un ricanement.

— Les oreilles sont comme tous les trous. On perd ce qu'on laisse tomber dedans.

L'espion approuve du geste la triviale locution. Il se lève. Sur la pointe des pieds, il se dirige vers le couloir de sortie, suivi par son complice qui, inquiété vraisemblablement par ces précautions, lance des coups d'œil menaçants sur les niches occupées par ceux dont son maître paraît se défier.

Tous deux se sont enfoncés dans l'étroit boyau.

Tril se demande s'il va s'y glisser derrière eux. La prudence de Von Karch excite sa curiosité. Un secret que l'on cache ainsi doit être utile à connaître. Il se dresse sur son séant et demeure stupéfait.

Le rideau de Liesel vient de s'écarter, et la jeune fille se montre debout, prête à s'élancer au dehors.

Chacun est un instant méduse en voyant les yeux de l'autre fixés sur lui.

Enfin, la créole se décide. D'un geste coquet, elle porte l'index à ses lèvres pour recommander le silence. Tril répond par le même geste. Sans une parole, un accord tacite vient de s'établir entre eux. Et Liesel, comme pleinement rassurée par la promesse muette, disparaît à son tour dans le corridor, laissant l'Américain abasourdi.

Elle revient bientôt. Elle étend les bras à droite et à gauche. Elle n'a pas réussi. Nerveuse, elle se réfugie sous son rideau qui retombe,

On ne surprend pas aisément un bandit comme Von Karch. Cet homme de ruse évente toutes les ruses possibles. Il a songé qu'un homme endormi peut écouter, et il a écrit ses instructions. Dehors, il a conduit Pétunig au bord même du cénote. L'espace découvert qui l'entoure, les sépare du fouillis de la forêt, où un espion pourrait se cacher.

A voix basse, il a confié ses recommandations à son complice.

Liesel, certaine qu'elle n'apprendrait rien, a regagné son réduit. Un chuchotement glisse dans l'air.

Manuelito vient de prononcer à son adresse :

— Je tâcherai de voir Pétunig demain.

Elle écarte le rideau, montre son visage dont l'expression apparaît changée. Elle est reconnaissante à cet inconnu d'avoir assez de confiance pour parler.

— Merci, module-t-elle, merci. Attention, on vient.

Tous semblent anéantis par un sommeil pesant quand Von Karch rentre à son tour. Il choisit un coin à sa convenance. Il a bien rempli sa journée. Il est satisfait et entrevoit la possibilité de la victoire finale.

Le lendemain dans la nuit, il quittera le Ah-Tun avec les diamants, Tiral et Liesel.

Pas de danger que ces derniers reculent le départ. En contant à celui qu'il croit son ami, la façon dont il fut contraint vingt années plus tôt, d'abandonner le « trésor », Tiral a enseigné au fourbe la marche à suivre.

A cette heure même, Pétunig, qui s'est renfoncé dans l'ombre du Cénote, est étendu sur le sol, maintenant, sous la clarté falote de sa lanterne, le papier que lui a confié son chef. Il le relit avec attention.

« Demain, partir au jour. Te rendre à Errinac. Expédier dépêche au *Fraulein* sur rade de Campêche, pour lui ordonner de retourner immédiatement à Progreso. Là, deux canots, portant des marins armés, surveilleront sans relâche la lagune et l'embouchure du fleuve souterrain. *Ils amèneront de gré ou de force à bord du navire toute personne qui en sortira* ».

— Çà, grommela le bandit, c'est clair comme de l'eau de roche. Si les gens de là-haut pensaient à nous fausser compagnie avec leur magot, on leur dirait : on ne passe pas; mais après, je ne comprends goutte à la combinaison du patron.

Et il murmura à mi-voix, les yeux fixés sur le papier :

« Puis, vers neuf heures du soir, *pas avant,* tu te rendras chez le *Cacique* d'Errinac. Le Cacique, c'est ce qu'en Allemagne nous appelons le bourg-mestre. Tu lui diras que, passant en vue du bois interdit de Ah-Tun, tu as aperçu des formes humaines sous les arbres. Aussitôt tout le pays sera en l'air. On organisera une battue, et bon gré, mal gré, nous devrons déguerpir par la rivière souterraine, pour n'être pas massacrés par ces farouches gardiens de la tradition.

« Après quoi, tu te procureras un bon cheval, *en le payant,* car il est inutile de nous créer des difficultés accessoires, et tu nous rejoindras à Progreso. »

Pétunig se pétrit le front d'une main impatiente.

— Pourquoi tout ce mic-mac? Quelques pouces d'acier dans les côtes des gens de là-haut, nous feraient leurs héritiers, et nous partirions quand il nous plairait, sans avoir besoin d'ameuter ces diables d'indigènes.

Il eut un mouvement brusque.

— Après tout, quand je me creuserai la cervelle! Ce n'est pas la première fois que je me perds dans les combinaisons de Herr Von Karch. Le principal est que, moi, je ne risque rien. Donc, au pays des rêves; j'en serai plus ingambe pour obéir demain.

Sans doute, Morphée déversait à cette minute précise ses plus soporifiques pavots sur la terre, car Pétunig fermant les yeux dans les profondeurs du cénote, Von Karch les fermait également dans le temple souterrain, et s'abandonnait au repos, réservé, disent les moralistes, aux âmes pures, en balbutiant ces phrases indistinctes :

— Les Mayas massacreront les Anglais qu'ils trouveront au fond du cénote; on ne saurait m'accuser de ce meurtre. Alors, je n'ai plus ces gens à craindre, plus de Margarèthe non plus. Au large, Tiral, Liesel, tomberont à la mer accidentellement, cela arrive tous les jours,..... et je reste avec les diamants!

CHAPITRE VII

DU FOND DE L'AZUR AUX TÉNÈBRES SOUTERRAINES

Est-ce un nuage qui voile les groupes d'étoiles?

Singulière est sa marche. La brise faible, régulièrement orientée du sud-est au nord-ouest, ne saurait pousser la forme qui parcourt le ciel suivant de grands cercles.

Elle a laissé en arrière Errinac, la cité maya, où dans le silence et l'obscurité règne le monde fantastique des rêves. Elle a flotté au-dessus des champs avoisinants.

A présent, elle domine le Bois Interdit, le Cénote d'Ah-Tun, le temple invisible sous la végétation qui le recouvre.

L'objet s'arrête. Un filin, donnant dans l'espace l'illusion d'un fragile fil d'araignée, se déroule, avec, suspendu à son extrémité, une forme noire. C'est un homme qui, lentement, descend vers la cime de la futaie.

Au moment où il effleure les plus hautes feuilles, le mouvement de descente cesse. L'homme se penche. Il détache l'ampoule rouge fixée naguère par Tril, il remarque le papier griffonné par le brave garçon.

— Un billet!

Puis empoignant la corde un peu au-dessus de sa tête, il l'agite à plusieurs reprises. C'est un signal, car immédiatement le filin se tend, ramenant l'homme vers la voûte sombre du ciel.

Quelques instants après, François, car c'est François qui vient de prendre la communication du fidèle Tril, se retrouve à bord de l'aéroplane.

L'ampoule rouge a attiré ses regards. Elle n'avait pas d'autre but.

Edith, Suzan se pressent près de lui. Joë et Ketty se tiennent un peu en arrière. Mais leurs yeux luisants disent l'intérêt qu'ils apportent aux nouvelles arrivant de la terre.

Ainsi que l'avait promis l'ingénieur, l'engin, quittant ce soir-là, le campement abrité où, depuis deux jours, il se dissimulait, a parcouru le ciel en tous sens, jusqu'au moment où s'est montrée la lueur rouge qui devait indiquer la retraite de Von Karch et de ses captifs.

— Tril a écrit, dit François, et il lit :

« Agir vite. V. K. a l'intention de repartir par rivière souterraine demain dans la nuit. »

« Prisonniers, ainsi que miss Margarèthe, tout au fond du Cénote. Un « sentier difficile monte à la surface du sol. Trois groupes de bandits, « échelonnés sur la pente, gardent nos amis.

« Agir vite, je le répète. Tiral et sa fille sont ici. Dévouement. *Signé* : Tril. »

François regarde les jeunes filles.

— Vous avez remarqué, Édith, Tril insiste sur la nécessité d'agir vite.

— Oui.

— Je n'avais pas prévu qu'on laisserait les prisonniers au fond de la cavité du Cénote. Bah! nous pourrons parer à cela. D'abord nous devons les avertir. Attention! Nous allons tâcher de reconnaître la conformation intérieure de ce maudit Cénote, de cette dépression qui se fait complice de notre ennemi.

Sur un signe, Klausse, toujours à la direction, actionne la mise en marche. L'engin glisse dans l'air sans bruit.

Il n'a pas le grondement dont les vitesses extrêmes ébranlent l'atmosphère. En cet instant, on ne cherche pas la rapidité, mais le silence. Ce qui importe, c'est ne pas éveiller l'attention de l'ennemi.

En bas, à la surface du sol, se découpe un ovale de ténèbres. L'aéroplane domine perpendiculairement le gouffre.

Alors, tous se penchent au-dessus du garde-fou. Tous sont armés de lunettes marines qu'ils braquent sur le Cénote.

Ainsi ils distinguent le faible rayonnement des lanternes, marquant les trois échelons de gardiens établis entre la plate-forme occupée par les captifs, presque au niveau de l'eau souterraine, et le point où le sentier débouche à la surface du sol. Ils discernent même, comme perdue dans les profondeurs du gouffre, une clarté imprécise.

— Eux! prononce Édith d'une voix étranglée.

Eux! Tous frissonnent. Ils sentent peser sur eux l'angoisse qui oppresse la jeune fille, perdue dans les profondeurs du ciel, et qui devine là, autour de la clarté à peine visible, les parents tendrement chéris.

François se penche vers elle :

— Édith, voulez-vous leur annoncer leur délivrance?

— Leur annoncer? redit-elle de l'air hésitant que l'on prend alors que l'on craint de mal comprendre. Cela est-il possible?

François fait un signe à Suzan.

— Le téléphone, petite; dirige-le sur la lumière la plus lointaine. Pas de sonnerie qui pourrait être entendue par les gardiens.

— Un simple battement alors?

A l'extrémité du filin, qui tout à l'heure supportait l'ingénieur, la fillette fixe un oreillon parleur de téléphone. Le filin sera le conducteur, car il est formé de torons métalliques.

— Combien de fil?

— Trois cents mètres environ. Au surplus, le déclic t'avertira quand l'oreillon touchera.

Il y a un silence. Tous regardent avec anxiété la bobine-tambour qui tourne lentement, laissant se dérouler le câble métallique. Un claquement de taquet. Suzan embraie la bobine.

— Trois cent cinq mètres, dit-elle, tout en agrafant un second oreillon parleur près du tambour.

L'ingénieur désigna celui-ci à Édith.

— Prenez-le, Édith, pour être en mesure de parler aussitôt qu'en bas ils auront saisi le parleur.

— Le verront-ils?

— Ils l'entendront sûrement. Tenez, l'un d'eux l'a en mains.

Un grincement, à peine perceptible, comme le grignotement d'une souris, venait de se faire entendre. Il continuait sans interruption.

— Le bruit cesse en bas aussitôt qu'on a saisi le parleur, et il se transfère ici pour avertir. Parlez, parlez, Édith.

En proie à une émotion indicible, la jeune fille murmura :

— Allo! allo!

— Allo, répondit une voix qui la fit frissonner, qui lui arracha ce cri :
Mon père!

Lord Fairtime se trouvait à l'autre bout du fil. Et, soufflée par François,
se hâtant de mettre à profit une communication pouvant être interrompue
d'une seconde à l'autre, miss Fairtime parla :

— Allo, une corde va descendre; elle porte un système de courroies, se
passant sous les bras, autour des reins et des jambes. Chacun les revêtira à
son tour, et nous effectuerons un va-et-vient qui vous amènera successivement à bord.

Soudain elle sursauta.

— François! Margarèthe est prisonnière; prisonnière pour nous avoir
manifesté sa pitié. Ne la sauverons-nous pas, bien qu'elle soit la fille d'un
misérable?

Le jeune homme riposta par un sourire.

— Je vous aime, Édith; comment n'aimerais-je pas la bonté? Dites-lui
que toutes les victimes, toutes, seront les bienvenues dans notre esquif
aérien.

— Faut-il faire glisser les courroies le long du câble? interrogea à ce moment la petite Suzan.

— Un instant encore. Dites-leur ceci, Édith : « Si les geôliers font un mouvement suspect, éteignez la lumière qui nous a permis de reconnaître
l'emplacement de votre bivouac. Prévenus ainsi, nous attendrons que vous
rallumiez pour reprendre l'opération.

— Et s'il prenait fantaisie aux gardiens de demeurer auprès des prisonniers? demanda la jeune fille avec une anxiété dans la voix.

— Nous attendrions ici jusqu'à l'extrême limite de la nuit et reviendrions
demain soir.

La gentille Anglaise lança ces explications sur le fil.

— Maintenant, prononça l'ingénieur avec une gravité soudaine, Suzan,
envoie les courroies.

Mais la fillette n'eut pas le loisir d'obéir. Édith avait poussé un cri.

— La lumière s'est éteinte.

— Ramène le filin, ordonna François; les geôliers doivent inquiéter nos
amis.

Et frissonnants, penchés au-dessus du vide, tous demeurèrent immobiles,
sondant l'obscurité du gouffre, essayant en vain de voir, d'entendre, de deviner ce qui avait motivé l'interruption de la communication.

La petite lumière, signal de l'éloignement des bandits, ne se ralluma pas.

Sans doute, une rumeur, renforcée par la forme en pavillon du cénote, avait éveillé l'attention des complices de Von Karch, les incitant à une surveillance plus étroite. De fait, quatre d'entre eux étaient descendus jusqu'à la plate-forme. Ils s'y étaient installés, rendant toute évasion impossible.

Le reste de la nuit s'écoula pour les passagers de l'aéroplane dans une attente douloureuse.

Une ligne blanche à peine perceptible apparut à l'horizon.

— L'aube, lança l'organe assourdi de Klausse.

L'aviateur, fit un geste et l'aéroplane, dans un lent glissement, effleurant la cime des arbres de la forêt interdite, s'éloigna du Cénote au fond duquel les fiancés douloureux laissaient la moitié de leur cœur.

L'aéroplane avait à peine disparu derrière le rideau vert des arbres, que Tril se montra à la lisière du bois.

Profitant de ce que tous dormaient encore à l'intérieur du temple, il s'était glissé dehors. Nul n'aurait soupçonné que le gamin nourrissait des pensées graves. Il allait, les mains dans les poches, considérant les plantes épineuses aux larges feuilles armées de dards, le ciel, les arbres, avec la quiétude d'un oiselet qui salue l'aurore.

Dessinant des crochets sans but apparent, il se rapprochait peu à peu de l'entonnoir béant du cénote. Sur le bord, il s'arrêta, considérant le gouffre qui, par contraste avec la surface du sol, apparaissait plus sombre, plus sinistre.

— Voilà, grommela-t-il. Si je vais à Pétunig, il s'étonnera de ma visite. S'il s'étonne, il ne dira rien.

Il s'interrompit soudain.

— Quelque chose remue dans le trou. Qu'est-ce que c'est?

Ses yeux clairs trahirent un effort de vision.

— Mais c'est un homme qui monte. Pétunig! En voilà une chance!

L'individu sortait peu à peu de la pénombre. Le jeune garçon remarqua qu'il était armé, équipé, comme pour un voyage.

Et le bandit ayant une exclamation de surprise en le reconnaissant, l'Américain expliqua :

— Je t'attendais pour te souhaiter bonne chance dans ton expédition.

— Peuh! Elle n'est pas dangereuse pour moi.

Pétunig s'interrompit en se mordant les lèvres.

— Motus, grommela-t-il. Je sais que le « *Patron* » a confiance en toi;

mais il m'a commandé de boucler ma langue. Donc serrons-nous la main, avec un grand merci pour ton bon souhait !

Le ton péremptoire du drôle démontra à son interlocuteur qu'il ne lui arracherait pas son secret. Ainsi, il reprit un ton indifférent pour ajouter :

— Seulement, n'oublie pas que nous partons ce soir ; ne te mets pas en retard.

— Oh ! repartit le coquin se prenant à cette marque d'intérêt, ne te tourmente pas, je ne serai pas en retard, par la raison simple que je ne reviendrai pas.

Puis, frappant le sol d'un talon impatient :

— Allons bon, voilà que j'en dis plus long que je ne devrais. Oublie cela. Tu es de la bonne graine, petit Manuelito, et tu ne le raconteras pas. A propos, tu es né à Errinac, toi, il me semble?

— Parfaitement, répliqua le gamin sans sourciller.

— Alors, tu connais le Cacique?

— Tiens, comment ne le connaîtrais-je pas.

— Quel homme est-ce?

Tril hésita un instant à dépeindre un homme dont il ne soupçonnait pas l'existence une minute plus tôt.

— Un homme excellent, chasseur de grande renommée, très féru des traditions Mayas.

— Superstitieux alors?

— Comme nous le sommes tous à Errinac ; comme je l'étais avant d'apprendre la raison parmi vous.

Flatter fut de tout temps le sûr moyen de conquérir les hommes. Pétunig s'octroya la plus large part du compliment collectif décoché par le jeune garçon. Il voulut l'en récompenser par un bon avis.

— Je te remercie, Manuelito. En échange de tes renseignements, je vais te donner un conseil d'ami. Le soir venu, reste à proximité du canot amarré sur la rivière du Cénote.

— Pourquoi?

— Je ne puis te l'expliquer. Sache seulement que ceux qui en seront loin, vers minuit, ne pourront peut-être pas le rejoindre, ce qui sera très fâcheux pour eux.

Sur ce, comme s'il craignait d'être entraîné par sympathie à en dire davantage, Pétunig s'éloigna à grands pas.

S'il s'était retourné, l'attitude de Tril l'eut certainement étonné. Le gamin demeurait sur place, agitant la tête :

AU MILIEU DU CHEMIN, LIESEL L'ATTENDAIT.

— Un danger. Quel danger? Cela vise-t-il M. Tiral et sa fille? Je n'en sais rien.

Tout en méditant, il se dirigeait vers le sentier du temple. Les premiers buissons franchis, il s'arrêta net. Au milieu du chemin, Liesel l'attendait.

— Herr Von Karch dort encore, dit-elle à voix basse. Je suis venue et j'ai entendu. Cet homme parle haut heureusement.

— Oh! Haut ou bas, il ne nous a pas appris grand'chose.

— Si, je crois savoir.

— Qu'y a-t-il à faire?

— Rien. Je ne quitterai pas mon père; c'est tout ce que je puis pour écarter de lui le menaçant inconnu.

— Ou pour succomber avec lui.

Liesel haussa les épaules avec une sorte de résignation fataliste.

— J'ai voulu sa mort avant de le connaître; il m'a appris que l'on aime; tomber auprès de lui sera réparer!

Elle parlait pour elle seule. C'était à sa propre pensée qu'elle répondait. Un tremblement agita tout son corps, et, de l'air absorbé de qui sort d'un rêve :

— Je vous laisse; je vous suis reconnaissante de votre démarche auprès de Pétunig. Si, prononça-t-elle avec force pour répondre à un mouvement du jeune garçon, un renseignement même incomplet suffit à dicter la conduite à tenir. Grâce à vous, je sais que je ne dois pas laisser mon père seul un instant.

Sur ces mots, elle regagna le temple, courant presque.

Tiral et Von Karch continuaient leur somme. Cependant, au bruit léger de ses pas, tous deux ouvrirent les yeux, s'étirèrent :

— Déjà levée, murmura Tiral considérant sa fille avec une infinie tendresse.

— Ne faut-il pas préparer le déjeuner de ces messieurs?

— Ma foi, l'idée est heureuse, s'exclama Von Karch. Je suis d'avis de nous mettre au travail le plus tôt possible. Une partie de mes hommes transportera dans le grand canot qui nous a amenés, les coffrets rassemblés ici, et nous, nous ramènerons à la surface du sol les belles pierres encore enfouies sous la terre.

La métisse le regarda bien en face.

— Sommes-nous pressés à ce point?

— Ma chère enfant, riposta l'Allemand d'un ton paternel, on ne regrette jamais de s'être hâté. Un ennemi rôde autour de nous. Je voudrais qu'au plus tôt, vous, votre père, votre fortune, fussiez hors de son atteinte.

Elle secoua sa jolie tête d'un mouvement mutin.

— Oh! ce que j'en dis n'est pas pour aller à l'encontre de cette sage pensée; je le prouve en me déclarant prête à travailler avec vous.

— Labeur bien dur pour vos jolies mains, Liesel.

— J'aidais mon père avant votre arrivée, pourquoi ne continuerais-je pas!

— Oh! comme il vous plaira.

Sous les paroles insignifiantes, on sentait deux volontés aux prises. La lutte commençait entre le bandit, qui avait décidé la mort de Tiral, et la jeune fille armée de la résolution de veiller sur ce dernier.

Et cependant Liesel, insouciante d'apparence, vaquait aux préparatifs du repas matinal. Elle disposait théière, bols, sur l'ex-autel des Pah-Ah-Tun.

— Où est donc Manuelito, demanda Von Karch?

Il approcha de ses lèvres un sifflet d'argent suspendu à sa chaîne de montre et en tira un son strident.

A cet appel, le faux Manuelito? répondit presque aussitôt.

— J'étais au bord du Cénote, expliqua-t-il, enchanté d'examiner ce lieu interdit, dont j'avais si peur autrefois.

— Déjeune, interrompit l'Allemand, ensuite tu prendras quatre de nos hommes, et tu leur feras charger sur le canot les coffrets rangés dans la salle voisine. Ils doivent en ignorer le contenu.

— Alors clouer solidement?

— C'est une idée. Quand tu auras terminé, tu viendras nous rejoindre; un garçon adroit est un auxiliaire précieux pour un travail pénible; et je ne me soucie pas de montrer aux autres les diamants en liberté.

. . . .

Une émotion surhumaine avait paralysé les assistants, tandis que lord Gédéon Fairtime tenait en main le téléphone lui apportant la voix de sa chère Édith.

Rien n'eut dû avertir les bandits du fait anormal. Cependant ils en eurent le soupçon, car un groupe se mit soudain en mouvement et transporta son bivac sur la plate-forme rocheuse, où étaient confinés les prisonniers.

C'était là ce qui avait interrompu la conversation téléphonique, ce qui avait interdit aux captifs de la renouer.

Le jour vint. Les hommes de garde inspectèrent minutieusement la surface de la plate-forme, puis assurés sans doute de l'inanité de l'inquiétude ayant motivé leur déplacement nocturne, ils retournèrent à leur précédent campement.

Les captifs ne prêtèrent qu'une attention distraite aux mouvements de leurs geôliers. Et cependant, ces mouvements eussent pu les faire songer à la possibilité d'un départ prochain.

Guidés par Manuelito, plusieurs des complices de Von Karch descendaient vers le canot toujours amarré à l'extrémité du Cénote. Ces hommes étaient chargés de caissettes de bois. Ils déposaient leur fardeau dans l'embarcation, puis, les mains vides, regagnaient les hauteurs du gouffre. Le va-et-vient dura environ deux heures.

Dans l'après-midi, Manuelito reparut escortant encore une boîte semblable aux précédentes.

Vers 9 heures du soir, à l'heure indécise où le jour darde un dernier rayon avant de tomber dans la nuit, le gamin se montra encore.

Sa voix, répercutée sans doute par le tunnel d'où sortait la rivière, parvint jusqu'aux prisonniers.

— Dans trois heures environ, le dernier voyage, et le chargement sera fini.

Dix heures, onze heures, se marquent à la montre de lord Fairtime qui, dans un chuchotement où tremble son impatience, murmure :

— Dix heures! viendront-ils?... Onze heures! pourront-ils venir?...

Les chiffres, la question anxieuse pénètrent dans les cerveaux ainsi que des flèches aiguës; le temps continue sa marche inexorable, et le point d'interrogation reste dressé devant les captifs, tel une monstrueuse idole du découragement.

Mais tous se soulèvent légèrement.

Le crépitement imperceptible qui, la veille, les a avertis de l'approche du parleur téléphonique, retentit de nouveau. Leurs cœurs battent. L'instant espéré est venu. C'est le cordeau libérateur, les bretelles de cuir, qui descendent vers eux.

Leur lanterne allumée a été placée à l'extrémité de la plate-forme de granit. Ils sont en dehors de son halo lumineux. Leurs gestes ne seront pas perceptibles pour les bandits qui les gardent.

Avec des précautions infinies, ils se soulèvent. Ils sont debout, serrés les uns contre les autres, interrogeant de leurs mains la nuit, où vibre toujours le crépitement ami.

— Je le tiens, chuchote la voix de Jim.

54

Le frère de Péterpaul a saisi l'objet descendu des hauteurs du ciel. Et le craquettement s'arrête. Il y a un silence. Une anxiété les a saisis. Qui entreprendra d'abord l'ascension? Qui se suspendra dans le vide? Qui éprouvera avant tous la sensation vertigineuse d'être absorbé par le ciel. Margarèthe murmure doucement :

— Ce sera moi!

— Vous! pourquoi? riposte vivement Péterpaul.

— Parce que je suis la cause de vos tristesses. Parce que je ne me sentirai digne de votre généreux pardon, que si je puis sans cesse m'interposer entre vous et le danger.

Elle ne continue pas. Un organe, qui semble dominer le groupe, vient de prononcer :

— J'ai décidé; je gagne le ciel avant tout le monde.

C'est Jim, qui a endossé sans bruit le harnachement des courroies de cuir.

Tous lèvent la tête. Ils devinent confusément, ombre plus noire dans l'ombre, la silhouette du jeune homme s'élevant au-dessus de leurs têtes.

La vision ne dure pas. L'obscurité se referme sur le second fils de lord Fairtime.

Haletants, retenant leur haleine, tous prêtent l'oreille. Ils attendent; quoi? Que le battement avertisseur leur dénonce le retour de l'engin d'évasion.

Ce retour leur dira que Jim est en sûreté. Et pour éviter de nouvelles discussions, lord Gédéon murmure :

— Le capitaine doit le dernier quitter le navire qui sombre. Ici, le capitaine c'est moi, chef de famille. Cette jeune femme partira d'abord, vous, Péterpaul ensuite; enfin, moi.

Brusquement, les trois prisonniers se figent dans une stupeur épouvantée. Des cris, des appels ont retenti.

Un coup de feu explose, striant l'abîme d'un jet de flamme qui trahit la direction du tir. La trajectoire monte vers le ciel.

Sans doute, quand Jim, suspendu au câble d'acier, a dépassé la crête du Cénote, sa silhouette s'est profilée sur le ciel, sur cette clarté diffuse que distillent les étoiles.

La fusillade crépite, incessante. Soudain un cri déchirant hulule dans les ténèbres. Les prisonniers ont l'impression qu'un corps, un bolide noir tombe et s'engouffre avec un monstrueux éclaboussement dans la rivière qui coule au bas de l'escarpement.

Ils se précipitent vers le bord. Ils ne doutent pas. Une balle a coupé la corde, déterminant une effroyable chute.

Et comme ils se penchent appelant Jim, oubliant leur salut propre, ils perçoivent des bouillonnements, des claquements de mâchoires avides.

Leurs cheveux se hérissent sur leurs têtes. Ils ont compris.

Les alligators du fleuve souterrain se disputent les restes de celui qui vient de mourir.

Plus un geste n'est permis aux spectateurs de l'épouvantable drame. Leur

— En joue, hurle Siemens !

pensée cesse de fonctionner, leurs nerfs semblent brisés, leurs muscles pétrifiés. Ils vivent les affres d'un cauchemar réel.

Combien de temps demeurent-ils ainsi ? Des heures ou des secondes ? Des bruits nouveaux, un violent jet de lumière les débarrassent de l'étreinte horrifique dont ils sont moralement ligotés.

Ils retrouvent brutalement la faculté de voir, d'entendre, de sentir. Et à dix pas d'eux, ils distinguent leurs gardiens se rangeant sur deux lignes.

— On peut éclairer, meugle l'athlétique Siemens qui brandit un falot. Plus de danger d'être aperçus, puisque Miss Vouve a déniché le repaire. Ainsi d'ailleurs, on verra nettement ce que l'on va supprimer !

Il fait résonner l'abîme d'un rire bestial.

— Il y a tentative d'évasion. Tout est permis, le patron l'a dit. Allons, camarades, apprêtez armes; on les fusillera comme des lapins.

Les carabines sonnent, s'abattent sur les mains des bandits. Effrayés à la pensée que l'aéroplane les domine, ils se hâtent. Ils veulent se venger par avance. Ah! l'aviateur pourra descendre ensuite!

— En joue, hurle Siemens!

. . . .

Le pseudo Manuelito avait paru un instant dans le Cénote vers 9 heures. Ses dernières paroles étaient parvenues aux prisonniers :

— Dans trois ou quatre heures, nous partirons.

Puis il s'était élancé sur la pente du gouffre. Il se hâtait, se rappelant l'avis amical de Pétunig :

— Reste aux approches du canot, Manuelito.

Bah! il ne quitterait plus Von Karch. L'espion, ayant conduit toute l'affaire, serait bon juge du moment où il conviendrait de rallier l'embarcation.

Tout l'après-midi, Tril avait travaillé dans le gîte mystérieux connu seulement de l'Allemand, de Tiral et de Liesel. C'était là qu'il retournait.

Il traversa la zone découverte entourant le Cénote. A l'opposite du point où s'amorçait le sentier du Temple, une autre coulée s'enfonçait dans le taillis.

Il s'y jeta sans hésitation. L'étroite passe serpentait, décrivant des courbes imprévues. En cinq minutes, Tril parvint auprès d'un amoncellement de roches emprisonnées dans le fouillis d'une végétation luxuriante.

Ronces aux ardillons aigus. lianes multicolores, graminées, cactus épineux, s'entrelaçaient. semblant aux prises dans un corps à corps farouche. Les plantes, elles aussi, connaissent les horreurs de la lutte pour la vie.

L'Américain écarta les feuillages, démasquant l'entrée d'une galerie s'enfonçant sous la terre. On eût dit un terrier géant, assez large pour livrer passage à un homme courbé. Le jeune garçon se baissa, ramassa un objet déposé près de l'ouverture, et un jet de lumière électrique se projeta dans le couloir.

L'objet n'était autre qu'une lampe de poche.

Le gamin disparut dans le passage. Celui-ci accusait une pente assez rapide. A deux reprises, il tourna à angle droit.

Soudain, une sorte de puits s'ouvrit devant le marcheur. Le terrier aboutissait à un abîme si profond, que la clarté n'en pouvait atteindre la partie inférieure.

Et de cette partie invisible montaient les mugissements d'un torrent.

Au lieu du paisible fleuve traversant le Cénote d'Ah-Tun, l'étroite crevasse que dominait le jeune garçon devait recéler une eau tumultueuse.

Ici, la descente continuait le long des parois de cet abîme bruyant. Une corniche enroulait sa spire autour de la cavité.

De toute évidence, elle avait été aménagée par les hommes, car une balustrade grossière façonnée de branches non écorcées la bordait ainsi qu'une rampe.

La corniche faisait parfois défaut. Des ponceaux de branchages, qui pliaient au passage de l'Américain, franchissaient ces solutions de continuité. Le gamin allait toujours. Tout à coup, le faisceau lumineux de la lanterne éclaira une chute d'eau que le sentier surplombait. Plus loin, le chemin s'enfonçait dans la masse rocheuse, semblant s'éloigner du torrent, pour déboucher à 30 mètres au delà sur une chaussée, au long de laquelle bouillonnait le courant rapide.

La chaussée s'arrêtait devant un mur perpendiculaire, formant l'un des côtés d'un étroit tunnel, dans lequel disparaissaient les ondes écumantes.

Tiral avait expliqué les difficultés sans nombre qu'il lui avait fallu vaincre pour arriver au gîte des diamants.

Parti de Progreso sur une légère pirogue démontable, l'ex-comptable, accompagné seulement de Liesel et de Brumsen, était parvenu au Cénote d'Ah-Tun.

Là, il avait procédé au démontage de l'embarcation. Chaque morceau en avait été hissé au sommet, transporté à travers le taillis, puis dans la cavité diamantifère.

Sur la plate-forme qu'atteignait alors Tril, la pirogue avait été remontée, et il avait fallu établir un appareil, tel que la barque pût descendre le courant jusqu'à la cachette des précieuses gemmes, et revenir à l'orée du tunnel.

Dans la muraille de la voûte absorbant l'eau torrentueuse, Tiral avait enfoncé des tiges de fer consolidées par des croisillons et des portants métalliques.

Entre ces tiges, tournait une poulie à tambour, sur laquelle s'enroulait une corde, dont les deux extrémités s'attachaient à l'arrière de la pirogue : l'une, retenue par un nœud à un anneau rivé dans le bois, l'autre par un crochet agrafant une boucle de fer disposée sur le tambour.

Voulait-on aller au trésor? On s'embarquait, l'un des assistants demeurait auprès de la poulie tambour, la déclenchait, en réglant le mouvement à l'aide d'une manette rustique. La corde se déroulait, et la barque portée par le courant, dérivait lentement vers l'endroit désigné.

Le jeu d'une manivelle assurait le retour.

A cette heure, le comptable, sa fille, Von Karch, rassemblés auprès du treuil improvisé attendaient le pseudo-Manuelito.

— Rien de nouveau ? questionna l'espion.

— Rien.

— Alors, cher Monsieur Tiral, au dernier voyage !

Tril eut un coup d'œil à l'adresse de Liesel. La métisse couvait l'Allemand d'un regard inquiet ; au fond de ses prunelles sombres, on lisait la question angoissante :

— Que pense-t-il ? Quels projets sont arrêtés dans son cerveau ?

Cependant Von Karch s'impatientait.

— Hâtons-nous, prononça-t-il en consultant sa montre. Onze heures sont passées. A minuit au plus tard, nous devrons être en route.

Avec empressement, le comptable enjamba le bordage et s'assit sur l'un des bancs.

— Allons, Liesel, fit-il. Dépêche-toi. Tu vois que notre ami a du vif argent dans les veines.

La jeune fille se rapprocha du bateau ; elle allait embarquer. Von Karch la retint doucement par le bras.

— Est-ce bien utile ? murmura-t-il.

Elle riva sur lui son regard noir.

— Que voulez-vous dire ?

Dans l'accent de la jeune fille il y avait une anxiété et un défi. L'Allemand ne parut pas s'en apercevoir.

— Je veux dire que, vous ici, sachant qu'à minuit moins dix nous remonterons, il se pressera dans la crainte d'être séparé de vous.

Ceci semblait si naturel, que Tril, debout à quelques pas, ne prêta aucune attention aux répliques échangées.

Cette distraction l'empêcha de remarquer que les deux interlocuteurs croisaient leurs regards. Les yeux de la métisse fouillaient ceux de l'espion.

Qu'y lut-elle ? Une menace sans doute, car elle sauta dans la barque, avec ces mots :

— Je serai plus certaine de sa hâte en demeurant près de lui.

Un sourire ironique crispa les traits de l'espion.

— Vous êtes prêts ? Eh bien ! allez donc au diable !

Un cri d'épouvante ponctua l'apostrophe brutale. L'Allemand avait détaché le crochet fixé sur la poulie-tambour, fait sauter le taquet embrayant celle-ci, et la pirogue, emportée par le courant tumultueux avait disparu sous la voûte.

Mais le crochet se coinça contre un croisillon. Du fond de l'ombre, des voix affolées jaillirent :

— Grâce pour mon père!

— Misérable!

— Non pas *misérable*, ricana le sinistre personnage, mais *multimillionnaire*, car je m'institue votre légataire universel.

Tril allait s'élancer. Le temps lui manqua. D'un revers de main, l'espion dégagea le crochet qui s'engouffra dans le tunnel comme aspiré par les ténèbres. Un cri angoissant, plainte suprême des victimes,... et puis plus rien.

Le drame était consommé. Tiral et Liesel, emportés dans le mystère du dédale souterrain, ne reparaîtraient jamais. Nul ne soupçonnerait le crime qu'une voûte rocheuse de cent mètres d'épaisseur masquait aux yeux des hommes.

Figé par l'horreur, Tril restait pétrifié. Von Karch se retourna. Il se méprit au trouble du jeune garçon.

— Tu n'avais pas prévu ceci, petit Manuelito. Que veux-tu, les notaires sont trop lents à rédiger les testaments!

Puis, presque affectueux :

— L'existence joyeuse t'est assurée, comme je te l'avais promis, Manuelito. A présent, rejoignons tes camarades. Il s'agit de mettre en sûreté le produit de notre travail.

Et une vague bouffée de latinité lui montant au cerveau, il conclut :

— *Labor improbus*. De par le diable, c'est le cas de le dire, avec ou sans calembour.

Titubant, le cerveau vide, abasourdi par la brutalité des événements, Tril parcourut dans les traces de l'espion le sentier difficile escaladant les murailles du puits de la cascade.

En se retrouvant à la surface du sol, il respira largement. La tiédeur de la nuit, les parfums balsamiques des végétaux, chassèrent l'angoisse physique qui l'étreignait.

L'Allemand s'était arrêté un moment. D'une oreille attentive, il interrogea la nuit.

— Rien encore, fit-il, tout ira bien! Pétunig à 9 heures chez le cacique; les Indiens, tous fantassins, ne sauraient être ici avant minuit. Il nous reste un quart d'heure pour nous mettre à l'abri de toute attaque.

Tril le suivant, tous deux débouchèrent des taillis; ils traversèrent la zone dénudée entourant le grand Cénote d'Ah-Tun, parvinrent au bord du vaste entonnoir d'ombre.

Von Karch porta son sifflet d'argent à ses lèvres et modula le signal appelant les bandits au rassemblement. Ceci fait, il s'engage sur la pente.

Cependant, après quelques pas, il s'arrête, écoute. Aucun bruit ne décèle la marche d'une troupe.

— Que font-ils donc?

De nouveau, le sifflet égrène ses trilles dans le silence du gouffre. Aucun son ne répond. Une inquiétude étreint l'espion.

— Qu'est-ce que cela signifie? fait-il à mi-voix.

Et s'adressant à Tril qui règle ses mouvements sur les siens.

— Le revolver à la main, Manuelito. Il se passe ici quelque chose que je ne m'explique pas.

Le jeune garçon obéit, il ne saurait prononcer une parole.

Le revolver au poing, l'index sur la gâchette, les deux personnages avancent avec précaution. Un silence de tombe les entoure.

Tout à coup, l'espion lance une sourde exclamation. Son pied a rencontré un obstacle; il a failli tomber.

— Ah! tant pis, j'allume. Je risque d'être vu, mais, mille diables, il faut voir d'abord.

L'affirmation gronde entre ses lèvres serrées; une petite étoile brille auprès des personnages. L'Allemand vient d'actionner sa lampe électrique de poche. Mais à peine en a-t-il dirigé le rayon sur le chemin qu'il a un cri étranglé.

— Fritzeü! Ah ça! il est mort!

Fritzeü est étendu en travers du sentier, les jambes repliées dans une contraction suprême, la tête renversée sur la pente qui descend au gouffre.

Von Karch, Tril se penchent sur le cadavre. Comment la mort a-t-elle frappé? Ils ne comprennent pas. Aucune blessure n'apparaît à leurs regards. Et le gamin désigne la lisière du halo lumineux de la lanterne.

— Là! là! on dirait; mais oui, un autre corps!

C'est vrai. Une seconde silhouette barre le sentier. Von Karch reconnaît Lorike. Lorike mort, comme Fritzeü, sans que son cadavre porte la trace d'une blessure.

La situation affole le misérable. Il s'élance sur la pente. Un à un, il rencontre ses complices. Tous ont passé de vie à trépas. Une mort inexplicable les a tous frappés.

HURTZEL EST ÉTENDU EN TRAVERS DU SENTIER.

Voici Stolz, voici Metzger, voici Ramberg et Otto, et Frantz, et Guerberwill... et Siemens!

L'herculéen séide de l'espion est là, désormais inoffensif. Il est mort, mort comme les autres.

Tril, qui maintenant sent grandir en lui la joie des vengeances assouvies, désigne le front du géant :

— Voyez!

Au-dessus du sourcil, le front est percé d'un petit trou occupant le centre d'un disque noirâtre.

— Une brûlure, balbutie Von Karch.

Et soudain, il a un cri de rage furieuse :

— Miss Veuve!

Le souvenir du radiateur d'ondes hertziennes vient d'éblouir sa pensée. La brûlure est caractéristique. C'est l'étincelle électrique qui a frappé le crâne de Siemens.

— Mais alors les Anglais? Margarèthe?

Comme un insensé, Von Karch bondit en avant. Il arrive à la plateforme rocheuse. Elle est déserte. Les captifs ont disparu.

Tril a peine à cacher sa joie. Plus de bandits, François ayant reconquis tous ceux qu'il aime, on va jouer la partie suprême qui rendra l'honneur à l'aviateur.

Au surplus, l'Allemand ne songe guère à observer. En proie à une rage furieuse, il piétine, il invective l'invisible ennemi qui a rendu illusoire toutes ses précautions. Dans son désarroi, une idée se condense :

— Les Mayas, appelés par lui, vont arriver. Il ne faut pas les attendre. Vivre d'abord pour lutter encore.

Et quittant la place, il remonte la pente, entraînant l'Américain à sa suite.

— Au canot!

Le canot les mettra hors de l'atteinte des Mayas, et puis il est bondé de diamants! Le nerf de la guerre, parbleu! Avec des pierres précieuses, des millions, on n'est jamais vaincu.

La réflexion jette une clarté dans l'obscurité où se débat le terrible jouteur.

Voici le point d'où se détache le raidillon accédant à l'amarrage de l'embarcation. Tous deux dévalent la pente, faisant rouler les pierrailles sous leurs pieds. Ils discernent le murmure paisible de l'eau. Des rides de la surface du fleuve souterrain renvoient en étincelles les rayons de la lanterne électrique.

Un hurlement éperdu fuse entre les lèvres de Von Karch, se répercute sous les voûtes des galeries. Les amarres sont coupées et le canot est devenu invisible.

Ceci est le dernier coup. Avec une plainte rauque, l'espion s'affaisse sur le rocher.

Ce qui s'est passé est la résultante logique des combinaisons du fourbe.

Lorsque, sous une volée de balles lancées par les bandits, s'est brisé le câble qui hissait vers l'aéroplane le malheureux Jim Fairtime, François et Édith ont éprouvé un mortel affolement.

Qui est la victime? Ils l'ignorent. Ils savent que l'un des prisonniers était suspendu dans le vide obscur. Mais lequel? Est-ce le Lord? L'un de ses fils? Margarèthe?

— A terre, ordonne l'Ingénieur.

Et l'aéroplane s'est posé doucement au bord du Cénote. François s'est armé de l'un de ses terribles radiateurs d'ondes hertziennes, il a quitté l'appareil sur ces mots :

— Que personne ne bouge. Il ne faut pas qu'en châtiant les misérables, je risque de frapper l'un de vous.

Puis à Klausse, il a jeté cette suprême recommandation :

— Quoiqu'il arrive, tu réponds de l'appareil. Il doit rester libre!

C'est l'instruction suprême du commandant de vaisseau quittant son bord.

Il a disparu, englouti dans l'ombre du Cénote. Il arrive à temps. Siemens et ses compagnons tiennent les prisonniers en joue; mais le radiateur entre en action. Des éclairs livides sillonnent les ténèbres. Les bandits ont expié. Les captifs sont délivrés.

Et un cri résonne éperdu. Édith est dans les bras de lord Gédéon. Elle a suivi François malgré sa défense.

Quel reproche pourrait-il adresser à la jeune fille dont le cœur est partagé entre la joie d'un père et d'un frère retrouvés, et la désespérance d'un frère si tragiquement frappé tout à l'heure.

Mais, brusquement, des pas précipités résonnent sur le sentier. Joë accourt.

— Klausse m'envoie vous chercher. Des habitants du pays ont envahi le bois. Dans quelques instants ils seront sur l'aéroplane.

— Tout le monde en haut, rugit le Français comprenant qu'une terrible complication va peut-être transformer sa victoire en désastre.

Les Indiens arrivaient avant l'heure prévue par Von Karch.

François saisit le bras d'Édith. Il l'entraine, répétant d'une voix haletante :

— Pressons-nous. Il s'agit d'atteindre l'aéroplane avant les Indiens.
C'est une course dont la vie ou la mort est l'enjeu. Pressons-nous!

Mais ils atteignent à peine au tiers de la pente, quand le bourdonnement
caractéristique de l'engin vibre au-dessus de leurs têtes. Klausse, èsclave
de la consigne, vient de provoquer l'ascension du navire aérien.

Les Indiens sont donc là-haut, autour du Cénote. Ils vont dévaler le long
des parois. François n'a délivré ceux qu'il aime que pour périr avec eux.
Certes, son radiateur hertzien fera des victimes. Hécatombe inutile. Les
ennemis sont nombreux. Les fusils auront le temps de cracher la mort.

Et déjà tout en haut, faisant saillir de l'ombre la crête du gouffre, des
lueurs rougeâtres paraissent.

Les ennemis ont allumé des torches. Ils se préparent à explorer l'abîme.
A ce moment, Margarèthe murmure :

— Le canot, le canot; plutôt le dédale souterrain que les Mayas! Suivez-
moi!

Tous ont compris. Déjà ils descendent vers le niveau de l'eau. Peut-
être, à un autre instant, hésiteraient-ils. Mais les périls de la nuit souterraine sont voilés par un danger plus immédiat.

Tous gagnent le canot, embarquent. Les amarres sont coupées, le courant entraine l'embarcation, qui a disparu quand les Indiens arrivent au
fond du gouffre.

Ils y découvrent les cadavres des complices de Von Karch.

Pour eux, ce sont là les profanateurs dont la présence a été signalée
au cacique. Et comme ils ne peuvent expliquer leur mort, ils pensent que
les dieux oubliés, les Pah-Ah-Tun, les ont punis de leur sacrilège.

Dès lors, ils retournent au village d'Errinac en chantant des mélopées
antiques, en l'honneur des dieux qui ont su faire justice.

Maintenant, tout au fond du Cénote, l'espion, ayant auprès de lui Tril,
tremble a l'idée que les Indiens vont venir.

Mais les heures passent. Il se rassure peu à peu. Il songe que le capitaine du yacht *Fraulein* a reçu ses ordres. La lagune de Progreso sera
gardée; les fugitifs, s'ils réussissent à sortir du labyrinthe aquatique du
sous-sol, seront pris à la côte. Au pis aller, le souterrain gardera ceux
qui s'y sont imprudemment engagés!

Et le désir d'arriver à Progreso, d'être là quand la partie suprême va
se jouer, le galvanise.

— Viens, ordonne-t-il à celui qu'il prend toujours pour Manuelito.

Sa voix sonne dominatrice. Tril le considère étonné. Tout à l'heure prostré, anéanti, le misérable semble avoir retrouvé la confiance un instant perdue.

Tous deux remontent au sommet du gouffre. Le bois Ah-Tun est calme, paisible, silencieux.

Von Karch entraine son jeune compagnon, gagne la lisière du bois interdit, s'engage dans la campagne et, délivré de la crainte d'être surpris dans l'enceinte consacrée aux Pah-Ah-Tun, il siffle allègrement conduisant ainsi son jeune compagnon aux extrêmes limites de la stupéfaction.

CHAPITRE VIII

LA DERNIÈRE REPRISE DU DUEL

— Fichu service, lieutenant.

— Fichu, c'est le mot, Herr Tafsen!

— Voilà quatre jours que nous surveillons cette endiablée lagune de Progreso, et l'équipage est exténué.

— Bon, je le pense comme vous. Nous disposons de 40 marins : chacun des deux canots, en occupe dix... Total douze heures d'aviron par jour... C'est trop vraiment, c'est trop!...

— Oui, mais c'est l'ordre de Herr Von Karch, lieutenant.

— Je m'incline... Seulement, tout en obéissant, il m'est bien permis de regretter la rade de Campêche où nous aurions été si tranquilles sans cette incompréhensible dépêche qui nous a fait revenir à Progreso.

Herr Tafsen et son second échangeaient ces répliques dans la nuit tombante, sur le pont du vapeur *Fraulein*.

Le télégramme de Pétunig les avait touchés à Campêche, leur enjoignant de gagner Progreso à toute hélice et d'établir une souricière à l'orée du fleuve souterrain.

En ce moment, les matelots, qui allaient relever les canots, de service durant la journée, embarquaient, et tout en surveillant l'opération, les deux officiers se confiaient l'agacement d'une consigne immobilisant tout le personnel du navire.

— Heureusement, il n'y a pas de pirates dans ces mers, reprit le second.

Et son supérieur l'interrogeant du regard.

— Bien sûr, expliqua-t-il. Pour que la lagune ne demeure pas sans surveillance, nous expédions la relève, et les autres ne rallient le bord qu'à l'arrivée de celle-ci... Deux fois par jour, durant une grande demi-heure nous sommes seuls sur le *Fraulein*... Avouez que des gens mal intentionnés auraient beau jeu de capturer le yacht.

— Vous avez raison... Toutefois, comme vous le dites si bien, lieutenant, il n'existe pas de pirates.

— Cela est évident.

— Et le beau jeu de ce qui n'existe pas ne saurait nous inquiéter.

Herr Tafsen daigna souligner d'un sourire ce qu'il considérait comme une fine plaisanterie, et les deux canots rangés contre le bordage étant prêts à partir, les rameurs à leurs bancs, il commanda :

— Nage !

Un instant, il regarda les embarcations s'éloignant dans la direction de la côte, que l'on devinait, dans la nuit venue, aux lumières du port de Progreso.

Puis s'adressant à son second :

— Je descends dans ma cabine, lieutenant. Quand les hommes de l'équipe de jour seront rentrés, placez les vigies et venez me rejoindre. Nous nous offrirons un punch de consolation.

— Par obéissance, Herr Tafsen.

Sur ce, le capitaine du *Fraulein* s'engouffra dans l'escalier du pont et s'enferma dans sa cabine, où il s'absorba en la confection d'un punch à lui spécialement destiné.

Il est conforme à la hiérarchie bien comprise que le commandant d'un navire prenne un rafraîchissement, une *délicatesse*, avant les officiers subalternes.

Celui qui précède tout le monde au feu, peut bien brûler l'alcool avant les autres.

Donc Herr Tafsen mixtura la boisson ardente, en dégusta une gorgée avec une sensualité presque mystique, puis s'étant quelque peu grillé la langue, il vint au hublot dont la vitre ronde éclairait la pièce durant le jour.

Vu la nécessité de réserver au « patron du yacht » et à ses invités, volontaires ou non, les cabines d'arrière, le commandant s'en était aménagé une à tribord (côté droit du navire) d'où il distinguait la terre, Progreso, la lagune. A l'aide d'une lunette, il lui était loisible de s'assurer que les canots accomplissaient bien leur service.

— Ah! ah! nous avons de la lune ce soir, marmotta-t-il. C'est égal! Je serai ravi quand nos bateaux rallieront définitivement. Jamais feu d'artifice ne m'aura réjoui comme la vue de la fusée rouge convenue, par laquelle les braves gens nous annonceront qu'ils tiennent ceux que nous attendons.

Et, avec un juron :

— Ces gens que nous attendons sans savoir qui ils sont. Mais de cela, je m'en moque! Ce qui m'intéresse, c'est la fin de cette faction insipide. Vive la fusée rouge! Puisse-t-elle ne pas se faire espérer trop longtemps!

Ses yeux errant sur la mer, imprimèrent une nouvelle direction à ses pensées.

— On jurerait que tous les requins de l'Océan tiennent un meeting autour du *Fraulein*. Je sais bien que ces vilaines bêtes pullulent sur les côtes du Yucatan, mais vraiment elles pullulent trop. Celui qui tomberait à la mer, hum!...; cela fait froid dans le dos. Le temps de dire ouf, et l'on serait absorbé comme un simple déjeuner à la fourchette.

Il eut une exclamation. Un corps opaque venait de passer devant le hublot, faisant rejaillir l'eau jusqu'à la vitre ronde.

— Qu'est-ce que c'est que ça?

Tafsen ouvrit le hublot; il s'efforça de voir au dehors, mais il ne discerna que des rides circulaires s'étalant à la surface de la mer, et indiquant par leur centre l'endroit où l'objet inconnu s'était engouffré dans la masse liquide.

— Mille diables, est-ce que mon second jetterait la cargaison à la mer?

Tafsen se précipita vers la porte, avec l'intention d'aller chercher l'explication du fait anormal. Il n'eut pas le temps de l'atteindre.

Le battant s'ouvrit et, sur le seuil, apparurent deux jeunes filles vêtues de délicieux costumes de yachting : vareuses bleu-marine à boutons d'or, corsages de jersey blancs, jupes courtes, brodequins de cuir fauve.

Sur leurs cheveux : bruns chez l'une, blonds chez l'autre, d'exquises casquettes blanches à bandeaux bleus.

— Ochs! s'exclama le commandant ahuri; on jette je ne sais quoi à la mer, et cela fait pousser des passagères à bord; ah ça, Mesdemoiselles, seriez-vous des sirènes?

Des sirènes très modernes en tout cas, car les interpellées braquèrent de mignons revolvers sur Herr Tafsen, et s'inclinant cérémonieusement. la brune prononça :

— Nous souhaitons causer avec vous, Herr; je suis certaine que vous ferez droit à notre désir, aussi je veux être correcte et vous présenter vos visiteuses.

Elle se désigna du doigt :

— Le *commodore* (capitaine de la marine américaine) Suzan; mon amie et mon aide de camp, miss Ketty.

Et profitant de la stupeur du commandant du *Fraulein*, lequel fixait des regards hébétés sur ces jeunes filles s'attribuant des grades dans la marine fédérale, elle ferma tranquillement la porte, puis souriante :

— Asseyez-vous donc, Herr Tafsen. Vous alliez, je le vois, déguster un punch; ne vous gênez pas pour nous.

Machinalement, l'interlocuteur de l'étrange commodore se versa une copieuse rasade.

— Là, reprit Suzan avec satisfaction. Daignez ouvrir des oreilles complaisantes.

Elle prit une pose abandonnée, sans cesser de tenir le commandant sous la menace de son revolver.

Comment les deux fillettes se trouvaient-elles là? On se souvient que la venue des Mayas avait déterminé le watman Klausse à provoquer l'envolée de l'aéroplane, malgré la résistance de Suzan et de Ketty, qui eussent voulu joindre leurs amis demeurés dans le gouffre.

Quand, au matin, Klausse se hasarda à revenir au Bois Interdit, la futaie était redevenue déserte. Une exploration du Cénote avait révélé aux trois aviateurs une part de la vérité.

Leurs amis avaient fui par la rivière souterraine, sans cela leurs cadavres eussent été visibles comme ceux des complices de Von Karch.

Donc il fallait aller les attendre à Progreso.

Mais auparavant, l'aéroplane décrivit un crochet sur Campêche, afin d'entraîner le steamer américain *Lovely*, qui avait rallié ce mouillage sur la dépêche chiffrée expédiée naguère de Mérida par Tril.

A Campêche, les voyageurs aériens ne trouvèrent, ni le *Fraulein*, ni le *Lovely*. Tous deux, le second surveillant le premier, s'étaient déjà mis en route vers Progreso.

Dans ce dernier port, Klausse et ses compagnons avaient découvert le *Lovely* amarré au fond du bassin.

Suzan avait eu une mystérieuse conférence avec un jeune garçon de dix-huit ans à peine, qu'elle avait appelé Capitaine Martins.

Celui-ci lui désignant le *Fraulein*, affourché sur ses ancres au milieu de la rade extérieure, lui avait expliqué comment le service s'effectuait à bord du vaisseau allemand, qu'il ne perdait pas de vue depuis plusieurs jours.

Et profitant de l'instant de la relève, l'aéroplane venait de déposer, à l'arrière désert du navire de Von Karch, les deux fillettes engageant la lutte sur un plan audacieux, né en leurs cœurs de leur dévouement.

Elles avaient échangé ces seuls mots :

— Tril est pris ailleurs, c'est à moi, Suzan, d'agir comme il le ferait lui-même.

— Je pense la même chose, en ce qui concerne Joé et ma propre personne, répondit Ketty.

A présent, elles tenaient Herr Tafsen sous le canon de leurs revolvers, et Suzan, devenue commodore, parlait :

— Donc, cher monsieur Tafsen, le recrutement de votre équipage m'est apparu complètement défectueux.

— Défectueux, se récria l'officier, étourdi par cette entrée en matière. Mon équipage défectueux !

— Soyez juste ; des chenapans, des gens de sac et de corde, dont la place serait au bout du filin d'une bonne potence, et non parmi les agrès d'un honnête navire. Aussi ai-je résolu de vous débarrasser de ces coquins, dont le commandement a dû vous peser bien souvent.

Et comme Tafsen, écarlate, congestionné, soufflait ainsi qu'un phoque, Suzan reprit aimablement :

— La joie vous étouffe, je le vois. Allons, encore un petit verre de punch, cela vous remettra d'aplomb. Ne vous faites pas prier.

Par hasard sans doute, le revolver de la fillette décrivit dans l'air des arabesques menaçantes. Le commandant s'exécuta et absorba un verre de la boisson brûlante.

Bien que tant soit peu obligatoire, cette libation lui rendit une part de sa lucidité, et il trouva la force d'une question :

— Enfin, que voulez-vous ?

— Vous épargner, vous, Herr Tafsen.

— M'épargner ?

— Ceci vous étonne. Vous vous avouez, à part vous, que vous n'êtes pas plus digne de clémence que les autres. Je sais, je sais. Tous les serviteurs de M. Von Karch sont des bandits triés sur le volet. Vous serez épargné, non par pitié, mais parce que vous pouvez rendre un léger service.

— Un service ?

— Celui d'obéir. On ne vous demandera pas des choses au-dessus de vos capacités. Mentir un peu, voilà tout.

Soudain une sorte d'éclair rougeâtre impressionna la rétine des assistants. D'un bond, Tafsen fut au hublot, disant d'une voix étranglée par la joie :

— La fusée rouge!

— Et cette fusée signifie? demanda Suzan qui n'avait pas fait un mouvement.

— Que mes matelots ont capturé ceux qu'ils attendaient.

Suzan et Ketty échangèrent un regard rapide; ceux-là, c'étaient ceux à qui elles se dévouaient.

Le commandant ne vit rien. On l'avait surpris seul ou à peu près à son bord; mais ses quarante matelots allaient rallier le *Fraulein;* ce serait à lui à dicter des ordres aux audacieuses péronnelles braquant sur lui leurs révolvers.

Et il continua avec une satisfaction hargneuse :

— Cela signifie encore que mes *Vauriens* comme vous les appelez, reviennent, et qu'en vous trouvant à bord! Eh! Eh! ils pourront se venger d'un mépris imprudent.

A sa grande surprise, ses interlocutrices ne s'émurent pas le moins du monde. Ketty se prit à rire.

Quant à Suzan, elle prononça d'un petit ton dogmatique du plus comique effet :

— Oh! s'ils nous trouvaient, je ne doute pas de leur brutalité; seulement ils ne nous trouveront pas.

— Ah bah! et pourquoi, je vous prie? questionna malgré lui Tafsen interloqué par le calme de la fillette.

Celle-ci riposta par une question, semblant ne présenter aucun lien avec la précédente :

— La fusée rouge lancée, dans combien de temps estimez-vous que les canots auront rallié le *Fraulein?*

— Dans une demi-heure au plus.

— Bien, dans ce cas, attendons une demi-heure, et vous verrez que quarante bandits de plus ou de moins ne changent rien à ce que j'ai décidé. En dehors d'eux, que reste-t-il à bord? Les cuisiniers seulement, car je crois que le personnel des machines est employé au service concurremment avec les matelots.

Médusé, Tafsen affirma d'un geste de la tête.

— Combien de cuisiniers?

— Trois.

— Merci.

Puis, gracieuse autant qu'une maîtresse de maison offrant le thé.

— Pour raccourcir l'attente, un peu de punch, Herr Tafsen? Un peu de punch pour entretenir votre belle humeur.

Et le silence régna.

Le commandant s'exécuta.

Tafsen buvait, tout étourdi de l'aventure. Il consultait fréquemment sa montre, une grosse montre d'or.

Les minutes passaient. A la vingt-neuvième, des voix résonnèrent au dehors, accompagnées du bruit d'avirons frappant l'eau.

— Les canots! murmura le commandant.

Il fit mine de se lever, d'aller au hublot, mais les revolvers se dirigèrent sur sa personne de façon si clairement menaçante, qu'il se rassit furieux, se mordant les lèvres.

— Attendez, dit seulement Suzan.

A présent, on percevait des pas sur le pont, le grincement des poulies. Que hissait-on à bord?

Dans le couloir des cabines, plusieurs personnes passèrent, se dirigeant vers l'arrière du navire.

Dix fois, herr Tafsen fut sur le point d'appeler. Les révolvers l'empêchèrent de donner suite à cette idée.

— D'où sortez-vous, la belle?

Et les deux fillettes le regardaient fixement, semblant deviner les pensées bouillonnant en son crâne.

Elles ne souriaient plus. Sur leurs traits se marquait une anxiété, et par effet réflexe, le front de l'officier se striait de rides. Quel inconnu redoutable motivait la gravité des étranges visiteuses?

Soudain, la vitre du hublot s'illumina; il y eut des crépitements, des cris, des hurlements, puis tout se tut. La vitre était redevenue noire.

Et comme Tafsen, les cheveux hérissés par une épouvante imprécise, se tournait vers le disque de verre, qui avait livré passage à l'incompréhensible irradiation, Suzan ouvrit la porte au large.

— Vous pouvez monter sur le pont, Monsieur, dit-elle d'un ton bref. Vous comprendrez la nécessité de l'obéissance.

Et se tournant vers son amie :

— Ketty, accompagne le commandant, et au besoin, aide-le à comprendre.

— Mais toi?

— Je vais chercher le maître-coq (cuisinier). Il convient d'éviter qu'il chante.

Et Tafsen, suivi de Ketty, ayant disparu dans le couloir, la jeune Américaine sortit à son tour.

Deux minutes après, elle arrivait aux cuisines. Elle allait en franchir le seuil, quand des mains robustes saisirent ses frêles poignets, et une voix rauque s'exclama :

— Tiens une matelote ! Il n'y en avait pas dans l'équipage ; d'où sortezvous, la belle ?

Entraînée par son agresseur, Suzan se trouva en pleine lumière, dans la cuisine du bord, où deux hommes surveillaient la cuisson du *rata* de l'équipage.

Celui qui la tenait, un robuste gaillard à la moustache fauve, était le maître-coq qu'elle avait pensé surprendre.

La jeune fille était prisonnière à son tour.

A ce moment même, dans l'appartement de l'arrière, divisé en cabines communiquant entre elles, où naguère les Fairtime avaient été prisonniers durant la traversée de Hambourg au Yucatan, Edith se tenait immobile, navrée par le coup du sort qui venait de la réintégrer dans cette geôle toute pleine de souvenirs funestes.

Ah ! la malchance apparaissait désormais invincible.

Après le départ du Cénote d'Ah-Tun, le canot emportant François, Edith, Lord Gedeon et Peterpaul, Margarèthe gémissante, et Joë tout interloqué d'être séparé de Ketty, s'était enfoncé dans le dédale souterrain devant le ramener à la côte.

L'ingénieur n'avait pris d'autre précaution que de placer un fanal à l'avant afin que l'embarcation ne pût donner contre un obstacle invisible.

Pour le surplus, on s'abandonna au courant, lequel conduirait sûrement les voyageurs à la mer.

Le bateau ne contenait pas de vivres ; deux jours sans nourriture, (on comptait ce laps nécessaire pour atteindre la côte) ce serait pénible mais supportable.

Or, vers le milieu de la première journée de navigation, les chronomètres indiquant midi, le canot arriva en face d'un affluent du fleuve souterrain. lequel lui apportait le tribut d'une onde rapide et bouillonnante.

Et comme ils regardaient les eaux tumultueuses se mêlant au calme courant qui les entraînait, une sorte de projectile jaillit du tunnel d'ombre déversant le torrent ; un cri s'échappa de toutes les lèvres.

Ce projectile venait droit sur le canot. Une collision allait avoir lieu, et dans les ténèbres, un naufrage supprimerait les victimes de Von Karch.

L'anxiété fut brève, l'objet frôla la barque, la dépassa, et d'un même mouvement, Peterpaul et ses amis saisirent les avirons pour s'élancer à sa poursuite.

Avec stupéfaction, ils avaient reconnu une pirogue.

Une pirogue, abandonnée au cours impétueux d'un torrent du sous-sol. D'où venait-elle?

Quelques coups de rames amenèrent les embarcations bord à bord, et dans le fond de la pirogue mystérieuse, les voyageurs découvrirent deux corps privés de sentiment.

En ces deux êtres, annihilés par une terreur surhumaine, ils reconnurent Tiral et la métisse Liesel.

Transbordés aussitôt, entourés de soins, ceux-ci revinrent à eux, expliquèrent comment, lancés dans la nuit par la trahison de Von Karch, secoués, ballottés sur les eaux furieuses, leurs nerfs n'avaient pu résister à la terreur. Ils s'étaient évanouis.

Le reste s'expliquait de lui-même.

Le torrent, affluent tributaire du fleuve, y avait conduit la pirogue, laquelle, par un hasard providentiel, avait résisté aux chocs dont son bordage portait les traces.

Mais le salut inespéré laissa Liesel dans un état de prostration douloureuse.

La jeune fille se sentit prise d'épouvante à la pensée qu'elle était sauvée par François, par l'homme dont elle avait amené l'arrestation, le déshonneur, de concert avec le misérable qui venait sans scrupule de la vouer à la mort.

Elle ne sortit de son atonie que pour crier sa propre infamie. Elle clamait comme en rêve le criminel mensonge. Elle adjurait François de lui pardonner.

Tiral, éperdu devant cette confession, demeurait atterré.

Et Édith enveloppant son fiancé d'un regard lumineux, semblait dire :

— Souvenez-vous, François, rien n'a pu me faire douter de vous.

La journée s'écoula ainsi, puis le lendemain. A l'estime des voyageurs, ils eussent dû atteindre l'embouchure du fleuve souterrain, et le tunnel continuait toujours.

Peut-être le canot avait-il été entraîné en dehors de la route la plus courte. Le courant ralenti les charriait vers l'océan, mais combien de temps mettraient-ils à y arriver?

La faim donnait une terrible éloquence à la question.

APPROCHEZ, DIT-ELLE D'UN ACCENT DE PLUS EN PLUS FAIBLE.....

Bref, une idée s'implanta dans les esprits. A plusieurs reprises, on avait passé en vue de puits, d'installations souterraines, indiquant l'emplacement d'agglomérations humaines à la surface du sol.

Un lavoir se présenta. Le canot accosta. François, Péterpaul, Joë, sautèrent sur le remblai rocheux. Un escalier se montra, grossièrement taillé dans la masse granitique.

Ils s'y engagèrent, et vingt-cinq mètres plus haut, débouchèrent dans la cour d'une ferme.

Par malheur, leur apparition épouvanta une femme qui distribuait du grain à ses volailles. Les trois personnages eurent juste le temps de s'emparer de quelques galettes de maïs, de deux poulets, de jeter une pièce d'or à la fermière afin de l'indemniser, et ils durent s'enfuir poursuivis par une troupe d'indigènes accourus aux clameurs de la poltronne créature.

Se jeter dans le canot, prendre le large à force d'avirons, ne les empêcha pas d'être salués d'une salve de mousqueterie. Ne pouvant plus les atteindre, les poursuivants se donnaient la satisfaction de les fusiller.

Les balles sifflèrent autour d'eux. Mal dirigées, elles n'eussent dû atteindre personne.

Et cependant, quand la fusillade cessa, une voix faible appela :

— Monsieur François.

C'était la voix de Liesel. Un projectile lui avait troué la poitrine. Elle gisait renversée au fond du canot.

— Approchez, fit-elle d'un accent de plus en plus faible. Approchez.

Et quand il eut obéi, elle parut rassembler toutes ses forces pour prononcer ce mot :

— Pardon !

Une convulsion agita son corps et elle ne bougea plus.

Liesel, ce témoin de l'innocence de l'Ingénieur, était morte. On juge de ce que fut désormais la navigation de la barque funèbre.

Pour brocher sur le tout, à l'instant où l'on débouchait enfin dans la lagune de Progreso, à l'instant où, délivrés de l'oppression des ténèbres, tous saluaient le ciel constellé d'étoiles, deux canots du *Fraülein*, montés par des matelots armés, avaient accosté l'embarcation ; les voyageurs s'étaient trouvés saisis, garrottés, avant de pouvoir se rendre compte des causes de cette dernière et désespérante péripétie.

Conduits au yacht de Von Karch, sur un ordre lancé du pont, ils avaient été hissés à bord, ainsi que les caissettes contenant le trésor découvert par Tiral.

57

Des marins les avaient aussitôt conduits dans l'appartement d'arrière, ou Édith se retrouvait avec désespoir.

Et silencieux, nul ne se sentant le courage de convier ses compagnons à l'espérance, ils semblaient avoir perdu même la force de se plaindre.

Comme ils restaient ainsi, la porte s'ouvrit. Sur le seuil se montra Von Karch. Et derrière lui, dans la pénombre du couloir, se devinaient confusément plusieurs matelots armés de carabines.

L'espion couvrant les prisonniers d'un regard triomphant, laissa tomber ces seuls mots :

— Eh bien! Monsieur François de l'Étoile, je crois le moment venu pour vous de déplorer l'heure où, à Mourmelon, vous m'avez refusé le plaisir d'être votre beau-père.

Ce fut tout. La porte se referma.

Von Karch s'était éloigné, ayant répandu sur ses prisonniers la suprème désespérance.

Dans sa phrase railleuse, ceux-ci avaient discerné la menace d'une âme inflexible. Désormais, ils se *savaient* irrémédiablement perdus.

Et Édith s'abattit avec un sanglot dans les bras de l'Ingénieur, tandis que Margarèthe, le visage hagard, les bras étendus en avant comme pour repousser une horrible vision, semblait frappée de folie.

Von Karch, flanqué de Pétunig rejoint à Progreso, et du jeune Tril, venait en effet de se faire conduire par un canot du port à bord du *Fraulein*.

Parvenu au navire, il avait renvoyé ses bateliers.

A la coupée, Tafsen l'attendait.

— Eh bien, Tafsen? demanda-t-il.

— Tout va bien, Herr. Ceux que l'on attendait sur la lagune, sont enfermés à l'arrière; les caisses, leurs bagages sans doute, ont été déposés dans votre cabine.

Enchanté de ces renseignements, l'espion ne remarqua pas chez le commandant Tafsen une nuance de gêne, d'hésitation.

— Je vais les voir, reprit-il, je tiens à m'assurer par moi-même qu'aucun ne manque à l'appel.

Ainsi il s'était rendu à l'appartement de poupe.

Resté seul, l'officier se retourna vers une personne à demi dissimulée derrière les apparaux, et prononça cette phrase étrange :

— J'ai obéi, mais j'aurai ma grâce?

Une voix juvénile répondit :

— Cela est promis. Continuez à agir loyalement; non seulement vous ne serez pas inquiété, mais encore vos services vous vaudront une rémunération.

Ce qui incita Herr Tafsen à s'incliner profondément.

Von Karch, lui, ayant lancé sa raillerie cruelle aux prisonniers, regagnait cependant sa cabine, toujours escorté de Pétunig et de Tril.

Il exultait.

Dans la joie de la tranquillité reconquise. il invita ses compagnons et Tafsen à partager son souper.

Il avait besoin d'auditeurs bénévoles, auxquels il pût confier ses projets d'avenir.

— Demain, disait-il, nous lèverons l'ancre; au large, nos prisonniers à la mer. Les requins nous seront reconnaissants! Eux disparus sans laisser de traces, nous négocierons les diamants du trésor Maya. Riches, libres, sans attaches avec des gouvernements ingrats, notre existence sera un enchantement.

Pétunig approuvait.

Et Tril lui-même, sentant la nécessité impérieuse de la prudence, se contraignait à applaudir le misérable bandit.

Ainsi tous s'attablèrent dans la cabine de l'espion.

Tafsen très rouge, ce que Von Karch attribua modestement à la joie de son retour, actionna la sonnerie électrique avertissant les stewarts (serveurs) que l'instant de commencer leur service était venu.

Et Tril demeura médusé.

Le serveur qui se présenta le premier, mince, fluet, gracieux, portait sur ses épaules un visage chéri, celui de Suzan.

Suzan ici, remplissant les fonctions de stewart auprès de Von Karch!

Le jeune garçon ne pouvait deviner que la fillette, captive tout à l'heure du maître-coq du bord, avait été délivrée par Ketty poussée à sa suite par un pressentiment, et les officiants des cuisines remplacés par les héroïques jeunes filles.

L'espion d'ailleurs remarqua le visage inconnu pour lui, et interrogea Herr Tafsen qui répliqua :

— Pétersen a tiré une bordée à terre; c'est un marin d'eau douce qui se plaît sur la côte beaucoup plus qu'à bord. Je l'ai remplacé par ce garçon, fils d'un pêcheur de Progreso.

Ce qui satisfit pleinement le questionneur.

Le repas fut gai; seulement, un observateur eût constaté que les facultés expansives diminuaient à mesure que les mets se succédaient.

Les répliques ne ripostaient plus aux répliques. Des temps de silence trouaient la conversation, de plus en plus longs, de plus en plus fréquents.

Enfin, les convives demeurèrent muets, les paupières abaissées, ils dormaient.

. . . .

Quand Von Karch se réveilla, il faisait grand jour, ainsi que le démontrait un joyeux rayon de soleil pénétrant par la vitre circulaire du hublot.

La trépidation de l'hélice amena un sourire sur ses lèvres.

— Ah! Ah! nous sommes en marche! Ce brave Tafsen. Il a compris ma hâte de me trouver en pleine mer pour me débarrasser de ces encombrants prisonniers. Ils m'ont causé assez de tintouin, les gaillards!

Il s'interrompit brusquement.

— Ah çà! qu'est-ce que je fais ici?

Il ne reconnaissait pas sa cabine. Plus fort que cela, il avait l'impression de n'avoir jamais pénétré dans l'étroite pièce où il se trouvait à cette heure.

Pourtant, il connaissait le *Fraulein* dans ses moindres recoins.

En hâte, il sauta de la couchette sur laquelle il était étendu. Nouvelle surprise. Il s'aperçut qu'il était couvert de ses vêtements.

— Se coucher sans se déshabiller, grommela-t-il. Ai-je donc fêté la dive bouteille; j'étais assez joyeux pour cela; mais cette cabine, ce n'est pas la bouteille qui l'a fait pousser dans la nuit.

Il sortit, parcourut les coursives, se trouva sur le pont.

Ici, son étonnement atteignit à la stupeur. Le navire qui le portait, devait avoir un tonnage sensiblement égal à celui du *Fraulein*, mais sa construction différait totalement du yacht allemand.

Un marin, ou plus exactement un mousse, — l'âge du personnage, quinze ans à peine, justifiant ce titre, — passa près de l'espion.

— Pardon, quel est ce navire? prononça ce dernier dans le plus pur allemand.

L'interpellé le toisa et répondit :

— *I don't understand!*

Ce qui en anglais et en américain signifie :

— Je ne comprends pas.

Allons bon! voilà qu'à bord du bateau allemand, il se trouvait un mousse anglo-saxon.

Un, c'eut été déjà bizarre, mais il y en avait plusieurs; car un second, puis un troisième, s'offrirent aux yeux ébahis de Von Karch, ripostant à ses questions, par l'horripilant :

— *I don't understand!*

C'était une invasion américaine.

Quand les sauterelles s'abattent sur un endroit, on peut accuser le vent de les avoir apportées, mais les Américains ne sauraient être véhiculés ainsi que les criquets.

Von Karch se sentit affolé.

Heureusement pour lui, un jeune homme, la casquette ornée des galons d'or de commodore, s'approcha :

— Commodore Martins, dit-il, commandant le yacht *Lovely*.

Cette fois enfin, on lui parlait allemand, mais le plaisir de l'espion n'en fut pas augmenté.

— *Lovely*, qu'est-ce que ce *Lovely* dont vous me parlez?

— Un bon navire de la marine fédérale, répliqua sèchement le jeune officier, et dont l'équipage est catalogué comme détenant le record de la jeunesse. Le plus âgé du bord, en effet, c'est moi, le capitaine, et je n'ai pas dix-neuf ans.

Ces mots achevèrent d'exaspérer Von Karch.

— Qui peut être assez fou pour confier un navire à des gamins?

— Un homme, riposta Martins, qui a songé que des enfants abandonnés peuvent devenir de bons citoyens, et qui l'a prouvé; Jud Allan, notre « roi » à nous, un roi aimé de ses obligés comme jamais souverain ne le fut de ses sujets.

Puis changeant de ton :

— Mais laissons cela; je dois vous prier de réintégrer votre cabine où l'on désire vous parler.

— Qui?

— J'exécute les ordres qui me sont donnés, sans en demander davantage.

— Et si je refusais?

Le commandant Martins eut un sourire.

— Vous m'obligeriez à vous montrer qu'à bord du *Lovely*, les « gamins », comme vous appelez mes matelots, les gamins savent se faire obéir.

Une dernière question monta aux lèvres de Von Karch absolument ahuri de tout ce qu'il voyait et entendait :

— Mais le *Fraülein*, mon navire?

Un haussement d'épaules de Martins, et le jeune commodore laissa tomber ces terribles paroles :

— Un navire de forbans; je crois qu'on l'a coulé cette nuit...

Dans la cabine, un homme attendait.

C'était François de l'Etoile. Il ne se dérangea pas à l'entrée de l'espion.

Celui-ci, la démarche incertaine, assommé pourrait-on dire par la foudro-

— Un navire de forbans? Je crois qu'on l'a coulé.

yante révélation de Martins, se laissa tomber sur la couchette qu'il avait quittée quelques minutes plus tôt.

Les pensées tourbillonnaient dans sa tête. Lui qui, la veille au soir, se croyait assuré du triomphe, il était à présent au pouvoir de ses ennemis.

La roue de la fortune avait tourné, et de ce brusque revirement, il éprouvait une sorte de vertige.

— Herr Von Karch, voulez-vous m'écouter?

Le misérable tressaillit en entendant la voix grave et douce qui venait de prononcer ces mots.

Il regarda François.

L'Ingénieur le considérait avec tristesse. Sur le front de celui qui avait tant souffert par sa faute, on ne lisait pas la haine.

Un espoir illumina le cerveau du fourbe; un espoir imprécis. Les coquins savent que l'infériorité des honnêtes gens est la bonté. L'espion entrevit une indulgence possible, et, réconforté par cette idée :

— J'écoute, dit-il.

— Bien, reprit lentement son interlocuteur. Des dévoués ont fait tourner à votre confusion ce qui devait assurer ma perte. Grâce à mon appareil aérien dont ils avaient la conduite, ils ont transporté sur le *Fraulein* des hommes du *Lovely;* vos complices, leurs canots coulés, ont été précipités à la mer, alors qu'ils se préparaient à monter à bord. Tous ont expié, sauf Tafsen qui a préféré aider mes fidèles à vous tromper.

— Ah! siffla l'espion ; je me souviendrai de cela.

François coupa l'exclamation haineuse :

— Ne songez qu'à vous, herr Von Karch; cette nuit, engourdi par l'opium mélangé à votre boisson, vous avez été amené ici, ainsi que vos captifs, ainsi que les pierres précieuses du malheureux Tiral, pierres sans valeur pour lui, à présent que sa fille n'est plus. Votre navire le *Fraulein* a été fulguré au moyen de mes radiateurs hertziens. De son équipage, vous et Tafsen seuls survivez. Tafsen a obtenu sa grâce ; je voudrais vous gracier à votre tour.

Un frisson parcourut le corps de l'Allemand.

— Me gracier? répéta-t-il d'une voix frémissante.

— Oui, vous pardonner en faveur de la malheureuse enfant que vous aviez condamnée comme nous, uniquement parce qu'elle avait eu horreur du crime.

— Ah! c'est Margarèthe qui vous incite à la pitié.

— Je viens de vous le dire.

— Alors je ne vous remercie pas, herr François; seulement qu'appelez-vous le pardon?

— C'est vous débarquer dans un port, ignoré, c'est vous donner la possibilité de recommencer la vie.

— Bigre, c'est tentant.

Les yeux du misérable pétillaient.

— Et vous ajouteriez bien quelques diamants à la liberté?

François inclina la tête.

— Vous dites oui; alors achevez; votre générosité s'adorne certainement de quelques conditions.

— Une seule.

— Qui est ?

— L'aveu écrit, signé par vous, comte de Kremern Von Karch, des mensonges qui ont fait de moi un être avili, déshonoré, contraint à devenir un fantôme acharné à la conquête de la justice.

Il y avait une tristesse profonde dans l'accent de l'Ingénieur. Tout ce qu'il avait souffert dans son honneur, dans son affection, vibrait en ses paroles.

La grandeur de la tâche avait chassé la haine. François apparaissait grave et doux, ainsi qu'une incarnation de la justice elle-même.

Les traits de l'espion s'étaient durcis.

En lui, l'orgueil se révoltait à la pensée de s'avouer vaincu.

Et à voir les deux hommes en présence, on eut songé involontairement à quelque duel à mort des temps légendaires, où les esprits du Bien et du Mal échangeaient les estocades chantées par les poètes mystiques.

Enfin, Von Karch grommela d'une voix sourde :

— C'est-à-dire que vous serez réhabilité; que le bonheur, la gloire, la tendresse vous souriront.

Et son interlocuteur l'écoutant sans un geste.

— Tandis que moi, j'en serai réduit à me cacher, à vivre obscur, traqué peut-être, car mon aveu déchaînera contre moi les limiers d'une police imbécile, toujours impitoyable aux soi-disant criminels, dont le véritable crime est d'être abattus.

Son accent se fit plus âpre.

— Sans compter que partout je me trouverai sous le coup d'une extradition, permettant à mes ennemis de me cueillir, de me trainer devant les tribunaux. Ma vie sera un cauchemar perpétuel sur la vision hallucinante du bagne.

Une ironie insultante flamba dans son regard.

— Avez-vous pensé que j'accepterais?

Sans doute, le généreux fiancé d'Edith n'avait pas songé que sa clémence pût être accueillie ainsi. Et à son tour il demanda :

— Que voulez-vous donc?

Ce fut par un éclat de rire rageur que l'espion répondit :

— Ce que je veux? Eh! le sais-je! Ma situation m'apparaît sans issue; je ne puis faire que je ne sois pas vaincu; seulement, une dernière satisfaction me restera. Je roule dans l'abime, vous y roulerez avec moi.

— Quoi, vous...?

— Oui, je ferai ainsi. Je suis pris ; vous pouvez me tuer. Quand une partie est perdue, autant perdre la vie de suite que la traîner misérable. Mais vous, vous resterez avili, condamné à jouer les morts, sous peine d'être jeté sur les bancs de la cour d'assises, au cas où vous vous aviseriez de ressusciter officiellement. Ah! Ah! Ah! je ris. Vous êtes vainqueur, mais votre victoire vous deviendra plus cruelle que ma défaite !

Les yeux de François lancèrent un éclair ; on eut cru que le jeune homme, frappé au cœur par la haine de son adversaire, allait riposter avec colère.

Il n'en fut rien. Par un effort, dont une faible contraction de sa face indiqua seule la puissance, il se contraignit au calme, et lentement il murmura :

— Avant de mourir, Liesel, pauvre jouet entre vos mains, a parlé.

— A-t-elle écrit?

— Non, vous le devinez bien.

— Alors, que m'importe ce qu'elle a pu dire. Qui l'a entendue? Vous, l'accusé ; votre fiancée ; ses parents si intéressés à prouver votre innocence ! Vos témoignages sont frappés de nullité. Vous aurez beau affirmer que j'ai monté de toutes pièces, de concert avec Liesel, le drame dont la justice anglaise vous a demandé compte. Sans mon aveu, la preuve ne sera pas faite ; vous demeurerez suspect. Mes mesures furent bien prises, et aujourd'hui encore, à l'instant où il vous est loisible de me frapper, je vous laisserai en tombant, plus déchiré, plus malheureux que moi.

Sa voix s'enflait menaçante. Son exaltation criminelle lui donnait une grandeur tragique.

— Oui, oui, il m'est doux de proclamer la vérité devant vous seul, cette vérité que vous ne ferez jamais admettre par personne, moi refusant de la répéter. Ah ! la jolie et suprême vengeance que je n'aurais osé espérer. Comme vous allez souffrir victorieux ! Vous saurez que Liesel elle-même vous avait volé le poignard dont elle fut frappée, qu'un faussaire à ma solde avait écrit la lettre signée de vous. Vous saurez que la digne créature, stylée par moi, simula la folie ; car elle ne fut jamais folle, vous entendez, Herr François de l'Étoile. Vous saurez tout cela, vous le direz, et l'on ne vous croira pas. Pensez-vous que je serai bien vengé? Vous avez brisé ma vie ; j'empoisonne à jamais la vôtre ; tout est payé!

Un éclat de rire sinistre, dont toute la cabine vibra lugubrement, ponctua sa phrase.

Et couvrant son adversaire d'un regard de suprême dédain :

58

— Maintenant je suis votre prisonnier, un prisonnier muet désormais. Je vous serai reconnaissant de ne pas tenter de renouveler cette conversation. Vous disposez de ma liberté, de mon existence ; ne m'épargnez pas. Agréable me sera la mort, croyez-le, à présent que je suis assuré qu'insupportable vous sera la vie !

Et s'étendant brusquement sur la couchette de la cabine, il tourna le dos à son interlocuteur, démontrant par ce mouvement sa résolution inébranlable de ne point renouer l'entretien.

Anéanti sans doute par la décision inattendue de son ennemi, François ne prononça pas une parole.

Il sortit de la cabine. La porte retomba sur lui.

Et Von Karch, aussitôt debout, riait convulsivement, lançant des phrases entrecoupées, menaçantes, les poings tendus vers le panneau qui s'était refermé sur l'Ingénieur.

— Oui, oui, Cela lui paraîtra intolérable. Même s'il ne consent pas à me rendre la liberté sans condition, même s'il me supprime, il ne sortira jamais de la trame tissée autour de lui. Tomber, si l'on entraîne ses ennemis dans sa chute, qu'importe ! Et je les entraîne tous, tous : lui déshonoré ; les Fairtime désespérés par le mariage impossible ; et ma traîtresse Margarèthe même... Qu'elle soit donc leur amie maintenant !

CHAPITRE IX

LA SCIENCE PARLE

Quatre jeunes gens, deux adolescents et deux fillettes, entraient, dix-sept jours plus tard, dans le bureau télégraphique de Kiel, le port allemand situé à l'entrée du canal stratégique coupant l'isthme de la presqu'île du Jutland (Danemark), et reliant la mer Baltique à celle du Nord, permettant ainsi aux cuirassés de l'Empire germanique d'éviter le passage par les détroits scandinaves du Sund, Grand-Belt, Petit Belt et Skagerrack.

Ils rédigèrent une dépêche ainsi conçue :

« A Jud Allan, Washington, United-States-America.

« Affaire F. de l'E. sera terminée aujourd'hui. Allons continuer le voyage d'instruction Suzan, moi, et les deux amis anglais, que nous avons recrutés avec votre permission. Joë et Miss Ketty, bien désireux de vous connaître, ont comme nous-mêmes, comme tous les fidèles du *Lovely*, donné leur cœur reconnaissant à vous et à Mistress Lilian.

Et tous quatre signèrent :

« Tril, Suzan, Joë, Ketty. »

Puis quittant le bureau, ils s'acheminèrent vers le port, Suzan appuyée au bras de Tril, Joë donnant gravement la main à Ketty.

Le *Lovely*, après une heureuse traversée, était arrivé la veille dans le port de Kiel.

Durant la nuit, l'aéroplane demeuré à bord jusque-là, s'était élevé dans l'air sous la conduite du mécanicien Klausse et avait pris la direction du Nord-Ouest, ralliant l'usine anglaise des Fairtime, où il avait été construit.

— Pour quelle heure la visite? demanda Ketty.

— Pour onze heures.

— Nous avons le temps.

— Oui, mais il vaut mieux être en avance; le visiteur ne doit pas attendre.

Joë secoua la tête.

— Enfin, qu'espère-t-on de cette entrevue? J'avoue que j'ai beau chercher, je ne trouve pas.

— Nous non plus, curieux Joë. Seulement Miss Édith ne pleure plus. Son fiancé paraît rempli de confiance. N'est-ce pas lui qui nous a dit : Tout sera terminé aujourd'hui.

— Sans doute, sans doute! Mais il aurait pu s'expliquer davantage.

— Sûrement il aurait *pu*; il n'a probablement pas *voulu*, et il nous faut en prendre notre parti.

Au bord du quai, un canot monté par quatre matelots du *Lovely*, attendaient les promeneurs.

Ceux-ci s'embarquèrent.

La chaloupe déborda aussitôt et se dirigea vers le yacht américain, que l'on distinguait dans le bassin du Commerce.

Au loin, les imposantes superstructures de plusieurs cuirassés se profilaient au-dessus des toitures basses des constructions du Port Militaire. Tril les désigna à ses compagnons :

— Il est là-bas, au milieu de ces bâtiments de guerre.

Ils inclinèrent la tête. De quel *Il* parlait-il ainsi, avec un mélange de déférence et d'anxiété? Les jeunes gens ne le dirent pas.

Le canot, enlevé par des rameurs experts, filait comme une flèche. Bientôt il vint ranger le bordage du *Lovely*.

Tous, passagers et rameurs escaladèrent l'escalier de la coupée, l'embarcation fut hissée sur ses palans.

Et, accoudés sur le bastingage, Tril et ses amis demeurèrent muets, les yeux obstinément fixés dans la direction du port militaire..Qu'attendaient-ils ainsi?

— Dix heures trois quarts, prononça tout à coup Suzan consultant une mignonne petite montre d'or, sertie dans un bracelet qui encerclait son poignet.

— Et comme il est exact, sa chaloupe sort du port de guerre.

Tous regardèrent du côté indiqué par Tril.

Une grande chaloupe paraissait sur les eaux grises du golfe de Kiel.

Ses douze paires d'avirons s'élevaient et s'abaissaient en une cadence régulière, et, à l'arrière, flottait le pavillon de l'empire allemand, avec ses trois bandes noire, blanche et rouge.

Au même moment, un roulement de tambours bourdonna sur le *Lovely*. Les matelots en armes, revêtus de la grande tenue, surgirent par toutes les ouvertures du pont.

Ils s'alignaient en face de la coupée. Le capitaine Martins, orné des aiguillettes d'or de commodore, entouré de son état-major, s'était placé dans l'espace libre.

— Portez armes!... présentez armes!

Le dernier mouvement, supprimé en France, a été conservé dans la marine américaine.

Les fusils sonnent dans les mains nerveuses. Un nouveau roulement de tambours bruit sur les matelots, immobiles ainsi que des statues.

Et droit, raide, dominateur, émergeant de l'escalier de la coupée, l'empereur allemand prend pied sur le pont. Sa prestance martiale, son profil sévère, sa moustache relevée en crocs, tout concourt à lui donner cet aspect de chef militaire que tout le monde connaît.

Il a un hochement de tête satisfait à l'égard des jeunes Américains qui lui rendent les honneurs.

Et soudain, il porte la main à son front adressant le salut du soldat à François de l'Étoile, qui, la tête découverte, s'avance à sa rencontre :

— Sire, dit le jeune homme d'une voix que tous perçoivent, un jour vous m'avez dit : Souvenez-vous que l'Empereur vous est ami. Je me suis souvenu. De là, l'audace du message auquel Votre Majesté daigne répondre par sa présence.

Et le souverain lui tendant la main dans un geste cordial, l'ingénieur secoue négativement la tête.

— Pas encore, Sire, je vous en prie.

L'Empereur comprend certainement le sens de ces paroles énigmatiques, car sa main retombe.

— Quand il vous agréera.

— Alors je prie Votre Majesté de consentir à m'accompagner.

Et le jeune homme, marchant auprès du maître de l'Allemagne, Tril, ses amis, l'état-major du yacht, formant cortège, s'engouffrèrent dans l'escalier des cabines et pénétrèrent dans l'appartement d'arrière.

Celui-ci est transformé en une pièce unique et spacieuse, les cloisons séparatives ayant été enlevées.

Von Karch se trouve là, en face de lord Gédéon, qu'entourent Édith, Péterpaul, Margarèthe. L'espion considère les assistants d'un air surpris.

— Que signifie cet appareil?

A l'entrée de l'Empereur, un tressaillement l'agite; un rictus contracte ses traits, ses lèvres se serrent; une expression de défi dans les yeux, il grommelle :

— L'Empereur! Il ne me fera pas parler plus que les autres.

Mais la situation se précise.

L'empereur a pris place dans un fauteuil disposé à son intention. En arrière de lui, les Fairtime, les officiers, se sont rangés. Cela a une apparence de tribunal.

Et de nouveau un sourire sardonique voltige sur le visage de Von Karch.

Croit-on qu'il va se laisser émouvoir par semblable mise en scène. Allons donc. François est bien naïf s'il a supposé cela!

Mais il cesse de songer. Il écoute maintenant. François parle. La voix de l'ingénieur est douce et ferme. C'est à l'Empereur qu'il s'adresse.

— Sire, ici même, en face de l'homme qui s'est acharné à ma perte, je veux vous renouveler la requête formulée dans la lettre que vous avez bien voulu recevoir hier.

— Assurer la vie et la liberté à cet homme, n'est-ce pas?

— Oui, Sire. Ses crimes ont été rachetés par le dévouement, par la souffrance de la pauvre enfant qui porte son nom.

— L'Empereur lui en conférera un autre à elle, Monsieur de l'Etoile. Il la libèrera d'un atavisme pénible. Pour votre requête, elle est accordée; le comte de Kremern sera libre; aucune poursuite ne sera exercée contre lui.

— Sire, je vous remercie.

Et s'adressant à Von Karch, le jeune homme demanda :

— Voulez-vous maintenant dire ce qui est vrai?

— Qu'appelez-vous le vrai? s'écria insolemment l'interpellé avec une rage affolée, en comprenant l'honneur qu'a fait à son adversaire le souverain de l'Empire en se rendant à bord du *Lovely*.

DEUX DÉTONATIONS ÉCLATENT COUP SUR COUP.

— L'inanité des accusations qui pèsent sur moi, répondit François sans se départir de son calme.

L'espion eut un rire strident :

— L'inanité? Peste, un joli mot et une jolie imagination. Vous espérez qu'en échange de ma liberté, je m'empresserai de me plier à vos combinaisons. Eh bien non! je ne mentirai pas à l'Empereur que j'ai fidèlement servi; vous avez surpris sa bonne foi; qu'il me frappe s'il le veut, je ne consentirai pas à le tromper.

Et, avec une dignité parfaitement jouée :

— Un espion est souvent un serviteur dévoué, Sire.

Le souverain parut surpris. Il adressa un regard interrogateur au Français. Celui-ci continua sans paraître le remarquer :

— Lors de notre dernière entrevue, comte de Kremern, vous vous exprimiez autrement.

— En vérité. Vous avez des témoins?

— Il semblait que nous étions seuls.

— Alors, vous pouvez me prêter toutes les paroles qu'il vous plaira.

Von Karch défiait son interlocuteur du regard. Toute sa personne exprimait l'entêtement opiniâtre, la volonté incoercible du silence.

Il sursauta brusquement, une angoisse mortelle l'étreignit, faisant passer un frisson sur son échine.

François venait de s'écrier, secouant enfin le calme qu'il s'était si longtemps imposé.

— Et cependant le témoin existe!

Avant que quiconque eut pu demander l'explication de ces mots incompréhensibles, une voix s'éleva :

— *Oui, oui, disait-elle, il m'est doux de proclamer la vérité devant vous seul; cette vérité que vous ne ferez jamais admettre à personne, moi, refusant de la répéter.*

Qui parlait? Von Karch avait l'impression que les mots jaillissaient de ses lèvres. C'était le timbre, le son de sa voix.

Et pourtant, ses mains crispées instinctivement sur sa bouche l'assurèrent qu'il ne parlait point. Cependant la voix continuait :

— *Vous saurez que Liesel elle-même, vous avait volé le poignard dont elle fut frappée; qu'un faussaire à ma solde a écrit la lettre qui vous fut attribuée.*

— Mensonge! Mensonge! hurla Von Karch affolé, menaçant de ses poings crispés l'invisible témoin.

Il piétinait, hurlait, cherchant à couvrir la voix mystérieuse.

Mais des lambeaux de phrases arrivaient aux spectateurs proclamant l'innocence de François.

— *Elle a simulé la folie. Vous serez seul à savoir... Seul! J'empoisonne à jamais votre existence. Tout est payé!*

— Ce n'est pas vrai! ce n'est pas vrai!

L'espion s'arrêta court. L'ingénieur venait de prononcer :

— Un phonographe, Sire, un simple phonographe qui a enregistré mon dernier entretien avec M. le comte de Kremern.

Un rugissement couvrit la fin de la phrase. Von Karch gronde, sa fureur atteignant la démence en apprenant qu'il a été joué, qu'un appareil mécanique a enregistré ses aveux, qu'il les répétera aux juges, au public.

Ah! le briser, détruire cette preuve: mais où est-elle? Où est ce porte-voix maudit?

Il s'affole, un voile rouge est sur ses yeux. Soudain, il bondit comme un insensé. Il arrache le revolver attaché au ceinturon d'un des matelots qui ont suivi les officiers.

Il tend le bras armé vers Edith, grimaçant, horrible, effrayant, il hurle :

— Tu pleureras au moins ta fiancée!

Deux détonations éclatent coup sur coup. Un double cri d'agonie y répond : Margarèthe, qui s'est précipitée au-devant d'Édith; l'espion, qui a tourné l'arme contre lui-même, s'abattent sur le sol avec un double râle.

Et tandis que Margarèthe expirante, murmure dans un suprême soupir à Péterpaul agenouillé auprès d'elle :

— Je meurs heureuse,... pour elle, pour vous!

L'Empereur qui s'est dressé, blêmi par la brutalité du crime accompli, fait un pas vers François, qui dans ses bras crispés étreint Édith, sa fiancée définitivement reconquise, et d'une voix où frissonne l'émotion, il dit :

— Monsieur François de l'Étoile, l'Empereur se sent solidaire des crimes de ses sujets. L'Empereur apportera en personne son témoignage à votre réhabilitation.

FIN

TABLE DES MATIÈRES

PREMIÈRE PARTIE

LE VOLEUR DE PENSÉE

DEUXIÈME PARTIE

MISS VEUVE

TROISIÈME PARTIE

LE LIT DE DIAMANTS

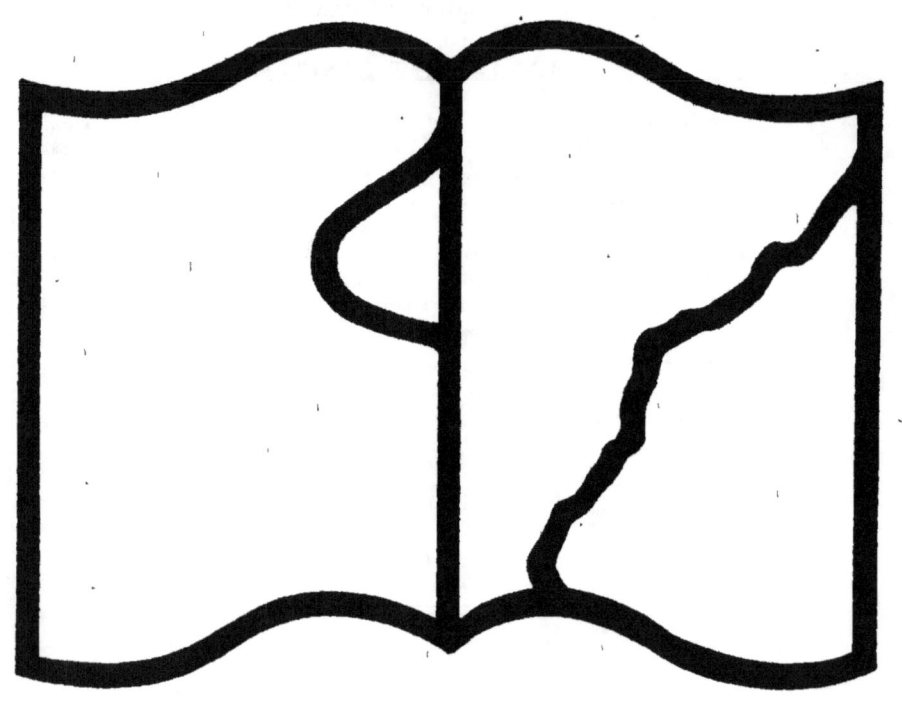

Texte détérioré — reliure défectueuse

NF Z 43-120-11

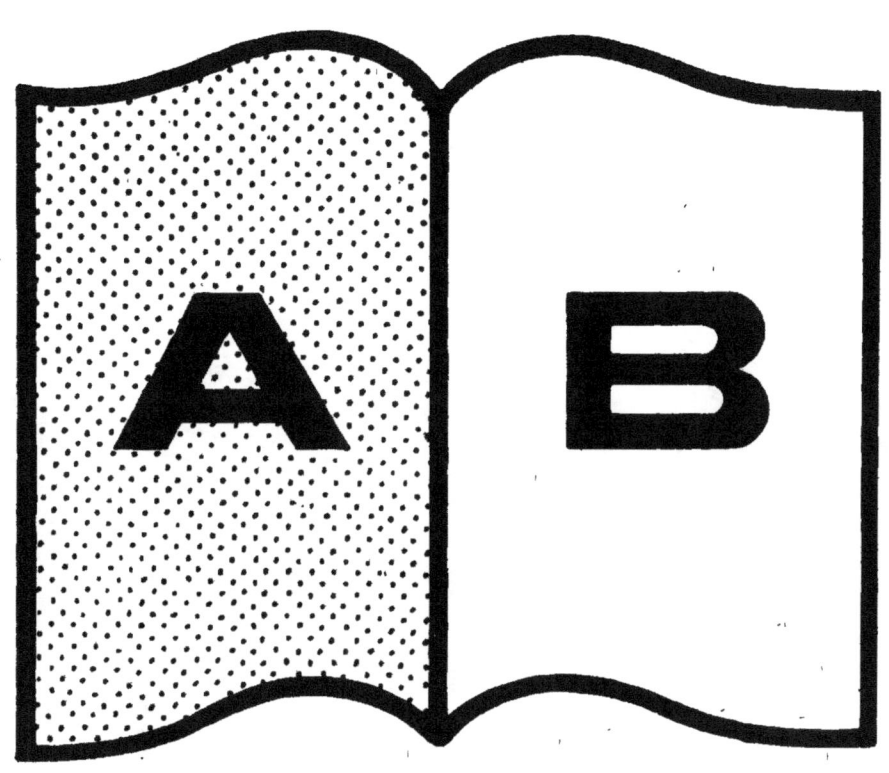

Contraste insuffisant

NF Z 43-120-14

Reliure serrée

www.ingramcontent.com/pod-product-compliance
Lightning Source LLC
Chambersburg PA
CBHW061035030726
47504CB00002B/377